ANTOINE ET CLÉOPÂTRE

DU MÊME AUTEUR

Corps manquants, L'Archipel, 2007 ; rééd. Archipoche, 2008.
La Maison de l'Ange, L'Archipel, 2006 ; rééd. Archipoche, 2007.
Le Temps de l'amour, Presses de la Cité, 2004.
L'Espoir est une terre lointaine, Presses de la Cité, 2002.
Le Cheval de Troie, L'Archipel, 1999.
Un autre nom pour l'amour, Belfond, 1981 ; rééd. Le Rocher, 1999.
Tim, Belfond, 1979 ; rééd. Le Rocher, 1999.
Les Dames de Missalonghi, Belfond, 1987 ; rééd. L'Archipel, 1998.
La Passion du Dr Christian, Belfond, 1985 ; rééd. Le Rocher, 1998.
Les oiseaux se cachent pour mourir, Belfond, 1977.
Les Maîtres de Rome

9. *César Imperator*, L'Archipel, 2001 ; rééd. Archipoche, 2006.
10. *César et Cléopâtre*, Presses de la Cité, 2004.
1. *Les Lauriers de Marius*, L'Archipel, 2002.
2. *La Revanche de Sylla*, L'Archipel, 2002.
8. *La Conquête gauloise*, L'Archipel, 2000.
7. *Jules César, le glaive et la soie*, L'Archipel, 1999.
6. *Jules César, la violence et la passion*, L'Archipel, 1998.
5. *La Colère de Spartacus*, L'Archipel, 1997.
4. *Le Favori des dieux*, L'Archipel, 1996.
3. *La Couronne d'herbe*, Belfond, 1992.

COLLEEN McCULLOUGH

ANTOINE ET CLÉOPÂTRE

Le Festin des fauves*

traduit de l'anglais
par Mélanie Carpe

ÉDITIONS DE NOYELLES

Un glossaire et une série de cartes sont disponibles en fin de volume, page 349 et suivantes.

Ce livre constitue la première partie de l'ouvrage publié sous le titre
Antony and Cleopatra
par Simon & Schuster, New York, 2007.

www.editionsarchipel.com

Si vous souhaitez recevoir notre catalogue
et être tenu au courant de nos publications,
envoyez vos nom et adresse, en citant ce livre,
aux Éditions de l'Archipel,
34, rue des Bourdonnais 75001 Paris.
Et, pour le Canada,
à Édipresse Inc., 945, avenue Beaumont,
Montréal, Québec, H3N 1W3.

ISBN 978-2-286-05835-7

À l'insubmersible Antony Cheetham,
avec mon amour et tout mon respect.

I

MARC ANTOINE À l'EST
41-40 av. J.-C.

1

Quintus Dellius n'appartenait pas à l'espèce des hommes belliqueux, des guerriers sur le champ de bataille. Dès que l'occasion se présentait, il conseillait ses supérieurs – son domaine d'excellence – avec une telle subtilité qu'ils en venaient à croire sincèrement avoir accouché de ses idées. Après les batailles de Philippes, un conflit dans lequel il ne s'était ni distingué ni discrédité aux yeux de ses commandants, il avait décidé de mettre sa modeste personne au service de Marc Antoine et de marcher vers l'est.

Jamais il n'était donné de se ranger du côté de Rome, mais toujours dans un de ces camps qui s'opposaient sans cesse pour la diriger. Ou plutôt la *dominer*, s'il fallait être tout à fait franc. Après l'assassinat de Jules César par Brutus, Cassius et consorts, nul ne doutait que son cousin Marc Antoine hériterait de son nom, de sa fortune et de ses millions de clients[1]. Mais quelle mouche avait donc piqué le Grand Homme pour que, dans ses dernières volontés, il léguât tout à son petit-neveu de dix-huit ans, Octave, qu'il adopta à titre posthume ? Son testament ne comportait pas la moindre allusion à son ancien maître de la cavalerie, une offense dont ce dernier, certain de chausser les hautes bottes rouges du dictateur, ne s'était pas remis. Comme il fallait s'y attendre, le cousin lésé n'avait conçu aucun plan pour s'assurer la place de numéro deux de la cité. L'adolescent désormais connu à Rome sous le nom d'Octavien[2], un être maladif aussi facile à écraser qu'un misérable scarabée, n'avait guère inquiété ce grand général dans la force de l'âge qui jouissait d'une faction nombreuse au Sénat… Jusqu'à ce que les

1. Nombre d'expressions de l'époque sont explicitées dans le glossaire en fin d'ouvrage, p. 349. Une série de cartes est également disponible p. 366 et suivantes.
2. Du latin Octavianus. Le suffixe latin « ianus » est accolé au nom de famille d'origine de la personne adoptée. Ainsi, Caius Octavius est devenu Caius Julius Cæsar Octavianus. *(N.d.T.)*

événements lui donnent tort. Le colosse avait échoué à s'imposer face à ce garçon habile, dont le doux visage cachait l'intellect et la sagesse d'un septuagénaire. À l'époque, tout Rome présumait que ce panier percé notoire de Marc Antoine, à l'affût de la fortune de César pour rembourser ses dettes, avait pris part à la conspiration, des soupçons confortés par sa conduite après le meurtre de César. Avait-il ne serait-ce qu'envisagé de punir les assassins ? Octavien, qui vouait une grande affection à son père adoptif, était parvenu à éroder l'autorité de son rival au point de le contraindre à proscrire Brutus et Cassius en subornant une bonne partie de ses légions, conquérant le cœur du peuple de Rome et dérobant les trente mille talents du trésor de guerre de César avec tant de ruse que personne n'avait réussi à établir sa culpabilité. Octavien doté de soldats et d'argent, Marc Antoine s'était retrouvé au pied du mur, forcé de reconnaître comme égal le fils adoptif de son cousin. Alors Brutus et Cassius étaient entrés en scène pour revendiquer à leur tour le pouvoir, obligeant les deux alliés en mal d'assurance à conduire leurs légions en Macédoine et à affronter les forces des conspirateurs à Philippes. Leur écrasante victoire laissa toutefois une question en suspens : qui deviendrait le premier homme de Rome ? Qui serait ce roi sans couronne entretenant par ses seules paroles l'illusion sacrée d'une République gouvernée par une Chambre haute, le Sénat, et plusieurs Assemblées du peuple, et perpétuant la devise de la cité : *Senatus Populusque Romanus*, S•P•Q•R.

Dellius laissait vagabonder ses pensées. Bien entendu, le succès de Philippes avait pris de court un Marc Antoine dépourvu de la moindre stratégie viable pour rayer Octavien de l'équation du pouvoir. La prévoyance ne figurait pas parmi les vertus de cette force de la nature, un homme vigoureux, impulsif et colérique, dont l'immense charisme tenait de ses caractéristiques masculines : le courage, un physique herculéen, une réputation amplement justifiée de séducteur et un esprit assez développé pour se distinguer comme formidable orateur à la Chambre. Quant à ses faiblesses, que ce fût son penchant pour les plaisirs de la chair ou sa prodigalité, elles lui étaient généralement excusées comme l'inévitable pendant de sa virilité.

Pour résoudre le « problème Octavien », Marc Antoine avait suggéré de diviser entre eux le monde romain et de donner un os à ronger à Lépide, *Pontifex Maximus* à la tête d'une large faction sénatoriale. Les soixante années de guerre civile erratique avaient fini par vider les coffres de Rome ; sa population et celle d'Italie grondaient face aux faibles revenus et à la pénurie de blé, chaque jour plus convaincues de l'incompétence et de la vénalité de ceux qui les administraient. Rechignant à voir son prestige de héros populaire ébranlé, Marc Antoine s'était octroyé la part du lion, laissant la carcasse pourrissante de l'Empire romain à ce chacal d'Octavien.

Aussi, au lendemain des batailles de Philippes, les vainqueurs s'étaient-ils partagé les provinces à la convenance de Marc Antoine et non d'Octavien, qui avait hérité des régions les moins enviables : Rome, l'Italie et les grandes îles de Sicile, de Sardaigne et de Corse, où était cultivé le grain pour nourrir les peuples italiques, depuis longtemps incapables de subvenir seuls à leurs besoins. Rien d'étonnant de la part d'un personnage comme Marc Antoine, qui tenait à s'assurer que la péninsule ne verrait que le visage d'Octavien pendant que ses hauts faits en de lointaines contrées seraient relayés avec zèle sur l'ensemble du territoire. Octavien récolterait l'*odium*, lui les lauriers de l'intrépide vainqueur à des milles du centre du gouvernement. Quant à Lépide, il avait dû se satisfaire de la province céréalière d'Afrique, qui ne pesait guère dans l'empire.

Marc Antoine s'était imposé comme le grand vainqueur de Philippes en termes de provinces et de légions. Seul lui manquait l'argent, qu'il espérait tirer de cette inépuisable source d'or que constituait l'Orient. Il avait également jeté son dévolu sur les trois Gaules, malgré leur situation géographique : parfaitement pacifiées par César, elles recelaient assez de richesses pour financer ses futures campagnes et pouvaient être contrôlées en son absence par ses loyaux généraux, à la tête des nombreuses légions stationnées sur le territoire.

César avait succombé trois jours avant son départ pour l'Orient, où il prétendait conquérir le pays de cocagne des Parthes et utiliser le butin pour remettre Rome sur pied. Le Grand Homme mort, il revenait à Marc Antoine d'assujettir les redoutables guerriers afin de guérir les maux de la cité. Aussi avait-il étudié de près les plans de son prédécesseur, concluant que, malgré l'indubitable supériorité intellectuelle de leur concepteur, il pouvait y apporter quelques améliorations, une illusion dans laquelle le confortaient les hommes dont il s'était entouré : des lèche-bottes, des flagorneurs exceptionnellement doués pour le manipuler, lui si sensible aux éloges et à la flatterie.

Si seulement Quintus Dellius bénéficiait lui aussi de l'oreille du triumvir ! Comme les autres, il la remplirait de paroles onctueuses, de baume pour l'ego de son maître. Alors qu'il parcourait la via Egnatia sur un poney galeux et rétif, les testicules meurtris, les jambes douloureusement ballottées, le légat guettait donc sa chance. Or celle-ci ne s'était pas encore présentée lorsque Marc Antoine posa le pied en Asie et fit escale à Nicomédie.

Curieusement, tous les potentats et rois clients que comptait Rome en Orient avaient pressenti que le triumvir se dirigerait vers la capitale de la province de Bithynie. Accourus par dizaines, ils avaient réquisitionné les meilleures auberges et dressé des camps fastueux à l'entrée de la ville. Peu s'en souvenaient mais Nicomédie devait son apparence prospère à l'attachement de César, qui avait exonéré d'impôts cet endroit magnifique reposant dans la quiétude d'une crique enchanteresse. La ville avait en outre échappé au pillage de Brutus et Cassius, trop pressés de rejoindre la Macédoine pour s'aventurer plus au nord et la soumettre au même sort que les innombrables cités de Judée et de Thrace qu'ils avaient traversées. Le palais de marbre rose et mauve dans lequel Marc Antoine prit résidence offrait à tous ses légats une alcôve. Laissant sa malle et Icare, son esclave affranchi, derrière lui, Dellius partit d'un pas léger explorer les environs, en quête d'un moyen d'usurper une place sur une banquette assez proche du triumvir pour participer à la conversation pendant le dîner.

Les salles d'audience grouillaient de rois. Le teint livide et le cœur palpitant, ils attendaient de savoir ce que leur coûterait le soutien à Brutus et Cassius. Dellius évolua entre les groupes en grand apparat avec un sourire modeste, estimant d'un œil scintillant la taille d'un joyau ou le poids d'une coiffure en métal précieux. Lettré en grec, comme l'exigeait sa condition, il s'offrait le luxe de deviser avec de tout-puissants monarques ; ses lèvres s'étirèrent davantage encore à l'idée que tous, malgré leurs émeraudes et leur or, avaient parcouru de nombreux milles pour rendre un hommage servile à l'autorité absolue de Rome. Rome qui ne connaissait pas de roi ; Rome dont les plus hauts magistrats revêtaient une simple toge blanche bordée de pourpre et préféraient l'anneau de fer de certains sénateurs à toutes les bagues en or du monde. À cette pensée, Dellius dissimula par réflexe son propre anneau sénatorial en or dans un pli de sa toge. Il ne pouvait espérer porter du fer, réservé aux familles dont le nom était associé à des fonctions officielles depuis cinq cents ans. Aucun Dellius n'avait jamais exercé en tant que consul ou ne s'était distingué ne serait-ce qu'un siècle plus tôt. Alors cinq ! Même les Antonii n'avaient pas assez pesé dans l'histoire de Rome pour permettre à Marc Antoine de porter le prestigieux attribut. Quant à celui de César, c'était Octavien qui en avait hérité.

Oh, de l'air, de l'air ! Il lui fallait de l'air !

Le palais était construit autour d'un vaste jardin à péristyle décoré en son centre d'une fontaine prolongée par un long bassin peu profond. Curieusement, le marbre immaculé de Paros illustré du thème aquatique n'avait jamais été peint avec l'ambition d'imiter les couleurs de la vie. Seul un maître pouvait avoir sculpté ces tritons et dauphins dans toute leur gloire. Amateur d'art, Dellius subit l'attraction de la fontaine sans s'apercevoir que quelqu'un l'y avait devancé. Un homme assis sur son large rebord, écrasé sous le poids de quelque accablement, leva la tête à son approche.

Dellius posa les yeux sur l'étranger, un noble au regard de sa coûteuse robe de pourpre tyrienne, au brocart habilement brodé d'or, et de la calotte de tissu d'or qui reposait sur ses boucles noires, aussi luisantes que des serpents. Il avait croisé suffisamment d'hommes de la région pour savoir que leurs cheveux devaient leur aspect graisseux aux crèmes parfumées dont ils enduisaient chacune de leurs mèches, et non à la crasse. Si la grande majorité de la meute des suppliants était constituée de Grecs dont les ancêtres s'étaient établis sur cette rive du Mare Nostrum des siècles plus tôt, il aurait juré se tenir devant un véritable Oriental, comme il en avait tant vu à Rome. Certes, ceux qu'il avait croisés portaient de sombres étoffes filées de la plus grande sobriété en guise de pourpre tyrienne et d'or, mais il ne pouvait se tromper sur cette allure : l'inconnu assis au bord de la fontaine était un Juif.

— Puis-je me joindre à toi ? demanda-t-il en grec avec son sourire le plus charmant.

Les joues flasques de l'étranger s'écartèrent pour révéler un sourire tout aussi délicieux tandis qu'une main parfaitement manucurée garnie d'anneaux scintillants lui faisait signe de s'asseoir.

— Je t'en prie. Je suis Hérode de Judée.

— Quintus Dellius, légat de Rome.

— Je ne pouvais plus supporter la bousculade, se justifia le Judéen, une moue de dégoût sur ses épaisses lèvres. Peuh, les ingrats ! Certains n'ont pas pris de bain depuis qu'ils ont reçu un coup de torchon du maïeuticien.

— Tu as dit Hérode. N'y a-t-il donc ni titre royal ni titre princier pour précéder ton nom ?

— Il devrait : mon père, Antipater, était prince d'Idumée et ministre d'Hyrcan, roi des Juifs, avant de mourir de la main de sous-fifres d'un prétendant au trône. Vois-tu, il était trop apprécié des Romains, y compris de Jules César. Mais j'ai réglé le compte de son meurtrier, précisa-t-il d'une voix débordant de satisfaction. Je l'ai regardé mourir ballotté dans les cadavres puants de crustacés de Tyr.

— Une mort que ne souhaiterait aucun Juif ! commenta Dellius, heureux de sa maigre connaissance.

Il observa Hérode de plus près, fasciné par une laideur qui lui rappelait étrangement Mécène, l'ami intime d'Octavien. Comme lui, le Judéen ressemblait à une grenouille, si ce n'était que ses yeux globuleux évoquaient le noir vitreux de l'obsidienne.

— Si mes souvenirs ne me trompent pas, reprit-il, la Syrie du Sud s'est déclarée en faveur de Cassius.

— Et les Juifs avec ! Tout traître qu'il soit aux yeux de la Rome de Marc Antoine, je lui suis personnellement redevable de m'avoir autorisé à venger mon père.

— Cassius était un guerrier, remarqua Dellius d'un air pensif. Brutus eût-il possédé une once de cette combativité, les batailles de Philippes auraient sans doute connu une autre issue.

— À en croire le chant des oiseaux, Marc Antoine ne possédait pas non plus un partenaire des plus vaillants.

— Comme les oiseaux pépient fort dans nos contrées ! repartit le Romain, les lèvres fendues en un large sourire. Dis-moi, Hérode, qu'est-ce qui t'amène auprès de Marc Antoine ?

— Peut-être as-tu remarqué dans le palais cinq moineaux poussiéreux parmi l'attroupement de faisans aux couleurs éclatantes ?

— Je crains que non. À mes yeux, tous se pavanent comme des paons.

— Pourtant ils sont bien là, mes cinq moineaux du Sanhédrin ! Ils se tiennent aussi loin que possible des autres afin de préserver leur prestige.

— Ce qui, dans cette cohue, n'est possible qu'en restant derrière un pilier.

— Tout à fait. Mais fais-leur confiance : à l'apparition de Marc Antoine, ils se fraieront un chemin jusqu'aux avant-postes avec force hurlements, en se frappant le torse avec rage.

— Ce qui ne m'explique toujours pas ta présence ici.

— En réalité, je ne serais pas là sans eux. Je les surveille comme un faucon car ils espèrent obtenir gain de cause du triumvir Marc Antoine.

— Au sujet de… ?

— D'un complot que je fomenterais contre la succession légitime et de manigances que je tramerais, moi, un gentil, pour entrer dans les petits papiers du roi Hyrcan et de sa famille au point de prétendre à la main de la fille de la reine Alexandra. Je te propose une version abrégée de l'histoire car il te faudrait des années pour l'entendre dans son intégralité.

Dellius plissa ses yeux noisette pour le considérer de son regard pénétrant.

— Toi, un gentil ? J'avais cru comprendre que tu étais juif.

— Pas au nom de la loi mosaïque. Mon père a épousé la princesse Cypros de Nabatène, une Arabe. La religion juive étant transmise par la mère, mon père a engendré des gentils.

— Mais alors, qu'espères-tu ici, Hérode ?

— Tout, si l'on me laisse accomplir ma mission. Demande à n'importe quel gouverneur envoyé en Syrie depuis que Pompée le Grand en a fait une province romaine : les Juifs ont besoin d'une main ferme pour les gouverner. Or j'entends devenir roi des Juifs, qu'il leur plaise ou non. Je peux le faire… à condition d'épouser une princesse hasmonéenne de la descendance directe de Judas Macchabée. Nos enfants, et crois-moi que je lui en donnerai beaucoup, seront alors juifs.

— Tu es donc ici pour défendre ta cause ?

— C'est exact. La députation du Sanhédrin va exiger mon exil ainsi que celui de tous les membres de ma famille, sous peine de mort. Ils n'oseraient pas passer à l'acte sans la permission de Rome.

— Eh bien, on ne peut guère en dire autant lorsqu'il s'est agi de prendre parti pour Cassius, observa Dellius. Marc Antoine devra choisir entre deux factions qui ont misé sur le mauvais cheval.

— Mais mon père a appuyé Jules César. Je dois convaincre Marc Antoine que, s'il m'autorise à demeurer en Judée et prétendre au pouvoir, je prendrai toujours parti pour Rome. Il a connu la Syrie sous le gouverneur Gabinius, il y a des années de cela, il sait combien les Juifs sont turbulents. Mais se souviendra-t-il que mon père est venu en aide à César ?

Dellius regarda du coin de l'œil le chatoiement arc-en-ciel de l'eau giclant de la bouche du dauphin.

— Pourquoi s'en souviendrait-il alors que, plus récemment, tu as prêté tes services à Cassius ? douta-t-il. Comme, j'imagine, ton père l'a fait avant sa mort.

— Je ne suis pas mauvais avocat, je saurai plaider ma cause.

Le Romain se leva et tendit la main pour serrer chaleureusement celle d'Hérode.

— Faut-il encore que l'occasion t'en soit donnée. Je te le souhaite, Hérode de Judée. Si je peux t'apporter mon aide, je n'y manquerai pas.

— Je saurai me montrer reconnaissant.

— Balivernes ! rit Dellius en s'éloignant. Tu portes tout ton or sur le dos !

Marc Antoine s'étant montré d'une sobriété remarquable depuis le début de la marche vers l'Asie, les soixante hommes de sa suite s'attendaient à voir son côté sybarite réapparaître à Nicomédie. Une opinion partagée par une troupe de musiciens et de danseurs qui s'était hâtée depuis Byzance en apprenant l'arrivée dans la région d'un être dont le nom était connu de tous les membres de la ligue des artistes dionysiaques, de l'Hispanie à Babylone. Mais, à la surprise générale, le triumvir renvoya la troupe avec une bourse d'or et renonça à la débauche, sans pouvoir contenir une ombre de nostalgie.

— N'y pensons plus, Poplicola ! soupira-t-il. As-tu vu la foule de souverains qui bordait la route et s'est amassée dans les salles dès que le majordome a ouvert les portes ? Ils sont tous ici pour escroquer Rome, et moi avec. Or je n'entends pas leur donner ce plaisir. Je n'ai pas choisi l'Est pour me faire soutirer son abondance de biens. Je siégerai donc l'esprit clair et l'estomac léger pour rendre justice au nom de Rome.

Son visage d'une beauté disgracieuse se tordit dans un rire nerveux.

— Oh, Poplicola, te souviens-tu du dégoût de Cicéron lorsque j'ai vomi dans le pli de ta toge sur les rostres ? demanda-t-il avec un gloussement suivi d'un haussement d'épaules. Mais un peu de sérieux, Marcus Antonius, un peu de sérieux ! Ils ont beau me saluer comme le nouveau Dionysos, ils vont découvrir la mine austère du vieux Saturne.

Ses yeux d'un marron rougeâtre, trop petits et rapprochés pour contenter un sculpteur, pétillèrent.

— Le nouveau Dionysos, dieu du vin et du plaisir ! Je dois avouer que la comparaison me plaît assez. Pour César, ils n'avaient pas trouvé mieux que « Dieu », tout simplement.

Poplicola se garda de faire observer à son camarade d'enfance que « Dieu » tout court valait mieux, selon lui, que dieu de ceci ou cela. Sa tâche principale consistant à s'assurer que Marc Antoine s'en tînt à gouverner, il ne pouvait en outre que se réjouir de ce discours. Il reconnaissait bien là son ami, capable de cesser les festivités du jour au lendemain, parfois pendant des mois, surtout lorsque son instinct de survie refaisait surface. Il savait que Marc Antoine écoutait ce dernier en ce moment, et bien lui en prenait, car la ruée des potentats annonçait un dur labeur et bien des tracas. Il appartenait au triumvir de faire la connaissance de chacun d'eux afin de déterminer quels souverains serviraient au mieux les intérêts de Rome. En d'autres termes, qui garderait sa couronne et qui la perdrait.

Tout cela laissait à Dellius peu d'espoir d'atteindre son objectif à Nicomédie... sans l'entremise de Fortuna. Pour commencer, Marc Antoine ordonna que le dîner fût servi plus tard dans l'après-midi. Puis, pour quelque obscure raison, tandis qu'il promenait son regard sur les soixante Romains flânant dans le *triclinium*, ses yeux s'arrêtèrent sur Quintus Dellius. Que possédait donc cet homme pour éveiller l'estime chez lui ? Était-ce sa capacité réconfortante à étaler sur les sujets les plus sensibles un baume apaisant ?

— Hé, Dellius ! rugit le triumvir. Viens donc te joindre à Poplicola et moi !

Les frères Decidius Saxa se hérissèrent, imités par Barbatius et quelques autres, quoique nul n'osât articuler un mot. Comblé, Dellius abandonna sa toge sur le sol et s'assit sur l'extérieur du *lectus medius* tandis qu'un serviteur accourait pour ramasser et plier l'encombrante étoffe, suivi d'un autre qui le déchaussa afin de lui laver les pieds. Le *locus consularis*, la place d'honneur, étant réservé à Marc Antoine, et le centre de la banquette à Poplicola, il devrait se contenter de l'extrémité gauche, la moins désirable selon les critères sociaux. Mais quel honneur pour lui que tous les yeux le sondent pendant que les esprits s'affairaient à rechercher ce qui lui avait valu cet avancement.

Il dégusta un repas trop peu romain à son goût : agneau, poisson insipide, étranges assaisonnements et sauces inconnues. Par bonheur, un esclave muni d'un mortier et d'un pilon circulait dans la salle. Or tant qu'un Romain pouvait claquer des doigts pour recevoir une pincée de poivre fraîchement moulu, tout se mangeait, même le bœuf bouilli germain. Du vin de Samos coulait à flots, bien que largement adouci. D'ailleurs, dès qu'il vit que Marc Antoine le coupait avec de l'eau, Dellius se proposa d'en faire autant.

Il garda le silence jusqu'à ce que les serviteurs aient débarrassé le plat principal pour servir les douceurs. Alors Marc Antoine éructa bruyamment et tapota son ventre plat avec un soupir de contentement.

— Dis-moi, Dellius, qu'as-tu pensé de cette vaste assemblée de rois et de princes ? l'interrogea-t-il d'un ton affable.

— Des gens fort curieux, Marcus Antonius, surtout pour un homme étranger à la région.

— Curieux ? Ils le sont, en effet ! Rusés comme des rats, avec plus de visages que Janus et des dagues à la lame si effilée qu'on la sentirait à peine glisser entre les côtes. Je m'étonne encore qu'ils aient appuyé Brutus et Cassius contre moi.

— Il fallait pourtant s'y attendre, intervint Poplicola en avalant goulûment une préparation de graines de sésame liées avec du miel. Ils ont commis la même erreur avec César en appuyant Pompée le Grand. Comme lui, tu as fait campagne à l'Ouest, ils ne t'avaient donc jamais vu en action. Je t'accorde que Brutus ne présentait guère d'intérêt mais, pour eux, Caius Cassius possédait une certaine aura de magie. Il a échappé au triste sort de Crassus à Carrhes et gouverné la Syrie avec brio à trente ans. Cassius possédait l'étoffe d'une légende.

— Leur monde se confine à la rive orientale du Mare Nostrum, observa Dellius. Ce qui se déroule de l'autre côté, en Hispanie et en Gaule, relève de l'inconnu.

— Certes, conclut Marc Antoine, grimaçant à la vue des plats sirupeux sur la table basse devant eux. Poplicola, débarbouille-toi ! Je me demande comment tu peux ingurgiter cette bouillie mielleuse !

Tandis que son compère frétillait vers l'extérieur de la banquette, Marc Antoine observait Dellius. Tout dans son expression indiquait qu'il cernait ce que le légat espérait dissimuler : sa misère, son statut d'*homo novus*, sa flagornerie.

— L'un des rats a-t-il retenu ton attention, Dellius ?

— En effet, Marcus Antonius : un Juif du nom d'Hérode.

— La rose parmi les cinq mauvaises herbes !

— Lui a recouru à une métaphore aviaire : le faucon et les cinq moineaux.

Marc Antoine éclata d'un grand rire, un beuglement riche et profond.

— Eh bien ! En présence de Deiotarus, Ariobarzanes et Pharnace, je ne risque guère d'avoir du temps à consacrer à une demi-douzaine de Juifs querelleurs. Je peux cependant comprendre la haine que nos cinq mauvaises herbes vouent à notre rose Hérode.

— Pourquoi ? demanda Dellius, affichant un intérêt mêlant respect et crainte.

— Pour commencer, à cause des insignes royaux. Se draper d'or et de pourpre tyrienne constitue une entorse aux lois juives, qui interdisent ornements royaux et images et exigent que tout l'or soit versé au Grand Temple au nom de l'ensemble du peuple. Lorsque Crassus y a volé deux cents talents avant de partir à la conquête du royaume des Parthes, les Juifs l'ont maudit. Il l'a d'ailleurs payé d'une mort ignominieuse. Puis Pompée le Grand est venu réclamer de l'or, et César et Cassius à leur tour. Ils ont beau espérer que je m'en dispenserai, ils savent pertinemment que je ne dérogerai pas à la règle. Comme César, je leur demanderai l'équivalent de la somme réquisitionnée par Cassius.

Le front de Dellius se plissa.

— Je ne...

— César a exigé la même somme que Pompée le Grand.

— Oh, je comprends ! Je te prie d'excuser mon ignorance.

— Nous sommes tous ici pour apprendre, Quintus Dellius, et je vois en toi un homme qui progresse vite. Renseigne-moi donc sur ces Juifs. Que désirent les mauvaises herbes ? Que veut la rose ?

— Les mauvaises herbes réclament l'exil d'Hérode sous peine de mort, répondit le légat, abandonnant la métaphore aviaire au profit de celle de Marc Antoine, qui lui convenait parfaitement si elle plaisait au triumvir. Quant à Hérode, il souhaite un décret par lequel Rome l'autorise à vivre librement en Judée.

— Et qui profitera le plus à Rome ?

— Hérode, répondit Dellius sans un soupçon d'hésitation. Peut-être n'est-il pas juif à leurs yeux, mais il projette de les gouverner en épousant une princesse de sang pur. S'il y parvient, je pense que Rome comptera un loyal allié.

— Dellius ! Dellius ! Tu ne crois tout de même pas Hérode capable de loyauté !

Le visage de faune du légat se froissa dans un sourire malicieux.

— Assurément si, lorsqu'il y va de son propre intérêt. Il n'ignore pas que le peuple qu'il veut gouverner l'exècre tant qu'il tentera de le tuer si un dixième d'occasion se présente. Rome servira donc toujours mieux ses intérêts que les Juifs. Tant qu'il pourra la compter parmi ses alliés, il ne craindra rien, hormis les empoisonnements et les embuscades. Mais je ne l'imagine pas manger ou boire quoi que ce soit qui n'ait été correctement goûté, ni s'aventurer en terre étrangère sans un garde du corps gentil à la patte bien graissée.

— Merci, Dellius !

Poplicola s'immisça entre eux.

— Un problème de résolu, Marcus Antonius ?

— Oui, avec l'aide de Dellius. Majordome, évacue la salle ! brailla-t-il. Où est Lucilius ? Il me faut Lucilius !

Le lendemain, les cinq membres du Sanhédrin juif se retrouvèrent premiers sur la liste des suppliants appelés par le héraut de Marc Antoine. Vêtu de sa toge à bordure pourpre, un rouleau d'ivoire à la main comme seul symbole de son *imperium*, le triumvir faisait forte impression sur l'estrade qui l'élevait au-dessus de la salle pleine à craquer. À son côté se tenait son cher secrétaire, Lucilius, autrefois au service de Brutus. Douze licteurs en cramoisi se dressaient autour de sa chaise curule en ivoire, balançant entre leurs jambes leurs faisceaux.

Le chef du Sanhédrin se lança dans un long discours en un grec parfait mais agrémenté d'un style si chargé et alambiqué que son auditoire mourait déjà d'ennui lorsqu'il se présenta enfin, ainsi que ses confrères, et expliqua la raison de leur venue dans cette lointaine contrée pour obtenir audience auprès du triumvir.

— Tais-toi donc ! aboya soudain Marc Antoine. Tais-toi et rentre chez toi !

Il arracha des mains de Lucilius un manuscrit, qu'il déroula d'un geste rageur.

— Ce document a été retrouvé parmi les papiers de Caius Cassius après les batailles de Philippes. Il stipule que seuls Antipater, chancelier du dénommé roi Hyrcan, et ses fils Phasaël et Hérode ont collecté de l'or pour l'aider. Qu'ont donc offert les Juifs ? Rien, si ce n'est un gobelet de poison à Antipater ! Abstraction faite de la cause peu louable financée par ces fonds, il m'apparaît clairement que les Juifs vouent un amour bien plus profond à l'or qu'à Rome. À *mon* arrivée en Judée, qu'y trouverai-je de changé ? Rien ! Hérode, lui, me semble un homme désireux de payer à Rome les tributs et impôts qui lui sont dus et servent, laissez-moi vous le rappeler, à préserver la paix et la prospérité de vos royaumes. En les réglant à Cassius, vous n'avez payé que son armée et ses flottes. Ce traître sacrilège s'est approprié ce qui revenait de droit à Rome.

Son regard se posa sur le doyen de l'assistance par son âge et ses années de règne.

— Ah, tremblerais-tu dans tes sandales, Deiotarus ? Crois-moi, tu as de bonnes raisons de le faire !

Dellius avait presque oublié l'art avec lequel Marc Antoine donnait de la virulence à ses paroles. Il se servait des Juifs comme exemple, pour prévenir tous les autres de ne pas espérer la moindre clémence de sa part.

— Au nom du Sénat et du peuple de Rome, par le présent acte, je donne à Hérode, à son frère Phasaël et à toute sa famille la liberté de résider sur tout le territoire romain, Judée incluse, reprit-il. Bien que je ne puisse empêcher Hyrcan de prendre le titre de roi de ce peuple, il reste, aux yeux de Rome, rien de plus ou de moins qu'un ethnarque. La Judée se compose désormais de cinq petites régions éparpillées en Syrie du Sud et demeurera ainsi. À Hyrcan reviennent Jérusalem, Gazara et Jéricho. Phasaël, fils d'Antipater, est nommé tétrarque de Sepphoris et Hérode, fils d'Antipater, tétrarque d'Amathus. Et tenez-vous pour prévenus : si le moindre trouble survient en Syrie du Sud, j'écraserai les Juifs comme des coquilles d'œuf.

En silence, Dellius se réjouissait, transporté de bonheur : il avait réussi, Marc Antoine l'avait écouté !

Près de la fontaine, il retrouva un Hérode aux traits tirés et au teint pâle. Pourquoi n'affichait-il pas la jubilation à laquelle il s'attendait ? Que pouvait donc regretter un indigent apatride fait tétrarque ?

— N'es-tu pas content ? l'interrogea-t-il. Tu as gagné sans même avoir à plaider ta cause, Hérode.

— Pourquoi fallait-il que Marc Antoine nommât aussi mon frère ? grogna l'autre d'un ton rude sans vraiment s'adresser au légat. Il nous a placés sur un pied d'égalité ! Comment puis-je espérer épouser Mariamne quand Phasaël est non seulement mon égal en rang, mais aussi mon aîné ? C'est lui qui obtiendra sa main !

— Allons, allons, l'apaisa Dellius. Tout ceci est loin dans l'avenir, Hérode. Pour le moment, accueille la décision de Marc Antoine comme une chance inespérée. Il s'est rangé de ton côté, coupant leurs ailes aux cinq moineaux.

— Oui, oui, je le sais bien, Dellius, mais cet homme ne manque pas d'intelligence ! Il cherche ce à quoi tous ses pairs un tant soit peu clairvoyants aspirent : l'équilibre. Il n'aurait guère été très romain de me donner autant de pouvoir qu'à Hyrcan, il fallait que Phasaël et moi nous retrouvions sur un plateau de la balance, et le roi sur l'autre. Oh, Marcus Antonius, tu es doué ! Après César le génie, je m'attendais à traiter avec un rustre sans esprit. Au lieu de cela, voilà que je découvre un nouveau César.

Dellius regarda Hérode s'éloigner d'un pas lourd, d'innombrables pensées tourbillonnant dans son esprit. Entre la brève conversation du dîner et l'audience, Marc Antoine avait pris le temps d'effectuer des recherches, d'où ses beuglements pour qu'on lui appelât Lucilius ! Quels imposteurs ils faisaient, lui et Octavien ! Ainsi ils avaient brûlé tous les documents de Brutus et de Cassius… Comme Hérode, il avait pris Marc Antoine pour un lourdaud instruit, mais il s'était trompé sur toute la ligne ! Habile et malin, le triumvir s'emparerait de tout ce qu'offrirait l'Asie, élevant l'un, abaissant l'autre, jusqu'à jouir d'une autorité absolue sur les royaumes clients et les satrapies. Il n'œuvrait pas pour Rome mais pour lui seul après avoir renvoyé Octavien à l'Italie et lui avoir assigné une tâche assez ardue pour briser le fragile jeune homme. Et si jamais il s'avisait de résister, Marc Antoine ne serait pas pris de court.

2

Lorsque Marc Antoine quitta la capitale de Bithynie, tous les potentats l'imitèrent, soucieux de réitérer leur loyauté envers le nouveau gouvernement de Rome. Brutus et Cassius les avaient dupés, abreuvés de mensonges, soumis aux pires pressions et, malheur à eux, contraints par la force ! Marc Antoine, dont les réserves de patience s'épuisaient rapidement sous l'effet des pleurs et gémissements orientaux, ne suivit pas l'exemple du grand Pompée, de César ou d'autres avant lui. Jugeant inutile d'inviter les plus importants de ses suppliants à partager son dîner ou à voyager en sa compagnie, il ignora tout bonnement son escorte royale de Nicomédie à Ancyre, unique ville d'importance en Galatie.

Là, au milieu des vastes vallons herbeux offrant les meilleurs pâturages à l'est de la Gaule, il dut se résoudre à fournir quelque effort d'amabilité envers Deiotarus qui l'hébergea dans son palais. Au cours de ces quatre laborieux jours, trois de trop à son goût, Marc Antoine informa le monarque qu'il conserverait son royaume... jusqu'à nouvel ordre. Son fils Deiotarus Philadelphe reçut le fief de Paphlagonie, une région montagneuse, sauvage et surtout inutile, alors que Castor, son rejeton favori, n'obtint pas la moindre petite parcelle de terre. Comment le vieillard devait-il le prendre ? Cela dépassait ses facultés mentales sur le déclin. En revanche, tous les Romains de l'entourage de Marc Antoine comprirent que se préparaient en Galatie des changements radicaux dont ne bénéficierait aucun membre de la dynastie régnante.

— Au moins sommes-nous débarrassés d'une bonne partie des parasites ! lança gaiement le triumvir lorsque la colonne romaine se mit en route pour la Cappadoce.

Ce pétulant idiot de Castor avait amené avec lui le bougre chargé de lui couper les ongles de pied. Comment imaginer qu'un aussi grand guerrier que Deiotarus ait engendré un tel sodomite ?

À son côté, Dellius montait une jument rouanne à la foulée généreuse. Auparavant condamné à le suivre à pied, Icare avait hérité d'un poney rétif.

— Dommage que tu aies perdu Pharnace et sa cour.

— Peuh ! Il n'aurait jamais dû venir, rétorqua-t-il, les lèvres ourlées de mépris. Il ne vaut pas son père, sans parler de son grand-père.

— Le grand Mithridate ?

— En est-il d'autre ? Voilà un homme, Dellius, qui a bien failli écraser Rome. Quel guerrier redoutable !

— Pompée le Grand l'a vaincu d'un claquement de doigt.

— Foutaises ! Cette victoire revient à Lucullus. Ce cher Pompée le Grand s'est contenté de récolter les fruits du labeur d'un autre, une manie chez lui. Sa vanité a cependant fini par avoir raison de lui, il s'est pris à son propre jeu. Dire que certains hommes, romains ou autres, ont eu la prétention de croire qu'ils pouvaient battre César !

— Toi, tu l'aurais battu sans difficulté, Marcus Antonius, remarqua Dellius, sans que sa voix n'indique la moindre flagornerie.

— *Moi ?* Pas même si tous les dieux m'avaient assisté ! César appartenait à une espèce à part, je n'éprouve aucune honte à le reconnaître. Des cinquante batailles qu'il a commandées, il n'en a perdu aucune. Oh, je vaincrais Pompée le Grand s'il vivait encore, ou Lucullus, voire Caius Marius... Mais César ! Alexandre le Grand lui-même aurait plié face à lui !

Sa voix de ténor léger, surprenante chez un homme de sa stature, ne trahissait pas le moindre ressentiment. Ni le moindre soupçon de culpabilité... Marc Antoine adhérait à l'idée que les Romains se faisaient de la responsabilité : puisqu'il n'avait pas levé le petit doigt contre César, il pouvait dormir sur ses deux oreilles. Après tout, le complot ou la conspiration ne constituaient pas un crime, même lorsqu'ils y conduisaient.

Reprenant leurs chants à tue-tête, les deux légions et la cavalerie derrière lui pénétrèrent dans les gorges du grand fleuve carmin, Halys. Sa beauté dépassait l'imagination des Romains tant ses généreux rochers rougeoyaient et ses escarpements et saillies présentaient de plans tortueux. De vastes étendues plates bordaient le large lit où l'eau s'écoulait paresseusement dans l'attente de la fonte des neiges. Les mers recelant trop de dangers en hiver, Marc Antoine avait jugé plus sûr de rejoindre la Syrie par voie de terre, ce qui lui donnait l'opportunité de demeurer auprès de ses troupes, autrefois aux ordres de Cassius, le temps de s'assurer leur loyauté. Dans la vallée, ils se trouvaient relativement à l'abri du vent qui rendait le froid glacial lorsqu'il se levait. En outre, les hommes et les chevaux pouvaient, malgré la couleur vermeille du fleuve, s'y abreuver sans crainte, l'Anatolie centrale n'étant pas un lieu très fréquenté.

Eusebeia se nichait sous la masse enneigée du mont Argée, un volcan que personne, pas même les plus anciens, ne se souvenait avoir vu en éruption. Gouvernée par des rois faibles et trop parcimonieux pour entretenir une armée, la petite cité bleue avait subi, depuis des temps immémoriaux, tous les pillages possibles et imaginables.

Devant la pauvreté qui régnait dans ses rues, Marc Antoine prit conscience des difficultés qu'il rencontrerait pour continuer à puiser en Orient l'or et les trésors de Rome. Brutus et Cassius s'étaient emparés de tout ce que le roi Mithridate le Grand avait négligé. Ce constat terriblement contrariant le conduisit à quitter le palais vide pour aller explorer le royaume voisin, abandonnant le roi de Cappadoce à sa sénilité et son fils à son incompétence tragicomique. Accompagné de Poplicola, des frères Decidius Saxa et de Dellius, il pénétra donc dans le territoire des prêtres de Ma, à Comane, avec l'espoir d'y trouver quelque fortune sous une dalle dissimulée. Mais les prêtres ne reculaient devant rien pour protéger leur richesse, y compris de laisser les rois pour morts.

La déesse Ma se présentait comme l'incarnation de Kubaba ou Cybèle, Grande Mère de la Terre régnant sur tous les dieux, mâles et femelles, à l'heure où l'humanité commençait à conter son histoire autour de feux de camp. Au fil des âges, elle avait perdu son pouvoir, excepté dans les deux Comane, en Cappadoce et au Pont, ainsi qu'à Pessinonte, non loin de l'endroit où Alexandre le Grand avait tranché d'un coup d'épée le fameux nœud gordien. Délimité par des frontières naturelles, chacun de ces trois domaines fonctionnait en royaume indépendant gouverné par un grand prêtre.

Faisant fi de l'escorte de soldats qui s'était jointe à eux, Marc Antoine, ses quatre amis et une flopée de serviteurs chevauchèrent dans le ravissant petit village cappadocien, promenant un œil satisfait sur ses coûteuses demeures, ses jardins riches de promesses de fleurs printanières et le chemin pavé bordé de peupliers qui menait à l'imposant temple de Ma érigé au sommet d'une petite colline peuplée de bouleaux. Un peu plus loin, le palais se dressait sur des colonnes doriques azur à la base et au chapiteau écarlates. En arrière-plan, ses murs se déployaient dans un bleu beaucoup plus sombre, soulignant le toit de bardeaux ourlé de dorures.

Un jeune homme proche de la vingtaine les attendait sur le pas de la porte, le corps couvert de couches superposées de gaze verte, une coiffe d'or ronde sur son crâne rasé.

— Marcus Antonius, dit le triumvir pour se présenter.

Il glissa de son cheval gris pommelé puis tendit négligemment les rênes à l'un des trois serviteurs qu'il avait amenés avec lui.

— Bienvenue, seigneur Antonius, le salua le jeune moine avec une grande révérence.

— Marcus Antonius suffira car Rome ne connaît pas de seigneur. Et toi, qui es-tu, crâne d'œuf ?

— Archélaüs Sisenna, prêtre-roi de Ma.

— N'es-tu pas un peu jeune pour régner ?

— Mieux vaut être trop jeune que trop vieux, Marcus Antonius. Bienvenue dans ma demeure.

La visite débuta par une joute verbale placée sous le signe de la méfiance, un exercice auquel Archélaüs Sisenna, un garçon encore plus jeune qu'Octavien, se révéla un digne adversaire. De nature généreuse, Marc Antoine ne put s'empêcher d'admirer la maîtrise de son hôte dans cet art. De même qu'il aurait volontiers toléré Octavien sans la rivalité qui l'opposait à l'héritier de César.

En dépit d'édifices charmants et d'aménagements au goût d'un cœur romain, une heure ne s'était pas écoulée sur la clepsydre que les visiteurs constataient déjà que toutes les richesses que Comane avait un jour possédées n'étaient plus. Le siège du royaume ne se trouvant qu'à cinquante milles de la capitale de Cappadoce, les compagnons de Marc Antoine s'imaginaient le quitter dès les premières lueurs de l'aube pour rejoindre les légions et continuer leur marche.

— Permets-tu que ma mère partage notre dîner ? demanda le prêtre-roi à Marc Antoine sur un ton plein de déférence. Ainsi que mes jeunes frères ?

— Le nombre des convives ne fait qu'augmenter le plaisir du dîner, répondit le triumvir avec civilité.

Il avait déjà trouvé des réponses à certaines questions intéressantes mais considérait plus prudent de juger par lui-même de la famille dans laquelle avait grandi ce jeune précoce, intelligent et intrépide.

Archélaüs Sisenna et ses deux frères formaient un joli trio plein d'esprit, savant en littérature et philosophie grecques et fort de quelques notions de mathématiques. Des considérations qui perdirent toute importance à l'apparition de Glaphyre. Comme toutes les prêtresses de Ma, elle était entrée au service de la Grande Mère à treize ans. De sang royal, elle n'avait cependant pas eu à déployer sa natte dans le temple pour offrir sa virginité au premier venu, à l'instar des autres vierges pubères recrutées la même année, mais avait été autorisée à désigner l'homme de son choix. Elle avait quatorze ans lorsque ses yeux s'étaient posés sur un sénateur romain de passage, qui avait engendré Archélaüs Sisenna sans même le savoir. Son deuxième enfant lui avait été donné par le roi d'Olba, descendant de l'archer Teucer, frère et allié d'Ajax à Troie. Enfin, elle avait conçu son dernier-né avec un bel inconnu venu de Médie à la tête d'une caravane de bœufs, avant de prendre une retraite consacrée à l'éducation de ses fils. En cette année, elle avait trente-quatre ans et en paraissait vingt-quatre.

Pour Poplicola, la présence de cette belle femme à un dîner dont l'invité d'honneur était un séducteur notoire relevait d'une étrange coïncidence. Mais Glaphyre, elle, ne nourrissait pas le moindre doute sur sa motivation. Loin d'elle toute pensée libidineuse. En bonne servante de la déesse, elle avait depuis longtemps banni de sa vie l'humiliant désir sexuel. Non, elle songeait à laisser à ses fils plus qu'un minuscule royaume de prêtres et entendait s'approprier toutes les terres d'Anatolie sur lesquelles elle pourrait mettre la main. Or si Marc Antoine tenait la réputation qui l'avait précédé, il constituait pour elle une opportunité unique.

Il n'échappa à personne que le triumvir eut le souffle coupé à l'entrée de Glaphyre. Quelle beauté ! Grande et gracieuse, elle portait une robe grecque bleue en simple laine qui laissait deviner un buste splendide et de longues jambes. Ses voluptueuses lèvres rouges, son teint pur de pétale de rose et ses yeux bleus brillant entre d'épais cils sombres auraient fait pâlir d'envie Hélène. Tombant sur son dos comme un drap argenté, ses cheveux blonds d'une raideur parfaite constituaient son unique bijou.

Poplicola et Dellius furent chassés de la banquette si soudainement qu'ils manquèrent perdre l'équilibre. Ils ne s'étaient pas rétablis qu'une large main tapotait déjà la place qu'ils avaient libérée.

— Ici, avec moi, superbe créature ! Comment te nommes-tu ?

— Glaphyre.

Ce disant, elle envoya valser ses pantoufles de feutre et attendit qu'un serviteur vînt lui passer au pied de chaudes chaussettes. Alors elle glissa avec souplesse sur la banquette, mettant suffisamment de distance entre elle et le Romain pour éviter qu'il ne l'étreignît, ce dont il semblait mourir d'envie. Son salut lui confirma une chose : il se montrait un amant aussi peu subtil que le voulait la rumeur. Pour lui les femmes ne représentaient rien de plus que des commodités. Mais elle, Glaphyre l'obstinée, devait s'employer à se rendre plus indispensable que son cheval, son secrétaire ou son pot de chambre. S'il la fécondait, elle ferait une offrande à la déesse pour donner naissance à une fille. Une fille de Marc Antoine à marier au roi des Parthes. Quelle alliance ! Ce n'était pas en vain que les prêtresses de Ma apprenaient à se servir de leur vagin mieux qu'une suceuse de sa bouche ! Elle ferait de cet homme son esclave.

Ainsi Marc Antoine s'attarda à Comane jusqu'à la fin de l'hiver et, lorsqu'il se mit enfin en route pour la Cilicie et Tarse, il emmena avec lui Glaphyre. La Cappadoce ne manquant pas de femmes dont les maris avaient été massacrés sur le champ de bataille ou réduits en esclavage, ses dix mille légionnaires accueillirent ce contretemps sans broncher. Fermiers avant d'être guerriers, ils apprécièrent le sursis, d'autant que la terre de Cappadoce, malgré son altitude, leur rappelait leur Gaule cisalpine et les plaines du Pô où les avait recrutés César. Ils laissèrent ainsi derrière eux plusieurs milliers d'enfants hybrides romains à naître, des femmes comblées et des terres dûment labourées et cultivées.

La colonne s'engagea sur une route romaine se déroulant entre deux imposantes chaînes de montagnes puis plongea dans d'immenses forêts aromatiques de pins, mélèzes, épicéas et sapins, accompagnée par l'incessant grondement du torrent, jusqu'au col des Portes ciliciennes. Là, la pente devenait si raide qu'elle n'était échelonnée que tous les cinq pas. Si les hommes avaient dû grimper le dénivelé, l'on aurait entendu les plus belles obscénités latines. Mais comme ils continuaient leur descente, le chemin leur sembla aussi doux qu'un rayon de miel du mont Hymette. Au plus fort de la fonte des neiges, les sources du fleuve Cydnus tourbillonnaient en cascade comme un immense chaudron bouillonnant et les nuits se réchauffèrent après le passage des Portes de Cilicie. Sur une voie plus praticable, ils dévalèrent la pente vers le Mare Nostrum jusqu'à une vingtaine de milles de la côte, sur la rive du Cydnus.

Rien ne préparait les hommes au choc que leur réservait Tarse. Comme Athènes, Éphèse, Pergame et Antioche, la cité figurait parmi les lieux que connaissaient la plupart des nobles romains, ne serait-ce que pour y être passés le temps d'une visite rapide. Or il ne restait rien du somptueux joyau de leurs souvenirs. Cassius avait tant assujetti la ville que, après avoir fondu tout l'or et l'argent de ses œuvres d'art, ses habitants s'étaient vus contraints de vendre la population en esclavage. D'abord les âmes de basse extraction puis, tour à tour, celles qui venaient à leur suite sur l'échelle sociale. Lorsque, las d'attendre, Cassius avait mis les voiles avec les cinq cents talents d'or difficilement rassemblés, il ne restait plus que quelques milliers d'hommes libres sur un demi-million. Quant à leur fortune, elle était à tout jamais perdue.

— Par tous les dieux, je hais Cassius ! pesta Marc Antoine, dont la déception atteignait un niveau insoupçonné. S'il a mis Tarse dans une telle misère, quelle désolation a-t-il laissée en Syrie ?

— Allons, Marcus Antonius, tout n'est pas perdu ! l'apaisa Dellius.

Le légat était parvenu à ses fins, prenant la place de Poplicola en tant que principal conseiller du triumvir. Ce dernier pouvait bien conserver l'honneur de figurer parmi les amis intimes de Marc Antoine ! Lui, Quintus Dellius, s'estimait pleinement satisfait d'être celui que le Grand Homme écoutait. Justement, en ce sombre moment, il tenait à formuler quelque utile suggestion.

— Tarse est certes une grande cité, le centre de l'ensemble du commerce cilicien, mais la riche et fertile contrée de Cilicie a rompu toute relation avec elle dès que Cassius y a pointé le bout de son nez. Aucun gouverneur romain n'a jamais réussi à imposer cette terre. Les brigands et renégats arabes qui la contrôlent en tirent bien plus que Cassius. Pourquoi ne pas envoyer tes troupes en exploration là-bas ? Rien ne t'empêche de demeurer ici et de laisser le commandement à Barbatius.

Marc Antoine ne pouvait nier la perspicacité de cette remarque. Mieux valait, et de loin, se tourner vers la Cilicie pour le ravitaillement de ses troupes plutôt que d'essayer d'obtenir quoi que ce soit de la ville plongée dans la misère, en particulier si elle regorgeait de bastions de bandits ne demandant qu'à être pillés.

— Voilà un sage conseil que je compte suivre, répondit-il. Mais cela ne suffira guère. Je comprends maintenant mieux la détermination de César à conquérir le royaume des Parthes ; ce côté de la Mésopotamie n'a guère à offrir. Oh, maudit soit ce minable Octavien pour avoir dérobé les trésors de guerre de son père ! Toutes les missives d'Italie que je recevais en Bithynie rapportaient son agonie à Brindes, affirmant qu'il ne survivrait pas plus de dix milles sur la via Appia. Et qu'est-ce que j'apprends de ces sédentaires tout juste bons à écrire des courriers, ici, à Tarse ? Qu'il a toussé et crachoté jusqu'à Rome, où il s'active maintenant à flatter les représentants des légions et à réquisitionner les domaines publics des villes ayant soutenu Brutus et Cassius, quand il n'expose pas son cul à la lubricité de singes comme Agrippa !

Si Dellius ne détournait pas la conversation, Marc Antoine réclamerait à grands cris du vin sans eau et c'en serait fini de la sobriété. Cette chienne sournoise de Glaphyre n'aidait en rien, tout occupée à œuvrer pour ses fils. Avec un claquement de langue de sympathie, Dellius tenta donc de reporter l'attention du triumvir sur les solutions de financement offertes par un Orient en ruine.

— Il existe bien une autre solution que les Parthes, Marcus Antonius.

— Antioche ? Tyr ? Sidon ? Cassius y est déjà passé.

— Certes, mais il n'a pas poussé jusqu'en Égypte, observa le légat, laissant le dernier mot s'échapper de ses lèvres comme une goutte de sirop. L'Égypte pourrait s'offrir Rome comme elle s'offre une poignée de grain, tous ceux qui ont entendu Marcus Crassus le savent. Cassius cheminait vers l'Égypte lorsque Brutus l'a convoqué à Sardes. Malheureusement, il a recruté les quatre légions égyptiennes d'Allienus en Syrie, ce qui décharge la reine Cléopâtre de toute responsabilité. Cela dit, elle ne vous a pas non plus envoyé d'aide à toi et à Octavien. Son inaction vaut bien une amende de cent mille talents.

— Ce ne sont que rêvasseries, Dellius, grogna Marc Antoine.

— Loin de là ! L'Égypte possède une richesse incroyable.

Marc Antoine n'écoutait qu'à moitié, penché sur une lettre de sa femme, Fulvie. Plus belliqueuse que jamais, elle se plaignait des perfidies d'Octavien et décrivait la situation précaire de ce dernier en des termes brutaux et crus. « Le moment est venu, avait-elle griffonné de sa propre main, de soulever l'Italie et Rome contre lui ! » Elle argumentait en avançant que Lucius Antonius, conscient de l'opportunité, commençait à recruter des légionnaires. Un ramassis de sottises, songea Marc Antoine, qui ne croyait pas son frère capable de compter dix perles sur un abaque. Le Lucius Antonius qu'il connaissait, meneur d'une révolution ? Non, il enrôlait des hommes pour son cher grand frère Marcus. Il avait beau avoir été nommé consul cette année, c'était Servilius Vatia, son pair, qui devait diriger les opérations. Ah, les femmes ! Pourquoi Fulvie ne pouvait-elle se contenter de discipliner ses enfants ? Ceux qu'elle avait donnés à Clodius étaient trop grands pour demeurer sous sa tutelle, mais il lui restait le fils qu'elle avait eu de Curion et ses deux fils à lui.

Au moins savait-il maintenant qu'il lui faudrait reporter son expédition contre les Parthes d'une année encore, si ce n'était plus. Aux problèmes de financement venait s'ajouter la nécessité de surveiller Octavien de près. Il lui faudrait stationner à l'Ouest ses meilleurs généraux, Pollio, Calenus et le loyal Ventidius, avec le gros de ses légions pour garder un œil sur le triumvir à Rome. Ce cher Octavien ! Voilà qu'il le suppliait par courrier de jouer de son influence pour apaiser Sextus Pompée, qui se comportait comme un pitoyable pirate en prenant le contrôle des routes maritimes pour faire main basse sur le grain de Rome. La tolérance envers le fils de Pompée ne figurait pas dans leur accord, lui rappelait son collègue triumvir en des mots geignards. Ne se souvenait-il pas de ce qui avait été décidé à l'issue des batailles de Philippes ?

En réalité, Marc Antoine ne s'en souvenait que trop bien. Amer, il repensa au lendemain de la victoire, lorsqu'il lui était apparu avec la clarté de l'eau de roche qu'il ne pourrait jamais récolter à l'Ouest les lauriers qui lui permettraient d'éclipser

Jules César. Il avait compris qu'il lui faudrait, pour le surpasser, écraser les Parthes.

Le manuscrit de Fulvie glissa sur le bureau, s'enroulant sur lui-même. Il planta ses yeux dans ceux de Dellius.

— Crois-tu que l'Égypte dispose de tout cet argent ?

— Aucun doute ! s'enthousiasma le légat. Réfléchis, Marcus Antonius ! L'or de Nubie, les perles marines de Taprobane, les pierres précieuses du Sinus Arabicus, l'ivoire de la Corne de l'Afrique, les épices d'Inde et d'Éthiopie, le monopole mondial du papier, et plus de grain que d'hommes pour le manger. Le revenu public égyptien s'élève à six mille talents d'or par an, et le pharaon en met autant dans sa bourse.

— Je constate que tu as bien appris ta leçon, remarqua Marc Antoine avec un grand sourire.

— De meilleur gré que lorsque j'étais élève.

Le triumvir se leva pour gagner la fenêtre, sans voir les mâts qui, au-delà de l'agora et des ramages, transperçaient un ciel sans nuage. Son regard était tourné vers l'intérieur, braqué sur les souvenirs qu'il gardait de cette créature rachitique installée par César dans une villa de marbre de l'autre côté du Tibre. Lorsqu'elle avait appris son exclusion des murs de Rome, Cléopâtre s'était répandue en injures. Certes pas devant César, qui ne tolérait pas ses caprices, mais quelle histoire lorsque ce dernier avait le dos tourné ! Les efforts des amis du Grand Homme, qui avaient tour à tour tenté de lui faire entendre que la religion interdisait à une reine consacrée d'entrer dans la cité, n'avaient pas suffi à étouffer ses plaintes. Quel caractère cachait cette petite bonne femme aussi sèche qu'une brindille, qui ne devait d'ailleurs pas avoir épaissi en retrouvant son royaume après la mort de son amant. Oh, combien Cicéron s'était réjoui lorsqu'il avait appris que son vaisseau avait été englouti par le Mare Nostrum ! Et quel ne fut pas son abattement lorsque la rumeur avait été démentie ! Mais Cicéron ne se doutait alors pas que le pire l'attendait. Avoir osé l'invectiver lui, Marc Antoine, au Sénat, revenait à un suicide ! Sa mort fut ordonnée. Après son exécution, Fulvie lui avait enfoncé un stylet dans la langue avant que sa tête ne fût exhibée sur les rostres. Fulvie ! En voilà une femme ! Il n'avait jamais porté d'intérêt à Cléopâtre, ou pris la peine d'assister à ses soirées ou ses fameux dîners, fréquentés par trop d'intellectuels, de savants, de poètes et d'historiens. Sans parler de tous ces dieux à tête d'animaux dans sa salle de prière ! Il n'avait jamais vraiment compris César et sa passion pour Cléopâtre demeurait à ses yeux son plus grand mystère.

— Fort bien, Quintus Dellius. Je vais donner à la reine d'Égypte l'ordre de comparaître devant moi à Tarse pour avoir aidé Cassius. Tu n'as qu'à lui porter toi-même la convocation.

Le lendemain, Dellius rejoignit la route qui menait à Antioche puis longea la côte jusqu'à Péluse, plus au sud, en savourant sa chance. Lorsqu'il avait exigé d'être équipé avec l'apparat que requérait l'importance de sa mission, Marc Antoine avait eu l'obligeance de lui affecter une petite suite et deux escadrons de cavalerie pour sa protection. Hélas, il ne voyagerait pas en litière, un moyen de transport trop lent pour l'impatient triumvir, qui lui avait donné un mois pour atteindre Alexandrie, à un millier de milles de là. Il lui fallait se hâter car il ignorait combien de temps il mettrait à convaincre la reine d'obéir à la sommation et de se présenter devant le tribunal de son maître.

3

Le menton reposant paresseusement sur la main, Cléopâtre observait son fils s'appliquer sur ses tablettes de cire sous l'œil attentif de Sosigène. La présence du philosophe à la droite de son élève se révélait presque superflue ; l'enfant se trompait peu et n'avait jamais tort. Le poids accablant du chagrin remua dans sa poitrine, lui rendant la déglutition pénible. Lorsqu'elle posait le regard sur son fils, c'était César qu'elle voyait. Avec sa gracieuse silhouette élancée, ses cheveux dorés, son long nez bosselé et sa bouche pleine et amusée prolongée en plis délicats aux commissures, Césarion s'imposait comme la réincarnation de son père au même âge. *Oh, César ! César !* Comment vivre sans lui ? Et songer qu'ils l'avaient brûlé, ces barbares de Romains ! Lorsque viendrait son heure, elle rejoindrait un tombeau vide, sans César pour s'élever avec elle et parcourir le royaume des morts. Ils avaient versé ses cendres dans une urne et édifié un monstrueux rond de marbre pour l'abriter. L'épitaphe dorée « VENI•VIDI•VICI » avait été gravée dans la pierre noire polie, selon le souhait de son ami Caius Matius. Elle n'avait jamais vu sa tombe, jamais voulu la voir. De lui ne lui restait qu'une encombrante masse de chagrin qui ne la quittait plus, hantait ses rêves lorsqu'elle trouvait enfin le sommeil et riait de ses aspirations en regardant leur fils. Pourquoi ne songeait-elle jamais aux temps heureux ? Ainsi s'exprimait donc la perte ? Par cette incapacité à détourner ses pensées de la vanité du moment présent ? Depuis que ces Romains pharisaïques avaient assassiné César, son monde s'était réduit en cendres condamnées à ne jamais se mêler à celles de l'être aimé. Ainsi songeait Cléopâtre, le cœur en larmes.

Les raisons de se lamenter ne manquaient pas. Trois ans que le Nil refusait de sortir de son lit, trois ans que ses eaux fécondes ne nappaient plus les champs pour s'infiltrer dans la terre et amollir les semences. Le peuple criait famine. À cet effroyable fléau était venue s'ajouter la peste. Charriée par le fleuve sacré, elle était descendue par les cataractes de Memphis jusqu'à la formation du delta avant d'atteindre Alexandrie.

Depuis son trône d'or, la reine ne prenait jamais les bonnes décisions, incapable de comprendre que son peuple ne pouvait se nourrir du précieux métal qui décorait son palais.

La promesse d'innombrables richesses n'avait pas suffi à persuader Syriens et Arabes de s'aventurer sur les eaux divines pour recueillir les jarres de grain qui pourrissaient sur les embarcadères. Puis le manque de main-d'œuvre pour irriguer les terres avait compromis les futures récoltes. Rien ne germa et la reine affirma ne pouvoir nourrir qu'un tiers des trois millions d'habitants d'Alexandrie. Comme seuls les citoyens possédaient le privilège d'acheter du blé dans les greniers, elle émit un décret spoliant les Juifs et les Métèques de leur citoyenneté, au prix de violentes émeutes. Mais à quoi bon ? La peste avait déferlé sur la cité peu après et emporté deux millions d'âmes sans distinction de classe, y compris les Grecs et Macédoniens pour qui elle avait sacrifié Juifs et Métèques. Après l'épidémie, le blé suffisait amplement à nourrir les survivants, toutes ethnies confondues. Mais bien qu'elle eût rendu leurs droits à chacun, la haine à son égard subsistait. Elle avait commis erreur sur erreur. Sans César pour la guider, elle s'était montrée une souveraine bien médiocre.

Dans moins de deux mois, son fils fêterait ses six ans, six années stériles, sans pouvoir concevoir. Elle ne lui avait donné ni sœur à épouser, ni frère pour le remplacer si un malheur le frappait. Tant de nuits d'amour avec César à Rome, et pas d'enfant ! Isis l'avait donc maudite !

Apollodorus entra d'un pas pressé, accompagné par le cliquetis rythmé de la chaîne dorée symbolisant ses fonctions.

— Ma reine, une missive urgente de Pythodore de Tralles.

La main s'abaissa, le menton se releva.

— Pythodore ? Que désire-t-il ? s'enquit-elle avec un froncement de sourcils.

— Probablement pas d'or, remarqua Césarion en abandonnant ses tablettes. C'est l'homme le plus riche de toute la province d'Asie.

— Prête attention à ton calcul, élève ! l'admonesta Sosigène.

Cléopâtre quitta son fauteuil, traversa la pièce pour rejoindre la clarté dégagée par une ouverture dans le mur et examina le sceau de cire verte orné, en son centre, d'un petit temple entouré des mots « PYTHO•TRALLES ». Tout soupçon écarté, elle brisa le cachet et déroula le document, dont l'écriture peu soignée révélait qu'aucun scribe n'avait été mis dans le secret de son contenu.

Pharaon et Reine, fille d'Amon-Râ,

Vois dans cette lettre celle d'un homme qui aima le divin Jules César durant de longues années et respecta sa dévotion à ton égard. Quoique je n'ignore point que tu possèdes des agents pour te tenir informée des événements à Rome et dans le monde romain, je doute qu'aucun d'entre eux ne jouisse de la confiance de Marc Antoine. Tu sauras, à l'évidence, que le mois de novembre le conduisit de Philippes à Nicomédie, où nombre de rois, princes et ethnarques le retrouvèrent. S'il ne prit guère de mesures susceptibles d'altérer la situation en Orient, il n'en réclama pas moins un tribut immédiat de vingt mille talents d'argent, dont l'ampleur nous scandalisa tous.

Il traversa ensuite la Galatie et la Cappadoce pour rejoindre Tarse. Je l'y suivis avec les deux mille talents d'argent que nous autres, ethnarques de la province d'Asie, rassemblâmes tant bien que mal. Et où se trouvaient les dix-huit mille autres talents ? protesta-t-il. Si je crus réussir à lui faire entendre qu'une telle somme ne pourrait être levée, il proposa une solution digne d'un Romain : lui payer le tribut de neuf années pour nous voir pardonnés. Comme si nous avions épargné l'impôt de dix années en vue de ce sinistre jour ! Ces gouverneurs romains n'écoutent-ils donc jamais ?

J'implore ton pardon, ô grande reine, pour ainsi t'importuner avec nos soucis. Là n'est pas l'objet de cette missive rédigée dans le plus grand secret. Dans peu de jours, tu recevras la visite d'un certain Quintus Dellius, un petit homme rusé et cupide qui, à force de sournoiseries, est entré dans l'estime de Marc Antoine. Ses chuchotements dans le creux de l'oreille du triumvir visent à constituer un trésor de guerre, car Marc Antoine nourrit un ardent désir de finir le travail que la vie n'a pas laissé à César le temps de réaliser : conquérir le royaume des Parthes. La Cilicie est fouillée de fond en comble, les brigands sont chassés de leurs bastions, les voleurs arabes repliés sur le mont Amanus. Une activité lucrative, mais guère assez. Dellius a donc suggéré à Marc Antoine de te convoquer à Tarse pour te condamner à une amende de dix mille talents d'or pour ton soutien à Caius Cassius.

Je ne puis rien faire pour t'aider, ô généreuse reine, si ce n'est te prévenir que Dellius fait actuellement route vers le sud. Peut-être cette information te donnera-t-elle le temps de concevoir un plan pour contrarier ses projets et ceux de son maître.

Sans un mot, Cléopâtre tendit le manuscrit à Apollodorus et se mordilla la lèvre, paupières closes. Quintus Dellius ? Un nom inconnu, porté par un homme qui ne jouissait donc pas de l'influence nécessaire pour assister à ses réceptions à Rome, même les plus vastes. Car Cléopâtre n'oubliait jamais une identité ou le visage qui s'y rattachait. Ce ne pouvait être qu'un Vettius, un chevalier indigne, armé de sa seule fourberie et de son charme, un homme du goût de ce rustre de Marc Antoine. De ce dernier elle gardait un vif souvenir : une silhouette massive, une solide charpente, une musculature herculéenne, des épaules aussi larges que des montagnes, un visage laid dont le nez cherchait à rejoindre le menton saillant par-dessus une petite bouche lippue. Les femmes se pâmaient devant lui car la rumeur voulait qu'il fût doté d'un pénis gigantesque. La belle affaire ! Les hommes, eux, l'appréciaient pour sa franchise, son exubérance et son assurance, ce dont son grand cousin César était vite revenu. Pour Cléopâtre, les tensions entre le dictateur et son maître de la cavalerie expliquaient la rareté des visites que lui payait ce dernier lorsqu'elle demeurait à Rome. Placé aux commandes de l'Italie, il avait massacré huit cents citoyens dans le Forum Romanum, un crime impardonnable aux yeux de son cousin, et avait recherché les faveurs des vétérans, provoquant une mutinerie qui avait brisé le cœur du Grand Homme.

Bien qu'elle sût par ses informateurs que de nombreux Romains considéraient Marc Antoine comme l'un des conspirateurs à l'origine de la mort du père de son fils, elle continuait d'en douter. Dans les quelques lettres qu'il lui avait adressées, il lui expliquait n'avoir eu d'autre choix que d'ignorer le meurtre, de renoncer solennellement à toute vengeance contre les assassins et de fermer les yeux sur leur crime. À plusieurs reprises, il lui assura sa détermination à présenter Césarion au Sénat comme l'un des principaux héritiers de son grand cousin dès que le climat à Rome se serait apaisé. Ses mots s'étaient transformés en baume pour le cœur d'une femme terrassée par le chagrin. Elle voulait y croire ! Bien entendu, il n'entendait pas plier la loi romaine afin que l'enfant soit reconnu en tant que successeur romain de César, mais encourager la Chambre à sanctionner sa légitimité sur le trône d'Égypte. En l'absence de cet aval, son fils devrait affronter les mêmes problèmes que son père, sans cesse soumis à l'incertitude de son emprise sur Rome qui revendiquait la propriété de sa terre. Des problèmes que Cléopâtre avait elle-même rencontrés... jusqu'à ce que César entrât dans sa vie. Mais César n'était plus et son neveu, Octavien, s'était octroyé plus de pouvoir qu'aucun jeune de dix-huit ans ne l'avait jamais fait, avec sang-froid, astuce et promptitude. Elle qui avait vu en lui un père potentiel pour une future progéniture avait renoncé à son plan après s'être vu repousser dans une lettre si brève qu'elle en connaissait le contenu par cœur.

Avec ses yeux tirant sur le rouge et ses boucles cuivrées, Marc Antoine ne ressemblait pas plus à César qu'Hercule à Apollon. Or voilà qu'il avait posé son regard sur l'Égypte, non pas pour courtiser Pharaon, mais pour financer ses guerres avec les richesses du pays. Cela n'arriverait jamais. Jamais !

— Césarion, il est temps pour toi de prendre l'air, annonça-t-elle d'une voix résolue. Sosigène, j'ai besoin de tes services. Apollodorus, va chercher Cha'em. Le conseil doit se réunir.

Lorsque Cléopâtre parlait sur ce ton, personne ne discutait, surtout pas son fils, qui se retira aussitôt en sifflant son petit ratier Fido.

Une fois les membres du conseil rassemblés, elle mit le manuscrit sous le nez de Cha'em d'un geste brusque.

— Lisez ceci, ordonna-t-elle sèchement, tous autant que vous êtes.

— Avec ses légions, Marc Antoine peut mettre à sac Alexandrie et Memphis, observa Sosigène en tendant le courrier à Apollodorus. Depuis que la peste a sévi, personne ne possède l'énergie nécessaire pour résister, pas plus que nous ne disposons des effectifs indispensables. Les statues en or à fondre ne manquent pas.

Grand prêtre du dieu créateur Ptah, Cha'em avait gagné une place dans la vie et le cœur de Cléopâtre lorsque celle-ci n'était qu'une fillette de dix ans. Son corps brun ferme était enroulé de sous les bras jusqu'aux mi-mollets dans une robe de lin blanc éclatant, rehaussée, au cou, des complexes atours de sa position : des chaînes, des croix, des insignes et un pectoral.

— Marc Antoine ne fondra rien, déclara-t-il avec détermination. Tu vas te rendre à Tarse, Cléopâtre, et l'y rencontrer.

— Telle une *esclave*, une *souris*, un *cabot* sous les coups de fouet ?

— Telle une puissante souveraine. Telle Pharaon Hatshepsout, si grande que ses successeurs ont détruit ses cartouches. Armée de tous les artifices et de toute l'habileté de tes ancêtres. Ptolémée Sôter étant le frère naturel d'Alexandre le Grand, le sang de nombreux dieux coule dans tes veines : Isis, Hathor, Mout. Sans oublier Amon-Râ de par tes deux lignées, celle des pharaons et celle d'Alexandre le Grand, son divin fils.

— Je vois où Cha'em veut en venir, observa Sosigène d'un air pensif. Ce Marc Antoine sera plus facile à duper que César. Tu dois inspirer en lui la terreur divine afin d'obtenir son indulgence. Après tout, tu n'as pas aidé Cassius, et il ne peut prouver le contraire. À son arrivée, ce Quintus Dellius tentera de t'impressionner, il ignore encore qu'aucun sous-fifre n'a le pouvoir d'intimider Pharaon.

— Quel dommage que la flotte que tu as envoyée à Marc Antoine et Octavien eût dû rebrousser chemin, remarqua Apollodorus.

— Oh, ce qui est fait est fait ! répliqua Cléopâtre avec impatience avant de se rasseoir dans son fauteuil, soudain songeuse. Personne ne peut intimider Pharaon, mais… Cha'em, tu demanderas à Tach'a de jeter les pétales du lotus dans la coupe d'Isis. Marc Antoine pourrait se révéler de quelque utilité.

— Majesté ! s'exclama Sosigène, effarouché.

— Allons, Sosigène, l'Égypte importe plus qu'aucun vivant ! J'ai fait une piètre reine, maintes et maintes fois privée d'Osiris ! Devrais-je me soucier du genre d'homme qu'est le triumvir ? Pas le moins du monde ! Du sang julien coule dans ses veines. Si la coupe d'Isis indique qu'il en porte en dose satisfaisante, peut-être pourrai-je lui soutirer plus que lui ne m'extorquera.

— J'y vais de ce pas, déclara Cha'em en se levant.

— Apollodorus, la barge fluviale de Philopator peut-elle supporter un voyage en mer jusqu'à Tarse à cette époque de l'année ?

Le grand chambellan fronça les sourcils.

— Je ne peux le garantir, Majesté.

— Alors sors-la de son abri et mets-la à l'eau.
— Fille d'Amon-Râ, tu possèdes de nombreux vaisseaux.
— Mais Philopator n'en a fait construire que deux, et celui destiné à la navigation en mer a pourri il y a déjà un siècle. Pour inspirer crainte et respect à Marc Antoine, il me faut arriver en somptueux appareil, comme œil romain n'en a jamais vu, pas même celui de Jules César.

Quintus Dellius découvrit en Alexandrie une pure merveille. Durant les sept années écoulées depuis que César avait presque anéanti la cité, Cléopâtre lui avait redonné plus de splendeur que jamais. Toutes les élégantes résidences le long de la voie Royale avaient été restaurées, l'enceinte sacrée dédiée à Sérapis avait été réédifiée à la mode corinthienne et les tours de siège branlantes dont les roues grinçaient le long de la voie Canopique avaient laissé place à de superbes temples et à des institutions publiques qui démentaient les rumeurs de peste et de famine. Une fois n'était pas coutume, songea à tort Dellius en admirant la plate ville verdoyante depuis la colline de Pan, le grand César avait exagéré l'intensité des ravages provoqués par son passage.

Il n'avait pas encore rencontré la reine. Un arrogant du nom d'Apollodorus l'avait informé avec morgue qu'elle se trouvait dans le delta pour une visite de routine à ses manufactures de papier. Le légat avait donc été escorté jusqu'à ses quartiers, d'une somptuosité digne de la cité qui les abritait, et livré à lui-même. Trop zélé pour se contenter d'admirer le site, il s'était attaché les services d'un scribe pour prendre note de ses commentaires à l'aide d'un large stylet sur des tablettes de cire.

Au Sema, Dellius laissa échapper un gloussement jubilatoire.

— Écris, Lasthenes ! « Le tombeau d'Alexandre le Grand et d'une trentaine de Ptolémées dans une enceinte pavée de marbre de collection bleu avec des volutes vert foncé... Vingt-huit statues en or de taille humaine. Un Apollon de Praxitèle en marbre peint. Quatre œuvres d'un maître non identifié en marbre peint, taille humaine... Une peinture de Zeuxis représentant Alexandre le Grand à Issus. Un portrait de Ptolémée Sôter signé Nicias. » Arrête-toi là, le reste n'en vaut pas la peine.

Au Sérapeum, Dellius poussa un hennissement de plaisir.

— Écris, Lasthenes ! « Une statue de Sérapis d'environ trente pieds sculptée par Bryaxis et peinte par Nicias. Une représentation en ivoire des neuf Muses signée Phidias. Quarante-deux statues en or de taille humaine... »

Il s'interrompit pour gratter une Aphrodite en métal précieux et grimaça.

— « Certaines, voire toutes, en plaqué. Un aurige et des chevaux de bronze de Myron. » Cesse ! Attends, ajoute juste « et cetera, et cetera ». Il y a bien trop d'ouvrages médiocres pour tous les cataloguer.

Dans l'agora, Dellius s'immobilisa devant une gigantesque sculpture représentant quatre chevaux cabrés tirant un char de course conduit par une femme. Et quelle femme !

— Écris, Lasthenes ! « Quadrige de bronze conduit par une femme aurige du nom de Bilistiche. » Cesse ! Il n'y a guère plus ici que du moderne, excellent dans son genre mais sans intérêt pour les collectionneurs. Oh, Lasthenes, plus vite !

Il parcourut ainsi la cité de long en large, suivi par son scribe, qui abandonnait dans son sillage des rouleaux de cire comme une mouche dépose ses chiures. Splendide ! À en juger par ce qu'il voyait à Alexandrie, l'Égypte comptait d'ineffables richesses. Mais comment persuader Marc Antoine qu'il gagnerait à vendre ces merveilles comme œuvres d'art plutôt qu'à les fondre ? Par exemple, le tombeau d'Alexandre le Grand, taillé dans un seul bloc de cristal de roche de la transparence d'une eau à peine troublée ! Quel effet cela ferait dans le temple de Diane à Rome ! Quel drôle de petit bonhomme cet Alexandre ! La taille de ses mains et de ses pieds ne dépassait pas celle des membres d'un enfant et sa tête semblait coiffée de laine jaune. Son visage, lui, devait être recouvert d'un masque de cire. Étrange... Étant donné le caractère divin du personnage, Dellius se serait attendu à voir une effigie de la taille de Marc Antoine ! Le Sema devait contenir assez de dalles de marbre pour recouvrir le sol de la *domus* d'un noble romain, pour cent talents, voire plus. Quant à l'ivoire de Phidias, il l'estimait à plus de mille talents.

L'enceinte royale contenait, au sein d'immenses jardins, un tel labyrinthe de palais qu'il renonça à les distinguer les uns des autres. D'exquises petites criques parsemaient le rivage au-delà du port et, au loin, la chaussée de marbre blanc de l'Heptastade reliait l'île de Pharos au continent. Et ce phare ! Il se trouvait devant l'édifice le plus grand du monde, une construction encore plus haute que le colosse de Rhodes.

— Moi qui trouvais Rome ravissante avant de voir Pergame, murmura Dellius pour lui-même, me voilà tout simplement abasourdi devant Alexandrie ! Je n'ai jamais entendu Marc Antoine en parler, il est pourtant venu ici il y a une vingtaine d'années. J'imagine qu'il était trop occupé à répandre sa semence.

La convocation devant la reine Cléopâtre lui arriva le lendemain, ce qui lui convenait à merveille. L'attente lui avait laissé le temps de terminer son inventaire des objets de valeur de la cité, que Lasthenes avait recopié en deux exemplaires sur du bon papier.

Il perçut d'abord l'air parfumé, lourd d'encens capiteux qu'il n'avait encore jamais sentis. Lorsque sa vue prit le relais sur son odorat, il s'ébahit en découvrant un repaire tout en or, des murs au sol, en passant par les statues, les fauteuils et les tables. Un second regard lui indiqua qu'il ne s'agissait que d'un fin revêtement, ce qui n'empêchait pas la pièce de briller de mille feux. Deux murs étaient décorés de fresques représentant d'étranges silhouettes et des plantes en relief, riches de toutes les couleurs imaginables hormis la pourpre tyrienne, dont il ne vit aucune trace.

— Que tous rendent hommage aux deux Pharaons, seigneurs des deux Dames, la Haute et la Basse-Égypte, seigneurs du Carex et de l'Abeille, enfants d'Amon-Râ, Isis et Ptah !

Le grand chambellan scanda ces paroles au rythme du martèlement de sa crosse dorée sur le sol, un son si sourd que le Romain revit son jugement sur la composition de la pièce : il marchait sur un plancher d'or massif.

Tous deux siégeaient sur un trône d'apparat monté sur une estrade d'or, la femme au sommet et l'enfant sur la marche inférieure, vêtus d'un étrange vêtement de lin finement plissé et coiffés d'une imposante couronne d'émail rouge entourant un cône tubulaire d'émail blanc. Une collerette d'or sertie de joyaux cernait leur cou, les bras étaient couverts de bracelets, la taille ceinte d'une large ceinture de pierres précieuses et les pieds chaussés de sandales dorées. Leur visage était recouvert d'une épaisse couche de peinture, blanche pour la femme et rouille pour l'enfant, et le contour de leurs yeux tant souligné de noir et d'ombres colorées que leurs pupilles paraissaient nager, aussi sinistres que des poissons carnassiers, comme aucun œil humain ne semblait pouvoir se mouvoir.

— Quintus Dellius, dit la reine au Romain, qui ignorait tout de la signification du titre de pharaon, nous te souhaitons la bienvenue en Égypte.

— Je me présente en tant qu'ambassadeur officiel de l'*imperator* Marcus Antonius, annonça-t-il, doucement remis de sa surprise, avec ses compliments et salutations pour les trônes jumeaux d'Égypte.

— Comme c'est intéressant, observa la reine, ses yeux flottants plus funestes que jamais.

— Est-ce là tout ? demanda le garçon, dont les prunelles scintillaient davantage.

— Euh... Je crains que non, Majesté. Le triumvir Marc Antoine réclame votre présence à Tarse pour répondre de vos délits.

— Nos délits ? répéta le jeune pharaon.

— L'Égypte aurait apporté son aide à Caius Cassius, rompant par là son statut d'ami et d'allié du peuple romain.

— S'agit-il là d'un délit ? intervint Cléopâtre.

— Des plus graves, Majesté.

— Nous nous rendrons donc à Tarse pour y répondre en personne. Tu peux disposer, Quintus Dellius. Nous te préviendrons dès que nous serons prêts à partir.

Ainsi se voyait-il congédié, sans invitation à dîner, sans réception en son honneur ? Il devait pourtant bien exister une cour à Alexandrie, aucun monarque oriental ne pouvait régner sans plusieurs centaines de flagorneurs pour vanter ses immenses mérites. Mais Apollodorus le chassait bel et bien de la pièce avec autorité et, selon toute apparence, l'intention de l'abandonner à son sort.

— Pharaon naviguera jusqu'à Tarse, l'informa le grand chambellan. Tu disposes donc de deux possibilités, Quintus Dellius : voyager avec tes hommes par la terre ou les renvoyer par cette voie et prendre place à bord de l'un des vaisseaux royaux.

Ils avaient donc été avertis de sa venue par quelque espion sévissant à Tarse. Cette audience n'était qu'une farce pour les remettre, lui et Marc Antoine, à leur place.

— Je prendrai la mer, répondit-il d'une voix vibrante d'arrogance.

— Sage décision.

Avec une révérence, Apollodorus prit congé, laissant un Dellius mis à rude épreuve s'éloigner d'un pas précipité pour calmer sa fureur. Comment osaient-ils ? Cette entrevue ne lui avait pas donné l'occasion de jauger les charmes féminins de la reine, ni même de s'assurer de ses propres yeux de la filiation unissant l'enfant à César. Il s'était retrouvé face à une paire de marionnettes peinturlurées, plus étranges encore que la chose en bois que sa fille traînait partout.

Les rayons du soleil brûlaient la terre. Peut-être pourrait-il s'autoriser un barbotage dans les petites vagues de la délicieuse crique bordant son palais. Dellius ne savait pas nager, contrairement à la plupart des Romains, mais il ne craignait rien en se trempant à hauteur de cheville. Après avoir descendu une série de marches calcaires, il se percha sur un rocher pour déboucler ses sandales bordeaux de sénateur.

— Tu es venu nager ? Moi aussi ! le surprit une voix enjouée, à la fois infantile et profonde. Rien de plus amusant pour se débarbouiller de toute cette gadoue.

Quintus Dellius se retourna pour découvrir l'enfant roi, vêtu d'un simple pagne, le visage encore maquillé.

— Nage, toi, moi je vais patauger, répondit Dellius.

Césarion avança dans l'eau jusqu'à la taille puis bascula en avant pour s'immerger, se mouvant sans crainte dans les eaux profondes. Sa tête disparut, ressortit des vagues couverte d'un curieux mélange noir et rouille. Puis il plongea encore et se releva, de l'eau jusqu'aux hanches.

— La peinture est soluble dans l'eau, même salée, expliqua-t-il en se frottant le visage des deux mains.

Alors apparut César. Personne ne pouvait mettre en doute l'identité du père après avoir posé les yeux sur le fils. Était-ce la raison pour laquelle Marc Antoine voulait le présenter au Sénat et réclamer à la Chambre qu'elle le confirmât sur le trône d'Égypte ? En se montrant à Rome, ce garçon drainerait plus de clients qu'une coque de navire n'attirait d'anatifes. Marc Antoine voulait déstabiliser Octavien, seulement capable de singer César avec ses bottes à semelle épaisse et sa gestuelle répétée avec soin. Face à l'original, il ferait figure de parodie. Oh, comme il était malin de la part de Marc Antoine de vouloir destituer Octavien en révélant Césarion à Rome !

Débarrassée de son maquillage royal à l'aide d'une cuvette d'eau chaude, Cléopâtre laissa échapper un grand rire :

— Apollodorus, quelle merveille ! Où as-tu déniché cela ?

— Il faut croire que son scribe est plus amateur d'argent que d'art, fille d'Amon-Râ. Il en a réalisé un exemplaire supplémentaire pour me le vendre.

Elle tendit les documents qu'elle venait de lire à Sosigène, qui se plongea dans leur étude avec des gloussements.

— Je me demande si Dellius obéissait à des ordres ou au désir de se montrer méritant aux yeux de son maître, s'interrogea Cléopâtre.

— Il faut y voir l'initiative d'un sous-fifre zélé, Majesté, répondit Sosigène en s'essuyant les yeux. C'est ridicule ! Sérapis, peint par Nicias ? Ah ! Ce dernier était mort bien avant que Bryaxis ne coulât sa première statue de bronze ! Et il n'a même pas reconnu l'Apollon de Praxitèle dans le gymnase, selon lui « une sculpture sans grande valeur artistique » ! Quel ignare ce Quintus Dellius !

— Ne le sous-estimons pas sous prétexte qu'il ne fait pas la différence entre un Phidias et une reproduction en plâtre de Naples, avertit Cléopâtre. Cette liste nous prouve que Marc Antoine a désespérément besoin d'argent. De l'argent que je ne suis pas disposée à lui donner.

Cha'em entra de son petit pas vif et léger, suivi de sa femme.

— Tach'a, enfin ! Qu'annonce la coupe au sujet de Marc Antoine ?

Les traits réguliers du beau visage de la prêtresse de Ptah demeurèrent imperturbables. En raison de sa charge, elle avait appris dès le plus jeune âge à ne pas trahir ses émotions.

— Les pétales de lotus ont formé un motif que je n'ai encore jamais observé, fille de Râ. J'ai eu beau les jeter encore et encore sur l'eau, celui-ci revenait sans cesse. Isis accepte bien Marc Antoine comme père de tes enfants mais il faut t'attendre à des difficultés. La conception n'aura pas lieu à Tarse mais en Égypte, et nulle part ailleurs. Sa semence est trop pauvre, il devra se nourrir de jus et de fruits qui fortifiront ses sécrétions.

— Si le dessin est si inédit, chère mère Tach'a, comment peux-tu être si sûre que tel est le message que les pétales nous communiquent ?

— J'ai consulté les archives sacrées, Pharaon. Trois mille ans d'interprétations précèdent les miennes.

Cléopâtre se tourna vers Cha'em.

— Devrais-je refuser de me rendre à Tarse ?

— Non, Pharaon. Mes visions m'informent qu'il te faut y aller. Si Marc Antoine n'est pas le dieu de l'Occident, quelques gouttes de sang divin coulent néanmoins dans ses veines. Cela suffira pour nos desseins, qui ne consistent en aucun cas à mettre un rival sur le chemin de Césarion. Il ne lui faut qu'une sœur à épouser et des frères pour loyaux subalternes.

Un Césarion dégoulinant fit irruption dans la salle.

— Maman, je viens de discuter avec Quintus Dellius, annonça-t-il en s'affalant sur une couche tandis qu'une Charmian hilare partait en courant en quête d'un linge pour le sécher.

— Tiens donc ! En quel honneur ? demanda Cléopâtre, le sourire aux lèvres.

Les grands yeux, plus verts mais moins pénétrants que ceux de César, se plissèrent d'amusement.

— Figure-toi qu'il barbotait lorsque je suis allé me baigner. Tu as bien entendu, il barbotait ! Il m'a avoué qu'il ne savait pas nager. J'en ai conclu qu'il n'avait jamais été *contubernalis* dans quelque armée d'importance. Un vrai soldat de pacotille !

— As-tu tenu avec lui une conversation intéressante, fils ?

— Je l'ai fourvoyé, si c'est ce que tu entends par là. Il soupçonnait quelqu'un de nous avoir prévenus de son arrivée, mais je l'ai convaincu du contraire. L'annonce que nous naviguerions jusqu'à Tarse a éveillé ses soupçons, je lui ai donc laissé entendre que, tous les ans, nous sortions les vaisseaux de leur abri à la fin avril pour examiner les éventuelles voies d'eau et leur donner un peu d'exercice, à eux et leur équipage. « Une chance ! Nous voilà prêts à partir au lieu d'attendre des semaines la réparation des vaisseaux faisant eau », me suis-je exclamé.

Pendant toute l'explication, Sosigène couvait son élève du regard. Et dire qu'il n'avait pas encore six ans. Cet enfant avait reçu la bénédiction de tous les dieux d'Égypte.

— Je n'aime guère ce « nous », observa sa mère, sourcils froncés.

Une ombre se posa sur le petit visage enthousiaste.

— Tu plaisantes, maman ! Je viens avec toi, il le faut !

— Et qui gouvernera en mon absence, Césarion ?

— Pas moi ! Je suis trop jeune !

— Tu es suffisamment grand. Maintenant, cesse ce cirque ! Pas de Tarse pour toi !

Le douloureux verdict atteignit la vulnérabilité du garçonnet qui se cachait sous le titre de pharaon. Césarion sentit sourdre en lui un inconsolable chagrin, une peine dont seul peut témoigner un enfant privé d'une expérience qu'il désire passionnément. Secoué de sanglots bruyants, il repoussa avec violence sa mère qui s'approchait pour le réconforter et s'enfuit de la pièce, la laissant chancelante derrière lui.

— Il s'en remettra, trancha avec confiance Cléopâtre.

Mais Tach'a n'en était pas si certaine. Elle entrevoyait un nouveau Césarion, un enfant impulsif, déchiré, soumis à une pénible solitude. Il tenait de César, sa mère ne le comprenait pas. Le garçon ne mourait pas d'envie d'accompagner Cléopâtre à Tarse pour s'y pavaner en enfant roi, mais pour découvrir de nouveaux horizons, pour donner à sa fougue l'espace qu'elle réclamait au-delà de son petit monde.

Deux jours plus tard, la flotte royale était rassemblée dans le grand port et le gigantesque vaisseau de Philopator amarré au quai du petit abri dénommé « Port royal ».

— Grands dieux ! s'écria Dellius, bouche bée. Tout en Égypte est-il donc plus grand qu'ailleurs ?

— Nous aimons à le penser, répondit Césarion qui, pour des raisons connues de lui seul, avait développé l'habitude de suivre le Romain partout.

— Mais c'est une barge ! Le ballottement va la couler !

— C'est un navire ; les navires sont équipés d'une quille, à l'inverse des barges, rectifia l'enfant sur un ton de précepteur. Celle du *Philopator* a été sculptée dans un immense cèdre abattu au Libanus. Vois-tu, nous possédions encore la Syrie à l'époque. Ce vaisseau est construit dans les règles de l'art, avec une contre-quille, des bouchains et une coque à fond plat. Il offre beaucoup d'espace en cale. Regarde, les deux bancs de rames sont attachés sur des apostis, mais le vaisseau ne pèse pas trop lourd malgré ce poids. Son mât mesure cent pieds de haut. Le capitaine Agathocles a décidé de conserver la voile latine à bord en prévision d'un vent très favorable. Vois-tu la figure de proue ? C'est Philopator en personne, il montre le chemin.

— Tu me sembles très savant sur le sujet, remarqua Dellius, qui n'entendait pas grand-chose à la navigation.

— Nos flottes relient l'Inde et Taprobane. Maman m'a promis de m'amener au Sinus Arabicus pour voir les navires prendre le large lorsque je serai plus grand. Comme j'aimerais les suivre !

Césarion se raidit, soudain sur le qui-vive.

— Voici venir ma garde d'enfant ! Quelle situation exécrable !

Il disparut alors en courant, déterminé à échapper à la pauvre créature, guère de taille à lutter avec son protégé.

Peu après, un serviteur informa Quintus Dellius qu'il lui fallait embarquer sur son navire. Le légat romain ne savait trop s'il devait se réjouir ou se désoler de n'avoir pas été convié sur le *Philopator*. Toutes luxueuses que se révélaient ses installations, le vaisseau royal était condamné à rester à la traîne.

Dellius ignorait que les constructeurs navals de Cléopâtre avaient apporté des changements à l'embarcation. Avec ses trois cent cinquante pieds de long et ses quarante pieds de large, celle-ci avait étonnamment bien survécu aux épreuves maritimes. En plaçant les deux bancs de rames en apostis, les charpentiers avaient augmenté l'espace en cale. Pharaon ne pouvant décemment pas loger à proximité des classes laborieuses, ce lieu était réservé aux cent cinquante passagers du *Philopator*, la plupart dans un état proche de la folie à l'idée de sortir en mer.

Aménagée en appartements privés pour Pharaon, l'ancienne salle des banquets de la poupe offrait une surface assez vaste pour accueillir une chambre spacieuse pour la reine, une autre pour Charmian et Iras, et une salle à manger meublée de vingt et une banquettes. D'origine, la colonnade ornée de chapiteaux en lotus courait jusqu'à l'avant du mât, où avait été érigée une estrade surmontée d'un baldaquin de faïence, soutenu à chaque coin par une colonne supplémentaire. Plus loin se trouvait une salle d'audience réduite pour que Sosigène et Cha'em disposent d'une pièce à part. Enfin, la proue dissimulait avec habileté une cuisine, indispensable pour les traversées en mer qui, à l'inverse des croisières fluviales, ne permettaient pas de préparer les plats sur la rive afin d'éviter le danger du feu.

Cléopâtre voyageait en compagnie de Charmian et d'Iras, les deux Macédoniennes aux cheveux blonds et au sang pur qui avaient partagé ses jeux d'enfance. Elle les avait chargées de choisir trente belles et voluptueuses jeunes filles, mais pas de vulgaires catins, pour venir à Tarse. Alléchées par la promesse d'une petite fortune de dix drachmes, les recrues avaient surtout succombé à la perspective des vêtements qu'il leur serait donné de porter, de délicates étoffes d'or et d'argent, des brocarts tissés de fils de métal scintillants, du lin transparent de toutes les nuances de l'arc-en-ciel et des laines si fines que les cuisses de leurs porteuses semblaient sorties de l'eau. Au marché aux esclaves de Péluse, la reine avait fait l'acquisition d'une dizaine de jeunes garçons exquis et de quinze robustes barbares au physique superbe. Tous portaient un pagne rappelant la queue du paon. Cléopâtre ayant décrété que la décoration du navire s'inspirerait du majestueux animal, suffisamment d'or avait été dépensé en plumes multicolores pour arracher des pleurs à Marc Antoine.

Le premier jour de mai, la flotte mit le cap au nord, toutes voiles dehors, derrière la fière poupe du *Philopator*. L'étésien ne sévissant pas en cette période de l'année, aucun vent n'était susceptible de ralentir sa course vers Tarse. La brise vivifiante soufflant du sud-est gonflait les voiles et soulageait les rameurs sans pour autant annoncer une tempête qui aurait rendu obligatoire une escale en chemin. Le pilote du *Philopator* menait la marche, reconnaissant sans hésitation chaque tronçon de côte syrienne. Au cap Heracleia, en face de la pointe orientale de Chypre, il s'en fut trouver Cléopâtre :

— Majesté, deux possibilités s'offrent à nous, l'informa-t-il, à genoux.

— Quelles sont-elles, Palamedes ?

— Suivre la côte syrienne jusqu'au promontoire de Rhosicum et traverser le golfe d'Issus jusqu'aux estuaires des grands fleuves de Cilicie, mais il faudra alors s'attendre à être ralentis par des bancs de sable et des hauts-fonds...

— Ou ?

— Mettre le cap vers le large et naviguer plein nord-ouest, ce qui est possible par ce vent, jusqu'à rejoindre la côte cilicienne vers l'embouchure du fleuve Cydnus.

— Quelle différence prévois-tu en termes de temps, Palamedes ?

— Difficile à dire, Majesté. Peut-être jusqu'à dix jours... La crue des fleuves de Cilicie dressera un obstacle de plus si nous longeons la côte. Mais tu dois mesurer le danger de la navigation en haute mer. Si une tempête se lève, ou si les vents tournent, nous pouvons nous retrouver n'importe où entre la Lybie et la Grèce.

— Nous prendrons le risque.

Les dieux fluviaux d'Égypte, dont Père Neptune ne s'attendait certainement pas à voir l'influence s'exercer sur la vaste étendue de son royaume, démontrèrent assez de puissance pour diriger la flotte droit sur l'embouchure du Cydnus. Le dieu romain fit alors preuve d'une tolérance suffisante pour conclure un pacte avec ses frères du Sud. Le dixième jour de mai, la flotte se rassembla donc au large de la barre du Cydnus pour se préparer à remonter le courant. À cette époque de l'année, la crue opposait une telle résistance aux embarcations venues de la mer que les rameurs allaient enfin mériter leurs gages ! Entre les pilots peints indiquant le passage, des barges travaillaient inlassablement pour draguer sable et terre. Bien que Cléopâtre eût moins à craindre des risques d'un fort tirant d'eau sur son embarcation cylindrique destinée aux croisières fluviales, elle ordonna aux autres bâtiments de la devancer afin de donner au légat romain le temps de prévenir Marc Antoine de son arrivée.

Dellius trouva le triumvir rompu d'ennui, agité, mais encore sobre.

— Eh bien ? l'interrogea ce dernier en levant les yeux vers lui.

Sa grande main indiqua une table couverte de rouleaux et de papiers.

— Regarde-moi ça ! Ce ne sont que factures ou mauvaises nouvelles ! As-tu accompli ta mission ? Cléopâtre viendra-t-elle ?

— Cléopâtre est ici, Marcus Antonius. J'ai voyagé avec sa flotte, qui se voit actuellement assigner des emplacements de mouillage en aval du fleuve : vingt trirèmes, toutes militaires. Je crains qu'elle n'offre aucune opportunité commerciale.

Dans un grincement de chaise, Marc Antoine leva son immense masse pour rejoindre la fenêtre avec une grâce qui étonnait chaque fois son légat.

— Où est-elle ? J'espère que tu as ordonné au capitaine de port de lui attribuer la meilleure place.

— Oui, mais il faudra un certain temps. Son vaisseau mesurant autant que trois anciennes galères militaires grecques mises bout à bout, il peut difficilement se glisser entre deux navires marchands déjà amarrés. Sept embarcations doivent être déplacées. Le capitaine s'en occupe, quoique de mauvaise grâce. Je me suis exprimé en ton nom.

— Un navire assez grand pour loger un titan, hein ? remarqua Marc Antoine d'un air renfrogné. Quand le verrai-je ?

— Demain matin, une heure après les premières lueurs du jour, indiqua-t-il avant de laisser échapper un soupir de contentement. Elle est venue sans une protestation, et en grande pompe. Je pense qu'elle espère t'impressionner.

— Je m'assurerai de ne pas donner ce plaisir à cette truie présomptueuse !

⁂

Aussi, à l'heure où le soleil pointe au-dessus des cimes à l'est de Tarse, Marc Antoine se dirigea-t-il en aval du Cydnus sur une piteuse monture, enveloppé dans une cape de grosse toile, pour mettre en pratique ce qu'il avait appris pendant ses années de campagne militaire au côté de César : observer l'ennemi à son insu. Une odeur exquise imprégnait l'air. Mais que fichait-il dans une ville pillée alors que des marches attendaient d'être conduites, des batailles d'être menées ? La réponse, il la connaissait : il était resté pour voir si la reine d'Égypte répondrait à sa convocation. Et cette autre femelle arrogante de Glaphyre qui commençait à le tourmenter comme seules savaient le faire les Orientales : avec de la douceur et des larmes truffées de soupirs et de geignements ! Oh, que ne donnerait-il pas pour la compagnie de Fulvie ! Avec elle, un homme savait à quoi s'en tenir : son mécontentement se traduisait en grondements, en cris rageurs, en rugissements. Elle ne voyait en outre aucun inconvénient à recevoir une bonne gifle, tant que son auteur était prêt à se faire labourer le torse en représailles.

Une fois trouvé un poste d'observation idéal, il pivota et glissa de cheval pour s'asseoir sur un rocher plat dominant la rive de quelques pieds. De là, il jouirait d'une vue parfaite sur le navire de Cléopâtre remontant le fleuve pour rejoindre son débarcadère. Bouche bée, il vit apparaître le *Philopator* dans le lointain, voguant à contre-courant du fleuve à la vitesse d'un homme marchant au pas. Une figure de proue surgit au centre d'une nébuleuse d'or et prit la forme d'un homme à la peau sombre paré d'un pagne blanc, d'une collerette, d'une ceinture mêlant or et pierres précieuses et d'une énorme coiffure rouge et blanc. Ses pieds nus écumaient les vaguelettes qui se formaient de chaque côté de l'éperon, sous la lance dorée serrée dans sa main droite. Marc Antoine avait déjà vu ce genre de décoration de proue, mais il n'avait encore jamais posé les yeux sur une œuvre aussi majestueuse, cette figure royale faisant partie intégrante du navire, qui se déployait derrière elle comme une immense cape.

Le vaisseau semblait sculpté dans l'or, de la ligne de flottaison à l'extrémité du mât. Tout ce qui ne se composait pas du précieux métal avait été peint dans les tons bleus et verts du plumage du paon et saupoudré de paillettes. Dominée par les carreaux de faïence bleu et vert vif recouvrant les édifices du pont, une longue colonnade surmontée de lotus se déroulait en direction de la poupe. D'innombrables joyaux miroitaient au-dessus des avirons, qui sortaient de l'eau comme autant de disques d'or. À lui seul, ce navire valait dix mille talents !

Des parfums s'élevaient dans l'air au son des douces notes d'une lyre, d'un pipeau et d'un chœur invisibles. De belles filles en robes vaporeuses semaient dans leur sillage des fleurs qu'elles piochaient dans des paniers dorés, sous le rire de jolis petits garçons vêtus d'un pagne de la couleur du paon et perchés sur des haubans blancs comme neige. La voile, hissée pour aider les rameurs à lutter contre le courant, affichait sur son renflement d'une blancheur immaculée des têtes de cobra et de vautour entrelacées et un œil noir larmoyant.

Des plumes de paon foisonnaient de toutes parts, formant des bouquets d'une extraordinaire luxuriance autour d'une haute estrade d'or érigée devant le mât. Une femme parée des mêmes plumes et coiffée d'une lourde couronne identique à celle de la figure de proue siégeait sur le trône. Ses épaules étaient couvertes d'une large collerette d'or incrustée de pierres précieuses assortie à la gaine étincelante qui lui ceignait la taille. Les mains étaient croisées sur le buste et serraient une houlette et un fléau d'or émaillé de lapis. Sous son épais maquillage, les traits indiscernables gardaient une expression d'une parfaite impassibilité.

Le navire passa suffisamment près de Marc Antoine pour qu'il pût juger pleinement de sa taille et de sa richesse. Il observa les dalles de faïence bleues et vertes du pont qui répondaient aux teintes des toits et fut pris d'une rage inexplicable. Un bateau paon pour une reine paon ! Eh bien, il allait lui montrer qui était le roi de la basse-cour à Tarse !

Après avoir passé le pont de la cité au galop, il dégringola de son cheval à la porte du palais du gouverneur et entra à grandes enjambées, rameutant à grands cris ses serviteurs.

— Ma toge et mes licteurs, et dépêchez-vous !

Ainsi, lorsque la reine Cléopâtre envoya l'eunuque Philo prévenir Marc Antoine de son arrivée, le chambellan apprit que le triumvir, qui traitait les affaires du *fiscus* dans l'agora, ne pourrait recevoir Sa Majesté avant le lendemain.

Marc Antoine avait tout prévu depuis des jours. Son intention de présider des audiences ayant été affichée au préalable devant le tribunal de l'agora, le spectacle comblait ses espérances lorsqu'il y prit place ce matin-là. Des centaines de plaideurs, au moins autant d'avocats, plusieurs centaines de spectateurs et plusieurs dizaines de vendeurs de boissons, de plats préparés, d'ombrelles et d'éventails se bousculaient sur la place. La cour était protégée du brûlant soleil de mai par un vélum rouge arborant les initiales « S•P•Q•R » sur des rabats à franges séparés d'un pied de distance. Au sommet du tribunal de pierre, Marc Antoine siégeait sur une chaise curule ivoire, entouré de douze licteurs parés de cramoisi et assisté de Lucilius, assis derrière une table couverte de parchemins. Mais tous les regards étaient tournés vers un coin de l'édifice où se dressait un vieux centurion dans une cuirasse dorée, orné d'une collection de *phaleræ*, *armillæ* et torques et coiffé d'un casque doré dont la crête de crins écarlates s'ouvrait comme un éventail. La foule se laissait toutefois moins impressionner par les lourdes récompenses qui décoraient sa poitrine que par l'épée gauloise qu'il serrait dans ses poings, pointe à terre. Cette arme rappelait aux citoyens de Tarse qu'en vertu de son *imperium maius* le triumvir pouvait ordonner l'exécution de n'importe lequel d'entre eux par pur caprice. Marc Antoine n'ayant pas l'intention de tuer ne serait-ce qu'une mouche ou une araignée, la mise en scène était avant tout destinée à ne pas décevoir les Orientaux, habitués à être gouvernés par des rois qui décapitaient leurs sujets sur un coup de tête.

Qu'elles furent intéressantes ou amusantes, le triumvir entreprit de juger les affaires avec l'efficacité et le détachement qui semblaient caractériser tous les Romains, plébéiens ou patriciens. Ce peuple entendait la loi, la méthode, la coutume et la discipline, quoique les dieux eussent apparemment un peu moins instillé ces qualités fondamentales chez Marc Antoine que chez la plupart de ses pairs. Malgré tout, il s'attela à la tâche avec énergie, parfois même agressivité, jusqu'à ce qu'un mouvement de foule déséquilibrât un homme qui s'apprêtait à laisser la parole à son onéreux avocat. Marc Antoine fronça les sourcils, cherchant l'origine du trouble.

La masse humaine se fendit en son milieu dans un immense soupir d'admiration, s'écartant au passage d'une petite procession dirigée par un homme en habit blanc, au teint bruni et au crâne rasé, dont le cou ployait sous une petite fortune de chaînes d'or. Sur ses talons marchait Philo le chambellan, en lin bleu et vert, son visage peint avec délicatesse et son corps resplendissant de pierres précieuses. Le tableau qu'ils offraient paraissait toutefois bien fade comparé au véhicule qui les suivait : une spacieuse litière d'or couverte d'un toit de faïence soutenu par des piliers dont la base était ornée d'un foisonnement de plumes de paon, maintenue au-dessus du sol par huit hommes robustes. Leur peau noire teintée des mêmes reflets que le raisin disparaissait seulement sous un pagne couleur paon, des colliers et bracelets d'or et la lumineuse *nemes* en toile d'or qui leur couvrait la tête.

La reine Cléopâtre resta immobile le temps que ses porteurs posent avec précaution le palanquin à terre puis, sans attendre la moindre assistance, glissa avec agilité de sa chaise et s'approcha des marches du tribunal romain.

— Marcus Antonius, tu m'as convoquée à Tarse, déclara-t-elle d'une voix claire et portante. Me voici.

— Ton nom ne figure pas sur mon ordre du jour, chère dame, il te faudra donc t'adresser à mon secrétaire. Je te garantis cependant d'apparaître en premier sur ma liste demain, répondit Marc Antoine avec la courtoisie due à un monarque, mais sans une once de déférence.

Le sang de Cléopâtre se mit à bouillir dans ses veines. Comment ce lourdaud de Romain osait-il la placer au même niveau que les autres ? Elle était apparue à l'agora pour exposer à tous quel rustre il faisait, pour afficher son influence et son autorité immenses devant les citoyens de Tarse. Ces gens n'apprécieraient guère le camouflet métaphorique que Marc Antoine portait à une reine. L'agora de Tarse se distinguait du forum de Rome en cela qu'elle ne se peuplait pas de chevaliers romains, qui avaient quitté depuis longtemps cette contrée peu rentable. Le peuple qui s'était écarté à son passage s'apparentait aux Alexandrins, des gens très sensibles aux prérogatives et droits des monarques. Se soucieraient-ils d'être congédiés au profit de la reine d'Égypte ? Loin de là, ils y verraient une raison de s'enorgueillir ! Tous avaient accouru au port pour s'émerveiller devant le *Philopator* et s'attendaient à voir leur audience reportée en arrivant à l'agora. Marc Antoine devait penser qu'ils apprécieraient de passer en premier, selon des principes démocratiques, mais l'appareil cérébral oriental fonctionnait autrement. Les citoyens de Tarse étaient choqués, perturbés et réprobateurs. En se tenant humblement au pied de ce tribunal, Cléopâtre ne faisait que souligner l'arrogance des Romains.

— Je te remercie, Marcus Antonius. Si tu n'as rien prévu pour le dîner, peut-être accepteras-tu de te joindre à moi ? Disons, sur mon vaisseau, au crépuscule. Nous nous trouverons mieux une fois l'air rafraîchi.

Il cloua sur elle des yeux remplis d'une étincelle rageuse. Elle avait réussi à le mettre en tort, il le lisait sur le visage de cette foule qui s'inclinait devant elle, la flattait, respectait les distances qui s'imposaient devant un monarque. Les habitants de Rome l'auraient lynchée, mais ceux-ci ! Maudite femme !

— Très bien, répondit-il sèchement. Tu peux t'attendre à ma visite au crépuscule.

— Je t'enverrai ma litière, *imperator* Marcus Antonius. N'hésite pas à venir avec Quintus Dellius, Lucius Poplicola, les frères Saxa, Marcus Barbatius et cinquante-cinq autres compagnons.

Sur ce, elle remonta lestement dans son palanquin. Empoignant les perches, les porteurs décrivirent un demi-tour pour retourner le trône mobile qui, plus qu'une simple banquette, possédait un avant et un arrière pour permettre à ses occupants d'être toujours vus de face.

— Continue, Melanthus, ordonna le triumvir au plaideur que l'arrivée de la reine avait interrompu au beau milieu d'une phrase.

Déconcerté, bras ballants, l'homme se tourna en désespoir de cause vers son avocat, qui justifia ses lourds honoraires en reprenant l'affaire comme si rien ne les avait troublés.

Les serviteurs de Marc Antoine peinèrent à trouver à leur maître une tunique assez propre pour rendre visite à la reine d'Égypte, les encombrantes toges exigeant d'être ôtées pour le dîner. Ses souliers préférés, les bottes, trop longues à lacer et à délacer, ne se révélaient guère plus commodes. Si seulement il pouvait s'orner la tête d'une couronne ! Jules César ceignait son front de feuilles de chêne pour tous les événements publics, mais seule son immense bravoure au combat dans sa jeunesse lui avait valu ce privilège. Comme Pompée le Grand, Marc Antoine n'avait jamais gagné ces lauriers, bien qu'il n'eût jamais manqué de courage.

La litière de Cléopâtre l'attendait. Simulant un profond amusement, le triumvir y grimpa et ordonna à sa troupe d'amis, tous plus rieurs et plaisantins les uns que les autres, de marcher autour de lui. La procession suscita toutefois moins d'admiration que les porteurs à l'étrangeté fascinante. Même les marchés aux esclaves les plus riches et les plus animés ne proposaient pas d'hommes noirs. Ils étaient si peu nombreux en Italie que les sculpteurs se les arrachaient, et il ne s'agissait la plupart du temps que de femmes et d'enfants, presque jamais de sang pur, à l'inverse des hommes de Cléopâtre. La foule s'émerveillait devant la splendeur de leur peau, la beauté de leurs traits, la dignité de leur port. Comme ils feraient sensation à Rome ! songeait Marc Antoine, convaincu, même s'ils ne les avaient alors jamais croisés, que la reine d'Égypte ne s'en était pas séparée lorsqu'elle avait séjourné dans la cité plusieurs années auparavant.

Les porteurs le déposèrent bientôt devant une passerelle de débarquement entièrement recouverte d'or et bordée d'une balustrade sculptée dans une essence de citrus peu commune. Des pétales de rose jonchaient le pont de faïence, exhalant un parfum délicat sous la pression des semelles. Des piédestaux chryséléphantins composés de délicates sculptures d'ivoire incrustées d'or soutenaient d'inestimables œuvres d'art ou des vases dorés remplis de plumes de paon. De magnifiques filles aux membres souples révélés par des étoffes raffinées les guidèrent sous la colonnade, jusqu'à d'imposantes portes d'or sculptées de bas-reliefs. Il pénétra alors dans une vaste pièce aux murs en bois de citrus. La marqueterie était ornée de somptueux entrelacs et le sol noyé sous une mer de pétales. Les volets béants laissaient entrer le plus léger souffle de brise. Face à ce spectacle, Marc Antoine contenait difficilement sa rage. Elle le ridiculisait ! Elle osait !

Cléopâtre l'attendait, vêtue de couches de gaze transparente dont la couleur ambrée au niveau des mollets se fondait progressivement dans une teinte paille clair aux épaules. Sa tenue obéissait à un style indéfinissable, ni grec ni romain, ni même oriental, un genre qui lui appartenait à elle seule : taille ceinturée, jupes évasées, bustier saillant suggérant de petits seins fermes. Des manches bouffantes jusqu'au coude adoucissaient ses bras fluets, laissant ensuite place à une cascade de bracelets tout au long de ses avant-bras. Elle portait autour du cou une chaîne à laquelle pendait, emprisonnée dans une cage de treillis d'or d'une finesse exceptionnelle, une perle de la taille et de la couleur d'une fraise. Le bijou attira comme un aimant le regard de Marc Antoine, qui suffoqua, posant des yeux étonnés sur le visage de la reine.

— Je connais cette babiole.

— C'est fort probable. César l'a offerte à Servilia voilà bien longtemps pour la consoler de la rupture des fiançailles de sa fille avec Brutus. Puis Julia a péri, suivie de Brutus, et Servilia a tout perdu dans la guerre civile. Le vieux Faberius Margarita l'avait estimée à six millions de sesterces, mais elle en a réclamé dix millions lorsqu'elle est venue me la vendre. Femme stupide ! Je lui en aurais donné vingt ! Quoi qu'il en soit, j'ai entendu que les dix millions n'ont pas suffi à rembourser ses dettes. La défaite de Brutus et Cassius a décidé du sort d'une partie de sa fortune ; quant à l'autre, Servilius Vatia et Lépide s'en sont chargés en la saignant à blanc, conclut Cléopâtre d'une voix amusée.

— Il est vrai qu'elle loge en ce moment chez Atticus.

— Et la femme de César s'est suicidée, m'a-t-on appris.

— Calpurnia... Son père, Piso, voulait la marier à un odieux personnage prêt à débourser une fortune pour mettre la veuve de César dans sa couche. Lorsqu'elle s'y est opposée, Piso et sa nouvelle épouse ont fait de sa vie un enfer. En outre, elle ne supportait pas l'idée de quitter la *Domus publica*. Elle s'est ouvert les veines.

— Pauvre femme. Je l'ai toujours aimée. Je nourrissais aussi une certaine affection pour Servilia, d'ailleurs. Rien à voir avec les épouses des hommes nouveaux, que j'ai toujours abhorrées.

— Aisément compréhensible, jugea Marc Antoine avec un large sourire.

Tandis qu'ils conversaient, les jeunes femmes égyptiennes conduisirent jusqu'aux divans le petit groupe d'hommes que le triumvir avait choisi pour l'accompagner. Cela fait, Cléopâtre le prit par le bras pour le mener jusqu'au *lectus medius* et le plaça au *locus consularis*.

— Vois-tu un inconvénient à ce que nous ne partagions pas notre banquette avec un troisième invité ? s'inquiéta-t-elle.

— Pas le moins du monde.

À peine fut-il installé que les serviteurs apportèrent l'entrée, composée d'une si grande variété de mets délicats que plusieurs gourmands notoires de sa suite applaudirent de joie. Les plats regorgeaient d'oiseaux minuscules aux os comestibles, d'œufs farcis de pâtes indescriptibles, de crevettes grillées, cuites à la vapeur ou embrochées et rôties avec des câpres géantes et des champignons, d'huîtres et de pétoncles tout juste apportés de la côte, ainsi que d'une centaine d'autres régals à déguster avec les doigts. Le plat principal tint ses promesses avec ses agneaux rôtis à la broche, ses chapons, ses faisans, sa savoureuse chair de bébé crocodile qui provoqua un grand enthousiasme chez les gourmets, ses ragoûts et ses viandes braisées aux saveurs nouvelles ainsi que ses paons rôtis disposés sur des plats en or avec l'intégralité de leurs plumes et leur queue déployée en éventail.

— Le premier paon rôti fut servi lors d'un banquet à Rome par Hortensius, remarqua Marc Antoine avant de partir d'un grand éclat de rire. César déclara que sa chair avait le goût d'une vieille botte de militaire, en concédant, il est vrai, que le soulier était un peu plus tendre.

Cléopâtre gloussa.

— Cela ne m'étonne guère de lui ! Cet homme se satisfaisait d'une poignée de pois chiches ou de lentilles cuisinées avec un os de jarret de porc salé. Je ne l'aurais pas qualifié de connaisseur !

— Un jour, il a trempé son pain dans de l'huile rance sans même le remarquer.

— Mais toi, Marcus Antonius, tu apprécies la bonne chère.

— Oui, de temps à autre.

— C'est du vin de Chios, tu ne devrais pas y ajouter de l'eau.

— Je compte rester sobre, chère dame.

— Pourquoi donc ?

— Parce qu'un homme qui a affaire avec toi fait bien de garder tout son esprit.

— Je prends cela comme un compliment.

— L'âge ne t'a guère embellie, constata-t-il à l'arrivée des desserts, visiblement indifférent à la blessure que pouvait infliger à une femme pareille réflexion.

— Ma beauté n'a jamais fait mes charmes, repartit-elle, imperturbable. César appréciait ma voix, mon intelligence et ma royauté. Il aimait tout particulièrement ma faculté à apprendre n'importe quelle langue avec la même facilité que lui. Il m'a enseigné le latin et a étudié avec moi l'égyptien populaire et classique.

— Tu parles un latin irréprochable.

— Tout comme celui de César.

— Tu n'es pas venue avec son fils.

— Césarion est pharaon, il est resté en Égypte pour gouverner.

— À cinq ans ?

— Il en a presque six et possède la sagesse d'un vieillard. C'est un garçon fabuleux. J'espère que tu entends tenir promesse et le présenter au Sénat en tant qu'héritier de César en Égypte ? Il doit jouir d'une autorité incontestée sur le trône et il est donc nécessaire qu'Octavien comprenne qu'il ne représente aucune menace pour Rome. Mon fils se contentera de faire un bon roi client, son sang à moitié romain ne lui sera d'aucun profit dans la cité. Le destin de Césarion repose en Égypte, Octavien doit s'en rendre compte.

— J'en conviens, mais le moment n'est pas encore venu d'inviter ton fils à Rome pour ratifier nos traités avec l'Égypte. L'Italie traverse des temps troubles et je ne peux interférer avec les décisions prises par Octavien pour rétablir la paix. Notre accord de Philippes lui a octroyé la péninsule, dont je n'exige que des troupes.

— En tant que Romain, ne te sens-tu pas quelque peu concerné par ce qui arrive en Italie, Marcus Antonius ? s'enquit-elle, le front plissé. Est-il prudent et politique de laisser l'Italie tant souffrir de la famine et des différences économiques entre négociants, propriétaires fonciers et vétérans ? N'auriez-vous pas dû, toi, Octavien et Lépide, demeurer en Italie et résoudre les problèmes de la péninsule avant de lancer toute autre entreprise ? Le neveu de César n'est qu'un jeune garçon, il manque de sagesse et d'expérience pour sortir de cette situation. Pourquoi ne pas l'aider plutôt que de le gêner ?

Elle tapota son traversin, agitée par un rire rocailleux, avant de continuer.

— La confidence que je vais te faire ne joue guère en ma faveur, mais je ne peux m'empêcher de penser à la pagaille que César a laissée derrière lui à Alexandrie, et à la manière dont j'aurais dû amener tous les citoyens à coopérer au lieu de se faire la guerre entre classes. J'ai échoué car je n'ai pas mesuré l'ampleur du désastre provoqué par les luttes sociales et j'ai manqué de l'intelligence nécessaire pour tirer profit du conseil de César. Cependant, si cela devait se reproduire, je saurais comment m'y prendre. Or je vois se répéter en Italie mon propre combat. Oublie tes différends avec Octavien et Lépide, associez-vous !

— Plutôt mourir que de donner à ce jeune effeminé un iota d'aide ! grogna Marc Antoine entre ses dents.

— Le peuple importe plus qu'un garçon maniéré.

— Tu te trompes ! Je prie pour que l'Italie crie famine, je ferai d'ailleurs tout ce qui sera en mon pouvoir pour accélérer le processus. Pourquoi crois-tu que je tolère Sextus Pompée et ses amiraux ? Parce qu'ils empêchent Octavien de nourrir l'Italie. Moins les hommes d'affaires paient d'impôts, moins l'héritier de César dispose d'argent pour acheter des parcelles de terre à distribuer aux vétérans. Avec les propriétaires pour mettre de l'huile sur le feu, Octavien finira par se brûler les ailes.

— Rome s'est appuyée sur le peuple d'Italie, du nord du Pô jusqu'à la pointe du Bruttium, pour bâtir son empire. Ne te vient-il pas à l'esprit qu'en tenant absolument à recruter tes troupes en Italie, tu prouves qu'aucun autre endroit ne peut produire de soldats de cette excellence ? Si le pays n'a rien à se mettre sous la dent, il en ira de même pour tes soldats.

— Non, pas du tout, riposta-t-il. La faim les pousse à se réengager. C'est un atout.

— Pas pour les femmes qui portent dans leur ventre les enfants qui deviendront ces parfaits légionnaires.

— Ils sont payés et envoient de l'argent chez eux. Ceux qui souffrent de la faim ne présentent aucune utilité, ce sont des affranchis grecs, de vieilles femmes.

Moralement épuisée, Cléopâtre s'étendit et ferma les yeux. Elle connaissait tout des pulsions meurtrières : son père avait étranglé sa sœur aînée pour consolider sa couronne et l'aurait tuée, elle aussi, si Cha'em et Tach'a ne l'avaient pas recueillie et cachée à Memphis pendant son enfance. Malgré cela, l'idée de mener délibérément un peuple à la famine et à la maladie lui était complètement étrangère. Maintenant qu'elle voyait de plus près l'implacabilité sans bornes que cachaient ces hommes querelleurs et passionnés, elle comprenait mieux que César fût mort sous leurs coups de poignard. Leur propre prestige et celui de leur famille valaient plus que toutes les nations. En cela, ces Romains si attachés à leur république ressemblaient plus à Mithridate le Grand qu'ils n'auraient souhaité se l'entendre dire. Pour voir périr un ennemi de la famille, ils étaient capables de traverser une mer de cadavres. Ils s'entêtaient à pratiquer la politique d'une cité-État sans se rendre compte que la minuscule entité s'était transformée en la machine militaire et commerciale la plus puissante de l'Histoire. Alexandre le Grand avait certes conquis un territoire bien plus vaste mais, à sa mort, son empire s'était évanoui comme fumée dans un ciel infini. Les Romains subjuguaient une région par-ci, une région par-là, mais abdiquaient tout au nom de Rome, un concept qu'ils s'efforçaient de porter à sa plus haute gloire. Pourtant, voilà qu'ils se montraient inaptes à comprendre que l'Italie importait plus que leurs querelles personnelles. L'Italie et Rome ne formaient qu'une seule entité, ainsi que César le répétait à l'envi, mais c'était une idée à laquelle Marc Antoine ne semblait pas adhérer.

Elle commençait à entrevoir quel genre d'homme se dissimulait derrière la silhouette robuste du cousin de César. Mais sa lassitude ne lui permettrait pas de prolonger cette soirée. Il lui faudrait organiser d'autres dîners. Et si ses cuisiniers devaient perdre la raison à force d'imaginer de nouveaux plats, eh bien il en serait ainsi !

— Je te prie de m'excuser, Marcus Antonius. Je vais aller me coucher. Reste tant que tu voudras. Philo prendra soin de toi.

L'instant d'après, elle avait disparu. Les sourcils froncés, Marc Antoine se demanda s'il devait partir ou s'attarder, puis opta pour la première solution. Demain soir, il donnerait un banquet pour cette drôle de petite chose ! Elle ressemblait à ces jeunes filles qui se laissent mourir de faim à l'âge où elles devraient justement le mieux se nourrir, à la différence que ces créatures anémiques et faibles ne possédaient nullement la force de Pharaon.

La deuxième invitation à dîner de la reine d'Égypte parvint à Marc Antoine le lendemain matin, alors qu'il s'apprêtait à partir pour les tribunaux. Fatigué de supporter les commentaires intarissables de ses compagnons sur les merveilles du banquet de la veille, il écourta son petit déjeuner de pain et de miel et arriva à l'agora bien avant l'heure à laquelle l'attendaient les plaideurs. Il ne s'était pas encore totalement remis de la colère qu'il avait éprouvée à la voir mener une conversation des plus sérieuses sans lui laisser l'occasion d'aborder le sujet de son éventuelle complicité avec Cassius. En outre, elle ne s'était pas montrée le moins du monde intimidée, ce qui ne présageait rien de bon.

Lorsqu'il regagna la résidence du gouverneur pour se baigner et se raser en vue des festivités du soir à bord du *Philopator*, Glaphyre l'attendait, étendue sur sa couche.

— Ne m'a-t-on pas demandée hier soir ? le questionna-t-elle dans un filet de voix.

— Non.

— Et me demande-t-on ce soir ?

— Non plus.

— Peut-être devrais-je envoyer à la reine une note pour l'informer de mon ascendance royale et de mon statut d'hôte du triumvir à Tarse ? En apprenant cela, elle m'inclurait certainement dans son invitation.

— Peut-être, Glaphyre, répondit Marc Antoine, soudain jovial. Mais cela ne te mènerait nulle part. Rassemble tes affaires, je te renvoie à Comane demain dès l'aube.

Une pluie de larmes tomba en cascade silencieuse sur ses joues.

— Oh, trêve de pleurnicheries, femme ! aboya-t-il. Tu obtiendras ce que tu voudras l'heure venue. Mais si tu continues comme ça, tu risques de te retrouver sans rien.

Marc Antoine attendit son troisième dîner à bord du *Philopator* pour mentionner Cassius. Il ignorait par quelle magie les cuisiniers de la reine multipliaient les innovations, mais ses amis s'extasiaient tant devant les mets qu'ils n'avaient guère le temps d'observer les faits et gestes du couple sur le *lectus medius*. Certains que Pharaon et le triumvir ne risquaient pas d'échanger la moindre avance amoureuse, ils décidèrent de se concentrer sur le spectacle offert par les superbes Égyptiennes, bien que certains préférassent les jeunes garçons.

— Tu ferais bien de venir dîner au palais du gouverneur demain, déclara Marc Antoine qui, bien qu'il eût honoré les plats lors des trois occasions, s'était gardé de faire figure de glouton. Accorde à tes cuisiniers un repos bien mérité.

— Si tu veux, répondit-elle avec indifférence en portant son choix sur un plat, se servant juste assez pour satisfaire un appétit d'oiseau.

— Mais avant que tu n'honores mes quartiers de ta royale présence, Majesté, il me semble que nous devrions éclaircir le problème du soutien que tu as fourni à Caius Cassius.

— De quel soutien me parles-tu ?

— Du soutien que constituent quatre bonnes légions romaines.

— Mon cher Marcus Antonius, reprit-elle d'une voix lasse et traînante, ces quatre légions se sont dirigées vers le nord sous les ordres d'Aulus Allienus, dont j'avais toutes les raisons de croire qu'il exerçait la charge de légat auprès de Dolabella, alors gouverneur légitime de la Syrie. Alexandrie étant menacée par la peste et la famine, je lui ai de bon cœur fourni ces soldats que César avait stationnés chez nous. Qu'y puis-je s'il a décidé de changer de camp après avoir traversé la frontière syrienne ? La flotte que je vous ai envoyée, à Octavien et toi, a essuyé une tempête dévastatrice, mais tu ne trouveras aucun document attestant d'une quelconque aide navale apportée à Caius Cassius, pas plus concernant de l'argent ou du grain que des troupes. Je dois admettre que le vice-roi de Chypre Sérapion a envoyé de l'aide à Brutus et Cassius, mais je serais heureuse de le voir exécuté. En agissant sans ordre de ma part, il s'est conduit en traître envers l'Égypte. Si tu l'épargnes, je ferai preuve de moins de clémence à son égard lors de ma traversée de retour.

Marc Antoine accueillit son discours avec un grognement et une mine renfrognée. Elle racontait la vérité, bien sûr, mais là n'était pas la question. Pour lui, il s'agissait de trouver un moyen de déformer ses propos pour qu'ils paraissent mensongers.

— Des esclaves sont prêts à témoigner que Sérapion a agi sous tes ordres.

— De leur plein gré ou sous la torture ? s'enquit-elle froidement.

— De leur plein gré.

— Ou pour une infime fraction de l'or pour lequel ta convoitise dépasse celle de Midas… Allons, Marcus Antonius, soyons francs ! Je suis ici parce qu'une guerre civile romaine a ruiné ton fabuleux Orient et que, dans ces circonstances, l'Égypte prend soudain à tes yeux les traits d'une oie bien grasse capable de pondre d'énormes œufs d'or. Détrompe-toi ! lâcha-t-elle avec rudesse. L'or de l'Égypte n'appartient qu'à elle seule. Mon pays bénéficie du statut d'ami et d'allié du peuple de Rome et n'a jamais failli à la confiance qui lui a été accordée. Si tu veux son or, il faudra me l'arracher par la force et à la tête d'une armée. Et quand bien même tu y arriverais, la déception ne t'épargnerait pas. La pathétique petite liste des trésors d'Alexandrie dressée par Dellius n'est qu'une pitoyable once d'or au sommet d'un gigantesque tas. Or cette fortune est si bien dissimulée que tu ne mettras jamais la main dessus, pas plus que tu ne réussiras à soutirer par le supplice la moindre information, ni à moi ni à mes prêtres. Or personne d'autre que nous ne connaît sa cachette.

Si Marc Antoine pensait l'intimider, il avait échoué. Il avait beau guetter le moindre tremblement dans sa voix, la moindre tension dans ses mains et son corps, il ne décelait rien. Pis encore, il savait qu'elle avait raison. Certains commentaires de César lui avaient permis de déduire que le trésor des Ptolémées était si astucieusement caché qu'aucun étranger ne pourrait jamais mettre la main dessus. Les objets figurant sur l'inventaire de Dellius suffiraient bien à lui rapporter dix mille talents, mais il lui fallait plus. Or rien qu'une marche ou une traversée jusqu'à Alexandrie lui en coûterait plusieurs milliers. Satanée bonne femme, sur laquelle n'opérait ni la persécution, ni la force. Il devrait recourir à un autre moyen, car Cléopâtre n'était pas Glaphyre.

Un message fut donc porté au *Philopator* aux premières heures du matin pour informer la reine d'Égypte que le banquet du soir se déroulerait sous forme de fête costumée.

« *Mais je te donne un indice : si tu viens en Aphrodite, je t'accueillerai sous les traits du nouveau Dionysos, ton âme sœur dans la célébration de la vie* », précisait la missive.

Cléopâtre apparut donc drapée de voiles flottants roses et carmin, comme l'exigeait la mode grecque, à ceci près qu'elle avait conservé sa coiffure traditionnelle. Ses fins cheveux d'un brun terne étaient divisés en d'innombrables mèches courant de son front jusqu'à sa nuque, sur laquelle ils se rassemblaient en un petit nœud. De nombreux plaisantins se plurent à remarquer que cet arrangement lui donnait un air de melon cantaloup, ce en quoi ils approchaient de la réalité. Si elle avait vu Cléopâtre dans sa tenue royale, une femme comme Glaphyre aurait cependant pu expliquer à ces ignares que ce choix peu heureux permettait à la souveraine de supporter sans gêne le pschent d'Égypte, dont elle s'était d'ailleurs passée pour l'occasion. À la place, elle portait un voile court à paillettes parsemé d'entrelacs de fleurs et assorti au collier, au corsage et à la ceinture dont elle s'était affublée, le tout complété par une pomme d'or serrée dans son petit poing. Peu connaisseur en mode féminine, Marc Antoine ne s'arrêta pas au manque d'attrait de cette panoplie, d'autant que l'objectif principal de ce dîner costumé était de se présenter, lui, sous son meilleur jour.

Soucieux d'honorer sa réputation de nouveau Dionysos, le triumvir ne s'était couvert que d'un léger pan de gaze pourpre qui l'enveloppait de la taille à mi-cuisse, sur un pagne ajusté avec soin pour suggérer la formidable boursouflure formée par ses légendaires organes génitaux. À quarante-trois ans, cet homme dans la force de l'âge pouvait s'enorgueillir d'un physique herculéen épargné par plus d'excès que la plupart de ses aînés n'arrivaient à en faire tenir dans le double d'années de vie. Sous des cuisses et des mollets monumentaux se dessinaient de gracieuses chevilles et ses muscles pectoraux saillaient au-dessus d'un ventre parfaitement plat. Seule sa tête détonnait, minuscule en comparaison du cou de taureau sur lequel elle était posée. À sa vue, la tribu de jeunes filles que la reine avait amenée retint son souffle, pas loin de mourir de désir.

— Grands dieux, ta garde-robe n'est pas très fournie, observa Cléopâtre, guère impressionnée.

— Dionysos nécessitait peu. Tiens, prends un peu de raisin, répondit-il en lui tendant la grappe qu'il tenait à la main.

— Tiens, prends donc une pomme, repartit-elle avec le même geste.

— Je suis Dionysos, pas Pâris. « Funeste Pâris, homme vain de ta beauté, guerrier efféminé, vil séducteur », récita-t-il. Tu constateras que j'ai étudié Homère.

— Je me consume d'admiration…

Sur ce, elle s'installa sur la banquette. Son hôte lui avait réservé le *locus consularis*, un geste que les rigoristes de son entourage n'appréciaient guère, une femme restant une femme. Mais Marc Antoine eut beau se donner du mal, son allure dénudée n'affecta nullement Cléopâtre. Ce dîner lui aurait au moins apporté une certitude : quelle que fût la raison de vivre de la reine égyptienne, ce n'était assurément pas l'amour dans sa dimension physique. Elle passa une grande partie de la soirée à jouer avec sa pomme d'or, qu'elle laissa tomber dans un gobelet de vin rosé pour s'émerveiller de la subtile nuance violette que le bleu du verre conférait à l'or, notamment lorsqu'elle le remuait d'un doigt manucuré.

En désespoir de cause, Marc Antoine misa tout sur un jeté de dé, appelant Vénus à l'aide.

— Me voilà en train de tomber amoureux de toi, murmura-t-il, sa main venant caresser le bras royal.

Elle balaya d'un geste ses attentions, comme pour écarter un vil insecte.

— *Gerræ !* gronda-t-elle.

— Je suis sérieux, insista-t-il en s'asseyant, indigné. Tu m'as ensorcelé, Cléopâtre.

— Ma fortune t'a ensorcelé.

— Pas du tout ! Rien ne changerait si tu mendiais.

— Ah ! Tu m'enjamberais comme si je n'existais pas.

— Je saurai te prouver que je t'aime. J'accomplirai tout ce que tu me demanderas.

Sa réponse ne se fit pas attendre.

— Ma sœur Arsinoé, condamnée à mort à Alexandrie, a trouvé refuge dans le temple d'Artémis à Éphèse. Exécute-la, Marcus Antonius. Lorsque je la saurai morte, je dormirai plus tranquille, je serai plus libre de t'aimer.

— J'ai une meilleure idée, suggéra-t-il, le front perlant de sueur. Laisse-moi te faire l'amour... Ici, maintenant !

Le petit visage de Cléopâtre s'inclina légèrement, dérangeant le voile fleuri. Dellius, qui observait la scène avec attention depuis sa banquette, l'imaginait en vendeuse de fleurs véreuse déterminée à faire des affaires. Elle scrutait Marc Antoine d'un œil doré, l'autre clos.

— Pas à Tarse, finit-elle par trancher. Et pas tant que ma sœur vivra. Si tu m'apportes la tête d'Arsinoé en Égypte, j'y songerai.

— Impossible, s'exclama-t-il en suffoquant. J'ai trop à faire !

Pourquoi crois-tu que je reste sobre ? Avec la guerre qui se prépare en Italie et ce maudit gringalet qui s'en tire mieux qu'on ne l'imaginait... Impossible ! Et comment peux-tu réclamer la tête de ta propre sœur !

— Comment ? Mais je le demande avec grand plaisir, mon cher. Si elle mène à bien ses projets, elle épousera mon fils et me décapitera en un battement de cils. Arsinoé est une Ptolémée de pure souche, assez jeune pour enfanter lorsque Césarion sera en âge de procréer. Je suis la petite-fille de Mithridate le Grand, une hybride, et que dire de mon fils ? Pour beaucoup d'Alexandrins, Arsinoé représente l'espoir du retour à la dynastie ptolémaïque. Si je dois vivre, elle doit mourir.

Cléopâtre glissa du lit de table, se débarrassa de son voile de fleurs et arracha d'un geste sauvage les couronnes de tubéreuses et de lis parant son cou et sa taille.

— Je te remercie pour cette fête somptueuse et ce voyage très instructif en terre étrangère. Le *Philopator* ne s'était pas autant distrait depuis un siècle. Demain, lui et moi lèverons l'ancre pour l'Égypte. Viens donc m'y rendre visite. Et n'oublie pas de passer voir ma sœur à Éphèse. Tu ne le regretteras pas... si tu aimes les harpies et les gorgones !

— Peut-être l'as-tu effrayée, Marcus Antonius, risqua Dellius, mis dans le secret d'une partie de la conversation le lendemain matin, à l'heure où les avirons dorés du *Philopator* plongeaient dans l'eau pour retrouver Alexandrie.

— Effrayer cette vipère au sang glacial ? Impossible !

— Elle ne pèse guère plus d'un talent, bien peu par rapport à tes quatre talents et quelques. Peut-être a-t-elle craint pour sa vie : tu aurais pu l'écraser, remarqua le légat avec un petit gloussement... ou l'empaler !

— *Cacat !* Cela ne m'est même pas passé par la tête !

— Courtise-la avec des lettres, Marcus Antonius, et poursuis ta tâche de triumvir à l'est de l'Italie.

— Essaierais-tu de m'influencer, Dellius ?

— Non, bien sûr que non ! riposta promptement ce dernier. Je te rappelle juste que la reine d'Égypte est partie vers d'autres horizons et que d'autres personnes, d'autres événements réclament ton attention.

Marc Antoine balaya la paperasserie qui jonchait son bureau

d'un mouvement violent, provoquant un sursaut chez Lucilius, qui tomba à genoux pour tout ramasser.

— Cette vie me lasse, Dellius ! L'Orient peut bien pourrir, l'heure du vin et des femmes a sonné !

Baissant les yeux, Dellius échangea un regard éloquent avec le secrétaire, inquiété par ces mots.

— J'ai une meilleure idée, Marcus Antonius. Pourquoi ne pas t'acquitter de cette montagne de travail cet été avant de passer l'hiver à Alexandrie, à la cour de la reine Cléopâtre ?

4

Pour la quatrième année d'affilée, le Nil ne sortit pas de son lit. Dans son malheur, l'Égypte trouva toutefois une mince consolation : les populations logeant sur les rives du fleuve qui avaient résisté à la peste semblaient immunisées contre le fléau, tout comme les survivants du delta et d'Alexandrie, si bien que le peuple jouissait d'une constitution plus solide et d'une meilleure santé.

Visité par une vision, Sosigène promulgua au nom de Pharaon un décret ordonnant de rabaisser de cinq pieds les sections les moins hautes de la berge du cours sacré. L'eau qui viendrait à déborder à ces endroits se déverserait dans de vastes bassins équipés de roues hydrauliques dont les aubes pousseraient le précieux liquide dans des canaux de surface serpentant à travers les champs assoiffés. Aussi, lorsque la mi-juillet apporta les coudées de la Mort, le fleuve grossit-il juste assez pour remplir les réservoirs et alimenter le système, facilitant l'irrigation des terres qui, en pareilles circonstances, s'effectuait de coutume à l'aide du chadouf, un appareil à bascule servant à puiser l'eau dans le fleuve.

En dépit de ce funeste environnement, le peuple avait continué à procréer et des nouveau-nés étaient venus grossir la population ; mais l'Égypte saurait nourrir tous les siens.

Le royaume bénéficiait d'un sursis face à la menace romaine. Cléopâtre avait appris par ses informateurs que Marc Antoine avait quitté Tarse pour Antioche, puis rejoint Tyr et Sidon avant d'embarquer pour Éphèse. Dans un concert de hurlements, Arsinoé avait été traînée hors de son refuge sacré et passée au fil de l'épée. Le grand prêtre d'Artémis aurait connu le même destin si Marc Antoine, peu amateur de ces sanglantes vengeances orientales, n'était intervenu sur demande de l'ethnarque pour renvoyer l'homme dans son sanctuaire. Le cadavre d'Arsinoé ayant été inciné, sa tête ne pourrait pas trouver place dans les malles du triumvir si l'envie lui prenait de passer par l'Égypte. Mais Cléopâtre s'en souciait peu ; avec sa sœur avaient péri la dynastie des Ptolémées et la menace qui pesait sur elle depuis toujours.

— Marc Antoine viendra avec l'hiver, annonça Tach'a avec un sourire rayonnant.

— Oh, mère, pourquoi n'est-ce pas César ! Comment pourrais-je supporter ses mains sur mon corps ?

— Il n'y aura jamais qu'un seul César. Tu ne peux l'oublier, je le conçois, mais tu dois cesser de le pleurer et songer à l'Égypte. Qu'importe le contact de ses mains sur ta peau si Marc Antoine possède le sang qui donnera à Césarion une sœur et une épouse ? Les monarques ne s'accouplent pas pour le plaisir, mais pour les intérêts de leur royaume et la sauvegarde de leur dynastie. Tu finiras par t'habituer à lui.

De fait, Cléopâtre chassa très vite Marc Antoine de son esprit, trop préoccupée pendant tout l'été et l'automne par son fils qui ne lui avait pas pardonné sa petite escapade à Tarse. Le garçon affichait cependant une attitude irréprochable. D'une politesse exemplaire, studieux, heureux de lire à ses heures de loisirs, il s'appliquait tout autant pour ses leçons d'équitation, son entraînement militaire et ses exercices athlétiques, quoiqu'il refusât d'entendre parler de boxe et de lutte.

— *Tata* m'a expliqué que l'appareil pour penser se trouve dans la tête et qu'il ne faut donc jamais pratiquer d'activités susceptibles de l'endommager. Je veux bien apprendre à me servir du *gladius* et de l'épée longue, à décocher des flèches et utiliser le lance-pierres, m'entraîner au maniement du *pilum* et de la *hasta*, courir, sauter des haies et nager, mais je ne veux pas me battre à coups de poing ou lutter. *Tata* n'approuverait pas, en dépit de l'avis de mes instructeurs. Je leur ai dit de se faire une raison et de ne pas venir t'importuner avec cela. Mes ordres comptent-ils moins que les tiens ?

Tout émerveillée de la précision avec laquelle l'enfant se souvenait de son père, décédé dans sa quatrième année, Cléopâtre n'entendit pas le message implicite contenu dans ses derniers mots. En réalité, le débat sur les sports de contact et les autres petites contrariétés ne la tourmentaient guère à côté de la réserve blessante que son fils manifestait à son égard. Elle ne pouvait pas lui reprocher de manquer d'attention, encore moins de ne pas obéir à ses ordres, mais elle se sentait exclue de son monde. Il ne lui échappait pas qu'il nourrissait un profond ressentiment qu'il ne fallait pas prendre à la légère. Pourquoi faisait-elle toujours le mauvais choix ? Si seulement elle avait pu prédire sa réaction, elle l'aurait emmené avec elle à Tarse. Mais aurait-il valu la peine de risquer la succession pour une simple sortie en mer ? Elle en doutait fort.

Peu de temps après, ses agents l'informèrent que l'Italie avait sombré dans la guerre. La mégère qui servait d'épouse à Marc Antoine, Fulvie, s'était associée à son beau-frère, le consul Lucius Antonius, pour engager le conflit. Elle avait d'abord charmé Lucius Munatius Plancus, dont l'indécision n'avait d'égale que sa facilité à changer d'allégeance, afin qu'il donnât à son armée les deux légions de vétérans qu'il installait autour de Bénévent. Puis elle avait persuadé ce balourd de Tiberius Claudius Néron de soulever une révolte d'esclaves en Campanie. Peu qualifié pour la tâche, cet aristocrate qui n'avait sans doute jamais adressé la parole à un homme de si basse condition ignorait tout bonnement comment mener à bien sa mission.

Sans autre magistrature que son triumvirat, Octavien avait entrepris, dans le plus pur respect d'une tactique fabienne, de placer des cercles défensifs dans le périmètre de Lucius Antonius, tandis que les deux légions recrutées par le frère de Marc Antoine remontaient la péninsule Italienne en direction de Rome. Le troisième triumvir, Æmilius Lepidus, avait, quant à lui, envoyé deux légions pour contenir l'ennemi hors des murs de la cité. Mais dès l'instant où il avait vu le miroitement d'une cuirasse sur la via Latina, Lépide avait abandonné Rome et ses troupes à une Fulvie jubilante et à Lucius Antonius, grand oublié de l'Histoire.

À l'automne, l'issue du conflit ne dépendait plus que de la position des prestigieuses armées cernant l'Italie sous le commandement des meilleurs généraux de Marc Antoine, des amis autant que des partisans politiques de l'époux de Fulvie : Caius Asinius Pollio et Publius Ventidius contrôlaient chacun sept légions en Gaule cisalpine et sur la côte ligurienne tandis que Quintus Fufius Calenus et ses onze légions étaient postés en Gaule transalpine.

Non loin de là, Marc Antoine profitait des divertissements

offerts par Athènes, cité maîtresse du raffinement, sans se soucier des missives qui lui parvenaient de Pollio, Ventidius, Calenus, Plancus, Fulvie, Lucius Antonius et Sextus Pompée, pas plus que des messages quotidiens d'Octavien. Trop occupé pour répondre à quiconque, il ne comprit pas ce que l'héritier légitime de César mesurait pleinement : qu'il manquait là une chance unique de se débarrasser définitivement de lui. Confronté à des vétérans au bord de la mutinerie et à des administrés refusant de payer l'impôt, le jeune triumvir s'était heurté à d'immenses difficultés pour rassembler huit légions. De Bologne à Brindes, les pavés des grandes voies retentissaient sous le battement rythmique des *caligæ* cloutées de légionnaires obéissant, pour la plupart, à ses ennemis jurés. Les flottes de Sextus Pompée contrôlaient les entrées occidentales et orientales de l'Italie par la mer de Toscane et la mer Adriatique, bloquant ainsi le grain de Sicile et d'Afrique. S'il s'était donné la peine de lever sa solide charpente de sa confortable banquette athénienne pour organiser ces éléments en une guerre franche, Marc Antoine aurait remporté une victoire aisée et éliminé son adversaire politique. Or il choisit d'ignorer les requêtes et ne leva pas le petit doigt. Tandis qu'Octavien laissait échapper un soupir de soulagement, les alliés de son rival comprirent que, dans son immense complaisance, Marc Antoine ne se souciait de rien d'autre que de son propre plaisir.

Mais, dans son palais alexandrin, Cléopâtre rongeait son frein et enrageait devant ces nouvelles, envisageant d'écrire à Marc Antoine pour l'exhorter à s'engager dans une guerre qui délivrerait l'Égypte d'une menace romaine. Elle finit cependant par renoncer à prendre une initiative qui, en tout état de cause, se serait révélée vaine.

Après avoir remonté la via Flaminia jusqu'au plateau rocheux de Pérouse, Lucius Antonius se réfugia avec ses six légions dans les murs de la splendide cité des Apennins. Là, il attendit de voir ce que faisaient non seulement Octavien, mais aussi Pollio, Ventidius et Plancus, quoiqu'il ne songeât pas un instant que les trois alliés de son frère pussent l'abandonner à son sort.

Octavien, lui, eut le flair de placer son frère spirituel, Agrippa, aux commandes. Lorsque les deux jeunes gens comprirent que ni Pollio, ni Ventidius, ni Plancus ne viendraient au secours de

Lucius Antonius, ils érigèrent autour de la montagne de gigantesques fortifications, empêchant tout approvisionnement en nourriture. Avec l'arrivée de l'hiver et la baisse du niveau de la nappe phréatique, la cité se retrouverait bientôt à court d'eau.

Dans le campement de Plancus, Fulvie écumait contre l'inertie de Pollio et Ventidius, rassemblés à quelques milles, et épanchait sa colère contre un Plancus prêt à tout supporter par amour pour elle. Fulvie révélait un état d'esprit d'une instabilité alarmante, souffrant tantôt de féroces crises de rage et décuplant tantôt d'énergie pour mobiliser des hommes, mais sans cesse rongée par une haine qu'elle s'était découverte pour Octavien. Ce freluquet dédaigneux qu'elle avait souffert comme gendre venait de lui renvoyer sa fille Clodia *virgio intacta*. Qu'allait-elle bien pouvoir faire d'une fille n'ayant que la peau sur les os, incapable d'autre chose que de pleurer et de refuser de s'alimenter ? Dans un campement militaire, qui plus était ! Pour combler le tout, Clodia reprochait à sa mère sa répudiation par Octavien, à qui elle déclarait vouer un amour fou.

Vers la fin octobre, Marc Antoine se trouva aussi agité que l'Etna à la veille d'une éruption. Ressentant les tremblements annonciateurs, sa suite s'efforça de s'éloigner du danger, sans pour autant réussir à éviter l'explosion.

— Dellius, je vais hiverner à Alexandrie, annonça-t-il. Marcus Saxa et Caninius n'ont qu'à demeurer avec les troupes à Éphèse. Lucius Saxa, tu m'accompagneras jusqu'à Antioche : je te nomme gouverneur de Syrie. Les deux légions de Cassius qui y sont stationnées suffiront à tes besoins. Commence donc par faire comprendre aux cités que je réclame mon tribut maintenant. Chacune devra me payer la somme qu'elle a versée à Cassius sans tarder. Pour le moment, je ne change pas mes autres dispositions. La province d'Asie se tient calme, Censorinus se débrouille bien en Macédoine, et la Bithynie ne nécessite guère de gouverneur.

Il étira les bras au-dessus de la tête d'un air triomphant.

— Ah, du répit ! Le nouveau Dionysos va enfin goûter à un vrai repos ! Or quel endroit conviendrait mieux à cela que la cour d'Aphrodite en Égypte ?

Fidèle à lui-même, Marc Antoine ne jugea pas utile de prévenir Cléopâtre. La reine apprit son arrivée par le biais de ses agents avec deux *nundina* d'avance, juste le temps d'envoyer des navires s'approvisionner en mets dont les greniers d'Égypte manquaient, comme le succulent jambon des Pyrénées ou les immenses meules de fromage. Bien que le *garum* ne figurât d'ordinaire pas au menu, les cuisiniers du palais savaient le concocter pour aromatiser les sauces. Plusieurs éleveurs qui ravitaillaient les Romains de la cité en cochons de lait vendirent l'ensemble de leur porcherie tandis que l'on rassemblait poules, oies, canards, cailles et faisans. Seule la viande d'agneau, introuvable en cette saison, ne figurerait pas au menu. Enfin, Cléopâtre veilla à ce que le vin fût aussi bon qu'abondant. Bien que sa cour en bût à peine et qu'elle-même préférât la bière d'orge, elle savait que les Romains ne juraient que par cette boisson.

Pendant ce temps, les rumeurs d'une agitation syrienne flottaient autour de Péluse et du delta du Nil. Si personne ne semblait posséder le moindre indice concernant la nature exacte des troubles, nul n'ignorait que les Juifs étaient au bord de l'ébullition. Le retour d'Hérode de Bithynie, désormais tétrarque, avait été accueilli par des hurlements au sein des deux partis du Sanhédrin. En revanche, la nomination de son frère laissait Pharisiens et Sadducéens indifférents. Hérode était haï, Phasaël toléré. Certains manigançaient de chasser Hyrcan du trône pour y placer son neveu, le prince hasmonéen Antigone. En cas d'échec, ils espéraient au moins dépouiller le roi de sa charge de grand prêtre pour la remettre à son neveu.

Avec l'arrivée imminente de Marc Antoine, la Syrie n'obtint pas de Cléopâtre l'attention qu'elle méritait, bien que les bouleversements se produisissent aux portes du royaume de Pharaon.

Les préoccupations de la reine portaient sur de tout autres tensions : celles qui troubleraient la paix de son palais lorsque son fils apprendrait que Cha'em et Tach'a avaient reçu la consigne de l'emmener à Memphis et de l'y retenir jusqu'au départ du triumvir romain.

— Je n'irai pas, annonça avec un grand calme Césarion, son petit menton relevé.

— Tu iras, sur ordre de Pharaon, rétorqua sèchement sa mère, contrariée de devoir désamorcer la crise à portée de tant d'oreilles.

— Je suis moi aussi pharaon. Le plus grand Romain encore en vie depuis l'assassinat de mon père va honorer l'Égypte de sa visite, il faut le recevoir en grande pompe. Pour cela, Pharaon doit se présenter dans ses deux incarnations, mâle et femelle.

— Ne discute pas, Césarion. S'il le faut, je t'y ferai mener sous bonne garde.

— Voilà qui fera belle impression devant nos sujets !

— Comment oses-tu te montrer insolent à mon égard ?

— Je suis Pharaon, sacré et couronné. Je suis fils d'Amon-Râ et fils d'Isis, Horus, seigneur des deux Dames, du Carex et de l'Abeille. Mon cartouche domine le tien. À moins d'entrer en guerre contre moi, tu ne peux contester mon droit à occuper mon trône, ce que je ferai lorsque l'Égypte accueillera Marc Antoine.

Chaque mot prononcé par la mère et le fils retentissait le long des chevrons dorés, amplifié par le silence qui planait sur le salon. Tandis que les serviteurs se tenaient prêts à accourir des coins les plus reculés, Charmian et Iras assistaient la reine, Sosigène étudiait les menus à une table et Apollodorus observait la scène, debout. Seuls manquaient à l'appel Cha'em et Tach'a, repartis pleins d'enthousiasme à Memphis pour programmer les surprises qu'ils réserveraient à leur cher Césarion à son arrivée dans le temple de Ptah.

Jamais la ressemblance de l'enfant avec César n'était apparue si prononcée qu'avec ce masque obstiné sur son visage et la dureté des pierres polies de ses yeux bleu-vert. Pourtant, son attitude ne révélait aucune crispation : il ne serrait pas les poings, ne plantait pas ses pieds au sol. Maintenant qu'il avait dit ce qu'il avait sur le cœur, il revenait à sa mère de prendre la parole.

Installée dans son confortable fauteuil, celle-ci tentait de faire le tri dans son esprit affolé. Comment expliquer à cet entêté qu'elle agissait pour son bien ? En demeurant dans l'enceinte royale, il s'exposerait à toutes sortes de pratiques dépassant l'entendement d'un enfant de six ans. Le palais serait rempli de jurons et de blasphèmes, de vulgarités et de grossièretés, de goinfres vomissant dans les coins, de créatures trop luxurieuses qui s'accoupleraient sur un divan ou contre un mur. Des pratiques qui portaient en elles les graines de la corruption, illustrations brutales d'un monde qu'elle s'était juré d'épargner à son fils jusqu'à ce qu'il eût l'âge de l'affronter. Elle ne se souvenait que trop bien de sa propre enfance dans ces murs, de son débauché de père tripotant ses catamites, exposant ses parties génitales pour recevoir baisers et fellations, dansant comme un ivrogne au son de son ridicule pipeau devant une procession de jeunes filles et de garçons dénudés. Recroquevillée dans un renfoncement obscur, elle priait pour échapper à son attention, pour qu'il ne la violât pas pour son seul plaisir, voire l'étranglât, comme il l'avait fait à sa sœur Bérénice. Maintenant qu'il avait bâti une nouvelle famille avec sa jeune demi-sœur, il pouvait bien se passer de la fille que lui avait donnée son épouse mithridatide. Les années passées à Memphis avec Cha'em et Tach'a restaient aux yeux de Cléopâtre les plus belles qui lui eussent été donné de vivre, une période placée sous le signe de la protection, de la sécurité et du bonheur.

Les festins à Tarse lui avaient donné un aperçu édifiant de l'existence que menait Marc Antoine. S'il avait, pour sa part, respecté une certaine décence, elle devait cet honneur à son statut de monarque plus qu'à son statut de femme, car son hôte ne s'était guère formalisé de la conduite de certains de ses amis et de leurs ébats impudiques. Or comment faire entendre à Césarion qu'il ne *devait* pas assister à ces scènes ? Son instinct lui soufflait qu'une fois débarqué, le triumvir oublierait la continence pour se livrer tout entier à son rôle de *Neos Dionysos*. Si son fils demeurait à Alexandrie, il ne pourrait être tenu longtemps à l'écart de son lointain cousin romain. D'autant que l'enfant rêvait de rencontrer le grand guerrier, sans soupçonner que ce dernier se présenterait sous les traits du grand sybarite.

Au bout d'un moment, Sosigène repoussa sa chaise pour se lever, brisant le silence d'un raclement de gorge.

— Majestés, puis-je m'exprimer ?

— Parle, répondit Césarion avec autorité.

— À maintenant six ans, le jeune pharaon est encore aux soins d'un palais peuplé de femmes. Seuls ses passages au gymnase et à l'hippodrome lui permettent de pénétrer dans un monde d'hommes, mais là encore il s'agit de sujets, des gens qui doivent se prosterner devant lui avant de lui parler, ce à quoi il ne voit rien d'anormal puisque son statut l'exige. La visite de Marc Antoine lui offrira l'opportunité de fréquenter d'autres hommes que ses sujets, des hommes qui ne s'aplatiront pas devant lui mais lui ébourifferont les cheveux, le brutaliseront gentiment, plaisanteront avec lui. D'homme à homme. Pharaon Cléopâtre, je sais que tu souhaites envoyer le jeune pharaon à Memphis, je comprends...

— Assez, Sosigène ! l'interrompit la reine. Tu t'oublies ! Nous terminerons cette conversation une fois que le jeune pharaon aura quitté la pièce, ce qu'il va faire immédiatement !

— Je ne partirai pas, riposta Césarion.

Sosigène entreprit de continuer son explication malgré les tremblements qui le secouaient. Il mettait en danger son poste et sa tête, mais qui parlerait si lui se taisait ?

— Majesté, tu ne peux pas congédier le jeune pharaon, que ce soit à l'instant, pour conclure la discussion ou, plus tard, pour le protéger des Romains. Ton fils est couronné et sacré pharaon et roi. Si son âge fait de lui un enfant, son rôle fait de lui un homme. Le temps est venu pour lui de nouer des relations spontanées avec des hommes qui ne s'inclinent pas devant lui. Son père était romain. Il est grand temps qu'il en apprenne davantage sur Rome et ses citoyens que ce qu'il a pu en retenir de son jeune âge, quand il y vivait encore avec toi.

Sentant son visage prendre feu, Cléopâtre se demanda ce que ses traits trahissaient de ses sentiments. Quelle plaie, ce satané enfant, toujours obligé de prendre position en public ! Il savait pourtant combien les serviteurs aimaient les commérages. Tout le palais saurait la nouvelle dans une heure, toute la cité au lever du soleil. Cette perspective la réjouissait d'autant moins qu'elle devait s'incliner. Toutes les personnes présentes dans la pièce partageaient cette certitude.

— Merci, Sosigène, articula-t-elle après une interminable pause. J'apprécie ton conseil, qui rend honneur à ta raison. Le jeune pharaon restera donc à Alexandrie pour côtoyer les Romains.

S'abstenant de tout cri de joie ou cabriole, l'enfant se contenta de hocher sa tête royale, posant sur sa mère des yeux inexpressifs.

— Maman, je te remercie d'avoir évité une guerre.

La discussion terminée, Apollodorus chassa tout le monde de la pièce, y compris Césarion. Enfin seule avec Charmian et Iras, Cléopâtre éclata en sanglots.

— Cela devait arriver, remarqua Iras avec son habituel pragmatisme.

— Mais il s'est montré si cruel ! protesta une Charmian émue.

— Oui, convint Cléopâtre entre deux hoquets, cruel. Comme

tous les hommes, car ainsi le veut leur nature. Ils ne se satisfont pas d'être les égaux des femmes.

Elle s'essuya le visage.

— Aujourd'hui, il m'a ravi une infime fraction de pouvoir. Lorsqu'il aura vingt ans, nul ne pourra se dresser sur son chemin.

— Espérons que Marc Antoine se montre avenant, risqua Iras.

— Tu l'as bien vu à Tarse. L'as-tu trouvé avenant, alors ?

— Oui, lorsque tu lui en laissais le loisir. Il ne fanfaronne que lorsqu'il manque d'assurance.

— Isis doit le prendre pour époux, rappela Charmian avec un soupir, les yeux embués de larmes. Quel genre d'homme pourrait lui manquer d'égard ?

— L'épouser ne signifie pas abdiquer mon pouvoir, remarqua Cléopâtre. Isis y veillera. Mais que dira mon enfant lorsqu'il comprendra que sa mère lui donne un parâtre ?

La gigantesque quinquérème à la haute poupe hérissée de catapultes fut invitée à accoster dans le port royal. Les deux incarnations de Pharaon observaient les manœuvres du vaisseau amiral de Marc Antoine depuis le quai, sous un dais d'apparat doré. Ni la mère ni l'enfant n'avaient jugé opportun de porter les insignes pharaoniques pour l'occasion, préférant une simple robe de laine rose pour Cléopâtre, et une tunique grecque grège ornée de pourpre pour Césarion. Lorsque ce dernier avait formulé le désir de porter une toge, la reine lui avait répondu que la cité d'Alexandrie n'abritait aucune âme susceptible de montrer aux couturières du palais comment fabriquer le vêtement romain. Un petit mensonge lui avait semblé préférable à la corvée de lui révéler qu'il lui était interdit de porter ce morceau d'étoffe, réservé aux seuls citoyens de Rome.

Si le jeune pharaon ambitionnait de voler la vedette à sa mère, il y réussit sans mal. Dès que Marc Antoine posa le pied sur la passerelle de débarquement, ses yeux ne le quittèrent plus.

— Grands dieux ! s'exclama le triumvir en les rejoignant. Je croirais voir César. Mon garçon, tu es le portrait de ton père !

Bien qu'il se sût de grande taille pour son âge, Césarion se sentit soudain minuscule face à l'imposante masse de Marc Antoine. Mais il oublia tout à l'instant où le triumvir le souleva sans peine pour l'asseoir sur son bras gauche, dont les muscles saillaient sous les innombrables plis de sa toge. Derrière le maître apparut un Dellius rayonnant, trop heureux de se voir affecter la tâche de saluer la reine et de remonter avec elle le sentier en observant l'étrange couple, loin devant. Lorsque, enchanté par quelque plaisanterie, l'enfant rejeta sa petite tête blonde en arrière dans un éclat de rire, Dellius remarqua :

— On dirait qu'ils se sont pris d'affection.

— N'est-ce pas ? répondit Cléopâtre d'une voix blanche. Marc Antoine est venu avec moins d'amis que je n'imaginais, constata-t-elle avec un haussement d'épaules.

— Il y a fort à faire, Majesté. Mais je sais qu'il espère rencontrer quelques Alexandrins.

— L'interprète, l'archiviste, le juge suprême, le grand trésorier et le commandant des patrouilles de nuit se feront une joie de se mettre à son service.

— Qui sont ces domestiques ? s'enquit le légat d'une voix hautaine.

— Les aristocrates d'Alexandrie, expliqua Cléopâtre d'un ton amusé. Ces désignations s'appliquent à cinq fonctions que seuls peuvent occuper les descendants d'une lignée de pure souche macédonienne depuis l'époque des barons de Ptolémée Soter. Nous n'avons pas prévu de réception pour ce soir, poursuivit la reine. Juste un souper tranquille en l'honneur de Marc Antoine.

— Je suis sûr qu'il appréciera, répondit Dellius d'une voix mielleuse.

Lorsque Césarion ne parvint plus à garder les paupières ouvertes, sa mère l'envoya au lit d'une voix ferme, puis congédia les serviteurs pour rester seule avec son hôte.

Si Alexandrie ne connaissait pas de vrai hiver, une légère fraîcheur s'abattait sur la ville au coucher du soleil, obligeant les serviteurs à fermer les jalousies aménagées dans les murs. Après le climat plus extrême d'Athènes, Marc Antoine tombait sous le charme de cette paisible atmosphère, conscient qu'il ne s'était pas senti aussi détendu depuis plusieurs mois. Sans compter que son hôtesse s'était révélée de fort bonne compagnie au cours du dîner, du moins pour le peu de mots qu'elle était parvenue à placer au milieu des innombrables questions dont Césarion avait assailli le visiteur romain. À quoi ressemblait la Gaule ? Et Philippes ? Quel effet cela faisait-il de commander une armée ? L'interrogatoire n'en finissait plus...

— Il t'a usé, constata-t-elle avec un sourire.

— Il est plus curieux qu'une diseuse de bonne aventure. Mais il est intelligent, Cléopâtre... Aussi précoce que l'autre héritier de César, compléta-t-il, le visage tordu par une grimace de dégoût.

— ... que tu détestes.

— Détester est un bien doux mot. Disons... que j'exècre.

— J'espère, en revanche, que tu te découvres quelque sympathie pour mon fils.

— Plus que je ne m'y attendais.

Il promena son regard sur les lampes allumées tout autour de la pièce, les yeux plissés.

— La lumière est aveuglante, remarqua-t-il.

En guise de réponse, elle glissa de la banquette, saisit un éteignoir et étouffa toutes les flammes à l'exception de celles qui n'éblouissaient pas son invité.

— Souffres-tu de la tête ? demanda-t-elle en retournant s'étendre.

— Oui, précisément.

— Souhaites-tu te retirer ?

— Pas si tu me permets de rester ici, allongé au calme, à te parler.

— Tu es libre de faire comme il te plaît.

— Tu ne m'as pas cru lorsque je t'ai dit que je tombais amoureux de toi, mais je ne mentais pas.

— Je possède des miroirs en argent, Marcus Antonius, et ceux-ci me révèlent que je ne suis pas le genre de femme dont tu tombes amoureux. Pas une Fulvie, par exemple...

Il sourit, révélant des dents éclatantes de blancheur.

— Ou une Glaphyre, quoique tu ne l'aies jamais vue. Un délicieux morceau !

— ... que tu n'aimais manifestement pas pour parler ainsi d'elle. Fulvie, en revanche, tu l'aimes.

— Je l'aimais, plutôt ! Aujourd'hui, elle est devenue une épine dans mon pied avec sa guerre contre Octavien. Une affaire vaine très mal menée.

— Une femme magnifique.

— Sur le retour, à quarante-trois ans. Figure-toi que nous avons presque le même âge.

— Elle t'a donné des fils.

— Certes, mais ils sont encore bien jeunes pour savoir ce

qu'ils valent. Fulvie comptant parmi ses grands-parents le célèbre Caius Gracchus, j'espère qu'ils deviendront de grands hommes. Mais il est encore tôt : Antyllus a cinq ans et Iullus n'est qu'un nourrisson. Fulvie est malgré tout une bonne poulinière : elle a donné quatre enfants à Clodius, deux filles et deux garçons, un fils à Curion et mes deux fils.

— Les Ptolémées procréent bien aussi.

— Comment peux-tu affirmer cela avec un seul oisillon dans ton nid ?

— Je suis pharaon, Marcus Antonius, je ne peux pas m'accoupler avec des mortels. César était un dieu, donc un partenaire digne de moi. Nous avons engendré Césarion très vite et puis, soupira-t-elle, plus rien... Ce n'était pourtant pas faute d'essayer.

— Je comprends mieux pourquoi il ne t'a rien dit, rit-il.

Son corps se raidit. Elle releva la tête pour le fixer de ses grands yeux d'or, dans lesquels se reflétait la lumière de la lampe restée allumée derrière les boucles coupées court du triumvir.

— Dit quoi ?

— Qu'il ne te donnerait plus d'enfant.

— Tu mens !

Surpris, il tendit le cou à son tour.

— Mentir ? Pour quelle raison ?

— Qu'en saurais-je ? Mais je sais que tu mens !

— C'est la vérité. Réfléchis un peu, Cléopâtre, et tu verras que je ne cherche pas à t'abuser. Imagines-tu César engendrer une fille à donner pour épouse à son fils ? Mon cher cousin était romain jusqu'au bout des ongles, or les Romains n'approuvent pas l'inceste, pas même entre nièce et oncle ou neveu et tante. Alors entre frère et sœur, n'en parlons pas ! Pour eux, une alliance entre cousins germains présente déjà un risque.

Le désenchantement déferla sur elle comme une vague irrésistible. César, dont elle accueillait l'amour comme une certitude, l'avait entretenue dans l'illusion ! Tous ces mois passés à Rome, à espérer et à prier pour une grossesse jamais concrétisée. Il savait ! Il savait ! Le dieu de l'Occident l'avait dupée ! Au nom de quoi ? D'un stupide principe romain ! Ses dents grincèrent, un grognement guttural s'échappa de sa bouche.

— Il m'a trompée, dut-elle se rendre à l'évidence, d'un ton morne.

— Il pensait que tu ne comprendrais pas, ce en quoi il n'avait pas tort.

— Si tu étais César, m'aurais-tu infligé cela ?

— Eh bien... réfléchit-il en roulant sur lui-même pour se rapprocher d'un pouce. Disons que je n'ai pas tant de principes.

— Me voilà détruite ! Il m'a abusée, moi qui l'aimais tant !

— Quoi qu'il ait fait, c'est du passé. César est mort.

— Et me voilà obligée d'avoir avec toi la même conversation que j'ai autrefois eue avec lui, repartit Cléopâtre en s'essuyant les yeux d'un geste furtif.

— Quelle conversation ?

Marc Antoine passa un doigt caressant sur le bras de la reine, qui ne le repoussa pas cette fois.

— Voilà quatre ans que le Nil n'a pas débordé, Marcus Antonius, parce que Pharaon est stérile. Pour le bien de son peuple, Pharaon doit concevoir un enfant dans les veines duquel coule le sang des dieux. Ton sang est celui de César, ta mère descend de la lignée des Julii. En réponse à mes prières, Amon-Râ et Isis m'ont révélé qu'un enfant de ta semence les contentera.

Il avait entendu plus belle déclaration d'amour. Comment un homme répondait-il à une explication si froide et rationnelle ? Lui, Marc Antoine, désirait-il s'engager dans une aventure avec ce petit bout de femme insensible qui, en sus, croyait sincèrement à ce qu'elle racontait ? Il devait cependant reconnaître l'attrait de cette nouvelle expérience. Engendrer des dieux sur terre : voilà qui donnerait une bonne leçon à ce vieux César, le grand féru de discipline !

Il prit dans sa main celle de Cléopâtre, la porta à ses lèvres pour l'embrasser.

— Je serais honoré de te donner un enfant, ma reine. Et, quoique je ne puisse parler pour César, laisse-moi te dire que, moi, je t'aime.

Menteur ! Hypocrite ! hurla-t-elle dans le tréfonds de son cœur. Il n'était qu'un Romain ! Son amour, il le donnait entier à sa cité. Mais elle saurait l'utiliser comme César s'était servi d'elle.

— Partageras-tu ma couche le temps de ton séjour à Alexandrie ?

— Avec plaisir, répondit-il en l'embrassant.

Elle trouva l'échange plaisant, bien différent du supplice

auquel elle s'attendait. Pour cette première exploration, il ne fit que coller ses lèvres fraîches et soyeuses aux siennes avec douceur et sensualité, sans lui fourrer la langue dans la bouche.

— Suis-moi.

Se munissant d'une lampe, elle le guida jusqu'à sa chambre, non loin, dans les quartiers privés de Pharaon dont l'exiguïté contrastait avec l'immensité de l'enceinte royale. Après avoir ôté sa tunique, sous laquelle il ne portait pas de pagne, il délia les liens de sa robe aux épaules. L'étoffe forma une flaque autour de la reine, qui s'assit sur le bord du lit.

— Quelle peau splendide ! Marcus Antonius ne déçoit jamais comme amant, il sait quel amour donner à une petite créature aussi fragile que toi.

De fait, leur union toute en douceur procura à Cléopâtre un plaisir insoupçonné, tout comme les caresses de ses mains tendres et l'attention délicieuse qu'il prêta à sa poitrine. En dépit de ses paroles rassurantes et bien qu'il éveillât en elle un désir proche de la torture avant de la pénétrer en maniant avec adresse et science son énorme membre, elle aurait souffert si elle n'avait pas déjà donné naissance. Il ne se laissa aller à la jouissance qu'après lui avoir donné un orgasme, dont l'intensité la surprit. Elle avait l'impression de tromper César, mais quelle importance puisque César l'avait trahie ? Elle était d'ailleurs reconnaissante à son nouvel amant de ne lui rappeler en rien le père de son enfant. Ce qu'elle partageait avec Marc Antoine n'appartenait qu'à eux. Il se différenciait de son défunt cousin en tout, y compris dans sa disposition à se redonner à elle après chacun de ses orgasmes. Tant et si bien qu'elle rougissait à l'idée de recenser les siens. Elle ignorait se languir à ce point des plaisirs charnels mais, ce soir, la déesse Cléopâtre était redevenue femme.

Guère naïf, Césarion fut transporté en découvrant que sa mère avait pris comme amant le grand Marc Antoine.

— Vas-tu l'épouser ? lui demanda-t-il en dansant de joie.

— Plus tard, peut-être, répondit-elle avec un profond soulagement.

— Pourquoi pas maintenant ? C'est l'homme le plus puissant du monde !

— Il est encore trop tôt, fils. Il faut nous laisser, Marc

Antoine et moi, voir si notre amour supportera les responsabilités du mariage.

Marc Antoine, lui, éclatait d'orgueil. Des souveraines avaient certes précédé Cléopâtre dans sa couche, mais cette dernière dépassait de loin les autres de par son importance. Sans compter qu'il avait découvert avec grande satisfaction que ses pratiques sexuelles se classaient à mi-chemin entre les attentions d'une putain professionnelle et la dévotion d'une bonne épouse romaine. Comme il ne fallait ni l'une ni l'autre à un homme s'embarquant dans une relation destinée à durer plus d'une nuit, Cléopâtre incarnait, à ses yeux, la perfection.

Autant de raisons de se réjouir lorsque sa maîtresse organisa un somptueux banquet en son honneur. Puisque le vin se révéla superbe et l'eau âpre, pourquoi les mêler et gâter une grande récolte ? Ainsi le triumvir abandonna ses bonnes résolutions sans même s'en rendre compte et s'enivra gaiement et royalement.

Les invités alexandrins, tous des Macédoniens de haut rang, l'observèrent avec perplexité avant de sembler se ranger aux arguments de cet avocat de la débauche. L'archiviste, un homme dont la vanité disproportionnée n'avait d'égale que la terreur qu'il inspirait autour de lui, avala sa première cruche entre des quintes de toux convulsives et des gloussements, puis attrapa la première servante qui passait à proximité pour nourrir ses appétits sexuels. L'instant d'après, ses concitoyens l'imitaient, prouvant qu'ils n'avaient rien à envier aux Romains en matière d'orgie.

Le dîner offrit ainsi à Cléopâtre, spectatrice d'autant plus fascinée qu'elle restait sobre, une leçon qu'elle n'avait jamais imaginé recevoir. Par bonheur, Marc Antoine se concentrait trop sur le contenu de son gobelet pour remarquer que sa maîtresse ne se joignait pas à l'hilarité générale. Par ailleurs, il résistait bien à la boisson, sans doute en raison de son immense appétit. Sosigène, plus expérimenté que sa reine en ces affaires, avait prévu des pots de chambre et des cuvettes derrière un paravent afin que les invités pussent se soulager par l'orifice de leur choix, et disposé un peu partout des coupes de potion pour soulager la douleur du réveil.

— Comme je me suis amusé ! rugit Marc Antoine le lendemain matin, sa santé de fer intacte. Que dis-tu de recommencer cet après-midi ?

Ainsi commencèrent pour Cléopâtre plus de deux mois de festivités d'une assiduité impitoyable. Plus les événements tournaient à la folie, plus Marc Antoine se réjouissait et s'épanouissait dans son hivernage. Il incombait à Sosigène d'imaginer sans cesse des nouveautés pour varier la teneur de ces festins sybaritiques, si bien que les navires qui accostaient dans le port d'Alexandrie déversaient sur les quais musiciens, danseurs, acrobates, mimes, nains, monstres et magiciens venus de toute la rive orientale du Mare Nostrum. Marc Antoine nourrissait un profond goût pour les farces frisant parfois la cruauté. Il appréciait pêcher, nager au milieu des femmes nues, il aimait chasser et conduire les chars, une activité interdite aux nobles à Rome et raffolait des facéties et des spectacles fastueux. Son insatiable appétit le poussait à hurler sa faim une dizaine de fois par jour, si bien que Sosigène mit en pratique l'idée brillante de toujours disposer d'un dîner complet prêt à être servi ainsi que de grandes quantités des meilleurs vins. Le succès instantané de son initiative valut au petit philosophe, outre une bise sonore du triumvir, le titre de « prince des Joyeux Lurons ».

Alexandrie ne pouvait guère protester contre cette cinquantaine d'ivrognes parcourant les rues en se trémoussant à la lumière des flambeaux et martelant les portes avant de détaler dans des éclats de rire. Parmi ces importuns figuraient en effet les hauts fonctionnaires de la cité, dont les épouses demeuraient à la maison à verser des rivières de larmes en se demandant pourquoi la reine permettait un tel désordre.

Associée malgré elle à ces farces, Cléopâtre y participait sans véritable enthousiasme. Un jour, persuadé que les perles se dissolvaient dans le vinaigre, Marc Antoine la défia de plonger le bijou à dix millions de sesterces ayant appartenu à Servilia dans un gobelet rempli du liquide acide et de le boire. Pas dupe, Pharaon obéit par bravade et pour le seul plaisir d'arborer la perle intacte à son cou le lendemain, mais ne trouva toutefois pas la force d'ingurgiter le breuvage. Il en allait ainsi tous les jours. Pêcheur peu chanceux, le triumvir payait des plongeurs pour accrocher sous l'eau des poissons vivants au bout de sa ligne puis remontait d'un air fat les pauvres créatures effrayées… Jusqu'au jour où la reine, fatiguée de ses fanfaronnades, ordonna à un serviteur d'attacher un poisson pourri à son hameçon. De bonne nature, son amant accueillit la plaisanterie avec humour.

Césarion suivait ces bouffonneries avec amusement mais ne réclamait jamais d'assister aux banquets. Lorsque Marc Antoine se montrait d'humeur, l'enfant disparaissait à cheval avec lui pour chasser le crocodile ou l'hippopotame, laissant derrière lui une mère angoissée à l'idée de voir son fils revenir mutilé. Elle devait toutefois rendre justice au Romain : il savait protéger le garçonnet de tout danger et lui offrait des moments merveilleux.

— Tu aimes Marc Antoine, n'est-ce pas ? constata-t-elle alors que le mois de janvier touchait à sa fin.

— Oui, maman, beaucoup. Il se fait appeler *Neos Dionysos*, mais en réalité il tient plutôt d'Héraclès. Il peut me soulever d'une seule main, tu imagines ? Il lance le disque à plus d'un demi-stade !

— Cela ne m'étonne guère, répondit-elle, pince-sans-rire.

— Demain, nous allons à l'hippodrome. Je vais monter sur son char avec quatre chevaux de front, le plus dur !

— La course de chars n'est pas un passe-temps convenable.

— Je sais, mais c'est tellement amusant !

Que répondre à cela ? Son fils avait grandi à pas de géant au cours des deux derniers mois, donnant raison à Sosigène. La compagnie des hommes l'avait libéré de cette note de préciosité qu'elle n'avait pas remarquée chez lui avant qu'il ne la perdît. Le voilà qui plastronnait dans les couloirs du palais en s'efforçant de mugir comme Marc Antoine, présentait des imitations hilarantes du grand trésorier aviné et attendait chaque lever de soleil avec un éclat et un entrain entièrement nouveaux. Il s'était révélé fort, agile, naturellement doué pour les sports guerriers. Il savait jeter les lances avec une précision mortelle, tirer des flèches en plein centre de la cible et manier son *gladius* avec la fougue d'un légionnaire vétéran. Comme son père, il était capable de monter à cru au galop les mains derrière le dos.

De son côté, Cléopâtre se demandait combien de temps elle supporterait encore Marc Antoine le sybarite. Sans cesse fatiguée et nauséeuse, elle ne pouvait rester bien loin d'un pot de chambre : tous les symptômes d'une future maternité, bien qu'il fût trop tôt pour que cela se vît et justifiât sa lassitude. Si Marc Antoine ne cessait pas bientôt ses voltiges, elle devrait le prier de voltiger seul. Elle avait beau être un solide bout de femme, la grossesse lui coûtait.

⁂

Son problème se résolut de lui-même en février, lorsque le roi des Parthes envahit la Syrie. Le vieil Orodès avait depuis longtemps passé l'âge des conquêtes, mais les inévitables intrigues associées à sa succession l'éprouvaient tant qu'il lui fallait trouver un moyen d'assouvir l'ambition des diverses factions et de ses enfants. Une bonne guerre occuperait les plus agressifs d'entre eux, or que rêver de mieux qu'une offensive contre les Romains en Syrie ? Puisque Pacorus s'imposait comme le plus puissant de ses fils, cette campagne lui reviendrait de droit, avec l'assistance de Parthicus, un surnom sous lequel se cachait Quintus Labienus, le fils de feu Titus Labienus, le plus talentueux commandant de cavalerie de César, devenu ensuite partisan de Pompée avant de rendre son dernier souffle lors de la bataille de Munda. Labienus avait préféré se réfugier dans le royaume des Parthes plutôt que de capituler face au grand ennemi de son père républicain. Dans le contexte de querelles intestines régnant à Séleucie du Tigre, les opinions divergeaient quant au meilleur moyen de défaire les Romains. Lors des précédents affrontements, y compris celui couronné par l'anéantissement de l'armée de Marcus Crassus à Carrhes, la tactique parthe s'articulait autour de troupes d'archers montés, des paysans à cheval, entraînés à se retourner pendant la fuite au galop pour décocher une pluie meurtrière de flèches : le fameux tir parthe. Lors de la chute de Crassus, le général aux commandes, un prince fardé et efféminé du nom de Surena, avait fait en sorte que ses hommes ne manquent jamais de projectiles en chargeant une caravane de chameaux pour assurer la liaison entre les troupes. Il connut un tel succès que le roi Orodès, craignant pour sa couronne, le fit exécuter. Depuis ce jour, plus de dix ans auparavant, la controverse faisait rage pour déterminer à qui, des archers montés ou des cataphractaires, cavaliers en cotte d'écaille de la tête aux pieds montés sur de grands chevaux caparaçonnés, revenait le mérite de la victoire de Carrhes. La querelle se faisait en fait l'écho des luttes sociales entre les paysans, qui fournissaient le gros des archers, et la noblesse, dont étaient issus les cataphractaires.

Lorsque Pacorus et Labienus menèrent leur armée en Syrie, au début du mois de février de l'année de consulat de Domitius Calvinus et Caius Asinius Pollio, l'aristocratie avait eu le dernier mot : les troupes parthes ne comptaient plus que des cataphractaires.

Après la traversée de l'Euphrate à Zeugma, les forces ennemies de Rome se divisèrent. Tandis que Labienus et ses mercenaires prenaient la direction du couchant pour rejoindre la Cilicie par le mont Amanus, Pacorus et ses cavaliers bifurquaient vers la Syrie, au sud. Sur les deux fronts, les Parthes balayaient tout sur leur passage, alarmant les agents de Cléopâtre postés dans le nord de la Syrie, qui suivaient de près les avancées de Pacorus.

À peine la nouvelle atteignit-elle le palais d'Alexandrie que Marc Antoine s'envola, sans le moindre adieu empreint de tendresse, sans la moindre protestation d'amour.

— Le sait-il ? demanda Tach'a à Cléopâtre.

La reine comprit d'office ce qu'insinuait sa chère mère.

— Non, je n'ai guère eu l'occasion de lui en parler. Il était trop occupé à brailler pour réclamer sa cuirasse et pour talonner Dellius et les autres hommes, soupira-t-elle. Sa flotte va rejoindre Beritus, mais il se méfie trop des caprices des vents pour risquer une traversée. Il espère atteindre Antioche avant ses navires.

— Qu'est-ce que Marc Antoine ne sait pas ? s'enquit Césarion, fortement contrarié par le départ précipité de son héros.

— Que *sextilis* t'apportera un petit frère ou une petite sœur.

Le visage de l'enfant s'éclaira.

— Un frère ou une sœur ! Maman, maman, c'est formidable ! s'exclama-t-il avec des bonds de joie.

— Eh bien, voilà qui lui ôtera Marc Antoine de l'esprit, commenta Iras à Charmian.

— À Césarion peut-être. Mais à Cléopâtre ? douta Charmian.

Marc Antoine chevaucha en direction d'Antioche à un rythme éreintant, convoquant tel ou tel potentat du sud de la Syrie à son passage, leur criant parfois des instructions sans même prendre le temps de mettre pied à terre.

Hérode l'informa de l'inquiétante discorde qui divisait l'opinion juive et de la formation d'un large groupe de dissidents judaïques en faveur d'un gouvernement parthe sous la direction du prince Antigone, aussi hostile à son oncle Hyrcan qu'aux Romains. En revanche, le tétrarque ne dit rien des pourparlers qu'Antigone avait déjà ouverts avec les émissaires parthes pour obtenir le trône et la grande prêtrise, des transactions sous le manteau et des revirements du Sanhédrin auxquels il ne s'intéressait pas. Marc Antoine reprit donc la route vers le nord dans l'ignorance la plus totale de l'ampleur du problème juif. Une fois n'est pas coutume, Hérode s'était laissé surprendre, trop occupé à essayer d'évincer son frère Phasaël dans les bonnes grâces de la princesse Mariamne pour remarquer ce qui se tramait.

Telle qu'elle se présentait, Tyr ne risquait pas d'être soumise, à moins d'abriter un traître dans ses murs. Son isthme puant à l'atmosphère viciée par des montagnes de coquillages vides offrait à la cité, nichée au cœur de l'industrie de la pourpre, une protection digne d'une île. En outre, aucun Tyrien n'était disposé à approvisionner le royaume des Parthes en ce précieux produit.

Enfin parvenu à Antioche, Marc Antoine trouva Lucius Decidius Saxa en train d'arpenter le palais d'un pas nerveux tandis que, sur les tours de guet dominant les solides remparts de la cité, une ceinture d'hommes se contorsionnait pour surveiller le nord. Pacorus qui, selon toute indication, suivait le lit de l'Orontes, risquait de surgir avec ses troupes d'un moment à l'autre. Face à cette menace, Marcus Saxa avait quitté Éphèse pour venir en aide à son frère. Parmi le flot de réfugiés déferlant dans la cité, le roi brigand Tarcondimotus, bouté du mont Amanus, conta au triumvir les exploits de Labienus, qui devait maintenant avoir atteint Tarse et la Cappadoce et le prévint qu'Antiochus de Commagène, aux commandes d'un royaume client au nord du mont, menaçait de priver Rome de son soutien d'un jour à l'autre. Après avoir jugé par lui-même de la qualité des deux légions de Saxa, formées d'hommes solides et expérimentés ayant servi sous les ordres de Caius Cassius, Marc Antoine se sentit un peu rassuré quant à la situation syrienne.

Dans l'état des choses, les nouvelles d'Italie se révélaient bien plus préoccupantes. Tandis que son frère Lucius Antonius restait pris au piège dans les murs de Pérouse, Pollio avait battu en retraite jusqu'aux marais de l'embouchure du Pô. C'était à n'y rien comprendre ! Ses forces et celles de Ventidius affichaient une nette supériorité numérique sur celles d'Octavien, pourquoi ne venaient-ils pas en aide à Lucius Antonius ? Marc Antoine semblait oublier qu'il n'avait jamais pris la peine de répondre aux missives dans lesquelles ses deux généraux lui demandaient conseil et le priaient de les éclairer sur la place qu'occupait la guerre de Lucius Antonius dans ses plans politiques.

Aussi sérieuse qu'apparût la menace à l'Est, rien ni personne ne passait avant l'Italie. Il devait en apprendre plus. Le triumvir embarqua donc pour Éphèse dans l'intention de rejoindre Athènes dès que possible.

La première étape de la traversée, fort monotone, lui donna le loisir de ressasser les doux souvenirs qu'il gardait de Cléopâtre et de son hiver en Égypte. Grands dieux, combien cette trêve s'imposait ! Avec quel zèle la reine avait satisfait ses moindres caprices ! Il éprouvait pour elle un amour vrai, comme pour toutes les femmes avec qui il entretenait une liaison de plus d'un jour, et rien ne changerait tant qu'elle saurait rester dans ses grâces. Il ne pouvait guère en dire autant de Fulvie, plus que déchue à en croire les nouvelles d'Italie. Seule une femme avait réussi à conserver son amour malgré des milliers de transgressions, la représentante de la gent féminine la plus ridicule de l'histoire du monde : sa mère.

Comme la plupart des pères nobles, celui de Marc Antoine passait peu de temps à Rome. Il revenait donc à Julia Antonia de maintenir l'union au sein de la famille… ou du moins d'essayer, car accoucher de trois fils et deux filles ne lui avait pas donné un iota de maturité. Année après année, elle demeurait d'une affligeante stupidité : selon elle, l'argent poussait dans les vignes et elle gagnait à écouter l'avis des serviteurs, d'un esprit bien supérieur au sien. La pauvre femme ne pouvait même pas se vanter d'avoir de la chance en amour. Son premier mari, père de ses enfants, avait préféré le suicide plutôt que le retour à Rome et un inéluctable procès pour trahison à l'issue d'une guerre désastreuse contre les pirates crétois. Quant au deuxième, il avait été exécuté dans le Forum Romanum pour son rôle dans la rébellion menée par Catilina avant même que Marcus, l'aîné de la fratrie, eût fêté ses vingt ans. Corpulentes et aussi laides que l'exigeait leur condition d'Antoniennes, ses sœurs avaient été données en mariage à des arrivistes dans le but de renflouer la famille et de financer les carrières politiques des garçons, tous plus dévergondés les uns que les autres. Des alliances qui n'avaient pas empêché leur frère aîné d'accumuler des dettes accablantes, au point de devoir épouser une riche provinciale du nom de Fadia pour mettre la main sur ses deux cents talents de dot. La déesse Fortuna finit toutefois par sourire à Marc Antoine, lorsque son épouse et les enfants nés de leur union succombèrent à une peste estivale, le laissant libre d'épouser sa cousine germaine Antonia Hybrida, elle aussi héritière. De ce mariage ne subsistait qu'un enfant, une fillette pas plus éveillée que jolie. Mais en spécialiste des mariages lucratifs, Marc Antoine avait profité de l'assassinat de Curion pour épouser sa veuve, Fulvie, la femme la plus riche de Rome.

À bien y penser, son enfance et sa jeunesse s'étaient déroulées sous le signe de l'indiscipline plutôt que du malheur. Poigne de fer de la famille julienne à défaut d'en être le chef, César s'était imposé comme l'unique personne en mesure d'exercer un quelconque contrôle sur Julia Antonia et ses fils. Au fil des ans, il avait démontré toute l'affection qu'il vouait à sa cousine et à ses enfants, même s'il n'était jamais apparu comme un homme facile ou compréhensible aux yeux de ses petits-cousins. L'indiscipline de Marc Antoine, combinée à un amour scandaleux de la débauche, avait fini par lui coûter les faveurs de son protecteur à l'âge adulte. Il s'était montré indigne de la confiance de son grand cousin à deux reprises... Une fois de trop : César avait sévi.

Perdu dans la contemplation des jeux de lumière du soleil sur les avirons mouillés qui émergeaient de l'eau sous le bastingage, Marc Antoine doutait encore d'avoir vraiment voulu participer à la conspiration contre César. Avec le recul, il s'avouait n'avoir jamais cru Caius Trebonius, Decimus Junius Brutus et consorts capables de suffisamment de haine ou de calcul pour aller au bout de leur projet. Chefs de file plutôt qu'auteurs du méfait, Marcus Brutus et Cassius avaient beaucoup moins pesé dans la balance qu'on ne le pensait. Le complot était bel et bien le fait de Trebonius et de Decimus Brutus, tous les deux décédés. Dolabella avait torturé le premier jusqu'à ce qu'il rendît l'âme et un chef de clan gaulois avait décapité le second contre une bourse d'or fournie par Marc Antoine lui-même : de quoi prouver qu'il n'avait pas vraiment tramé l'assassinat de son cousin, même s'il avait compris depuis longtemps que Rome lui serait plus agréable à vivre sans César. Mais la véritable tragédie de ce destin portait un nom : Octavien. Sans lui, César l'aurait certainement choisi comme héritier. Du haut de ses dix-huit ans, le petit-neveu du Grand Homme n'avait pas traîné pour réclamer sa succession, une entreprise incertaine qui l'avait mené à marcher deux fois sur Rome avant son vingtième anniversaire. Enfin élu premier consul, il avait eu l'audace de forcer une rencontre avec ses rivaux, Marc Antoine et Lépide, donnant ainsi naissance au second triumvirat : trois hommes unis pour reconstituer la république, trois dictateurs plutôt qu'un, jouissant en théorie d'un pouvoir identique. Mais bloqués sur une île d'une rivière de Gaule cisalpine, les deux vieux briscards avaient fini par comprendre que ce jeune homme d'à moitié leur âge les dominait de la tête et des épaules en termes de ruse et d'implacabilité.

Même dans ses humeurs les plus lugubres, Marc Antoine ne pouvait cependant se résoudre à admettre qu'Octavien s'était montré digne de l'inexplicable préférence que lui avait accordée César. Trop souffreteux, trop jeune, trop mignon, ce fils à maman avait pourtant réussi à garder la tête hors de l'eau dans les tempêtes les plus mortelles. Sa résistance s'expliquait-elle par le nom dont il avait hérité, et qu'il exploitait pleinement ? La devait-il à la loyauté de jeunes gens de l'acabit de Marcus Vipsanius Agrippa ? Marc Antoine devait pourtant se rendre à l'évidence : le mérite de sa survie semblait bien lui revenir à lui et à lui seul. Avec ses frères, il plaisantait souvent au sujet de l'énigme qui entourait son grand cousin. Mais comparé à Octavien, César lui semblait aussi transparent que l'eau de l'aqueduc Marcia.

5

Les incursions barbares dans le grand nord de la Macédoine retenant le gouverneur Censorinus loin d'Athènes, Marc Antoine dut se passer de son accueil lorsqu'il débarqua en mai dans la cité grecque. De fort désagréables nouvelles l'attendaient. Son ami Barbatius l'avait quelque peu trahi : apprenant la douce vie que le triumvir menait en Égypte, il avait quitté ses fonctions et ramené les légions d'Éphèse en Italie. Arrivé dans la péninsule, il s'était entretenu avec Pollio et Ventidius, ne contribuant qu'à troubler davantage les eaux que Marc Antoine avait jugé inutile d'épurer, en conséquence de quoi l'un avait battu en retraite dans les marécages du Pô et l'autre restait hors d'atteinte d'Octavien, d'Agrippa et de Salvidienus, sans réussir à se décider sur la marche à suivre.

D'une humeur massacrante, Marc Antoine écoutait le récit de Lucius Munatius Plancus, qui occupait l'appartement du premier légat dans la résidence d'Athènes.

— L'entreprise de Lucius Antonius a été un désastre complet.

Plancus choisit ses mots avec soin, soucieux de trouver une astuce pour rendre à son supérieur un rapport fidèle à la réalité sans se présenter lui-même sous un jour défavorable. Pour l'instant, il n'entrevoyait aucune opportunité de rejoindre le camp d'Octavien, or c'était là l'unique solution de remplacement qui s'offrait à lui.

— La veille du premier jour de l'an, les Pérugins échouèrent à passer les murailles de la ville pour déjouer le siège d'Agrippa. Ni Pollio ni Ventidius ne levèrent le petit doigt pour attaquer les armées d'Octavien, malgré leur supériorité numérique. Pollio répétait qu'il ne savait pas exactement ce que tu attendais de lui ; quant à Ventidius, il refusait d'obéir à l'initiative d'un autre que Pollio. Lorsque Barbatius leur eut conté tes « débauches », et je ne fais là que reprendre ses termes, Pollio, écœuré, refusa d'engager ses légions pour sortir ton frère de Pérouse. La cité est tombée peu après la nouvelle année.

— Où te trouvais-tu avec tes légions, Plancus ? l'interrogea Marc Antoine, une étincelle redoutable dans les yeux.

— Plus près de Pérouse que Pollio ou Ventidius ! Je me terrais à Spoletium pour former la mâchoire méridionale d'une tenaille qui ne fut jamais mise en mouvement. N'oublions pas qu'il me fallait aussi m'occuper de Fulvie, ce qui ne fut pas de tout repos, soupira-t-il avec un haussement d'épaules.

Il l'aimait, oui, mais pas autant que sa propre peau. Or Marc Antoine n'irait pas jusqu'à ordonner l'exécution de son épouse pour trahison.

— Je n'arrive pas à croire qu'Agrippa ait eu l'effronterie de voler mes deux meilleures légions ! Il a profité du fait que je les envoie épauler Claudius Néron en Campanie pour leur proposer de meilleures conditions. Penser qu'il a défait Néron avec mes hommes ! Ce dernier n'a vu d'autre issue que de chercher refuge en Sicile auprès de Sextus Pompée. Depuis que Livie Drusilla, son épouse, l'y a rejoint avec son fils, d'aucuns envisageraient de tuer femmes et enfants, à Rome.

Il marqua une hésitation perceptible, sourcils froncés.

— Parle donc, Plancus !

— Ta vénérée mère, Julia Antonia, a fui avec Livie Drusilla chez Sextus Pompée.

— Si j'avais pris un instant pour songer à ma *mater*, ce que je m'efforce d'éviter, je n'en aurais pas attendu moins d'elle. Oh, dans quel monde merveilleux nous vivons ! s'exclama Marc Antoine, poings serrés. Les épouses et mères envahissent les campements militaires et se comportent comme si elles savaient distinguer les tranchants d'un glaive. Peuh !

Il se calma au prix d'un effort manifeste.

— Qu'en est-il de mon frère ? Je suppose que tu manques de courage pour m'annoncer sa mort, Plancus…

Enfin l'occasion lui était donnée de transmettre une heureuse nouvelle !

— Non, non, mon cher Marcus ! Loin de là ! Lorsque Pérouse a ouvert ses portes, certains magnats ont montré trop de zèle dans l'édification de son bûcher funéraire, si bien que c'est la cité entière qui a brûlé. Un vrai désastre, à côté duquel le siège fait figure d'anecdote ! Octavien a ordonné l'exécution de vingt éminents citoyens mais s'est passé de revanche sur les troupes de Lucius Antonius, qu'il a intégrées aux légions d'Agrippa. Ton frère s'est vu accorder la généreuse grâce qu'il demandait et est parti heureux en Hispanie ultérieure, où Octavien l'a nommé gouverneur.

— Cette affectation dictatoriale a-t-elle été sanctionnée par le Sénat et le peuple de Rome ? s'enquit Marc Antoine, autant soulagé qu'offensé.

Ce maudit Lucius Antonius tentait à tout prix d'égaler son frère, sans jamais y parvenir.

— En bonne et due forme, répondit Plancus. Certains s'y sont bien opposés...

— Traitement de faveur pour Lucius Antonius, le démagogue chauve du forum ?

— Euh, eh bien, oui, l'expression a été formulée. Je peux te donner des noms. Il n'en reste pas moins que Lucius Antonius était consul l'an dernier et que ton oncle Hybrida est censeur. La plupart ont estimé que ton frère méritait cette grâce et cette nomination. Il devrait pouvoir lancer une belle petite guerre contre les Lusitains et triompher lors de son retour à Rome.

— Il a donc réussi à mieux se démêler de cette situation qu'il ne le méritait, grommela Marc Antoine. De la pure idiotie, du début à la fin ! Cependant, je suis prêt à parier que Lucius Antonius n'a fait qu'obéir aux ordres. Fulvie est seule instigatrice de cette guerre ! Où se trouve-t-elle ?

Plancus ouvrit grand ses yeux marron.

— Ici, à Athènes. Nous avons fui ensemble. Je craignais que Brindes refusât de nous laisser passer tant la cité est réputée pour sa ferveur octavienne, mais j'imagine qu'il a autorisé les hommes sans troupes à quitter l'Italie.

— Très bien, Fulvie demeure à Athènes. Mais où ?

— Atticus lui a laissé usage de sa *domus*.

— Très généreux de sa part ! Ce cher Atticus apprécie toujours autant de ne pas mettre toutes ses billes dans le même panier ! Néanmoins, comment peut-il être certain qu'il me plaira de voir Fulvie ?

Plancus demeura silencieux, incapable de déterminer la réponse que Marc Antoine désirait entendre.

— Quoi d'autre ?

— T'en faut-il davantage ?

— À moins que tu ne m'aies offert là un rapport complet.

— Eh bien, si Octavien n'a pas obtenu un sou de Pérouse

pour financer ses activités, il parvient toutefois à payer suffisamment ses légions pour garantir leur loyauté.

— La caisse de guerre de César doit se vider.

— Crois-tu réellement qu'il s'en soit emparé ?

— Quelle question ! Qu'en est-il de Sextus Pompée ?

— Il bloque les voies de navigation maritimes et fait main basse sur tout le grain d'Afrique. Depuis que son amiral Ménodore a envahi la Sardaigne et chassé Lurius, Octavien n'a d'autre choix que de s'approvisionner en blé auprès de lui à des prix outranciers : jusqu'à vingt-cinq ou trente sesterces le *modius*, précisa Plancus avec un miaulement d'envie. Voilà où se trouve tout l'argent, dans les coffres de Sextus Pompée. Que compte-t-il en faire ? Annexer Rome et l'Italie ? Il délire ! Certes, les légions apprécient les grosses primes, mais les soldats ne se battent pas pour l'homme qui affame leur grand-mère. C'est pourquoi j'ose croire, continua Plancus d'une voix pensive, qu'il enrôle des esclaves et promeut des affranchis au poste d'amiral. Quoi qu'il en soit, il te faudra bien un jour lui arracher cet argent, Marcus Antonius. Si tu ne t'y décides pas, Octavien finira par le faire. Or tu as plus besoin que lui de ces fonds.

— Octavien ? Gagner une bataille navale contre un homme de l'expérience de Sextus Pompée ? Avec Murcus et Ahenobarbus comme alliés ? Je m'occuperai de Sextus Pompée le moment venu, mais pas encore... Tant qu'il règne sur la Méditerranée, Octavien est voué à l'échec.

Parée de ses plus beaux atours, Fulvie attendait son mari avec impatience. Bien que ses quelques cheveux blancs fussent dissimulés par son épaisse toison caramel, elle avait ordonné à sa servante de tous les lui épiler méticuleusement avant de la coiffer à la dernière mode. Sa robe rouge foncé épousait les courbes de sa poitrine avant de retomber en un drapé droit dissimulant son ventre arrondi et sa taille épaissie. Elle s'observa avec orgueil. Décidément, elle portait très bien son âge, au point de demeurer l'une des plus belles matrones de Rome.

Barbatius s'étant fait un devoir de répéter haut et fort ses commérages, elle n'ignorait rien du joyeux petit hivernage de Marc Antoine à Alexandrie. Une affaire d'homme qui ne la concernait pas. Eût-il fricoté avec une autre Romaine de haut rang, elle aurait aussitôt sorti les griffes, mais elle possédait la raison suffisante pour établir la distinction : lorsqu'un homme s'absentait de Rome pendant plusieurs mois, voire plusieurs années, on ne lui reprochait pas d'évacuer ses eaux souillées. En outre, elle n'ignorait pas que son cher époux nourrissait un penchant pour les reines, les princesses et les femmes de la haute noblesse étrangère. En les ramenant dans son lit, il se sentait aussi souverain que tolérable pour un républicain. Pour avoir rencontré Cléopâtre lorsque celle-ci demeurait à Rome avant l'assassinat de César, Fulvie devinait que ses charmes reposaient, aux yeux de son mari, dans son titre et son pouvoir. Marc Antoine appréciait les femmes robustes et en chair, mais la chétivité et la maigreur de Cléopâtre devaient se trouver compensées par son immense fortune. Connaissant son époux, elle ne doutait pas qu'il espérât soutirer quelque sou à l'Égyptienne.

Informée par le majordome d'Atticus de la présence de Marc Antoine, elle se secoua pour mettre en place ses draperies, puis fila dans le long couloir menant de ses quartiers à l'*atrium*.

— Marc Antoine ! Oh, *meum mel*, quel bonheur de te voir ! s'exclama-t-elle depuis l'embrasure de la porte.

Au son de sa voix, il se retourna, abandonnant l'étude d'une magnifique peinture représentant un Achille boudeur devant ses navires. Ses mouvements s'enchaînèrent ensuite à une telle vitesse que Fulvie perdit le cours des événements. Elle sentit une gifle s'écraser sur sa joue et s'écroula sur le sol. L'instant d'après, une silhouette massive se dressait au-dessus d'elle, l'empoignait par les cheveux, la traînait pour la mettre sur pieds. Puis une pluie de coups s'abattit sur son visage, des poings aussi puissants et blessants que ceux d'un inconnu. Elle sentit ses dents se déchausser, son nez se fracasser.

— Imbécile de *cunnus* ! hurla-t-il tout en la frappant. Imbécile, imbécile de *cunnus* ! Pour qui te prends-tu ? Jules César ?

Du sang jaillissait de sa bouche et de ses narines. Elle qui avait relevé avec une ardeur farouche tous les défis lancés par sa vie mouvementée se retrouvait maintenant sans défense, brisée. Elle comprit que des cris avaient dû sortir de sa gorge en entrapercevant des domestiques accourant de toutes parts, puis s'en retournant avec la même précipitation.

— Abrutie ! Catin ! Que t'a-t-il pris de partir en guerre contre Octavien *en mon nom* ? De lapider l'argent que j'ai laissé à Rome, Bologne, Modène ? D'acheter des légions pour que des hommes comme Plancus les perdent ? De vivre parmi les soldats ? Pour qui te prends-tu pour imaginer donner des ordres à des hommes comme Pollio, toi, une femme ? Pour intimider et leurrer mon crétin de frère ? S'il me fallait une preuve supplémentaire de sa bêtise, sa décision de s'allier à une femme me l'a donnée ! Tu es tout ce qu'il y a de plus abject !

Son monologue terminé, Marc Antoine la bouscula brutalement avec un crachat de rage. Toujours hurlante, elle s'éloigna en rampant sur le sol comme un animal blessé, dans un torrent de larmes désormais plus rapide que le flot de sang.

— Marcus Antonius ! Je pensais te satisfaire. Manius m'a dit que tu en serais heureux ! pleura-t-elle d'une voix inintelligible. J'ai poursuivi la lutte en Italie pendant que tu étais occupé à l'Est ! Manius te le dira !

Ses mots se matérialisaient dans l'air en un marmonnement fragmenté. Au nom de cette vipère d'affranchi grec, la colère de Marc Antoine mourut aussi vite qu'elle était venue. Il n'avait pas mesuré l'ampleur de son courroux, ni pris conscience que la fureur avait couvé en lui pendant tout le voyage depuis Éphèse, avant de poser les yeux sur son épouse. S'il avait suivi son plan initial et navigué d'Antioche à Athènes, sa rage n'aurait peut-être pas atteint de tels sommets. Éphèse comptait en effet d'autres langues pendues que Barbatius et leurs sujets de conversation ne se limitaient pas au séjour du triumvir au palais de Cléopâtre. Des plaisantins racontaient que, dans son couple, il portait la robe et Fulvie la cuirasse. D'autres remarquaient entre deux ricanements qu'au moins un membre de la famille, fût-il du sexe faible, avait mené une guerre. S'il avait fait mine de ne rien entendre, il n'avait pu empêcher son irritation de croître. Le rapport détaillé de Plancus n'avait pas aidé, pas plus que le chagrin qui l'avait rongé jusqu'à ce qu'il apprît la survie de Lucius Antonius. Lorsque son autre frère, Gaius Antonius, avait été assassiné en Macédoine, seule l'exécution de son meurtrier avait soulagé sa peine. Il les aimait tous deux comme un aîné aime ses cadets.

Il posa des yeux remplis de mépris sur la masse effondrée à terre. Son amour pour Fulvie, lui, avait à jamais disparu. Pitoyable *cunnus* ! Fallait-il être imbécile pour porter l'armure et l'émasculer publiquement !

— Je veux que tu aies quitté cette maison demain, décréta-t-il en la tirant par le poignet pour la forcer à s'asseoir sous la fresque d'Achille. Qu'Atticus garde sa générosité pour ceux qui la méritent. Je lui écrirai, il ne peut se permettre de m'offenser, tout fortuné qu'il soit. Tu es une honte pour ton époux et toute la gent féminine, Fulvie ! Je ne veux plus rien avoir à faire avec toi. Attends-toi à recevoir mon avis de divorce d'un moment à l'autre.

— Mais, sanglota-t-elle, je suis partie sans argent, sans biens, Marcus ! Avec quoi vais-je vivre ?

— Demande à tes banquiers ! Tu es une femme riche et *sui iuris*.

Sur ce, il appela les serviteurs avec des braillements.

— Nettoyez-la puis jetez-la dehors ! ordonna-t-il au majordome terrorisé.

Puis il tourna les talons et disparut. Fulvie demeura assise contre le mur un long moment, à peine consciente des jeunes filles horrifiées qui lui baignaient le visage en essayant de contenir les saignements et les larmes. Elle qui riait tant autrefois en apprenant les déboires amoureux d'une telle ou d'une telle, persuadée qu'aucun cœur ne pouvait se rompre, mesura l'erreur qu'elle avait commise. Marc Antoine avait brisé le sien au-delà du réparable.

Le bruit du traitement que Marc Antoine avait infligé à son épouse courut dans tout Athènes. En réalité, ceux qui apprirent la nouvelle n'éprouvaient pas beaucoup de sympathie à l'égard de Fulvie, coupable de l'impardonnable pour avoir usurpé les prérogatives d'un homme. Les récits de ses exploits dans le forum lorsqu'elle était mariée à Publius Clodius furent remis au goût du jour, tout comme les scènes qu'elle avait provoquées devant les portes du Sénat et sa possible collaboration avec Clodius dans la profanation des rites de la Bona Dea.

Ce qu'Athènes racontait importait peu à Marc Antoine. En tant que Romain, il savait qu'il ne baisserait aucunement dans l'estime de ses pairs. Fulvie avait rejoint le passé, d'autres besognes l'attendaient, notamment la tâche ardue de rédiger de nombreux courriers. Dans sa première missive, aussi brève que cassante, il informa Titus Pomponius Atticus que l'*imperator* Marcus Antonius, triumvir, lui saurait gré de fourrer son nez ailleurs que dans ses affaires et de n'avoir plus commerce avec Fulvie. Dans la deuxième, un document plus formel, il annonça à cette dernière son divorce pour conduite peu féminine et lui interdit de voir les deux fils qu'elle lui avait donnés. Il écrivit ensuite à Caius Asinius Pollio pour recevoir des explications sur les événements d'Italie et lui demanda de préparer ses légions à marcher vers le sud dans le cas où il se verrait refuser le droit d'entrée par la populace de Brindes à son retour dans la péninsule. Il s'attaqua ensuite à une lettre destinée au brave ethnarque d'Athènes, pour le remercier de sa gentillesse et de sa loyauté envers les Romains et octroyer à la cité l'île d'Égine et d'autres petits îlots avoisinants.

Il aurait ainsi continué son labeur s'il n'avait été interrompu par l'arrivée de Tiberius Claudius Néron, qui jugea opportun de lui rendre une visite officielle dès qu'il eut installé sa femme et son jeune garçon dans un logement décent des environs.

— Peuh ! s'exclama Néron, les narines dilatées. Quel barbare, ce Sextus Pompée ! Mais que peut-on attendre d'un membre du clan de parvenus du Picenum ? Tu n'as pas idée de l'état de son quartier général : un repaire de rats, de souris et d'ordures pourrissantes. Je n'ai pas osé exposer ma famille à la crasse et à la maladie. Mais s'il n'y avait eu que cela… Nous n'avions pas déballé nos possessions que l'un de ses amiraux aux allures d'élégant tournait déjà autour de mon épouse. J'ai été obligé de couper un bout de bras à l'odieux personnage. Or, crois-le ou non, Pompée a pris le parti de ce rustre ! Après lui avoir dit le fond de ma pensée, j'ai mis Livie Drusilla et mon fils sur le premier navire en partance pour Athènes !

Marc Antoine l'écouta en se remémorant le sentiment de César envers son interlocuteur. Son grand cousin n'avait jamais trouvé de mot plus doux qu'« incapable » pour le décrire. Marc Antoine imaginait sans mal Néron débarquer dans le refuge de Sextus Pompée en se pavanant comme un jeune coq, la langue critique, l'œil dénigreur, au point d'épuiser la tolérance de son hôte et de se voir chassé. Difficile de trouver plus insupportable poseur que Néron, surtout pour les Pompeii, très susceptibles sur leurs origines picentines.

— Que comptes-tu faire maintenant, Néron ?

— Vivre selon mes moyens, qui ne sont pas sans limites, répondit l'arrogant avec raideur, son visage sombre et ténébreux encore plus suffisant que de coutume.

— Et ta femme ? s'enquit Marc Antoine d'un air narquois.

— Livie Drusilla est une bonne épouse, elle fait ce qui lui est demandé, ce qui est plus que tu ne peux en dire au sujet de ta femme !

Une déclaration comme seul Néron savait les faire. Cet homme n'avait jamais compris qu'il valait parfois mieux se taire. Marc Antoine contint sa rage avec peine. Il devrait lui faire porter les cornes, tiens, distraire cette pauvre femme de l'horrible vie qu'elle menait avec cet « incapable » !

— Viens donc dîner avec elle cet après-midi, proposa-t-il d'un ton enjoué. Cela te permettra de faire quelque économie, ton cuisinier n'aura pas à se rendre au marché avant demain.

— Je te remercie.

Le visiteur déplia son long corps d'échassier puis, caressant les plis de sa toge de son bras gauche, sortit d'un pas rigide, laissant Marc Antoine glousser doucettement derrière lui.

Plancus apparut, la mine horrifiée.

— Oh, *edepol*, Marcus Antonius ! Que fait Néron ici ?

— En dehors d'insulter tous ceux qu'il croise ? Je le soupçonne de s'être rendu si indésirable au quartier général de Sextus Pompée qu'il s'en est vu bouté. Viens donc partager les joies de sa présence pour la *cena*. Il sera accompagné de son épouse, certainement d'un ennui monstrueux pour le supporter. Connais-tu son identité ?

— C'est une cousine plutôt proche, à dire vrai. Son père, un Claudius Néron, a été adopté par le tribun de la plèbe Livius Drusus, d'où son nom, Livie Drusilla. Néron est le fils du frère de sang de Drusus, Tiberius Néron. Tu imagines bien que c'est une héritière, la famille Drusus ne manquant pas d'argent. Cicéron nourrissait l'espoir de voir Néron épouser sa Tullia, mais elle lui a préféré Dolabella, plus mauvais mari à bien des égards, mais de meilleure compagnie. Je pensais que tu fréquentais ces cercles du vivant de Clodius, Marc Antoine…

— C'est exact et, ainsi que tu le soulignes, Dolabella était un joyeux luron. Mais dis-moi, Plancus, ce n'est pas Néron qui t'a mis dans tous tes états. Que se passe-t-il ?

— Tu as reçu un courrier d'Éphèse, tout comme moi. Mais le tien t'étant adressé par ton cousin Caninius, il doit contenir plus d'informations.

Plancus s'assit dans la chaise de client face à la table de travail de Marc Antoine, les yeux brillants. Le triumvir brisa le sceau et déroula l'épître qu'il entreprit de déchiffrer à voix basse, un long labeur ponctué de froncements de sourcils et de jurons.

— Si seulement plus d'hommes s'étaient pliés à la consigne de César en plaçant un point en hauteur au début de chaque mot. J'ai adopté cette pratique, tout comme Pollio, Ventidius et, quoique je répugne à le reconnaître, Octavien. De cette façon, un gribouillage sans fin se transforme presque en un document lisible au premier coup d'œil.

Il retourna à ses murmures puis, avec un long soupir, posa le parchemin sur la table.

— Comment pourrais-je me trouver à deux endroits à la fois ? Je dois œuvrer en province d'Asie, consolider la région contre les attaques de Labienus, et me voilà forcé de demeurer à proximité de l'Italie et de conserver mes légions à portée de voix. Pacorus a envahi la Syrie et tous ces insignifiants principicules ont pris parti pour les Parthes. Caninius m'informe que Saxa a perdu ses légions, passées à l'ennemi, et fui jusqu'à Apamée, où il a pris un navire pour la Cilicie. Personne n'a reçu de nouvelles de lui depuis, mais son frère aurait été tué en Syrie. Quant à Labienus, il poursuit l'invasion de la Cilicie et de la Cappadoce.

— Bien entendu, aucune légion n'est postée à l'est d'Éphèse.

— Et pas plus à Éphèse. La province d'Asie devra se débrouiller seule jusqu'à ce que j'aie rétabli l'ordre en Italie. J'ai déjà commandé à Caninius de conduire ses légions en Macédoine, précisa Marc Antoine d'une voix sombre.

— N'existe-t-il donc aucune autre option ? s'inquiéta Plancus, le teint blême.

— Aucune. Je me suis donné le reste de l'année pour m'occuper de Rome, de l'Italie et d'Octavien. Les légions dresseront donc leur camp aux alentours d'Apollonie en attendant. Leur présence sur la côte adriatique montrera à Octavien que j'entends l'écraser comme un cafard.

— Marcus, gémit Plancus. Tout le monde est las de la guerre civile, or c'est ce dont il s'agit ici ! Les hommes refuseront de combattre !

— Mes hommes se battront pour *moi*, trancha le triumvir.

Livie Drusilla pénétra dans la résidence du gouverneur avec le calme qui la caractérisait, ses paupières crémeuses baissées pour cacher ce qu'elle tenait pour son plus grand atout. À son habitude, elle avançait derrière Néron, comme la bonne épouse qu'elle avait fait vœu d'incarner. Jamais, s'était-elle juré en apprenant la volée que Marc Antoine avait donnée à Fulvie, ne se mettrait-elle dans pareille situation !

Non pas que Livie Drusilla comptât demeurer toute sa vie une souris. Sous son masque de femme délicate, docile et un rien timorée, elle se consumait d'ambition, un désir vague qu'elle ne savait pas encore comment assouvir. Sortie du moule de la société romaine, elle n'imaginait pas adopter un comportement masculin, se mettre en avant ou se lancer dans de grossières manipulations ; mais elle refusait aussi de devenir une nouvelle Cornélie, mère des Gracques et adorée par certaines femmes comme une véritable déesse pour avoir mis au monde des enfants qu'elle avait vus mourir sans se lamenter. Non, son intuition lui soufflait qu'il existait un autre moyen d'atteindre les sommets.

Malheureusement, trois années de mariage lui avaient certifié que l'homme qui lui ouvrirait la voie qu'elle souhaitait suivre ne se nommait pas Tiberius Claudius Néron. Comme la plupart des jeunes filles de situation élevée, elle ne connaissait quasiment pas son futur époux avant les noces. Lors de leurs quelques rencontres, ce cousin stupide ne lui avait inspiré d'autre sentiment qu'un immense mépris et une révulsion instinctive. Brune et intelligente, elle admirait les hommes aux cheveux et aux yeux clairs doués d'un grand esprit, un portrait auquel Néron ne correspondait en rien. Âgée de quinze ans lorsque son père Drusus avait organisé ses noces, elle avait grandi dans une demeure dépourvue des traditionnelles fresques priapiques ou lampes phalliques qui permettent aux jeunes filles de se familiariser avec l'amour physique, si bien que son accouplement avec Néron l'avait révoltée. D'autant que Néron, lui aussi adepte des cheveux blonds et des yeux clairs, n'aimait chez sa femme que ses nobles ancêtres et sa fortune.

Mais comment espérer se libérer de Tiberius Claudius Néron en se comportant en épouse modèle ? Cela lui paraissait une situation insoluble, à moins que quelqu'un ne proposât à son mari une alliance plus prestigieuse. Une perspective fort peu probable : dès les premières heures de sa vie conjugale, elle avait compris que personne n'appréciait Néron, seulement toléré pour son statut de patricien, qui lui donnait le droit d'occuper toutes les fonctions que Rome ouvrait à son aristocratie. Comme il l'ennuyait ! Elle en avait entendu des histoires au sujet de Caton d'Utique, l'ennemi juré de César, mais cet être sans égard et hâbleur lui semblait bien exaltant comparé à son époux. Elle ne parvenait pas plus à aimer le fils qu'elle lui avait donné dix mois après leur alliance. Du haut de ses deux ans, le petit Tibère, un enfant brun, grêle, grave et un brin moralisateur, s'était nourri des remontrances de Néron à son épouse et avait pris le pli de critiquer sa mère. Une habitude d'autant plus développée qu'il avait passé toute sa vie en compagnie de son père, à l'inverse de la plupart des enfants. Livie Drusilla suspectait son mari de vouloir garder les siens auprès de lui au cas où un bellâtre aux charmes césariens s'aviserait de toucher à la vertu de sa femme. Quelle exaspération ! Cet idiot la croyait-il assez stupide pour s'humilier ainsi ?

L'existence de recluse qu'elle avait menée jusqu'à ce que Néron s'associât à la cause de Lucius Antonius dans la désastreuse entreprise campanienne ne lui avait guère donné l'occasion de croiser les célébrités dont tout Rome parlait. Elle n'avait jamais posé les yeux sur Marc Antoine, Lépide, Servilius Vatia, Domitius Calvinus, Octavien ou même César, décédé l'année de son mariage. Quoique rien dans son comportement ne le trahît, ce jour présentait donc à ses yeux un attrait particulier : elle allait dîner avec l'homme le plus puissant du monde !

Un honneur qui faillit bien lui être refusé lorsque Néron découvrit que son hôte figurait, ô scandale, parmi ces hommes aux mœurs légères laissant les femmes s'étendre sur les banquettes des hommes.

— Si mon épouse ne repose pas sur un fauteuil, je m'en vais ! se scandalisa-t-il avec sa délicatesse coutumière.

Cette remarque aurait débouché sur un rugissement et une expulsion si Marc Antoine n'était pas déjà tombé sous l'enchantement du petit minois ovale de la jolie créature. Le triumvir ordonna donc avec un grand sourire que l'on apportât une chaise, qu'il fit installer juste en face de lui. Une seule banquette suffisant à recevoir les trois hommes assistant au dîner, Néron ne pouvait guère s'y opposer, d'autant que l'arrangement ne l'empêchait en rien de garder sa femme à l'œil. Il se formalisa plus d'être relégué en bout de banquette alors qu'un inconnu bouffi d'orgueil comme Plancus occupait le centre, voyant dans ce geste la preuve incontestable de la grossièreté de Marc Antoine.

Livie Drusilla se débarrassa de son châle, révélant une robe fauve dont les manches longues et le haut col ne suffisaient pas à dissimuler les charmes de sa silhouette et sa peau ivoire immaculée. Ses cheveux, aussi épais et sombres que la nuit, en possédaient aussi l'éclat nuancé d'indigo. Coiffés en toute simplicité en un nœud sur la nuque, ils lui couvraient les oreilles et révélaient une merveille de visage. Sa petite bouche rouge et généreuse, ses gigantesques yeux bordés de longs cils noirs semblables à des éventails, ses joues roses et son petit nez aquilin s'accordaient à la perfection. Au moment où Marc Antoine commençait à s'agacer de ne pouvoir déterminer la couleur de ses prunelles, elle déplaça sa chaise, laissant un rai venir les éclairer. Quel ravissement ! Leur bleu obscur était orné de striures d'un fauve tirant sur le blanc. Jamais il n'avait vu de tels yeux, des yeux si inquiétants. Il n'en fallut pas plus pour le convaincre de la conquérir.

La tâche qu'il s'était assignée se révéla toutefois impossible. Si Livie Drusilla ne semblait pas souffrir de timidité, répondant à toutes ses questions d'un ton dont la modestie contrastait avec la franchise et ne craignant pas d'ajouter quelque infime commentaire aux moments opportuns, elle se gardait bien de lancer un sujet de conversation de son propre chef ou de commettre quelque impair que son époux, qui l'observait d'un œil suspicieux, pût lui reprocher. Rien de tout cela n'eût gêné le triumvir s'il avait détecté dans le regard de la dame une lueur d'intérêt. Or, eût-il été plus perspicace, il aurait reconnu dans l'imperceptible moue que revêtait parfois le doux visage, plus que de l'indifférence, de la répugnance.

Oui, cet homme était de ceux capables de battre une femme coupable d'une faute grave, mais sans la froideur ou les calculs de Néron. Il était du genre à agir sous la dictée d'un terrible emportement, sans pour autant regretter son geste une fois calmé si celui-ci venait punir un crime impardonnable. Attirés par lui comme des aimants, la plupart des hommes devaient l'aimer ; la plupart des femmes le désirer. Les quelques jours passés dans le repaire de Sextus Pompée à Agrigente avaient exposé Livie Drusilla à des femmes de petite vertu, auprès de qui elle avait beaucoup appris sur l'amour, les hommes et le coït. Elle en avait conclu que les femmes préféraient les hommes bien montés, dont la taille du pénis leur facilitait l'orgasme, sans toutefois réussir à éclaircir la signification de ce terme, trop effrayée de s'attirer les moqueries en révélant son ignorance. Si elle avait appris que Marc Antoine était réputé pour l'immensité de son attirail de procréation, elle ne voyait en lui rien qui fût susceptible de susciter amour ou admiration. Un sentiment qui se confirma lorsqu'elle s'aperçut qu'il essayait à tout prix d'attirer son attention. Elle se fit d'ailleurs un formidable plaisir à ne pas lui donner satisfaction, apprenant par le même biais la façon dont une femme pouvait acquérir du pouvoir. Mais pas avec Marc Antoine, dont elle savait le désir éphémère, insignifiant...

— Qu'as-tu pensé du Grand Homme ? lui demanda Néron tandis qu'ils regagnaient leur domicile dans la vive clarté d'un crépuscule flamboyant.

Livie Drusilla plissa les yeux. Son mari n'avait guère l'habitude de lui demander son opinion, quel que fût le sujet.

— Noble de naissance, vil de caractère. Un vulgaire butor.

— Voilà une réponse catégorique, remarqua-t-il d'un air satisfait.

Pour la première fois de sa vie d'épouse, elle osa lui poser une question politique.

— Mari, pourquoi soutiens-tu un grossier rustre de l'acabit de Marc Antoine ? Pourquoi pas César Octavien qui, de l'avis de tous, n'est ni mufle ni grossier ?

Il s'arrêta brusquement, respectant un instant une immobilité parfaite avant de se tourner vers elle, plus surpris qu'irrité.

— La naissance compense ces deux tares. Marc Antoine vient d'une famille plus noble, or Rome appartient aux hommes qui descendent des bons ancêtres. Eux seuls devraient avoir la permission d'occuper de hautes fonctions, de gouverner les provinces, de mener les guerres.

— Mais Octavien est le neveu de César ! Celui-ci n'était-il pas de naissance irréprochable ?

— Oh, César avait tout : la lignée, l'intelligence, la beauté. Il était le plus auguste des augustes patriciens. Même son sang plébéien rivalisait de pureté : une mère de la *gens* Aurelia, une grand-mère de la *gens* Marcia, une arrière-grand-mère de la *gens* Popillia. Mais Octavien est un imposteur ! En dehors de sa pointe de sang julien, il ne vaut rien. Qui sont les Octavii de Velletri ? Des moins que rien ! Certains méritent le respect, mais pas ceux de Velletri. Parmi ses arrière-grands-pères, il compte un cordier et un boulanger. Son grand-père était banquier. Peut-on imaginer plus vil ? Son père a eu la chance d'épouser la nièce de César en secondes noces à une époque où les Julii, en mal d'argent, devaient vendre leurs filles.

— En tant que neveu de César, n'est-il pas un quart julien ? risqua-t-elle avec audace.

— Ce prétentieux insignifiant n'est que le petit-neveu de César ! En dehors de son huitième de sang julien, tout en lui est exécrable ! aboya Néron avec agacement. J'ignore quel démon a possédé le grand César pour choisir un garçon de basse extraction pour héritier, mais tu peux être certaine d'une chose, Livie Drusilla, jamais je ne fraierai avec des gens comme Octavien !

Livie Drusilla retomba dans son silence habituel. Voilà donc pourquoi la majorité de l'aristocratie romaine abhorrait Octavien. Elle-même du sang le plus pur, elle aurait dû éprouver une haine identique à celle de son époux pour ce garçon qui s'était tant élevé dans la société. Or elle ne pouvait s'empêcher de ressentir une étrange curiosité, d'admirer un parcours dont elle comprenait les motivations. Rome ne devrait-elle pas créer de temps à autre une nouvelle classe d'aristocrates ? Le grand César en serait-il venu à cette conclusion au moment de rédiger son testament ?

Si la manière dont Livie Drusilla interprétait les motivations de son époux tenait de la grossière simplification, elle s'accordait bien au raisonnement de Néron, dont l'intellect limité ne s'était jamais développé. Les années qui passaient ne suffisaient pas à faire de lui un autre homme que le jeune idiot qui avait servi César. Sa stupidité atteignait un tel niveau qu'il n'avait jamais compris que le Grand Homme ne l'aimait pas. Selon l'expression gauloise, la réalité glissait sur lui comme de l'eau sur les ailes d'un canard. Mais puisque dans ses veines coulait le meilleur sang, quel défaut pouvait trouver en lui un pair patricien ?

Le premier mois de Marc Antoine à Athènes se résuma en un défilé de femmes, dont aucune ne valait de lui faire perdre son précieux temps. Mais son temps conservait-il tant de valeur lorsque rien de ce qu'il entreprenait ne portait ses fruits ? La seule bonne nouvelle lui arriva d'Apollonie en la personne de Quintus Dellius : ses légions, désormais en place sur la côte occidentale de la Macédoine, se réjouissaient de cantonner sous un climat plus doux. Lucius Scribonius Libo débarqua sur les pas de Dellius, accompagné d'une femme qui possédait le secret pouvoir de gâter l'humeur du triumvir.

Julia Antonia se précipita dans l'étude de son fils, semant dans son sillage des épingles à cheveux, quelques graines pour l'oiseau que sa servante portait en cage et des brins arrachés à la longue frange brodée à son étole. Si de sa coiffure s'échappaient désormais des mèches plus grises que dorées, ses yeux demeuraient tels que son fils se les rappelait, sources intarissables de cascades de larmes.

— Marcus, Marcus ! s'écria-t-elle en se jetant sur son torse. Oh, mon plus cher enfant, j'ai cru ne jamais te revoir ! Quelle épouvante j'ai vécue ! J'étais dans une misérable petite pièce d'une villa résonnant nuit et jour des échos d'actes honteux, au milieu de rues maculées de crachats et de la teneur de pots de chambre, dans un lit grouillant d'insectes, sans nulle part où prendre un vrai bain...

Avec force interjections destinées à l'apaiser autant qu'à la réduire au silence, Marc Antoine réussit à asseoir sa mère et à la calmer autant que le permettait sa tempétueuse nature. Il lui fallut attendre que le torrent de larmes retrouvât son débit habituel pour prêter attention à la personne qui avait suivi Julia Antonia dans la pièce : la crème des flagorneurs, Lucius Scribonius Libo ! Un homme pendu aux basques de Sextus Pompée, voire greffé à lui, comme si un rhizome aigre pouvait produire du raisin sucré.

De petite taille et de constitution malingre, Libo possédait un visage qui accusait les insuffisances de sa stature et trahissait la nature de la bête qui sommeillait en lui : cupide, timorée, ambitieuse, hésitante et égoïste. Son heure de gloire avait sonné lorsque le fils aîné de Pompée le Grand s'était épris de sa fille et avait divorcé d'une Claudia Pulchra pour l'épouser, obligeant Pompée le Grand à l'élever comme il convenait au beau-père de son fils. Lorsque Pompée le Jeune avait suivi son père dans la tombe, son cadet avait épousé sa veuve. Commandant de flottes à ses heures, Libo agissait désormais en tant qu'ambassadeur officieux de son maître et gendre, Sextus Pompée. Les Scribonii devaient décidément beaucoup à leurs femmes. La sœur de Libo avait elle aussi contracté de bons mariages, épousant deux hommes d'influence et donnant une fille à l'un d'eux, une Cornelius. Bien qu'elle fût dans sa troisième décennie et considérée de mauvais augure après deux veuvages, Libo ne désespérait pas de lui trouver un troisième époux. Belle à regarder, fertile, dotée de deux cents talents, Scribonia se remarierait pour la bonne raison qu'il n'envisageait pas son avenir autrement. Seulement, là n'était pas le souci de Marc Antoine, qui avait assez d'une femme pour le préoccuper.

— Quelle mouche t'a piqué d'amener Julia Antonia ici ?

Libo ouvrit grand ses yeux fauves, tournant ses paumes vers le ciel.

— Mon cher Marcus Antonius, où pouvais-je la conduire ?

— Tu aurais pu la renvoyer dans sa *domus*, à Rome.

— Lorsque je le lui ai proposé, elle a réagi avec une hystérie telle que j'ai dû chasser Sextus Pompée de la pièce pour éviter un meurtre. Crois-moi, elle a exprimé un refus catégorique. Elle répétait avec des hurlements stridents qu'Octavien la ferait exécuter pour trahison.

— Exécuter la cousine de César ? s'étonna Marc Antoine, incrédule.

— Pourquoi pas ? repartit Libo en toute innocence. Il a bien proscrit Lucius, le cousin de César, le frère de ta mère.

— Octavien et moi avons tous deux décidé de proscrire Lucius ! corrigea Marc Antoine d'un ton brusque. Dois-je préciser que nous ne l'avons pas exécuté. Son argent nous faisait besoin, c'est simple. Ma mère étant sans le sou, elle ne court aucun danger.

— Dis-le-lui toi-même ! lança Libo avec hargne, exaspéré par une discussion qui venait couronner l'éprouvante traversée en compagnie de l'insupportable fontaine.

Si les deux hommes avaient daigné regarder l'objet de leur discussion, ils auraient vu ses yeux bleus noyés de larmes étinceler de ruse et ses oreilles ornées d'une profusion de bijoux recueillir le moindre mot. Julia Antonia avait beau afficher une stupidité monumentale, elle n'en nourrissait pas moins une saine considération pour son propre bien-être. De ce fait, elle ne doutait pas un instant qu'elle se trouverait mieux en terre étrangère avec son fils aîné qu'abandonnée à Rome sans le sou.

Pendant leur conversation, le majordome et plusieurs servantes avaient accouru dans la pièce. Guère ému par leurs visages trahissant la crainte d'écoper d'un souci, Marc Antoine leur confia sa mère avec gratitude. Lorsqu'il l'eut totalement rassurée sur son retour à Rome, l'étude retomba dans le calme. Il se rassit alors avec un soupir de soulagement.

— Du vin ! Il me faut du vin ! cria-t-il en se levant d'un bond. Rouge ou blanc, Libo ?

— Un bon rouge bien fort, merci. Sans eau. J'ai vu assez d'eau au cours des trois dernières *nundina* pour la moitié de ma vie.

— Je te comprends, remarqua Marc Antoine en souriant de toutes ses dents. Chaperonner *mama* ne constitue pas une partie de plaisir.

Ce disant, il remplit un grand gobelet à ras bord.

— Tiens, voilà qui devrait endormir la douleur : du vin de Chios de dix ans d'âge.

La paix régna sur la pièce tandis que les deux buveurs enfouissaient leur museau dans leur godet avec des petits gémissements de satisfaction.

— Dis-moi, que me vaut ta visite à Athènes, Libo ? finit par demander Marc Antoine, brisant le silence. Certainement pas ma mère !

— Tu as raison, elle s'est juste trouvée au bon endroit au bon moment.

— Pas pour moi, ronchonna le triumvir.

— J'aimerais savoir comment tu arrives à faire cela, lança jovialement Libo. En moins de deux, tu transformes ta voix haute et claire en un grommellement ou un rugissement caverneux.

— Ou un beuglement, ne l'oublions pas. Ne me demande pas comment, je ne saurais te le révéler. Il en est ainsi. D'ailleurs, si tu veux m'entendre beugler, continue ainsi d'éluder le sujet...

— Euh, non, ce ne sera pas nécessaire. Mais si tu me permets d'en terminer avec ta mère, je te suggérerais de lui donner une somme d'argent suffisante et la direction des meilleures boutiques d'Athènes. Crois-moi, tu ne la verras ni ne l'entendras plus.

Libo sourit, les yeux cloués aux petites bulles de vin qui perlaient sur les bords de son gobelet.

— Elle s'est montrée beaucoup plus docile après avoir appris que ton frère Lucius Antonius avait été gracié et envoyé en Hispanie ultérieure avec l'*imperium* proconsulaire.

— Que fais-tu ici ?

— Sextus Pompée jugeait bon que je te voie.

— Tiens donc ! À quelle fin ?

— Former une alliance contre Octavien. En vous unissant, vous le réduiriez en poussière.

La petite bouche pleine du triumvir s'ourla. Après avoir regardé à droite et à gauche, il répondit :

— Une alliance contre Octavien... Dis-moi, Libo, pourquoi moi, l'un des trois hommes nommés par le Sénat et le peuple de

Rome pour reconstituer la république, formerais-je une alliance avec un vulgaire pirate ?

Libo tressaillit.

— Sextus Pompée est gouverneur de Sicile dans le plein respect du *mos maiorum* ! Il ne considère pas le triumvirat comme une entité légale ou adéquate et déplore la proscription qui, à tort, fait de lui un hors-la-loi, sans mentionner le fait qu'elle le dépouille de ses biens et de son héritage ! Ses activités en haute mer ne visent qu'à convaincre le Sénat et le peuple de Rome de l'injustice de sa condamnation. Si tu lèves la sentence d'*hostis* ainsi que tous les bans, embargos et interdictions, Sextus Pompée cessera d'être… un pirate.

— Il s'imagine donc que je convaincrai la Chambre de supprimer son statut d'ennemi public et tout le reste s'il me prête main forte pour débarrasser Rome d'Octavien ?

— En quelque sorte, oui.

— Je suppose qu'il propose la guerre totale, dès demain si possible ?

— Allons, allons, Marcus Antonius ! Le monde entier voit bien qu'Octavien et toi finirez par en venir aux mains ! Étant donné que vous possédez à vous deux l'*imperium maius* sur neuf dixièmes du monde romain, abstraction faite de Lépide, et que vous contrôlez ses légions et ses revenus, qu'espères-tu d'autre qu'une lutte généralisée lorsque vous entrerez en conflit ? Cela fait plus de cinquante ans que l'histoire de la République romaine se résume en une succession de guerres civiles. Crois-tu sincèrement que les batailles de Philippes ont sonné la fin de la dernière lutte intestine ? continua Libo d'une voix douce, les traits sereins. Sextus Pompée se lasse de vivre dans l'illégalité, il veut ce qui lui revient de droit : la restauration de sa citoyenneté, le droit d'hériter de la propriété de son père, Pompée le Grand, le consulat et l'*imperium* proconsulaire en Sicile à perpétuité. La liste se prolonge, déclara Libo avec un haussement d'épaules, mais je pense que cela suffira pour commencer.

— Que propose-t-il en échange ?

— Il sera ton allié sur les mers. Gracie Murcus, et tu obtiendras également ses forces navales. En outre, il garantira l'approvisionnement en grain de tes légions sans contrepartie financière.

— Il me met à rançon.

— Dois-je prendre cela pour un oui ou un non ?

— Je ne traiterai pas avec des pirates, trancha Marc Antoine de sa voix légère. Toutefois, tu peux dire à ton maître que si lui et moi venions à nous rencontrer sur les flots, j'attends de lui qu'il me laisse arriver à bon port. Dans ce cas, nous verrons.

— Plus oui que non.

— Plus rien du tout que n'importe quoi... pour l'instant. Je n'ai pas besoin de Sextus Pompée pour écraser Octavien, Libo. Ce serait une erreur de le croire.

— Lorsque tu en viendras à embarquer tes troupes en Macédoine pour rallier l'Italie, Marcus Antonius, tu n'apprécieras guère que des flottes te l'interdisent.

— L'Adriatique est le territoire d'Ahenobarbus, il ne m'empêchera pas de passer. Il en faudra plus pour me convaincre.

— Sextus Pompée ne peut donc pas se présenter comme ton allié ? Tu refuses de t'engager à parler en sa faveur à la Chambre ?

— Oui, Libo. Qu'il s'estime heureux que je ne le traque pas, car ce serait lui qui risquerait de finir en poussière. Dis-lui de garder son grain gratuit, mais que j'attends de lui qu'il m'en vende au prix de gros habituel de cinq sesterces le *modius*. Pas un sou de plus !

— Tu ne fais pas de cadeau.

— Je suis en position d'agir comme bon me semble, pas Sextus Pompée.

Dans quelle mesure cette obstination devait-elle être attribuée à l'arrivée de son encombrante mère ? Libo avait pourtant prévenu son gendre, qui n'avait rien voulu entendre, du risque représenté par Julia Antonia. Soudain, Quintus Dellius pénétra dans la pièce, bras dessus bras dessous avec Sentius Saturninus, un flatteur de son espèce.

— Vois qui vient juste de débarquer d'Agrigente avec Libo ! s'écria-t-il avec joie. Marcus Antonius, te reste-t-il de ce vin rouge ?

— Peuh, s'exclama Marc Antoine. Où est Plancus ?

— Ici, Marc Antoine, répondit-il en étreignant Libo et Sentius Saturninus. Quelle belle réunion !

En effet, songea le triumvir avec aigreur, un beau quatuor de voix mielleuses.

Le déplacement de son armée en direction de la côte adriatique avait commencé comme une simple manœuvre destinée à effrayer Octavien. Après avoir abandonné l'idée de combattre les Parthes sans les ressources suffisantes, Marc Antoine comptait cantonner ses légions à Éphèse, mais Caninius manquait de la poigne indispensable pour contrôler tant de légats en l'absence de son cousin Marc Antoine. En outre, le triumvir n'avait pu résister au plaisir de terroriser ce freluquet d'Octavien. Mais maintenant que le monde attendait de voir l'inévitable guerre éclater du jour au lendemain, il se trouvait confronté à un vrai dilemme : devait-il, oui ou non, profiter du moment pour écraser Octavien ?

La campagne ne coûterait presque rien, d'autant qu'il jouissait de plus de navires de transport que nécessaire pour traverser avec ses troupes le bras de mer qui les séparait de l'Italie. Il pourrait y recruter au passage les soldats de son rival et libérer ceux de Pollio et Ventidius, soit un total de quatorze légions. Octavien défait, il en compterait dix de plus pour partir à la conquête du royaume des Parthes. Aux moyens humains s'ajouteraient les financements puisés dans le Trésor. Pourtant, il doutait…

Après avoir vérifié par lui-même la justesse du conseil de Libo au sujet de Julia Antonia et s'être débarrassé de sa mère, Marc Antoine commença à se détendre. Puisque sa banquette athénienne lui offrait un grand confort et que son armée se plaisait à Apollonie, il décida de laisser le temps lui souffler la marche à suivre. Il ne lui vint pas à l'esprit que ses atermoiements trahissaient aux yeux du monde entier son manque de résolution face à l'avenir.

II

OCTAVIEN À L'OUEST
40-39 av. J.-C.

6

Comme elle paraissait vieille et lasse, sa chère Rome… Perché au sommet de la Velia, il dominait le Forum Romanum et, au-delà, la colline du Capitole. En se retournant, il pouvait embrasser du regard la zone marécageuse du Palus Ceroliæ qui longeait la via Sacra jusqu'au mur servien.

Octavien vouait à Rome une fervente passion, qui contrastait avec sa nature froide et détachée. À ses yeux, rien à la surface de la terre ne pouvait rivaliser avec la déesse Roma. Comme il exécrait entendre quiconque déclarer qu'Athènes l'éclipsait comme le soleil faisait pâlir la lune, que Pergame se dressait bien plus ravissante sur ses hauteurs, qu'Alexandrie lui donnait des airs d'*oppidum* gaulois ! Fallait-il lui imputer, à elle, la responsabilité de ses temples délabrés, de ses édifices publics crasseux, de ses places et jardins négligés ? Non, la faute revenait à ceux qui gouvernaient en son nom, des hommes plus soucieux de leur réputation que de celle de la cité sans qui ils ne seraient rien. Rome méritait mieux et, si cela ne tenait qu'à lui, recevrait mieux. Quelques exceptions continuaient de faire honneur à sa civilisation, notamment la basilique Julia de César et son chef-d'œuvre de forum, ou encore la basilique Æmilia et le *tabularium* de Sylla. Mais, même sur le Capitole, de majestueux temples, comme celui de Junon Moneta, réclamaient à grands cris une couche de peinture fraîche. Des œufs et des dauphins de son Circus Maximus aux autels et fontaines de ses carrefours, la déesse Roma se montrait sous un jour bien miteux, grande matrone sur le déclin.

Avec seulement un dixième des fonds dilapidés par ses citoyens pour mener leurs guerres intestines, Rome se distinguerait par sa beauté. Octavien se demandait souvent où passait tout l'argent en circulation, mais il n'avait jamais trouvé qu'une vague réponse à sa question, une supposition éclairée. Il devait finir dans les bourses des soldats, pour être dépensé en futilités ou épargné ; dans celles des fabricants et des commerçants, qui tiraient profit de la propagande belliciste ; dans celles des étrangers ; dans celles des hommes qui déclenchaient les conflits. Mais alors pourquoi n'avait-il, lui, engrangé aucun profit ?

Ses pensées s'envolèrent vers l'Orient et Marc Antoine, qui s'était emparé de centaines de millions, davantage pour maintenir son train de vie hédoniste que pour rétribuer ses légions. Et combien de millions avait-il distribué à ses prétendus amis pour se donner des airs de grand homme ? Bien sûr, lui aussi avait dérobé de l'argent. Sans le trésor de guerre de César, il ne serait d'ailleurs plus de ce monde. Mais, à l'inverse de son rival, il n'avait jamais gaspillé. Il entendait faire bon usage de chaque denier qu'il déboursait de sa cachette secrète, un trésor qui lui servait notamment à rémunérer son armée d'informateurs, sans qui il ne pouvait survivre. Quelle tragédie qu'il ne pût pas dépenser pour Rome. Ce qu'il possédait allait presque entièrement aux accablantes primes des légions, un gouffre sans fond dans lequel il voyait malgré tout un avantage : une distribution des richesses plus équitable que par le passé, lorsque les ploutocrates pouvaient se compter sur les doigts de la main et que les soldats ne jouissaient pas d'un revenu suffisant pour appartenir à la cinquième classe de citoyens. Comme il se réjouissait que cette époque fût révolue !

Le forum se brouilla devant ses yeux remplis de larmes. Il aurait tant appris si César avait vécu, si Marc Antoine n'avait pas ouvert la voie à cette bande d'assassins. Car son instinct lui soufflait que son collègue triumvir avait joué un rôle dans la conspiration. Persuadé de figurer sur le testament de son grand cousin et pressé d'encaisser l'immense fortune qui lui faisait tant besoin, il avait succombé aux flatteries de Trebonius et Decimus Brutus. Marc Antoine, qui aspirait comme beaucoup d'autres avant lui à devenir le premier citoyen de Rome, n'imaginait pas que le jeune Octave se dresserait sur son chemin et ne lui laisserait pas ce plaisir. Il craignait maintenant qu'il n'usurpât sa place ainsi que le nom de César et l'argent de César. À raison, car le dieu Divus Julius se rangeait de son côté à lui, Octavien, qui devait gagner cette bataille pour la prospérité de Rome ! Mais voilà, il avait juré de ne jamais entrer en guerre contre Marc Antoine, une promesse qu'il entendait tenir.

Le zéphyr d'un été encore jeune agita sa chevelure blonde. Tous ceux qu'il croisait remarquaient cette éclatante masse d'or avant de reconnaître son propriétaire, qu'ils fixaient alors avec des yeux mauvais. Seul triumvir présent à Rome, Octavien était tenu responsable des temps difficiles que traversait la cité. Le pain était cher, les denrées de substitution monotones, les loyers élevés, les bourses vides. Mais, sans se décourager, le fils adoptif de César répondait à chaque regard haineux avec le sourire de son père, une arme si puissante qu'elle arrachait une expression enchantée aux visages grimaçants.

À l'inverse de Marc Antoine, qui aimait à se pavaner en armure dans les murs de la cité, Octavien ne quittait jamais sa toge bordée de pourpre, une tenue qui conférait une certaine grâce à sa petite silhouette menue. Maintenant que tout Rome l'identifiait comme l'héritier légitime de Jules César, il avait renoncé à porter ses bottes à semelle compensée, dont il n'avait plus besoin pour qu'on lui attribuât le surnom qu'il estimait mériter de plein droit : *Divi Filius*, fils de dieu. Malgré son impopularité, il conservait un avantage considérable : les hommes pouvaient bien le regarder de travers et grommeler, leurs épouses et leurs mères roucoulaient et se répandaient en compliments à son passage. Or la finesse politique d'Octavien le gardait bien de négliger l'influence des femmes.

De la Velia, il passa sous les vieux piliers hérissés de lichen de la porte Mugonia et grimpa le mont Palatin par son flanc le moins prisé. Sa maison avait autrefois appartenu au fameux avocat Quintus Hortensius, grand rival de Cicéron dans les tribunaux, dont le fils avait été proscrit après avoir été accusé par Marc Antoine de la mort de son frère Gaius Antonius. Le jeune Hortensius n'eut guère le temps de s'en lamenter avant d'être retrouvé assassiné en Macédoine sur le monument érigé en l'honneur de Gaius Antonius. Comme la plupart des Romains, Octavien avait accueilli comme une bénédiction le décès de cet incompétent de la pire espèce.

Vaste et luxueuse, la *domus* Hortensia n'atteignait toutefois pas la taille du palais de Pompée le Grand dans les Carines, une propriété tombée entre les mains de Marc Antoine après la défaite du rival de César. Mais peu importait à Octavien, qui ne voulait pas d'un palais. Il s'estimait largement satisfait avec un édifice assez grand pour héberger ses bureaux et sa résidence. La *domus* Hortensia lui avait été adjugée aux enchères pour deux millions de sesterces, une fraction de sa valeur réelle. C'était une dévaluation qui s'observait souvent lors des ventes proposant les propriétés de citoyens de première classe proscrits.

Dans l'élégant quartier du mont Palatin, les maisons bondées se disputaient toutes la vue sur le Forum Romanum, à l'exception de celle d'Hortensius, qui avait privilégié l'espace au panorama. Célèbre amateur de poissons, il avait fait aménager de vastes bassins peuplés de carpes dorées et argentées et de grands parcs et jardins. Cela était en général plus courant dans les villas situées à l'extérieur des murs serviens, comme le légendaire refuge que César avait fait bâtir pour Cléopâtre au pied du Janicule.

Juchée sur une falaise de cinquante pieds, la demeure dominait le Circus Maximus, dont les gradins pouvaient accueillir plus de cent cinquante mille citoyens émerveillés hurlant des vivats les jours de parades et de courses de chars. Sans accorder la moindre attention à la vue, le triumvir pénétra dans sa propriété par le jardin et ses pièces d'eau puis traversa un vaste salon de réception qu'Hortensius, trop infirme à l'époque de sa construction, n'avait jamais utilisé.

Il appréciait la conception de la maison. Une structure latérale indépendante accueillait les cuisines et les quartiers des serviteurs ainsi que leurs lieux d'aisance. Les bains et latrines du propriétaire, de la famille et des invités, en marbres précieux, occupaient une partie de l'édifice principal. Comme la plupart des lieux d'aisance des maisons du Palatin, elles se situaient au-dessus d'un ruisseau souterrain qui se déversait dans les immenses égouts de la Cloaca Maxima. Il n'en avait guère fallu plus pour convaincre Octavien d'acquérir cette *domus*. Le garçon affichait une pudeur extrême, en particulier lorsqu'il s'agissait de soulager ses intestins ou sa vessie, une activité que personne ne devait voir ou entendre. Il en allait de même lorsqu'il prenait son bain quotidien. Les campagnes militaires s'imposaient donc pour lui comme un véritable supplice que seule rendait supportable la présence d'Agrippa, qui s'arrangeait toujours pour lui offrir un peu d'intimité. Bien bâti, Octavien ignorait d'où lui venait cette profonde gêne, simplement conscient de voir dans un homme dévêtu un être vulnérable.

Son valet vint à sa rencontre avec une expression anxieuse. Le maître de maison ne supportant pas la moindre tache sur sa tunique ou sa toge, il menait une vie d'enfer au pauvre homme, toujours affairé avec de la craie et du vinaigre clair.

— Tu peux prendre ma toge, déclara-t-il d'une voix distraite.

Il se dépouilla de l'étoffe puis continua jusqu'à un jardin à péristyle intérieur qui abritait la plus belle fontaine de Rome, des chevaux à queue de poisson cabrés tirant Amphitryon sur un char en coquillages. D'un grand raffinement, la peinture donnait tant de réalisme à l'œuvre que les cheveux d'herbe du dieu de l'eau irradiaient d'un sinistre miroitement verdâtre et sa peau révélait un filet de minuscules écailles argentées. La sculpture trônait au milieu d'un bassin rond dont le marbre vert pâle, extrait des nouvelles carrières de Carrara, avait coûté dix talents à Hortensius.

Octavien passa entre deux portes de bronze gravées de bas-reliefs représentant des Lapithes et des centaures et accéda à un hall ouvrant d'un côté sur son étude, et sur la salle à manger, de l'autre. De là, il rejoignit un vaste *atrium* dont l'*impluvium*, placé juste sous le *compluvium* pour recueillir les eaux de pluie, scintillait comme un miroir sous les rayons directs du soleil. Traversant un autre portail de bronze, il déboucha sur une spacieuse loggia. Pour se protéger de la brûlure du soleil, Hortensius avait érigé une série de traverses au-dessus d'une partie de la terrasse et planté des vignes qui rampaient le long de ces supports. Les années passant, elles avaient festonné le treillis pour former un refuge moutonné de taches lumineuses dont pendaient, en cette saison, des grappes de perles vert translucide.

Quatre hommes occupaient de larges fauteuils, formant un cercle complété par un siège vide autour d'une table basse garnie de deux cruches et de plusieurs gobelets en simple terre cuite d'Apulie. Pas de coupes en or ou de flacons en verre d'Alexandrie pour Octavien. Le pichet d'eau dépassait d'ailleurs en taille l'autre carafe, remplie d'un vin blanc pétillant très clair d'Alba Fucentia devant lequel aucun connaisseur n'aurait grimacé de mépris. Bien qu'il tînt en horreur la prodigalité et cette manie d'importer tout et n'importe quoi, le jeune triumvir aimait servir ce qu'il y avait de meilleur. Les produits d'Italie se révélant d'une qualité exceptionnelle, comme il aimait à rappeler aux oreilles bien disposées, pourquoi jouer les maniérés en proposant des vins de Chios, des tapis de Milet, des laines teintes à Hierapolis ou autres tapisseries de Cordoue ?

Avec la discrétion d'un chat, il se posta dans l'embrasure de la porte pour observer un moment son « conseil des anciens », comme Mécène avait surnommé le groupe avec humour compte tenu de sa moyenne d'âge. À ces quatre hommes, et à eux seuls, Octavien confiait ses pensées, du moins certaines. Seul Agrippa, son contemporain et frère spirituel, jouissait du privilège de toutes les entendre.

À vingt-trois ans, Marcus Vipsanius Agrippa correspondait à première vue au parfait noble romain. Aussi grand que César, doté d'une puissante musculature dissimulée sous un corps svelte, il présentait un visage d'une beauté insolite. Des sourcils touffus saillaient sous le relief du front pour dissimuler au regard étranger des yeux caves noisette et le menton fort fuyait sous une bouche sévère. Agrippa descendait pourtant d'une famille si peu fortunée qu'il provoquait les ricanements de tous les Néron de Rome. Qui avait déjà entendu parler de la famille Vipsanius ? Qu'ils viennent du Samnium, d'Apulie ou de Calabre, ils restaient de la raclure italique ! Seul Octavien savait réellement apprécier la profondeur et l'amplitude de l'intellect d'un homme capable de commander des armées, de construire des ponts et des aqueducs et d'inventer toutes sortes d'outils pour faciliter le travail. En tant que préteur urbain de Rome élu pour l'année, il s'occupait de tous les procès civils et de la répartition des affaires criminelles entre les divers tribunaux. Cette lourde charge ne lui suffisant pas, il avait accepté de remplir une partie des devoirs des édiles, les notables censés veiller aux édifices et services de Rome. Après avoir apostrophé la minable troupe de fainéants, il s'était arrogé la direction de la distribution des eaux et de leur évacuation, au grand désarroi des entreprises engagées pour s'en occuper. Il comptait bien prendre les mesures nécessaires pour éviter que les eaux usées ne refluent lors des crues du Tibre, même s'il craignait qu'il lui fallût plus d'un an pour mettre en œuvre un projet requérant une cartographie complète de plusieurs milles d'égouts et de canalisations. Il pouvait toutefois se féliciter de la modernisation de l'aqua Marcia, le meilleur aqueduc de Rome, et de la construction de l'aqua Julia. La cité avait beau bénéficier du meilleur approvisionnement en eau du monde, la croissance de sa population exigeait des réponses rapides.

Agrippa était prêt à mourir pour Octavien, à qui il vouait une loyauté lucide plus qu'aveugle. Il connaissait aussi bien les faiblesses de son ami que ses forces, souffrait plus pour lui que le principal concerné, entretenant avec le triumvir une relation dans laquelle l'ambition ne trouvait pas sa place. À l'inverse de la plupart des hommes nouveaux, Agrippa nourrissait l'intime conviction qu'Octavien, de par sa naissance, devait conserver l'ascendant. À lui le rôle du fidèle Achate, éternellement présent pour son ami. Un ami qui l'élevait bien au-dessus de son statut d'origine, car quel meilleur destin rêver que celui de deuxième citoyen de Rome ? Pour Agrippa, c'était plus qu'aucun *homo novus* ne méritait.

Caius Mécène était, pour sa part, issu d'une lignée étrusque d'une pureté irréprochable. Sa famille régnait en maître sur Arretium, un port fluvial grouillant d'activité niché dans le coude de l'Arno à la convergence des voies Annia, Cassia et Clodia, menant de Rome à la Gaule cisalpine. Pour des raisons connues de lui seul, il avait abandonné son nom de famille, Cilnius, pour se présenter simplement comme Caius Mécène. Si son léger embonpoint trahissait son amour des bonnes choses, cet homme aux yeux globuleux bleu pâle pouvait, dès que le besoin s'en présentait, entreprendre des voyages éreintants pour le compte d'Octavien.

Formidable esprit et conteur, il jouissait d'une intelligence aussi étendue et profonde que celle d'Agrippa, quoique différente : Mécène aimait la littérature, les arts, la philosophie, la rhétorique et collectionnait les nouveaux poètes plutôt que les pots anciens. Comme Agrippa le remarquait pour plaisanter, il aurait été incapable d'organiser une rixe dans un bordel, mais aurait parfaitement su y mettre fin. Nul n'avait encore trouvé sur cette terre phraseur plus mielleux et persuasif que Mécène, ni homme plus apte à combiner et comploter dans l'ombre de la chaise curule. Comme Agrippa, il avait accepté l'autorité d'Octavien, pour des raisons toutefois moins pures. Mécène était une éminence grise, un diplomate, un maître des destins ; il savait repérer la faille en un rien de temps et y introduire ses mots doux sans douleur pour creuser une plaie plus profonde qu'une blessure de dague. Cet amoureux des arts pouvait se révéler dangereux.

L'aîné du haut de ses trente et un ans, Salvidienus venait du Picenum, nid de démagogues et de fléaux politiques d'où étaient toutefois sorties des lumières telles que Pompée le Grand et Titus Labienus. À l'inverse de ses prédécesseurs picentins, il n'avait pas gagné ses lauriers sur le Forum Romanum mais sur le champ de bataille, où il excellait. Beau de visage et de corps, il arborait une crinière rousse qui lui avait valu son surnom, Rufus, et un regard bleu perspicace et clairvoyant. Caressant au fond de lui de grandes prétentions, il s'était embarqué dans le sillage de la comète octavienne avec l'espoir d'atteindre plus vite les sommets. Mais il arrivait que le vice picentin se réveillât en lui : déterminé à ne pas finir du côté du perdant, il n'hésiterait pas à changer de camp si la prudence le lui conseillait. De fait, il doutait parfois que son jeune ami fût à la hauteur pour remporter l'imminente bataille. Peu familier de la gratitude et totalement étranger à la loyauté, il avait si bien caché ces défauts que le triumvir lui-même ne les aurait pas soupçonnés. Constamment sur ses gardes, il se demandait toutefois si Agrippa ne nourrissait pas quelques suspicions à son égard et redoublait de vigilance en sa présence, surveillant de près le moindre de ses gestes et mots. Quant à Mécène, qui savait ce qui passait dans la tête de cet aristocrate sirupeux ?

Titus Statilius restait, à vingt-sept ans, le moindre d'entre eux, une position qui lui valait d'ignorer plus que tout autre les idées et plans du triumvir. Militaire, lui aussi, il avait le physique de l'emploi. Grand et bien bâti, il se distinguait surtout par son visage cabossé, son oreille gauche enflée, son arcade sourcilière et sa joue balafrées du même côté et son nez fracturé. Il restait malgré tout bel homme avec ses cheveux de la couleur du blé et ses yeux gris. Son sourire facile démentait sa réputation de commandant intraitable à la tête de ses légions, même si sa sainte horreur de l'homosexualité lui interdisait de compter parmi ses troupes des hommes affichant de telles tendances, même de bonne famille. Ses qualités de soldat n'auraient rien eu à envier à Agrippa et Salvidienus s'il n'avait pas cruellement manqué de la capacité d'improvisation. Sa loyauté ne faisait toutefois aucun doute tant il vénérait Octavien. Pour lui, les talents et le génie indéniables d'Agrippa, de Salvidienus et de Mécène ne pouvaient rivaliser avec l'esprit extraordinaire de l'héritier de Jules César.

— Salutations, s'exclama Octavien en se dirigeant vers le fauteuil vide.

— Où étais-tu ? demanda Agrippa dans un sourire. Encore en train de faire de l'œil à notre tendre dame Roma ? Forum ou Aventin ?

Le triumvir se versa une coupe d'eau qu'il but avec avidité, puis soupira :

— Forum. Je concevais des plans en vue du moment où je disposerais de l'argent nécessaire pour remettre de l'ordre dans notre chère cité.

— Ce ne peut guère être plus que des plans, remarqua Mécène avec ironie.

— Certes. Cependant, Caius, rien n'est vain : les projets que j'élabore maintenant ne seront plus à concevoir. Savons-nous ce que manigance le consul Pollio ? Ventidius ?

— Ils rôdent dans l'est de la Gaule cisalpine, répondit Mécène. Selon les rumeurs, ils ne devraient pas tarder à longer la côte adriatique vers le sud pour aider Marc Antoine à débarquer ses troupes, rassemblées autour d'Apollonie. Avec les sept légions de Pollio, les sept de Ventidius et les dix de Marc Antoine, nous pouvons nous préparer à recevoir une terrible raclée.

— Je n'entrerai pas en guerre contre Marc Antoine ! s'écria Octavien.

— Ce ne sera pas nécessaire, déclara Agrippa avec un sourire. Ses hommes ne combattront pas les nôtres, j'en mettrais ma main à couper.

— Je suis d'accord, intervint Salvidienus. Les soldats en ont plein les tripes des guerres qui dépassent leur entendement. Pour eux, quelle différence existe-t-il entre le neveu et le cousin de César ? Autrefois, ils obéissaient à Jules César lui-même, rien d'autre ne compte à leurs yeux. Grâce à son habitude d'affecter ses hommes par-ci par-là pour renforcer telle légion et dégarnir telle autre, les soldats s'identifiaient plus à lui qu'à leur unité militaire.

— Cela ne les a pas empêchés de se mutiner, remarqua Mécène d'une voix tranchante.

— Seule la Neuvième s'est à proprement parler mutinée directement contre César, la faute à une dizaine de centurions corrompus à la solde des petits camarades de Pompée le Grand. Pour le reste, Marc Antoine s'impose comme seul responsable. C'est lui qui leur a mis cette idée en tête, personne d'autre ! Il a soûlé les centurions et soudoyé les porte-parole ! Il les a influencés ! se révolta Agrippa d'une voix méprisante. Marc Antoine s'illustre comme fauteur de troubles, pas comme génie politique. Il ne possède pas la moindre finesse, c'est d'ailleurs la raison pour laquelle il a cette idée saugrenue de ramener ses troupes en Italie. Cela n'a aucun sens ! Lui as-tu déclaré la guerre ? Ou Lépide ? Rien de tout cela ! Il agit ainsi parce qu'il te craint.

— Marc Antoine ne sème pas plus la discorde que Sextus Pompeius Magnus Pius, remarqua Mécène dans un éclat de rire. J'ai entendu qu'il avait envoyé beau-*tata* Libo à Athènes pour demander au triumvir de l'Est de faire front avec lui contre toi.

— D'où tiens-tu cela ? l'interrogea Octavien en se redressant.

— Comme Ulysse, je possède des espions sur tout le territoire.

— Moi de même, mais je n'ai rien entendu de tel. Qu'a répondu Marc Antoine ?

— Non, si je puis dire. Il a refusé une alliance officielle mais s'est engagé à ne pas gêner les activités de Sextus Pompée tant qu'elles te prenaient pour cible.

Le visage d'une beauté extraordinaire se plissa, les yeux lumineux se voilèrent de fatigue.

— Comme c'est aimable à lui ! J'ai donc bien fait de donner six légions à Lépide et de l'envoyer gouverner l'Afrique. Marc Antoine est-il au courant ? Mes agents déclarent qu'il l'ignore encore.

— Les miens aussi, reprit Mécène. Une chose est sûre, César Divi Filius, Marc Antoine ne t'en remerciera pas. Après l'assassinat de Fango, il pensait avoir l'Afrique à portée de main. C'est vrai, qui aurait compté Lépide dans l'équation ? Mais le nouveau gouverneur mort, le troisième triumvir va intervenir. Avec les quatre légions d'Afrique et les six qu'il a ramenées avec lui, Lépide pèse maintenant lourd dans la balance.

— Cela ne m'échappe pas ! le coupa Octavien, irrité. Cependant, Lépide voue à Marc Antoine une haine bien plus profonde qu'à moi. Il enverra du grain à l'Italie cet automne.

— Ce ne sera pas de trop sans la Sardaigne.

Octavien posa les yeux sur Agrippa.

— Nous ne possédons pas de navires, il nous faut donc en construire. Agrippa, je veux que tu abandonnes les insignes de tes fonctions et longes la côte de Trieste à la Ligurie pour commander de robustes galères de guerre. Si nous voulons vaincre Sextus Pompée, il nous faudra une flotte.

— Comment les paierons-nous, César Divi Filius ?

— Avec les dernières réserves de bois.

Agrippa hocha la tête, comprenant parfaitement cette réponse sibylline. Ce mot désignait, dans un code seulement connu d'Octavien et de lui, le trésor de guerre de Jules César.

— Libo s'en est retourné bredouille auprès de Sextus Pompée, ce dont ce dernier a pris ombrage. Pas assez pour tourmenter Marc Antoine, mais tout de même, expliqua Mécène. Ce dernier n'est guère remonté dans l'estime de Libo, qu'il peut désormais compter parmi ses ennemis. Celui-ci se chargera de cracher du poison sur le triumvir dans l'oreille de Sextus Pompée.

— Qu'est-ce qui a donc tant froissé Libo ? demanda Octavien, curieux.

— Fulvie sortie de la carte, je crois qu'il espérait trouver pour sa sœur un troisième époux. Quelle meilleure manière de consolider une alliance qu'un mariage ? Pauvre Libo ! D'après mes espions, il n'a pas réussi à prendre Marc Antoine à l'hameçon en dépit de ses nombreux appâts. Le malheureux messager a vogué vers Agrigente lourd de sa déception.

Les sourcils dorés d'Octavien se nouèrent, couvrant ses remarquables yeux de ses épais cils clairs. Soudain, il fit claquer ses deux mains sur ses genoux avec détermination.

— Mécène, prépare tes bagages ! Tu pars rencontrer Sextus Pompée et Libo à Agrigente.

— Dans quel but ? interrogea l'homme de lettres, peu réjoui de sa nouvelle mission.

— Dans le but de sceller avec Sextus une paix qui permette à l'Italie de se procurer du grain à un prix raisonnable cet automne. Tu feras le nécessaire pour arriver à tes fins, me suis-je bien fait comprendre ?

— Même si cela implique un mariage ?

— Même si cela implique un mariage.

— Scribonia a plus de trente ans, César Divi Filius. Pourquoi ne pas t'unir à sa fille, Cornelia, presque en âge de se marier ?

— Je me fiche bien de l'âge de la sœur de Libo ! Puisque toutes les femmes sont fabriquées de la même manière, qu'importe leur âge ! Au moins ne portera-t-elle pas sur elle la souillure de cette catin de Fulvie !

Personne n'osa émettre le moindre commentaire. Après deux ans de mariage, Octavien avait renvoyé Clodia Pulchra, la fille de Fulvie, à sa mère *virgo intacta*. Il l'avait épousée pour apaiser Marc Antoine mais n'avait jamais consommé le mariage, une option qui ne s'offrirait pas à lui avec la sœur de Libo. Octavien devrait partager sa couche, et de préférence lui donner des enfants. Dans les affaires charnelles, le triumvir n'avait rien à envier à la pruderie de Caton le Censeur, il fallait donc prier pour que Scribonia ne fût ni laide ni licencieuse. Tous scrutaient les carreaux de mosaïque du sol, prétendant être sourds, muets et aveugles.

— Et si Marc Antoine tente de débarquer à Brindes ? lança Salvidienus dans le seul but de réorienter la conversation.

— Brindes est abritée, aucun transport de troupes ne pourra franchir la chaîne du port, rappela Agrippa. J'ai supervisé sa fortification en personne, tu le sais bien, Salvidienus.

— Mais il peut accoster ailleurs.

— Ce qu'il fera sans aucun doute, constata avec calme Octavien. Mais avec tous ces hommes, ce ne sera pas aisé. Quoi qu'il en soit, Mécène, je veux te voir rentrer d'Agrigente dans les plus brefs délais.

— Les vents sont contraires, observa d'une voix désolée l'ambassadeur, qui ne souhaitait passer une partie de l'été dans un cloaque comme Agrigente.

— Tant mieux, tu ne nous en reviendras que plus vite. Et, pour y aller, tu n'auras qu'à ramer ! Rends-toi à Pouzzoles en char puis prends le navire le plus rapide et les meilleurs rameurs que tu trouves. Offre-leur le double de gage pour l'aller. Qu'attends-tu, Mécène ? Maintenant !

Le groupe se sépara sur ces paroles. Seul Agrippa demeura immobile.

— D'après le dernier dénombrement, de combien de légions disposons-nous contre Marc Antoine ?

— Dix, César Divi Filius. Mais cela ne changerait rien si nous n'en comptions que trois ou quatre. Les armées des deux camps refuseront de combattre. Bien que je m'évertue à le répéter, tout le monde semble sourd à mes paroles, sauf toi et Salvidienus.

— Je t'entends car dans ta conviction réside notre salut. Je refuse de me croire vaincu ! soupira Octavien avec un sourire contrit. Oh, Agrippa, j'espère que cette femme se montrera supportable. En terme d'épouse, la chance ne s'est guère rangée de mon côté.

— Toutes ont été désignées par des tiers, il ne s'est jamais agi de rien d'autre que d'instruments politiques. Un jour, tu choisiras une femme pour toi seul, ce ne sera ni une Servilia Vatia ni une Clodia. Ou, ajouterais-je, une Scribonia Libone, si le marché avec Sextus Pompée se conclut.

Agrippa se racla la gorge.

— Mécène a préféré que je t'annonce seul une nouvelle qu'il m'a transmise d'Athènes.

— Une nouvelle ? Quelle nouvelle ?

— Fulvie s'est ouvert les veines.

Octavien sombra dans un profond silence. En voyant ses yeux se perdre dans la contemplation du Circus Maximus, son ami se plut à imaginer qu'il avait quitté ce monde. Quel nœud de contradictions, ce Cæsar Imperator ! Même en son for intérieur, Agrippa ne songeait jamais à désigner le triumvir par le nom d'Octavien. Il avait d'ailleurs été le premier à l'appeler par son nom d'adoption, bientôt imité par tous ses sympathisants. Il n'existait pas d'être plus froid, dur ou impitoyable que son ami, pourtant il suffisait d'un regard pour deviner qu'il portait à cet instant le deuil de Fulvie, une femme qu'il haïssait.

— Elle faisait partie de l'histoire de la cité, déclara-t-il enfin. Elle méritait une meilleure fin. Ses cendres ont-elles été renvoyées à Rome ? Possède-t-elle une sépulture ?

— Pas à ma connaissance.

— Je parlerai à Atticus. À nous deux, nous lui assurerons des funérailles décentes, comme il sied à une femme de sa position. Il me semble que les enfants qu'elle a donnés à Marc Antoine sont encore très jeunes...

— Antyllus a cinq ans, Iullus deux.

— Je vais demander à ma sœur de garder un œil sur eux. Octavie n'a pas assez de ses trois rejetons, elle ne cesse d'en prendre d'autres sous son aile.

Y compris leur propre demi-sœur Marcia... Agrippa n'oublierait jamais le jour où ils s'étaient arrêtés sur les hauteurs de Pétra, alors qu'ils se rendaient à la rencontre de Brutus et Cassius. Les joues ruisselantes de larmes, César Octavien avait pleuré la mort de sa mère. Or, si celle-ci avait eu le malheur d'épouser son beau-fils, Lucius Marcius Philippus, elle n'en restait pas moins en vie. Quel être complexe pouvait à la fois se lamenter sur la mort d'une ennemie et prétendre que sa propre mère avait quitté le monde des vivants ? Bien sûr, sa mère Atia ne portait pas ses vêtements de deuil depuis plus d'un mois qu'elle s'engageait dans une liaison avec le fils du défunt, un scandale qui eût été rapidement étouffé si elle ne s'était retrouvée enceinte de Marcia. Ce jour-là, à Pétra, César Divi Filius avait reçu une lettre dans laquelle sa sœur Octavie le suppliait de comprendre la triste situation de leur mère, ce à quoi il se refusait. La reléguant au statut de putain, de femme immorale indigne d'avoir engendré le fils d'un dieu, il les avait obligés, elle et Philippus junior, à se retirer dans la villa de ce dernier à Misenum, leur interdisant d'entrer dans Rome. Depuis, il n'était jamais revenu sur sa décision, insensible à la maladie d'Atia et à l'arrivée de sa dernière-née dans la nichée d'Octavie. Un jour, tout cela reviendrait le hanter, même s'il l'ignorait encore, comme il ignorait Marcia, sa demi-sœur, une belle enfant aussi blonde que les Julii sur laquelle il n'avait jamais posé le regard.

Le triumvir décacheta bientôt une missive de Gaule transalpine qui lui ôta de l'esprit toute pensée au sujet de Marc Antoine ou de sa défunte épouse et reporta la date du mariage que Mécène s'évertuait à arranger pour lui à Agrigente.

Vénéré César Divi Filius,

Je t'écris pour t'informer que mon bien cher père, Quintus Fufius Calenus, est décédé à Narbonne. À cinquante-neuf ans, il jouissait d'une excellente santé jusqu'à ce qu'il tombât raide et disparût en un instant. En tant que principal légat, je suis maintenant en charge des onze légions stationnées en Gaule transalpine : quatre à Sens, quatre à Narbonne et trois à Glanum. Si les Gaulois se tiennent tranquilles pour l'instant, mon père ayant réprimé une révolte des Aquitains l'an dernier, je tremble à l'idée de ce qui risquerait de survenir s'ils avaient vent de mon commandement et de mon inexpérience. Bien que les Gaules appartiennent à Marc Antoine, j'ai jugé bon de t'en informer en premier étant donné son éloignement. Je te prie de m'envoyer un nouveau gouverneur, avec le savoir-faire militaire nécessaire pour maintenir la paix ici, de préférence sans tarder, car je souhaiterais ramener en personne les cendres de mon père à Rome.

Octavien lut et relut ce courrier dépouillé, le cœur palpitant de joie. Enfin le destin jouait en sa faveur !

Il envoya un homme chercher Agrippa, occupé à mettre un terme à sa charge afin de pouvoir partir pour sa longue mission, un préteur urbain ne pouvant s'absenter de Rome plus de dix jours.

— Oublie un peu tes tracasseries ! s'écria Octavien en lui tendant le pli. Lis cela et réjouis-toi avec moi !

— Onze légions de vétérans ! s'exclama Agrippa dans un souffle, comprenant sur-le-champ la portée de la missive. Il te faut atteindre Narbonne avant Pollio et Ventidius. Comme ils ont moins de milles à couvrir, il ne reste qu'à prier pour que la nouvelle ne leur parvienne pas trop vite. Le jeune Calenus emprunte d'autres chemins que son père, on dirait, déclara Agrippa en agitant le papier. Te rends-tu compte, Cæsar Imperator ? La Gaule transalpine est sur le point de tomber à tes pieds sans qu'un *pilum* ne soit brandi.

— Nous partons avec Salvidienus.

— Est-ce bien judicieux ?

Une ombre de surprise traversa ses yeux gris.

— Qu'est-ce qui te pousse à douter de mon jugement ?

— Rien que je ne puisse définir avec précision, mais gouverner la Gaule transalpine n'est pas une mince affaire, cela risquerait de monter à la tête de Salvidienus, car je suppose que tu envisages de lui en donner le commandement.

— Préférerais-tu que je te le réserve ? La charge est à toi si tu la veux.

— Non, Cæsar Imperator, cela m'éloignerait trop de l'Italie et de toi. Je ne vois personne d'autre, soupira-t-il avec un haussement d'épaules abattu. Taurus est trop jeune, quant aux autres, tu ne peux pas te fier à leur intelligence pour traiter avec les Bellovaques et les Suèves.

— Salvidienus s'en sortira, assura d'un ton confiant le triumvir en tapotant le bras de son plus cher ami. Nous partirons à l'aube, dans des chars tirés par quatre mules au galop, comme ceux qu'utilisait mon père. Nous passerons par les voies émilienne et Domitia et, afin de ne pas avoir à réquisitionner de mules trop souvent, nous prendrons avec nous un escadron de cavaliers germains.

— Tu devrais être constamment accompagné d'un garde du corps, Cæsar Imperator.

— Pas maintenant, je suis trop occupé. En outre, je ne dispose pas de l'argent nécessaire.

Une fois seul, Octavien traversa le Palatin pour se rendre au *clivus* Victoriæ, où se trouvait la *domus* de Caius Marcellus

Minor, son beau-frère. Consul aussi incompétent qu'indécis l'année où Jules César avait franchi le Rubicon, Marcellus comptait comme frère et cousin germain deux hommes qui haïssaient plus que de raison le Grand Homme. Il avait donc préféré déguerpir en Italie plutôt que de prendre parti pendant la guerre entre César et Pompée, ce qui lui avait valu la main d'Octavie. Avec cette union, il avait gagné sur tous les plans, personnel et politique : non seulement une alliance avec la famille de César garantissait la protection de l'immense fortune des Claudii Marcellii, désormais en sa seule possession, mais il cultivait un amour vrai pour son épouse, un joyau inestimable. Octavie lui avait donné une fille, Marcella Major, un fils, que tout le monde appelait Marcellus, et une deuxième fille, Marcella Minor, surnommée Cellina.

Octavien pénétra dans la maison plongée dans un calme anormal. Marcellus souffrait d'une terrible maladie, si cruelle que son épouse d'un naturel si doux tenait d'une main de fer la domesticité pour éviter les bavardages et le fracas.

— Comment va-t-il ? demanda-t-il à sa sœur en l'embrassant sur la joue.

— Ce n'est plus qu'une question de jours, selon les médecins. La tumeur est extrêmement maligne, elle lui ronge les organes avec voracité.

Ses grands yeux aigue-marine débordèrent de larmes. Elle aimait sans réserve cet homme que son parâtre avait choisi pour elle avec l'entière approbation de son frère. Si les Claudii Marcellii n'étaient pas patriciens, ils descendaient d'une noble et ancienne famille plébéienne, si bien que Marcellus Minor se présentait comme un époux convenable pour une Julienne. Seul Jules César, qui ne le portait pas dans son cœur, avait condamné l'alliance.

Le triumvir aurait voulu partager la peine de sa sœur mais, bien qu'ayant consenti à leur mariage, il ne s'était jamais pris d'amitié pour l'homme qui possédait sa sœur bien-aimée. En outre, il avait conçu des plans que le décès de Marcellus Minor lui permettrait d'exécuter. Octavie se remettrait de sa perte. De quatre ans son aînée, elle possédait une beauté julienne chaque jour plus évidente aux yeux de son frère. Sous une masse de cheveux dorés, ses yeux bleus, ses pommettes hautes et sa jolie bouche composaient une expression d'un calme radieux très attrayante. Mais, surtout, elle avait hérité du fameux don des femmes Julii : elle savait rendre un époux heureux.

Cellina n'étant âgée que de quelques mois, Octavie l'allaitait, une joie dont elle ne se serait privée pour rien au monde, même si cela impliquait de sortir peu et de prendre souvent congé des visiteurs. D'une pudeur proche de la pruderie, comme son frère, elle se refusait à nourrir son enfant devant tout autre homme que son époux, ce qui contribuait à augmenter son prestige sur l'échelle de valeur de son frère. Pour lui, elle incarnait si bien la déesse Roma qu'il comptait, une fois devenu maître incontesté de la cité, ériger des statues d'elle dans des lieux publics, un honneur d'ordinaire réservé aux hommes.

— Puis-je voir Marcellus ? demanda le triumvir.

— Il ne veut voir personne, même pas toi, répondit-elle, les traits crispés. Vois dans ce refus la fierté d'un homme de principes, César Octavien. Les serviteurs ont beau récurer sa chambre, j'ai beau y brûler tous les bâtons d'encens possibles, la pièce empeste. Les médecins nomment cela « l'odeur de la mort », une puanteur plus tenace que toute autre.

Il la prit dans ses bras, lui embrassa les cheveux.

— Ma très chère sœur, que puis-je faire ?

— Rien, César Octavien. Tu me réconfortes, mais lui, rien ne le soulage.

Considérant inutile de retarder l'annonce de son départ, il préféra en parler au plus vite :

— Je dois m'absenter pour plus d'un mois.

— Oh, suffoqua-t-elle. Le faut-il vraiment ? Marcellus ne tiendra pas plus de deux *nundina* !

— Oui, il le faut.

— Qui organisera les obsèques, se chargera du service funéraire, choisira l'homme adéquat pour lire l'oraison funèbre ? Notre famille s'est tellement rétrécie avec ces guerres, ces meurtres... Mécène, peut-être ?

— Il se trouve à Agrigente.

— Qui reste-t-il alors ? Domitius Calvinus ? Servilius Vatia ?

Il releva le menton pour plonger ses prunelles dans les siennes et avec une peine imperceptible, le pli de la bouche sévère, annonça d'une voix posée :

— Je ne vois que Lucius Marcius Philippus. J'aurais préféré qu'il en soit autrement, mais il est le seul dont le rang social ne scandalisera pas tout Rome. Puisque personne ne croit que notre mère est morte, qu'importe qu'il réapparaisse ? Je lui écrirai pour lui annoncer qu'il peut revenir dans la cité et s'installer dans la maison de son père.

— Il risque fort de t'envoyer ton décret dans les dents.

— Pas celui-ci ! Il cédera. Il a séduit la mère du triumvir César Divi Filius, elle seule lui a sauvé la peau. Oh, comme j'aimerais concocter une accusation de trahison et la lui servir comme petite gâterie pour son palais épicurien ! Ma patience a des limites, et il le sait. Il cédera.

— Aimerais-tu voir la petite Marcia ? proposa Octavie d'une voix tremblante. Elle est si mignonne, vraiment...

— Non, la coupa-t-il.

— C'est notre sœur ! Nous sommes liés à elle par le sang, même du côté marcien. La grand-mère de Divus Julius était une Marcia.

— Elle pourrait bien être Junon qu'elle m'indifférerait autant ! repartit brutalement Octavien avant de sortir avec raideur.

Dieux tout-puissants ! Parti sans même lui laisser le temps de lui annoncer que, pour l'instant du moins, les deux fils que Fulvie avait donnés à Marc Antoine avaient rejoint sa petite colonie. Le spectacle des deux enfants livrés à eux-mêmes et du petit sauvage qu'était devenu Curio à dix ans l'avait ébranlée. Rien ne l'autorisait à s'occuper de Curio, mais rien ne l'empêchait de recueillir Antyllus et Iullus par pur acte de gentillesse. Pauvre Fulvie, elle avait un esprit de démagogue cloîtré dans une carcasse de femme ! Son amie Pilia lui assurait que Marc Antoine avait roué son épouse de coups de pied à Athènes, ce qu'elle refusait de croire. Elle connaissait bien cet homme et lui vouait une profonde affection, notamment parce qu'il se différenciait tant des autres hommes qu'elle avait pu connaître. Elle se lassait parfois de n'être associée qu'à des êtres brillants, délicats et sournois. La vie avec Marc Antoine devait fort ressembler à une aventure, mais de là à l'imaginer lever la main sur sa femme ! Non, il n'oserait jamais. Jamais !

De retour dans la pièce des enfants, elle pleura en silence en prenant garde à ce que Marcella, Marcellus et Antyllus, assez grands pour remarquer son chagrin, ne voient pas ses larmes. Elle se réjouissait toutefois du retour de sa mère. Atia souffrait tant des os qu'elle avait dû envoyer la petite Marcia à Rome, mais elle vivrait désormais assez près pour voir ses filles régulièrement. Son frère comprendrait-il jamais ? Pour une raison inconnue, Octavie n'y croyait plus. Pour lui, leur mère avait commis l'impardonnable.

Ses pensées retournèrent à Marcellus, dont elle gagna immédiatement la chambre. Octavie avait épousé un homme de quarante-cinq ans, dans la force de l'âge, élancé, bien conservé, érudit et d'une beauté césarienne. Si le caractère impitoyable des Julii lui faisait totalement défaut, il ne manquait pas d'une certaine adresse, une fourberie qui lui avait permis d'échapper à la capture lorsque l'Italie s'était prise d'amour pour Jules César et de contracter une alliance lucrative pour rallier le camp du Grand Homme sans donner la moindre preuve de courage. Il n'avait jamais oublié que Marc Antoine avait plaidé en sa faveur, aussi Octavie connaissait-elle le triumvir, un fréquent visiteur sous son toit.

Sous les yeux de la jolie épouse de vingt-sept ans gisait désormais un homme décharné, desséché, rongé par le mal qui se nourrissait de ses organes vitaux. Son esclave favori, Admetus, demeurait près de son lit, une main autour des doigts osseux de Marcellus. À l'arrivée d'Octavie, il se leva prestement pour lui laisser le fauteuil.

— Comment se sent-il ? chuchota-t-elle.

— Je lui ai donné du sirop de pavot pour qu'il dorme, *domina*. Rien d'autre ne soulage la douleur, c'est terrible. Elle lui embrume atrocement l'esprit.

— Je sais, répondit Octavie en s'installant. Va manger et te reposer. Va ! Ton tour de garde reviendra avant que tu ne le réalises. Si seulement il autorisait quelqu'un d'autre à le surveiller… Mais il refuse catégoriquement.

— Si je mourais avec une telle lenteur et tant de souffrance, *domina*, je voudrais voir les visages qui comptent autour de moi en ouvrant les yeux.

— C'est le cas, Admetus. Maintenant, va. Je sais qu'il t'a affranchi dans son testament, mais j'espère que tu resteras avec moi lorsque tu seras devenu Caius Claudius Admetus.

Trop ému pour émettre un son, le jeune Grec embrassa la main de sa maîtresse.

Les heures passèrent et le silence fut seulement brisé lorsqu'une servante lui apporta Cellina pour la nourrir. De caractère facile, le nourrisson ne braillait jamais, même lorsqu'il avait faim. Son père continua à dormir un moment, inconscient de ce qui se passait autour de lui. Puis il remua et ouvrit des yeux sombres, qui s'éclaircirent en se posant sur elle.

— Octavie, mon amour ! articula-t-il d'une voix rauque.

— Marcellus, mon tendre époux.

Elle se leva avec un sourire radieux pour attraper une cruche de vin doux coupé d'eau, dont il aspira quelques gouttes à l'aide d'un roseau creux. Puis elle apporta une bassine d'eau et un linge, décolla la couverture de lin de sa peau et de ses os, retira son lange souillé et entreprit de le laver d'une main aussi caressante que ses mots. Où qu'elle se trouvât dans la pièce, les yeux du malade la suivaient, fiévreux d'amour.

— Les vieux hommes ne devraient pas épouser de jeunes filles, remarqua-t-il.

— Je ne suis pas d'accord. Si les jeunes filles se mariaient avec de jeunes hommes, elles ne grandiraient pas et n'apprendraient que des banalités, car mari et femme seraient aussi inexpérimentés l'un que l'autre.

Elle débarrassa la bassine.

— Voilà ! Te sens-tu mieux ?

— Oui, mentit-il, soudain pris d'un spasme de la tête aux pieds, les lèvres tordues dans une grimace agonisante. Par Jupiter ! Quelle douleur ! Mon sirop, où est mon sirop ?

Octavie lui donna le breuvage de pavot et se rassit pour le regarder dormir jusqu'à ce qu'Admetus prît la relève.

Sextus Pompée accueillit la réaction de Marc Antoine à sa proposition comme un affront. Il osait le traiter de « pirate », cet homme disposé à s'associer à une conspiration sans scrupule contre Octavien mais hostile à une alliance publique ! Le fils du grand Pompée, un pirate ? Il ne s'était jamais considéré comme tel et ne le ferait jamais. Depuis qu'il avait découvert son goût pour la vie en mer et commandait trois ou quatre cents vaisseaux de guerre, il se voyait comme un César maritime étranger à la défaite, invincible sur les flots, sérieux prétendant au titre de premier homme de Rome. Aussi craignait-il Marc Antoine et Octavien, des candidats plus importants encore, et lui fallait-il s'allier à l'un d'eux afin de réduire le nombre de rivaux. Il n'avait jamais rencontré Marc Antoine et ne l'avait même jamais aperçu devant les portes du Sénat lorsque ce dernier fulminait contre les républicains en tant que docile tribun de la plèbe de

César. Un jeune homme de seize ans réservait son temps à d'autres loisirs, surtout lorsqu'il ne s'intéressait pas à la politique, une indifférence qui ne lui était d'ailleurs pas passée. En revanche, il avait un jour traité avec Octavien, dans un petit port au niveau du cou-de-pied de la botte italique. Il avait découvert un ennemi redoutable sous le doux visage de ce garçon de vingt ans, de cinq ans son cadet, et n'était pas près d'oublier ce qu'il avait perçu en lui : l'âme d'un proscrit de naissance qui ne se mettrait jamais en position de risquer la proscription. Après avoir réglé leurs affaires, Octavien avait continué sa marche vers Brindes, et Sextus Pompée avait repris la mer. Depuis, les allégeances avaient changé : Brutus et Cassius défaits, le monde appartenait aux triumvirs.

Il peinait à croire que Marc Antoine eût été aveugle au point de jeter son dévolu sur l'Est. Quiconque doué d'un minimum d'intelligence pouvait voir dans l'Orient un piège, un appât d'or accroché à un dangereux hameçon acéré. La domination du monde reviendrait à celui qui contrôlerait l'Italie et l'Ouest, donc à Octavien. Bien entendu, il s'agissait de la tâche la plus rude et la moins populaire, ce qui expliquait que Lépide eût déguerpi en Afrique avec les six légions de Lucius Antonius pour attendre son heure en rassemblant des troupes. Un idiot de plus ! Si un triumvir était à craindre, c'était bien Octavien, qui n'avait pas regimbé à relever le défi le plus ardu.

Eût-il consenti à s'allier officiellement à Sextus Pompée, Marc Antoine aurait permis à ce dernier de faire un pas de plus vers le statut de premier homme de Rome. Mais voilà, il avait refusé de traiter avec un « pirate » !

— Les choses suivent donc leur cours, conclut Sextus Pompée devant Libo, ses yeux bleu sombre durs comme la pierre. Il nous faudra juste plus de temps pour venir à bout d'Octavien.

— Mon cher Sextus, tu ne viendras jamais à bout de César Octavien, lui opposa Mécène quelques jours plus tard, à son arrivée à Agrigente. Cet homme ne présente aucun point faible dont tu puisses tirer profit

— *Gerræ !* se récria Sextus Pompée. Pour commencer, il ne dispose ni de navires, ni d'amiraux dignes de ce nom. S'il s'imagine qu'il suffit d'envoyer un affranchi grec et veule de l'acabit d'Helenus pour m'arracher la Sardaigne ! D'ailleurs, le bougre se trouve encore ici, sain et sauf. Pas de vaisseaux et pas d'amiraux : cela fait déjà deux points faibles. Il n'a pas plus d'argent : troisième point faible. En revanche, il compte des ennemis de tous horizons : quatrième point faible. Dois-je continuer ?

— Je ne parlerais pas de points faibles, mais de carences, remarqua Mécène en savourant une bouchée de minuscules crevettes. Oh, quel régal ! Pourquoi ont-elles beaucoup plus de goût que celles que je mange à Rome ?

— Les eaux plus boueuses font de meilleures aires d'alimentation.

— Tu en sais long sur la mer.

— Assez pour savoir qu'Octavien ne peut me battre sur ses flots, même s'il trouve des bâtiments de guerre. Organiser une bataille navale constitue un véritable art, or je suis le meilleur artiste du genre que Rome ait produit depuis sa naissance. Tout exceptionnel qu'était mon frère Gnæus, j'évolue dans une classe à part.

Sextus Pompée se reposa sur son dossier avec suffisance, sous l'œil fasciné de Mécène. Qu'avait donc cette génération de jeunes gens ? À l'école, ils apprenaient que l'histoire ne reverrait jamais un autre Scipion l'Africain ou un autre Scipion Émilien, deux hommes séparés par une génération et uniques à leur époque. Mais les temps avaient changé et les jeunes avaient maintenant l'occasion de faire leurs preuves puisque tant de quadragénaires et de quinquagénaires étaient tombés sur les champs de bataille ou partis en exil permanent. Dire que son interlocuteur n'avait pas encore fêté ses trente ans !

Sextus sortit soudain de sa rêverie infatuée.

— Vois-tu, Mécène, je dois m'avouer déçu que ton maître ne soit pas venu me voir en personne. Se croirait-il trop important ?

— Je t'assure que non, répondit Mécène de sa voix la plus mielleuse. Il se confond en excuses à ton égard, mais un événement survenu en Gaule transalpine réclamait d'urgence sa présence.

— Oui, j'en ai certainement entendu parler avant lui. La Gaule transalpine, une vraie corne d'abondance : les meilleures légions de vétérans, du grain, des jambons et du porc salé, des betteraves à sucre… Sans mentionner la voie terrestre vers les Hispanies. Mais il lui manque encore la Gaule cisalpine. Bien sûr, ce ne sera qu'une formalité lorsque Pollio décidera d'exercer ses prérogatives consulaires, mais ce n'est pas pour demain, selon les rumeurs. Eh non, il paraîtrait que Pollio conduit actuellement ses sept légions vers le sud de la côte adriatique pour épauler Marc Antoine à son arrivée à Brindes.

Mécène afficha une mine surprise.

— Pourquoi Marc Antoine aurait-il besoin d'un soutien militaire pour débarquer en Italie ? En tant que triumvir, il est libre d'aller et venir comme il lui chante.

— Pas s'il doit passer par Brindes. Je me demande bien pourquoi ses habitants lui vouent une telle haine... Ils pourraient cracher sur ses cendres.

— Il leur a mené la vie dure lorsque le divin Jules César l'y a laissé pour faire traverser l'Adriatique aux légions. C'était l'année précédant Pharsale, continua Mécène sans se soucier de l'ombre qui se posa sur le visage de son interlocuteur à la mention de la bataille qui avait mené à la débâcle de son père et au bouleversement du monde romain. Marc Antoine tombe parfois dans l'excès, or il ne l'a jamais autant fait qu'en ce temps-là, talonné par son cousin. Sans compter qu'il manque de poigne pour la discipline militaire. Il laissait les légionnaires se dévergonder, violer les femmes, piller les maisons... Lorsque Divus Julius l'a nommé maître de la cavalerie, il a déchargé sa bile sur la ville.

— Je vois, répondit Sextus Pompée avec un sourire. Mais lorsqu'un triumvir emmène avec lui toute son armée, son retour prend des allures d'invasion.

— Plutôt de démonstration de force, un signal à l'adresse de Cæsar Imperator...

— De qui ?

— De Cæsar Imperator. Vois-tu, nous ne l'appelons plus Octavien, ni ses proches ni le reste de la cité, précisa Mécène d'un air sage. Peut-être cela explique-t-il que Pollio ne soit pas venu à Rome, même en tant que consul en second élu.

— Eh bien, voici des nouvelles moins agréables de Gaule transalpine, lança Sextus avec hargne. Pollio a réussi à rallier Ahenobarbus au camp de Marc Antoine. Cæsar Imperator sera sans doute heureux de l'apprendre !

— Oh, le camp d'un tel, celui d'un autre... s'insurgea Mécène d'un ton las. Il n'existe qu'un seul camp : celui de Rome. Ahenobarbus est une tête brûlée, tu ne l'ignores pas. Il ne connaît de loi que la sienne et prend plaisir à ramer à travers son petit bout de mer en jouant à Neptune. Cela signifie sans aucun doute que tu auras toi-même plus affaire avec Ahenobarbus à l'avenir.

— Je ne sais pas, répondit le fils de Pompée, impénétrable.

— Plus sérieusement, la rumeur, ce vautour aux multiples yeux et langues, prétend que tu ne t'entends guère avec Lucius Staius Murcus depuis quelque temps, lança Mécène au visage indifférent de son interlocuteur.

— Murcus veut partager le commandement avec moi.

Sextus Pompée laissa échapper ces mots avant de pouvoir contrôler sa langue, abusé comme beaucoup d'autres par le savoir-faire de Mécène. La créature d'Octavien savait bercer ses interlocuteurs dans l'illusion d'une relation rassurante qui le transformait en un ami de confiance. Agacée par son imprudence, sa victime tenta de l'éclipser avec un haussement d'épaules.

— Bien entendu, c'est impossible, je ne crois pas au partage. Je dois ma réussite à ma volonté de décider seul. Ce chevrier d'Apulie se prend pour un noble romain.

Mécène se mordit la langue. N'était-ce pas le comble d'entendre cela dans la bouche d'un Pompeius ? Une chose était sûre, il fallait bientôt s'attendre à voir Murcus accusé d'une faute quelconque et éclipsé de la surface de la terre. Ce jeune prétentieux dépravé de Sextus Pompée ne tolérait pas ses égaux, d'où sa prédilection pour les amiraux affranchis. Sa romance avec Ahenobarbus ne durerait pas plus de temps qu'il n'en faudrait au pirate pour le traiter de parvenu picentin.

Tout cela se révélait fort intéressant, mais d'autres affaires l'avaient attiré en Sicile. Abandonnant crevettes et poissons pour les nouvelles de Rome, Mécène s'attela à sa tâche : faire comprendre à Sextus Pompée qu'il devait laisser une chance à Octavien et l'Italie. Pour la péninsule, cela passerait par des ventres pleins ; pour le triumvir, par ce qu'il aurait à lui offrir.

— Sextus, je ne suis pas là pour juger, commença-t-il avec franchise, deux jours plus tard. Mais avoue tout de même que les rats de Sicile mangent mieux que le peuple d'Italie, ton propre pays, du Picenum au Bruttium, en passant par l'Umbrie, l'Étrurie et la Calabre, mieux que les habitants de la terre qui abrite ta ville, celle de ton père. Durant les six ans écoulés depuis la bataille de Munda, tu as généré des milliards de sesterces en revendant du blé, ce n'est donc pas l'argent qui t'intéresse. Si, comme tu aimes à le répéter, tu cherches à forcer le Sénat et le peuple de Rome à te rendre ta citoyenneté et tous les droits qui y sont liés, tu dois bien avoir conscience qu'il te faudra de puissants alliés à l'intérieur des murs de la cité. En fait, seuls deux hommes détiennent le pouvoir nécessaire pour te venir en aide : Marcus Antonius et Cæsar Imperator. Pourquoi tiens-tu tellement à t'associer à Marc Antoine, un être moins rationnel et, si j'ose dire, moins fiable ? Il t'a traité de pirate et a refusé d'écouter les avances de Lucius Libo. Aujourd'hui, mon maître vient à toi. Cela ne prouve-t-il pas sa sincérité, sa considération pour toi, sa volonté de t'aider ? Tu n'entendras nulle calomnie de sa bouche. Pourquoi ne pas te ranger de son côté ? Marc Antoine n'accorde aucun intérêt à ta proposition, nul ne peut le contester. Si tu dois choisir un camp, choisis au moins le bon !

— Très bien ! répliqua Sextus d'une voix enragée. Je me prononcerai en faveur d'Octavien si tu peux me garantir de façon concrète qu'il œuvrera pour moi au Sénat et devant les Assemblées.

— Cæsar Imperator s'y engagera. Quelle preuve de bonne foi te donnerait satisfaction ?

— Que dirait-il de s'unir à une femme de ma famille ?

— Le plus grand bien.

— J'ai cru comprendre qu'il n'avait pas d'épouse.

— Aucune. Aucune de ses alliances n'a été consommée. Il considère que les filles de catins sont appelées à le devenir.

— J'espère qu'il parviendra à lever son membre pour celle-ci. Mon beau-père, Lucius Libo, possède une sœur de la plus grande respectabilité. Tu peux la prendre à l'essai.

Les yeux exorbités du messager d'Octavien s'écarquillèrent, comme s'il apprenait l'existence de Scribonia.

— Sextus Pompée, Cæsar Imperator s'en verra honoré ! J'ai entendu parler de cette dame, elle sera absolument parfaite.

— Si le mariage tient, je laisserai passer les flottes transportant le grain africain et vendrai à tous, d'Octavien au marchand le plus insignifiant, mon grain au prix de treize sesterces le *modius*.

— Un nombre qui porte malheur.

— Pour Octavien, peut-être, sourit Sextus. Pas pour moi.

— On n'est jamais trop prudent, remarqua tout bas Mécène.

Lorsque Octavien posa les yeux sur Scribonia, rien dans son comportement ni dans son regard d'une insondable prudence ne révéla aux quelques invités à la noce la joie secrète qu'il éprouvait. À trente-trois ans, Scribonia ne paraissait pas plus âgée que lui, qui allait sur ses vingt-trois ans. Ses cheveux et ses yeux bruns ressortaient sur la peau laiteuse d'un beau visage qui couronnait une silhouette parfaite. Elle s'était abstenue de se vêtir des coloris rouge et safran des jeunes mariées vierges, optant pour des couches vaporeuses de rose sur un jupon cerise. Les quelques mots qu'ils échangèrent durant la cérémonie lui donnèrent l'impression d'une femme ni timide ni bavarde. Elle se montra instruite, cultivée et bien plus érudite que lui en grec lorsqu'ils prolongèrent la conversation plus tard. Seul son sens du ridicule pouvait éveiller en lui quelque inquiétude. Privé d'humour, Octavien craignait tout être qui jouissait de ce bien, en particulier les femmes, dont il redoutait toujours quelque moquerie. Encore que Scribonia avait peu de chance de trouver drôle un mari d'une supériorité sociale écrasante, le fils d'un dieu.

— Tu me vois désolé de te séparer de ton père, lui dit-il.

Les yeux de sa nouvelle épouse dansèrent à cette remarque.

— Pas moi, César Octavien. Ce que ce vieux peut m'agacer !

— Vraiment ? s'étonna-t-il. J'ai toujours cru que la séparation d'avec un père portait un coup terrible au sexe féminin.

— J'ai déjà accusé ce coup deux fois, César Octavien, et chaque fois que je le reçois, il se fait moins violent. C'est maintenant plus une tape qu'une claque. Du reste, je ne m'imaginais pas que mon troisième époux serait un beau jeune homme, gloussa-t-elle. Je m'étais résolue à espérer un octogénaire un tant soit peu alerte.

— Oh ! bredouilla-t-il, sans rien trouver d'autre à ajouter.

— J'ai appris le décès de ton beau-frère, Caius Marcellus Minor, reprit-elle, attendrie par son trouble. Voudras-tu m'indiquer le moment opportun pour présenter mes condoléances à ta sœur ?

— Oui, Octavie s'excuse de n'avoir pu assister à mon mariage, mais elle est dévastée de chagrin. Je peine à la comprendre, la profusion d'émotions me semble un rien inconvenante.

— Oh, ce n'est pas inconvenant…

Scribonia avait contesté d'une voix douce, en partie

consternée de ce qu'elle devinait chez son nouvel époux. Sans trop savoir pourquoi, elle s'était imaginé un César sorti du même moule que Sextus Pompée : effronté, vaniteux, inexpérimenté, très viril, un peu puant. Or voilà qu'elle découvrait le calme d'un vénérable consul doublé d'une beauté qui risquait fort de la hanter. Ses yeux aussi lumineux que l'argent venaient certes parachever un physique proche de la perfection, mais ils ne lui avaient pas accordé le moindre regard teinté de désir. Lui aussi célébrait là son troisième mariage, or au vu de son comportement avec ses deux épouses précédentes, renvoyées intactes à leur mère, il fallait croire qu'il acceptait ses femmes par obligation politique, puis les entreposait pour les restituer dans leur état d'origine. Son frère lui avait fait part du pari qu'il avait passé avec Sextus Pompée. Certain qu'Octavien ne tarderait pas à se débarrasser de sa nouvelle épouse, ce dernier avait promis une généreuse somme à Libo qui, lui, avançait que le triumvir consommerait cette union pour sauver le peuple italique. Si cette révélation lui avait arraché un éclat de rire, elle connaissait maintenant suffisamment son époux pour renoncer à la lui rapporter. De ce qu'elle savait de Divus Julius, il aurait partagé son hilarité. Pourtant, pas une lueur de cette heureuse disposition n'apparaissait chez son petit-neveu.

— Tu peux aller voir Octavie quand tu le souhaites, mais prépare-toi à beaucoup de larmes et d'enfants, conclut-il.

Ils n'échangèrent pas un mot de plus avant que ses nouvelles servantes ne l'installent dans le lit conjugal.

Fabriquée de marbres aux couleurs merveilleuses, la demeure offrait un espace immense que son nouveau propriétaire n'avait pas pris la peine de meubler convenablement ou de décorer, si bien que les emplacements réservés aux peintures sur les murs restaient vides. Elle trouva le lit bien petit par rapport aux dimensions de la pièce, ignorant qu'Hortensius, qui portait en horreur les minuscules alcôves romaines, avait exigé que la taille de sa chambre respectât celle d'une étude.

— Demain, tes serviteurs t'installeront dans ta suite personnelle, l'informa-t-il en grimpant dans la couche maintenant plongée dans une obscurité profonde.

Il avait pris soin d'étouffer la bougie dans l'embrasure de la porte, lui donnant ainsi le premier indice d'une pudeur qu'elle peinerait à surmonter. Après avoir partagé le lit conjugal de deux autres hommes, elle s'attendait à être tâtée par des mains pressées, sondée, pincée et soumise à des agressions supposées éveiller en elle le même désir que chez son partenaire. Mais il n'en allait pas ainsi chez Octavien, ou plutôt César Octavien, comme elle devait à tout prix se souvenir de l'appeler. Bien qu'elle sentît son corps nu le long du sien, un contact inévitable au vu de l'étroitesse du lit, il ne tenta pas le moindre effleurement. Sans prévenir, il grimpa sur elle, lui écarta les cuisses en s'aidant de ses genoux et inséra son pénis dans un réceptacle aussi peu préparé que sa propriétaire. Cela ne sembla pas dissuader le jeune époux, qui s'évertua avec zèle à atteindre un orgasme silencieux avant de se retirer et de sortir du lit en grommelant qu'il devait se laver. Lorsqu'elle comprit, perplexe, qu'il ne remettrait pas les pieds dans la pièce, elle appela un serviteur et réclama une lampe.

Elle le trouva dans son étude, assis derrière un vieux bureau buriné couvert de rouleaux, des feuilles volantes sous la main droite, un stylet de roseau sans le moindre ornement entre les doigts. Contrairement à son frère, dont l'outil d'écriture était plaqué d'or et couronné d'une perle, Octavien, ou César Octavien, ne semblait guère s'attarder sur les apparences.

— Mari, te portes-tu bien ? demanda-t-elle.

Il s'était redressé à l'approche du halo lumineux et, en la voyant, lui offrit le plus beau sourire qu'elle eût jamais vu.

— Oui.

— T'ai-je contrarié ?

— Pas du tout, tu t'es montrée très agréable.

— Cela te prend-il souvent ?

— Quoi ?

— Eh bien... De travailler à l'heure où tout le monde dort ?

— Tout le temps. J'aime la paix et le calme.

— Or je t'ai dérangé. Je te prie de m'excuser, cela n'arrivera plus.

— Bonne nuit, Scribonia, la salua-t-il d'un air absent, déjà replongé dans ses documents.

Il ne releva la tête que plusieurs heures plus tard. Se remémorant alors ce bref échange, il prit conscience avec un vif soulagement qu'il appréciait sa nouvelle femme et sa capacité à respecter les limites. S'il parvenait à la féconder, son pacte avec Sextus Pompée subsisterait.

Scribonia découvrit une Octavie bien différente de ce qu'elle imaginait lorsqu'elle lui rendit sa visite de condoléances. À sa grande surprise, elle trouva sa nouvelle belle-sœur d'humeur joyeuse et les yeux secs. Son étonnement dut se lire dans son regard car Octavie rit, la priant de s'asseoir dans un confortable fauteuil.

— Petit Caius t'a prévenue que tu me trouverais accablée de chagrin.

— Petit Caius ?

— César Octavien. Je ne peux pas me désaccoutumer de l'appeler ainsi, car je vois encore ce petit garçon, aussi adorable qu'insupportable, en train de me suivre cahin-caha.

— Tu l'aimes énormément.

— À la folie. Mais il est devenu un personnage si éminent et influent que les grandes sœurs et leurs « Petit Caius » ne sont pas vus d'un bon œil. Tu me sembles une femme de bon sens, je compte sur toi pour ne rien lui répéter de tout ceci.

— Je suis muette, aveugle, et sourde.

— Le plus triste, c'est qu'il ait été privé de véritable enfance. Il souffrait de crises d'asthme si atroces qu'il n'a jamais pu se mêler aux garçons de son âge ou s'adonner aux exercices militaires sur le Champ de Mars.

Scribonia regarda sa belle-sœur d'un air interdit.

— De l'asthme ? De quoi s'agit-il ?

— Il éprouve de grandes difficultés à respirer et manque de s'étouffer. Il lui arrive de frôler la mort. Oh, c'est terrible à voir ! s'exclama Octavie, les yeux perdus dans la contemplation de vieux cauchemars trop familiers. Son état s'aggrave lorsque la poussière infeste l'air. Voilà pourquoi Marc Antoine a pu raconter qu'il s'était caché dans les marécages à Philippes et n'avait en rien contribué à la victoire. En réalité, l'affrontement s'est déroulé lors d'une épouvantable sécheresse, sur un champ de bataille couvert d'un épais brouillard de poussière et de foin, une atmosphère dans laquelle une mort certaine attendait mon frère. Il lui a fallu rejoindre les marécages entre la plaine et la mer pour éprouver un léger soulagement. Que l'on puisse dire qu'il a fui le combat représente une bien plus grande peine pour lui que la perte de Marcellus pour moi. Je ne dis pas cela à la légère, crois-moi.

— Mais les gens comprendraient s'ils savaient ! se récria Scribonia. Lorsque ce mensonge est parvenu à mes oreilles, je l'ai pris pour argent comptant. César Octavien ne pouvait-il pas publier un opuscule ou un document ?

— Sa fierté l'en a empêché. En outre, une telle réaction aurait manqué de prudence. Le peuple ne désire pas de hauts magistrats susceptibles de mourir jeunes. Et puis, Marc Antoine s'est inséré dans la brèche, expliqua Octavie avec une moue triste. Ce n'est pas un mauvais homme, mais il jouit lui-même d'une santé si vigoureuse qu'il ne montre pas la moindre patience envers les hommes de constitution maladive ou délicate. Pour lui, l'asthme se résume à une comédie, un prétexte à la lâcheté. Bien que cousins, nous sommes très différents, Petit Caius le premier. Il est terriblement compulsif, ce qui se traduit par l'asthme, entre autres, selon le médecin égyptien qui servait Divus Julius.

— Que dois-je faire si sa respiration s'altère ? demanda Scribonia avec un tressaillement.

Octavie pouvait lire sur le visage de sa nouvelle belle-sœur qu'elle était en train de tomber amoureuse de son époux, un sentiment qu'elle ne pouvait prévenir mais qui était voué à lui causer un cruel chagrin. Scribonia se révélait une femme charmante, mais probablement pas au point de fasciner son frère, Petit Caius ou Cæsar Imperator.

— Cela ne devrait pas se produire devant toi. En général, il respire bien à Rome, sauf en cas de sécheresse, mais l'année a été bonne. Je ne me fais pas de souci pour lui tant qu'il est là, et tu devrais en faire autant. Il connaît la marche à suivre en cas de crise, et Agrippa ne le quitte jamais.

— Le jeune homme sévère qui l'accompagnait au mariage ?

— Certainement, ils sont comme des jumeaux, expliqua Octavie, qui semblait avoir résolu le mystère de cette relation. Il n'existe aucune rivalité entre eux ; au contraire, Agrippa semble compléter Petit Caius. Parfois, lorsque les enfants se comportent en garnements, j'aimerais pouvoir me scinder en deux. C'est ce que mon frère a réussi à faire avec Agrippa, sa deuxième moitié.

Scribonia quitta la maison d'Octavie après avoir vu sa horde de protégés, des enfants que sa belle-sœur chérissait comme la chair de sa chair, et appris que sa belle-mère Atia serait là lors de sa prochaine visite. La nouvelle lui avait permis de percer d'autres secrets de cette famille hors du commun. Comment César Octavien avait-il pu annoncer autour de lui la mort de sa mère ? Quelle fierté fallait-il pour ne pouvoir excuser un écart compréhensible de la part d'une femme autrement irréprochable ? Cette attitude en disait long sur ce qu'il exigeait d'une épouse. Ces pauvres Servilia Vatia et Clodia, toutes deux vierges, avaient vu leur destinée entravée par des mères à la morale douteuse. Justement le sort qu'il refusait, lui, pour qui une mère morte valait mieux qu'une fauteuse vivante.

Tandis qu'elle regagnait sa nouvelle demeure escortée par deux gardes germains, le visage de son époux emplit ses pensées. Pouvait-elle se faire aimer de lui ? Oh, elle priait pour y parvenir ! Demain, elle se rendrait à l'autel de Junon Sospita pour porter un enfant, de Vénus Érycine pour satisfaire les appétits sexuels de son époux, de la Bona Dea pour l'harmonie utérine et de Vediovis pour échapper à la menace de la déception. Sans oublier Spes, pour l'espoir…

7

Peu après, des nouvelles de Brindes parvinrent à Rome. Marc Antoine avait tenté d'accoster avec deux légions dans le port de la ville, mais les habitants ne se souciaient pas plus du titre officiel de ce monstre que du laissez-passer décrété par le Sénat. Le peuple avait fait crisser les manivelles de la chaîne de défense du port et armé ses bastions, provoquant la fureur du triumvir. Comme seule Tarente, de l'autre côté du talon, possédait un port assez spacieux pour accueillir deux légions, Marc Antoine avait dispersé ses troupes le long de la côte.

— Il aurait dû débarquer à Ancône pour rejoindre Pollio et Ventidius, observa Octavien. Il serait déjà en train de marcher sur Rome à l'heure qu'il est.

— Ce qu'il aurait fait sans hésiter s'il se fiait entièrement à Pollio... répondit Agrippa.

— Tu donnes donc crédit aux commérages de Plancus selon lesquels le doute et le mécontentement envahissent les partisans de Marc Antoine ? demanda le triumvir en agitant un courrier du lieutenant de son rival.

— En effet.

— J'en fais autant, convint le triumvir avec un grand sourire. Plancus se trouve dans une impasse : bien sûr, il préférerait Marc Antoine, mais il tient à s'assurer une issue si jamais l'heure venait à changer de camp.

— Avec toutes tes légions autour de Brindes, Marc Antoine ne pourra jamais rassembler ses hommes avant l'arrivée de Pollio qui, selon mes éclaireurs, devrait tarder un bon *nundinum*.

— Ce qui nous laisse largement le temps d'atteindre Brindes, Agrippa. Tes légions sont-elles stationnées sur la via Minucia ?

— En un lieu stratégique. Si Pollio veut éviter le combat, il devra marcher sur Bénévent et prendre la via Appia.

Octavien rangea sa plume sur son support et rassembla les

documents étalés sur sa table, sa correspondance, des projets de loi et des cartes d'Italie détaillées, pour former des piles soignées.

— Alors, en route pour Brindes ! lança-t-il en se levant. Mécène et *mon* Nerva se tiennent-ils prêts ? Qu'en est-il du Nerva neutre ?

— Si tu ne t'ensevelissais pas sous une montagne de papiers, Cæsar Imperator, tu ne me poserais pas la question, rétorqua Agrippa sur un ton que lui seul osait utiliser. Voilà des jours qu'ils attendent tous le signal. À force de flagorneries, Mécène a persuadé Nerva le neutre de se joindre à nous.

— Excellente nouvelle !

— Pourquoi lui accordes-tu tant d'importance, Cæsar Imperator ?

— Eh bien, lorsque l'un des frères Nerva a pris parti pour Marc Antoine et un autre pour moi, la neutralité du troisième était le seul espoir de survie de la faction Cocceius Nerva si Marc Antoine et moi en venions à l'affrontement. Avec la mort du Nerva de Marc Antoine en Syrie, une place s'est libérée de son côté, ce qui a mis Lucius Cocceius Nerva dans tous ses états. Après de longues hésitations, il a fini par décliner la proposition de Marc Antoine, sans pour autant se prononcer en ma faveur, continua le triumvir avec un sourire narquois.

— Je le sais, mais cela ne répond pas à ma question.

— Tu auras ta réponse si mes plans réussissent.

Pour chasser Marc Antoine de sa confortable banquette athénienne, il n'avait rien fallu de moins qu'une lettre estampillée du sceau en sphinx de Divus Julius :

Mon très cher Marcus Antonius,

C'est avec une immense peine que je me fais le devoir de t'apprendre la nouvelle que je viens de recevoir d'Hispanie ultérieure. Ton frère Lucius Antonius est décédé à Cordoue peu après y avoir pris ses fonctions de gouverneur. D'après les nombreux rapports que j'ai lus sur la question, il s'est effondré sans la moindre douleur. Une mort rapide qui, selon les médecins, se serait déclenchée dans le cerveau, à la base duquel l'autopsie a révélé des flaques de sang. Après son incinération à Cordoue, ses cendres m'ont été envoyées avec les attestations nécessaires et satisfaisantes. Je conserve les cendres et les rapports en prévision de ton retour et te prie d'accepter mes sincères condoléances.

Marc Antoine ne crut pas un mot d'Octavien en dehors de l'annonce de la mort de Lucius Antonius. Le jour suivant, il faisait route vers Patras tandis qu'un messager portait en Macédoine occidentale l'ordre de lui envoyer immédiatement deux légions d'Apollonie et de préparer les huit autres à embarquer pour Brindes à sa demande.

L'idée que son rival eût appris la nouvelle avant lui le plongeait dans une colère sombre. Il voyait dans ce courrier un défi lancé par Octavien : les cendres de son frère se trouvaient en sa possession, s'il les voulait, il lui fallait aller les chercher à Rome. Mais oserait-il ? Par Jupiter Optimus Maximus et tous les dieux, oui !

Une lettre de Plancus pour Octavien ne tarda pas à quitter Patras, où Marc Antoine bouillait dans l'attente de la confirmation du départ de ses deux légions. Le triumvir ignorant le contenu du pli, il partit en même temps qu'un message dans lequel il ordonnait d'un ton sec à Pollio de suivre la via Flaminia en direction de Rome depuis Fano ou de longer la côte adriatique jusqu'à Brindes. Jugeant ses chances de rejoindre les rangs du fils adoptif de César plus grandes en terres italiques, Plancus supplia Marc Antoine de le prendre à bord de son navire, tout tremblant et se repentant d'avoir envoyé une missive dont la teneur risquait d'arriver à l'oreille de son compagnon de voyage. Angoissé et à cran durant toute la traversée, il souilla son pagne et manqua défaillir lorsque, au milieu de l'Adriatique, la flotte de Gnæus Domitius Ahenobarbus se dessina sur la ligne d'horizon.

— Oh, Marcus Antonius, nous sommes des hommes morts ! gémit-il.

— Face à Ahenobarbus ? Jamais ! répondit le triumvir, les narines frémissantes. Plancus, je crois que tu t'es cagué dessus.

Plancus décampa, laissant Marc Antoine attendre seul sous ses étendards l'arrivée d'un canot détaché de la flotte d'Ahenobarbus, qui avait baissé ses drapeaux.

Un homme trapu, tanné et tondu se hissa prestement sur une échelle de corde pour se précipiter sur Marc Antoine, le sourire jusqu'aux oreilles.

— Enfin ! s'écria Ahenobarbus l'irascible, en étreignant le

triumvir. Tu t'es décidé à attaquer cette odieuse vermine, c'est cela ? Je t'en prie, dis-moi que c'est exact !

— C'est exact. Qu'il s'étrangle en bouffant sa merde ! Figure-toi que Plancus vient de se caguer dessus à ta vue, moi qui le croyais plus courageux qu'Octavien ! Sais-tu ce que ce misérable a fait d'ailleurs, Ahenobarbus ? Il a assassiné Lucius Antonius en Hispanie ultérieure et a eu le culot de m'écrire pour m'informer qu'il est le fier gardien de ses cendres et me défier de venir les récupérer. Je me demande s'il n'a pas perdu la raison.

— Je suis avec toi contre vents et marées, déclara Ahenobarbus d'une voix rauque. Considère ma flotte comme la tienne.

— Parfait, conclut Marc Antoine en s'arrachant à l'étreinte féroce de son interlocuteur. J'aurai peut-être besoin d'un bâtiment de guerre équipé d'un solide éperon de bronze pour forcer la chaîne du port de Brindes.

Il ignorait qu'une galère avec seize rameurs par aviron et un éperon de bronze de vingt talents n'aurait pas suffi à venir à bout de la chaîne tendue à l'embouchure du port. Le dispositif, arrimé à deux piliers de mortier renforcé de fer et composé de maillons de bronze de six pouces d'épaisseur, résista sans mal au petit navire d'Ahenobarbus. Ni lui ni Marc Antoine ne s'étaient jamais trouvés face à un obstacle aussi monstrueux et à une population aussi radieuse à la vue de leurs tentatives contrariées. Les femmes et les enfants applaudissaient et les huaient tandis que les hommes de Brindes soumettaient la quinquérème de bataille d'Ahenobarbus à une pluie meurtrière de lances et de flèches qui finit par la chasser vers le large.

— Je ne peux pas la briser, hurla Ahenobarbus en refoulant des larmes de rage. Qu'ils s'attendent au pire lorsque j'y parviendrai ! Mais d'où vient ce monstre ? L'ancienne chaîne était dix fois moins épaisse !

— C'est ce paysan d'Apulie d'Agrippa qui l'a installée, réussit à articuler Plancus. Lorsque j'ai quitté l'Italie pour chercher refuge auprès de toi, Marcus Antonius, les habitants ne s'en cachaient pas. Agrippa a bâti plus de fortifications autour de cette ville qu'il n'y en avait autour de Troie, y compris dans les terres.

— Je vous promets qu'ils souffriront avant de trouver la mort, gronda Marc Antoine d'une voix hargneuse. J'empalerai les magistrats de la ville par le cul et les enfoncerai sur leur pieu au rythme d'un pouce par jour.

— Aïe ! Aïe ! s'exclama Plancus, tressaillant à cette idée. Qu'allons-nous faire ?

— Attendre mes troupes et les débarquer où nous pouvons au nord et au sud, trancha le triumvir. Une fois que cet escargot de Pollio arrivera, nous écraserons ce trou perdu par voie terrestre, avec ou sans les fortifications d'Agrippa. J'imagine qu'il faudra assiéger la ville. Ses habitants savent que je ne leur ferai pas de cadeaux, ils résisteront jusqu'au bout.

Marc Antoine se replia donc sur l'île au large de l'entrée du port de Brindes pour attendre Pollio et s'enquérir du sort de Ventidius, étrangement silencieux. Ils avaient laissé derrière eux *sextilis* et les nones de septembre, mais la chaleur sévissait encore, transformant la vie sur l'île en supplice. Marc Antoine faisait les cent pas devant un Plancus observateur, Marc Antoine ronchonnait devant un Plancus méditatif, Marc Antoine laissait ses pensées graviter autour de son défunt frère devant un Plancus qui avait trouvé en son commandant un sujet d'étude fascinant. Il découvrait chez le triumvir des facettes qui ne lui plaisaient guère. La redoutable, splendide Fulvie vagabondait dans son esprit, si courageuse, si farouche. Comment Marc Antoine avait-il pu lever la main sur une femme, sur *sa* femme, la petite-fille de Caius Gracchus ?

Plancus essuya ses larmes d'un revers de main. À bien y réfléchir, le grand Marc Antoine lui rappelait un enfant pendu aux jupons de sa mère. Son devoir exigeait qu'il partît combattre les Parthes en Orient, mais il ne pouvait se résoudre à quitter l'Italie, comme s'il manquait de cran. Se laissait-il ronger par Octavien ou par son insécurité ? En son for intérieur, pensait-il vraiment pouvoir gagner de futurs lauriers ? Pour commander des armées, il fallait, plus que de la bravoure, de l'intelligence, de l'art ! Son cousin Divus Julius s'imposait comme un génie, mais Plancus soupçonnait Marc Antoine de voir dans ce talent un fardeau plus qu'une chance. Le colosse redoutait tant l'échec que, comme Pompée le Grand, il ne se déciderait à bouger que lorsqu'il jouirait de la supériorité numérique. Or où la trouver ailleurs qu'en Italie, où il pouvait compter sur Pollio, Ventidius et ses propres légions placées sur la côte macédonienne. Il ne lui en faudrait pas plus pour rayer Octavien de la carte, même si ce dernier venait d'ajouter à ses troupes les onze légions de Gaule transalpine. S'il ne se trompait pas, les soldats de Calenus se trouvaient toujours sur place, sous le commandement de Salvidienus, occupé à écrire des lettres régulières à Marc Antoine dans l'espoir de rejoindre son camp. Un détail qu'il s'était abstenu de mentionner dans sa missive à Octavien.

Marc Antoine redoutait chez le jeune homme ce génie dont débordait le dieu Jules César, non pas en tant que général d'armées, mais en tant qu'homme de courage, un courage dont lui-même commençait à manquer. La peur de la défaite le gagnait à mesure qu'Octavien se faisait plus entreprenant, pariant sur des issues imprévisibles. Or si Marc Antoine se trouvait en position de faiblesse face à Octavien, qu'en était-il face aux Parthes, des ennemis étrangers dont il ignorait tout. Mènerait-il cette campagne ? Il vitupérait la pénurie de financements, mais ne fallait-il pas voir dans les caisses vides la conséquence de sa réticence à se lancer dans la guerre qui lui incombait ? L'abandon de sa mission lui coûterait la confiance de Rome et des Romains, sauf s'il trouvait une excuse valable pour s'attarder à l'Ouest. Or Octavien lui fournissait ce prétexte, sans compter qu'en éliminant son rival, il réunirait assez de légions pour défaire un quart de million d'hommes. Pour venir à bout de trois cent mille hommes avec soixante mille combattants, Jules César avait pu compter sur son génie. Marc Antoine, lui, voulait devenir le maître du monde et le premier homme de Rome sans avoir la moindre idée du chemin à suivre.

Le triumvir arpentait la pièce de long en large, en prise avec son incertitude. Dès qu'une décision s'imposait, il manquait de confiance. Or il ne pouvait se lancer dans l'un de ses fameux accès de débauche. Quelle farce de donner à ses camarades d'Alexandrie le nom de « Société des inimitables bons vivants » ! Cette fois, il ne pouvait fuir jusqu'à l'oubli dans les orgies. Ses collègues sybarites n'avaient-ils donc pas compris que la licence de Marc Antoine ne faisait que souligner sa faiblesse intrinsèque ?

Plancus ne tarda pas à en tirer ses propres conclusions. Oui, l'heure était venue de changer de camp. Mais pouvait-il le faire dans l'immédiat ? Il en doutait, comme il doutait de Marc Antoine. À l'image de son supérieur, il manquait de cran.

Bien qu'Octavien sût depuis longtemps ce que Plancus venait de découvrir, il ignorait de quel côté roulerait le dé maintenant que Marc Antoine se trouvait aux abords de Brindes. Il avait tout misé sur le refus de ses légionnaires de combattre des troupes romaines, qu'elles obéissent à Marc Antoine, Pollio ou Ventidius, aussi tous les muscles de son corps s'étaient-ils détendus lorsque leurs représentants étaient venus lui annoncer ce qu'il espérait. Restait cependant à savoir si l'armée de Marc Antoine accepterait de se battre pour lui.

Deux *nundina* plus tard, lorsqu'il apprit que les hommes sous les ordres des généraux rivaux refusaient de s'opposer à leurs frères d'armes, il s'assit pour rédiger une lettre.

Mon cher Marcus Antonius,

*Nous nous trouvons dans une impasse. Mes légionnaires refusent de combattre les tiens, et les tiens de combattre les miens. Ils prétendent appartenir à Rome, et non pas à un seul homme, qu'il soit triumvir ou pas, que les jours des primes exorbitantes appartiennent au passé. Je partage leur avis. Depuis les batailles de Philippes, nous ne pouvons plus régler nos différends par la force. Détenir l'*imperium maius *ne sert à rien en l'absence de soldats consentants pour assurer son exercice.*

Je propose donc, Marcus Antonius, que chacun d'entre nous choisisse un homme comme représentant pour essayer de trouver une issue à cette impasse. En tant que participant neutre, que chacun juge juste et impartial, me permets-tu de proposer Lucius Cocceius Nerva ? Libre à toi de contester mon choix et de désigner quelqu'un d'autre. Comme délégué, je prendrais Caius Mécène. Ni toi ni moi n'assisterons à cette réunion, notre présence risquant d'échauffer les esprits.

— Quel rat ! Quel fourbe ! enragea Marc Antoine en chiffonnant le message, qu'il jeta au sol.

Plancus le ramassa, le défroissa et le lut.

— Marcus, c'est une solution raisonnable pour te sortir de ce mauvais pas, bredouilla-t-il. Réfléchis un instant, je te prie, à la situation dans laquelle tu te trouves et aux perspectives qui s'offrent à toi. La proposition d'Octavien m'apparaît comme un baume susceptible de guérir les blessures d'amour-propre des deux côtés. À dire vrai, tu ne peux espérer mieux.

Un verdict repris par Caius Asinius Pollio quelques heures plus tard, lorsqu'il arriva de Bari en pinasse.

— Mes hommes refusent de se battre, tout comme les tiens, constata-t-il, imperturbable. Je ne pourrai pas les faire revenir sur leur décision, et tu ne peux pas espérer faire mieux avec tes soldats. Tous les rapports indiquent qu'Octavien subit le même sort. Les légions ont parlé pour nous, il nous revient donc de trouver une issue honorable. J'ai dit aux miens que je conviendrais d'une trêve, Ventidius aussi. Accepte, Marcus, accepte ! Il ne faut pas y voir une défaite.

— Tout ce qui permet à Octavien d'échapper aux griffes de la mort prend un goût d'échec, rétorqua avec obstination Marc Antoine.

— Balivernes ! Ses troupes sont aussi mécontentes que les tiennes.

— Il n'a même pas le cran de m'affronter ! Tout doit passer par des intermédiaires de l'acabit de ce Mécène. Échauffer les esprits ! Je lui en donnerais, moi, des esprits échauffés ! Peu m'importe, j'irai en personne à sa petite réunion pour défendre mes droits.

— Tu ne l'y trouveras pas, Marcus Antonius, insista Pollio en roulant des yeux à l'intention de Plancus. J'ai une bien meilleure idée. Si tu acceptes, j'irai te représenter.

— Toi ? demanda Marc Antoine d'une voix incrédule. Toi ?

— Oui, moi ! Je suis consul depuis huit mois et demi, même si je n'ai pas encore pu aller à Rome pour recevoir mes insignes consulaires, s'exaspéra Pollio. En tant que tel, je pèse plus que Caius Mécène et ce misérable Nerva réunis ! Crois-tu vraiment que je laisserai cette fouine de Mécène me rouler ?

— J'imagine que non, dut se rendre à l'évidence le triumvir. D'accord, j'accepte, à certaines conditions.

— Je t'écoute.

— Que je sois libre d'entrer en Italie par Brindes et que tu obtiennes l'autorisation d'aller à Rome pour assumer ta charge de consul sans que te soient mis des bâtons dans les roues. Que je conserve mon droit de recruter des troupes en Italie. Enfin, que les exilés obtiennent l'autorisation d'un retour immédiat.

— Aucune de ces requêtes ne devrait poser problème, observa Pollio. Assieds-toi et écris, Marcus Antonius.

Les pensées tourbillonnaient dans l'esprit de Pollio tandis qu'il chevauchait sur la via Minucia en direction de Brindes. Quelle coïncidence qu'il se trouvât toujours là où étaient prises les grandes décisions. Il accompagnait Jules César lorsqu'il avait franchi le Rubicon, puis avait assisté au partage du monde entre Marc Antoine, Octavien et Lépide sur la petite île du fleuve Lavinius, en Gaule cisalpine. Et voilà qu'il allait participer aux pourparlers qui ouvriraient le prochain grand chapitre de l'Histoire de Rome. Quelle chance pour l'historien qu'il était !

Issu d'une famille sabine peu éminente, Pollio s'était illustré auprès de César par sa remarquable intelligence. Bon soldat et encore meilleur commandant, il avait grimpé les échelons dans le sillage de son supérieur lorsque celui-ci était devenu dictateur, faisant preuve d'une loyauté à toute épreuve jusqu'à son assassinat. Trop pragmatique et terre à terre pour s'allier à son héritier légitime, il n'eut d'autre choix que de se ranger du côté de Marc Antoine. Comme la plupart de ses pairs, il ne comprenait pas ce qu'un être hors du commun comme César avait pu trouver à cet efféminé d'Octave. Il en était venu à partager l'idée commune que le Grand Homme, aussi résistant qu'une vieille botte militaire, ne s'attendait pas à disparaître si tôt. Selon lui, il avait désigné Octave comme héritier temporaire le temps de juger si Marc Antoine s'assagirait et ce que la maturité ferait du joli fils à maman de dix-huit ans qui niait aujourd'hui l'existence de celle qui l'avait mis au monde. Mais la Parque et Fortuna avaient condamné César à la pire des peines et permis à un groupe d'hommes aigris, jaloux et aveugles de l'assassiner. Malgré sa capacité à faire la chronique des événements de son époque avec détachement et impartialité, Pollio ne pouvait s'empêcher de maudire ce jour. Il n'avait alors aucune idée de la façon dont César Octavien gérerait son ascension inattendue. Comment aurait-il pu deviner que ce jeune sans expérience cachait en lui d'inépuisables réserves d'acier et de bile ? Seul Jules César avait compris de quelle trempe était fait Octavien, ce que Pollio avait compris trop tard pour le suivre sans salir son honneur. Marc Antoine n'était pas le meilleur à ses yeux, simplement la seule option que lui laissait sa fierté. Et puis, malgré ses faiblesses, ô combien nombreuses, l'ancien maître de la cavalerie avait l'avantage d'être un homme.

Pollio connaissait aussi peu Octavien que son ambassadeur Caius Mécène. Doté d'un physique des plus quelconque, que ce fût en taille, carrure, couleur de cheveux ou charme, le consul se méfiait, à l'instar de la plupart des gens de sa condition pourvus d'une grande intelligence, de tous ceux qui sortaient de l'ordinaire. Octavien ne lui eût-il pas paru si vaniteux et beau sur ses semelles de trois pouces qu'il lui aurait sans doute réservé une place dans son estime au lendemain de l'assassinat de César. Il en allait de même pour Mécène, un homme dodu aux yeux exorbités, issu d'une famille très riche. Il minaudait, joignait les doigts d'un air réfléchi, ourlait les lèvres, prenait une mine amusée sans raison. L'homme se distinguait comme un poseur, une attitude agaçante lorsqu'elle n'était pas détestable. Pollio s'était malgré tout porté volontaire pour conduire les négociations avec cet enfant gâté, persuadé que, son calme retrouvé, Marc Antoine aurait désigné Quintus Dellius pour mener la délicate mission. Or l'ancien homme de César ne pouvait prendre le risque de laisser un énergumène vénal et avide entreprendre des discussions de cette importance. Rien n'indiquait que Mécène n'était pas coulé dans le même moule que Dellius, mais Pollio avait constaté qu'Octavien se trompait rarement dans le choix de ses proches. D'ailleurs, lorsqu'il s'apercevrait qu'il avait commis une erreur en s'entourant de Salvidienus, les jours du Picentin seraient comptés. D'autant que ce dernier ne trouverait aucun salut auprès de Marc Antoine qui, très vite contrarié par la cupidité des autres, n'éprouverait pas le moindre remords à l'abattre dès qu'il ne se révélerait plus utile. Mécène, qui n'avait fait aucune ouverture au camp ennemi, possédait en outre une qualité que Pollio admirait : le goût de la littérature. Il protégeait avec enthousiasme plusieurs poètes prometteurs, notamment Horace et Virgile, des versificateurs comme l'Histoire n'en avait plus vu depuis Catullus. Seul cet élément donnait à Pollio l'espoir d'une issue satisfaisante pour les deux parties. Cependant, une pensée le tracassait : comment lui, un simple soldat, survivrait-il à la nourriture et à la boisson que ne manquerait pas de lui offrir un amateur de l'acabit de Mécène ?

— J'espère que tu ne vois aucun inconvénient à manger des plats ordinaires et boire du vin coupé de beaucoup d'eau ? s'enquit Mécène auprès de Pollio qui, étonné, découvrait une demeure modeste aux abords de Brindes.

— Merci, je les préfère, répondit-il.

— Merci à toi, Pollio. Me permets-tu de te dire, avant que

nous n'en venions à ce qui nous réunit en ce lieu, que j'apprécie beaucoup ta prose ? Ne vois pas dans ces mots quelque flagornerie, un art auquel je doute que tu sois sensible. Loin de là mon intention, je suis sincère.

Embarrassé, Pollio ignora le compliment avec tact et légèreté et se tourna pour saluer Lucius Cocceius Nerva, un homme dont l'attitude effacée convenait parfaitement à son rôle neutre.

Autour d'un dîner composé d'œufs, de salades, de poulet et de pain frais croustillant, Pollio se surprit à priser la compagnie de Mécène. Cet homme semblait avoir lu tous les auteurs, d'Homère aux lumières latines telles que César et Fabius Pictor. Or, s'il regrettait une chose dans la vie militaire, c'était bien le manque de conversations littéraires approfondies.

— Bien entendu, Virgile écrit dans un style hellénistique, mais quelle importance ? Il en allait de même pour Catullus. Oh, quel poète ! soupira Mécène. Tu sais, j'ai ma propre théorie sur la question...

— Laquelle ?

— Que les représentants les plus lyriques de la poésie et de la prose possèdent tous du sang gaulois. Quand ils ne viennent pas de Gaule cisalpine, ce sont leurs ancêtres. Les Celtes forment un peuple lyrique, musicien aussi.

— J'en conviens, observa Pollio, soulagé de constater l'absence de desserts dans le menu. Abstraction faite d'*Iter*, un formidable ouvrage, il n'y a pas moins poétique que César. Son latin a beau être exquis, il n'en reste pas moins plat et dépouillé. Aulus Hirtius l'a accompagné assez longtemps pour imiter son style dans les commentaires que le Grand Homme n'a pas eu le temps de rédiger de son vivant, mais il y manque la dextérité du maître. En outre, il révèle certaines informations que César n'aurait jamais trahies, comme ce qui a poussé Titus Labienus à passer à l'ennemi après le passage du Rubicon.

— Cependant, on ne s'ennuie jamais avec un tel auteur, glousa Mécène. Grands dieux, quel raseur que Caton le Censeur ! On se croirait forcé à écouter le premier discours d'un jeune politique sur les rostres.

Les deux délégués rirent de bon cœur, à l'aise ensemble, tandis que Nerva le neutre somnolait gentiment.

Le lendemain les vit se mettre au travail dans une pièce austère, seulement meublée d'une grande table, de deux sièges en bois et d'une chaise curule en ivoire. En l'apercevant, Pollio cligna des yeux.

— C'est ta place, expliqua Mécène en s'installant sur un fauteuil en bois et en dirigeant Nerva vers celui d'en face. Je sais que tu ne l'as pas encore assumée, mais ta charge de consul en second exige que tu présides nos réunions. Or, pour cela, il te faut t'asseoir sur de l'ivoire.

Pollio prit donc place en bout de table, admiratif de l'éducation et de la diplomatie de son hôte.

— Si tu tiens à ce qu'un secrétaire soit présent pour prendre des notes, j'ai l'homme qu'il nous faut, proposa ce dernier.

— Non, nous nous débrouillerons seuls. Nerva en fera office. Sais-tu écrire en abrégé, Nerva ?

— Oui, grâce à Cicéron, répondit la tierce partie.

Visiblement heureux de s'occuper, il plaça une pile de papier fannien sous sa main droite et choisit une plume parmi une dizaine, constatant avec satisfaction qu'une âme prévenante avait songé à dissoudre un morceau d'encre.

— Je commencerai par résumer la situation, débuta Pollio d'un ton sec. Premièrement, Marc Antoine se déclare insatisfait de la manière dont César Octavien remplit ses fonctions de triumvir. A : il n'assure pas l'approvisionnement en nourriture du peuple d'Italie. B : il n'a pas mis fin aux activités de piraterie de Sextus Pompée. C : il n'a pas établi assez de vétérans démobilisés sur leur portion de terre. D : les marchands d'Italie traversent une période difficile pour le commerce. E : les propriétaires italiques sont furieux contre les mesures draconiennes adoptées pour les dépouiller de leur terre afin d'établir les vétérans. F : plus d'une dizaine de villes se sont vu confisquer leurs terrains communaux, encore une fois en faveur des vétérans. G : il a augmenté de façon inacceptable les impôts. H : il remplit le Sénat de ses sous-fifres.

» Deuxièmement, Marc Antoine se déclare insatisfait de la manière donc César Octavien a usurpé le gouvernement et les légions de Gaule transalpine, une province sous son commandement. Marc Antoine aurait dû être averti de la mort de Quintus Fufius Calenus et autorisé à nommer un nouveau gouverneur ainsi qu'à disposer des onze légions de Calenus comme bon lui semblait.

» Troisièmement, Marc Antoine se déclare insatisfait du déclenchement des hostilités en Italie. Pourquoi, demande-t-il,

César Octavien n'a-t-il pas résolu ses différends avec feu Lucius Antonius de manière pacifique ?

» Quatrièmement, Marc Antoine se déclare insatisfait de se voir refuser l'entrée en Italie par Brindes, un port majeur de l'Adriatique, et se permet de douter que la ville agisse ainsi contre la volonté du triumvir présent dans la péninsule, César Octavien. Marc Antoine soupçonne César Octavien d'avoir ordonné à Brindes de le repousser, alors qu'il est non seulement en droit de pénétrer en Italie, mais aussi de le faire avec des légions. Comment César Octavien peut-il affirmer que ces légions ont été amenées dans l'objectif d'une guerre et non en vue d'une démobilisation.

» Marc Antoine se déclare insatisfait que César Octavien ne l'autorise pas à lever des troupes en Italie et en Gaule cisalpine, comme il en a légitimement le droit.

» C'est tout, conclut Pollio, sans avoir posé une seule fois les yeux sur ses notes.

Mécène s'était plongé dans une écoute impassible tandis que Nerva enchaînait les lignes de gribouillis avec efficacité. Il n'avait d'ailleurs pas demandé à Pollio de répéter une seule phrase.

— Cæsar Imperator a été confronté à d'innombrables difficultés en Italie, déclara Mécène d'une voix calme et aimable. Tu me pardonneras de ne pas classifier et énumérer les choses en ton style succinct, Caius Asinius Pollio, mon esprit n'est pas gouverné par une logique implacable et mon style tend à prendre la forme d'un conte.

» Lorsqu'il devint triumvir d'Italie, des Îles et des Hispanies, Cæsar Imperator trouva les caisses du Trésor vides, si bien qu'il lui fallut confisquer ou acquérir assez de terres pour établir plus de cent mille soldats démobilisés. Deux millions de *iugera* ! Il saisit donc les terrains communaux des dix-huit *municipia* coupables d'avoir soutenu les assassins de Divus Julius, une décision équitable et juste. Dès qu'il recueillait un peu d'argent, il achetait des parcelles aux propriétaires de *latifundia* en partant du principe que ces individus se comportaient abusivement en transformant en pâture de vastes labours de blé. Aucun cultivateur de grain ne fut approché pour la bonne raison que Cæsar Imperator prévoyait une large hausse de la production locale une fois que ces *latifundia* auraient été divisées entre les vétérans.

» Les incessantes déprédations de Sextus Pompée ont privé l'Italie du blé cultivé en Afrique, en Sicile et en Sardaigne. Le Sénat et le peuple de Rome se sont laissé gagner par la paresse en ce qui concerne l'approvisionnement en grain, présumant que l'Italie pourrait éternellement se nourrir des cultures étrangères. Or Sextus Pompée a prouvé qu'un pays dépendant de l'importation de blé est vulnérable et sujet à rançon. Cæsar Imperator ne possédant ni l'argent ni la flotte nécessaires pour contrer Sextus Pompée en haute mer ou assiéger la Sicile, il conclut un pacte avec lui, allant jusqu'à épouser la sœur de Libo. S'il imposa le peuple, c'est qu'il n'avait pas le choix : cette année, le blé déjà acheté et payé par Rome coûte trente sesterces le *modius* auprès de Sextus Pompée ! Chaque mois, Cæsar Imperator doit trouver quarante millions de sesterces. Pourquoi ? Pour les donner à Sextus Pompée, un vulgaire pirate ! s'écria Mécène avec une passion sincère relayée par l'expression de son visage.

— Plus de dix-huit mille talents, calcula Pollio, pensif. Bien entendu, tu vas maintenant également me démontrer que les mines d'argent des Hispanies commençaient justement à produire lorsque le roi Bocchus a envahi la péninsule, et qu'elles sont maintenant closes et le Trésor réduit à la mendicité.

— Exactement.

— Soit. Raconte-moi la suite.

— Rome, depuis l'époque de Tiberius Gracchus, divise des terres pour installer en priorité ses pauvres et ses vétérans.

— J'ai toujours pensé, l'interrompit Pollio, que le Sénat et le peuple commettaient leur plus grave péché par omission en refusant de donner aux soldats démobilisés une pension supérieure à la somme retenue sur leurs gages. Lorsque Catulus et Scaurus refusèrent d'accorder une pension aux soldats prolétaires de Caius Marius, ce dernier dut les récompenser par des terres à son nom. Soixante ans plus tard, ce précédent continue de faire loi, les vétérans se tournent toujours vers leur commandant pour les primes, et non vers Rome. C'est une terrible erreur. Cela donne aux généraux un pouvoir dont ils ne devraient pas jouir.

Mécène sourit.

— Raconterais-tu mon histoire à ma place, Pollio ?

— Pardonne-moi, Mécène. Continue, je t'en prie.

— Cæsar Imperator ne peut délivrer l'Italie de Sextus

Pompée sans aide. Il a maintes fois sollicité le soutien de Marc Antoine, mais ce dernier doit être sourd ou analphabète, car il ne répond à aucun courrier. Survint ensuite la guerre civile, un conflit en aucun cas provoqué par Cæsar Imperator ! Comme nous tous présents à Rome, il estime que le véritable instigateur de la rébellion de Lucius Antonius est un affranchi du nom de Manius, client de Fulvie. Manius a convaincu Fulvie que Cæsar Imperator « dépouillait » Marc Antoine de ses droits. Avalant cette incroyable accusation, sa maîtresse a persuadé Lucius Antonius d'utiliser les légions qu'il recrutait au nom de son frère pour marcher sur Rome. Je ne crois pas qu'il soit nécessaire de s'étendre sur le sujet, hormis pour rappeler à Marc Antoine que son frère, loin d'être poursuivi en justice, reçut l'*imperium* proconsulaire et fut envoyé exercer la charge de gouverneur en Hispanie ultérieure.

Mécène piocha un manuscrit dans un tas de rouleaux posés sur la table.

— J'ai ici en ma possession la lettre que le fils de Quintus Fufius Calenus a écrite, non pas à Marc Antoine, comme il aurait dû, mais à Cæsar Imperator.

Il tendit le document à Pollio, qui le déchiffra avec l'aisance d'un homme de grande instruction.

— Cæsar Imperator s'est alarmé de ce qu'il a lu dans ce message. Cette missive soulignait trop clairement la faiblesse et l'indécision de Calenus Junior. Or je doute qu'il faille te préciser à toi, Pollio, un vétéran de Gaule transalpine, combien les Gaulois chevelus sont versatiles et avec quelle rapidité ils repèrent un gouverneur hésitant. Pour cette raison, et seulement cette raison, Cæsar Imperator ne perdit pas de temps. Il le fallait. Sachant Marc Antoine à un millier de milles, il prit lui-même la peine de se rendre à Narbonne pour y établir un gouverneur *temporaire*, Salvidienus. Les onze légions de Calenus se trouvent à l'endroit précis où elles stationnaient : quatre à Narbonne et trois à Glanum. Peut-on reprocher à Cæsar Imperator d'avoir agi ainsi et de s'être comporté en ami, en pair triumvir, en envoyé spécial ?

Mécène soupira, la mine contrite.

— Si l'on peut accuser Cæsar Imperator d'avoir manqué à son devoir, j'imagine que ce ne peut être que pour son incapacité à contrôler Brindes. Cette ville a reçu l'instruction de laisser Marc Antoine débarquer avec autant de légions qu'il souhaitait ramener au pays, que ce soit pour un agréable repos ou une démobilisation. Mais Brindes a désobéi au Sénat et au peuple de Rome. Il ne faut pas aller chercher plus loin. Cæsar Imperator espère pouvoir persuader la ville de cesser sa bravade. Rien de plus, conclut Mécène avec un doux sourire.

Les débats purent alors commencer, sans passion ni rancœur. Les deux délégués savaient à quoi s'en tenir sur chaque point, ce qui ne les dégageait en rien de leur devoir de loyauté envers leurs maîtres. Aussi avaient-ils décidé d'user d'arguments convaincants. Si Octavien lirait probablement les minutes de Nerva, Marc Antoine s'en dispenserait mais ne se priverait pas de cuisiner le secrétaire de fortune.

Enfin, peu avant les nones d'octobre, Pollio décida qu'ils avaient assez discuté.

— Écoute, il m'apparaît clairement que les arrangements décidés au lendemain des batailles de Philippes furent pris à la va-vite, sans souci de leur pertinence. Marc Antoine était pétri d'orgueil et regardait Octavien d'un œil méprisant après sa conduite au combat.

Il se tourna vers Nerva, dont la plume s'apprêtait à frôler le papier.

— Nerva, ne t'avise pas d'écrire un seul mot de ceci ! L'heure de la franchise a sonné. Or, comme les grands hommes ne portent pas le franc-parler dans leur cœur, mieux vaut ne pas leur répéter. Tu ne devras pas laisser Marc Antoine te tyranniser, tu m'entends ? Si tu vends la mèche, tu es un homme mort. J'y veillerai en personne, compris ?

— Compris, glapit Nerva en reposant sa plume d'un geste précipité.

— Formidable ! s'exclama Mécène. Continue, Pollio.

— Tel qu'il se présente à l'heure actuelle, le triumvirat frise le ridicule. Comment Marc Antoine a-t-il pu se croire capable de se trouver à plusieurs endroits au même moment ? Car c'est ce qui s'est passé au lendemain des batailles de Philippes. Il a voulu le meilleur de tout, en termes de provinces et de légions. Résultat : César Octavien a hérité des problèmes de l'approvisionnement en grain et de Sextus Pompée mais pas de flottes pour réprimer ce pirate, encore moins pour transporter une armée capable d'envahir la Sicile. S'il avait la fibre militaire, ce qui ne figure ni parmi ses qualités, ni parmi ses prétentions,

César Octavien aurait su que son affranchi Helenus, tout persuasif qu'il est, échouerait à prendre la Sardaigne, notamment parce qu'il ne dispose pas d'un nombre suffisant de navires de transport de troupes. Il n'a pas le moindre bâtiment ! Les provinces ont été attribuées de la manière la plus confuse qu'il soit. César Octavien a récupéré l'Italie, la Sicile, la Sardaigne, la Corse et les Hispanies ultérieure et citérieure. Marc Antoine a obtenu l'Est dans sa totalité. Comme cela ne lui suffisait pas, il s'est octroyé les Gaules et l'Illyrie. Pourquoi ? Parce que les Gaules abritent de nombreuses légions encore sous les aigles, des soldats qui ne désirent pas retourner à la vie civile. Je connais très bien Marc Antoine, c'est un bon bougre, courageux et généreux. En pleine forme, il n'y a pas plus compétent et intelligent. Mais c'est aussi un goinfre qui ne peut réfréner son appétit et ne pourra s'empêcher d'engloutir tout ce qui lui fait envie. Les Parthes et Quintus Labienus se déchaînent dans toute l'Asie et une bonne partie de l'Anatolie. Et nous, où sommes-nous ? Devant le port de Brindes !

Pollio s'étira, puis rentra la tête dans les épaules.

— Il va de notre devoir, Mécène, de rétablir l'équilibre. Comment ? En traçant une ligne entre l'Ouest et l'Est et en attribuant un côté à César Octavien, et l'autre à Marc Antoine. Lépide peut garder l'Afrique, cela va sans dire. Avec ses dix légions, il ne craint rien. Je ne te contredirai pas sur le fait que César Octavien a de loin hérité de la tâche la plus difficile en écopant d'une Italie appauvrie, usée jusqu'à la corde et affamée. Aucun de nos maîtres ne dispose d'argent. Rome est menacée de ruine et l'Est a été tant extorqué qu'aucune de ses provinces ne peut payer de tribut digne de ce nom. Soit, mais Marc Antoine doit comprendre qu'il ne peut pas procéder comme bon lui semble. Je propose d'assurer un meilleur revenu à César Octavien en lui accordant l'ensemble des provinces de l'Ouest : l'Hispanie ultérieure, l'Hispanie citérieure, la Gaule transalpine dans son ensemble, la Gaule cisalpine et l'Illyrie. Le fleuve Drina constituant une limite naturelle entre la Macédoine et l'Illyrie, il matérialisera la frontière entre l'Ouest et l'Est. Il va sans dire que Marc Antoine devra jouir du droit de lever des troupes en Italie et en Gaule cisalpine. Soit dit en passant, la Gaule cisalpine devrait être complètement intégrée à l'Italie.

— Bravo, Pollio ! s'exclama Mécène avec un large sourire. Je n'aurais pu mieux exposer la situation. Pour commencer, continua-t-il avec un tressaillement burlesque, je n'aurais pas osé me montrer aussi dur envers Marc Antoine. Oui, mon ami, bien dit ! Il ne nous reste plus qu'à persuader ton maître. Je ne prévois aucune objection de la part de Cæsar Imperator, qui a terriblement souffert. Sans compter que le voyage depuis Rome a réveillé son asthme.

— Son asthme ? répéta Pollio, stupéfait.

— Oui, il risque à chaque fois la mort. C'est pour cela qu'il s'est caché dans les marécages à Philippes. Il y avait tant de poussière et de menue paille dans l'air !

— Je vois, articula lentement Pollio. Je vois.

— C'est son secret, Pollio.

— Marc Antoine est-il au courant ?

— Bien sûr ! Ils sont cousins, il l'a toujours su.

— Que pense Octavien du retour des exilés ?

— Il ne s'y opposera pas, répondit Mécène avant d'observer un court silence de réflexion. Tu dois savoir que Cæsar Imperator n'entrera jamais en guerre contre Marc Antoine, même si en convaincre ton maître est une autre question ! Il refuse une nouvelle guerre civile et tiendra ses engagements, Pollio, sans quoi nous ne serions pas ici. Quelle que soit la provocation, il n'entrera pas en guerre contre un citoyen de Rome. Il procède par diplomatie, autour d'une table de conférence. Son arme est la négociation.

— J'ignorais que cela lui tenait tant à cœur.

— Oh que si, Pollio. Oh que si…

Il fallut un *nundinum* entier de diatribes, coups de poing dans les murs, larmes et hurlements pour que Marc Antoine commence à considérer les conditions posées par Pollio. Enfin, il se calma. Ses crises de rage prenaient un caractère si dévastateur que même un homme de sa force ne pouvait maintenir ce niveau d'énergie plus de huit jours d'affilée. La fureur laissa place à la dépression puis au désespoir. Lorsqu'il dégringola au fond du gouffre, Pollio considéra que c'était le moment ou jamais de frapper un grand coup. Un Mécène n'aurait pas pu faire plier le triumvir, mais un soldat comme Pollio, respecté et aimé de son commandant, connaissait la marche exacte à suivre. En outre, il bénéficiait, à Rome, de la confiance de fidèles disposés à défendre son point de vue si le besoin se présentait.

— C'est bon, c'est bon ! cria Marc Antoine d'une piteuse

voix, les mains agrippées à ses boucles. Je vais accepter. Aucun doute ne subsiste pour les exilés ?

— Absolument aucun.

— Je tiens à insister sur des clauses que tu n'as pas mentionnées.

— Je t'écoute.

— Je veux que cinq des onze légions de Calenus me soient expédiées par bateau.

— Cela ne devrait guère poser problème.

— Et je refuse d'allier mes forces à celles d'Octavien pour débarrasser les mers de Sextus Pompée.

— Ce n'est pas raisonnable, Marcus Antonius.

— Et alors ? Je m'en moque ! repartit-il avec violence. J'ai dû nommer Ahenobarbus gouverneur de Bithynie pour calmer sa fureur lorsqu'il a appris les conditions du traité. Sans la flotte de Sextus, je manquerais de navires si jamais il m'en faisait besoin. Il doit rester en cas de nécessité, que ce soit clair.

— César Octavien y consentira, mais il ne sera pas heureux.

— Tout ce qui mécontente Octavien me contente !

— Pourquoi avoir tu son asthme ?

— Peuh ! C'est une fillette ! Seules les femmelettes tombent malades, quelle que soit l'affection. Son asthme lui sert de prétexte.

— Résister sur le point concernant Sextus Pompée risque de te coûter.

— Me coûter quoi ?

— Je ne le sais pas exactement, conclut Pollio, sourcils froncés, mais tu peux en être certain.

La réponse d'Octavien aux propositions apportées par Mécène contrasta avec celle de son homologue. Tout en lui exposant les termes de l'accord, l'homme de lettres l'observait, constatant combien le visage du jeune homme s'était transformé au cours des douze derniers mois. Bien que le triumvir eût perdu son charme éclatant, il restait beau, même avec ses cheveux portés plus courts maintenant qu'il ne se souciait plus d'exhiber ses grandes oreilles. Mais rien n'avait davantage changé que ses yeux, les yeux les plus merveilleux que Mécène eût jamais vus : de grandes billes luisantes d'un gris argenté. Depuis toujours impénétrables, ils n'avaient jamais trahi ce que leur propriétaire pensait ou ressentait, mais leur éclat était désormais souligné par une dureté de marbre. La bouche qu'il mourait d'envie d'embrasser, tout en sachant que ce plaisir ne lui serait jamais accordé, s'était affermie et affirmée. Les métamorphoses du passage à l'âge adulte... À la différence qu'Octavien, qui avait atteint vingt-trois ans neuf jours avant les calendes d'octobre, n'avait jamais été un enfant. Songer que Marc Antoine avait quarante-quatre ans !

— Si Marc Antoine refuse de m'apporter son soutien dans ma lutte contre Sextus Pompée, déclara Octavien, il doit en payer le prix.

— Lequel ? Tu ne disposes pas de la prise nécessaire pour exiger quoi que ce soit.

— Justement, si. Sextus Pompée m'en a donné le moyen.

— C'est-à-dire...

— Un mariage, annonça Octavien sans sourciller.

— Octavie ! murmura Mécène.

— En effet, ma sœur. Elle est veuve, rien n'y fait obstacle.

— Ses dix mois de deuil ne sont pas terminés.

— Elle en a déjà respecté six et tout Rome sait qu'elle ne risque pas d'attendre un enfant de Marcellus tant le pauvre homme a subi une longue agonie. Il sera aisé d'obtenir une dispense des collèges pontificaux et des dix-sept tribus appelées à voter lors du *comitium* religieux, remarqua-t-il avec un sourire suffisant. Ils seront trop heureux de contribuer à éviter une guerre civile. D'ailleurs, je prédis qu'aucun mariage n'aura été aussi populaire dans les annales de Rome.

— Il n'y consentira pas.

— Marc Antoine ? Il copulerait avec une vache !

— T'entends-tu parler, Cæsar Imperator ? Je sais combien tu aimes ta sœur, et tu serais prêt à lui imposer Marc Antoine ? Un ivrogne, un homme qui bat sa femme ! Je te supplie d'y réfléchir à deux fois ! Octavie est la femme la plus charmante, douce et gentille de Rome. Même les *capite censi* lui vouent la même adoration qu'à feu la fille de Divus Julius.

— Serais-tu en train de me dire que tu veux l'épouser, Mécène ? demanda Octavien, narquois.

— Comment peux-tu plaisanter avec un sujet si sérieux ? se révolta Mécène. J'aime les femmes, mais j'éprouve aussi une grande pitié pour elles, contraintes à une vie si peu mouvementée, dont la seule importance politique repose dans le mariage. Le seul mérite de la justice romaine envers elles est de leur reconnaître le droit de contrôle de leurs propres richesses. Être exclue des affaires publiques peut bien contrarier des Hortensia ou des Fulvie, mais pas Octavie. Si tel était le cas, tu ne resterais pas tranquillement assis là avec une telle suffisance, une telle certitude de son obéissance. Le temps n'est-il pas venu de la laisser épouser un homme qu'elle souhaite réellement pour compagnon ?

— Je ne l'y obligerai pas, si c'est là où tu veux en venir, répliqua Octavien avec indifférence. Je ne suis pas idiot, tu sais, et j'ai assisté à suffisamment de dîners de famille depuis Pharsale pour comprendre qu'Octavie est éprise de Marc Antoine. Elle acceptera volontiers son sort. Avec joie, même.

— Je ne te crois pas.

— C'est pourtant la vérité. Sans prétendre comprendre ce que les femmes trouvent aux hommes, je peux te garantir qu'Octavie ne reste pas indifférente aux charmes antoniens. Ce penchant et mon propre mariage avec Scribonia m'ont soufflé l'idée d'une alliance. En outre, je ne me fais aucun souci en ce qui concerne le comportement de Marc Antoine. Fulvie a dû gravement le provoquer pour qu'il s'en prenne à elle. Malgré tous ses grands discours, sa masse de muscles cache un sentimental. Octavie lui conviendra. Comme les prolétaires, il l'adorera.

— N'oublions pas la reine d'Égypte, il ne sera pas fidèle.

— Quel homme le reste en mission à l'étranger ? Octavie ne lui tiendra pas rigueur de son infidélité, son éducation l'en gardera bien.

Brandissant ses mains dans les airs, Mécène prit congé pour ruminer sur le sort peu enviable des diplomates. Octavien espérait-il vraiment le voir, lui, Mécène, conduire ces négociations ? Eh bien, il ne lui ferait pas ce plaisir ! Donner une perle comme Octavie à un porc comme Marc Antoine ! Jamais !

Mécène s'inquiétait sans raison, car Octavien n'entendait pas se priver de la satisfaction de négociations aussi prometteuses. Marc Antoine avait sans doute oublié leurs précédents différends, notamment la scène dont sa tente avait été le théâtre, à Philippes, lorsqu'il avait plié face à son jeune rival en lui rapportant la tête de Brutus. Sa haine avait pris une telle ampleur qu'elle éclipsait les événements précis, se suffisant à elle-même. Octavien ne prétendait d'ailleurs pas y mettre fin en lui donnant sa sœur pour épouse, seul quelque esprit poétique comme Mécène pouvait lui attribuer cette intention. Sa raison lui interdisait d'attendre des miracles. Une fois unie à Marc Antoine, Octavie ferait les quatre volontés de son époux, sans jamais tenter d'influencer ses sentiments à l'égard de son frère. Par cette union, Octavien cherchait avant tout à nourrir les espoirs de paix des citoyens romains et des légionnaires, leur assurer que la menace d'un conflit s'était éloignée. Ainsi, lorsque Marc Antoine, en proie à une nouvelle passion, répudierait son épouse, il dégringolerait dans l'estime de millions de citoyens romains. Puisqu'il avait juré de ne jamais se lancer dans une guerre civile, Octavien devait détruire, non pas la position publique de son rival, son *auctoritas*, mais sa popularité auprès du peuple, le fruit de ses actions et réussites personnelles, sa *dignitas*. Pour protéger cette estime, le dieu César avait franchi le Rubicon et provoqué une lutte intestine, préférant mourir au combat plutôt que de voir ses exploits effacés des chroniques officielles et archives de la République et être condamné à l'exil à vie. Octavien ne partageait pas cette vision, considérant la guerre civile comme un mal bien plus grave que le déshonneur et l'exil. En outre, il ne possédait pas le génie militaire de son père adoptif. Sa stratégie consisterait donc à éroder la *dignitas* de Marc Antoine jusqu'à ce qu'il ne constituât plus pour lui une menace. Il continuerait alors son ascension et deviendrait le premier homme de Rome. Bien sûr, il devrait faire preuve de patience, car des années lui seraient nécessaires pour parvenir à ses fins. Mais de vingt et un ans le cadet de son lointain cousin, il pouvait se permettre de prendre son temps, même s'il fallait pour cela lutter continuellement pour nourrir l'Italie et trouver des terres pour l'intarissable flot de vétérans.

Il avait cerné son rival. En ce moment, le dieu César serait déjà en train de frapper à la porte du palais du roi Orodès à Séleucie du Tigre. Et où se trouvait Marc Antoine ? En Italie, occupé à assiéger Brindes. Il prétendait demeurer pour défendre ses droits de triumvir, mais redoutait son départ pour la Syrie et la guerre contre les Parthes. Il affirmait avoir remporté seul les batailles de Philippes, mais savait qu'il n'aurait pu gagner sans les légions d'Octavien, composées d'hommes dont la loyauté était incertaine.

Il confia sans tarder une missive à un messager affranchi. Il donnerait n'importe quoi pour que Fortuna lui apportât sur un plateau d'argent l'instrument de la perte de Marc Antoine. Octavie ne suffirait pas, même lorsque son futur époux se montrerait assez cruel pour se lasser de sa bonté. Heureusement, la déesse de la chance lui souriait. Au cours de sa vie, il avait à maintes reprises frôlé la catastrophe, mais Fortuna l'avait chaque fois arraché à l'abîme : Libo crevait d'envie de trouver un mari célèbre pour sa sœur ; l'orphelin idiot laissé par Calenus à Narbonne avait préféré faire appel à lui plutôt qu'à Marc Antoine ; Octavie portait le deuil depuis plusieurs mois ; Agrippa dirigeait ses armées à sa place ; il se tirait sain et sauf de chaque crise d'asthme ; les trésors de guerre de son père Divus Julius l'avaient soustrait à la ruine et Brindes avait fermé ses portes à Marc Antoine. Il priait pour que Liber Pater, Sol Indiges et Tellus accordent à la ville paix et prospérité, car il n'avait jamais ordonné à ses habitants d'agir ainsi, pas plus qu'il n'avait provoqué la guerre futile à l'encontre de Fulvie. Cette pauvre Fulvie !

Chaque jour, il priait des dizaines de divinités, celle de la chance et du hasard la première, pour obtenir l'arme qui lui permettrait de se débarrasser de Marc Antoine plus vite que ne le ferait le passage du temps. Elle existait, il en était convaincu, de même qu'il nourrissait l'intime conviction d'avoir été choisi pour remettre Rome sur pied pour la postérité et rétablir la paix aux frontières de l'empire. Il était l'Élu que le Virgile de Mécène annonçait, celui qui, selon tous les divinateurs, sonnerait l'avènement d'un âge d'or. Puisque Divus Julius avait fait de lui son fils, il honorerait sa confiance en terminant ce qu'il avait commencé. Certes, il ne façonnerait pas le monde comme l'aurait fait César, mais le résultat plairait au dieu. Il priait pour que Fortuna continuât de lui apporter la chance légendaire de son père, pour qu'elle lui ouvrît les yeux lorsque se présenterait à lui le moyen d'en finir avec son rival.

Marc Antoine lui fit savoir par le même messager qu'il acceptait de le rencontrer sous le drapeau blanc, une nouvelle qu'Octavien accueillit avec un spasme irrité plus qu'asthmatique. Ils n'étaient pas en guerre ! Comment l'esprit antonien fonctionnait-il pour avancer de telles absurdités ?

Il enfourcha dès le lendemain le cheval public julien à la robe crème et à la crinière sombre, une monture majestueuse en dépit de sa petite taille. Si ce mode de transport l'empêchait de porter une toge, il refusa toutefois de se présenter en tenue de combattant, préférant une tunique blanche ornée, sur l'épaule droite, de la large bande pourpre sénatoriale.

Comme il s'y attendait, il trouva Marc Antoine dans son armure plaquée argent. Sous la cuirasse galbée affichant une gravure d'Hercule face au lion néméen, il portait une tunique du même pourpre que le *paludamentum* flottant sur ses épaules qui, de droit, aurait dû être écarlate. Comme toujours, il paraissait en pleine forme.

— Pas de bottes compensées, Octavien ? demanda-t-il, le sourire jusqu'aux oreilles.

En guise de réponse, le jeune homme lui tendit la main droite en un mouvement si prononcé qu'il fut obligé d'accepter le salut. Il serra alors si fort les étroits doigts qu'il fit craquer leurs os fragiles, sans pour autant arracher la moindre grimace de douleur à sa victime.

— Entre, l'invita-t-il en écartant le rabat de sa tente.

Qu'il eût choisi de loger dans un abri de fortune plutôt que de réquisitionner une demeure privée prouvait qu'il s'attendait à un siège très court. La salle d'audience de la tente offrait un espace généreux mais très peu de lumière une fois le pan de peau rabattu, une ruse dont Octavien ne fut pas dupe : Marc Antoine se tenait sur ses gardes et devait craindre que son adveraire ne lût, au grand jour, quelque émotion sur son visage. Soit, l'obscurité ne le gênait guère, lui qui s'intéressait plus aux schémas de pensées qu'aux expressions faciales.

— Je suis si heureux que nous soyons sur le point de trouver un accord, commença-t-il, avalé par une chaise bien trop large pour son corps menu. J'ai pensé que nous ferions aussi bien, toi et moi, de résoudre en personne les points sur lesquels nous ne sommes pas encore parvenus à nous entendre.

— Très aimable de ta part, commenta Marc Antoine en buvant à longs traits du vin dans lequel il avait pris soin de verser de l'eau avec ostentation.

— Quel bel objet ! remarqua Octavien en tournant le gobelet entre ses mains. D'où vient-il ? Pas de Pouzzoles, je parie.

— De quelque verrerie alexandrine. J'aime boire dans du verre. Cela n'absorbe pas l'arôme des vins jeunes comme le font les autres matériaux, y compris la meilleure céramique. Quant au métal, il a un goût… métallique, grimaça-t-il.

Octavien cligna des yeux.

— *Edepol !* J'ignorais que tu possédais une telle connaissance en un art qui ne consiste qu'à contenir le vin !

— Le sarcasme ne te mènera nulle part, repartit Marc Antoine, sans prendre ombrage. J'ai appris tout cela de la reine Cléopâtre.

— Oh, voilà qui explique tout ! Une patriote alexandrine !

— À juste titre ! rétorqua Marc Antoine, le visage illuminé. Alexandrie est la plus belle ville du monde. Elle éclipse de loin les misérables Pergame et Athènes.

Octavien but une gorgée puis reposa sa coupe comme s'il s'y était brûlé. Quel genre d'idiot s'extasiait sur la beauté d'une cité alors que la sienne tombait en ruine par sa négligence ?

— Tu obtiendras autant de légions de Calenus que tu le souhaites, cela va sans dire, mentit-il. Pour ne rien te cacher, rien dans tes conditions ne me déconcerte, hormis ton refus de m'aider à délivrer les mers de Sextus Pompée.

Marc Antoine se leva avec un froncement de sourcils pour rouvrir le battant de la tente, ressentant visiblement le besoin d'observer avec plus grande attention le visage de son interlocuteur.

— L'Italie est ta province, César Octavien. T'ai-je demandé de l'aide pour gouverner la mienne ?

— Non. Pas plus que tu n'as envoyé à Rome la part des tributs d'Orient qui revient au Trésor. Je suis sûr de ne pas avoir à t'expliquer que l'*ærarium* est supposé recevoir tous les tributs avant que ne soit octroyé aux gouverneurs des provinces de Rome un traitement, grâce auquel ceux-ci payent leurs légions et financent les travaux, déclara mollement Octavien. Même en période de triumvirat. Bien entendu, je comprends qu'aucun gouverneur, et encore moins un triumvir, ne se contente de collecter la somme réclamée par le Trésor. Il demande toujours plus pour conserver le surplus, selon une vénérable tradition contre laquelle je n'ai rien à redire. Je suis moi aussi triumvir, vois-tu ? Cependant, tu n'as pas envoyé un sou à Rome en deux années de fonctions. Si tu avais fait ton devoir, j'aurais pu acheter les navires nécessaires pour en finir avec Sextus. Cela te convient certainement d'utiliser comme flotte des bateaux pirates puisque, après tout, tous les amiraux de mèche avec Brutus et Cassius sont devenus brigands après les batailles de Philippes. J'en ferais sûrement autant s'ils ne s'engraissaient pas en rongeant ma carcasse ! Ils s'évertuent à prouver à Rome et à toute l'Italie, d'où viennent nos meilleurs soldats, qu'un million d'hommes ne vaut rien sans navire. Le grain des provinces orientales devrait suffire à remplir le ventre de tes légions. Suis-je coupable si tu as laissé les Parthes envahir tout l'Est hormis la Bithynie et la province d'Asie ! Sans Sextus Pompée, tu n'aurais rien à te mettre sous la dent. Tant que tu ne séviras pas contre lui, il te vendra le grain italique à un prix abordable. Du grain, dois-je te le rappeler, importé et payé par le Trésor public ! Oui, l'Italie est ma province, mais mes seules sources de revenu sont les impôts que je dois extorquer à tous les citoyens romains établis dans la péninsule. Ils sont trop peu nombreux pour payer des navires et acheter du grain volé par Sextus Pompée à trente sesterces le *modius*. Alors, je te le demande à nouveau : où sont les tributs de l'Est ?

— L'Est est en ruine ! se récria Marc Antoine, qui avait écouté avec une rage croissante. Il n'y a aucun tribut à envoyer !

— C'est faux, même les Romains les plus misérables, du nord au sud de l'Italie, le savent, riposta Octavien. Pythodore de Tralles t'a apporté deux milliers de talents d'argent à Tarse, pour commencer. Tyr et Sidon t'en ont versé mille de plus. Sans compter les quatre mille que tu as obtenus de la Cilicie. Soit un total de cent soixante-quinze millions de sesterces ! Je te donne des faits, Marcus Antonius ! Des faits connus de tous !

Marc Antoine vivait un supplice. Que lui avait-il pris d'accepter de recevoir cet abject moucheron ? Il lui avait suffi, pour prendre le dessus, de lui rappeler que le moindre geste qu'il esquissait en Orient était rapporté à tous les citoyens romains d'Italie. Sans le formuler directement, il suggérait que sa réputation était en danger, qu'il n'échappait pas aux critiques, que le Sénat et le peuple de Rome pouvaient le destituer à tout instant. Bien sûr, il pourrait marcher sur Rome, exécuter Octavien et se nommer dictateur. Mais n'avait-il pas protesté à grands cris pour abolir la dictature ? L'impasse de Brindes lui avait prouvé que ses légionnaires ne combattraient jamais ceux d'Octavien. Sans cela, cette petite *verpa* ne serait pas devant lui avec ce regard de défi, sans même prendre la peine de cacher son hostilité !

— Je ne suis donc pas très populaire à Rome, conclut-il, morose.

— Franchement, Marcus Antonius, c'est un euphémisme, surtout après le siège de Brindes. Tu t'es permis de m'accuser d'avoir incité la ville à te refuser l'entrée alors que tu sais bien que je n'y suis pour rien. Pourquoi aurais-je agi ainsi ? Cela ne m'apporte rien ! Tout ce que tu as réussi à faire, c'est semer la terreur à Rome, qui craint une nouvelle marche. Une option de toute façon impossible sans l'accord de tes légions. Si tu veux sincèrement sauver ta réputation, il faut prouver ta bonne volonté à Rome, pas à moi.

— Je ne m'allierai pas à toi contre Sextus Pompée, si c'est ce que tu entends. Je ne dispose pas de plus d'une centaine de vaisseaux de guerre à Athènes, mentit-il, loin de ce qu'il te faut pour former un début de flotte. En l'état des choses, Sextus Pompée me préfère à toi, je ne ferai donc rien qui risque de le provoquer. Pour l'instant, il me laisse en paix.

— Je ne songeais pas à cela, répondit calmement Octavien. En fait, j'envisageais un acte plus visible par tous les Romains, des sommets aux bas-fonds de la société.

— Explique-toi...

— Je pensais à un mariage entre toi et ma sœur, Octavie.

Marc Antoine fixa son persécuteur, bouche bée.

— Grands dieux !

— Qu'y a-t-il de si étonnant ? s'enquit Octavien, un sourire modeste jouant sur ses lèvres. Je viens moi-même de conclure une alliance maritale de la sorte, comme tu dois le savoir. Scribonia se montre très agréable. C'est une brave femme, jolie et fertile. J'espère que notre union tiendra Sextus Pompée à distance, ne serait-ce que pour un temps. Cependant, Scribonia ne tient pas la comparaison avec Octavie, ne crois-tu pas ? Je te propose pour épouse la petite-nièce de Divus Julius, une femme aussi populaire auprès de chaque strate de la société romaine que l'était Julia. Une beauté, d'une gentillesse et d'une attention démesurées, une compagne obéissante, déjà mère de trois enfants, dont un fils. Octavie est au-dessus de tout soupçon, comme Divus Julius l'exigeait de sa propre femme. Si tu l'épouses, le peuple comprendra que tu ne veux aucun mal à Rome.

— Pourquoi ?

— Car, au contraire, si tu te montrais cruel envers un parangon de vertu, cela ferait de toi un monstre aux yeux de tous les Romains. Même le plus stupide d'entre eux ne te pardonnerait pas de maltraiter Octavie.

— Je vois.

— Nous sommes donc d'accord ?

— Nous sommes d'accord.

Cette fois, Marc Antoine serra avec douceur la main de son allié.

Le pacte de Brindes fut scellé le douzième jour du mois d'octobre, sur la place municipale de la ville, en la présence d'une horde d'habitants enjoués et rayonnants qui lançaient des fleurs aux pieds d'Octavien et se contenaient suffisamment pour ne pas cracher à ceux de Marc Antoine. Ses perfidies n'étaient ni oubliées ni pardonnées, mais ce jour marquait avant tout la victoire d'Octavien et de Rome. La disparition de la menace d'une nouvelle guerre civile réjouissait les légions stationnées autour de la ville plus encore que ses habitants.

— Que penses-tu de tout cela ? demanda Pollio à Mécène tandis qu'ils remontaient la via Appia dans un char tiré par quatre mules.

— Que Cæsar Imperator est un maître de l'intrigue et un bien meilleur négociateur que moi.

— L'idée d'offrir sa chère sœur à Marc Antoine ne vient donc pas de toi ?

— Non, non ! Elle est entièrement de lui. J'imagine que j'estimais les chances de réussite d'une telle entreprise si infimes que cela ne m'a même pas traversé l'esprit. Lorsqu'il m'en a parlé, la veille de sa discussion avec Marc Antoine, j'ai bien cru qu'il m'enverrait porter le message. Brrr ! J'ai tremblé dans mes sandales. Dieux merci, il y est allé seul, sans escorte.

— La rencontre devait se faire d'homme à homme. Lui seul pouvait énoncer ce qu'il avait à dire à Marc Antoine. Il l'a certainement convaincu par je ne sais quel stratagème qu'il avait perdu l'amour et le respect de Rome. Ce petit crétin... Euh... Ce renard rusé a ensuite présenté ce mariage à Marc Antoine comme une chance de sauver sa réputation. Brillant !

— En effet, constata Mécène, incapable de réprimer un sourire en imaginant son maître en petit crétin ou en renard.

— J'ai partagé un char avec Octavien de la Gaule cisalpine à Rome juste après la formation du triumvirat, reprit Pollio d'une voix songeuse. Il n'avait alors que vingt ans, mais il parlait déjà du problème du grain comme un vénérable consul. Pour lui, la chaîne des Apennins rendait l'approvisionnement de Rome en grain plus aisé d'Afrique et de Sicile que de Gaule cisalpine. Il débitait des chiffres et des statistiques comme le plus oisif des hauts fonctionnaires, si ce n'est que lui n'essayait pas de se soustraire à son travail, mais dressait la liste de toutes les tâches à réaliser. Ce fut un voyage mémorable. Lorsque César en a fait son héritier, j'avais cru qu'il ne survivrait que quelques mois, mais, ce jour-là, j'ai compris mon erreur. Personne ne viendra à bout de cet homme.

Atia apporta la nouvelle à Octavie en larmes.

— Ma chère fille ! gémit-elle en se pendant à son cou. Mon ingrat de fils t'a trahie. Toi ! La seule personne au monde que je pensais à l'abri de ses machinations, de sa froideur !

— *Mama*, explique-toi je te prie, répondit Octavie en aidant sa mère à s'asseoir. Que m'a donc fait Petit Caius ?

— Il t'a promise à Marc Antoine ! Une brute qui a botté sa femme ! Un monstre !

Abasourdie, Octavie s'effondra sur un siège, les yeux rivés sur sa mère. *Marc Antoine ?* Elle était fiancée à Marc Antoine ? Au choc succéda une douce chaleur qui filtra à travers tout son corps. Elle ferma les paupières, soucieuse de dissimuler ses yeux à sa mère, passée des larmes aux râles de colère.

— Marc Antoine ! répéta Atia dans un cri assez perçant pour faire accourir les serviteurs, qu'elle renvoya aussitôt d'un geste impatient. Marc Antoine ! Ce rustre, ce charognard... Ce... Ce... Oh, il n'y a pas de mot pour le décrire !

Serait-elle enfin chanceuse au point d'épouser un homme qu'elle souhaitait pour mari ? Oh, pourrait-elle jamais remercier assez Petit Caius ?

— Marc Antoine ! gronda Atia, les commissures des lèvres écumantes. Ma très chère fille, tu dois trouver le courage de dire non. Non à Marcus, et non à ce satané fils !

Elle rêvait de lui depuis si longtemps, avec désespoir et affliction. Dans le temps, lorsqu'il rendait visite à Marcellus, elle cherchait des excuses pour demeurer en sa compagnie.

— Marc Antoine ! hurla Atia, en martelant des poings les bras du fauteuil. Cet homme a engendré plus de bâtards qu'aucun autre dans l'Histoire de Rome ! Il ne faut pas espérer trouver chez lui une once de fidélité !

Assise dans un coin, elle le dévorait des yeux en priant Spes pour le revoir bientôt, apeurée à l'idée de se trahir. Était-ce possible qu'elle fût promise à lui ?

— Marc Antoine ! geignit Atia à nouveau larmoyante, rattrapée par son impuissance. Je pourrais implorer jusqu'à l'été prochain que mon traître de fils ne m'entendrait pas !

Elle ferait une bonne épouse, elle deviendrait ce qu'il souhaiterait, ne se plaindrait d'aucune maîtresse, ne le supplierait pas de l'amener avec lui en Orient. Il avait connu tant de femmes plus expérimentées qu'il finirait par se lasser, mais rien ne lui ôterait les souvenirs du temps passé avec lui une fois râpés les liens du mariage. L'amour comprenait et pardonnait. Elle s'était comportée en bonne épouse avec Marcellus, avait porté le deuil comme l'exigeait son devoir. Pourtant, elle priait toutes les déesses des femmes de Rome de lui accorder assez de temps avec Marc Antoine pour tenir jusqu'à la fin de ses jours. Car après lui, son véritable amour, il n'y aurait personne d'autre. Personne.

— Silence, *mama* ! articula-t-elle en ouvrant des prunelles fébriles. Je vais obéir à mon frère et épouser Marc Antoine.

— Mais tu n'es pas à la merci de Caius, tu es *sui iuris* !

Atia reconnut alors l'étincelle qui animait ces merveilleux yeux aigue-marine, bouche bée.

— *Ecastor !* laissa-t-elle échapper d'une voix faible. Tu l'aimes.

— Si l'aimer signifie soupirer après son contact et son estime, alors ce doit être de l'amour. Sais-tu quand auront lieu les noces ?

— D'après Philippus, Marc Antoine et ton frère au cœur de pierre ont passé un pacte à Brindes pour éloigner la menace d'une guerre civile. Le pays débordant de joie, ils ont décidé de transformer leur voyage jusqu'à Rome en parade. Ils prendront la via Appia jusqu'à Teano puis la via Latina et ne devraient pas arriver avant la fin octobre. Vous serez unis à ce moment. Oh, je t'en prie ma chère fille, refuse ce mariage, insista-t-elle, le visage convulsé. En tant que *sui iuris*, tu es seule maîtresse de ton destin.

— Tu peux dire ce que tu veux, m'implorer autant que tu veux, j'accepterai cette union avec joie, *mama*. Je connais Marc Antoine, ma décision ne changera pas. Bien sûr, il aura toujours des maîtresses, mais il n'a jamais eu d'épouse digne de ce nom. Souviens-toi ! s'enflamma Octavie. Fadia était illettrée, fille d'un marchand de tout et n'importe quoi, vendant tout aussi bien des esclaves que du grain. Je ne l'ai jamais vue, mais on la disait aussi peu séduisante qu'intéressante. Malgré tout, Marc Antoine n'a pas divorcé, se contentant de passer peu de temps dans son foyer. Elle lui a donné un fils et une fille, de brillantes petites créatures à en croire les rumeurs. On ne peut reprocher à Marc Antoine que mère et enfants aient péri de paralysie estivale. Antonia Hybrida, elle, avait pour père un tortionnaire d'esclaves. Elle aussi torturait les misérables, une ignoble pratique que Marc Antoine lui aurait fait passer à coups de poing. Peut-on le lui reprocher ? Je me souviens vaguement d'elle, ainsi que de l'enfant, une pauvre fillette très quelconque, hormis sa corpulence. Pis encore, un peu simplette !

— Voilà ce qui arrive lorsque l'on épouse des parents, remarqua Atia avec sévérité. Antonia Minor, qui va aujourd'hui sur ses dix-sept ans, ne trouvera jamais de mari, même de basse extraction, observa-t-elle avec une moue de mépris. Comme les femmes peuvent être idiotes ! Dire qu'Antonia Hybrida a sombré dans la dépression après les mots cruels prononcés par Marc Antoine au divorce. Elle l'aimait... Est-ce là le sort auquel tu aspires ?

— Qu'Antonia Hybrida aimât ou pas Marc Antoine n'entre pas en jeu, mère, elle demeurait une femme sans intérêt. Tout l'inverse de Fulvie, malgré tous ses défauts. Je mets ses ennuis sur le compte de sa fortune et de ce statut *sui iuris* dont tu me rebats les oreilles. N'oublions pas non plus la responsabilité de son premier époux, Publius Clodius, qui l'a encouragée à se déchaîner dans le forum et à agir comme il n'est pas pardonné aux femmes de la noblesse. Son comportement passait encore jusqu'aux batailles de Philippes. Mais lorsqu'elle a appris que Marc Antoine demeurerait des années entières à l'Est et ne prévoyait aucune visite à Rome, son affranchi Manius a profité de son désespoir pour les suborner, elle et Lucius Antonius. Elle en a payé le prix, pas Lucius Antonius.

— Je vois que tu es déterminée à lui trouver des excuses, intervint Atia avec un soupir.

— Pas des excuses, mère. Je tente simplement de te prouver qu'aucune de ces femmes n'a été une bonne épouse pour Marc Antoine. Or j'entends incarner la perfection, l'épouse dont Caton le Censeur, cet épouvantable vieux fanatique, aurait rêvé. Les hommes vont trouver des prostituées et des maîtresses pour le plaisir charnel, un soulagement inenvisageable auprès de leur épouse, qui ne saurait satisfaire le désir des sens, sous peine d'éveiller les soupçons. En tant qu'épouse parfaite, je ne me comporterai ni mieux ni moins bien que toute autre femme de vertu. Je m'assurerai d'être éduquée, intéressante, confiante et agréable à vivre en la présence de mon mari. Après tout, j'ai grandi dans une maisonnée politique, en écoutant des hommes comme Divus Julius et Cicéron, et joui d'une éducation exceptionnelle. Je serai aussi une formidable mère pour ses enfants.

— Tu es déjà une formidable mère pour ses enfants ! la coupa Atia, aigrie par ce qu'elle entendait. J'imagine qu'à peine mariée tu demanderas la charge de cet affreux garçon, Curio ? Crois-moi, celui-ci te donnera du fil à retordre !

— Il n'est d'enfant que je ne puis apprivoiser.

Atia se leva, tordant ses mains noueuses.

— Laisse-moi te dire une chose pour ton bien, Octavie. Tu n'es pas aussi bien protégée que je ne le pensais. Peut-être y a-t-il plus de Fulvie en toi que tu ne le réalises.

— Non, je suis très différente, répondit Octavie avec un sourire. Mais je vois ce que tu essaies de me faire comprendre. Tu sembles oublier, *mama*, que je suis la vraie sœur de Petit Caius, et donc l'une des femmes les plus intelligentes que Rome ait jamais vues naître. La qualité de mon esprit m'a dotée d'une confiance en moi que la vie ne m'a pas encore donné l'occasion d'afficher, que ce soit devant Marcellus ou toi. Mais Petit Caius sait ce que je vaux. Crois-tu qu'il ignore mes sentiments pour Marc Antoine ? Rien ne lui échappe, et rien ne lui paraît inutile pour sa propre carrière. Il m'aime, mère. Cela aurait dû te permettre de comprendre. Petit Caius, me forcer à un mariage que je ne souhaite pas ? Non, mère, jamais !

Atia soupira.

— Eh bien, puisque je me trouve ici, j'aimerais voir tes protégés avant que leurs rangs ne s'élargissent encore. Comment va la petite Marcia ?

— Elle commence à montrer son vrai visage. Elle est très opiniâtre, personne ne pourra la forcer à épouser un homme dont elle ne veut pas.

— J'ai entendu dire que Scribonia était enceinte.

— Quelle bonne nouvelle, n'est-ce pas ? Sa Cornelia est une gentille fille, j'imagine donc que ce nouvel enfant présentera un bon tempérament.

— Il est encore trop tôt pour savoir si elle porte un garçon ou une fille, lâcha Atia tandis qu'elles suivaient les vagissements de nourrissons, les gloussements de bambins et les disputes d'enfants. Mais, pour le bien de Petit Caius, je souhaite que ce soit une fille. Il entretient une si haute opinion de lui-même qu'il n'accueillera pas avec plaisir un héritier enfanté par une Scribonius. Il divorcera dès que possible.

Octavie laissa échapper un soupir de soulagement silencieux en arrivant près de la salle de jeu. Atia s'aventurait sur un terrain glissant, pauvre femme, toujours à la périphérie de la vie de Petit Caius, ombre invisible et inexistante dans les discours de son fils.

8

Lorsque le défilé atteignit les portes de la cité, Marc Antoine resplendissait de bonne humeur. La foule agglutinée sur chaque pouce de voie pavée entre Brindes et Rome lui avait réservé un accueil si enthousiaste qu'il commençait à se demander si Octavien n'avait pas exagéré son impopularité. Un soupçon conforté par le spectacle qui l'attendait derrière les murs serviens : chaque sénateur que comptait Rome avait afflué dans ses plus beaux atours pour le saluer lui, Marc Antoine. Néanmoins, rien ne lui certifiait que ces manifestations ne s'expliquaient pas par l'immense soulagement de la cité et de l'ensemble de l'Italie. Sans doute le pacte de Brindes lui avait-il permis de reconquérir le soutien de ses vieux partisans. Si le loisir lui avait été donné de voyager incognito dans la péninsule un mois plus tôt, il n'aurait peut-être entendu que paroles désabusées et injures. Aussi errait-il à mi-chemin entre le doute et l'exultation, ne maudissant Octavien qu'à la dérobée, plus par coutume que par réelle exaspération.

La perspective de ses noces avec la sœur de son rival ne l'inquiétait guère, contribuant même à son heureuse disposition. S'il n'avait jamais imaginé Octavie en future compagne, il l'avait toujours appréciée et trouvée séduisante, au point d'envier son ami Marcellus en apprenant son mariage. Il savait par Octavien qu'elle avait pris Antyllus et Iullus sous son aile après le décès de Fulvie, une nouvelle qui renforçait sa profonde conviction : Octavie s'évertuait à faire le bien autant que son frère s'évertuait à faire le mal. Il voyait dans cet antagonisme un phénomène courant au sein des familles. Il suffisait d'observer sa propre fratrie. Si tous avaient hérité du physique antonien, gâté chez Gaius Antonius par une démarche traînante et chez Lucius Antonius par une calvitie, lui seul avait bénéficié de l'intelligence julienne. Il avait beau répandre sa semence avec insouciance, Marc Antoine aimait les enfants dont il connaissait l'existence. D'ailleurs, il venait de concevoir un plan brillant pour Antonia Minor, qu'il plaignait avec désinvolture. Il eut d'autant plus le loisir de songer à sa progéniture à son arrivée à Rome qu'une lettre de Cléopâtre l'attendait.

« *Mon cher Marcus Antonius,*

Je t'écris ce message aux ides de sextilis, *alors qu'Alexandrie connaît un temps si clair que je souhaiterais que tu sois ici pour en profiter avec moi et Césarion, qui t'envoie tout son amour et ses vœux. Il grandit vite et son contact avec les Romains, toi en particulier, lui a fait grand bien. Il s'est mis à lire Polybe, laissant de côté les lettres de Cornélie, mère des Gracques, guère à son goût en termes de récits de guerre et d'événements d'intérêt. Bien entendu, il connaît les livres de son père par cœur.*

J'ignore où cette missive te trouvera, mais elle finira bien entre tes mains. La rumeur veut que tu séjournes à Athènes, à Éphèse, à Rome... Mais qu'importe où tu recevras mes remerciements pour avoir donné à Césarion un frère et une sœur. Des jumeaux ! Ta famille en compte-t-elle ? Car tel n'est pas le cas dans mon ascendance. Tu imagines mon bonheur. Tu as fait d'une pierre deux coups : assurer la succession du trône d'Égypte tout en donnant à mon fils une épouse. Je ne m'étonne guère que le Nil ait connu, cette année, les coudées de l'abondance ! »

Elle le connaissait assez bien pour deviner qu'il ne lisait pas de longues lettres et abréger son récit en circonstance. Excellente nouvelle ! Il avait accompli son devoir, et même avec brio, en lui donnant deux enfants, même si elle ne les destinait à rien d'autre qu'à devenir des instruments de pouvoir pour son cher Césarion. S'émerveillant sur la passion incommensurable qu'elle vouait au fils de César, il gribouilla en vitesse une réponse.

Chère Cléopâtre,

Quelle formidable nouvelle ! Ainsi deux petits Antoniens galoperont derrière leur grand frère Césarion, comme mes frères le faisaient avec moi. Je suis sur le point d'épouser la sœur d'Octavien, Octavie, une beauté, agréable avec cela. L'as-tu déjà croisée à Rome ? Cette alliance permet pour le moment de résoudre mes difficultés avec Octavien et de pacifier le pays, qui ne s'exprime pas en faveur d'un conflit intérieur. Il en irait de même pour Octavien, aux dires de Mécène. Je pourrais à l'évidence marcher sur Rome et me débarrasser de lui, mais les soldats participent à un complot national contre la guerre civile. Les miens refusent de se battre contre les siens et vice-versa. Sans troupes consentantes, un général est aussi impuissant qu'un eunuque au milieu d'un harem. En parlant de puissance, que dirais-tu de nouvelles galipettes dans les papyrus ? Si l'ennui me prend, prépare-toi à me voir débarquer à Alexandrie, cité de plaisirs inégalables.

Voilà qui suffirait. Après avoir versé une petite flaque de cire rouge au bas de la feuille de papier fannien, Marc Antoine y enfonça sa chevalière, une représentation de Hercules Invictus entourée des inscriptions « IMP•M•ANT•TRI ». Depuis qu'il l'avait fait confectionner, à l'issue de l'accord avec Octavien et Lépide, il rêvait de voir le « M•ANT » remplacé par un « DIV•ANT » pour « Divus Antonius »... Une joie qui ne lui serait pas donnée tant qu'Octavien respirerait.

Le futur marié ne put couper aux célébrations exclusivement masculines organisées à la *domus* Hortensia avant ses noces. Mais il s'agaça tant de la suffisance d'Octavien qu'il ne put s'empêcher de déverser quelques gouttes de venin vivifiant dans l'oreille de son nouveau beau-frère.

— Quelle idée te fais-tu de Salvidienus ? lança-t-il.

En entendant ce nom, Octavien montra une mine amourachée, preuve suffisante pour Marc Antoine qu'il tenait en face de lui un sodomite inavoué.

— C'est le meilleur des braves ! jugea son hôte. Il fait de l'excellent travail en Gaule transalpine. Dès qu'il pourra les libérer, tu obtiendras tes cinq légions, mais les Bellovaques ne sont pas faciles.

— Oh, je le sais bien ! Quel idiot tu fais, Octavien ! cracha Marc Antoine. Ton meilleur des braves négocie avec moi pour changer de camp dans notre guerre inexistante, et ce presque depuis son arrivée dans sa nouvelle province.

Le visage d'Octavien n'accusa pas le moindre sursaut de surprise ou d'horreur. Même lorsque sa mine s'était éclairée à la mention de Salvidienus, ses yeux ne s'étaient pas joints à ce témoignage d'affection. Ces fenêtres closes divulguaient-elles le moindre sentiment ? Marc Antoine en venait à se le demander, lui qui ne se souvenait pas avoir vu une seule ombre les traverser. Jamais ses pupilles ne révélaient ses véritables pensées. Elles ne se limitaient qu'à leur fonction d'observation des comportements d'autrui et du sien, comme s'ils se tenaient, lui et son esprit, à vingt pas de son corps. Comment deux globes aussi lumineux pouvaient-ils se révéler aussi opaques ?

— Estimes-tu qu'il a commis un acte de traîtrise, Marcus Antonius ? demanda-t-il d'un ton égal.

— Tout dépend de la manière dont on considère les choses. Choisir de priver un Romain respecté de son soutien pour le donner à un autre Romain tout aussi respecté est certes un acte... déloyal, mais différent de la trahison. En revanche, si cette conduite vise à provoquer une guerre civile entre ces parties, alors il s'agit bien de traîtrise, disserta Marc Antoine, très amusé.

— Possèdes-tu la moindre preuve tangible au vu de laquelle Salvidienus devrait être jugé pour *maiestas* ?

— Des talents de preuves.

— Et accepterais-tu, à ma demande, de présenter ces preuves lors du procès ?

— Bien entendu ! s'exclama Marc Antoine avec une fausse indignation. Je le dois bien à un collègue triumvir. D'autant que s'il est condamné, tu perdras un excellent général. Une chance pour moi, non ? En cas de guerre civile, j'entends... Car je ne l'engagerais jamais, Octavien, encore moins en tant que légat. Est-ce toi qui as déclaré que les traîtres devraient être usés et abusés, mais jamais appréciés ou considérés dignes de confiance ? Ou serait-ce ton divin père ?

— Peu importe. Salvidienus doit disparaître.

— Sur l'autre rive du Styx ou en exil permanent ?

— Sur l'autre rive du Styx. Mais je crois qu'il faudra passer par un procès au Sénat. Un procès devant un *comitium* offrirait trop de publicité. Il sera jugé au Sénat, à huis clos.

— Excellente initiative ! Cela ne va malheureusement pas te faciliter la tâche. Maintenant que la Gaule transalpine est officiellement placée sous ton autorité, il va te falloir y envoyer Agrippa. Si elle m'appartenait encore, je n'aurais que l'embarras du choix, entre Pollio et les autres. Mais je suis libre de le missionner en Macédoine, pour prendre la relève de Censorinus. Quant à Ventidius, il ira tenir Labienus et Pacorus à distance jusqu'à ce que je me charge personnellement des Parthes, déclara Marc Antoine pour remuer le couteau dans la plaie.

— Absolument rien ne t'empêche d'aller t'en charger tout de suite, rétorqua Octavien, caustique. Quoi ? Craindrais-tu de t'éloigner de moi, de l'Italie, de Sextus Pompée ?

— J'ai de bonnes raisons de rester auprès de vous trois.

— Foutaises ! Je n'entrerai en guerre contre toi sous aucun prétexte. En revanche, j'attaquerai Sextus Pompée dès que je le pourrai.

— Notre pacte te l'interdit.

— Jamais de la vie ! Sextus Pompée a été déclaré ennemi public et figure sur les tablettes comme *hostis*. Tu as la mémoire bien courte pour oublier que tu as entériné cette loi ! Ce pirate n'est pas gouverneur, ni de Sicile ni d'ailleurs ! En tant que *curator annonæ* de Rome, j'ai le devoir de le combattre puisqu'il entrave la libre circulation du grain.

Décontenancé par l'intrépidité d'Octavien, Marc Antoine jugea plus sage de terminer la conversation, un mot peu approprié pour ce genre d'échange bilieux.

— Eh bien, bonne chance ! lança-t-il, l'œil ironique, en s'éloignant d'un pas lent.

Sans se retourner, il rejoignit Paulus Lépide pour le sonder. La rumeur voulait que le frère du troisième triumvir s'apprête à épouser la fille de Scribonia et Cornelius, une alliance dont il devait se frotter les mains. Paulus Lépide ne voyait pas assez loin pour deviner que ce mariage ne lui apporterait rien de plus qu'une dot considérable, car Octavien divorcerait de Scribonia dès qu'il se serait débarrassé de Sextus Pompée. Or Marc Antoine devait s'assurer que ce jour n'arriverait jamais. Si son rival remportait une belle victoire, toute l'Italie le vénérerait. Cet asticot se doutait-il qu'il rechignait à mettre le cap sur l'Est de crainte que le peuple n'oublie son nom ? Bien entendu qu'il le savait, car rien ne lui échappait.

Octavien, lui, s'était dirigé vers Agrippa.

— Les ennuis ne font que commencer, l'informa-t-il d'une voix teintée de regret. Marc Antoine vient de me révéler que notre cher Salvidienus correspond avec lui depuis plusieurs mois, continua-t-il, une ombre dans ses yeux gris. Je dois avouer que la nouvelle m'a porté un coup, je ne le croyais pas si sot.

— Il fallait s'y attendre de la part d'un rouquin du Picenum, Cæsar Imperator. Depuis quand les hommes de cette espèce sont-ils dignes de confiance ? Il rêve de nager parmi les gros poissons.

— Je vais devoir t'envoyer en Gaule transalpine.

Agrippa le regarda avec horreur.

— Cæsar Imperator, non !

— Je ne vois personne d'autre, même si cela doit remettre à plus tard une éventuelle attaque contre Sextus Pompée. Fortuna est du côté de Marc Antoine, comme toujours.

— Je peux visiter les chantiers navals de Cosa à Gênes en chemin, mais je devrai ensuite suivre la via Æmilia Scaura jusqu'à Piacenza. Le temps manque pour longer la côte tout du long. Oh, Cæsar Imperator ! Il me faudra m'absenter plus de deux ans pour faire du bon travail !

— Je veux de l'excellent travail. Il n'est plus question d'entendre parler de ces insurrections de Chevelus. Selon moi, Divus Julius n'aurait pas dû laisser les druides vaquer à leurs occupations, qui ne consistent visiblement qu'à attiser la colère.

— Je ne te contredirai pas sur ce point.

Soudain, le visage d'Agrippa s'illumina.

— Je crois avoir trouvé le moyen de faire régner l'ordre parmi les Belges.

— Quel est-il ? s'enquit Octavien, sans cacher sa curiosité.

— Installer des hordes d'Ubiens de Germanie du côté gaulois du Rhin. Toutes les tribus, des Nerviens aux Trévires, seront si occupées à repousser les Germains sur l'autre rive qu'elles n'auront guère le loisir de se rebeller. Comme j'aimerais imiter Divus Julius et marcher en Germanie ! ajouta-t-il d'un air mélancolique.

Octavien éclata de rire.

— Agrippa, si telle est ta volonté, je suis certain que tu donneras un jour une bonne leçon aux Suèves de Germanie. Après tout, les Ubiens nous sont tellement utiles que nous pourrions envisager de leur donner une meilleure terre. Ils forment la meilleure cavalerie de l'Histoire de Rome. Quoi qu'il en soit, mon très cher ami, je me réjouis de te compter parmi les miens. Je peux supporter la perte de centaines de Salvidienus, mais je ne pourrai jamais me remettre de la perte du seul et unique Marcus Vipsanius Agrippa.

Rayonnant de plaisir, le fidèle compagnon serra avec une chaleureuse spontanéité l'avant-bras d'Octavien. Il n'avait jamais douté de sa dévotion envers son ami, qu'il était prêt à servir à la vie à la mort, mais il aimait le voir reconnaître sa loyauté par ses paroles ou ses actes.

— Qui prendras-tu avec toi pendant mon service en Gaule transalpine ?

— Statilius Taurus, évidemment. Sabinus aussi, j'imagine. Calvinus, cela va sans dire. Cornelius Gallus est intelligent et fiable tant qu'il ne s'agit pas de poésie. Carrinas se chargera de l'Hispanie.

— Tu peux faire confiance à Calvinus, remarqua Agrippa.

Comme Scribonia avant elle, Octavie jugea inconvenant de se parer de rouge vif et de safran pour son mariage. Se fiant à son bon goût, elle opta pour un turquoise pâle qu'elle savait particulièrement seyant et, pour accompagner l'élégant drapé, un splendide collier et des boucles d'oreilles que Marc Antoine lui avait offerts à la veille de la cérémonie lors de sa visite chez feu Marcellus Minor.

— Oh, Marcus Antonius, c'est magnifique ! avait-elle murmuré en examinant la parure avec des yeux émerveillés.

Le collier en or massif reposait à plat sur la gorge comme une étroite collerette rehaussée de multiples cabochons de turquoises d'une grande pureté.

— Aucune tache sombre ne vient troubler le bleu intense des pierres.

— J'y ai pensé en me remémorant la couleur de tes yeux, confia Marc Antoine, ravi de la joie manifeste de sa future épouse. Cléopâtre me l'a donné pour Fulvie.

Octavie ne cilla pas, veillant à ce qu'aucune étincelle de lumière ne mourût dans ses prunelles tant admirées.

— Vraiment, c'est magnifique, répéta-t-elle en se hissant sur la pointe des pieds pour lui donner un baiser sur la joue. Je le porterai demain.

— J'imagine que ce bijou n'avait pas assez de valeur pour la reine, continua-t-il avec insouciance. Elle reçoit tellement de présents. Elle m'a donné le rebut, si l'on veut. En revanche, je n'ai pas réussi à lui soutirer un sou, remarqua-t-il d'une voix amère. Quelle... Pardon, je te prie de m'excuser.

Octavie le gratifia du sourire qu'elle réservait au petit Marcellus lorsqu'il se comportait mal.

— Tu peux blasphémer tant que tu veux, Marcus Antonius. Je ne suis plus une vierge effarouchée.

— Tu ne vois pas d'inconvénient à m'épouser ? se sentit-il en devoir de demander.

— Je t'aime de tout mon cœur depuis maintes années, révéla-t-elle sans chercher à masquer ses émotions.

L'instinct lui soufflait qu'il appréciait être un objet d'affection, que l'amour des autres le disposait à donner le sien en retour, or elle ne souhaitait rien plus avidement.

— Je ne m'en suis jamais douté ! s'exclama-t-il, stupéfait.

— Bien entendu. J'étais mariée à Marcellus et fidèle à mes vœux. Je gardais mon amour pour toi en mon for intérieur, comme un sentiment à part, intime.

Il sentit dans son ventre un effondrement familier, dans lequel il reconnut l'avertissement viscéral de l'amour. Il fallait croire que Fortuna lui souriait dans les affaires de cœur aussi. Dès le lendemain, Octavie serait sienne. Il ne craignait nullement son infidélité avec un autre homme puisqu'elle ne lui avait pas accordé un seul regard pendant ses sept ans de mariage avec Marcellus Minor. Il n'avait jamais fait l'expérience de ce genre de souci conjugal, mais il n'avait jamais non plus goûté au dessus du panier. Or, dans les veines de cette femme calme, soignée et élégante, coulait du sang julien. Il fallait être mort pour ne pas être ému par cette princesse républicaine. Soudain transporté de désir, il se pencha pour l'embrasser sur la bouche. Elle lui retourna un baiser vertigineux, qu'elle interrompit aussitôt.

— Demain, déclara-t-elle en s'éloignant. Maintenant, viens voir tes fils.

De taille modeste, la salle de jeu semblait comble au premier regard. Son œil vif de soldat dénombra six bambins en liberté et un nourrisson gigotant dans un petit lit. Une adorable blondinette d'environ deux ans planta un méchant coup de pied dans le menton d'un joli petit brun de deux fois son âge, qui la repoussa violemment avec ses paumes. La petite atterrit sur les fesses avec un bruit sourd, auquel succédèrent des hurlements.

— Maman ! Maman !

— Marcia, si tu donnes des coups, il faut t'attendre à en recevoir, sermonna Octavie sans le moindre accent de sympathie. Maintenant, cesse ce vacarme ou tu vas recevoir une gifle.

Pendant tout ce temps, les autres, trois enfants de l'âge du petit brun et un garçonnet un brin plus jeune que la polissonne, étaient restés ébahis devant Marc Antoine, bientôt imités par Marcia et sa victime, Marcellus. À cinq ans, Antyllus avait beau garder de vagues souvenirs de son père, il observa le géant avec une mine incertaine jusqu'à ce qu'Octavie lui confirme ses soupçons. Il se contenta alors de continuer son examen, trop effrayé pour sauter dans les bras de cet inconnu. Quant au petit Iullus, qui n'avait pas encore fêté ses deux ans, il éclata en sanglots déchirants lorsque la silhouette massive s'avança vers lui. Amusée, Octavie le prit dans ses bras et le confia à Marc Antoine, qui ne tarda pas à lui soustraire des rires. Alors, seulement, Antyllus osa réclamer une place dans les bras de son père.

— Quels beaux petits garçons ! observa leur protectrice. Ils deviendront aussi forts que toi. Une partie de moi ne peut attendre de les voir en cuirasse et *pteruges*, mais l'autre craint le moment où ils quitteront mon toit.

Marc Antoine répondit mais son esprit vagabondait à des milles de là, tourmenté par la petite Marcia. D'où venait cette enfant qui appelait Octavie « maman » ? Bien sûr, ses fils aussi la désignaient par ce terme, mais si le petit lit abritait la dernière-née de Marcellus Minor, Cellina, qui était donc cette enfant ? Sans son air julien, il l'aurait prise pour une cousine phillipienne tirée des griffes d'une triste destinée par cette femme obsédée par les enfants. Car il fallait se rendre à l'évidence : la passion d'Octavie pour ses protégés tournait à l'obsession.

— Je t'en prie, Marcus Antonius, autorise-moi à m'occuper de Curio ! l'implora-t-elle avec des yeux suppliants. Je n'ai pas osé le prendre sous ma garde sans ta permission, mais il montre un immense besoin d'équilibre et de surveillance. À bientôt onze ans, il reste affreusement sauvage.

Marc Antoine cligna des yeux.

— Tu es libre de faire ce que tu veux de ce sale môme, Octavie, mais pourquoi voudrais-tu t'encombrer d'un autre enfant ?

— Il est plus malheureux qu'aucun garçon de son âge ne devrait l'être. Il se languit de sa mère, ignore l'incompétent idiot qui lui sert de pédagogue et passe ses journées au forum, à ennuyer son monde. Encore un an ou deux à ce rythme et on le prendra en train de voler des bourses.

— Son pauvre père, mon ami, l'a bien assez fait à son époque ! Curio le Censeur n'était qu'un autocrate borné et pingre, seulement capable d'enfermer son fils. Dès que l'occasion se présentait, je le délivrais et nous partions semer la pagaille dans les rues. Peut-être le petit Curio a-t-il besoin d'une mère comme toi...

— Oh, merci !

Octavie referma la porte de la pièce sur un concert de protestations. Elle avait visiblement coutume de s'attarder auprès des enfants, qui devaient actuellement reprocher au géant roux de la leur enlever.

— Qui est donc Marcia ? s'enquit-il.

— Ma demi-sœur. Maman m'a eue à dix-huit ans, et Marcia à quarante-quatre ans.

— Ce serait donc la fille d'Atia et de Philippus Junior.

— Tout à fait. Je l'ai recueillie quand maman n'a plus été en mesure de s'en occuper correctement. Les boursouflures de ses articulations lui causent de terribles douleurs.

— Mais Octavien n'a jamais mentionné son existence ! Je sais qu'il prétend que votre mère a quitté ce monde, mais une demi-sœur ! Grands dieux, c'est ridicule !

— Deux demi-sœurs, en réalité. N'oublie pas que notre père a eu un enfant de son premier mariage. Elle a près de quarante ans aujourd'hui.

— Oui, mais... !

Il secoua la tête de gauche à droite, comme sous l'effet d'une ruée de coups invisibles.

— Oh, allons, Marcus, tu connais mon frère ! J'ai beau l'aimer tendrement, ses défauts ne m'échappent pas. Il accorde trop d'importance à son statut pour désirer une demi-sœur de vingt ans sa cadette, une insulte à sa dignité ! En outre, il s'imagine que Rome ne le prendra pas au sérieux si sa jeunesse est soulignée par l'existence d'une petite sœur. Pour ne rien faciliter, Marcia a été conçue peu après le décès de notre pauvre parâtre. Si Rome a depuis longtemps pardonné ce faux pas à maman, César Octavien ne le fera jamais. Marcia m'a été confiée avant de savoir marcher, les gens finissent par perdre le compte, ajouta-t-elle avec un petit gloussement. Elle me ressemble tant que ceux qui la rencontrent supposent qu'elle m'appartient.

— Tu aimes donc tant les enfants ?

— Aimer est un mot trop faible, employé abusivement et improprement. Je donnerais ma vie pour un enfant, il faut me croire.

— Sans te soucier de qui il est.

— Tout à fait. J'ai toujours pensé que les enfants offraient à tous une chance de faire preuve d'héroïsme, de faire en sorte que nos erreurs soient rectifiées plutôt que répétées.

Le lendemain matin, une partie des serviteurs de Marcellus Minor emmena les enfants dans le palais de marbre du grand Pompée dans les Carines, tandis que l'autre, condamnée à veiller sur l'ancienne demeure, les regardait partir, en pleurs à l'idée de perdre dame Octavie. La maison appartenait désormais au petit Marcellus, encore trop jeune pour l'occuper avant plusieurs années. Exécuteur testamentaire du défunt, Marc Antoine avait décidé de ne pas la louer en attendant ce jour, mais en avait confié la charge à son secrétaire Lucilius pour éviter que des domestiques oisifs ne mènent l'édifice à la ruine.

Au crépuscule, Marc Antoine souleva la jeune mariée pour franchir le seuil du palais de Pompée, comme le Picentin l'avait fait avant lui avec Julia, ouvrant par ce geste six années de félicité qui ne prirent fin que lorsque la fille de César mourut en couches. Le souffle légèrement coupé par la rapidité avec laquelle son époux l'avait renversée dans ses bras, Octavie pria pour que l'avenir ne lui réservât pas le même sort. Marc Antoine la déposa ensuite pour recevoir le feu et l'eau, un geste par lequel elle prit sa position de maîtresse de maison sous les soupirs de joie, les exclamations et les timides applaudissements de près d'une centaine de serviteurs. La réputation de dame Octavie, une femme des plus douces et compréhensives, l'avait précédée dans les Carines, si bien que les aînés de la domesticité, en particulier le majordome Egon, rêvaient de voir la maison resplendir comme sous l'influence de Julia. Tout exigeante qu'elle se montrait, Fulvie ne s'intéressait guère aux affaires domestiques.

La joie et le contentement d'Octavien n'avaient guère échappé à sa grande sœur, toutefois incapable d'en saisir la cause. Certes, il avait organisé cette alliance dans un objectif de réconciliation, mais qu'y gagnerait-il si le mariage se brisait, comme s'y attendaient en secret toutes les personnes présentes à la cérémonie ? Elle s'inquiétait d'autant plus qu'un terrible pressentiment lui soufflait que son frère espérait l'échec de cette union. Soit, mais il ne devait pas compter sur elle pour en être l'instrument, se jura-t-elle.

Sa première nuit avec Marc Antoine la combla de plaisir, immensément plus que la totalité de ses veilles avec Marcellus

Minor. L'amour de son nouvel époux pour les femmes se manifestait dans sa manière de la toucher, de grommeler de plaisir à son contact. Il réussit, par elle ne savait quel pouvoir, à la débarrasser d'inhibitions qui l'avaient toujours suivie, savoura ses caresses et ses ronronnements de joie inattendue et la laissa l'explorer comme s'il découvrait lui-même l'amour physique. Pour Octavie, il incarnait le parfait amant, voluptueux, sensuel et, contrairement à ce qu'elle imaginait, soucieux du plaisir de sa partenaire. Les mots et les gestes d'amour fusaient en un fougueux continuum de jouissance si extraordinaire qu'il lui arracha des larmes. Lorsqu'elle tomba dans un sommeil étourdi et comblé, elle se serait sacrifiée pour lui aussi volontiers que pour un enfant.

Au matin, elle comprit que Marc Antoine n'était pas non plus sorti indemne de cette nuit d'amour. Lorsqu'elle tenta de quitter le lit pour vaquer à ses occupations, le rituel recommença de plus belle et ils s'unirent dans une étreinte magnifiée par leur nouvelle familiarité et bonifiée par la conscience qu'elle avait de ses propres désirs, que son époux ne demandait qu'à combler.

Octavien se réjouit en voyant le couple deux jours plus tard, lors d'un dîner donné par Domitius Calvinus. Comme il s'y attendait, sa sœur et ce rustre étaient subjugués par leurs différences. Il ne lui restait maintenant plus qu'à patienter jusqu'à ce que Marc Antoine se lasse d'Octavie, ce qui finirait bien par arriver, il en aurait mis sa main à couper ! Il prierait Quirinus pour qu'il la quittât pour quelque amour étranger et Jupiter Optimus Maximus pour que Rome profitât du désenchantement inévitable de son beau-frère vis-à-vis de sa sœur. Il fallait le voir, suintant l'amour, aussi dégoulinant de sentimentalité qu'une fillette de quinze ans. Comme il méprisait ceux qui succombaient à un mal si banal et rebutant ! Il ne s'y laisserait jamais prendre, jamais ! Son esprit dirigeait ses émotions, faisant de lui un être invulnérable à ces mièvreries. Comment sa sœur pouvait-elle tomber dans son numéro de cirque ? Elle réussirait à le garder pendant deux bonnes années, mais guère plus. Pour l'instant, Marc Antoine découvrait sa bonté et sa douceur, mais comme il n'était lui-même doté d'aucune de ces qualités, sa fascination pour sa vertueuse épouse s'étiolerait, puis l'abandonnerait totalement dans un revirement tempétueux typiquement antonien.

Il travaillerait sans répit pour répandre la nouvelle de ce mariage par monts et par vaux et enverrait ses agents dans chaque cité, ville et municipe d'Italie et de Gaule cisalpine. Si, jusqu'à maintenant, leur mission consistait à plaider la cause de César Divi Filius, énumérer les perfidies de Sextus Pompée et conter l'indifférence de Marc Antoine aux difficultés de sa patrie, ils passeraient l'hiver à chanter les louanges de dame Octavie, personnification de la parfaite matrone. Il érigerait autant de statues à son effigie que le lui permettraient ses finances, jusqu'à ce que la péninsule grinçât sous le poids du marbre. Il imaginait déjà le message qui se répandrait à travers tout le pays : Octavie, aussi chaste et vertueuse que Lucrèce la déshonorée ; Octavie, plus digne de respect qu'une vierge vestale ; Octavie, dompteuse de ce rustre irresponsable de Marc Antoine ; Octavie, la femme qui avait à elle seule sauvé son pays de la guerre civile. Oui, tout le mérite devait revenir à Octavia Pudica ! Lorsque ses hommes en auraient terminé, sa sœur serait aussi proche de la déification que Cornélie, mère des Gracques. Puis, lorsque Marc Antoine la répudierait, tous les Romains et Italiques verraient en lui une brute, un monstre sans cœur dirigé par la luxure.

Oh, si seulement il pouvait lire l'avenir ! Si seulement il connaissait l'identité de la femme pour laquelle Marc Antoine délaisserait Octavia Pudica ! Il prierait tous les dieux romains pour que cette femme soit haïe par tout le peuple afin de pouvoir jeter la responsabilité de la conduite de Marc Antoine sur la tentatrice. Une femelle aussi mauvaise que Circé, aussi vaniteuse qu'Hélène de Troie, aussi malveillante que Médée, aussi cruelle que Clytemnestre et aussi mortelle que Méduse. Quand bien même elle ne correspondrait à rien de tout cela, il lui donnerait tous ces attributs. Il enverrait ses messagers dans une nouvelle campagne diffamatoire et ferait de cette inconnue un démon comme il s'apprêtait à faire de sa sœur une déesse.

Pour venir à bout d'un homme, il existait d'autres moyens que la guerre, si coûteuse en vies et en richesses. Pourquoi dépenser de l'argent alors qu'il faisait tant besoin à la postérité de Rome ?

Le grand Marc Antoine ne se méfiait guère d'un garçon fluet et efféminé. Octavien n'était pas Divus Julius, non, mais un digne héritier de son nom. Que son rival continue à se voiler la face et à s'aveugler, il finirait par le vaincre, même si cela devait lui coûter le bonheur de sa chère sœur. Si Cornélie, mère des Gracques, n'avait pas vécu une vie marquée par la douleur et la déception, les femmes romaines iraient-elles déposer des fleurs sur sa tombe ? Octavia Pudica embrasserait le même destin.

9

Cet hiver-là, Rome se réjouit, éblouie par le spectacle des triumvirs Marc Antoine et Octavien se promenant dans les rues comme de vieux amis. Confortée par les grossesses de Scribonia et d'Octavie, la cité acclamait l'aube de l'âge d'or qui, selon les vaticinateurs, frappait à la porte de l'humanité. S'étant élevé si haut dans l'éther de la transfiguration créative qu'il ignorait comment en redescendre, Virgile composa sa *Quatrième Églogue*, annonçant l'avènement d'un enfant qui sauverait le monde. Les plus cyniques lançaient entre eux des paris pour savoir, qui du fils de Marc Antoine ou d'Octavien serait l'Élu, sans même concevoir que les jeunes épouses pussent accoucher de filles. Dans leur esprit, la dixième ère ne pouvait pas être introduite par un enfant de sexe féminin.

Malgré l'optimisme ambiant, la saison froide apporta son lot de troubles. Le procès secret de Salvidienus alimentait toutes les conversations, bien que seuls les membres du Sénat eussent connaissance des preuves apportées et de la défense présentée par Salvidienus et ses avocats. Le verdict choqua, les Romains croyant révolus les temps où l'on mettait à mort des citoyens reconnus coupables de trahison. Les traîtres étaient condamnés à l'exil, proscrits, mais jamais jugés devant le Sénat et condamnés à mort. La peine capitale ne pouvant être infligée à un Romain, il fallait d'abord le priver de sa citoyenneté avant de lui ôter la tête. Toute une affaire ! Bien qu'il ne se fût pas réuni depuis plusieurs années, le tribunal des trahisons figurait toujours sur les tablettes. Alors pourquoi le secret d'un procès devant le Sénat ?

À peine l'éminente assemblée eût-elle réglé le sort de Salvidienus que l'on vit Hérode exhiber sa tenue de pourpre tyrienne et d'or dans les rues de la cité. Il descendit dans l'auberge la plus onéreuse de la ville, au coin du *clivus* Orbius, d'où il entreprit de prodiguer ses largesses à quelques sénateurs indigents. Sa requête pour être nommé roi des Juifs fut présentée en bonne et due forme dans le *senaculum*, devant un petit quorum de pères conscrits attirés par sa générosité et le soutien de Marc Antoine. Pour eux, il ne s'agissait là que d'une nomination théorique. Dans la pratique, Antigone demeurait roi des Juifs avec la sanction des Parthes et était protégé d'une proche destitution par l'approbation de la majorité des Juifs, qui ne voulaient entendre parler d'aucun autre que lui.

Tandis qu'il accompagnait son hôte au pied du Capitole, dans la minuscule annexe du temple de la Concorde où le Sénat recevait les étrangers, interdits d'entrée dans la Chambre, Marc Antoine ne put réprimer sa curiosité.

— D'où tiens-tu tout cet argent ?

— De Cléopâtre, répondit Hérode.

Les grandes mains se crispèrent.

— De Cléopâtre ?

— Qu'y a-t-il de si étonnant à cela ?

— Elle est trop avare pour donner un sou à qui que ce soit.

— Mais pas son fils, qui la mène par le bout du nez. En outre, il m'a quand même fallu lui promettre de lui verser les revenus du baume de Jéricho une fois que je serai roi.

Hérode obtint donc son *senatus consultum*, qui ratifia officiellement sa position de roi des Juifs.

— Il ne te reste plus qu'à gagner ton royaume, commenta Quintus Dellius devant un somptueux dîner concocté par les célèbres cuisiniers de l'auberge.

— Oh, je sais ! Je sais ! répondit Hérode d'un ton cassant.

— Je n'y suis pour rien si la Judée t'est passée sous le nez, lui reprocha Dellius. Pourquoi t'en prendre à moi ?

— Parce que tu te trouves sous mes yeux, à enfourner dans ta gueule des pies de truie dont chaque bouchée me coûte une goutte de baume de Jéricho ! Marc Antoine va-t-il finir par se bouger le cul et combattre Pacorus ? Il n'a même pas mentionné une campagne contre les Parthes !

— Impossible. Il lui faut garder son cher Octavien à l'œil.

— Oh, le monde entier est au courant ! le coupa Hérode

— En parlant de personnes qui sont chères, Hérode, aurais-tu renoncé à épouser Mariamne ? Antigone ne l'aura-t-il pas prise pour femme avant toi ?

— Impossible ! Il ne peut s'unir à sa propre nièce. En outre, il craint trop ses proches pour l'offrir à l'un d'eux.

Hérode s'affala sur la banquette en claquant ses mains grassouillettes, un sourire jusqu'aux oreilles.

— Et puis, il ne l'a pas. Moi si.

— Toi si ?

— Oui, je l'ai enlevée et menée dans un endroit secret juste avant la chute de Jérusalem.

— Joliment joué ! remarqua le légat en repérant un nouveau mets délicat sur la table. Combien de gouttes de baume de Jéricho faut-il compter pour ces roitelets farcis ?

Comme d'autres événements, la visite en grande pompe d'Hérode fut rapidement éclipsée par le grand problème qui se posait à Rome depuis la mort de César : l'approvisionnement en grain. En dépit de sa promesse de se tenir à carreau, Sextus Pompée recommença à sillonner les routes maritimes pour mettre le grappin sur les cargaisons de blé à destination de l'Italie avant que ne séchât la cire scellant le pacte de Brindes. Avec une effronterie inédite, il envoyait maintenant des détachements d'hommes à terre pour piller des greniers que nul n'aurait crus menacés par ses attaques. Lorsque le prix du grain public atteignit les quarante sesterces pour une ration de six jours, des émeutes éclatèrent à Rome et dans toutes les villes de la péninsule. Certes, du grain continuait à être distribué gracieusement aux citoyens les plus démunis, mais depuis que Divus Julius avait lancé une enquête générale sur les ressources, le nombre de bénéficiaires avait diminué de moitié, passant à cent cinquante mille. Les foules en colère réclamaient à grands cris un blé au prix de dix sesterces le *modius* ou un élargissement de la répartition commune à tous ceux qui ne pouvaient se permettre de dépenser quatre fois plus pour se nourrir. Lorsque le Sénat rejeta la pétition, Rome vécut les émeutes les plus violentes qu'elle avait connues depuis Saturninus.

Les temps devenaient difficiles pour Marc Antoine, qui ne pouvait que constater par lui-même la gravité d'une situation dont il était le principal responsable : lui, et lui seul, avait donné au fils du grand Pompée les moyens de continuer ses opérations de sabotage. Réprimant un soupir, il sacrifia deux cents talents de monnaie sonnante et trébuchante qu'il comptait dépenser dans ses seuls plaisirs et les consacra à l'achat d'une quantité suffisante de grain pour nourrir cent cinquante mille citoyens de plus, un geste qui lui valut une adoration démesurée de la part des prolétaires. Il avait reçu cette manne financière des mains de Pythodore de Tralles en échange de sa dernière fille, sans charme, obèse et attardée. Le ploutocrate n'aurait pour rien au monde décliné l'offre, si bien qu'une Antonia Minor mugissant comme un veau séparé de sa mère était déjà en route pour Tralles et ce qui lui servirait de mari. Demeurée à Rome, Antonia Hybrida beuglait pour informer toute la cité du triste sort de sa fille.

— Quel acte ignoble ! se scandalisa Octavien.

— Ignoble ? Ignoble ? Dois-je te rappeler que nous parlons de ma fille, que je suis en droit de marier à qui il me chante ! rugit Marc Antoine, interloqué par l'impudence du jeune blanc-bec. En outre, le prix que j'en ai obtenu a permis de nourrir le double de citoyens pour un mois et demi ! Dans ces circonstances, peux-tu encore parler d'ignominie ? J'écouterai tes critiques, Octavien, quand tu auras produit une fille capable d'offrir un dixième de ce que la mienne a donné aux indigents des *capite censi* !

— *Gerræ !* s'exclama avec dédain Octavien. Avant d'arriver à Rome et de voir de tes propres yeux ce qui s'y passait, tu ne pensais qu'à garder cet argent pour rembourser tes dettes croissantes ! La pauvre fille ne possède pas une once de raison pour l'aider à comprendre sa destinée. Tu aurais au moins pu envoyer sa mère avec elle, plutôt que de laisser la pauvre femme pleurer sa perte à Rome, aux oreilles du tout-venant !

— Depuis quand fais-tu preuve de sentiments ? *Mentulam caco !*

Marc Antoine sortit dans une furie que même Octavie eut peine à apaiser, laissant derrière lui un Octavien pris de haut-le-cœur en se représentant la scène suggérée par le juron.

Ce fut le moment que choisit Caius Asinius Pollio, désormais consul en pleine possession de ses prérogatives, pour exposer sa proposition. Maintenant qu'il avait prêté serment, il cherchait à marquer ses deux mois de consulat et à entrer dans la danse. Or quelle meilleure façon de s'illustrer que de résoudre le problème du grain. Pour cela, il lui fallait ramener Sextus à la raison. Juste et impartial, il estimait que le plus jeune fils de Pompée n'était pas entièrement dans son tort. Âgé de dix-sept ans quand son père avait été assassiné en Égypte, proche des vingt ans lorsque son grand frère avait rendu son dernier souffle, au lendemain de la bataille de Munda, il avait dû survivre, impuissant, après qu'un Sénat et un peuple vindicatifs l'eurent condamné à une vie de proscrit en lui refusant une chance de redorer le blason de sa famille. Il aurait suffi, pour éviter l'épouvantable situation actuelle, qu'un décret sénatorial l'autorise à retrouver sa patrie et à hériter du statut et de la fortune qui lui revenaient. Si ce n'était que son statut avait été volontairement terni pour accroître la réputation de ses ennemis et que sa fortune avait depuis longtemps disparu dans le gouffre sans fond de la guerre civile. Pollio pensait malgré tout pouvoir convaincre les triumvirs de la nécessité d'une réhabilitation. Aussi convoqua-t-il Marc Antoine, Octavien et Mécène dans son étude.

— Sans cela, remarqua-t-il au-dessus d'un gobelet de vin noyé d'eau, je ne donne pas longtemps avant que nous tous, présents dans cette pièce, mourions aux mains de la populace. Celle-ci ignorant tout du gouvernement, Rome verra naître une nouvelle dynastie de maîtres dont je n'ose imaginer le nom, des hommes sortis de l'obscurité pour entrer dans la lumière. Je ne tiens pas à finir ma vie ainsi. Je souhaite me retirer le front ceint de lauriers pour rédiger l'histoire de notre tumultueuse époque.

— Quelle belle tournure de phrase ! murmura Mécène, seul à briser le silence.

— Qu'essaies-tu de nous dire exactement, Pollio ? demanda Octavien au bout d'un long moment. Que nous, qui supportons cet irresponsable pillage depuis des années, qui avons vu les caisses du Trésor se vider à cause de ses pirateries, devrions le glorifier ? Que nous devrions lui annoncer que tout est oublié, qu'il peut revenir à Rome ? Peuh !

— Voyons, remarqua Marc Antoine avec grand sérieux, tu te montres bien dur. Pollio tient une part de vérité lorsqu'il affirme que Sextus Pompée ne possède pas un fond méchant. Personnellement, j'ai toujours trouvé qu'il était injustement brimé, d'où ma réticence, Octavien, à écraser le garçon.

— Quel hypocrite ! s'écria l'autre, pris d'une fureur qu'aucun des trois hommes ne lui avait jamais connue. Comme il est facile pour toi de te montrer bon et compréhensif, espèce d'empoté inerte qui passe ses hivers oisifs dans la débauche pendant que je me débats pour remplir quatre millions de panses ! Et où se trouve l'argent dont j'ai besoin pour mener à bien cette tâche ? Je vais te le dire : dans les coffres de ce pauvre garçon injustement dépossédé ! Car il doit en collectionner, des coffres, à force de me spolier ! Or lorsqu'il me vole, Marcus Antonius, il vole Rome et l'Italie.

Mécène posa une main apaisante sur l'épaule d'Octavien, serrant si fort que le triumvir grimaça de douleur et secoua l'omoplate pour se débarrasser de la puissante étreinte.

— Je ne vous ai pas demandé de venir ici aujourd'hui pour écouter vos différends personnels, intervint avec autorité Pollio. Je vous ai invités pour envisager de trouver au problème Sextus Pompée une solution moins coûteuse qu'une guerre navale. Or celle-ci repose dans la négociation, pas dans le conflit ! Je te fais confiance, Octavien, pour le comprendre.

— Plutôt pactiser avec Pacorus et lui céder tout l'Est !

— Nous allons finir par croire à ta mauvaise volonté, observa Marc Antoine.

— Je veux régler cette situation par l'unique solution : celle qui consiste à brûler tous ses navires, jusqu'au dernier, exécuter ses amiraux, vendre ses équipages et ses soldats en esclavage et le laisser libre d'émigrer en Scythie ! Tant que nous n'accepterons pas qu'il n'existe aucune autre solution, Sextus Pompée continuera à affamer Rome et l'Italie par pur caprice. Ce misérable n'a ni bien ni honneur !

— Je propose, Pollio, que nous envoyions une députation auprès de Sextus pour lui proposer de nous rencontrer à... Pouzzoles, intervint Marc Antoine, rayonnant de bonne volonté. Oui, Pouzzoles semble parfait.

— Je suis d'accord, accepta Octavien.

Tous se surprirent de ce subit revirement, y compris Mécène. Fallait-il y voir un accès de colère calculé ou quelque manigance ? Cependant, puisque Octavien avait accepté sans broncher une réunion au sommet, Pollio ne s'attarda pas sur le sujet.

— Ce sera à toi de jouer, Mécène. Je compte partir le plus tôt possible prendre mon poste de commandement proconsulaire en Macédoine. Le Sénat peut nommer des consuls *suffect* pour le reste de l'année. Un *nundinum* à Rome me suffit amplement.

— Combien de légions désires-tu ? lui demanda Marc Antoine, soulagé de voir la discussion regagner des domaines de sa compétence.

— Six devraient faire l'affaire.

— Fort bien ! Je pourrai donc en donner onze à Ventidius pour aller en Orient. Pour l'instant, il devra se contenter de contenir Pacorus et Labienus, sourit Marc Antoine. Ah, ce bon vieux muletier de Ventidius !

— Peut-être meilleur que tu ne le penses, ajouta Pollio, pince-sans-rire.

— Hmm ! Je le croirai lorsque je le verrai. Il n'a pas vraiment brillé lorsque mon frère s'est retrouvé bloqué à Pérouse.

— Moi non plus, Marcus Antonius ! rétorqua Pollio. Notre inactivité se justifiait sans doute par l'absence de réponse aux courriers adressés à un certain triumvir.

Octavien se leva.

— Je vais prendre congé, si cela ne vous dérange pas. La seule mention de lettres me rappelle que j'en ai une centaine à écrire. C'est dans de tels moments que j'aimerais avoir la capacité de Divus Julius à occuper quatre secrétaires à la fois.

Lorsqu'il se retrouva seul avec Marc Antoine, Pollio riva ses yeux dans les siens.

— Ton problème, Marcus, c'est que tu es un paresseux et un plaisantin ! déclara-t-il avec mordant. Si tu ne te remues pas le *podex*, tu risques de comprendre que tu as réagi trop tard.

— Ton problème, Pollio, c'est que tu es un enquiquineur de première.

— Plancus commence à piaffer, il a pris la tête d'une faction.

— Eh bien, laissons-le piaffer à Éphèse. Il n'a qu'à aller gouverner la province d'Asie. Le plus tôt sera le mieux.

— Et Ahenobarbus ?

— Qu'il garde le poste de gouverneur de Bithynie.

— Qu'en est-il des royaumes clients ? Depuis la mort de Deiotarus, la Galatie n'est plus qu'un champ de ruines.

— Oh, ne t'inquiète pas, j'ai ma petite idée, répondit Marc Antoine avec un bâillement. Grands dieux, comme je hais les hivers à Rome !

10

La fin du printemps sonna l'arrivée des enfants tant attendus, deux filles, Julia et Antonia, nées à un mois d'écart des entrailles de Scribonia et d'Octavie. Le pacte de Pouzzoles fut scellé en la présence de Sextus Pompée alors que l'été déclinait. Nul ne savait ce qui trottait dans la tête de Marc Antoine, mais Octavien tenait pour évident que Sextus ne se conduirait pas en homme d'honneur. Le fils du grand Pompée demeurait, au fond de son être, un seigneur de guerre picentin avili en pirate, un homme incapable de respecter ses promesses. Il accepta de ne plus entraver le transport de grain jusqu'en Italie à la condition de se voir officiellement reconnu gouverneur de Sicile, de Sardaigne et de Corse. En sus, il reçut le Péloponnèse grec, un millier de talents d'argent et le droit d'être élu consul au terme d'une échéance de quatre ans, un poste auquel Libo lui succéderait. Tout être doté d'un cerveau plus grand qu'un pois pouvait discerner la mascarade derrière cette réunion. Comme le pirate devait se gausser de Rome, songeait Octavien, guère dupe.

Une clause de l'accord stipulait le retour à Rome des derniers exilés, une catégorie qui ne comptait plus dans ses rangs que Tiberius Claudius Néron. Jugeant que le pacte de Brindes ne lui garantissait pas une protection satisfaisante, ce dernier avait préféré demeurer à Athènes jusqu'à ce nouvel accord, en vertu duquel il s'estima libre de regagner la cité sans risque de punition, en dépit des difficultés auxquelles devait s'attendre un homme dont la fortune s'était réduite comme peau de chagrin. Il ne pouvait se reprocher qu'à lui-même ses investissements imprudents dans les sociétés de publicains chargées de prélever les revenus de la province d'Asie, des organisations que Quintus Labienus et ses mercenaires parthes avaient fait fuir en envahissant les riches cités de Carie, de Pisidie et de Lycie. Mais de là à porter entièrement la responsabilité de sa ruine... Sans sa légendaire stupidité, il serait resté en Italie pour placer sa fortune plutôt que de fuir pour la mettre à la disposition d'affranchis grecs et de banquiers léthargiques sans scrupule.

Le Tiberius Claudius Néron qui reprit le chemin de l'Italie au début de l'automne se révéla donc de piètre compagnie pour son épouse. Ses ressources pécuniaires lui permirent tout juste de louer une litière et une charrette pour ses malles. Bien qu'il eût autorisé Livie Drusilla à partager sa banquette, elle déclina l'invitation sans chercher à se justifier. Non seulement la maigreur des porteurs, de pauvres diables tout juste capables de soulever le brancard chargé de Néron et son fils, suscitait sa pitié, mais elle répugnait à approcher de trop près les deux occupants de la couche. Livie Drusilla marchait donc derrière la troupe au pas. Le ciel laissait percer de chauds rayons de soleil tempérés par des ombres accueillantes. Une brise fraîche apportait dans son sillage le parfum des prés roussis et des herbes aromatiques que cultivaient les fermiers pour repousser les insectes nuisibles pendant l'hiver. À l'inverse de Néron, Livie Drusilla préférait cheminer sur les bas-côtés, où les pâquerettes étalaient un blanc tapis à ses pieds et les pommes et poires de rejets semés par le vent s'offraient à son bras tendu. Tant que ses vagabondages ne la menaient pas en dehors du champ de vision de son époux, le monde lui appartenait.

À Teano, ils s'enfoncèrent dans les terres par la via Latina pour éviter les marais pomptins qui bordaient la via Appia, une contrée infestée par une fièvre fatale à de nombreux voyageurs. Aux abords de Frégelles, ils descendirent dans la première auberge à même de leur offrir un bon bain, un désir que Néron entendait satisfaire sur-le-champ.

— Ne vide pas l'eau lorsque mon fils et moi en aurons terminé, commanda-t-il au serviteur. Ma femme l'utilisera.

Une fois dans la chambre, il la regarda fixement, sourcils froncés. Le cœur battant, elle s'inquiéta d'avoir laissé son visage la trahir mais demeura immobile, sage et obligeante, prête à écouter les traditionnels sermons.

— Nous approchons de Rome, Livie Drusilla, j'exigerai donc de toi des efforts pour éviter les dépenses excessives, lui ordonna-t-il. Le petit Tibère aura besoin des services d'un pédagogue l'an prochain, des frais importuns, et il te revient d'économiser suffisamment jusque-là pour rendre ce fardeau plus léger à notre foyer. Pas de nouvelle robe, pas de bijou et pas de serviteurs spéciaux, comme les coiffeurs ou les maquilleurs. Me suis-je bien fait entendre ?

— Oui, mon cher, répondit-elle en bonne épouse, avec un soupir intérieur.

Si elle se souciait peu de se voir priver de coiffeurs ou d'autres agréments, elle aspirait désespérément à une vie de paix et de sécurité exempte de critiques. Elle rêvait d'un refuge dans lequel elle pût lire selon ses goûts, concevoir le menu sans se soucier de son coût, ne pas être tenue responsable des menus larcins des domestiques. Elle voulait se sentir adorée, voir le visage des communs s'illuminer à la seule mention de son nom, comme Octavie, l'épouse de Marc Antoine dont on vantait tant les mérites, dont des statues étaient érigées sur la place du marché de Bénévent, de Capoue ou de Teano. Qu'avait-elle fait, après tout, mis à part s'unir à un triumvir ? Les gens chantaient sa gloire comme celle d'une déesse, priaient pour l'apercevoir un jour sur le chemin de Rome à Brindes, s'extasiaient à sa mention, lui attribuaient le mérite de la paix. Oh, si seulement elle pouvait être une Octavie ! Mais qui se souciait de l'épouse d'un patricien répondant au nom de Tiberius Claudius Néron ?

Livie Drusilla sortit de sa rêverie avec un sursaut et s'humecta les lèvres sous le regard perplexe de son mari.

— Désires-tu me dire quelque chose ? l'interrogea-t-il froidement.

— Oui, époux.

— Parle donc, femme !

— J'attends un autre enfant. Un autre fils, je crois. Les symptômes sont identiques à ceux que je ressentais pour Tibère.

Elle eut à peine le temps de lire le choc sur son visage que le mécontentement lui succédait. Les coins de sa bouche s'affaissèrent, ses dents grincèrent.

— Oh, Livie Drusilla, ne pouvais-tu pas t'arranger un peu mieux ? Je ne peux me permettre un deuxième enfant, encore moins un deuxième fils ! Tu ferais mieux de rendre visite à la Bona Dea et de te procurer un remède dès notre arrivée à Rome.

— Je crains qu'il ne soit trop tard pour cela, *domine*.

— *Cacat !* jura-t-il d'une voix féroce. Depuis combien de temps ?

— Près de deux mois, je crois. Le remède doit être pris dans les six *nundina*. J'en suis déjà à sept.

— Peu importe, tu le prendras.

— Certainement.

— Il ne manquait plus que cela ! s'écria-t-il, brandissant ses poings serrés. Va-t'en, femme ! Va-t'en et laisse-moi me baigner en paix !

— Désires-tu encore que Tibère se joigne à toi ?

— Évidemment ! Il est ma seule joie, mon unique consolation.

— Dans ce cas, puis-je aller me promener dans la vieille ville ?

— Pour ce que cela m'importe, femme ! Tu peux même marcher sur la pointe des pieds au bord d'une falaise !

Depuis quatre-vingt-cinq ans, Frégelles n'était plus que l'ombre d'une ville. À l'époque où la péninsule s'apparentait à une mosaïque d'États italiques émaillés de colonies romaines, sa rébellion contre Rome lui avait valu d'être mise à sac par Lucius Opimius. L'injustice de cette réponse cavalière avait finalement mené les petites entités à s'unir pour secouer le joug romain. Si la violente guerre qui s'était ensuivie trouvait son origine dans des causes diverses et variées, l'élément déclencheur en avait été l'assassinat du grand-père adoptif de Livie Drusilla, le tribun de la plèbe Marcus Livius Drusus.

Au fait de l'histoire du lieu, la petite-fille du prestigieux défunt déambulait parmi des murs effondrés et de vieux bâtiments, le cœur en peine et les yeux remplis de larmes refoulées. Comment Néron osait-il la traiter ainsi ? Comment pouvait-il rejeter la faute de cette grossesse sur elle qui, si le choix lui en était donné, ne partagerait jamais sa couche ? Sa haine envers son mari avait germé depuis Athènes. Toute dévouée qu'elle demeurait, l'épouse modèle abhorrait chaque instant de sa vie conjugale.

Si elle connaissait le destin de son grand-père, elle ignorait que cinquante ans plus tôt, Lucius Cornelius Sylla avait emprunté le même chemin pour méditer sur les raisons du massacre. Face au spectacle des coquelicots cramoisis abreuvés de sang italique et romain, des marguerites jaunes caressées par le vent jaillissant avec coquetterie des orbites des crânes lisses, il s'était posé la question à laquelle aucun être n'avait trouvé de réponse : pourquoi les hommes faisaient-ils la guerre à leurs frères ? Marchant sur les pas de l'homme d'État, Livie Drusilla vit à travers le prisme de ses larmes une silhouette romaine avancer vers elle. Après s'être interrogée sur la réalité de cette apparition et avoir vainement cherché d'un regard furtif un endroit où se cacher, elle se fit toute petite sur le tambour de colonne qui avait autrefois reçu Caius Marius, sans cesser de surveiller la progression de l'inconnu.

Il portait une toge bordée de pourpre surmontée d'une chevelure blonde luxuriante. Son allure gracieuse et assurée attestait d'un corps svelte et jeune sous l'épaisse enveloppe de tissu. Seuls quelques pas les séparaient lorsqu'elle distingua avec netteté le doux et beau visage d'une sévérité bienveillante et les yeux gris frangés d'or. Livie Drusilla en eut le souffle coupé.

Octavien avait fui, lui aussi. Tout pétri de bonnes intentions et d'indubitable loyauté qu'il était, son entourage finissait par l'épuiser. Il avait donc quitté la moderne Fabrateria Nova, construite sur les ruines de Frégelles, pour rejoindre la vieille ville sous un soleil régénérateur, le visage tourné vers un ciel sans nuage, et laisser enfin son esprit vaguer un peu. S'élevant dans un calme absolu, les ruines renfermaient une étrange séduction. Dans cet endroit, le bourdonnement des abeilles remplaçait le jacassement des marchés et le chant léger de quelque oiseau lyrique se substituait aux braillements des artistes ambulants. Quelle paix ! Combien il l'appréciait, combien elle lui faisait besoin !

Sans doute cet instant de liberté creusa-t-il une faille assez grande dans son esprit pour que s'y immisçât un sentiment de solitude : pour la première fois d'une vie bien remplie, il comprit que personne ne respirait pour lui seul. Il pouvait bien sûr compter sur Agrippa, mais son loyal ami n'occuperait jamais la place d'une mère ou d'une épouse, un être dévoué qui lui apporterait cette délicieuse combinaison de féminité et de bienveillance qu'Octavie offrait à Marc Antoine et que la maudite Atia donnait à Philippus Junior. Non, il refusait de songer à sa dépravée de mère ! Mieux valait garder en tête l'image de sa sœur, la plus douce Romaine de l'Histoire de la cité. Pourquoi la chance de connaître cette plénitude était-elle accordée à ce rustre de Marc Antoine ? Ne méritait-il pas, lui aussi, son Octavie, une femme toutefois assez différente de sa sœur pour lui plaire ?

Il détecta soudain une présence sur les amas de pierre désolés de Frégelles, une femme qui, lorsqu'elle le vit, sembla tout près de s'envoler. Au lieu de cela, elle se laissa tomber sur un tambour, les joues miroitant de larmes dans la vive lumière. Croyant d'abord à une vision, il s'immobilisa un instant. Un petit visage enchanteur se tourna alors vers lui et se rebaissa aussitôt vers le sol. Hormis l'absence de bijou à ses doigts magnifiques, rien ne trahissait l'humilité de la belle inconnue. Il se trouvait en présence d'une grande dame, il le sentait en son for intérieur. Un instinct insoupçonné s'échappa d'une cage enfouie au plus profond de lui avec un hurlement extatique dont il comprit aussitôt le message divin : cette femme lui avait été envoyée comme un cadeau des dieux, qu'il ne pouvait et ne devait pas rejeter. Sur le point d'appeler à grands cris son divin père, il se reprit avec une secousse de la tête. Il lui fallait s'adresser à elle, rompre le charme.

— Ma présence t'importune-t-elle ? demanda-t-il avec un sourire ravissant.

— Non, non, souffla-t-elle en essuyant ses dernières larmes. Pas du tout.

S'asseyant à ses pieds, il l'étudia avec une expression interrogatrice et une lueur de tendresse dans ses merveilleux yeux.

— L'ombre d'un instant, je t'ai prise pour la déesse de la place du marché. Et voilà que je distingue sur ton visage des larmes qui pourraient être versées sur le destin de Frégelles. Mais tu n'es pas encore une divinité, même si tu le deviendras un jour par ma main.

Quel illuminé fallait-il être pour prononcer des paroles aussi incompréhensibles que grisantes ? Cependant, en moins de temps qu'il n'en faut à la foudre pour frapper, Livie Drusilla tomba amoureuse.

— Je profitais d'un instant de loisir pour admirer les ruines, confia-t-elle, la gorge nouée. Ce lieu respire la paix. Ce que je rêve d'avoir la paix ! laissa-t-elle échapper avec passion.

— Certes, une fois que les hommes en ont terminé avec un endroit, le lieu se dépouille de toutes ses terreurs pour ne plus dégager que la paix de la mort. Mais tu es trop jeune pour te préparer à mourir. Mon arrière-grand-oncle, Caius Marius, a rencontré un autre de mes arrière-grands-oncles, Sylla, en ce lieu désolé, afin d'établir un répit. Tous deux étaient alors très occupés à soumettre d'autres endroits au même destin funeste que Frégelles.

— As-tu marché sur leurs pas ?

— Malgré moi. Mais je préfère construire que détruire. Cependant, Frégelles restera à jamais dans son état actuel, ce sera mon monument en ton honneur.

Encore des folies !

— Tu plaisantes, d'autant que je ne le mérite pas.

— Comment pourrais-je rire alors que je t'ai vue pleurer ? Quelle est la cause de tes larmes ?

— L'apitoiement sur moi-même, répondit-elle avec sincérité.

— La réponse d'une bonne épouse. Car tu es une bonne épouse, je crois ne pas me tromper.

Elle considéra le simple anneau doré qui lui servait d'alliance.

— Je m'efforce de l'être, mais c'est parfois difficile.

— Pas si tu m'avais pour époux. Qui est le bienheureux ?

— Tiberius Claudius Néron.

Il laissa échapper une expiration sifflante.

— Ce bougre ! Et tu es ?

— Livie Drusilla.

— Fille d'une grande famille, héritière.

— Plus maintenant.

— Insinuerais-tu que Néron a dilapidé ta dot ?

— Après notre fuite. En fait, je suis une Claudienne de la branche des Néron.

— Ton époux est donc aussi ton cousin germain. As-tu des enfants ?

— Un, âgé de quatre ans.

Ses cils s'abaissèrent.

— Et un dans mes entrailles. Je dois prendre le remède.

Ecastor ! Que lui prenait-il de se confier ainsi à un inconnu ?

— Est-ce là ta volonté ?

— Oui et non.

— Pourquoi ?

— Oui, parce que je n'aime ni mon époux ni mon premier enfant. Non, parce que j'ai le pressentiment qu'il ne me sera plus donné d'enfanter. Bona Dea me l'a fait comprendre lorsque je l'ai priée à Capoue.

— Je viens de Capoue. Je ne t'y ai pourtant pas vue.

— Pas plus que je ne t'y ai vu.

Un silence les enveloppa d'une pellicule doucereuse et sereine à travers laquelle perçaient à peine le chant des alouettes et les stridulations des petits insectes dans l'herbe, comme si le silence lui-même se formait de plusieurs couches.

Livie Drusilla restait immobile, persuadée d'être en proie à quelque enchantement.

— Je pourrais demeurer ici éternellement, osa-t-elle murmurer.

— Moi de même si tu étais avec moi.

De crainte de ne pas trouver la force de le repousser s'il tentait de la toucher, elle brisa le charme d'une voix brusque.

— Tu es bien jeune pour porter la *toga prætexta*. Dois-je comprendre que tu es l'un des sous-fifres d'Octavien ?

— Je ne suis pas un sous-fifre. Je suis César Divi Filius !

Livie Drusilla bondit sur ses pieds.

— Octavien ? Tu es Octavien ?

— Je ne réponds plus à ce nom, répondit-il sans le moindre accent de colère. Je suis César Divi Filius. Un jour, lorsque j'aurai défait mes ennemis et que je n'aurai plus d'égal, je deviendrai César Romulus par un décret du Sénat ratifié par le peuple.

— Mon époux est ton ennemi déclaré.

— Néron ? rit-il avec un amusement certain. Néron n'est rien.

— Il est mon époux et l'arbitre de mon destin.

— Dis plutôt que tu es sa propriété. Je le connais ! Nombreux sont les hommes qui confondent le rôle d'épouse avec celui de bête ou d'esclave. Quel dommage, Livie Drusilla. Pour moi, une épouse devrait être la plus grande alliée d'un homme, pas un bien.

— Est-ce ainsi que tu considères ton épouse ? demanda-t-elle en le regardant se relever.

— Pas mon épouse actuelle, non. Elle ne possède pas l'intelligence nécessaire, pauvre femme, constata-t-il en agitant sa toge pour la remettre en place. Il me faut reprendre la route, Livie Drusilla.

— Moi de même, César Divi Filius.

Ensemble, ils se mirent en chemin.

— Je me rends en Gaule transalpine, annonça-t-il à un embranchement. Je pensais y prolonger mon séjour mais, maintenant que je t'ai rencontrée, cela me semble impossible. Je rentrerai avant la fin de l'hiver.

Son sourire révéla des dents d'une blancheur accrue par le hâle de sa peau.

— À mon retour, je t'épouserai, Livie Drusilla.

— Je suis déjà mariée, et fidèle à mes vœux, asséna-t-elle en se retirant, blessée dans son amour-propre. Je ne suis pas Servilia, César Divi Filius. Je ne romprai pas mon serment, même avec toi.

— C'est bien pour cela que je t'épouserai ! rétorqua-t-il d'une voix claire en prenant la voie de gauche sans se retourner. Mais Néron ne divorcera jamais de toi pour te laisser épouser un homme de mon espèce, n'est-ce pas ? Quelle terrible situation ! Pourra-t-on jamais la résoudre ?

Livie Drusilla le suivit du regard jusqu'à ce qu'il disparût dans le lointain. Ce n'est qu'alors qu'elle retrouva la mobilité et reprit sa marche. Cæsar Imperator ! Elle ne devait pas se fier aux idioties qu'il lui avait promises, il contait certainement fleurette à toutes les jeunes et jolies femmes placées sur son chemin. Le pouvoir donnait aux hommes une très haute opinion de leur attrait, il suffisait de voir la manière dont Marc Antoine avait entrepris de la charmer. Mais alors qu'elle avait été révulsée par le triumvir de l'Est, elle était tombée d'amour pour son rival. Un seul regard l'avait perdue.

Lorsqu'elle s'était rendue auprès du serpent sacré habitant le temple de la Bona Dea à Capoue pour lui offrir des œufs et du lait, le reptile était sorti de la roche fendue dans un étincelant glissement d'écailles que le soleil avait couvert d'une dorure brillante. Après avoir humé le lait et gobé les deux œufs, il avait levé sa tête triangulaire pour la fixer de ses yeux froids. Elle avait alors entendu des mots étrangers résonner en elle et lui avait retourné son regard sans appréhension, puis avait tendu la main pour le caresser. Le serpent avait posé sa tête sur ses doigts et sorti une langue frémissante, encore et encore, pour lui dire... Elle s'efforça de se remémorer ses paroles à travers l'épais brouillard gris de l'oubli, ce message qu'elle imaginait tout droit venu de la Bonne Déesse. Oui, il lui avait confié que si elle était prête à faire le sacrifice, la Bona Dea lui offrirait le monde. Ce jour-là, elle avait su qu'elle était enceinte. Personne ne voyait jamais le reptile sacré, qui ne sortait boire son lait et manger ses œufs qu'à la nuit. Or le long serpent doré aussi épais que son bras s'était manifesté à elle sous un soleil brûlant. Elle s'était alors juré que si la prédiction se réalisait, elle restaurerait le culte de la Bona Dea comme il l'avait été avant l'ingérence des hommes.

Lorsqu'elle regagna la chambre, Néron quitta du regard une liasse de manuscrits pour l'observer avec un froncement de sourcils menaçant.

— Tu t'autorises une promenade bien longue, Livie Drusilla, pour une femme qui bat le pavé toute la journée.

— J'ai conversé avec un homme sur les ruines de Frégelles.

Néron se raidit.

— Les bonnes épouses ne discutent pas avec les inconnus.

— Ce n'était pas un inconnu, c'était César Divi Filius.

Sa réponse provoqua une diatribe tant entendue qu'elle se sentit libre de laisser son époux la débiter sans l'écouter. Elle finit par l'interrompre en énonçant, d'une voix indifférente, son désir d'utiliser l'eau du bain avant qu'elle ne fût gelée. Ce qu'elle fit, bien qu'il lui fallût du courage pour s'y résoudre après avoir récolté les peaux mortes et les huiles corporelles flottant à sa surface et senti son odeur de sueur nauséabonde. Néron était du genre à uriner dans la cuve et à encourager son fils à l'imiter. Après avoir écumé autant de résidus que possible à l'aide d'un chiffon, elle se plongea dans l'eau à peine tiède. Elle aurait volontiers abandonné sa vertu d'épouse pour un bain chaud et parfumé dans un beau bassin de marbre. Bannissant de son esprit les images d'urine et de crasse, elle se mit à rêver qu'elle venait de rencontrer l'homme qui lui en offrirait la possibilité, que Divi Filius ne s'était pas moqué d'elle.

De fait, César Octavien avait parlé avec le plus grand sérieux, bien qu'il passât la totalité de sa marche jusqu'à la demeure du *duumvir* de Fabrateria à se reprocher la maladresse de sa déclaration d'amour, un sourire ironique sur les lèvres. Voilà ce qui arrivait à ceux qui défiaient les dieux. Lui qui méprisait le sentimentalisme mièvre et accusait de faiblesse les hommes qui affirmaient avoir été transpercés par la flèche de Cupidon en un seul regard, était désormais condamné à traverser la vie avec un dard fiché dans la poitrine, submergé d'amour pour une femme qu'il ne connaissait même pas. Comment se l'expliquer ? Comment un être aussi rationnel et objectif que lui pouvait-il succomber à une émotion en opposition avec toutes ses croyances ? Quelque dieu devait l'avoir visité, rien d'autre n'avait de sens ! Pourquoi ressentait-il cet élan qui ressemblait fort à de l'amour ? Elle l'avait ému plus qu'il ne pouvait le supporter, tant qu'il rêvait de la libérer de son fardeau, de prendre ce poids sur ses propres épaules, de la couvrir de baisers et de demeurer à son côté pour le restant de ses jours ! Dire qu'il s'agissait de Livie Drusilla, une Claudienne issue du même dépotoir que ce prétentieux de Tiberius Claudius Néron, son époux. Si la branche des Claudii surnommée Pulcher produisait des consuls et censeurs excentriques, indépendants, non conformistes, celle portant le *cognomen* de Néron était réputée pour ses moins que rien. Tiberius Claudius Néron en était la preuve vivante. Fier, entêté et mesquin, il n'accepterait jamais de divorcer de sa femme sur ordre de César Octavien.

Le visage de la jeune femme dansait dans son esprit, l'ensorcellait avec ses yeux striés, ses cheveux bruns, sa peau laiteuse, ses voluptueuses lèvres rouges. Ne s'agissait-il que d'un désir sexuel ? Était-ce possible qu'il souffre de l'affection qui ne cessait de plonger Marc Antoine dans le pétrin ? Non, il refusait de le croire ! Quelle que fût cette émotion inconnue, elle devait trouver meilleure raison qu'une simple démangeaison de son membre. Octavien continuait à s'interroger dans le char qui le ramenait à Rome. Peut-être tout homme possédait-il, comme les tourterelles, une partenaire naturelle ? Peut-être avait-il trouvé la sienne en l'épouse d'un autre, de surcroît enceinte de cet homme ? Mais sa grossesse ne changeait rien, elle n'appartenait désormais à nul autre que lui !

Octavien chérissait un secret qu'il voulait garder pour lui seul. Eût-il souhaité le partager, il n'aurait trouvé aucun confident. Puisque les navires transportant le grain étaient amarrés en toute sécurité à Pouzzoles et Ostie et que le prix du blé avait retrouvé son niveau normal, pour cette année du moins, Marc Antoine décida de repartir pour Athènes et d'emmener avec lui Octavie et sa progéniture. Auprès de qui d'autre que sa sœur Octavien aurait-il pu se décharger de ce terrible dilemme émotionnel ? Mais Octavie débordait d'une telle joie depuis ses noces et était tant prise par les préparatifs de départ qu'elle aurait à tout moment risqué de laisser échapper la confidence à son époux. Il imaginait déjà les cris de victoire et les taquineries insupportables de son beau-frère : « Ha ha ha, Octavien serait-il aiguillé par son pénis ? » Il regarda donc le couple antonien disparaître à l'horizon sans rien avoir divulgué, se demandant si Agrippa saurait trouver les mots pour le raisonner lorsqu'il arriverait à Narbonne, à un mois de route de Rome.

La passion constituait une entrave gênante chez un être aux

habitudes cérébrales d'une froide logique et aux émotions refoulées avec fermeté. Troublé, tourmenté, le triumvir rongeait son mors au point de perdre l'appétit et de manquer y laisser la raison. Il fondit à vue d'œil, comme si son être physique s'évaporait au contact d'une fournaise, et renonça à penser en grec, un exercice difficile auquel il s'astreignait jusque-là avec une détermination de fer. Aussi devait-il, malgré lui, dicter en latin plus d'une demi-centaine de communications supposées être rédigées en grec et en demander la traduction à ses secrétaires. En l'absence de Mécène, dont il ne déplorait guère l'éloignement en de telles circonstances, ce fut son épouse qui, à la veille de son départ pour la Gaule transalpine, s'arma de courage pour lui parler.

Scribonia avait vécu une grossesse heureuse et tranquille, mettant au monde sans contretemps ni souffrance la petite Julia. D'une beauté indéniable, l'enfant avait hérité de son père des cheveux de lin et de grands yeux bleus, trop clairs pour s'assombrir au fil des mois. Ne gardant de sa propre mère, Cornélie, aucun souvenir heureux, Scribonia s'appliqua à materner son enfant, plus que jamais amoureuse de l'époux distant et méticuleux que le destin lui avait donné. Qu'il ne l'aimât pas ne la souciait guère tant qu'il la traitait avec une gentillesse, une obligeance et un respect infaillibles. En outre, il avait promis de lui rendre visite dans ses appartements dès qu'elle se serait remise de son accouchement, raison pour laquelle elle priait Junon Sospita, Magna Mater et Spes pour bientôt offrir à César Divi Filius un fils.

Mais un incident était survenu alors qu'Octavien revenait d'une visite des camps d'entraînement militaire éparpillés autour de l'ancienne ville légionnaire de Capoue. Scribonia avait ses propres yeux et oreilles pour en attester, mais aussi ceux de plusieurs serviteurs, notamment Caius Julius Burgundinus, majordome d'Octavien et petit-fils du cher affranchi germain de Divus Julius, Burgundus. En charge de la *domus* Hortensia, l'homme ne quittait jamais Rome, mais comptait tant de frères, de sœurs, de cousins, de tantes et d'oncles parmi la clientèle de son patron qu'une poignée d'entre eux était toujours disponible pour servir Octavien lors de ses déplacements. S'enorgueillissant de son savoir, Burgundus contait donc à qui voulait l'entendre que le maître était revenu d'une promenade à Frégelles dans une humeur que personne ne lui avait jamais vue. Si, selon le serviteur, il ne pouvait s'agir que d'une apparition divine, les théories se succédaient et ne se ressemblaient pas.

Scribonia, elle, craignait quelque maladie mentale. Depuis son retour, le modèle de calme et de sérénité qu'elle avait quitté quelques semaines plus tôt se montrait susceptible, coléreux et critique envers des choses qui ne méritaient auparavant même pas son attention. Si elle l'avait connu aussi bien qu'Agrippa, elle aurait détecté dans son comportement les symptômes du dégoût de lui-même. Mais, à son échelle, elle ne put que tenter de lui rappeler qu'il lui fallait prendre des forces, et donc s'alimenter.

— Tu as besoin de toutes tes forces, mon cher, tu dois manger, remarqua-t-elle devant le délicieux dîner qu'elle avait spécialement commandé. Tu pars demain pour Narbonne, où tu ne pourras déguster aucun de tes plats favoris. Je t'en prie, César Octavien, mange !

— *Tace !* la coupa-t-il en glissant de sa banquette. Gare à tes manières, Scribonia ! Tu deviens mégère !

Il se tut, un pied levé le temps qu'un serviteur à terre lui bouclât son soulier avec des gestes paniqués.

— Voilà le terme ! Une vraie mégère ! Une horrible mégère ! Une mégère qui se découvre !

Elle ne posa plus les yeux sur lui jusqu'à ce qu'elle l'entendît partir, le lendemain matin. Courant dans un torrent de larmes, elle arriva juste à temps pour voir son casque doré disparaître dans un char couvert, sous une averse. Rome pleurait le départ de César Octavien.

— Il est parti sans me dire au revoir ! se lamenta-t-elle à Burgundinus, qui se tenait à son coude, les yeux rivés au sol.

Le majordome produisit un rouleau sans oser la regarder.

— *Domina*, César Divi Filius m'a ordonné de te remettre ceci.

Par la présente, je demande le divorce pour les motifs suivants : comportement acariâtre, âge avancé, mauvaises manières, incompatibilité et prodigalité.

J'ai ordonné à mon majordome de t'installer toi et notre enfant dans mon ancienne domus, *à Capita Bubula, près de la Curia Veteres, où tu résideras et élèveras ma fille ainsi que l'exige son rang. Elle devra recevoir une éducation complète, loin des outils de filage et de tissage. Mes banquiers te remettront une indemnité suffisante et tu disposeras à ton gré de ta dot. Mais n'oublie jamais que je peux revenir sur ces généreuses dispositions à tout moment, ce que je n'hésiterai pas à faire si je viens à entendre la moindre rumeur d'immoralité te concernant. Dans ce cas, je te renverrai à ton père et assurerai la garde de Julia, que tu auras interdiction de voir.*

Les doigts soudain gourds, Scribonia laissa tomber le manuscrit scellé du sphinx et s'écroula sur un banc de marbre, la tête entre les genoux pour combattre les vertiges.

— C'est terminé, murmura-t-elle à Burgundinus, qui ne l'avait pas quittée.

— Oui, *domina*, répondit-il avec douceur à une maîtresse qu'il avait particulièrement appréciée.

— Mais je n'ai rien fait ! Je ne suis pas acariâtre ! Je ne possède aucun de ces horribles défauts dont il a dressé la liste ! *Âge avancé ?* Alors que je n'ai pas encore trente-cinq ans !

— Selon les ordres de Cæsar Imperator, tu dois quitter la demeure aujourd'hui, *domina*.

— Mais je n'ai rien fait, je ne mérite pas ce traitement !

Pauvre femme, elle l'avait irrité, songea Burgundinus, condamné au mutisme par les liens de la clientèle. Octavien n'hésiterait pas à l'insulter devant le monde entier pour sauver la face. Pauvre femme ! Et pauvre petite Julia !

À Narbonne, l'insubordination des Aquitains avait exigé la présence de Marcus Vipsanius Agrippa, qui avait montré aux insurgés que Rome produisait encore des troupes exceptionnelles et des généraux maîtres dans l'art de la guerre.

— J'ai pillé Bordeaux mais je ne l'ai pas brûlée, expliqua-t-il à Octavien, arrivé au terme d'un voyage éprouvant qui l'avait vu souffrir d'asthme pour la première fois depuis deux ans. Je n'en ai tiré ni or ni argent, mais une montagne de roues de chariot ferrées, quatre mille tonneaux de grande qualité et quinze mille hommes valides à vendre comme esclaves à Marseille. Les marchands se frottent déjà les mains de jubilation, les marchés n'ont pas reçu une telle marchandise depuis un moment. J'ai jugé peu diplomatique d'asservir les femmes et les enfants, mais il est encore temps d'y remédier si tu le souhaites.

— Non, si tu le souhaites, toi. Les profits des esclaves te reviennent entièrement, Agrippa.

— Pas pour cette campagne, Cæsar Imperator. Les hommes rapporteront deux mille talents pour lesquels je crois avoir trouvé meilleur emploi que de venir grossir ma bourse. Mes besoins sont limités, d'autant que tu prendras toujours soin de moi.

Octavien se redressa sur sa chaise, les yeux brillants.

— Un plan ! Tu as un plan ! Éclaire-moi !

En guise de réponse, Agrippa se leva pour aller chercher une carte qu'il déroula sur une table grossière. Octavien se pencha, reconnaissant une représentation détaillée de la région environnante de Pouzzoles, le principal port de Campanie, à cent milles au sud-est de Rome.

— Un jour, tu disposeras d'un nombre suffisant de navires de guerre pour en finir avec Sextus Pompée, observa Agrippa d'une voix qu'il voulait neutre. Quelque quatre cents vaisseaux... Mais où trouver un port assez grand pour abriter ne serait-ce que la moitié de cette flotte ? Il y a bien Brindes ou Tarente, mais tous deux sont séparés de la côte toscane par le détroit de Messine, sans cesse soumis aux embuscades de Sextus. Nous ne pouvons donc pas y mouiller notre force navale. Prenons les ports de la mer Toscane : Pouzzoles est trop congestionnée par la navigation marchande, Ostie est entourée de vasières, Sorrente grouille de bateaux de pêche et Cosa doit rester disponible pour l'industrie du fer d'Elbe. Et même s'ils pouvaient contenir quatre cents gros navires, ces endroits resteraient vulnérables aux attaques de Sextus.

— Je sais déjà tout cela, le coupa d'une voix lasse Octavien, miné par l'asthme, en laissant son poing tomber sur la carte. Il n'y a rien à faire ! Rien !

— Détrompe-toi, Cæsar Imperator, il existe une solution. Elle me trotte dans la tête depuis que j'ai visité les chantiers.

La grande main sculptée d'Agrippa flotta au-dessus de la carte, puis son index pointa deux petits lacs proches de Pouzzoles.

— La réponse à tes ennuis se trouve dans les lacs Lucrinus et d'Averne. Les eaux peu profondes du premier sont réchauffées par les Champs de feu. Le second, sans fond, contient des eaux si froides qu'on le prend pour la porte des enfers.

— De toute façon, il est si sombre et sinistre qu'aucun fermier n'ose toucher à la forêt autour de peur de s'attirer la fureur des lémures, ajouta Octavien, plus sceptique que la moyenne des Romains en matière de religion.

— La forêt devra pourtant disparaître, annonça Agrippa. Je compte relier le lac Lucrinus et le lac d'Averne en creusant de larges canaux. Ensuite, je briserai la digue qui empêche la mer de déborder dans le lac Lucrinus pour l'inonder. L'eau s'écoulera dans les chenaux et fera d'Averne un lac salé.

La stupéfaction et l'incrédulité alternaient sur le visage du triumvir.

— Mais... Mais la digue a justement été bâtie sur la pointe qui sépare le lac Lucrinus de la mer pour s'assurer que les eaux du lac conservent la température et la salinité idéales pour l'élevage des huîtres, remarqua-t-il, préoccupé par les répercussions financières de cette décision. Y laisser pénétrer la mer détruira tous les bancs, Agrippa. Des centaines d'ostréiculteurs réclameront ta citoyenneté et ta tête !

— Ils retrouveront leurs huîtres lorsque nous nous serons débarrassés une fois pour toutes de Sextus Pompée, rétorqua Agrippa, indifférent à l'idée de ruiner une industrie développée sur plusieurs générations. Rien ne les empêche de reconstruire plus tard ce que je détruis. Si l'on procède comme je l'entends, nous disposerons d'une vaste superficie d'eaux calmes et abritées pour amarrer notre flotte. Sans compter que nous pourrons exercer les équipages et les marins à l'art de la bataille navale sans s'inquiéter d'un éventuel raid de Sextus puisque l'entrée sera trop étroite pour que ses vaisseaux y passent à plus de deux. Enfin, pour éviter qu'il ne rôde près du littoral et n'attaque nos navires lorsqu'ils gagneront la pleine mer, je pense creuser deux grands tunnels entre le lac d'Averne et la plage de Cuma. Nous pourrons ramer sans le moindre danger et surprendre Sextus par le flanc.

Octavien comprit si subitement la portée de ce qu'il venait d'entendre qu'il eut l'impression d'être plongé dans l'eau glacée.

— Tu es l'égal de Jules César, articula-t-il lentement, médusé au point d'en oublier d'appeler son père adoptif par son nom de divinité. Tu as conçu là un plan césarien, un chef-d'œuvre de génie.

— Moi, l'égal de Divus Julius ? répéta Agrippa, étonné. Certainement pas, César Divi Filius ! L'idée se nourrit de bon sens, et son exécution de dur labeur, pas de génie. Ma mission d'un chantier naval à l'autre m'a donné le temps de réfléchir.

J'avais d'ailleurs jusque-là négligé un point important : les navires n'avancent pas seuls. Nous pourrons certainement compter sur d'anciens vaisseaux disposant déjà de leur propre équipage, mais les deux tiers d'entre eux seront de nouvelles constructions sans main-d'œuvre. La plupart des galères que j'ai commandées sont des quinquérèmes. Dans les chantiers qui manquaient de l'équipement nécessaire pour construire des vaisseaux de deux cents pieds de long et trente-cinq de large, j'ai commandé des trirèmes.

— Les quinquérèmes sont très lourdes, remarqua Octavien, prouvant qu'il n'était pas totalement ignare en matière de vaisseaux de guerre.

— Certes, mais elles en imposent par leur taille et peuvent supporter deux rostres de bronze souvent fatales. J'ai opté pour des quinquérèmes modernes, avec pas plus de deux hommes par aviron, ce sur trois niveaux : deux, deux et un. Le pont sera assez vaste pour accueillir une centaine de soldats ainsi que des catapultes et des balistes. Avec une moyenne de trente bancs par bord, il faudra compter trois cents rameurs et trente marins par bâtiment.

— Je crois entrapercevoir ton problème, qui ne doit déjà plus en être un te connaissant. Trois cents fois trois cents rameurs donne un total de quatre-vingt-dix mille. Sans compter les quarante-cinq mille soldats et les neuf mille marins, calcula Octavien avec un étirement de chat satisfait. Je ne suis pas plus général de troupes qu'amiral de vaisseaux, mais je suis maître en cette science subtile que constitue la logique romaine.

— Tu opterais donc pour cent cinquante soldats par navire plutôt que cent ?

— En effet, pour qu'ils grouillent autour de l'ennemi tel un nid de fourmis.

— Vingt mille hommes devraient me suffire pour commencer, déclara Agrippa. Je compte d'abord construire le port. Pourquoi ne pas enrôler de force les anciens esclaves qui errent à travers l'Italie à la recherche de *latifundia* que tes commissaires n'auraient pas encore distribuées aux vétérans. Je les rémunérerai, les nourrirai et les logerai avec les profits de la vente des esclaves. S'ils s'en tirent bien, ils pourront ensuite être formés comme rameurs.

— Un emploi avec des primes, conclut Octavien avec un sourire. C'est malin. Les misérables ne possèdent pas les ressources nécessaires pour rentrer chez eux, alors pourquoi ne pas leur offrir un toit et de quoi se remplir la panse ? Mieux vaut les embaucher plutôt qu'ils se retrouvent, tôt ou tard, bandits en Lucanie, constata-t-il avec un claquement de langue. Cela va être long, plus long que je ne l'espérais. Combien de temps te faudra-t-il, Agrippa ?

— Quatre ans, en comptant l'année à venir mais pas celle sur le point de se terminer.

— Sextus Pompée ne se conformera pas au pacte pour un tiers de ce temps.

Ses épais cils dorés se baissèrent comme un rideau sur ses yeux.

— Surtout maintenant que j'ai divorcé de Scribonia.

— *Cacat !* Pourquoi cela ?

— Je ne peux plus supporter de vivre avec une telle mégère. Quoi que je veuille, elle le refuse. Elle passe son temps à me faire des reproches. Des reproches, des reproches, des reproches…

Le regard perspicace d'Agrippa ne quitta pas un instant le visage de son ami. Le vent avait donc changé de direction et soufflait désormais d'un point cardinal qu'il ignorait. Cæsar Imperator avait quelque idée en tête, il ne s'y trompait pas, mais quel plan pouvait bien exiger un divorce de Scribonia ? La sœur de Libo, une furie ? Une acariâtre ? À d'autres !

— Il me faudra plusieurs hommes pour encadrer les travaux sur les lacs, reprit-il sans s'appesantir sur la question. M'autoriseras-tu à les choisir ? J'aimerais que ce soit des ingénieurs militaires de mes légions. Ils auront toutefois besoin d'être protégés par un homme d'influence. Pourquoi pas un propréteur, si tu en as un à disposition ?

— Je n'en vois aucun, mais je peux t'envoyer un proconsul.

— Un proconsul ? Malheureusement pas Calvinus. Comme je regrette que tu l'aies missionné en Hispanie, il conviendrait parfaitement.

— Les troupes mutines réclament sa présence là-bas.

— Je le sais. Les problèmes ont commencé avec Sertorius.

— Sertorius y a servi il y a plus de trente ans ! Qu'a-t-il à voir là-dedans ?

— Il a enrôlé les locaux et leur a appris à se battre comme des Romains, si bien qu'aujourd'hui les légions stationnées en Hispanie sont avant tout ibères. S'ils font de vaillants guerriers, ils ne naissent pas avec la discipline romaine dans le sang. C'est l'une des raisons pour lesquelles je ne tenterais pas l'expérience dans les Gaules, Cæsar Imperator. Mais pour en revenir à ce qui nous intéresse, qui envisages-tu ?

— Sabinus. Même si une province venait à solliciter un nouveau gouverneur, ce qui n'est pas le cas, Sabinus n'en voudrait pas. Il tient à rester en Italie et participer aux manœuvres de la flotte, expliqua-t-il avec un petit sourire. Il sera aussi déçu que moi d'apprendre qu'il lui faudra pour cela attendre quatre ans. Je n'irai pas jusqu'à lui confier des légions, mais je pense qu'il fera un excellent ingénieur en chef à Portus Julius. Ainsi se nommera ton port.

Agrippa laissa échapper un rire.

— Pauvre Sabinus ! N'arrivera-t-il donc jamais à faire oublier son fiasco pendant la conquête de la Gaule transalpine ?

— Il débordait alors de suffisance, comme c'est encore le cas. Je l'enverrai discuter avec toi en détail. Comptes-tu demeurer ici, à Narbonne ?

— S'il veut m'y trouver, il devra être rapide, Cæsar Imperator, car je pars pour la Germanie.

— Agrippa ! Es-tu sérieux ?

— On ne peut plus. Les Suèves sont en ébullition, ils se sont accoutumés à la vue de ce qui reste du pont de César au-dessus du Rhin. J'envisage donc d'en construire un autre, plus en amont. Les Ubiens me mangent dans la main, je ne veux surtout pas les alarmer, eux ou les Chérusques. Je piquerai donc directement en pays suève.

— Et dans la forêt ?

— Non. Je pourrais si les troupes ne craignaient pas la forêt Bacénis, sombre et sinistre. Ils pensent que chaque tronc d'arbre cache un Germain, sans mentionner les ours, les loups et les aurochs.

— Leurs craintes sont-elles justifiées ?

— Parfois. Mais n'aie aucun souci, je serai prudent.

Puisque la diplomatie exigeait que l'héritier de César se présente aux légions stationnées en Gaule, Octavien demeura assez longtemps à Narbonne pour rendre visite à chacun des six corps cantonnés dans la région. À ces occasions, il arborait le fameux sourire de son père adoptif devant les soldats, pour la plupart des vétérans des guerres des Gaules réengagés pour échapper à l'ennui de la vie civile.

Le gaspillage devait cesser, songeait Octavien en passant en revue les armées, les doigts réduits en bouillie à force de chaleureuses poignées de main. Certains soldats accumulaient les terres en s'enrôlant douze fois de suite. Une fois réformés, ils prenaient les dix *iugera* qui leur revenaient et repartaient en campagne l'année suivante, se retrouvant de fil en aiguille en possession de vastes terrains. Il fallait à Rome une armée de métier, des hommes enrôlés pour vingt ans sans réforme, après quoi ils recevraient une pension sous forme d'argent plutôt que d'arpents. L'Italie ne s'étendait pas à l'infini, d'autant que les légionnaires refusaient de coloniser les Gaules, les Hispanies, la Bithynie ou d'autres lointaines provinces. En bons Romains, ils rêvaient de vieillir sur le sol de leurs ancêtres. Son divin père avait envoyé les hommes de la Dixième s'établir dans la région de Narbonne pour les punir de leurs mutineries, et où se trouvaient-ils tous à présent ? Dans les rangs des légions d'Agrippa !

Une armée devait se trouver là où existait le danger, prête à passer au combat en un *nundinum*. Il ne voulait plus envoyer de préteurs recruter, équiper et entraîner les troupes en toute hâte dans les environs de Capoue puis les embarquer dans un voyage de milliers de milles pour combattre l'ennemi. Capoue resterait le centre d'entraînement, mais dès qu'un soldat donnerait satisfaction à ses instructeurs, il rejoindrait des légions postées à quelque frontière. Caius Marius avait ouvert les portes de l'armée aux miséreux *capite censi*, une décision qui lui avait valu la haine des *boni*, pour qui les pauvres n'avaient ni terre ni biens à défendre. Pourtant, les indigents s'étaient révélés plus vaillants encore que les vieux propriétaires, au point de former bientôt l'ensemble des légions de la cité. Si, à une époque, les *proletarii* n'avaient rien d'autre à donner à Rome que leurs enfants, ils lui offraient maintenant leur courage et leur vie.

Divus Julius représentait une espèce rare. Bien que ses soldats lui aient voué un véritable culte bien avant sa déification, il ne s'était jamais soucié de mettre en branle les réformes que l'armée réclamait à grands cris, continuant à envisager ses troupes comme plusieurs légions plutôt qu'une seule et unique armée. Malgré les rumeurs alimentées par les conservateurs, il demeurait au fond très attaché à la Constitution, répugnant à apporter des changements au *mos maiorum*. Sur ce point, Divus Julius s'était trompé.

Voilà bien longtemps qu'un nouveau *mos maiorum* était

nécessaire. L'expression avait beau désigner la coutume des ancêtres, la mémoire du peuple était courte, et un nouvel ordre des choses ne tarderait pas à devenir relique sacrée. Le temps était venu de mettre en place une nouvelle structure politique, plus adaptée au gouvernement d'un vaste empire. Pouvait-il, lui, César Divi Filius, se laisser mettre le couteau sous la gorge par une poignée d'hommes déterminés à lui arracher son pouvoir politique ? Le dieu Jules César, qui s'était laissé faire, avait dû traverser le Rubicon en rebelle pour sauver sa peau. Mais si le *mos maiorum* avait été meilleur, jamais Caton d'Utique, les Marcelli et Pompée le Grand n'auraient pu pousser son père adoptif à l'illégalité. Un bon *mos maiorum* l'aurait protégé, lui qui n'avait jamais rien fait que cet orgueilleux de Pompée n'eût commis une dizaine de fois. Curieusement, Pompée avait toujours les lois pour lui. Quand la Neuvième et la Dixième s'étaient mutinées, César avait eu le cœur brisé de voir son honneur entaché. Il aurait pu s'éviter bien des désagréments s'il avait gardé à l'œil ses opposants politiques et ses proches apathiques. Il ne fallait aujourd'hui pas s'attendre à le voir commettre la même erreur que Jules César. Il allait modifier la coutume des ancêtres et le gouvernement de Rome pour l'adapter à lui seul et à ses besoins. Il ne serait jamais proscrit, ne déclencherait jamais la guerre civile. Ce qu'il avait à faire, il le ferait en toute légalité.

Lors de son dernier dîner à Narbonne, il s'étendit sur tout cela sans juger utile d'aborder son divorce, Livie Drusilla ou le dilemme qui le déchirait. Il voyait aussi clairement que sous la lumière éclatante d'un soleil estival la nécessité de laisser Agrippa en dehors de ses tribulations sentimentales. Ce fardeau n'était pas de ceux que son ami pouvait porter ; il devait rester à sa place d'exécuteur militaire et civil de ses idées, d'invincible bras droit.

Après avoir embrassé son général sur les deux joues, il grimpa donc dans son char pour entreprendre le long voyage qui le ramènerait à Rome en passant par tous les cantonnements romains de Gaule transalpine. Toutes les légions devaient rencontrer l'héritier de César et lui être indéfectiblement obligées car il devait à tout moment pouvoir compter sur la loyauté de ces hommes.

⁂

En dépit de ce programme exténuant, Octavien avait agencé ses priorités dans un ordre bien défini et retrouva Rome avant la fin de l'année. Si certaines affaires exigeaient qu'il s'y intéresse de toute urgence, Livie Drusilla arrivait néanmoins en tête de liste. Il lui fallait résoudre cette question au plus vite afin de pouvoir à nouveau discipliner son esprit et se pencher sur des problèmes plus graves. Car cette préoccupation ne revêtait en soi aucune importance et ne tirait sa puissance que de sa propre faiblesse, une faille dont il avait fini par accepter le caractère inexplicable. Mieux valait donc en terminer une bonne fois pour toutes.

Mécène avait regagné la cité en heureuse compagnie. La veuve de l'auguste Cicéron avait accueilli à bras ouverts ce jeune homme si charmant et de si bonne naissance dans sa famille en lui donnant pour épouse sa petite-nièce Terentia. De quelques années l'aînée de son défunt époux, le vieux laideron de plus de soixante-dix ans contrôlait son immense fortune avec une main de fer et une connaissance encyclopédique des lois religieuses lui permettant d'échapper à l'impôt. La guerre civile entre César et Pompée le Grand avait dispersé et ruiné sa famille, n'épargnant que son fils, un ivrogne irascible qu'elle méprisait. Aussi restait-il dans son vieux cœur racorni de la place pour un homme comme Mécène, qui y trouva ses aises. Ce dernier n'espérait toutefois guère pouvoir hériter un jour de sa richesse, convaincu que la matrone les incinérerait tous et trouverait un moyen d'emporter son argent avec elle lorsqu'elle quitterait enfin ce monde.

Si Octavien pouvait donc envoyer Mécène pour conduire les négociations avec Néron, il se heurtait à un obstacle considérable : il n'avait pas soufflé mot de sa passion pour Livie Drusilla à âme qui vive, pas même à son ami. Or il imaginait parfaitement ce dernier l'écouter d'un air grave puis tenter de le dissuader de contracter une union aussi étrange. Sans compter que les armes de Mécène se révéleraient probablement inefficaces face à la stupidité et à l'inflexibilité de Néron. Au fond de lui, Octavien avait entouré son amour platonique de la même réserve que ses besoins corporels : personne ne devait le voir ou l'entendre. Les dieux ne sécrétaient pas, or en tant que fils de dieu, il devait s'attendre à être un jour déifié. Lui qui considérait une bonne partie de la religion d'État comme un vrai baratin ne formulait curieusement aucun doute concernant Divus Julius ou son propre statut. Il ne se représentait toutefois pas son divin père selon la tradition grecque, en train de trôner au sommet d'une montagne ou de goûter le repos dans le temple qu'il lui faisait construire dans le forum. Pour lui, Jules César se manifestait sous la forme d'une force désincarnée qui, associée aux autres puissances du panthéon, avait accru le pouvoir, l'autorité et l'excellence militaire de Rome. Il ne doutait pas un instant qu'une partie de cette énergie se fût répandue sur Agrippa, et encore plus sur lui-même. Il la sentait déferler dans ses veines et avait appris à joindre les doigts de ses deux mains pour l'amplifier.

Un homme pénétré d'une telle vigueur avouait-il ses faiblesses à un autre ? Non. Il pouvait formuler ses frustrations, ses afflictions, ses questionnements, mais jamais ses défaillances ou ses défauts inhérents. Aussi lui semblait-il inenvisageable de passer par l'intermédiaire de Mécène pour mener les négociations avec Néron.

Le vingt-troisième jour du mois de septembre avait marqué la vingt-quatrième année d'une existence dont il gardait des souvenirs capricieux. Un brouillard s'était déposé sur les années ayant suivi l'assassinat de son divin père. Il ne se rappelait plus vraiment comment il avait trouvé la force nécessaire pour s'embarquer dans une carrière politique mais reconnaissait que seule la folie de la jeunesse avait motivé certains actes dont il n'avait retenu que l'heureuse issue. Il avait retrouvé l'usage de la mémoire au lendemain des batailles de Philippes, un tournant qu'il s'expliquait clairement. À la suite de l'affrontement, il avait défié Marc Antoine et gagné en lui réclamant la tête de Brutus. Alors il avait vu son avenir se dérouler devant lui et un chemin tout tracé s'ouvrir sous ses pas. Marc Antoine avait cédé après être passé par toutes les émotions humaines, de la rage terrifiante aux sanglots pathétiques. Mais il avait cédé, et tout avait basculé.

Depuis, Octavien avait senti sa force grandir à chacune de ses nombreuses rencontres avec son lointain cousin. Lors de leur dernier rendez-vous, il avait exprimé sa pensée sans que sa respiration trahît la moindre hésitation. Il n'était plus l'égal de Marc Antoine, mais son supérieur. Pensant soudain à Caton d'Utique, un homme que Divus Julius n'avait jamais réussi à briser, il prit conscience de ce que son divin père avait toujours su : nul ne peut briser un homme qui n'a pas idée de sa propre imperfection. Caton d'Utique n'étant plus, il restait Tiberius Claudius Néron, un autre Caton, toutefois dépourvu de son intelligence.

En cette matinée hivernale, Octavien choisit scrupuleusement son heure pour passer voir Néron. Il lui fallait arriver après le départ de son dernier client mais avant que l'avocat ne sortît d'un pas énergique pour renifler l'air humide et jeter un coup d'œil aux événements du forum. Se fût-il illustré dans l'exercice de son activité, il aurait pu le trouver occupé à défendre quelque noble accusé de spéculation ou de fraude, mais ses plaidoyers n'étaient guère recherchés. Néron intervenait bien pour ses amis en quatrième ou cinquième recours, lorsqu'ils le lui demandaient, mais aucun ne s'était assuré ses services depuis un moment. Il évoluait au sein d'un petit cercle composé d'aristocrates aussi vains que lui, dont la plupart avaient préféré suivre Marc Antoine à Athènes plutôt que de vivre dans la Rome d'Octavien pliant sous le poids des impôts et la violence des émeutes.

Néron aurait éprouvé une satisfaction indicible à refuser de recevoir ce visiteur importun, mais si la civilité lui soufflait de lui ouvrir sa porte, sa conscience le lui ordonnait. Il se leva donc et demeura impassible derrière sa table de travail, sans prendre la peine de tendre la main.

— César Divi Filius, constata-t-il d'une voix sèche. Assieds-toi, je te prie.

Il s'enfonça dans son fauteuil sans proposer à son visiteur un gobelet de vin ou d'eau et se lança dans la contemplation de ce visage lisse tant haï. Sa jeunesse lui rappelait qu'il avait déjà quarante-cinq ans et n'avait toujours pas été consul. Bien sûr, il avait occupé la fonction de préteur l'année des batailles de Philippes, mais cette charge n'avait jamais accéléré la carrière de quiconque, encore moins la sienne. S'il n'arrivait pas à se refaire une fortune, il pouvait tirer une croix sur ses ambitions, car une victoire électorale passait par d'énormes pots-de-vin. Près d'une centaine d'hommes s'étaient portés candidats pour un poste de préteur l'année suivante et le Sénat parlait d'en laisser au moins soixante accéder aux fonctions, ce qui libérerait assez d'anciens magistrats pour combler les places consulaires pendant toute une génération.

— Que veux-tu, Octavien ? demanda-t-il.

Le triumvir posa sur lui des yeux francs.

— Ton épouse.

La réponse laissa Néron à court de mots. Il fixa son interlocuteur de ses yeux sombres écarquillés, bouche bée, puis glouglouta, soudain pris d'une quinte de toux. D'un mouvement maladroit, il se leva et courut chercher une cruche d'eau.

— Tu plaisantes, répondit-il enfin, la poitrine convulsée par des halètements.

— Pas le moins du monde.

— Mais... Mais c'est absurde !

Il saisit soudain les implications de cette requête inattendue. Les lèvres serrées, il regagna sa chaise, les mains crispées autour des épais contours d'un gobelet de terre bon marché. Son service de coupes et de flacons dorés avait disparu.

— Tu veux mon épouse ?

— Oui.

— Qu'elle fût infidèle ne suffisait donc pas, il fallait qu'elle le fût avec toi !

— Elle n'a pas été infidèle. Je ne l'ai rencontrée qu'une seule fois, dans les ruines de Frégelles.

Jugeant la demande d'Octavien plus mystérieuse que charnelle, Néron demanda :

— Pourquoi ?

— Pour l'épouser.

— Ah, l'infidèle ! L'enfant est de toi ! Je la maudis, je la maudis, cette *cunnus* ! Eh bien, tu ne l'auras pas aussi facilement, membre obscène ! Attends que je lui claque ma porte au nez, son déshonneur franchira les frontières !

Le gobelet tomba de ses mains tremblantes.

— Elle n'a aucunement fauté, Néron. Comme je te l'ai dit, je ne l'ai croisée qu'une seule fois et, du début à la fin de cette rencontre, elle s'est comportée avec une bienséance irréprochable. Quelles manières exquises ! Tu as bien choisi ton épouse, c'est d'ailleurs pour cela que je la veux pour moi.

Néron lut dans les yeux gris habituellement opaques qu'Octavien lui disait la vérité mais, son appareil cérébral étant déjà mis à rude épreuve, il dut recourir à la logique.

— Mais les gens ne se présentent pas ainsi pour demander à des hommes leur épouse ! C'est ridicule ! J'ignore ce que je suis censé te répondre ! Cela ne se fait tout simplement pas !

Quelques gouttes de sang noble coulent dans tes veines, Octavien, tu dois bien savoir que ce n'est pas convenable !

Le triumvir sourit.

— De ce que je sais, déclara-t-il sans le moindre accent d'émotion, un Quintus Hortensius sénescent a un jour rendu visite à Caton d'Utique pour lui demander la main de sa fille, encore enfant à l'époque. Confronté à une rebuffade, il demanda alors la main d'une nièce, ce que Caton refusa également. Alors il lui demanda son épouse, qui lui fut accordée. Vois-tu, les épouses ne possèdent pas le même sang, bien que je doive admettre que cela ne s'applique pas dans ton cas. Cette femme était Marcia, la fille de mon parâtre. Hortensius paya le prix fort pour elle, mais Caton n'accepta pas le moindre sou et tout l'argent alla à Philippus, un gastronome aux goûts coûteux régulièrement en mal d'argent. Si tu envisageais ma demande comme Caton celle d'Hortensius, peut-être t'apparaîtrait-elle plus crédible. Si tu préfères, dis-toi que, comme Hortensius, j'ai reçu la visite d'un Jupiter onirique qui m'a déclaré que je devais épouser ta femme. Caton a trouvé ce motif raisonnable, alors pourquoi pas toi ?

Une nouvelle pensée s'imposa dans l'esprit de Néron : il avait ouvert sa porte à un dément. Pour l'instant, il restait calme, mais qui pouvait prévoir le moment où il tomberait dans la folie pure ?

— Je vais appeler mes serviteurs pour qu'ils te jettent dehors.

Il espérait que, ainsi présentée, sa déclaration ne paraîtrait pas trop provocante et ne déclencherait pas de crise de violence chez son visiteur. Mais avant qu'il pût ouvrir la bouche pour appeler au secours, Octavien se pencha par-dessus sa table et lui saisit le bras. Néron ne moucha pas, aussi paralysé qu'une souris sous l'œil assassin d'un basilic.

— Je te le déconseille, Néron. Laisse-moi au moins finir. Je ne suis pas fou, je t'en donne ma parole. Trouves-tu que je me comporte comme un fou ? Je veux juste épouser ta femme, ce que je ne peux faire sans que tu en aies divorcé, mais pas en lui jetant l'opprobre. Évoque des raisons religieuses, que tout le monde accepte, et l'honneur sera sauf des deux côtés. Pour te dédommager de me céder cette perle d'une valeur inestimable, je m'engage à alléger tes difficultés financières. Pour être précis, je les ferai disparaître de ton existence mieux qu'un magicien de Samos. Allons, Néron, cela ne te plairait-il pas ?

Soudain, les pupilles noires se dérobèrent, se fixant sur un point derrière l'épaule droite du triumvir. Un masque fourbe se posa sur le fin visage ténébreux.

— Comment sais-tu que je me trouve dans l'embarras ?

— Tout Rome le sait. Tu aurais dû confier ta fortune à Oppius ou à Balbi, vraiment... Les héritiers de Flavus Hemicillus sont du genre sournois, tout être un tant soit peu sensé a tôt fait de le comprendre. Malheureusement, la nature a fait de toi un abruti, Néron. Mon divin père ne se privait pas de le remarquer.

— Bon sang, vas-tu m'expliquer ce qui se passe ? s'écria Néron en essuyant l'eau qu'il venait de renverser comme si cette tâche insignifiante allait chasser la confusion du dernier quart d'heure. Tu te moques de moi, n'est-ce pas ?

— Loin de moi cette intention, je t'assure. Je souhaite juste que tu divorces de ton épouse sur-le-champ pour motifs religieux, répéta-t-il en fouillant dans le *sinus* de sa toge pour en sortir un papier plié. Voici tes griefs détaillés, je ne voudrais pas que tu prennes mal au crâne en cherchant à en inventer. En attendant, je prendrai mes dispositions avec le collège des pontifes et les quindécemvirs concernant mes noces, que je compte célébrer dans les plus brefs délais, précisa-t-il en se levant. Il va sans dire que tu auras la garde complète de tes deux enfants. Je t'enverrai le second dès sa naissance. Il est regrettable qu'ils ne puissent pas grandir avec leur mère, mais je ne suis pas homme à priver un père du droit qu'il possède sur ses propres enfants.

Néron le regardait, incapable d'assimiler l'adresse avec laquelle le triumvir le manipulait.

— J'imagine que je peux faire une croix sur sa dot, continua Octavien sans dissimuler son mépris. Je rembourserai tes impayés, de manière anonyme, te verserai un revenu annuel de cent talents et t'aiderai à soudoyer les bonnes personnes si tu souhaites te porter candidat au consulat, bien que je ne sois pas en position de garantir ton élection. Vois-tu, même les fils des dieux se trouvent parfois dans l'incapacité d'endiguer l'opinion publique.

Il se dirigea vers la porte et se retourna avant de sortir.

— Tu enverras Livie Drusilla dans la maison des vestales dès le prononcement du divorce. Son arrivée conclura notre affaire.

J'ai déjà déposé les cent premiers talents chez Balbi, un banquier de confiance.

Octavien ferma la porte sans un bruit, laissant Néron méditer sur ce qui venait de se passer. Tout était arrivé si vite que le moment s'était déjà évanoui, mais il s'efforça de donner du sens à ce qu'il pouvait, notamment l'alléchante perspective d'en finir avec ses soucis pécuniaires. Si Octavien ne l'avait pas formulé avec clarté, un sain instinct de conservation soufflait à Néron qu'une seule alternative s'offrait à lui : crier l'affaire au monde entier ou se taire à jamais. S'il parlait, ses dettes resteraient impayées et il pourrait dire adieu au revenu promis. S'il tenait sa langue, il pourrait prendre la position qui lui revenait au sein de la plus haute strate sociale romaine, ce à quoi il attachait plus de prix qu'à aucune femme.

Il déplia le papier que le triumvir lui avait remis et déchiffra péniblement les quelques lignes de son unique colonne. Les arguments religieux exposés dans le document lui donnaient un motif irréprochable qui épargnerait son amour-propre, car il commençait à entrapercevoir le danger d'une répudiation de Livie Drusilla pour infidélité. Il ne tenait pas à porter les cornes et devenir la risée de Rome. Il entendait déjà les commentaires railleurs sur les vieillards mariés à de jeunes femmes somptueuses qui ne tardaient pas à tomber sous le charme du premier jouvenceau de passage. Non, hors de question ! Le monde pourrait bien raconter ce qu'il voulait de ce fiasco, il se comporterait comme si ce n'était qu'un obstacle religieux qui avait entravé la pérennité de son couple. Glissant une feuille de papier sous sa main, il entreprit de rédiger le document de divorce puis, l'exploit accompli, fit appeler son épouse.

Ignorant tout de la visite que venait de recevoir son mari, Livie Drusilla se présenta comme à son habitude, avec la soumission et la discipline que la société exige des épouses parfaites. Pourtant, Néron l'étudia avec un regard nouveau. C'est vrai qu'elle était belle, mais comment expliquer qu'Octavien eût jeté son dévolu sur elle ? Tout parvenu qu'il était, il n'avait que l'embarras du choix en matière de gent féminine, le pouvoir attirant les femmes comme des mouches. Quelle qualité cachée le triumvir avait-il pu détecter chez son épouse en une rencontre et que lui n'avait pas relevée en six ans de mariage ? Souffrait-il de cécité, ou Octavien se berçait-il d'illusions ? Oui, le triumvir s'égarait, ce ne pouvait être que cela.

— Oui, *domine* ?

Il lui tendit la demande de divorce.

— Je divorce de toi à l'instant, Livie Drusilla, pour des raisons religieuses. Il se trouve que l'interprétation des quindécemvirs d'un verset du dernier livre sibyllin s'applique à notre union, qui doit par conséquent être dissoute. Tu vas rassembler tes affaires et te rendre de ce pas à la maison des vestales.

La surprise lui coupa la voix, lui affaiblit les sens et lui engourdit l'esprit. Mais elle défendit sa cause sans plier, ne laissant que la pâleur de son visage trahir son choc.

— Pourrais-je voir les enfants ? réussit-elle à articuler.

— Non, ce serait *nefas*.

— Je dois donc abandonner celui que je porte encore.

— Dès sa naissance.

— Qu'adviendra-t-il de moi ? Rembourseras-tu ma dot ?

— Non, je ne te rendrai pas ta dot, pas un sou.

— Comment subsisterai-je alors ?

— Tes moyens de subsistance ne me regardent plus. J'ai reçu l'ordre de t'envoyer à la maison des vestales, voilà tout.

Tournant les talons, elle regagna son minuscule domaine encombré d'objets qu'elle abhorrait, de sa quenouille à son métier à tisser. Peu compétente en travaux manuels et dépourvue du moindre intérêt pour ces pratiques, elle filait et tissait des étoffes que personne ne portait jamais. À cette époque de l'année, les mauvaises odeurs envahissaient ses quartiers. Voilà plusieurs *nundina* que les rameaux pour éloigner les insectes nuisibles attendaient d'être fagotés, une tâche qu'elle exécrait. Comme elle regrettait les jours où Néron lui donnait quelques sesterces pour emprunter des livres dans la bibliothèque d'Atticus ! Maintenant, rien d'autre ne l'occupait plus que le filage, le tissage et les fagots.

Le bébé s'agita dans son ventre, la rossant de ses pieds cruels, comme son frère l'avait fait avant lui. Elle devait s'attendre à subir ses cabrioles pendant une bonne heure. Ses boyaux ne tarderaient pas à s'insurger contre ce traitement, l'obligeant à filer aux latrines en priant pour que personne ne l'entendît. Quand bien même elle se faisait remarquer, les serviteurs considéraient qu'elle ne méritait pas leur attention puisqu'elle n'était déjà pas digne de celle de son époux. Prise dans un tourbillon de pensées, elle s'assit sur son tabouret de tissage et contempla la colonnade à travers la fenêtre et, plus loin, le jardin à péristyle délabré.

— Ne bouge plus, espèce de... créature ! cria-t-elle à l'être dans son ventre.

Comme par magie, le martèlement cessa. Pourquoi n'y avait-elle pas songé plus tôt ? Elle pouvait maintenant rassembler ses idées. La liberté... Et quelle liberté ! Jamais elle n'aurait pensé pouvoir trouver le salut grâce à l'interprétation d'un livre sibyllin. Bien sûr, elle savait que Lucius Cornelius Sylla avait, cinquante ans auparavant, ordonné aux quindécemvirs de rechercher des fragments des ouvrages brûlés, sans savoir comment ces morceaux de versets s'étaient retrouvés en dehors des murs de la cité, mais elle avait toujours jugé ce recueil de distiques et de quatrains abscons complètement éthéré et dissocié du quotidien. Tremblements de terre, guerres, invasions, incendies, décès de puissants, naissances d'enfants destinés à sauver le monde : voilà de quoi traitaient les livres prophétiques !

En dépit de la question qu'elle avait posée à Néron, elle ne se souciait pas de sa subsistance. Si les dieux avaient daigné poser leur regard sur elle et la soulager de cet épouvantable mariage, ils ne la laisseraient pas s'abaisser à accoster les hommes devant le temple de Vénus Érycine ni périr affamée. Son exil dans la maison des vestales ne serait certainement que temporaire. Il fallait qu'elle fût spéciale pour que des femmes qui entraient au temple à six ou sept ans et préservaient leur virginité pendant trente ans au nom de la chance de Rome la recueillent. Elle ne concevait pas la moindre idée de l'avenir qui l'attendait, et n'essayait d'ailleurs pas vraiment de le faire, s'estimant satisfaite d'être libre et de voir sa vie la mener enfin quelque part.

Lorsque le majordome arriva, moins d'une heure plus tard, pour lui demander si elle était prête pour la marche qui la conduirait du quartier de Germalus, sur le mont Palatin, au Forum Romanum, sa petite malle de voyage était remplie de ses quelques vêtements et déjà ficelée. Elle s'était enveloppée d'une cape chaude pour se protéger du froid et de la neige menaçante et avait passé des sandales à haute semelle de liège pour éviter de se couvrir les pieds de boue. Elle suivit, aussi vite que le lui permettaient ses chaussures, le serviteur qui portait son bagage en contant ses malheurs à tous ceux qu'il croisait. Après avoir peiné à descendre l'escalier, elle parcourut sans mal le chemin qui contournait le temple de Vesta jusqu'à l'entrée latérale de la *Domus publica* menant à l'*atrium vestæ*. Là, une servante remit sa malle à une Gauloise musculeuse et la guida jusqu'à une chambre meublée d'un lit, d'une table et d'une chaise.

— Les latrines et les bains se trouvent au bout du couloir, lui indiqua l'intendante. Tu ne dîneras pas avec les saintes dames, la nourriture et la boisson te seront apportées. La grande prêtresse estime que tu peux faire un peu d'exercice dans le jardin aux heures où elles ne s'y trouvent pas. J'ai reçu l'ordre de te demander si tu aimais la lecture ?

— Oui, beaucoup.

— Quels livres souhaiterais-tu consulter ?

— Tous les écrits en latin ou en grec que les saintes dames jugeront appropriés, répondit Livie Drusilla, entraînée à la discipline.

— Des questions, *domina* ?

— Juste une. Dois-je partager l'eau du bain ?

Trois *nundina* défilèrent ainsi dans une paix onirique enveloppée de flocons de neige. Comprenant que la présence d'une femme enceinte dans les locaux enfreignait certainement tous les préceptes de la maison, Livie Drusilla ne chercha pas à voir ses hôtesses et aucune d'entre elles, pas même la grande prêtresse, ne lui rendit visite. Elle passait ses journées à lire, à arpenter le jardin et à se tremper avec extase dans l'eau chaude et claire des bains en granit égyptien, admirant avec émerveillement les sièges de marbre des latrines et les mets délicieux arrosés de vin dont se nourrissaient les gardiennes de la santé de Rome.

— Ahenobarbus *Pontifex Maximus* a modernisé l'*atrium vestæ* il y a soixante ans, lui expliqua l'intendante. Puis César *Pontifex Maximus* a fait installer le chauffage par hypocauste dans toutes les pièces à vivre ainsi que dans la salle des archives, continua-t-elle en faisant claquer sa langue. Notre sous-sol était consacré à la conservation des testaments mais César *Pontifex Maximus* a trouvé un moyen de dégager une surface suffisante pour mettre en place le meilleur hypocauste de Rome. Oh, il nous manque tellement !

Un *nundinum* après le premier jour de l'année, son unique interlocutrice lui apporta une lettre. Livie Drusilla la déroula et l'étala entre deux poids de porphyre, se mettant à l'aise pour la lire, aidée dans son exercice par le point qui couronnait chaque nouveau mot.

Livie Drusilla, amour de ma vie, je te salue. Comme tu le constateras par toi-même, César Divi Filius ne t'a pas oubliée après notre rencontre à Frégelles. Il a fallu du temps pour trouver un moyen de te libérer de Tiberius Claudius Néron sans risquer le scandale ou la réprobation générale. J'ai ordonné à mon affranchi, Helenus, de rechercher dans le nouveau livre sibyllin un verset qui s'appliquât à toi et à ton ancien époux. Comme cela n'aurait guère suffi, il dut trouver un verset correspondant à notre situation à nous deux, ce qui fut plus difficile. Mais le brave homme, que je suis heureux de compter à nouveau au bercail après son année d'emprisonnement chez Sextus Pompée, est décidément bien meilleur érudit qu'amiral. Je suis si heureux de t'écrire cela que je me sens comme Icare s'élançant vers l'éther. Je t'en prie, ma Livie Drusilla, ne m'abats pas d'un jet de pierre ! La déception me tuerait si je venais à survivre à la chute. Voici le verset vous concernant, toi et Néron :

Mari et femme, noirs comme nuit
Couple qui, uni, à Rome nuit
Doit être scindé au plus vite
Ou Rome court à sa faillite

En comparaison, notre verset à nous est aussi doux que les roses de Campanie :

Le fils d'un dieu, cheveux d'or et peau claire
Doit prendre pour femme la mère de deux enfants
Noirs comme nuit, nés d'un pair dans la misère
Ensemble ils reconstruiront Rome en grand

Qu'en penses-tu ? Ce passage m'a beaucoup plu lorsque je l'ai lu. Helenus est un homme très intelligent, un expert en manuscrits, tant et si bien que je l'ai nommé secrétaire principal. Le dix-septième jour de ce mois de janvier, toi et moi serons unis par les liens du mariage. Lorsque j'ai présenté les deux versets aux Quinze Hommes, dont je fais partie, ils sont convenus qu'il fallait en effet y voir mon interprétation, et seulement celle-ci. Tous les empêchements et obstacles ont été levés et une lex curiata *a été votée, sanction du divorce de Néron et de notre union.*

Ma cousine, la grande prêtresse Appuleia, a accepté de t'héberger jusqu'à notre mariage. En échange, je lui ai promis que, dès que Rome serait rétablie, je séparerais les vestales du Pontifex Maximus *et leur accorderais une maison à elles seules. Je t'aime.*

Elle retira les poids et regarda le manuscrit s'enrouler sur lui-même. Puis elle se leva, se glissa par la petite porte de sa chambre et fila dans le couloir jusqu'à l'escalier de pierre menant au sous-sol sans que personne la surprît. L'*atrium vestæ* ne comptait dans sa domesticité que des femmes affranchies, dont l'une des tâches consistait à fendre le bois et à l'enfourner dans des chaudières pour le transformer en charbon. La chance lui souriait : les feux avaient été alimentés mais il était encore trop tôt pour ratisser la braise et la pelleter dans l'hypocauste, d'où elle chaufferait les étages supérieurs. Comme une ombre, elle approcha du feu le plus proche et jeta le parchemin dans les flammes.

De retour dans la sécurité de sa chambre, haletante, elle regretta de s'être ainsi débarrassée du message, mais se raisonna aussitôt. Personne ne devait soupçonner qu'il l'avait mise dans la confidence si tôt. Dans un lieu peuplé de femmes, la moindre affaire devenait très vite celle des autres. Certes, personne n'avait osé briser le sceau, mais aucune n'aurait hésité, dès qu'elle aurait eu le dos tourné, à lire sa correspondance.

Du pouvoir, il allait lui donner du pouvoir ! Il la voulait à ses côtés, ressentait un véritable besoin d'elle, allait l'épouser… Ensemble, ils reconstruiraient Rome en grand ! Le livre sibyllin ne mentait pas, quel que fût le stylet qui avait rédigé ce verset. Certes, s'il fallait s'en tenir aux deux quatrains la concernant, les milliers d'autres devaient rivaliser de ridicule. Mais personne n'avait jamais exigé d'un prophète en transe qu'il écrivît aussi bien que Catulle ou Sappho. Un esprit bien entraîné pouvait inventer ce genre de niaiseries en un clin d'œil.

Ce jour marquait les nones de janvier, il en restait donc douze de plus à attendre avant de devenir la jeune épouse de César Divi Filius. Elle ne pouvait espérer atteindre de plus hauts sommets. Désormais, il lui appartenait de travailler de toutes ses forces avec son époux car, s'il tombait, elle tomberait avec.

Le jour de ses noces, elle posa pour la première fois les yeux sur la grande prêtresse de Vesta, Appuleia. Tout autant qu'elle en imposait, la supérieure des gardiennes de la santé de Rome n'avait pas encore fêté ses vingt-cinq ans. Elle ne constituait toutefois pas un cas isolé dans le collège des vestales : plusieurs prêtresses atteignaient au même moment leurs trente-cinq ans, l'âge de la retraite, si bien que des femmes plus jeunes leur succédaient. Appuleia, qui exercerait ses fonctions pendant plus de dix ans encore, entrait avec prudence dans le moule d'un tyran en gants de velours. Aucune de ses jeunes et jolies ouailles ne serait accusée d'impureté pendant son règne ! De longues années s'étaient d'ailleurs écoulées depuis la dernière vestale enterrée vivante avec une cruche d'eau et une miche de pain, le sort qui attendait les coupables de luxure. Les prêtresses, qui tenaient beaucoup à leur statut, considéraient les hommes comme des créatures encore plus étranges que les chevaux rayés d'Afrique.

Livie Drusilla dut lever la tête pour regarder la gigantesque Appuleia dans les yeux.

— J'espère que tu as conscience, déclara la grande prêtresse d'une voix sévère, que nous autres, les six vestales, avons mis Rome en péril en accueillant une femme enceinte sous notre toit.

— Je le sais et vous en remercie.

— Les remerciements n'importent pas. Nous avons présenté les offrandes et tout va bien. Mais sache que nous n'aurions accepté de t'héberger pour personne d'autre que le fils de Divus Julius. Qu'aucun mal ne se soit abattu sur nous ou sur Rome prouve ta grande vertu, mais tu me verras plus sereine lorsque tu seras mariée et hors de nos murs. Si le *Pontifex Maximus* Lépide s'était trouvé dans la cité, il aurait peut-être refusé que nous t'aidions, mais l'antique Vesta déclare que tu es nécessaire à Rome, ce qui figure également dans notre livre.

Elle présenta alors à Livie Drusilla une tunique à l'odeur nauséabonde d'un brun clair éteint.

— Habille-toi maintenant. Les petites vestales ont tissé pour toi cette robe droite avec une laine qui n'a été ni bouillie ni teinte.

— Où vais-je ?

— Pas loin. Dans le temple de la *Domus publica*, que nous partageons avec le *Pontifex Maximus*. Il n'a pas été utilisé pour une cérémonie publique depuis que César *Pontifex Maximus* y a reposé en grand apparat après sa mort cruelle. Marcus Valerius Messala Corvinus, actuel grand prêtre de Rome, présidera la cérémonie. Les flamines seront aussi présents, tout comme le *Rex Sacrorum*.

La peau désagréablement picotée par la triste chemise de laine, Livie Drusilla suivit la silhouette blanche d'Appuleia à travers les vastes salles où les vestales peinaient à la tâche pour assurer la garde de plusieurs millions de testaments appartenant à des citoyens romains du monde entier, des documents sur lesquels elles devaient pouvoir mettre la main en moins d'une heure.

Entre deux gloussements, une petite prêtresse d'une dizaine d'années lui avait coiffé les cheveux en six mèches avant de ceindre son front d'une couronne de sept bobines de laine. Au-dessus de celle-ci, elle déposa un voile si épais et brut qu'il la réduisit à la cécité. Privée d'étoffe délicate rouge et safran, la jeune mariée semblait parée pour épouser Romulus plutôt que César Divi Filius.

Le temple sans fenêtre offrait une noirceur profonde percée de quelques mares de lumière jaune d'une sainteté terrifiante. Livie Drusilla imaginait y voir vagabonder les ombres de tous les hommes ayant façonné la religion de Rome pendant un millier d'années depuis Énée. Numa Pompilius et Tarquinius Priscus s'y tapissaient au côté d'Ahenobarbus *Pontifex Maximus* et de César *Pontifex Maximus*, observant la scène dans un silence de tombeau depuis l'obscurité impénétrable de chaque fissure.

Il l'attendait, seul, sans ses fidèles compagnons. Elle le reconnut au scintillement de ses cheveux, halo tremblotant sous l'éclairage d'un énorme lustre d'or lourd d'une centaine de bougies. Plusieurs hommes en toge bariolée se tenaient au loin, certains vêtus de la *læna* et coiffés de l'*apex*, chaussés de sandales sans lacet ni boucle. Elle retint son souffle en comprenant la signification de ce spectacle : l'alliance sur le point d'être célébrée était un mariage traditionnel, un *confarreatio*. César Divi Filius l'épousait pour la vie, s'unissant à elle par des liens infrangibles. Appuleia la fit asseoir sur un banc à deux places recouvert d'une peau de mouton, imitée par le *Rex Sacrorum* qui guidait Octavien. Elle aperçut des silhouettes anonymes dans l'ombre puis disparut avec le triumvir sous un grand voile qu'Appuleia, la *pronuba*, jeta sur eux. Alors Messela Corvinus approcha dans sa toge rayée de pourpre et de cramoisi pour leur lier les mains en prononçant des mots dans une langue archaïque. Cela fait, la grande prêtresse de Vesta rompit en deux un gâteau de *mola salsa*, écœurant mélange de sel et de farine d'épeautre, qu'elle leur donna à manger.

Mais le pis était encore à venir. Messala Corvinus dut lutter pour venir à bout d'un cochon mal drogué qui poussait des hurlements perçants pour échapper au sacrifice. À croire que quelqu'un souhaitait que l'union ne fût pas prononcée... La bête se serait d'ailleurs enfuie si le jeune marié, radieux, n'avait pas bondi de sous le voile pour l'attraper par le pied, réprimant un fou rire.

Livie Drusilla n'avait pas encore intégré ce qui lui arrivait lorsque les témoins, cinq membres des Livii et autant des Octavii chargés de vérifier l'acte de *confarreatio*, se dispersèrent avec un faible cri de « *feliciter !* », qui traversa l'air lourd empesté par le sang.

La cérémonie s'étant prolongée jusqu'à la nuit, des hommes munis de torche installèrent la jeune épouse dans une litière à la sortie du temple, sur la via Sacra. Alors elle posa sa tête sur un coussin moelleux et accorda un repos bien mérité à ses paupières lourdes. La journée s'était révélée longue pour une femme dans son huitième mois de grossesse. Elle ignorait si d'autres avant elle avaient vécu la même expérience, mais pressentait qu'elle venait de prendre part à un événement unique dans les annales de Rome. Elle se laissa transporter par une douce somnolence tandis que la litière cahotait et grinçait sur la pente ascendante du Palatin. Lorsque les rideaux s'ouvrirent pour laisser entrer la lumière éblouissante des torches, elle dormait d'un profond sommeil.

— Qu'y a-t-il ? Où suis-je ? demanda-t-elle, déconcertée, tandis que des mains la sortaient de la couche.

— À la maison, *domina*, répondit une femme. Viens, marche avec moi. Un bain t'attend. César Divi Filius te rejoindra après. Je suis ta première servante, Sophonisbe.

— Je meurs de faim.

— Tu vas manger, *domina*. Mais avant, il faut te baigner, lui rappela la suivante en la débarrassant de sa tenue de mariée nauséabonde.

Tout se déroula ensuite comme dans un rêve. Après son bain, elle fut accompagnée jusqu'à une vaste pièce meublée d'une table, de deux chaises et, dans un coin, de trois banquettes bosselées et en loques. Tandis qu'elle s'installait sur l'un des sièges, Octavien apparut, suivi de serviteurs apportant plats, assiettes, serviettes, rince-doigts et cuillères.

— J'ai pensé que nous pourrions dîner comme à la campagne, autour d'une table, expliqua-t-il en s'installant sur l'autre chaise. Comment pourrais-je admirer tes yeux couché sur une banquette ?

Ses yeux à lui, dorés par la lueur des lampes, brillaient d'une étrange lueur.

— Bleu sombre, avec de petites rayures fauves. Fascinant !

Il tendit le bras pour lui prendre la main et déposa un baiser sur ses doigts.

— Tu dois être affamée… Je t'en prie, sers-toi. Quel jour merveilleux, l'un des plus beaux de ma vie en réalité ! Je t'ai épousée, Livie Drusilla, *confarreatio*. Tu ne peux plus m'échapper.

— Loin de moi cette idée, le rassura-t-elle en mordant dans un œuf dur, complétant sa bouchée avec un morceau de pain croustillant trempé dans l'huile. En effet, je meurs de faim.

— Prends donc un coquelet. Le cuisinier les a arrosés de miel et d'eau.

Le silence enveloppa la table tandis qu'elle mangeait d'un appétit délicat, avec des manières exquises, et qu'il tentait de l'imiter, incapable de se rassasier d'autre chose que du spectacle qu'elle lui offrait. Contrairement à lui, elle possédait des mains proches de la perfection, dont les doigts s'achevaient sur des ongles ovales parfaitement manucurés. Quelles mains ! Elles semblaient flotter dans l'air à chacun de ses mouvements. Seules de superbes bagues devaient orner des doigts aussi magnifiques !

— Quelle étrange nuit de mariage, finit-elle par déclarer, incapable d'avaler une bouchée de plus. Prévois-tu de partager ma couche, César Divi Filius ?

Il accueillit sa question avec une mine horrifiée.

— Non ! Bien sûr que non ! Il n'y aurait rien de plus abject, pour moi autant que pour toi. Nous avons le temps, mon petit. Des années entières. D'abord, tu dois donner naissance à l'enfant de Néron, puis récupérer. Quel âge as-tu ? À quel âge as-tu épousé Néron ?

— J'ai vingt et un ans, César Divi Filius. J'ai épousé Néron à quinze ans.

— C'est répugnant ! Aucune fille ne devrait être mariée à quinze ans, c'est contraire aux coutumes romaines. Dix-huit ans, voilà le bon âge ! Il n'est guère surprenant que tu aies tant souffert. Je te jure que tu ne souffriras pas avec moi. Je t'offrirai loisir et amour.

Son expression se brouilla, frustrée.

— Du loisir, j'en ai bien trop, voilà mon grand problème. Lire, écrire des lettres, filer, tisser, rien que des frivolités ! Je veux du travail, un vrai emploi ! Néron comptait peu de femmes parmi ses serviteurs, mais l'*atrium vestæ* grouillait de charpentiers, plâtriers, carreleurs, maçons, médecins et dentistes de sexe féminin. J'ai même vu une vétérinaire venir soigner le petit chien d'Appuleia. Comme je les envie !

— J'espère que le petit chien était une chienne, remarqua-t-il, souriant.

— Pour sûr, seules des chattes et des chiennes sont admises dans l'enceinte ! Quelle belle vie elles mènent dans ces murs ! Quelle paix y règne ! Même les vestales travaillent, chacune une mission qui les obsède d'après l'intendante. Chaque être de valeur doit accomplir une tâche. Moi qui n'ai rien à faire, je ne vaux rien. Je t'aime, César Divi Filius, mais à quoi vais-je m'occuper en ton absence ?

— Tu ne resteras pas oisive, je te le promets ! Pourquoi crois-tu que je t'ai épousée toi, entre mille autres ? Parce qu'il m'a suffi de plonger les yeux dans les tiens pour voir l'esprit d'une associée. J'ai besoin de quelqu'un à mon côté pour m'aider, quelqu'un en qui je puisse me fier les yeux fermés. Il y a tellement de choses que je n'ai pas le temps de réaliser, des activités qui conviendraient mieux à une femme. Lorsque nous serons couchés côte à côte, je chercherai conseil auprès de toi. Les femmes voient les choses différemment, c'est important. Tu es éduquée et très intelligente, Livie Drusilla. Crois-moi sur parole, je vais te donner du travail.

Elle sourit à son tour.

— Comment sais-tu que je possède toutes ces qualités ? Un seul regard peut mener à des hypothèses sans fondement…

— C'est ton esprit que j'ai contemplé alors…

Octavien se leva avec précipitation, puis se rassit.

— Tu dois être épuisée. Je songeais à te conduire jusqu'à

cette banquette, mais elle punirait tes os plutôt que de les reposer. Je t'assigne donc ta première tâche, Livie Drusilla : meubler cet endroit comme il convient au premier citoyen de Rome.

— Mais l'acquisition de mobilier n'entre pas dans les prérogatives d'une femme ! C'est le privilège des hommes !

— Je me fiche de savoir à qui revient le privilège, je n'ai pas le temps.

Des combinaisons de teintes et de styles envahirent son esprit.

— Combien puis-je dépenser ? s'enquit-elle avec un large sourire.

— Autant qu'il le faudra. Rome est pauvre et j'ai dilapidé une grosse partie de mon héritage à la soulager de ses peines, mais je ne suis pas encore indigent. Bois de citrus, sculptures chryséléphantines, ébène, émaux, marbre de Carrara... Ce que tu voudras.

Soudain, il sembla se souvenir d'un détail et se leva.

— Je reviens dans un instant.

Lorsqu'il réapparut, il posa sur la table un objet enveloppé dans une étoffe rouge.

— Ouvre ton cadeau de mariage, ma bien-aimée épouse.

Le tissu révéla une parure en perles de la couleur du clair de lune. Sept rangs reliés à une paire de plaques en or se rejoignaient et s'agrafaient sur la nuque pour composer le collier. Quant aux boucles d'oreilles, elles se formaient de sept perles pendues à un disque d'or reposant sur le lobe à l'aide d'un crochet.

— Oh, César Divi Filius ! murmura-t-elle, enchantée. C'est magnifique !

Il ne put contenir un sourire triomphant, ravi de son émerveillement.

— Puisque je suis plutôt réputé pour ma parcimonie, je ne te dévoilerai pas combien cela a coûté, mais laisse-moi te confier que j'ai eu beaucoup de chance. Faberius Margarita venait de recevoir cette merveille. Les perles sont si appareillées qu'il pense que la parure a été confectionnée pour une reine, d'Égypte ou de Nabatène, probablement, puisque ces merveilles proviennent de Taprobane. Cependant, ces bijoux n'ont jamais orné d'oreilles ou de cou royaux, car il semblerait qu'ils eussent été dérobés il y a bien longtemps. Faberius les a trouvés à Chypre et acquis pour... Enfin, pas autant que je les ai payés, mais pas à moindre prix, je peux te le garantir. Je t'offre cette parure parce que le vieux Faberius et moi avons de bonnes raisons de croire que personne ne l'a jamais portée ou vraiment appréciée. Tu es donc sa première propriétaire, *meum mel.*

Elle se prêta au jeu, immobile, tandis qu'il lui attachait les perles autour du cou et glissait les crochets des boucles dans les trous de ses oreilles. Puis elle se leva pour se laisser admirer, si comblée que la voix lui manquait. La perle framboise de Servilia paraissait dérisoire à côté de ces sept rangs de grains précieux. Le collier de la vieille Clodia ne possédait pas plus de deux rangs, et même Sempronia Atratina ne pouvait se vanter d'en avoir arboré plus de trois.

— Il est l'heure de dormir, déclara-t-il soudain en la prenant par le coude. Tu disposes de tes propres quartiers, mais comme je ne savais pas quelle vue tu souhaitais, Burgundinus, notre majordome, se chargera de te loger dans une autre suite, si tu préfères. Apprécies-tu Sophonisbe ? Conviendra-t-elle ?

— Comme tu me vois, je vagabonde dans les champs Élysées, répondit-elle en se laissant guider. Tu t'es donné tant de mal et as tant dépensé pour moi ! César Divi Filius, je t'ai aimé dès que je t'ai vu, mais je sais maintenant que je t'aimerai un peu plus chaque jour que la vie m'offrira avec toi.

III

VICTOIRES ET DÉFAITES
39-37 av. J.-C.

11

Publius Ventidius était originaire d'Ascoli Piceno, une grande ville fortifiée sur la via Salaria, l'ancienne route du sel qui reliait Fermo à Rome. Six cents ans plus tôt, les peuples de la plaine avaient appris à extraire des marais d'Ostie cette denrée rare et très recherchée, dont le commerce n'avait pas tardé à passer entre les mains de marchands de Rome, alors une minuscule bourgade sur le Tibre, à quinze milles en amont d'Ostie. Fabius Pictor, entre autres historiens, affirmait haut et fort que, sans le sel, Rome ne serait jamais devenue la plus grande cité d'Italie, ni ses habitants les plus puissants de la péninsule.

Lorsque Ventidius naquit à l'autre extrémité de la via Salaria, l'année précédant l'assassinat de Marcus Livius Drusus, Ascoli Piceno formait le centre du Picenum. Nichée entre les contreforts et hauts pics des Apennins, parfaitement protégée par d'imposantes murailles contre les incursions des tribus italiques voisines, Marrucins ou Péligniens, la ville s'érigeait au cœur d'une région prospère plantée de vergers de pommiers, poiriers et amandiers. Elle commercialisait un miel excellent ainsi que des confitures produites à partir des fruits ne pouvant être envoyés frais au Forum Holitorium de Rome. Les femmes y dirigeaient également une industrie artisanale de tissus délicats d'une délicieuse teinte bleue obtenue à partir d'une fleur ne poussant que dans la vallée.

Ascoli ne tenait toutefois pas sa notoriété de ces activités, mais de circonstances plus dramatiques. Dans ses murs avaient été commises les premières atrocités de la Guerre sociale. Las de la discrimination à laquelle les soumettait une poignée de colons, ses habitants avaient massacré deux cents citoyens romains et un préteur lors d'une représentation de Plaute. Deux légions commandées par Sextus César, l'oncle de Divus Julius, avaient alors rappliqué pour faire payer cet affront à la ville, qui leur avait fermé ses portes. Les deux années de siège qui s'étaient ensuivies avaient vu le général romain décéder d'un mal des poumons lors d'un rigoureux hiver et le seigneur de la guerre, Gnæus Pompeius Strabo Carnifex, prendre sa suite. Si ce Picentin bigleux et fier d'avoir gagné le surnom de « boucher » serait bientôt éclipsé par son fils Pompée le Grand, celui-ci se contentait, à dix-sept ans, d'assister son père avec son ami Marcus Tullius Cicéron. Les Romains avaient rendu l'approvisionnement en eau de la ville impossible en la déviant de la nappe aquifère sous le lit du fleuve Truentius dont elle provenait. Les rebelles durent se rendre mais Pompée Strabo, soucieux de se montrer à la hauteur de sa réputation, ne se satisfit pas de leur reddition.

Déterminé à apprendre à ces sauvages d'Ascoli le respect envers Rome et ses préteurs, il fit flageller et décapiter tous les hommes de la ville âgés de quinze à soixante-dix ans, un véritable exercice de logistique pour un général pressé. Laissant cinq mille cadavres étêtés pourrir sur la place publique, il chassa ensuite treize mille femmes, enfants et vieillards, les condamnant à errer sans nourriture et vêtements chauds au cœur d'un hiver glacial. Ce fut après ce carnage que Cicéron, écœuré, rejoignit les troupes de Sylla sur le front méridional.

Né au sein d'une famille aristocratique fortunée d'Ascoli, Ventidius échappa au destin de sa mère, de sa grand-mère, de ses tantes et sœurs, qui perdirent toutes la vie dans les neiges des Apennins. Le petit de quatre ans s'était retrouvé parmi un petit groupe de jeunes enfants épargnés par Pompée Strabo en vue de son triomphe, un véritable scandale pour les âmes vertueuses de Rome, pour qui les célébrations militaires devaient se limiter aux seules victoires sur les ennemis étrangers. Malingre, affamé, couvert de plaies, Ventidius effectua ainsi, entre les bourrades et les bousculades, la marche de deux milles séparant le Champ de Mars du Forum Romanum, puis se vit exclu de la cité et condamné à voler de ses propres ailes au jeune âge de cinq ans.

La nature voulait cependant que les Italiques, Picentins, Marses, Marrucins, Frentans, Samnites ou Lucaniens fussent de la même trempe que les Romains, et donc aussi résistants à la mort. Le garçon, qui dérobait de la nourriture lorsque la mendicité ne suffisait pas à le nourrir, chemina jusqu'à Rieti, en pays sabin, où un muletier du nom de Considius l'employa pour nettoyer les écuries de ses poulinières. Ces robustes juments de race très recherchée étaient croisées avec des ânes pour produire de superbes mules vendues à prix d'or aux légions romaines, qui ne pouvaient fonctionner sans leurs six cents équidés. Au cœur de la Rosea Rura, une cuvette couverte de parfaites pâtures, Rieti vivait du dynamisme de cette industrie. Réalité ou superstition, tout le monde pensait que les mules élevées dans cet endroit n'avaient pas leur égale.

Maigre mais solide, le bon garçon travailla avec acharnement. Avec sa tignasse de boucles claires et ses yeux bleus lumineux, il ne tarda pas à découvrir que ses regards conjuguant désir et admiration glissés aux femmes de la maisonnée lui valaient de recevoir des rations et des couvertures supplémentaires pour la nuit, qu'il passait dans un nid de paille mêlée d'aromates.

À vingt ans, il était devenu un jeune homme fort, musclé par le labeur et savant en matière d'élevage de mules. Considius, à qui les dieux avaient donné pour fils un bon à rien, lui confia les rênes de son affaire, laissant son aîné partir pour Rome, ses tavernes, ses jeux de dés et ses bordels, où il finit par trouver la mort. La triste nouvelle le laissa avec un seul enfant, une fille, depuis longtemps éprise de Publius Ventidius. Celle-ci trouva alors le courage de demander à son père la main de ce palefrenier. Considius accepta l'alliance et, sur son lit de mort, légua ses cinq cents *iugera* de terre dans la Rosea Rura à son gendre.

Aussi intelligent que travailleur, le jeune Picentin fit prospérer son élevage bien mieux que certaines familles installées dans l'industrie depuis des siècles, parvenant même à survivre à l'affreuse décennie durant laquelle le lac arrosant la Rosea Rura fut asséché pour mettre en place un canal d'irrigation pour les cultivateurs de fraises d'Amiternum. Par chance, le Sénat et le peuple de Rome accordaient plus de valeurs aux mules qu'aux fraises, si bien que le cours artificiel fut bouché et que la verte cuvette retrouva sa fertilité.

Cependant, Publius Ventidius ne rêvait pas d'élever des mules toute sa vie. Ainsi, lorsque le banquier de Cadix, Lucius Cornelius Balbus, devint *præfectus fabrum* de César, il le convainquit de lui obtenir une audience avec le Grand Homme, à qui il confia ses ambitions : entrer dans la vie politique romaine, obtenir la préture et commander des troupes.

— Je ferai un piètre homme politique, reconnut-il, mais je sais que je peux devenir un grand général.

César le crut. Laissant sa ferme au soin de son fils aîné et de

Considia, il devint légat du dictateur et, à sa mort, se mit au service de Marc Antoine. Enfin, après des années de labeur, il était sur le point d'accéder au grand commandement dont il rêvait depuis toujours.

— Pollio a rassemblé onze légions mais n'en a pas besoin de plus de sept, lui expliqua le triumvir avant de quitter Rome. Je peux t'en donner onze, en plus des quatre que tu obtiendras de lui. Avec quinze légions et la cavalerie que tu pourras rallier en Galatie, tu devrais pouvoir te défendre face à Labienus et Pacorus. Je te laisse choisir tes légats, Ventidius, mais tiens-en-toi aux ordres. Ta mission vise à contenir les Parthes jusqu'à mon arrivée. Laisse-moi l'honneur de leur coller une raclée, tu m'entends.

— Très bien, Marcus Antonius. Avec ta permission, je prendrai Quintus Poppædius Silo en tant que premier légat, déclara le muletier avec un grand sourire, contenant difficilement son allégresse. C'est un homme bon, qui a hérité des talents militaires de son père.

— Formidable. Embarque à Brindes dès que les grands vents d'équinoxe auront faibli, une marche par la via Egnatia prendra trop de temps. Commence par chasser Quintus Labienus d'Anatolie. En débarquant à Éphèse en mai, tu disposeras de tout le temps nécessaire.

Brindes ne vit aucune objection à baisser les robustes maillons de la chaîne du port pour permettre à Ventidius et Silo d'embarquer leurs soixante-six mille hommes, six mille mules, six cents chariots et six cents engins d'artillerie à bord de cinq cents navires de transport de troupes apparus comme par magie à l'entrée du port. Sans doute une infime partie de la flotte que Marc Antoine prétendait ne pas posséder.

— Les hommes seront entassés comme des sardines, mais ils n'auront pas vraiment l'occasion de râler pendant la traversée, remarqua Silo à l'adresse de Ventidius. Ils pourront ramer. Nous devrions pouvoir tout embarquer, même l'artillerie.

— Bien. Une fois que nous aurons passé le cap Matapan, le pire sera derrière nous.

Silo eut une moue inquiète.

— Tu oublies Sextus Pompée. Il possède maintenant ce promontoire ainsi que le Péloponnèse.

— Marc Antoine m'a assuré qu'il n'essaiera pas de nous bloquer.

— J'ai entendu dire qu'il était à nouveau très occupé sur la mer de Toscane.

— Je me fiche de ce qu'il peut fabriquer sur la mer de Toscane tant qu'il laisse la mer Ionienne tranquille.

— Où Marc Antoine a-t-il trouvé tous ces navires ? Ni Pompée le Grand ni César n'ont jamais réussi à constituer pareille flotte.

— Il les a récupérés après les batailles de Philippes et les a conservés. Il les a fait haler hors de l'eau sur le rivage de l'Adriatique, en Macédoine et en Épire. Beaucoup d'entre eux étaient échoués autour de la baie d'Ambracie, où il garde encore une centaine de vaisseaux de guerre. En réalité, Marc Antoine dispose de plus de bateaux militaires que Sextus Pompée, mais ils touchent malheureusement à la fin de leur vie en mer. Il possède une vaste flotte à Thasos, et une autre à Athènes, qu'il prétend être son unique ressource. Tu sais maintenant qu'il ment, mais je te fais confiance, Silo, ne me déçois pas.

— Ma bouche est cousue, je t'en fais le serment. Mais pourquoi Marc Antoine tient-il tant à cette flotte, et pourquoi tant de mystère ?

Ventidius lui rendit un regard surpris.

— En prévision du jour où il entrera en guerre contre Octavien.

Silo tressaillit.

— Je prie pour que ce jour n'arrive jamais. Le secret dans lequel il garde sa flotte prouve qu'il n'envisage pas le moins du monde de défaire Sextus Pompée, remarqua-t-il entre perplexité et colère. Lorsque mon père a monté les Marses et tous les peuples italiques contre Rome, les flottes de transport et de guerre appartenaient à l'État, pas à tel ou tel commandant. Désormais que l'Italie et Rome possèdent les mêmes droits, l'État reste en retrait pendant que ses généraux occupent le devant de la scène. Lorsque des individus comme Marc Antoine commencent à considérer les biens de la République comme leur propriété, rien ne va plus. Je suis loyal au triumvir, et le resterai, mais je ne peux approuver cet état de faits.

— Moi non plus, Silo, acquiesça le muletier d'un ton bourru.

— Ce sont une fois de plus les innocents qui souffriront d'une guerre civile.

Ventidius grimaça au souvenir de son enfance.

— J'imagine que les dieux sont plus enclins à protéger ceux dont les richesses leur payent de beaux sacrifices. Qu'est-ce qu'une colombe ou un poulet comparé à un taureau d'une blancheur immaculée ? Sans compter qu'il vaut mieux être de pur sang romain, Silo, nous le savons tous deux.

Silo, un bel homme qui avait hérité du troublant regard vert-jaune de son père, hocha la tête.

— Peut-être, mais avec des Marses parmi tes troupes, Ventidius, nous sommes sûrs de vaincre à l'Est. Une action d'endiguement, est-ce là ce que tu désires ?

— Non, répondit Ventidius d'un ton rempli de dédain. Je n'entends pas gâcher ma chance de mener une campagne digne de ce nom, j'avancerai donc aussi loin et vite que possible. Si Marc Antoine veut cueillir des lauriers, il n'a qu'à prendre ma place ici au lieu de garder un œil sur Octavien et l'autre sur Sextus Pompée. Quelle idée de s'imaginer que Pollio ou moi ignorons ce qu'il mijote !

— Nous crois-tu vraiment capables de battre les Parthes ?

— Cela ne coûte rien d'essayer, Silo. J'ai vu Marc Antoine commander ses troupes, il n'est pas plus talentueux que moi, je doute même parfois qu'il le soit autant. Une chose est sûre, il ne vaut pas Jules César !

Leur navire glissa par-dessus la chaîne immergée du port de Brindes, se déplaçant sous le souffle d'un vent de nord-ouest.

— Ah, comme j'aime la mer ! s'exclama Ventidius. Au revoir, Brindes ! Au revoir, l'Italie !

Arrivées à Éphèse, les quinze légions s'établirent dans plusieurs camps gigantesques à la lisière de la ville portuaire. Avec ses façades de marbre, son vaste théâtre, sa dizaine de temples somptueux et l'enceinte sacrée d'Artémis, la cité s'imposait dans le monde entier par sa beauté. Partout, des statues de la divinité recouverte de testicules de taureau des épaules à la taille rappelaient que la ville tenait lieu de demeure à la déesse de la fertilité.

Laissant Silo circuler parmi les quinze légions pour surveiller les entraînements et manœuvres, Ventidius s'installa sur un rocher présentant une assise naturelle pour méditer en paix. Il avait remarqué un détachement de cinq cents frondeurs envoyés par Polémon, fils de Zénon, qui espérait contrôler le royaume du Pont sans sanction officielle de Marc Antoine. Il s'était arrêté pour les regarder s'exercer, fasciné par le spectacle. Une simple bourse de cuir tendue au bout d'une courroie de peau souple permettait à ces hommes de lancer un projectile de pierre à une distance étonnante et, surtout, à une vitesse spectaculaire. Restait maintenant à savoir si le coup était assez puissant pour éliminer un archer parthe sur le champ de bataille.

Depuis que Marc Antoine lui avait confié cette campagne, Ventidius avait décidé qu'il bénéficierait des honneurs d'un triomphe. Aussi les légendaires archers montés parthes, capables de tirer des flèches mortelles par-dessus la croupe de leur cheval en fuite, le tracassaient-ils. Nul ne l'avait informé que Pacorus avait tout misé sur la cavalerie lourde, avec des cataphractaires en cotte de mailles de la tête aux pieds sur des montures protégées par le même attirail, et n'avait pas enrôlé le moindre archer. Marc Antoine n'avait pas songé à demander de rapport sur les forces de l'ennemi et cette idée n'avait pas traversé le moindre esprit romain. Comme Ventidius, tous les partisans du triumvir s'imaginaient que l'armée parthe compterait plus d'archers que de cataphractaires. Après tout, pourquoi celle de Pacorus se distinguerait-elle de toutes celles qui l'avaient précédée ?

Assis sur son rocher, Ventidius songeait donc à employer les frondeurs en préparant une campagne qui se dirigerait principalement contre les archers montés. Ceux-ci ne s'aventuraient jamais à portée d'épée de l'infanterie mais ne manquaient plus de flèches depuis l'avènement de la caravane de ravitaillement. Il ne pouvait espérer transformer en soldats à fronde des légionnaires qui auraient préféré subir le fouet et la décapitation plutôt que d'ôter leur tunique de maille et d'abandonner leur *gladius* au profit d'une arme de jet. Mais pourquoi ne pas recruter tous les frondeurs de l'Est pour leur apprendre à viser les archers ? Les pierres ne lui semblaient cependant pas le projectile idéal. D'une part, les frondeurs ne pouvaient pas lancer n'importe quel vieux caillou, ce qui les obligeait à perdre un temps précieux dans les lits des rivières à la recherche de spécimens lisses, ronds et d'un poids d'environ une livre. D'autre part, il fallait que la pierre touchât une zone particulièrement fragile, comme le crâne, pour provoquer autre chose que d'épouvantables contusions. Si un combattant ennemi était sur le coup chassé du champ de bataille, il se rétablirait assez tôt pour prêter main forte aux siens quelques jours plus tard. Les rochers, comme les flèches, appartenaient à la famille des armes propres, des objets qui tuaient rarement. Le glaive, lui, était une arme sale par excellence, maculé du sang séché de tous ceux qui avaient croisé son chemin. Les vétérans essuyaient sa lame mais ne la lavaient jamais, si bien que lorsqu'elle s'enfonçait dans la chair, ses tranchants, aiguisés pour couper un cheveu, transportaient des poisons à l'origine d'infections souvent mortelles.

S'il n'espérait pas inventer un projectile causant des plaies suppurantes, il pouvait fabriquer des jets plus mortels que des pierres. Familier de l'artillerie de campagne, il savait que les plus gros galets provoquaient davantage de dégâts, non grâce à leur taille mais par leur capacité à fracasser la cible en multiples morceaux. La baliste se révélait très efficace, mais la fronde envoyait des projectiles à une vitesse bien plus élevée qu'une catapulte dont le ressort de torsion n'aurait pas été enroulé au maximum. Une livre de plomb occupait un volume bien plus réduit qu'un caillou d'une livre taillé dans la roche la plus solide. Prenant de la vitesse dans la bourse, la boulette pourrait être lancée plus vite et volerait plus loin qu'une pierre. Puis, lorsqu'elle atteindrait la cible, le plomb changerait de forme, s'aplatissant ou développant une crête. D'ordinaire, les petits engins d'artillerie servaient à l'envoi des projectiles de plomb qui, lorsqu'ils étaient lancés par-dessus les murailles d'une ville, comme ce fut le cas à Pérouse, relevaient d'un exercice à l'aveuglette aux résultats discutables. Cependant, une boule de plomb envoyée par un frondeur expérimenté sur une cible à deux cents pieds pouvait se révéler d'une efficacité redoutable.

Il confia aux ingénieurs de la légion la tâche de fabriquer un petit nombre de sphères de plomb d'une livre, les prévenant qu'ils devraient, en cas de succès, s'attendre à en confectionner par milliers. Le chef du groupe lui fit remarquer avec finesse qu'il gagnerait, dans ces conditions, à passer commande auprès d'un fournisseur privé.

— Un fournisseur privé risque de nous escroquer, répondit Ventidius en gardant vaillamment son sérieux face à l'astuce de son interlocuteur.

— Pas si j'affecte une demi-douzaine d'ouvriers légionnaires à la pesée de chaque boulet et à la détection des bosses, irrégularités et chocs, mon général.

Lorsque les deux hommes se furent entendus sur le sujet,

ainsi que sur l'obligation du chef des ingénieurs de fournir un plomb en aucun cas altéré par l'ajout de fer ou de métal meilleur marché, Ventidius transporta un sac de nouveaux projectiles jusqu'au champ d'entraînement des frondeurs, riant sous cape. En dépit de ses efforts ou de son grade, il était difficile à un supérieur militaire comme lui de venir à bout des légionnaires. Ces hommes débrouillards et intelligents avaient pour la plupart grandi comme lui, au jour le jour, et ne craignaient pas les chiens à trois têtes. Il trouva Xénon, le chef des frondeurs, à son poste.

— Essaye donc cela, lui ordonna Ventidius en lui tendant sa charge.

Le guerrier plaça le petit objet dans le creux de sa fronde et fit tournoyer l'arme jusqu'à l'entendre siffler. Alors, d'un geste expert, il envoya la balle de plomb fendre l'air et atterrir au beau milieu d'une pièce de cuir. Les deux hommes allèrent ensemble inspecter les dégâts. Lorsqu'il arriva devant la cible, Xénon émit un petit hurlement, trop surpris pour brailler.

— Général, regarde ! articula-t-il après avoir repris ses esprits.

— C'est ce que je fais.

Le projectile n'avait pas troué le cuir souple mais l'avait déchiré, formant une plaie béante et irrégulière.

— Le problème avec ces cibles en cuir, c'est qu'elles ne contiennent pas de vrai squelette. Il faut s'attendre à ce que ces objets de plomb réagissent différemment au contact d'un corps osseux. Nous devons les éprouver sur une mule condamnée.

Le temps de trouver l'animal, cinq cents frondeurs s'étaient rassemblés autour du champ d'essai, se disputant une place aux premières loges pour voir ce nouveau projectile inventé par le Romain.

— Positionnez la bête de dos, ordonna Ventidius. Ces balles seront utilisées sur des chevaux en fuite de la taille de cette mule. Or qui dit monture à terre dit archer à terre. Si les Parthes maîtrisent l'approvisionnement en flèches, je doute qu'il en aille de même pour les chevaux. Il leur en faudrait bien trop de rechange.

La peau déchirée, les entrailles lacérées, l'animal se retrouva si mutilé qu'il fallut mettre sur-le-champ fin à ses souffrances. Lorsque le projectile fut extirpé de la carcasse, ils purent constater que le choc avec les os l'avait aplati en un disque au contour irrégulier.

— Frondeurs ! brailla Ventidius. Voici pour vous une nouvelle arme !

Des acclamations montèrent de tous côtés tandis que l'ancien muletier se tournait vers Xénon.

— Préviens Polémon qu'il me faudra quinze cents frondeurs supplémentaires et un millier de talents de plomb extraits de ses mines d'argent. Le Pont vient de devenir un allié essentiel.

Tout ne se révéla cependant pas aussi aisé qu'il le crut. Certains tireurs éprouvaient des difficultés à manier la fronde avec un si petit projectile et d'autres, bornés, refusaient de reconnaître sa qualité. Cependant, le temps aidant, même les plus obtus devinrent experts dans le jet de plomb et ne jurèrent plus que par leur nouvelle arme. Mais, avant d'en arriver là, il avait fallu modifier la poche de cuir, l'usage prouvant que le plomb usait plus rapidement les engins légers que la pierre.

Au moment où le contentement se propageait parmi les soldats, quinze cents frondeurs arrivèrent d'Amaseia et de Sinope, devançant d'autres hommes originaires d'Amisus, plus loin. Pas fou, Polémon espérait recevoir dans l'avenir les dividendes de sa générosité et de sa réactivité.

Tandis que les frondeurs s'exerçaient à manier le plomb, Ventidius ne se reposait pas sur ses lauriers. Le nouveau gouverneur de la province d'Asie, Lucius Munatius Plancus, s'était établi à Pergame, bien loin des incursions de Labienus, en Lycie et Carie, jusqu'à ce qu'un Pergamien sous les ordres de Labienus réussît à lui faire croire que la ville d'Éphèse était tombée entre les mains ennemies et que les Parthes se préparaient à attaquer sa retraite. Perturbé, un peu pleutre et enclin à avaler n'importe quoi, Plancus avait paniqué et plié bagage pour fuir sur l'île de Chios, d'où il avait informé Marc Antoine, toujours à Rome, que rien ni personne ne pouvait arrêter Labienus.

« *Tout ceci*, écrivit Ventidius dans une missive au triumvir, *alors que je m'activais à débarquer quinze légions à Éphèse ! Le bougre est une dupe et un lâche, il ne mérite pas que des troupes soient mises à sa disposition. Je n'ai pas pris la peine d'entrer en contact avec lui, ce ne serait que temps perdu.* »

« *Parfait, Ventidius*, lui répondit Marc Antoine dans un

courrier qui arriva à Éphèse alors que le général et son armée s'apprêtaient à se mettre en route. *Je reconnais que j'ai nommé Plancus gouverneur pour m'en débarrasser, un peu comme pour Ahenobarbus en Bithynie, à ceci près que ce dernier ne peut être accusé de couardise. Laisse donc le bougre savourer tranquillement le vin exceptionnel de Chios.* »

Lorsque Ventidius lui présenta le message, Silo gloussa :

— Formidable ! Si ce n'est que nous allons laisser derrière nous une province d'Asie sans gouverneur.

— J'ai déjà pensé à cela, répliqua Ventidius d'un ton suffisant. Puisque Pythodore de Tralles est désormais le gendre de Marc Antoine, je l'ai convoqué ici. Il pourra prélever les tributs et les impôts au nom de beau-*tata* et les envoyer au Trésor de Rome.

— Oooh ! s'exclama Silo, ses étranges yeux écarquillés. Je doute que cela plaise à Marc Antoine. Ses ordres stipulent que l'argent doit lui revenir à lui.

— Je n'ai reçu aucune directive de ce genre, Silo. Je resterai loyal à Marc Antoine, mais plus encore à Rome. Les tributs et impôts réclamés en son nom doivent être versés au Trésor, et il en va de même pour les butins que cette campagne pourrait nous rapporter. Si bon lui semble, Marc Antoine n'aura qu'à se plaindre, mais pas avant que nous ayons écrasé les Parthes.

Ventidius se sentait important, à juste titre : les affranchis sans chef de Galatie avaient rassemblé tous les soldats de cavalerie disponibles avant d'accourir à Éphèse pour montrer à ce général romain inconnu le potentiel de leurs guerriers à cheval. Il en comptait dix mille, tous trop jeunes pour avoir péri à Philippes et déterminés à protéger leurs plaines herbues contre les ravages de Quintus Labienus, qui ne tarderait pas à frapper à leur porte.

— Je ferai le trajet avec eux à cheval, mais sans précipitation, expliqua Ventidius à son premier légat. Il te revient de mener l'infanterie d'un bon pas sur la route. Je n'attends pas moins de trente milles par jour de mes légions. Vous suivrez l'itinéraire le plus direct jusqu'aux Portes de Cilicie : remontez le fleuve Méandre et traversez le nord de la Pisidie jusqu'à Iconium. De là, vous suivrez la route des caravanes jusqu'au sud de la Cappadoce, où vous rejoindrez la voie romaine. Tu as vingt jours pour parcourir ces cinq cents milles, est-ce clair ?

Il n'était pas dans les habitudes d'un commandant de l'armée romaine de monter à cheval, la plupart préférant la marche pour des raisons de bien-être autant que de stratégie. D'une part, un cavalier devait supporter le poids de ses jambes, qui pendaient mollement de chaque côté de l'animal dans une pose fort inconfortable. D'autre part, les soldats de pied aimaient voir leur supérieur marcher, un mode de locomotion qui les mettait tous au même niveau, littéralement et métaphoriquement. Enfin, cette solution permettait de maintenir la cavalerie à sa place. Les armées romaines se composant majoritairement de troupes d'infanterie, celles-ci étaient bien plus appréciées que les troupes montées qui, au fil des siècles, avaient cessé de compter des Romains dans leurs rangs, devenant une force auxiliaire composée de Gaulois, de Germains ou de Galates.

Son passé de muletier avait cependant accoutumé Ventidius à l'art de l'équitation. Il lui plaisait d'ailleurs de rappeler à ses collègues les plus hautains que le grand Sylla avait toujours monté une mule, allant même jusqu'à donner le pli au jeune Jules César. Mais il tenait surtout à garder un œil sur sa cavalerie, dirigée par le Galate Amynas, ancien secrétaire du vieux roi Deiotarus. S'il voyait juste, Labienus battrait en retraite face à une force montée aussi colossale jusqu'à ce qu'il trouvât un endroit où ses dix mille soldats de pied entraînés à la romaine puissent battre dix mille chevaux. Ce lieu ne pourrait être ni la Carie ni l'Anatolie centrale, ni même la Lycie ou la Pisidie du Sud, une retraite dans cette direction risquant de fragiliser ses liaisons avec le reste de l'armée parthe. Son instinct le mènerait donc vers les terres où Ventidius avait dirigé Silo et les légions, avec plusieurs jours d'avance sur les Romains. Avec dix mille chevaux sur leurs talons, ses troupes fuiraient dans une débandade trop précipitée pour conserver le train des équipages, chargé de butins que seuls des bœufs pouvaient tirer. Silo récupérerait donc tout ce que Labienus laisserait derrière lui. Quant à Ventidius, il se chargerait de le repousser vers la Cilicie et de contenir l'armée parthe sur le versant opposé du mont Amanus, frontière naturelle avec le nord de la Syrie.

Labienus ne disposerait guère d'un large choix d'itinéraires pour passer de la Cappadoce à la Cilicie. Les hauts reliefs accidentés du Taurus isolaient l'Anatolie centrale de tout le territoire à l'est et les quelques défilés ménagés dans la montagne se trouvaient à dix ou douze mille pieds d'altitude, au cœur des neiges éternelles, surtout du côté de l'Anti-Taurus. Labienus devrait donc se diriger vers les Portes de Cilicie, où Ventidius comptait le retrouver.

Les jeunes cavaliers galates se rangeaient dans la tranche d'âge qui produit les meilleurs et plus courageux guerriers, celle à laquelle, ne comptant ni épouse ni famille, les hommes ne craignent pas de se joindre à la bataille contre l'ennemi commun. Seule Rome avait réussi à faire d'hommes de plus de vingt ans d'excellents soldats, ce qui attestait d'ailleurs la supériorité de la cité. Pour jouir d'une armée comme la sienne, il fallait de la discipline, de l'entraînement, du professionnalisme et une certitude indéracinable que chaque homme composait la pièce d'une vaste machine de guerre invincible. Ventidius savait qu'il ne pourrait défaire Labienus sans ses légions. Son plan consistait donc à coincer le renégat à un point précis, l'empêcher par tous les moyens de négocier les Portes de Cilicie et attendre l'arrivée des soldats de pied. Il passerait ensuite le relais au fidèle Silo.

Labienus ne réserva au général romain aucune surprise. Son réseau de renseignement l'avait informé de la vaste force stationnée à Éphèse et, à l'annonce du nom de l'homme aux commandes, il sut ce qui lui restait à faire : fuir l'Anatolie occidentale aussi vite que possible. Sa campagne l'ayant conduit à des endroits où Brutus et Cassius n'étaient pas passés, il avait amassé un trésor de guerre considérable : la Pisidie regorgeait de châsses dédiées à Kubaba et à son amant, Attis ; la Lycaonie abondait de temples érigés en l'honneur de divinités oubliées du reste du monde depuis qu'Agamemnon avait régné sur la Grèce ; Iconium abritait des édifices consacrés au culte de dieux mèdes et arméniens. Labienus tenta donc désespérément de traîner derrière lui l'ensemble de son convoi. En vain… Il dut l'abandonner à cinquante milles à l'ouest d'Iconium, dans son intégralité, ses convoyeurs bien trop terrifiés par la horde romaine sur leurs talons pour songer à voler son contenu. Tous prirent donc leurs jambes à leur cou, abandonnant sur deux milles une file mugissante de bœufs assoiffés, que Ventidius prit tout juste le temps de libérer de leur joug afin qu'ils s'abreuvassent avant de repartir d'un trot satisfait. L'équivalent de cinq mille talents d'argent allait terminer dans les caisses du Trésor de Rome, aucune œuvre d'art de valeur inestimable, mais beaucoup d'or, d'argent et de joyaux. Tandis que son postérieur se soulevait et retombait à chaque foulée de sa mule, le Picentin songeait à ces richesses qui feraient de parfaites parures le jour de son triomphe.

Réputée pour son inhospitalité, la région des Portes de Cilicie était couverte de forêts de pins de toutes espèces qui tissaient un réseau bien trop dru pour permettre à l'herbe de pousser, au grand dam des chevaux qui se refusaient à avaler le fragrant feuillage des pinèdes. Chaque cavalier avait transporté autant de fourrage que possible, ce qui expliquait le rythme restreint que la troupe avait dû observer. Prévoyants, les hommes ramassaient aussi la moindre pousse de fougère tendre qu'ils trouvaient sur leur chemin, des plantes qui s'achevaient par une fioriture rappelant à leur général romain le *lituus* des augures. Au vu du fourrage restant et de la récolte de fougères, Ventidius estimait pouvoir tenir dix jours, un délai suffisant si Silo s'était montré assez ferme avec ses troupes pour leur faire parcourir trente milles par jour. Jules César, lui, réussissait toujours à pousser plus ses légionnaires, mais le Grand Homme était unique. Ah, Ventidius n'oublierait pas de sitôt la marche de Piacenza à Narbonne pour soulager Trebonius et consorts ! Plongé dans ses souvenirs, il se racla la gorge pour cracher sur un Gaius Trebonius imaginaire. Quel témoignage de gratitude que d'assassiner son sauveur !

Arrivés en haut du col deux jours plus tôt, Labienus et ses troupes avaient eu le temps d'abattre un nombre suffisant d'arbres pour construire un camp dans le plus pur style romain, dressant de hauts remparts de rondins, creusant des fossés tout autour de la fortification et érigeant des tours à intervalle régulier au sommet de la palissade. Cependant, ses hommes avaient beau avoir reçu un entraînement romain, ils demeuraient orientaux avant tout, si bien que Ventidius repéra bientôt des vices dans la construction bâclée de la fortification.

À l'arrivée des cavaliers ennemis, Labienus ne tenta même pas de sortir de sa retraite pour livrer bataille, un immobilisme auquel le muletier s'attendait, persuadé que l'adversaire aurait la prudence de ne pas bouger jusqu'à recevoir le secours de Pacorus et de ses troupes parthes, encore en Syrie. Cette tactique attentiste pouvait toutefois se révéler dangereuse, comme Labienus ne tarderait pas à l'apprendre maintenant que ses éclaireurs devaient avoir croisé Silo et ses légions et constaté l'absence de Parthes à plusieurs jours de chevauchée.

Trois jours plus tard, les légions guidées par Silo fourmillèrent le long des flancs du mont Taurus, enregistrant une avance certaine sur les renforts parthes qui, plus éloignés, devaient en outre faire l'ascension depuis la côte et Tarse, un trajet aussi exténuant pour les montures que pour les hommes.

— Nous allons construire notre camp ici, indiqua Ventidius à Silo en pointant au loin, sans même lui laisser le temps d'arriver. Au-dessus de celui de Labienus, en amont.

Hésitant, il se mordilla les lèvres, puis sembla parvenir à une décision.

— Que le jeune Appius Pulcher et cinq légions se mettent en route vers le nord et Eusebia. Dix légions suffiront pour faire le travail ici, d'autant que le terrain accidenté interdit les déploiements massifs et que l'espace manque pour bâtir un camp de taille. Dis à Appius Pulcher d'occuper la ville et de se tenir prêt à intervenir à tout moment. Il pourra en profiter pour établir un rapport sur la situation en Cappadoce. Marc Antoine tient à savoir s'il existe un Ariarathe apte à gouverner.

Ventidius n'aurait jamais commis l'erreur d'utiliser les cavaliers galates comme main-d'œuvre pour ériger un camp. Non seulement ils n'étaient pas romains, mais ils ne connaissaient rien aux labeurs manuels. Maintenant que Silo l'avait rejoint, il pouvait fournir un abri à ses hommes, sans pour autant les prévenir que le séjour se prolongerait. Retranché, Labienus fixait avec des yeux inquiets la pente balafrée où le camp de Ventidius progressait à vue d'œil, ne trouvant dans la situation qu'une seule consolation : en choisissant de prendre de la hauteur, l'ennemi lui avait ménagé une issue vers la Cilicie par la route de Tarse. En réalité, Ventidius n'avait rien laissé au hasard : le lieu pentu et boisé ne se prêtant qu'à une bataille satisfaisante, il préférait chasser Labienus de l'Anatolie en attendant le combat décisif.

Quatre jours après l'arrivée de Silo, un éclaireur avertit les généraux romains que les Parthes avaient contourné Tarse et commencé leur ascension vers les Portes de Cilicie.

— Combien en as-tu compté ? lui demanda Ventidius.

— Environ cinq mille, mon général.

— Tous des archers ?

Le messager blêmit.

— Aucun archer. Tous, sans exception, sont des cataphractaires, mon général. L'ignorais-tu ?

Les yeux bleus du général croisèrent les yeux verts de Silo, remplis de saisissement.

— Bravo ! hurla Ventidius lorsque l'éclaireur eut disparu. Bien sûr que nous l'ignorions ! Tout ce travail avec les frondeurs, pour rien !

Rassemblant ses forces, il présenta un visage déterminé.

— Très bien, tout se jouera sur l'avantage du terrain. Je suis certain que Labienus nous prend pour des imbéciles de lui avoir laissé une chance de fuir, mais je suis encore plus résolu à décimer des cataphractaires que des mercenaires. Convoque une assemblée de centurions pour demain à l'aube, Silo.

Le plan était scrupuleux, élaboré avec méticulosité.

— Je n'ai pas pu établir si Pacorus dirige son armée en personne, annonça Ventidius à ses six cents centurions au rassemblement du lendemain, mais voilà ce que nous devons faire, compagnons : persuader les Parthes de charger sans le soutien de l'infanterie de Labienus. Pour ce faire, nous nous alignerons derrière nos palissades et nous leur crierons d'affreuses insultes en parthe. Un compagnon a noté pour moi quelques mots et expressions que cinq mille hommes devront apprendre par cœur : porcs, idiots, fils de putains, sauvages, chiens, mangeurs de merde, paysans. Cinquante centurions à la voix bien portante devront apprendre à dire : « Ton père est un marlou ! », « Ta mère est une suceuse de pénis ! » et « Pacorus est un porcher ! » L'objectif de la manœuvre consiste à les mettre dans une telle rage qu'ils en oublieront toute tactique et fonceront à l'attaque. Ces phrases devraient produire l'effet désiré, d'autant que les Parthes considèrent le porc comme un animal impur, indigne d'être mangé. Entre-temps, Quintus Silo aura ouvert les portes du campement et abattu les parois latérales pour faire sortir neuf légions au plus vite. Votre autre tâche, compagnons, consiste à encourager vos hommes à ne pas craindre ces grosses *mentulæ* sur leurs grands chevaux. Ils devront attaquer comme des guerriers ubiens, passer sous et entre les chevaux et couper autant de jambes que possible. Une fois la bête à terre, il leur faudra viser le visage du cavalier ou toute autre partie du corps sans cotte de mailles. Je compte encore utiliser mes frondeurs mais je ne peux garantir leur efficacité. Voilà, compagnons. Les Parthes seront à nos portes demain matin, à l'aube, la journée d'aujourd'hui sera donc consacrée à apprendre les jurons et à se préparer par la discussion. Rompez ! Que Mars et Hercules Invictus soient avec nous !

La bataille se révéla, plus que satisfaisante, plaisante. Les légionnaires, qui n'avaient jamais posé les yeux sur un cataphractaire, s'offrirent une effusion de sang de rêve. Les cavaliers ennemis qui, dans leur cotte de mailles, paraissaient plus redoutables qu'ils ne l'étaient en réalité, répondirent au déluge d'insultes avec une fureur inespérée. Lançant la charge sur la colline hérissée de souches d'arbres, ils firent trembler le sol sous le martèlement des sabots de leurs chevaux et leurs cris de guerre hurlés à pleins poumons. Les montures qui ne trébuchèrent pas sur les troncs firent les frais des légionnaires en cuirasse qui surgirent des bois de chaque côté du campement pour s'immerger dans une mer de jambes équines, taillant et coupant dans le tas. Bientôt, la charge parthe fut transformée en une frénésie de chevaux hennissant et de cavaliers se débattant, impuissants face aux coups qui pleuvaient sur leur visage et aux lames qui plongeaient dans leurs avant-bras. Certes, un bon coup de glaive aurait traversé la maille frontale, mais les soldats romains préféraient économiser la lame de leur chère arme.

Tout à sa joie, Ventidius découvrit que les projectiles de plomb lancés par ses frondeurs trouaient les protections parthes, allant jusqu'à tuer leur cible. Quant à Labienus, il sacrifia mille soldats pour mener un combat d'arrière-garde tandis qu'il fuyait par la route romaine menant en Cilicie, heureux d'être encore en vie, à l'inverse de ses renforts hachés en menus morceaux. Pas plus d'un millier d'entre eux le suivit, laissant derrière le reste des troupes mortes ou mourantes.

— Quel bain de sang ! se réjouit Silo lorsque, six heures après les premiers affrontements, la bataille s'acheva.

— Comment nous en sommes-nous sortis, Silo ?

— Avec brio ! Quelques crânes fracassés par les sabots, plusieurs hommes écrasés sous des chevaux mais je n'estimerais pas les pertes à plus de deux cents. Et ces *glandes* de plomb ! Même les cottes de mailles ne leur résistent pas.

Sourcils froncés, Ventidius arpenta le champ de bataille, indifférent à la souffrance qui l'entourait, convaincu que ceux qui bravaient la puissance de Rome devaient en payer le prix. Des troupes de légionnaires passaient entre les tas de morts et de victimes pour tuer les chevaux et les hommes qui ne survivraient pas à leurs lésions. Les quelques blessés légers restés sur place seraient rassemblés et emprisonnés dans l'espoir d'obtenir une rançon de leur famille, généralement de noble lignage. Dans le cas contraire, ils seraient vendus comme esclaves.

— Que faisons-nous des montagnes de cadavres ? soupira Silo. Le pays n'offre guère plus d'un pied ou deux de terre arable, il sera difficile de creuser des fosses pour les enterrer. Quant au bois, il est trop vert pour construire des bûchers.

— Nous allons les traîner dans le campement de Labienus et les y laisser pourrir, répondit Ventidius. Lorsque nous repasserons par là, si nous le faisons, ils ne formeront plus qu'un tas d'os. Aucune habitation ne se dresse à des milles à la ronde et les arrangements sanitaires de Labienus éviteront toute contamination du fleuve Cydnus, maugréa-t-il. Mais, avant tout, récoltons notre butin. Je veux un vrai défilé de triomphe. Publius Ventidius mérite mieux qu'une imitation macédonienne !

Une remarque dans laquelle Silo vit, avec un sourire intérieur, un pied de nez à Pollio, qui continuait son interminable guerre en Macédoine.

À Tarse, Ventidius apprit que Pacorus n'avait pas participé à la bataille, une absence qui expliquait sans doute la facilité avec laquelle les siens avaient mis les Parthes dans une rage aussi aveugle. Labienus, quant à lui, continuait sa route vers l'est à travers la Cilicie suivi d'une colonne en désordre, entre cataphractaires sans chef et mercenaires râleurs assez convaincants pour semer la zizanie parmi les troupes de soldats les plus calmes.

— Nous devons rester sur sa piste, déclara Ventidius. Mais, cette fois, tu chevaucheras avec la cavalerie, Silo. Je vais me charger seul de conduire les légions.

— Ai-je trop tardé à arriver aux Portes de Cilicie ?

— *Edepol*, non ! De toi à moi, Silo, je me fais trop vieux pour les longues chevauchées. Mes testicules me brûlent et je présente une fistule. Tu t'en tireras mieux que moi à ton âge. Un homme approchant des cinquante-cinq ans est condamné à se servir de ses pieds.

Un serviteur apparut dans l'embrasure de la porte.

— *Domine*, Quintus Dellius demande à te voir et requiert un logement.

Leurs yeux se rencontrèrent dans l'un de ces longs échanges silencieux que seuls permettent une profonde amitié et des jugements communs.

— Fais-le entrer mais ne te préoccupe pas de l'hébergement.

— Mon très cher Publius Ventidius ! Et Quintus Silo en personne ! Quelle joie de vous voir ! lança Quintus Dellius à son arrivée.

S'installant sur une chaise avant de se le voir proposer, le visiteur jeta un regard lourd de signification sur la cruche de vin.

— Une goutte d'une boisson légère, blanche et claire me ferait le plus grand bien.

Silo servit un gobelet, qu'il tendit à Dellius en s'adressant à son général.

— Si tu n'as plus besoin de moi, je m'en vais vaquer à mes affaires.

— Nous nous verrons demain à l'aube.

— Ça par exemple, quel sérieux ! remarqua Dellius avant de boire une gorgée, grimaçant.

— Pouah ! Que m'as-tu servi comme pisse ? De la piquette ?

— Je ne saurais te le dire puisque je n'y ai pas goûté, répondit Ventidius d'un ton cassant. Que veux-tu, Dellius ? Autant te l'annoncer dès maintenant : tu devras descendre dans une auberge ce soir, le palais est comble. Tu peux venir t'y installer demain, tu auras tout l'endroit pour toi puisque nous serons partis.

Dellius leva un menton indigné et se redressa avec un regard furieux. Depuis ce mémorable dîner lors duquel il avait partagé la banquette de Marc Antoine, deux ans auparavant, il s'était tant accoutumé aux témoignages de déférence qu'il s'attendait à être traité avec égards par tous, y compris des militaires bourrus de l'acabit de Publius Ventidius. Quel outrage ! Ses yeux fauves se rivèrent dans ceux du général, dans lesquels il ne lut que mépris.

— C'est plus que je n'en puis tolérer, se scandalisa-t-il, rougissant. Je suis investi de l'*imperium* proprétorien et j'exige, à ce titre, d'être logé immédiatement ! Mets donc Silo à la porte s'il n'y a aucune autre place !

— Je ne mettrais même pas le plus insignifiant *contubernalis* à la porte pour un lèche-bottes de ton espèce, Dellius. Et laisse-moi te rappeler que je possède l'*imperium* proconsulaire. Alors, je te le demande de nouveau : que veux-tu ?

— Je t'apporte un message du triumvir Marc Antoine, répondit l'autre d'une voix glaciale. Je pensais te le remettre à Éphèse, pas dans ce trou à rat.

— Dans ce cas tu aurais dû aller plus vite, repartit Ventidius sans la moindre trace de sympathie. Pendant que tu voguais tranquillement, j'ai combattu les Parthes. Moi aussi, j'ai un message à délivrer à Marc Antoine : dis-lui que nous avons vaincu une armée de cataphractaires parthes aux Portes de Cilicie et que Labienus est en fuite. Je doute que ton message soit aussi intéressant.

— Je te déconseille de me contrarier, grommela entre ses dents le propréteur.

— Si tu crois que tes conseils m'importent. Maintenant, le message ! Le travail m'attend.

— J'ai reçu l'ordre de te rappeler que Marc Antoine tient à voir Hérode, roi des Juifs, prendre sa place sur le trône qui lui revient dans les meilleurs délais.

Un masque d'incrédulité se posa sur les traits du muletier.

— Quoi ? Marc Antoine t'a envoyé jusqu'ici pour me dire cela ? Réponds-lui que je me ferai une joie de mettre le gros cul d'Hérode sur son siège doré, mais que pour cela il me faut d'abord chasser Pacorus et son armée de Syrie, ce qui risque de tarder un peu. Néanmoins, tu peux assurer au triumvir que je garderai ses mots à l'esprit le moment venu. Est-ce tout ?

Aussi hérissé qu'un chat furieux, Dellius ourla la lèvre supérieure et montra les dents.

— Tu vas regretter de t'être conduit ainsi, Ventidius ! cracha-t-il.

— Je regrette surtout que Rome laisse la voie libre à des flagorneurs de ton espèce, Dellius ! Si tu le permets, je ne te raccompagne pas.

Sur ce, le général quitta la pièce, laissant un Dellius indigné couver sa colère. Comment Ventidius osait-il le traiter de cette façon ? Il posa son gobelet de vin et se leva. Il lui fallait bien supporter cet empêcheur de tourner en rond maintenant qu'il avait battu une armée parthe et délogé Labienus d'Anatolie, des nouvelles que Marc Antoine apprécierait autant qu'il appréciait son général. Mais ce dernier ne payait rien pour attendre. Dès qu'il en aurait l'occasion, Dellius frapperait. Ce n'était qu'une question de patience.

Quintus Poppædius Silo commanda ses troupes de cavaliers galates avec bravoure et sagacité jusqu'aux Portes de Syrie, une gorge du mont Amanus où il bloqua Labienus en attendant l'arrivée de Ventidius et des légions. L'air restait doux pour le mois de novembre et les pluies d'automne tardaient à venir, si bien qu'ils progressaient sur un sol dur et sec, idéal pour une bataille. Malgré les deux mille cataphractaires venus de Syrie pour épauler Labienus, les Parthes essuyèrent une seconde défaite qui, cette fois, fut autant fatale à l'infanterie de Labienus qu'aux cavaliers en cotte de mailles.

Ne marquant un arrêt que le temps d'écrire une lettre jubilante à Marc Antoine, Ventidius poussa jusqu'en Syrie sans trouver trace des Parthes. Selon les rumeurs, Pacorus avait regagné Séleucie du Tigre plusieurs mois plus tôt avec Hyrcan le Juif. Quant à Labienus, il avait pris ses jambes à son cou et le premier navire pour Chypre depuis Apamée.

— Cela ne lui servira à rien, fit remarquer Ventidius à Silo. Si je ne me trompe pas, Marc Antoine a envoyé un affranchi de César gouverner en son nom à Chypre, Caius Julius... Demetrius. Oui, c'est ça, Demetrius, confirma-t-il en saisissant une feuille de papier. Fais-lui apporter ceci sur-le-champ, Silo. Ma mémoire me joue des tours dès qu'il s'agit de Grecs affranchis, mais s'il est bien l'homme auquel je pense, il fouillera l'île de Paphos à Salamis avec efficacité, voire avec zèle, pour mettre la main sur le traître.

Cela fait, Ventidius répartit ses légions dans plusieurs campements d'hiver et attendit patiemment ce que l'année suivante daignerait lui apporter. Confortablement installé à Antioche, rassuré par la présence de Silo à Damas, il meubla son loisir à imaginer son triomphe, une perspective chaque jour plus séduisante. La bataille du mont Amanus avait rapporté deux mille talents d'argent et de jolis ouvrages d'art pour décorer les chars de sa parade. Pollio pouvait toujours rêver, son défilé semblerait ridicule à côté de celui du vainqueur des Parthes !

La trêve hivernale ne dura pas aussi longtemps que Ventidius l'avait escompté. Pacorus revint de Mésopotamie avec tous ses cataphractaires encore entiers et sans le moindre archer monté. La nouvelle fut apportée à Antioche par Hérode, qui l'avait obtenue d'un sous-fifre d'Antigone peu enchanté par la perspective d'une vie sous autorité parthe.

— J'ai établi d'excellents rapports avec ce bougre, un Zadokite du nom d'Ananel qui meurt d'envie de devenir grand prêtre. Comme je ne compte pas le devenir moi-même et qu'il fera aussi bien l'affaire qu'un autre, je lui ai promis la place en échange d'informations précises sur les Parthes. Je lui ai demandé de souffler à ses contacts que tu prévois de tendre un piège à Pacorus à Nicephorium, sur le fleuve Euphrate, t'imaginant qu'il le traversera à Zeugma. Ainsi Pacorus évitera Zeugma et voyagera sur la rive orientale du fleuve jusqu'à Samosate. Il y a même de fortes chances qu'il prenne le raccourci de Crassus en traversant l'affluent Bilechas. Quel comble de l'ironie !

Bien qu'il n'éprouvât pas la moindre sympathie pour Hérode, Ventidius était suffisamment perspicace pour comprendre que le futur roi des Juifs ne gagnerait rien à mentir, un raisonnement qui le convainquit de se fier aux informations déversées par ce crapaud cupide. Tout compte fait, il ne ressentait pas face à lui le même écœurement que lui inspirait Dellius. Tout obligeant qu'il se montrait, Hérode, simplement déterminé à se débarrasser d'Antigone l'usurpateur pour régner sur son peuple, n'appartenait pas à l'espèce des flatteurs.

— Je te remercie, roi Hérode, déclara-t-il. Sois assuré qu'une fois écartée la menace parthe, je t'aiderai à en finir avec Antigone.

— J'ose espérer ne pas attendre trop longtemps, soupira Hérode. Les femmes de ma famille et ma promise sont isolées au sommet de l'à-pic le plus affreux du monde. J'ai appris par mon frère Joseph qu'il ne leur reste plus beaucoup de nourriture et crains de ne pouvoir leur venir en aide.

— Un peu d'argent te sortirait-il d'embarras ? Je peux te donner assez pour rejoindre l'Égypte et y acheter du ravitaillement et des moyens de transport. Peux-tu gagner cet endroit depuis le royaume de Pharaon sans te faire repérer ?

Hérode se redressa sur son siège, enthousiaste.

— Aisément, Publius Ventidius. Ce rocher porte un nom, Masada, et se situe bien au sud du Palus Asphaltites. Une caravane de chameaux en provenance de Péluse pourrait éviter Juifs, Iduméens, Nabatéens et Parthes.

— Une liste redoutable, sourit le général romain. Très bien, je te suggère donc d'agir ainsi pendant que je me charge de Pacorus. Courage, Hérode ! À cette époque l'an prochain, tu régneras à Jérusalem !

Par un véritable tour de force, Hérode réussit à présenter une expression humble et embarrassée.

— Je... euh... comment... À qui dois-je m'adresser pour obtenir cette somme ?

— Rends-toi auprès de mon questeur, roi Hérode. Je vais lui dire de te donner tout ce dont tu auras besoin. Dans la limite du raisonnable, j'entends, précisa le général, un pétillement dans ses yeux d'un bleu lumineux. Je sais que les chameaux valent cher, mais je suis muletier de métier et possède donc une idée précise du coût d'un quadrupède. En échange de cet argent, je n'exige de toi que de l'honnêteté et des informations régulières.

Au nord-est de Samosate, huit mille cataphractaires émergèrent de l'horizon dans l'espoir de profiter du faible courant hivernal pour traverser l'Euphrate. Cette fois à la tête de ses troupes, Pacorus prit la direction de Chalcis, à l'ouest, par la route d'Antioche. Le chemin se déroulait au milieu d'un paysage hospitalier verdoyant qui lui était devenu familier lors de ses précédentes expéditions. Ni l'eau ni l'herbe n'y venait à manquer et le terrain plat, à l'exception du bas-relief du mont Gindarus, facilitait la progression de son armée. Tranquillisé par le soutien de tous les petits princes de la région, il approcha d'Antioche serein, précédant une colonne de plusieurs milles de cavaliers qui laissaient tranquillement brouter leur monture en chemin, ignorant que la ville était à nouveau entre les mains romaines. Les agents d'Hérode avaient accompli leur mission avec succès et Antigone le Juif était trop occupé à soumettre ses sujets pour communiquer avec son allié parthe.

Un éclaireur au galop ne tarda pas à l'informer qu'une armée romaine était parfaitement retranchée sur le mont Gindarus, une nouvelle qui soulagea presque Pacorus, guère rassuré d'ignorer la position ennemie. Aussitôt, il ordonna à ses cataphractaires de se mettre en ordre de bataille.

Gorgé de mépris pour des soldats de pied confrontés à des géants en cotte de mailles sur des chevaux caparaçonnés, il commit les mêmes erreurs que ses alliés aux Portes de Cilicie et de Syrie. La cavalerie lourde chargea sur une pente ascendante, sous une pluie de projectiles de plomb qui perçaient ses protections, plus efficaces que n'importe quelle flèche. En plein chaos, déroutée par le hennissement des chevaux déboussolés à l'impact des balles entre leurs yeux, l'avant-garde parthe s'empêtra. C'est le moment que choisirent les légionnaires pour entrer en lice, esquivant les milliers de jambes des bêtes pour leur tailler les genoux, traîner les cavaliers à terre et leur enfoncer leur glaive en pleine face. Les longues lances se révélèrent inutiles dans une telle mêlée et les sabres, pour la plupart, restèrent rangés dans leur fourreau. Sans espoir de voir son arrière-garde passer la cohue et dans l'impossibilité d'attaquer les Romains par le flanc, Pacorus regarda avec des yeux horrifiés les légionnaires s'approcher dangereusement de sa position, au sommet d'un monticule. Il se battit, comme les hommes autour de lui, qui le défendirent jusqu'au dernier. Lorsqu'il tomba, ceux qui le pouvaient encore titubèrent tant bien que mal jusqu'à son corps, s'efforçant de lutter contre des soldats en pleine possession de leurs moyens. À la tombée de la nuit, un grand nombre des huit mille cavaliers avaient perdu la vie et une poignée de survivants galopaient ventre à terre vers l'Euphrate et leur patrie, tirant derrière eux la monture de Pacorus comme preuve de sa terrible fin. En réalité, bien qu'une lame mortelle lui eût transpercé le ventre, leur chef respirait encore lorsque la bataille se termina. Un légionnaire se chargea de l'abattre et de le dépouiller de son armure pour l'apporter à Ventidius.

Nous avons bénéficié d'un terrain idéal, écrivit Ventidius à Marc Antoine, installé à Athènes avec son épouse et sa colonie d'enfants. *Je pourrai exposer l'armure dorée de Pacorus à mon triomphe. Mes hommes m'ont acclamé* imperator *sur le champ de bataille trois fois, ainsi que je t'en apporterai la preuve si besoin. Rien dans cette campagne ne réclamait d'endiguer l'ennemi, et elle s'est tout naturellement déroulée en une série de trois batailles. J'entends bien sûr que son heureuse conclusion ne me vaudra aucune récrimination de ta part. Je me suis contenté de te donner une Syrie sûre et fiable où rassembler tes armées, y compris la mienne, que je cantonnerai dans des campements d'hiver autour d'Antioche, de Damas et de Chalcis en vue de ta grande opération contre la Mésopotamie.*

Cependant, une nouvelle information est parvenue à mes oreilles : Antiochus de Commagène a conclu avec Pacorus un traité par lequel il a cédé son royaume à la puissance parthe. Il a également offert à Pacorus de la nourriture et du fourrage, permettant ainsi à l'ennemi de pousser jusqu'en Syrie sans souffrir des problèmes auxquels se heurte généralement une cavalerie de cette taille. Je compte donc conduire sept légions vers le nord jusqu'à Samosate, en mars, pour vérifier par moi-même ce que ce traître d'Antiochus a à avancer pour sa défense. Silo gagnera Jérusalem avec deux légions pour aider le roi Hérode à prendre ses fonctions.

Ce dernier s'est révélé d'une grande aide. Ses agents ont propagé de fausses informations dans les rangs des espions parthes, me permettant de trouver le terrain idéal pour la bataille tout en jetant les troupes de Pacorus dans une ignorance totale de mes déplacements. Selon moi, Rome a trouvé en lui un allié digne de ce nom. Je lui ai octroyé cent talents pour se rendre en Égypte et acheter des provisions pour sa famille et celle du roi Hyrcan, qu'il a installées dans un refuge montagneux imprenable. Mais ma campagne a rapporté dix mille talents d'argent de butin qui, à l'heure où je t'écris, font route pour Rome, où ils rejoindront les caisses du Trésor. Une fois mon triomphe célébré et le butin réparti, tu en retireras une somme considérable. Ma part, issue de la vente des esclaves, ne s'élèvera pas à grand-chose, les Parthes ayant combattu jusqu'au dernier souffle. J'ai déjà vendu le millier d'hommes capturé au sein de l'armée de Labienus.

En ce qui concerne Quintus Labienus, je viens de recevoir un courrier de Chypre par lequel Caius Julius Demetrius m'informe l'avoir capturé et mis à mort. Je déplore cette conclusion, car à mes yeux un simple affranchi grec, même affranchi par le feu Jules César, ne dispose pas de l'autorité de décider de l'exécution d'un homme. Mais je te laisse en juger par toi-même, comme l'exige mon devoir.

Tu peux me faire confiance pour traiter Antiochus comme il le mérite à mon arrivée à Samosate, Commagène ayant, par sa conduite, perdu le statut de nation amie et alliée. J'espère que ce message vous trouvera, toi et les tiens, en bonne santé.

12

La vie athénienne ne manquait pas d'agrément pour le triumvir Marc Antoine, surtout depuis qu'il avait réglé ses différends avec Titus Pomponius Atticus, le plus éminent Romain de la cité grecque, dont le *cognomen*, Atticus, signifiait d'ailleurs « Athénien de cœur ». Si le surnom « Cœur épris de jeunes Athéniens » lui aurait mieux convenu, tous les Romains s'appliquaient à ignorer ce penchant, y compris Marc Antoine, le plus homophobe d'entre eux. Atticus s'astreignait depuis longtemps à une certaine discipline, ne s'autorisant à satisfaire son goût pour les garçons que dans l'indulgent environnement d'Athènes, où il avait fait bâtir une demeure et pris le pli de distribuer ses faveurs. Renommé pour son érudition, ce *literatus* avait développé un passe-temps qui avait fini par lui rapporter gros : publier les œuvres de célèbres auteurs romains, entre autres Catullus, Cicéron et César, par plusieurs dizaines ou milliers d'exemplaires. Confortablement logés dans un bâtiment de la rue Argilète, non loin du Sénat, une centaine de scribes choisis pour leur précision et leur écriture lisible s'affairaient en ces mois de printemps à recopier la poésie de Virgile et d'Horace. Au-dessus de ce *scriptorium*, Atticus avait ouvert une bibliothèque de prêt, un concept introduit par les jumeaux Sosius, ses concurrents et voisins, qui l'avaient précédé dans le métier mais devaient procéder plus lentement en raison de moyens plus restreints.

Dans la force de l'âge, Atticus avait épousé une cousine, Cécilia Pilia, qui lui avait donné une fille, Cécilia Attica, seule héritière de sa fortune. Victime d'une grave invalidité à la suite d'une attaque de paralysie estivale, Pilia était décédée peu après les batailles de Philippes, laissant son époux seul pour élever la petite Attica. Née deux ans avant la traversée du Rubicon de César, l'enfant était devenue une jeune fille de treize ans élevée avec tendresse par un élégant qui ne lui avait jamais caché la moindre de ses activités, certain que l'ignorance ne la rendrait que plus vulnérable aux ragots des mauvaises langues. En dépit de cette éducation, Atticus éprouvait quelque inquiétude au sujet de sa fille maintenant qu'elle atteignait la maturité, car il lui faudrait lui trouver un époux dans les cinq années à venir.

Sa remarquable sagacité et son don mystérieux pour entretenir de bonnes relations avec chaque faction de l'aristocratie romaine avaient pendant de nombreuses années assuré à Atticus sa survie dans la société. Cependant, depuis la mort de César, le monde avait subi un bouleversement radical, le poussant à craindre pour la pérennité et le bien de sa descendance. Son unique faiblesse, il la devait à la compassion qu'il avait éprouvée pour les matrones de Rome les moins recommandables, une sensibilité qui l'avait conduit à voler au secours de Servilia, mère de Brutus et maîtresse de César, Clodia, sœur de Publius Clodius et mante religieuse notoire, et enfin Fulvie, qui avait épousé pas moins de trois démagogues en Clodius, Curion et Marc Antoine.

En recueillant Fulvie dans son domicile athénien, il avait frôlé la ruine, en dépit de son influence dans la sphère commerciale romaine dominée par les chevaliers marchands. L'ombre d'un instant, il avait cru que tout ce qu'il possédait, de ses affaires d'importation de grain à son vaste *latifundium* en Épire, serait vendu aux enchères au profit de Marc Antoine. Aussi n'avait-il pas hésité à abandonner l'épouse répudiée dès réception de la courte missive le lui ordonnant. Il versait bien sûr, en privé, des larmes amères sur son triste destin, mais l'avenir d'Attica et de sa fortune comptait bien plus à ses yeux.

Aussi, lorsque Marc Antoine débarqua à Athènes avec Octavie et sa flopée d'enfants, Atticus entreprit-il de retrouver une place dans ses bonnes grâces. Agréablement surpris par le calme et la tranquillité du triumvir, il attribua ce changement à l'influence discrète d'Octavie, auprès de qui il resplendissait de bonheur. À la différence des jeunes mariés plus verts, qui ne cherchaient pour seule compagnie que la leur, Marc Antoine et Octavie se plaisaient à rencontrer du monde et assistaient à tous les colloques, conférences et réunions offerts par la capitale de la culture, enchaînant les réceptions dans leur demeure. Il fallait se rendre à l'évidence : une année de mariage avait bonifié Marc Antoine comme il en avait été pour ce rustre de Pompée le

Grand après son alliance avec la ravissante fille de Jules César, Julia.

Toutefois, dans la carcasse herculéenne subsistait l'ancien Marc Antoine, impertinent, colérique, agressif, hédoniste et paresseux. C'était cette dernière caractéristique qui mobilisait toutes les pensées d'Atticus tandis qu'il flânait dans une étroite ruelle athénienne, en chemin pour la résidence du gouverneur où il devait dîner avec le triumvir. L'année de consulat d'Appius Claudius Pulcher et de Gaius Norbanus Flaccus était entrée dans son quatrième mois et, comme tous les Athéniens, Atticus avait eu vent du talent avec lequel Publius Ventidius avait repoussé les Parthes sur leur territoire. À Rome, la rumeur voulait que l'efficacité de Ventidius pour contenir les incursions de Pacorus et Labienus n'eût pas laissé le temps à Marc Antoine de gagner la Cilicie ou la Syrie. Mais l'éditeur connaissait la vérité : rien n'avait empêché le commandant en chef de se trouver sur les lieux de l'action militaire. Rien, hormis son plus terrible défaut, une paresse qui le conduisait à toujours reporter au lendemain ce qu'il pouvait faire le jour même. Cet homme semblait insensible au rythme des événements, fort de la conviction tranquille que tout se produirait à son bon vouloir. Tant que Jules César l'aiguillonnait, cette tare n'apparaissait pas dans toute sa fatalité, pas plus qu'elle ne s'était révélée au lendemain de l'assassinat du Grand Homme, lorsque Octavien l'éperonnait. Mais Marc Antoine avait enregistré à Philippes une victoire si écrasante que sa faiblesse avait envahi tout son être, comme elle l'avait déjà fait lorsque Jules César lui avait confié l'Italie pour poursuivre ses derniers ennemis à travers le monde. Comment le maître de la cavalerie avait-il donc réagi face à une telle responsabilité ? Il avait harnaché quatre lions à un char, rameuté une troupe de magiciens, de danseuses et de bouffons et s'était lancé avec insouciance dans une vie de divertissement. Il avait banni le mot « travail » de son vocabulaire, laissant Rome se diriger seule. En charge de la cité, il pouvait faire ce que bon lui semblait, or rien d'autre ne lui semblait plus recommandable que l'amusement. Il semblait croire qu'il lui suffisait d'être Marc Antoine pour que tout se déroulât à sa guise. Et lorsque le contraire se produisait, il s'en prenait à tous, sauf à lui-même.

Malgré l'influence apaisante d'Octavie, il n'avait guère évolué, continuant de faire passer le plaisir avant le travail. Maintenant que Pollio et Mécène avaient réparti le pouvoir entre les triumvirs avec plus de logique, il se trouvait libre de prendre la tête de ses armées pour se diriger vers l'Est. Pourtant, il ne semblait pas encore près de le faire, avançant sans cesse les excuses les moins crédibles. Non seulement rien ne justifiait qu'il demeurât à proximité de l'Italie pour surveiller Octavien mais, contrairement à ce qu'il prétendait, il disposait de suffisamment de fonds pour se lancer dans sa grande campagne. Ses légions déjà formées bénéficiaient d'un bon équipement et Sextus Pompée les approvisionnait en grain bon marché. Alors qu'attendait-il pour mettre les voiles vers l'Asie ?

Ces pensées l'ayant travaillé tout au long du chemin, Atticus se trouvait dans un état d'amertume rageuse lorsqu'il frappa à la porte de la demeure du gouverneur. Il apprit avec grand désarroi qu'il dînerait seul avec Marc Antoine, Octavie s'étant excusée en raison de quelque maladie sévissant parmi ses protégés. Nul ne savait aussi bien que son épouse amadouer et cajoler le triumvir, si bien qu'Atticus, démoralisé, se prépara à passer un désagréable moment en tête à tête avec son hôte.

— Si j'avais Ventidius sous la main, je l'enverrais devant le tribunal pour trahison ! lança Marc Antoine pour ouvrir la discussion.

— Et puis quoi encore ! s'esclaffa Atticus.

La contrition succéda à la surprise sur le visage du triumvir.

— Bien sûr, je comprends une telle réaction de ta part, mais la guerre contre les Parthes était *ma* guerre ! Ventidius a outrepassé sa mission.

— Tu aurais dû te trouver dans la tente de commandement, mon cher Marcus Antonius ! Puisque tu n'y étais pas, de quoi peux-tu te plaindre ? Ton général s'est débrouillé avec un tel brio que tu n'as perdu qu'une poignée d'hommes. Tu devrais remercier Mars Invictus plutôt que de gémir.

— Il était censé m'attendre.

— Ne dis pas n'importe quoi ! Ton problème, c'est que tu aspires à vivre deux vies au même moment.

Si la brutalité de ces mots provoqua chez Marc Antoine une irritation qui se refléta sur son visage joufflu, dans ses yeux ne brûlait pas l'étincelle rouge sonnant une ruine imminente.

— Deux vies ?

— Tout à fait. Tu tiens à être, d'une part, la plus grande célébrité sociale de notre époque en te pavanant sur la scène athénienne sous des acclamations tonitruantes, et, d'autre part, la plus grande célébrité militaire de notre époque en conduisant tes légions à la victoire.

— Il y a fort à faire à Athènes ! rétorqua-t-il, indigné. C'est Ventidius qui ne suit pas le rythme, pas moi ! Il est aussi incontrôlable qu'un rocher dévalant une colline. Non content de se reposer sur ses lauriers, il a maintenant décidé de remonter le cours de l'Euphrate avec sept légions pour donner une leçon au roi Antiochus !

— Je sais. Tu m'as montré sa lettre, ne te souviens-tu pas ? Ce que fait ou ne fait pas Ventidius n'a rien à voir là-dedans. Ce qui compte, c'est que tu te trouves à Athènes et pas en Syrie. Pourquoi refuses-tu de l'admettre, Marcus Antonius ? Tu remets tout au lendemain !

Pour toute réponse, Marc Antoine hurla de rire.

— Oh, Atticus, haleta-t-il lorsqu'il eut un peu repris son sérieux. Tu es impossible !

Soudain calmé, il se renfrogna.

— Au Sénat, je me verrais obligé de tolérer les critiques de généraux de pacotille, mais nous ne sommes pas au Sénat, et tu t'exposes à mon mécontentement.

— Je ne suis pas membre du Sénat, rétorqua Atticus, outré au point d'avoir perdu toute crainte de cet être dangereux. Une carrière publique est exposée aux critiques venant de toutes parts, y compris de simples hommes d'affaires comme moi. Je le répète, Marc Antoine, tu remets tout au lendemain.

— Bien, admettons que tu aies raison, figure-toi que j'ai une bonne raison de le faire. Comment veux-tu que je m'enfonce à l'Est lorsqu'Octavien et Sextus Pompée rêvent de me nuire ?

— Je ne t'apprends rien en t'assurant que tu pourrais aisément écraser ces deux jeunes gens. À dire vrai, tu aurais dû te débarrasser de Sextus Pompée il y a déjà plusieurs années et laisser Octavien se débrouiller seul en Italie. Le fils adoptif de César ne représente pas une véritable menace pour toi, Marcus Antonius. Quant au fils de Pompée, c'est une mauvaise herbe à extirper.

— Sextus occupe Octavien.

Atticus bondit de sa banquette et la contourna pour faire face à son hôte par-dessus une table basse croulant sous le poids de la nourriture, son paisible visage tordu par la rage. C'en était trop !

— Je suis las de t'entendre répéter cela ! Grandis, Marcus Antonius ! Tu ne peux être maître absolu de la moitié du monde et continuer à raisonner comme un enfant ! s'exclama-t-il en agitant ses poings serrés. J'ai gaspillé une grande quantité de mon précieux temps à essayer de comprendre ton problème, ce qui t'empêche d'agir en homme d'État. J'ai enfin compris : tu n'es qu'une tête de lard paresseuse et pas moitié aussi maligne que tu ne le crois ! Dans un monde mieux organisé, tu n'aurais jamais gagné un tel pouvoir !

Bouche bée, trop assommé par ces mots pour en articuler un, le triumvir regarda le vieillard ramasser ses sandales et sa toge et marcher d'un pas raide vers la porte. Alors il sauta à son tour du lit de table et le rattrapa à temps pour le retenir.

— Titus Atticus, je te prie, viens te recoucher. S'il te plaît !

Avec une grimace qui décolla ses lèvres de ses dents, il parvint à se retenir de resserrer son étreinte autour du bras de son invité. La rage finit par passer et un Atticus ratatiné par le remords se laissa reconduire jusqu'à la banquette et s'installa à nouveau au *locus consularis*.

— Je te prie de m'excuser, maugréa-t-il.

— Non, non, tu as le droit d'exprimer tes opinions, répondit Marc Antoine d'une voix presque joviale. Au moins, je sais désormais ce que tu penses de moi.

— Tu l'as cherché, tu sais. À chaque fois que tu te sers d'Octavien comme excuse pour traîner en Occident, je perds cruellement patience, continua Atticus en rompant du pain.

— Mais, Atticus, ce garçon est un parfait idiot ! Je m'inquiète pour l'Italie, vraiment.

— Dans ce cas, aide-le au lieu de lui faire obstacle.

— Jamais de la vie !

— Il se trouve dans une situation désastreuse, Marcus Antonius. Le grain de la prochaine moisson se fait cruellement attendre à cause des manœuvres de Sextus Pompée.

— C'est pourquoi Octavien devrait rester à Rome à remonter ses doigts sous les jupes de Livie Drusilla plutôt que d'envahir la Sicile avec soixante navires. Soixante ! Comment s'étonner qu'il fût battu à plates coutures !

L'aristocrate regarda une immense main joliment sculptée attraper un minuscule poulet, constatant que la nourriture semblait apaiser son hôte, désormais souriant.

— Accorde-moi juste une campagne victorieuse contre les

Parthes l'an prochain et j'apporterai à Octavien toute l'aide dont il aura besoin à mon retour.

Soudain, les traits du triumvir se tendirent en une expression suspicieuse.

— Mais ne me dis pas que tu apprécies Octavien !

— Il m'indiffère, précisa Atticus d'un air détaché. Il nourrit de drôles d'idées au sujet du fonctionnement de Rome, des idées qui ne profiteront ni à moi, ni à aucun autre ploutocrate. Je crois que, à l'instar de Divus Julius, il prétend affaiblir la première classe et le haut de la deuxième classe pour consolider les classes inférieures. Pas les *capite censi*, bien sûr, sur ce point, je n'ai rien à lui reprocher. Mais ce garçon n'a rien de commun avec les démagogues. S'il se contentait d'exploiter avec cynisme la crédulité du peuple, je ne m'inquiéterais pas. Mais, selon moi, il croit sincèrement au caractère divin de César et, par là même, à son statut de fils de dieu.

— Son insistance à déifier César prouve sa démence, remarqua Marc Antoine, rasséréné.

— Non, Octavien est loin d'être dément. Je crois bien n'avoir jamais vu homme aussi sensé.

— Si je remets tout au lendemain, lui souffre de la folie des grandeurs.

— Peut-être, mais j'espère que tu restes assez objectif pour comprendre que Rome découvre avec lui une nouvelle race d'homme d'État. J'ai des raisons de penser qu'il emploie à travers l'Italie une petite armée d'agents qui œuvrent à perpétuer la fiction selon laquelle il ressemblerait comme deux gouttes d'eau à Jules César. Comme son père adoptif, il fait un brillant orateur et sait captiver les foules. Son ambition ne connaît pas de limite, et il doit s'attendre, dans quelques années, à se heurter à un grave problème, conclut Atticus d'un air réfléchi.

— Qu'entends-tu par là ? demanda Marc Antoine, un peu égaré.

— Lorsque le fils égyptien de César sera plus grand, il faut s'attendre à le voir séjourner à Rome. Or mes contacts à Alexandrie me content que le garçon est le portrait craché de son père, pas seulement en apparence, mais aussi en esprit. Sa mère soutient ne désirer pour ce petit prodige qu'un trône stable et le statut d'ami et d'allié du peuple romain, d'ailleurs peut-être est-ce le cas, mais si Rome pose les yeux sur ce jeune César, il risque de chiper la cité entière, l'Italie et ses légions à Octavien, qui n'est finalement guère plus qu'une imitation du Grand Homme. Tu ne seras pas concerné alors puisque l'âge te contraindra à la retraite. L'enfant n'a que neuf ans, mais treize ou quatorze années de plus feront de lui un homme. Les difficultés que connaît Octavien avec toi et Sextus Pompée lui paraîtront bien douces comparées à ce que lui réserve Césarion.

Marc Antoine avait beau assimiler le repas avec l'aisance digestive qui le caractérisait, il devait reconnaître qu'il avait vécu un dîner pour le moins perturbant. Après un brin de réflexion, il décida de ne pas relever les critiques d'Atticus à son égard. Après tout, comment le vieux pouvait-il mesurer les problèmes que lui posait Octavien ? À soixante-quatorze ans, il commençait certainement à souffrir de sénilité, en dépit de sa silhouette mince et leste et de son flair d'homme d'affaires.

En revanche, il n'arrivait pas à passer outre à son commentaire au sujet de Césarion. Avec un froncement de sourcils, il s'efforça de se remémorer son trimestre passé à Alexandrie, deux ans plus tôt. L'enfant approchait-il réellement des neuf ans ? Il se souvenait d'un courageux petit garçon ne reculant devant aucun exploit, de la chasse à l'hippopotame à celle au crocodile, d'un être aussi intrépide que son père. Cléopâtre tendait à se reposer sur lui malgré son jeune âge, ce qui ne l'avait alors guère surpris étant donné la nature émotive de la reine, qui se montrait parfois peu sage.

Oh, pourquoi ne possédait-il pas plus de patience pour l'art délicat de la correspondance ? Il arrivait à Cléopâtre de lui écrire des lettres, pour la plupart des éloges de Césarion, de son intelligence, de son autorité naturelle. Cependant, il n'y avait guère prêté attention, voyant dans ses remarques le verbiage d'une mère folle d'amour pour son rejeton, lui qui se tenait pour expert en la matière depuis qu'il avait épousé Octavie. Il ressentit une vague envie de se rendre à Alexandrie pour voir par lui-même ce que devenait le fils naturel de César, une lubie qui relevait pour le moment de l'impossible. Pourtant, quel plaisir de constater qu'Octavien possédait un rival plus redoutable encore que son lointain cousin Marc Antoine !

Il s'assit pour rédiger un courrier à Cléopâtre.

Très chère Cléopâtre,

Je me surprends à penser à toi tandis que je demeure ici, à Athènes, victime d'impuissance. Métaphorique, me presserais-je d'ajouter, car l'état littéral ne m'a pas encore visité et je sens le cher ami soudé à mon entrejambe s'éveiller à ton seul souvenir et à celui de tes baisers. Comme tu le constateras, ce séjour à Athènes a bonifié mon style littéraire. Il n'y a guère plus à faire ici que de lire, fréquenter l'Académie et autres repaires philosophiques et discuter avec des hommes comme Titus Pomponius Atticus, que je reçois souvent pour dîner.

Je peine à croire que Césarion approche de ses neuf ans. Comme il me chagrine de penser que j'ai manqué deux précieuses années de son enfance. Sois assurée que je viendrai te rendre visite dès que possible. Mes jumeaux doivent approcher de leur deuxième anniversaire, comme le temps passe vite ! Et dire que je ne les ai jamais vus ! Je sais que tu as nommé mon fils Ptolémée et ma fille Cléopâtre, mais je les imagine comme le Soleil et la Lune. Aussi, quand tu recevras Cha'em, peut-être pourrais-tu officiellement nommer mon garçon Ptolémée Alexandre Hélios et ma fille Cléopâtre Séléné. En tant que seizième Ptolémée et huitième Cléopâtre, ils apprécieraient peut-être de posséder leur propre surnom.

*L'an prochain m'amènera à Antioche, mais je n'aurai sans doute guère le temps de passer par Alexandrie. J'imagine que tu as appris que Publius Ventidius a outrepassé son mandat en attaquant les Parthes et les chassant de Syrie. Je n'ai guère apprécié cette manifestation d'*hubris. *Au lieu d'aider Hérode à conquérir son trône, il s'est rendu à Samosate, qui a fermé ses portes et s'est mise en état de siège, ainsi que je viens de l'apprendre. La ville mesurant la taille d'un village, elle devrait toutefois être soumise dans un* nundinum *tout au plus.*

Octavie est une merveille de femme, tant et si bien que je me surprends parfois à espérer en secret qu'elle se montre aussi odieuse que son frère. Il y a quelque chose d'intimidant chez une femme sans défaut, or Octavie n'a aucun défaut, là-dessus tu peux me faire confiance. J'apprécierais qu'elle se plaigne à l'occasion, car je sais qu'elle juge que je ne passe pas un temps suffisant avec les enfants, dont seulement trois sont de moi. Mais Octavie n'est pas du genre à vider son sac, aussi garde-t-elle le silence et une mine attristée. Cependant, je dois m'estimer chanceux : Rome ne compte pas femme plus désirable que mon épouse et je suis envié de tous, y compris de mes pires ennemis.

Écris-moi donc à l'occasion pour me donner de tes nouvelles et des nouvelles de Césarion. Récemment, Atticus a émis des remarques très perspicaces sur lui et sa relation avec Octavien, laissant entendre qu'il pourrait courir quelque danger. Quoi que tu fasses, ne l'envoie pas à Rome tant que je ne suis pas disponible pour l'accompagner. C'est un ordre, alors ne t'avise pas de jouer au même jeu que Ventidius. Ton fils ressemble trop à César pour être accueilli à bras ouverts par Octavien, il lui faudra donc des alliés et un solide soutien dans la cité.

Mai touchait à sa fin lorsque Marc Antoine reçut une missive d'Octavien abordant les soucis causés par Sextus Pompée et l'approvisionnement en grain. En somme, rien ne différenciait cette lettre de celles qui l'avaient précédée, si ce n'était qu'il implorait cette fois son beau-frère de le retrouver à Brindes dans les plus brefs délais. Accompagné par un escadron de gardes montés germains, le triumvir de l'Est quitta donc Athènes en ronchonnant pour se rendre à Corinthe et naviguer jusqu'à Patras. Il trouva cependant le temps, avant de partir, de ressasser avec humeur ses griefs à Dellius, à commencer par son ressentiment à l'égard de Ventidius.

— Le bougre se trouve toujours aux portes de Samosate, à diriger ce ridicule siège sans fin ! Voilà qui le place dans la catégorie d'un Cicéron ! Tout Rome savait que l'homme ne pouvait commander un renard dans un poulailler, même lorsque Pomptinus se chargeait des véritables batailles.

— Cicéron ? s'étonna Dellius, trop jeune pour se rappeler les faits d'armes de l'homme. Quand donc le Grand Avocat a-t-il conduit un siège ? C'est la première fois que j'entends parler de ses exploits militaires !

— Exploits, c'est beaucoup dire... Il est parti gouverner la Cilicie dix ans après son consulat et s'est enlisé dans le siège d'un village de Cappadoce orientale, Pindenissus. Une bourgade, je t'assure ! Il leur a fallu, à lui et Pomptinus, des siècles pour en venir à bout.

— Je vois, convint Dellius, qui peinait en réalité à imaginer un siège mené par le consul le moins belliqueux que Rome eût jamais produit. J'ai toujours pensé que Cicéron était un bon gouverneur.

— Oh, il l'était, si tu approuves le genre de gouverneur qui rend impossible tout profit provincial pour les hommes d'affaires romains. Mais là n'est pas la question, Dellius, nous parlons de Ventidius. J'espère que lorsque je reviendrai de

Brindes, il aura réduit en morceaux les portes de Samosate et sera occupé à compter le butin.

Marc Antoine ne s'absenta pas aussi longtemps que le prévoyait Dellius, mais le propréteur était prêt à mettre en œuvre son plan lorsque le triumvir déboula dans sa résidence athénienne en fulminant contre Octavien, qui ne s'était pas présenté au rendez-vous sans même prendre la peine de s'excuser. Pour combler le tout, Brindes avait une fois de plus refusé d'abaisser la chaîne de son port pour recevoir le visiteur. Plutôt que de débarquer dans un autre port, Marc Antoine avait fait demi-tour et était retourné en Grèce dans une humeur noire.

Trop habitué à la haine de Marc Antoine envers Octavien pour s'y arrêter, Dellius n'écouta la diatribe que d'une oreille. Il reconnaissait dans le comportement de son maître une de ses habituelles crises de colère presque salutaires et guetta donc avec patience l'arrivée du calme qui succédait toujours aux tirades furieuses et aux divagations.

Comme il s'y attendait, le triumvir finit par s'atteler à nouveau à la tâche. L'heure avait sonné de prendre les décisions capitales et de choisir les hommes qui posséderaient autorité sur les nombreuses monarchies et principautés de l'Est, des territoires que Rome n'administrait pas directement. Nul besoin de convaincre Marc Antoine que les royaumes clients représentaient une meilleure solution que l'instauration de nouvelles provinces, une politique habile qui dirigeait la réprobation générale entourant la collecte des impôts et des tributs sur les souverains locaux plutôt que sur la République.

Sa table de travail s'affaissait sous les piles de rapports sur tous les candidats aux postes concernés, autant de dossiers requérant un examen approfondi. Non content de ces informations, le triumvir réclamait parfois des renseignements supplémentaires, allant de temps à autre jusqu'à convoquer tel ou tel candidat à Athènes. Il ne tarda toutefois pas à aborder à nouveau l'épineux sujet du siège de Samosate avec le même mécontentement.

— Nous voilà à la fin du mois de juin et je n'ai toujours pas reçu de nouvelles, remarqua-t-il d'un air renfrogné. Et Ventidius qui reste là avec sept légions, devant une ville de la taille d'Ariccia ou de Tibur ! C'est un scandale !

Enfin la chance était donnée à Dellius de se venger du

muletier pour l'humiliation qu'il avait subie à Tarse. Sans plus d'hésitation, il porta son coup mortel.

— Je ne te le fais pas dire, Marcus Antonius. Du moins d'après ce que l'on m'en a rapporté.

Marc Antoine porta un regard intrigué sur le visage contrit de Dellius, son irritation éclipsée par la curiosité.

— Qu'entends-tu par là, Dellius ?

— Que l'investissement de Samosate par Ventidius est, comme tu le dis, un scandale. C'est en tout cas ce qu'un de mes correspondants de la Sixième légion m'a relaté dans son dernier courrier. J'ai reçu son rapport hier, plus tôt que je ne l'attendais.

— Comment se nomme ce légat ?

— Tu me verras désolé, Marcus Antonius, de refuser de te révéler cette information. Je lui ai fait le serment de ne pas dévoiler mes sources, répondit Dellius à voix basse, paupières baissées. Il s'est épanché auprès de moi dans la plus stricte confidence.

— As-tu, au moins, la liberté de m'informer de la nature du scandale ?

— Certainement. Le siège de Samosate n'avance pas parce que Ventidius a accepté un pot-de-vin de mille talents d'Antiochus de Commagène. Ce dernier espère que si le siège se prolonge, tu ordonneras aux légions de plier bagage.

Interloqué, le triumvir garda un silence interminable. Puis sa respiration se fit sifflante entre ses dents, ses poings se serrèrent.

— Ventidius s'est laissé soudoyer ? Le Ventidius que je connais ? Non, ton informateur se trompe.

La petite tête de Dellius serpenta de gauche à droite avec un scepticisme plein de regret.

— Je comprends ta répugnance à penser du mal d'un si vieux frère d'armes, Marcus Antonius, mais j'aimerais que tu m'expliques ce qui aurait poussé mon ami de la Sixième à mentir ? Quel profit en tirerait-il ? D'autant qu'il semble que Ventidius n'ait fait aucun secret de cet échange d'argent. Les légats des sept légions savent qu'il est las de l'Orient et n'aspire qu'à retourner à Rome pour célébrer son triomphe. Selon la rumeur, il aurait aussi trafiqué les livres de comptes qu'il a envoyés à l'*ærarium* avec le butin de toute la campagne pour empocher un autre millier de talents. Il sait qu'il ne tirera pas grand-chose d'une ville aussi misérable que Samosate, alors pourquoi fournir l'effort de la prendre ?

Marc Antoine bondit sur ses pieds, appelant à grands cris son majordome.

— Que comptes-tu faire, Marcus Antonius ? bredouilla Dellius, blême.

— Ce que n'importe quel commandant en chef fait lorsque son second trahit sa confiance, aboya le triumvir.

Le majordome se glissa dans la pièce, plein d'appréhension.

— Oui, *domine* ?

— Boucle ma malle avec ma cuirasse et mes armes. Où est passé Lucilius ? J'ai besoin de ses services.

Le serviteur déguerpit à la hâte, laissant Marc Antoine arpenter la salle de long en large.

— Que vas-tu faire ? retenta Dellius, des gouttes de sueur perlant sur son front.

— Me rendre à Samosate, évidemment. Tu peux m'accompagner, Dellius. Sois sûr que je tirerai cette affaire au clair.

Tanguant sur des pieds qui ne le portaient plus, le propréteur vit sa vie entière défiler devant ses yeux. Puis il s'effondra sur le sol dans un concert d'étranges gargouillements, pris de convulsions. Dans l'heure qui précéda l'arrivée in extremis du médecin, Dellius fut transporté jusqu'à sa couche hors de la vue de Marc Antoine, qui reprit aussitôt ses activités, martelant des ordres à Lucilius et s'assurant que les serviteurs préparaient comme il se devait son matériel de campagne puisqu'il ne comptait ni son ordonnance ni son questeur avec lui.

Octavie apparut avec le médecin, un masque d'inquiétude sur le visage.

— Mon cher Marcus Antonius, que se passe-t-il ? demanda-t-elle.

— Je pars pour Samosate dans moins d'une heure. Lucilius a loué un navire qui m'amènera jusqu'au port le plus proche sur le Golfe, à Issus, expliqua-t-il avant de se rappeler, avec une grimace, qu'il convenait de lui baiser la main. Je parcourrai les trois cents milles restants à cheval, *meum mel*. Si Auster souffle, la traversée ne durera qu'un mois, deux dans le cas contraire. Avec la chevauchée, il me faudra deux ou trois mois pour arriver à destination. Maudit soit Ventidius de m'avoir trahi !

— Je refuse de prêter foi à cette rumeur, rétorqua Octavie en se hissant sur la pointe des pieds pour lui placer une bise sur la joue. Ventidius est un homme honorable.

Au-dessus de sa tête, le regard du triumvir s'arrêta sur le médecin, incliné très bas sur des genoux tremblants.

— Qui es-tu ? s'enquit-il.

— Oh, il s'agit de Themistophane, répondit Octavie. C'est le médecin qui est accouru au chevet de Dellius.

Il cligna des yeux, extirpant le propréteur des profondeurs de son esprit dans lesquelles il l'avait relégué.

— Oh ! Bien sûr ! Comment se porte-t-il ? A-t-il survécu ?

— Oui, seigneur Marcus Antonius, il est en vie. Je pencherai pour une crise de foie. Il est parvenu à me faire entendre qu'il partira avec vous pour la Syrie aujourd'hui même, mais il en est incapable, je suis formel sur ce point. Il lui faut des cataplasmes de charbon, vert-de-gris, bitume et huile sur la poitrine plusieurs fois par jour, ainsi que des purges et des phlébotomies régulières, expliqua le médecin d'une voix terrifiée. Un traitement coûteux.

— Très bien, il restera ici, accepta le triumvir, embêté de ne pas pouvoir compter sur Dellius pour lui désigner la commère de légat. Adresse-toi à mon secrétaire, Lucilius, pour tes honoraires.

Après avoir étreint et embrassé Octavie une dernière fois, Marc Antoine disparut, laissant une épouse perplexe, qui haussa les épaules avec un sourire.

— Je dois me faire à l'idée de ne pas le voir avant l'hiver. Je vais aller annoncer la nouvelle aux enfants.

À l'étage, bien emmitouflé sous des couvertures, Dellius remerciait les dieux de lui avoir donné la présence d'esprit de s'écrouler. À en croire Themistophane, il devait s'attendre à des désagréments considérables, voire beaucoup de souffrance, un prix qu'il était tout disposé à payer pour son salut. Il n'avait certainement pas prévu que son supérieur se mît en route pour Samosate alors qu'il n'avait pas bougé un seul muscle de son grand corps pour se débarrasser des Parthes. Peut-être devrait-il envisager une guérison miracle afin de partir dès que possible à Rome pour caresser Octavien dans le sens du poil...

Auster souffla et le vaisseau, ne transportant d'autre charge que Marc Antoine et son équipement, put recevoir deux équipes de rameurs. Le vent du midi se révéla cependant peu favorable et le capitaine, qui nourrissait une profonde méfiance pour la haute mer, les obligea à caboter dès qu'ils aperçurent la terre, en

Lycie, jusqu'à Issus. Incapable de trouver le repos, Marc Antoine ne pouvait que se réjouir que Pompée le Grand eût débarrassé toutes les criques et forteresses de Pamphylie et de Cilicie Trachée des pirates qui y trouvaient refuge, sans quoi il aurait fort probablement été capturé pour une rançon, comme il était arrivé à tant de Romains, y compris Divus Julius.

Il ne pouvait même pas lire, perturbé par le tangage du navire. Malgré des marées très peu marquées et l'absence de fortes houles, le Mare Nostrum s'agitait et recelait de multiples dangers par gros temps. Il s'estimait toutefois heureux d'être à l'abri des tempêtes, qui ne sévissaient pas l'été, meilleure période de l'année pour naviguer. Bouillant d'impatience, il tentait de tuer le temps en jouant quelques sesterces aux dés avec l'équipage tout en veillant à toujours perdre, faisait les cent pas autour du pont et, pour entretenir sa musculature, soulevait des tonneaux d'eau ou réalisait d'autres tours de force sous les yeux des marins. Tous les soirs, ou presque, le capitaine insistait pour mouiller dans un port ou jeter l'ancre sur quelque plage déserte. Au rythme de trente milles dans les bons jours, le triumvir crut qu'il n'arriverait jamais au bout de cette traversée de sept cents milles.

Lorsque plus rien ne le divertissait, il se penchait sur le bastingage et plongeait les yeux dans l'eau dans l'espoir de repérer quelque monstre marin. Là encore, il échouait, ne voyant jamais rien de plus impressionnant que les grands dauphins qui bondissaient et batifolaient autour de la coque, jouaient entre les deux gouvernails et jaillissaient à toute vitesse tels des lièvres marins.

Il finit par conclure que la défection de Ventidius l'avait détruit en son for intérieur et, au lieu de le remplir de son habituelle rage, marque de sa combativité, l'avait plongé dans un profond désespoir. Il dut reconnaître qu'il craignait de rencontrer son second et de trouver à Samosate la preuve de sa perfidie. Comment pouvait-il réagir ? En le destituant, évidemment. En le bannissant de Rome et en le privant de ce satané triomphe auquel il tenait tant. Mais par qui le remplacerait-il ? Ce rustre geignard de Sosius ? Il pouvait compter sur Publius Canidius, un brave homme, et son cousin Caninius. Cependant, si Ventidius avait été sensible à la corruption, il pouvait en attendre autant, si ce n'était plus, de tous les autres, qui ne lui étaient pas liés par des années de service en Gaule transalpine et les campagnes intérieures de César. Ces hommes avaient trente ou trente-cinq ans, soit quinze ou dix ans de moins que lui. Calvinus et Servilius Vatia s'étaient rangés du côté d'Octavien, a priori imités par Appius Claudius Pulcher, le consul le plus important depuis Calvinus. Tout était-il donc vicié par l'infidélité, la déloyauté ?

Un mois jour pour jour après avoir levé l'ancre, Marc Antoine débarqua à Issus et entreprit de trouver pour ses serviteurs des montures qui accompagneraient Clémence, son cheval public gris pommelé dont la carrure et la puissance supportaient aisément sa masse. Toujours d'humeur morose, il se mit en chemin pour Samosate.

Au fur et à mesure qu'il remontait les rives de l'Euphrate, sa destination se dessina devant lui tel un gigantesque cube noir. Abasourdi par cette vision, il comprit que sous ce nom de village se cachait une vaste ville protégée par des murailles aussi solides que celles d'Amida. Les Assyriens, qui avaient autrefois contrôlé la région, avaient bâti une forteresse de basalte noir que les Grecs auraient qualifiée de cyclopéenne, une construction lisse, immensément haute et insensible aux béliers et aux tours de siège. Face à ce spectacle, il sut que Dellius l'avait fourvoyé. En revanche, il ignorait si le propréteur avait agi ainsi volontairement ou s'était laissé duper par son correspondant de la Sixième légion. Ce qu'on lui avait décrit comme une bourgade de Cappadoce nichée sur une falaise calcaire se révélait un défi de taille pour n'importe quel général. Même Jules César, pourtant très expérimenté en matière de sièges, se serait laissé intimider par cette citadelle. À dire vrai, rien de ce que Ventidius avait vu lors des guerres du Grand Homme ne pouvait l'avoir préparé à ceci.

N'écartant toutefois pas totalement la possibilité d'une défection de son second, il se laissa glisser de sa monture, engourdi et courbaturé, dans la zone de rassemblement du camp, juste devant les quartiers des généraux. Un homme bien bâti, dont les petites boucles grises aux allures d'astrakan attestaient l'âge avancé, apparut pour jeter un coup d'œil à tout ce remue-ménage. En voyant le triumvir, il fut parcouru d'un éclair.

— Marcus Antonius ! s'écria-t-il en se dirigeant tout de suite vers lui pour l'étreindre. Au nom de Jupiter, qu'est-ce qui t'amène à Samosate ?

— Je voulais voir comment se déroulait le siège.

— Oh, ça ! s'exclama Ventidius avec un rire jubilatoire. La ville s'est rendue il y a deux jours. Les portes sont ouvertes et Antiochus s'est envolé, le vil *irrumator* !

— Un type plutôt généreux, dit-on ?

— Ah, pour ce genre de faveurs, oui. Pour ce qui est du reste, il est de ceux qui prennent plutôt que de ceux qui donnent.

Après avoir avancé une chaise de camp pour son supérieur, le général se dirigea vers les cruches.

— Du rouge horrible, du blanc bien pire ou de la bonne eau de l'Euphrate ?

— Du rouge coupé dans un demi-verre d'eau de l'Euphrate. Elle se boit bien, paraît-il.

— Pour de l'eau, elle ne manque pas de goût. La ville n'est équipée ni d'aqueduc ni d'égout. Ces imbéciles préfèrent creuser des puits plutôt que de puiser leur eau dans la rivière et, pour combler le tout, ils forent leurs fosses d'aisances juste à côté, expliqua-t-il avec une grimace. La fièvre typhoïde sévit en été comme en hiver. J'ai construit un aqueduc pour mes hommes et leur ai interdit d'entrer en contact avec les habitants. Comme le fleuve est profond et large, je me suis contenté de rediriger les évacuations du camp vers ses eaux. Quant à nous, nous nous baignons en amont, en dépit du dangereux courant.

Ses tâches d'hôte accomplies, il s'enfonça dans sa chaise curule et observa Marc Antoine d'un regard perçant.

— Tu n'es pas venu par simple curiosité, Marcus Antonius. Quel est le problème ?

— Quelqu'un m'a dit à Athènes que tu avais accepté mille talents d'Antiochus pour prolonger le siège.

Ventidius se redressa sur sa chaise et le regarda avec des yeux où s'était éteinte toute lueur de plaisir.

— *Cacat !* Soit, grogna-t-il, ta venue indique que tu as cru le vaurien. De qui s'agit-il ? Je m'estime en droit de connaître son identité.

— Tout d'abord, j'aimerais te poser une question : rencontres-tu quelque difficulté avec les voies hiérarchiques de la Sixième.

Les yeux du muletier s'élargirent.

— La Sixième ?

— Oui.

— Marcus Antonius, je n'ai plus la Sixième sous mes ordres

depuis le mois d'avril. Je l'ai envoyée à Silo, qui se heurte à plus d'obstacles que prévu pour placer Hérode sur son trône.

Soudain pris de nausée, Marc Antoine se leva pour gagner une fenêtre creusée dans le mur de terre. Voilà qui éclaircissait tout, excepté la raison pour laquelle Dellius avait inventé cette histoire. Il fallait que Ventidius l'eût offensé de quelque manière...

— Je tiens l'information de Quintus Dellius, qui m'a dit correspondre avec un légat de la Sixième légion. Ce soldat lui aurait parlé de l'argent versé en soulignant que toute l'armée était au courant.

Le muletier blêmit.

— Oh, Marcus Antonius, cela me peine, me pique au vif ! Comment as-tu pu croire un misérable flatteur comme Dellius sans même m'écrire pour me demander ma version des faits ? Ta venue prouve que tu as prêté foi à ses paroles. Tu l'as cru lui plus que moi ! Quelle preuve t'a-t-il apportée ?

Le triumvir se força à tourner le dos à la fenêtre.

— Aucune. Il a déclaré que son informateur souhaitait garder l'anonymat. Mais ce n'est pas tout... Tu as également été accusé d'avoir falsifié les livres de comptes destinés au Trésor.

Des larmes roulant sur son visage sillonné de rides, Ventidius présenta son épaule à Marc Antoine.

— Quintus Dellius ! Un flagorneur, un lèche-bottes, un être méprisable ! Tu as entrepris ce voyage en te fiant simplement à ses mots ? Je pourrais te cracher dessus ! Je le *devrais*, même !

— Je n'ai aucune excuse, regretta le triumvir, qui aurait voulu disparaître sur-le-champ. J'imagine que la vie à Athènes m'a joué des tours. Je me suis retrouvé si loin de l'action, à m'échiner sur d'intarissables montagnes de papier, complètement distancé par les événements. Ventidius, j'implore ton pardon du plus profond de mon cœur.

— Tu pourrais bien l'implorer sur ton bûcher funéraire, Marcus Antonius, que cela n'y changerait rien, répliqua Ventidius en balayant ses larmes d'un revers de la main. Tout est fini entre toi et moi. Fini. Maintenant que Samosate s'est rendue, je flanquerai mes livres de comptes ouverts sous le nez du vérificateur que tu auras eu soin de nommer. Tu n'y trouveras aucune irrégularité, pas même la disparition d'un minuscule objet votif de bronze. Je te demande congé, mon commandant, afin de retourner à Rome. J'insiste pour célébrer mon triomphe, car je viens de mener ma dernière campagne au nom de la République. Après avoir déposé mes lauriers aux pieds de Jupiter Optimus Maximus, je retournerai chez moi, à Rieti, pour élever des mules. C'est ainsi que tu me remercies, moi qui me suis éreinté à combattre pour toi dans tes guerres : en croyant des accusations portées par un homme de l'acabit de Dellius, observa-t-il en se dirigeant vers la porte. Je rejoins mes quartiers mais je les aurai quittés à la nuit. Tu pourras t'y installer et prendre les dispositions qui te chantent. Si je m'attendais à cela d'un homme qui m'avait accordé sa confiance !

— Publius, je t'en prie ! Je t'en prie ! Ne nous séparons pas en ennemis !

— Tu n'es pas mon ennemi, Marcus Antonius. Ton pire ennemi, tu le trouveras en toi, pas en un muletier picentin traîné lors du triomphe de Strabo, il y a cinquante ans. C'est à cause de gens comme toi que les Italiques seront toujours moins bien lotis. Après tout, Dellius n'est-il pas romain ? Sa citoyenneté rend son monde meilleur que le mien et sa personne plus honorable que moi. J'en ai plus qu'assez de Rome, de la guerre, des campements et de la seule compagnie des hommes. Et ne te fie pas à Silo, un Italique de plus qui risque de se laisser soudoyer ! Il rentrera avec moi, affirma-t-il en prenant une profonde inspiration. Bonne chance à l'Est, Marcus Antonius. Tu y trouveras ta place, crois-moi, parmi les lèche-cul corrompus, les suceurs de boules, les potentats orientaux obséquieux qui se mentent à eux-mêmes...

Il s'interrompit, le visage tordu de douleur.

— Ce qui me rappelle qu'Hérode est ici, tout comme Polémon du Pont et Amyntas de Galatie. Tu ne manqueras pas de compagnie, même si Dellius n'a pas eu le courage de t'escorter.

Lorsque Ventidius eut fermé la porte derrière lui, Marc Antoine jeta sa boisson coupée d'eau par la fenêtre et se versa un plein gobelet du vin rouge fort et légèrement délétère. Il n'aurait pu craindre pire, ni mener l'entretien plus sottement. Son second avait raison, songea-t-il en vidant son godet d'un trait. Lorsqu'il se releva pour remplir à nouveau le simple récipient en terre, il rapporta la cruche avec lui. Comme l'avait sous-entendu Ventidius, il s'était égaré en chemin, avait perdu de vue son objectif, son amour-propre. Il n'avait même pas réussi à se mettre en rogne, et pour cause, il savait que le muletier avait vu juste. Pourquoi avait-il cru Dellius ? Le jour où le propréteur avait insinué son venin dans son oreille grande ouverte semblait si lointain ! Comment avait-il pu donner foi à une histoire sans qu'un seul élément crédible, sans parler de preuve, vînt l'étayer ? Il avait voulu la croire, c'était la seule explication qu'il trouvait. Il avait voulu voir son vieil ami couvert d'opprobre, l'avait ardemment désiré. Pourquoi ? Tout simplement parce que Ventidius avait mené une campagne qui lui revenait à lui, une guerre qu'il ne s'était pas donné la peine de combattre lui-même car cela demandait trop de travail. La tradition romaine voulait maintenant que tout le mérite allât au commandant en chef. Caius Marius avait lancé la tradition lorsqu'il s'était posé en grand vainqueur de Jugurtha alors que Sylla avait accompli l'exploit avec talent et compétence, un fait dont nul ne se douterait sans les mémoires de ce dernier.

Marc Antoine, lui, avait voulu terminer la campagne contre les Parthes dans la neige, se réserver la bataille finale après qu'un meilleur général eut affaibli l'ennemi. Lorsque Ventidius, un titan assez hardi pour savoir comment boucler l'affaire en deux temps trois mouvements, lui avait volé ses lauriers, il s'était laissé envahir par la frustration et la rage. Il avait sous-estimé son légat et son adjoint, Silo, n'avait jamais reconnu leurs qualités à leur juste valeur. Voilà pourquoi il avait cru Dellius. Il voulait détruire ce que Ventidius avait construit à force de hauts faits, le voir déshonoré, peut-être même passé au fil de l'épée, comme Salvidienus. Celui-ci aussi était mort par sa volonté, même si, avec l'exécution du rouquin, Rome avait perdu moins qu'avec la démission de son second. Absorbé par Octavien, il avait laissé l'Orient lui filer entre les doigts et donné les rênes à Ventidius, son fidèle muletier.

La masse de muscles se mit à se balancer d'avant en arrière sur le fragile tabouret dont les pieds croisés tendaient un morceau de cuir, regardant ses larmes s'écouler dans le vin, buvant son propre chagrin comme un chien noir boit le sang, incapable de se remettre de sa peine, de son regret. Maintenant qu'il avait souillé son honneur d'une tache indélébile, personne ne le regarderait plus jamais du même œil.

Lorsque Hérode se rua dans la pièce une heure plus tard, il y trouva Marc Antoine si ivre que ce dernier ne le reconnut pas,

pas plus qu'il ne s'aperçut de sa présence. Ventidius entra à sa suite et, devant ce spectacle, cracha sur le sol.

— Appelle ses serviteurs et dis-leur de le mettre au lit, somma-t-il. Par là, dans mes quartiers. Il lui faudra autant de temps pour reprendre conscience qu'à moi pour parcourir la moitié du chemin vers la Syrie.

Hérode ne put tirer des deux hommes aucune autre information.

Deux jours plus tard, Marc Antoine, sobre mais encore affecté par le vin, entreprit de lui expliquer le départ du muletier.

— J'ai cru Dellius, déclara-t-il avec un air de chien battu.

— Un choix peu judicieux de ta part, Marc Antoine, commenta Hérode d'une voix qu'il voulait gaie. Mais ce qui est fait est fait. Samosate est tombée, Antiochus a fui en Perse et le butin dépasse toutes les espérances. Tu peux t'estimer heureux de l'issue de la guerre.

— Comment Ventidius a-t-il pris la place ?

— Son inventivité a fini par lui indiquer la procédure à suivre. Il a fait construire à partir de morceaux de fer un boulet gigantesque qu'il a fixé à une chaîne suspendue à une tour. Puis il a harnaché cinquante bœufs pour tirer ce poids aussi loin que possible. Lorsque la chaîne était tendue au maximum, il a coupé le lien entre les bêtes et la boule. Comme un poing monstrueux, celle-ci est venue cogner les murs dans un bruit si abominable que j'ai dû me boucher les oreilles, et tout s'est écroulé. En un jour, il avait démoli assez pour faire entrer ses soldats par milliers. En fait, les habitants n'avaient d'autre défense que leurs fortifications. Les murailles ne recelaient pas une seule troupe, bonne ou mauvaise, rien !

— J'ai entendu qu'il a inventé un projectile en plomb pour les frondes.

— Une arme terrifiante ! s'exclama Hérode en posant la main sur le bras de son allié. Viens, Marcus Antonius, tu es aux commandes maintenant que Ventidius est parti, tu devrais au moins inspecter les lieux et voir par toi-même les dégâts produits par la boule de fer. Ces murs se sont dressés pendant cinq cents ans, mais rien ne résiste à une armée romaine. Tu ne sembles pas très affamé, mais tes légats tournent en rond, les bras ballants, sans savoir que faire. J'ai organisé un dîner dans ma maison, viens ! Tout le monde se sentira mieux après cela, même toi.

— J'ai mal au crâne.

— Pas étonnant au vu de la pisse que tu as avalée. Je me suis approvisionné en vin buvable, si c'est ce que tu cherches.

Marc Antoine soupira et observa avec attention ses mains tendues.

— On dirait que ces poings peuvent saisir n'importe quoi, n'est-ce pas ? remarqua-t-il avec un tremblement. Mais, en réalité, ils ont perdu tout contrôle.

— Sottises ! Un bon repas de pain frais et de viande maigre te remettra d'aplomb.

— Que se passe-t-il en Judée ?

— Pas grand-chose. Silo fait un excellent général, mais deux légions n'ont pas suffi et le temps que la troisième arrive, Antigone s'était terré à Jérusalem. C'est une ville difficile à prendre, plus encore que cet avant-poste assyrien. Ventidius s'est montré très bon envers moi, à propos.

Marc Antoine tressaillit.

— Nul besoin de me le rappeler ! Comment ?

— Il m'a donné suffisamment d'argent pour aller en Égypte afin de réapprovisionner Masada, où se trouvent ma famille et celle d'Hyrcan. Mais je ne rajeunis pas, Marcus Antonius, et les Juifs ont besoin... que dis-je... les Juifs *veulent* un tyran. Ils sont en train de s'armer et de s'exercer.

⁂

Aucun légat n'ayant eu l'imprudence de mentionner Ventidius, Marc Antoine se sentit réellement aux commandes de l'armée à la fin de son premier *nundinum* à Samosate. La culpabilité continuant toutefois à le ronger, la ville subit d'atroces souffrances de ses mains. Tous ses habitants furent vendus en esclavage à Nicephorium et achetés en lot par un représentant du nouveau roi des Parthes, Phraatès. Celui-ci était à court de main-d'œuvre après avoir exécuté une proportion considérable de son peuple, des couches les plus basses à l'aristocratie, à commencer par ses propres fils, afin d'éviter toute opposition. Un neveu, Monæsès, échappa toutefois à ce triste sort et disparut en Syrie, une nouvelle fort contrariante pour Phraatès, qui tenait à son trône.

Les murs de Samosate furent démolis et leurs pierres récupérées pour construire un pont à travers l'Euphrate. Le lit du fleuve se révéla néanmoins trop profond pour mener à bien cette entreprise, d'autant que son puissant courant emportait les rochers dans sa course comme des brins de paille.

À chaque nouveau coucher de soleil, la fraîcheur envahissait un peu plus l'air nocturne. Marc Antoine destitua Antiochus et le condamna à une amende avant de placer son frère Mithradate sur le trône. Publius Canidius reçut la charge des légions, qu'il conduisit en cantonnement près d'Antioche et de Damas dans l'attente de la campagne en Arménie et Médie que Marc Antoine conduirait en personne l'année suivante. Caius Sosius fut nommé gouverneur de Syrie et chargé de mettre Hérode sur son trône dès la fin de la trêve hivernale.

À Issus, Marc Antoine embarqua sur un vaisseau dont le capitaine ne voyait aucun inconvénient à braver la haute mer. Sa blessure cicatrisait avec le temps, si bien qu'il arrivait à regarder ses compagnons romains dans les yeux sans se demander ce qu'ils pensaient de lui. Cependant, combien lui faisait besoin une douce poitrine féminine où reposer sa tête ! Dommage que les seins dont il se languissait fussent ceux de Cléopâtre.

13

Lorsque Agrippa rentra de ses deux années de service en Gaule transalpine couvert de gloire, il s'installa avec les deux légions qui l'avaient raccompagné sur le Champ de Mars, à l'extérieur du *pomœrium*. Le Sénat lui ayant accordé un triomphe, la religion lui interdisait de franchir la frontière sacrée de la cité. Malgré cet exil temporaire, il s'attendait à trouver César Divi Filius derrière le rabat de la splendide tente rouge érigée en son honneur. Quelle ne fut donc pas sa surprise lorsque, pénétrant dans l'abri, il ne vit ni son ami ni sénateurs. Était-il en avance ? Trop impatient de retrouver le triumvir pour songer à se reposer, il dicta à son ordonnance de déposer ses biens à l'intérieur et resta sur le seuil pour scruter l'horizon de ses yeux capables de repérer un éclat de métal à deux milles de distance ou une éraflure presque invisible juste sous son nez. Lorsqu'il aperçut enfin une vaste garde armée germaine émerger de la porte Fontinalis et descendre la colline vers la via Recta, il ne put réprimer un soupir de soulagement. Mais, très vite, il fronça les sourcils : dans le nuage de poussière progressait une litière. Cæsar Imperator souffrait-il de quelque mal pour se déplacer ainsi ?

Inquiet et nerveux, il se retint difficilement de courir vers l'encombrant véhicule, qui finit par s'arrêter devant lui dans le joyeux brouhaha des félicitations enthousiastes des Germains. Bouche bée, il vit Mécène surgir de la litière.

— Par ici, ordonna ce dernier en se dirigeant vers la tente.

— Que se passe-t-il ? Quel est le problème ? César Divi Filius serait-il retenu par quelque mal ?

— Par un mal, non, juste par un joli pétrin, répondit le parfait manipulateur, les traits tirés. Sa demeure est encerclée de gardes et il n'ose pas poser un pied à l'extérieur. Imagine-toi qu'il a dû fortifier le lieu, ériger une muraille et un fossé sur le Palatin !

— Mais pourquoi ? l'interrogea Agrippa, perplexe.

— Est-il besoin de me poser cette question pour en deviner la réponse ? Vois-tu d'autre raison à ces troubles que l'approvisionnement en grain, les impôts, l'envolée des prix ?

Lèvres pincées, Agrippa fixa les aigles plantées dans la terre devant sa tente, chacune couronnée des lauriers de la victoire.

— Tu as raison, j'aurais dû m'en douter. Conte-moi donc le dernier chapitre de cette interminable épopée ? Grands dieux, cela devient aussi pénible que du Thucydide !

— Cet intrigant de Lépide a trouvé, avec seize légions sous ses ordres, le moyen de laisser Sextus Pompée partir avec la totalité de la cargaison de grain d'Afrique. Puis ce malotru perfide de Ménodore s'est disputé avec Sabinus, qu'il n'appréciait visiblement pas comme supérieur, et allié à Sextus. Certes, il n'a pris que six vaisseaux de guerre avec lui, mais il a indiqué à Sextus l'itinéraire de la récolte sarde, qui nous a elle aussi filé entre les doigts. Le Sénat n'a plus le choix : il doit acheter du grain à ce pirate, au prix scandaleux de quarante sesterces le *modius*. Dans ces conditions, le blé public atteint cinquante sesterces le *modius* et les revendeurs privés envisagent d'en exiger soixante sesterces ! Pour que l'État puisse acheter une quantité suffisante pour l'allocation de grain gratuite, il lui faut réclamer cinquante sesterces à ceux qui paient. Les classes inférieures et les *capite censi* ont été pris de folie en apprenant la nouvelle, sans parler des émeutes et des guerres de bandes. Cæsar Imperator a dû rappeler une légion de Capoue pour surveiller les greniers de l'État. Le *vicus* de Porte Trigemina est bondé de soldats, le port de Rome est déserté. Nous vivons une crise terrible, conclut Mécène après avoir pris une profonde inspiration, les mains tremblantes.

— Qu'est-il advenu du butin de Ventidius ? demanda Agrippa. Ne permet-il pas d'équilibrer les comptes et de garantir un prix de quarante sesterces le *modius* pour le peuple ?

— Ç'aurait été envisageable si Marc Antoine n'en avait exigé la moitié en tant que triumvir et commandant en chef de l'Orient. Ses créatures noyautant toujours le Sénat, les pères conscrits ont voté pour que cinq mille talents lui soient versés, expliqua Mécène avec une expression sombre, dénuée de toute passion. Ajoute à ceci la part des légions et il ne reste plus à Rome que deux mille talents, tout juste cinquante millions de sesterces pour payer à Sextus une facture qui s'élève à près de cinq cents millions ! Le pirate a refusé d'échelonner les paiements, comme Cæsar Imperator le lui demandait. Si tout n'est pas payé d'avance, nous pourrons dire adieu au grain. Or, dans un mois, les greniers seront vides.

— Et nous n'aurons pas plus d'argent pour supporter les frais d'une guerre totale contre cette misérable *mentula* ! enragea Agrippa. Bien ! J'apporte avec moi deux autres milliers de talents de butin, une somme qui, ajoutée à la prise de Ventidius, permettra de diminuer la facture de grain de cent millions. Il n'y a qu'une seule solution : placer le Sénat au beau milieu du forum et laisser la populace lapider jusqu'au dernier de ses membres ! Mais je suis sûr qu'ils ont tous fui Rome, n'est-ce pas ?

— Tout juste, ils se terrent dans leur villa. Rome est certes en ébullition, mais les émeutes se sont propagées à toute l'Italie. Et eux ne cessent de plaider leur innocence, accusant un mauvais gouvernement de Cæsar Imperator. Maudits soient-ils !

Agrippa gagna l'ouverture de la tente.

— Cela doit cesser, Mécène. Viens, allons le voir.

Mécène fixa son compagnon avec des yeux horrifiés.

— Agrippa ! Tu ne peux pas ! En franchissant le *pomœrium*, tu renonces à ton triomphe !

— Oh, que m'importe un triomphe quand César Divi Filius nécessite mon aide ? J'obtiendrai une reconnaissance pour quelque autre guerre.

Sur ce, le général victorieux s'éloigna tout seul à grands pas, encore en armure, ses longues jambes avalant la distance le séparant de la limite de Rome. Ses pensées tourbillonnaient dans son esprit. Conscient qu'il n'existait aucune réponse au problème, il ne perdait cependant pas l'espoir d'en trouver. Cæsar Imperator ne pouvait laisser un pirate quelconque les rançonner, lui et le peuple romain ! Oh, comme il exécrait Sextus Pompée, et plus encore Marc Antoine !

Mécène n'eut d'autre choix que de se hisser dans sa litière et espérer regagner la *domus* Livie Drusilla dans l'heure sous l'escorte de sa garde armée. S'il surprenait Agrippa seul, le bas peuple le lacérerait.

Le chaos régnait dans la cité, entre ses boutiques aux volets clos et ses murs croulant sous les graffitis. Tandis qu'il dévalait la colline des banquiers, Agrippa ne manqua pas de remarquer que les nombreuses inscriptions diffamaient César Octavien plus encore qu'elles ne relayaient les protestations face à la hausse des prix. Des brigands erraient en bandes dans les rues, armés de pierres, de gourdins et parfois d'épées, mais aucun ne défia cet homme dans lequel tous, même le plus agressif, reconnaissaient au premier regard un guerrier. Des restes d'œufs brisés et de légumes jonchaient les devantures et portiques de vénérables banques, la puanteur des égouts viciait l'air autour de pots de chambre que nul n'avait le courage d'aller vider dans les latrines publiques les plus proches. Jamais, même dans ses cauchemars les plus morbides, Agrippa n'avait imaginé voir Rome si dégradée, souillée, gâtée. Ne manquait au tableau que le relent piquant de la fumée, ce qui lui laissait l'espoir que la démence n'avait pas encore pris le dessus. Sans se soucier le moins du monde de sa sécurité, il se fraya un passage à coups d'épaule à travers les foules hurlantes du forum, dont les statues gisaient brisées et les riches couleurs des temples disparaissaient sous les griffonnages et la crasse. Il grimpa les marches de l'escalier des joailliers quatre à quatre, écartant quiconque se trouvait sur son chemin puis, après avoir traversé le Palatin, se retrouva devant une muraille bâtie à la va-vite sur laquelle était perchée une rangée de gardes germains.

— Marcus Vipsanius Agrippa, cria l'un d'eux en levant le bras.

Un pont à bascule vint enjamber une large douve, révélant une herse en train de se lever. Le général franchit le pont tandis que les acclamations se joignaient à son nom hurlé à l'unisson. Les Ubiens s'amassèrent autour de lui, criant au triomphe.

— Surveillez les alentours de près, compagnons ! brailla-t-il par-dessus son épaule avec un sourire.

Puis il traversa un désert de bassins visqueux et de mauvaises herbes dans un jardin abandonné, transformé en campement de Germains, des hommes appréciés pour leur simplicité. Dès qu'il posa le pied à l'intérieur de la *domus* Livie Drusilla, il constata que la nouvelle maîtresse de maison avait su laisser son empreinte dans sa demeure. Il peinait à reconnaître cette pièce meublée avec goût aux murs embrasés de fresques, garnie de socles et d'*hermæ* de marbres admirables. Burgundinus apparut, sa mine courroucée laissant place à un large sourire lorsqu'il découvrit l'identité de l'intrus qui martelait le précieux sol de ses bottes cloutées.

— Où puis-je le trouver, Burgundinus ?

— Dans son étude. Agrippa, quelle joie de te voir !

Le général trouva en effet son ami dans son étude, mais la table de travail délabrée croulant sous le poids de piles de livres et de casiers débordant de paperasse avait laissé place à un large bureau de malachite verte enrubanné, et la belle ordonnance du bureau de Jules César avait succédé aux archives en désordre. Deux scribes œuvraient à des tables moins ouvragées mais très présentables pendant qu'un clerc parcourait la pièce pour remplir des rouleaux.

Le visage qui se leva avec irritation avait tant vieilli qu'il semblait appartenir à un quadragénaire, non en raison de ses plis ou de ses rides, mais des taches sombres qui cernaient des yeux délavés, des sillons creusés dans son front et d'une bouche aux lèvres presque inexistantes.

— Cæsar Imperator !

L'encrier en malachite vola et Octavien jaillit de sa chaise au milieu d'une tornade de papiers, bondissant à travers la pièce pour se cramponner à Agrippa dans une étreinte chaleureuse. Après un instant, il recula, horrifié.

— Oh, non ! Ton triomphe !

Agrippa le serra dans ses bras et lui posa une bise sur chaque joue.

— Il y en aura d'autres, Cæsar Imperator ! Croyais-tu vraiment que j'allais rester aux portes de Rome alors que la cité vit une période si trouble que tu ne peux même pas mettre le nez dehors ? Les civils ne me reconnaissent pas, rien ne m'empêchait de venir.

— Où est Mécène ?

— En chemin dans sa litière, répondit Agrippa avec un petit sourire.

— Insinuerais-tu que tu es venu sans escorte ?

— Aucune bande n'ose défier, même du regard, un centurion armé, or c'est ce pour quoi on me prend dehors. Mécène a davantage besoin que moi de l'aide des Germains.

Octavien essuya ses larmes d'un geste brusque puis ferma les yeux.

— Agrippa, mon Agrippa à moi ! Nous abordons un tournant de l'Histoire, je le sais.

— Cæsar Imperator ? appela une voix grave et légèrement éraillée.

Octavien se retourna sans se libérer de l'étreinte d'Agrippa.

— Livie Drusilla, il ne manque désormais plus rien à ma vie ! Agrippa est de retour !

Agrippa étudia le petit visage ovale à la peau d'un ivoire parfait, ses lèvres pleines et sensuelles, ses grands yeux sombres et pétillants. Si l'épouse du triumvir s'étonna de la situation, elle n'en révéla rien, pas même dans les profondeurs de ses éloquentes prunelles. Tandis que ses traits se décomposaient en un sourire de joie sincère, elle posa sur le bras d'Agrippa la main légère et caressante d'une amante.

— Marcus Vipsanius Agrippa, c'est formidable ! s'exclama-t-elle, avant de tiquer. Mais, ton triomphe ?

— Il y a renoncé pour me voir, expliqua Octavien en prenant sa femme d'une main et entourant les épaules de son ami de l'autre. Venez, allons nous asseoir dans un endroit plus privé et confortable. Livie Drusilla m'a certes trouvé une main-d'œuvre très efficace, mais j'y ai perdu mon intimité.

— Dois-je voir en toi l'heureuse architecte du nouvel intérieur de Cæsar Imperator, dame Livie Drusilla ? demanda Agrippa.

Il s'enfonça dans une chaise dorée recouverte de doux brocart pourpre et accepta un gobelet de cristal de vin pur, éclatant de rire après la première gorgée.

— Voilà une bien meilleure récolte que celle que tu nous servais ! J'imagine que l'absence d'eau est signe de réjouissances ?

— Rien ne me réjouit plus que ton retour. Ma Livie Drusilla est une merveille, n'est-ce pas ?

À la grande surprise du frère spirituel d'Octavien, la jeune épouse ne prit pas congé, comme l'aurait exigé la coutume, mais s'installa dans une large chaise pourpre, ses jambes rassemblées sous elle, et saisit le verre que lui tendait son époux avec un signe de remerciement.

— D'une façon ou d'une autre, il me faudra survivre à une autre année de troubles, déclara Octavien en reposant son gobelet levé en l'honneur de son ami. À moins que tu estimes que nous pouvons passer à l'action l'année qui vient…

— Non, César Divi Filius, impossible. Dans son dernier courrier, Sabinus m'a indiqué que Portus Julius ne sera pas prêt avant l'été, ce qui me laisse huit mois pour armer et entraîner nos troupes. La défaite de Sextus Pompée devra être complète, nous devons l'écraser, ne pas lui laisser une seule chance de se relever. Pour cela, il nous faut mettre la main sur pas moins de cent cinquante vaisseaux de guerre, un nombre que les chantiers d'Italie ne peuvent nous procurer.

— Une seule personne peut nous fournir cette flotte : notre cher Marc Antoine, remarqua Octavien sur un ton amer. Or nul autre que lui n'est à l'origine de cette crise ! Malgré mes prières, aucun dieu ne daigne m'expliquer pourquoi le Sénat lui mange dans la main ! Crois-tu que de vivre au beau milieu de tant de détresse donnerait une once de bon sens à ces imbéciles ? Chez eux, la loyauté envers Marc Antoine vaut plus que des ventres vides !

— Rien n'a changé depuis l'époque de Catulus et Scaurus, observa Agrippa. Lui écris-tu ?

— C'est ce que j'étais en train de faire lorsque tu es apparu. Je gâche feuille sur feuille de bon papier à essayer de trouver les mots justes.

— Quand l'as-tu vu pour la dernière fois ?

— Il y a plus d'un an, lorsqu'il est parti pour Athènes avec Octavie et les enfants. Je lui ai écrit au printemps dernier pour lui demander de me retrouver à Brindes, mais il m'a piégé en venant si vite après ma requête que je me trouvais encore à Rome, à attendre sa réponse. Il est aussitôt reparti pour Athènes, d'où il m'a envoyé une lettre ignoble, me menaçant de me trancher la gorge si je ne me présentais pas à notre prochain rendez-vous. Puis il a embarqué pour Samosate, interdisant toute autre rencontre. J'ignore même s'il en est revenu.

— Oublions Marc Antoine. Que pouvons-nous faire pour l'approvisionnement en grain ? Il nous faut d'une façon ou d'une autre nourrir l'Italie, et pour un prix moins élevé que celui qu'avance Mécène.

— Selon Livie Drusilla, je devrais emprunter la somme nécessaire aux ploutocrates, mais l'idée ne me plaît guère.

Ce petit léopard noir se montrait donc de bon conseil. Fort bien !

— Elle a raison, César Divi Filius. Mieux vaut emprunter qu'imposer.

Les yeux de la jeune femme se posèrent sur le visage d'Agrippa comme deux papillons étonnés. Elle redoutait depuis longtemps ce jour, convaincue de trouver un ennemi chez l'ami le plus cher de son époux. Après tout, les hommes n'accueillaient pas avec plaisir les femmes au sein de leurs réunions et, bien que consciente de la valeur de ses idées, elle n'ignorait pas que certains n'enduraient pas de voir en elle une étoile montante de la politique. Le soutien d'Agrippa représentait donc à ses yeux un cadeau bien plus cher que l'enfant qu'elle tardait à donner à son époux.

— Ils vont me sucer jusqu'à la moelle.

— Plus que des sangsues, confirma Agrippa avec un sourire. Cependant, ils possèdent cet argent. Tant que Marc Antoine ne se bouge pas le *podex* pour contrôler l'Est, ils ne créent aucun profit dans la région qui représentait jusqu'ici leur plus grande source de revenus. Les capitaux sont à Rome, n'attendant qu'à être investis.

— Je le sais bien, rétorqua Octavien avec raideur, peu enclin à se voir inondé de bons conseils au sujet de problèmes qu'il avait déjà étudiés sous tous les angles. Je n'apprécie pas de rembourser des intérêts composés de vingt pour cent.

Agrippa afficha une mine confuse. L'heure était venue de battre en retraite.

— Composés ?

— Oui, des intérêts sur les intérêts. Avec ce système, Rome restera en créances pendant trente ou quarante années, remarqua Octavien.

— Tu ne devrais pas douter de toi, intervint Livie Drusilla. Voyons, réfléchis un peu ! Tu connais la solution.

Un sourire familier pointa sur le visage du triumvir, qui gloussa :

— Tu parles de la réserve de biens mal acquis de Sextus Pompée.

— À raison, convint Agrippa en gratifiant Livie Drusilla d'un regard plein de reconnaissance.

— J'y ai bien songé. Mais si une perspective me déplaît encore plus que d'emprunter aux ploutocrates, c'est bien de leur verser le contenu des coffres de Sextus pour les rembourser quand tout ceci sera fini, conclut-il avant de respecter un silence, une moue narquoise sur son beau visage. Très bien. Je vais leur proposer vingt pour cent composés, et jeter mon filet assez loin pour y prendre quelques sénateurs de Marc Antoine. Je ne pense pas me voir éconduit à ces conditions, qu'en pensez-vous ? Il se peut même que je doive payer l'équivalent de plus d'un an des odieux profits de Sextus, mais une fois que je me serai débarrassé de Marc Antoine et que le Sénat m'appartiendra, je pourrai faire comme bon me semble et promulguer des lois pour réduire les taux d'intérêt. Personne ne s'y opposera, hormis les plus gros poissons de cette mer d'argent !

— Il faut que tu saches, Agrippa, qu'il n'a pas chômé par ailleurs, remarqua Livie Drusilla.

Octavien laissa son regard se perdre dans le vide un instant, puis éclata de rire.

— Oh, tu veux parler de la campagne « Cultivez plus de grain en Italie » ! Vois-tu, Agrippa, j'ai souscrit encore plus de dettes au nom de Rome. Selon mes relevés, un fermier ayant une grande famille à charge nécessite deux cents *modii* de blé par an pour nourrir son petit monde. Or un *iugerum* produit bien plus, un excédent qu'il vend, à moins que les créatures des champs ou tout autre présage auquel il croit l'informent de la venue de mauvaises conditions climatiques. Dans ce cas, il ensile plus de grain en prévision. Les signes indiquant que nous n'avons rien à craindre d'une sécheresse ou d'inondations l'an prochain, j'ai proposé aux fermiers de leur racheter leur surplus à trente sesterces le *modius*, une somme que les vendeurs privés à qui ils cèdent généralement leur excédent ne seront pas disposés à débourser. En fait, j'espère voir certains de nos vétérans cultiver leur parcelle. La plupart d'entre eux, friands de vin, louent leur terre à des vignerons. C'est du moins, il me semble, ainsi que fonctionne l'esprit d'un soldat démobilisé.

— Tout ce qui nous permet d'acheter moins de grain à Sextus lors de la prochaine récolte est bon à prendre, César Divi Filius, remarqua Agrippa. Mais cela suffira-t-il ? Combien penses-tu obtenir ?

— La moitié de nos besoins, répondit avec calme Octavien.

— Cela coûtera, mais toujours moins que la somme réclamée par Sextus. Mécène m'a appris que Lépide n'avait pas levé le petit doigt pour sauver l'approvisionnement d'Afrique. Que se passe-t-il de ce côté ?

— Il prend la grosse tête, observa Livie Drusilla.

Elle avait risqué cette remarque avec pour seul objectif de savoir si Agrippa cherchait confirmation auprès de son époux, ce qu'il ne fit pas, prenant son affirmation pour argent comptant, comme si Octavien en était lui-même l'auteur. Elle commençait à vraiment apprécier cet homme ! Son armure grinça tandis qu'il cherchait une position plus confortable, trop habitué aux tabourets pliants des champs de bataille.

— Il ne sait pas, César Divi Filius, continua Livie Drusilla, les yeux scintillants. Annonce-lui donc la nouvelle, puis laisse le pauvre homme se débarrasser de cette horrible cuirasse.

— *Edepol !* Comment cela a-t-il pu me sortir de la tête ? s'exclama Octavien, se trémoussant de plaisir. Dans moins d'un mois, Marcus Vipsanius Agrippa, tu deviendras premier consul de Rome.

— César Divi Filius ! murmura le général, abasourdi, son visage grave métamorphosé par la vague de joie qui le traversait. César Divi Filius, je ne... Je n'en suis pas digne !

— Nul autre n'en est plus digne que toi, Agrippa. Je ne fais que te remettre une Rome meurtrie, saignée, affamée, presque vaincue. J'ai dû accorder le poste de consul en second à Caninius pour la seule raison qu'il est le cousin de Marc Antoine, mais j'ai imposé mes conditions. Statilius Taurus lui succédera en tant que consul *suffect* en *julius*. Tu as suffisamment montré de quelle trempe tu étais fait en tant que préteur urbain pour que le Sénat comprenne que tu ne feras pas preuve de clémence. Crois-moi, les pères conscrits tremblent !

— Ce que tu ne dis pas, César Divi Filius, c'est combien cette nomination doit indigner les hommes de grande lignée, car dans mes veines coule du sang de basse extraction.

— Nomination ? répéta Octavien, ses yeux gris s'élargissant. Mon cher Agrippa, tu as été élu *in absentia*, une faveur qu'ils ont refusé d'accorder à Divus Julius en personne. Et ton corps se nourrit d'un sang romain bon et légitime. Je sais quel glaive je préfère avoir de mon côté, or il n'appartient ni à un Fabius ni à un Valerius. Pas même à un Julius.

— C'est formidable ! Cela signifie que je jouirai de l'autorité consulaire pour les travaux de Portus Julius ! Seuls toi et Marc Antoine pouvez me faire obstacle, or tu ne le feras pas et il ne le peut pas. Oh, merci, César Divi Filius, merci !

— Si seulement toutes mes décisions étaient accueillies avec autant de joie, ironisa Octavien en croisant le regard de sa femme. Livie Drusilla a raison, tu dois passer des vêtements plus confortables. Quant à moi, je dois reprendre la rédaction de cette lettre à Marc Antoine.

— Pas la peine, l'arrêta Agrippa, à moitié debout.

— Pardon ?

— Pas la peine, reprit-il en peinant à s'extirper de sa chaise. Les lettres n'y pourront plus rien. Envoie-lui Mécène.

— La situation est devenue inextricable, constata Livie Drusilla en venant presser sa joue contre celle de leur invité. Agrippa a raison : envoie Mécène.

Sur ce, la jeune épouse s'éclipsa dans ses quartiers. En dehors du vaste salon, au mobilier somptueux, elle avait su résister à toute tentation ostentatoire, y compris dans sa suite. Amoureuse de la mode, elle avait fait installer une grande armoire, mais avait conservé la pièce la plus spacieuse de son territoire pour abriter son *tablinum* privé, un bureau qui faisait plus que singer celui d'un homme, s'imposant comme un repaire entièrement masculin. Puisqu'elle avait épousé César Octavien sans dot ni domestique, les affranchis qui lui servaient de secrétaires appartenaient à son époux. Elle avait donc eu l'astucieuse idée d'organiser une rotation entre l'étude d'Octavien et la sienne afin que tout le personnel administratif fût informé des affaires en cours et pût remplacer un pair au pied levé en cas de crise.

Elle se dirigea tout droit vers son alcôve de prières, un autre de ses aménagements. Elle avait fait dresser dans ce petit carré des autels à Vesta, Junon Lucina, Ops Consiva et la Bona Dea. N'ayant pas été élevée dans la religion d'État comme l'étaient les garçons, elle s'appuyait sur des notions théologiques un peu confuses et tenait tout simplement ces quatre forces divines pour celles qu'elle devait prier : Vesta pour lui avoir donné une maison digne de ce nom, Junon Lucina pour enfanter, Ops Consiva pour accroître la richesse et la puissance de Rome et la Bona Dea pour l'avoir conduite au côté de Cæsar Imperator et avoir fait d'elle sa conseillère et son épouse.

Une cage dorée de colombes immaculées pendait au bout d'un support. Les cajolant avec des bruits de baisers, elle en déposa une en sacrifice sur chaque autel mais, au lieu de les tuer, les porta ensuite à la fenêtre pour les lancer dans les airs et les regarder s'envoler, les mains croisées sur la poitrine, le visage levé avec émerveillement.

Pendant des mois, elle avait écouté les propos enthousiastes de son époux au sujet de Marcus Vipsanius Agrippa sans le moindre scepticisme, mais remplie de désespoir à l'idée de ne pouvoir rivaliser avec ce parangon. Cet homme avait laissé reposer la tête d'Octavien sur ses genoux lors de ce terrible voyage d'Apollonie à Bari après l'assassinat de Divus Julius, l'avait épaulé chaque fois que l'asthme avait manqué lui ôter la vie, ne l'avait jamais quitté jusqu'à ce que la trahison de Salvidienus l'exilât en Gaule transalpine. Né le vingt-troisième jour de *julius*, Agrippa était l'aîné de son époux de tout juste deux mois. Les deux hommes, maintenant âgés de vingt-cinq ans, ne se quittaient plus depuis neuf longues années.

Toute femme aurait été tentée de manigancer pour creuser un fossé entre les deux amis ; toute, sauf Livie Drusilla, qui laissait à d'autres la stupidité et la crédulité. Son instinct lui soufflait qu'il lui serait inutile de gaspiller son énergie à essayer de briser le lien incassable qui unissait son époux à Agrippa. Elle avait compris qu'il lui fallait entrer dans les grâces du général, pouvoir le compter dans son camp, ou du moins lui faire comprendre qu'elle figurait parmi les alliés de Cæsar Imperator. Elle s'était attendue à une lutte de titans, certaine que le grand ami de son mari poserait sur elle un regard lourd de jalousie et de méfiance, même si elle n'avait jamais porté foi aux rumeurs de relation amoureuse entre les deux hommes. Si les germes de l'homosexualité reposaient en son époux, il les avait enfouis au plus profond de lui. Du moins le lui avait-il laissé entendre, sans pour autant admettre leur existence, en lui résumant une conversation qu'il avait eue avec Jules César dans un cabriolet revenant d'Hispanie ultérieure. Alors âgé de dix-sept ans, il n'était qu'un *contubernalis* souffreteux et sans expérience mais assez privilégié pour servir le plus grand Romain qui eût jamais foulé cette terre. Divus Julius avait profité de l'occasion pour l'avertir que sa beauté, alliée à sa délicatesse, l'exposerait à des allégations. On l'accuserait de s'offrir aux hommes, ce qui constituait un sérieux handicap pour une carrière publique dans une Rome homophobe. Non, Octavien et Agrippa n'étaient pas amants, ils partageaient un lien plus fort que la chair, une fusion unique des esprits. À ce constat, Livie Drusilla s'était mise à craindre Marcus Vipsanius Agrippa, certaine qu'elle échouerait à faire de lui son allié. Que son sang attirât le mépris d'hommes comme Claudius Néron ne lui importait guère ; dès lors qu'Agrippa faisait partie intrinsèque de la survie miraculeuse de son époux, son sang était aussi bon que le sien, voire meilleur.

Néanmoins, la rencontre tant redoutée avait laissé Livie Drusilla aussi enjouée que le spectacle d'un papillon dans le vent. Elle avait découvert qu'Agrippa aimait comme peu d'êtres étaient capables ou disposés à aimer : sans intérêt personnel, sans condition, sans peur des rivaux, sans désir de faveurs ou de distinctions.

Elle regarda la colombe d'Ops Consiva s'élancer au-dessus des pins, si haut que le bout de ses ailes miroita comme de l'or dans le soleil couchant. Dorénavant, ils étaient trois, un nombre porte-bonheur. Trois pour veiller sur Rome.

La dernière colombe était destinée à la Bona Dea, un sacrifice personnel qui ne concernait qu'elle. Mais tandis que l'oiseau s'élevait dans le ciel, un aigle fondit des hauteurs pour le saisir et l'emporter. Rome, une déesse supérieure à la Bona Dea, avait accepté son présent, que pouvait donc signifier ce présage ? Mieux valait pour elle qu'elle ne se posât pas la question...

Mécène ne rechignait jamais à être envoyé en négociations à Athènes. Il y conservait une petite résidence qu'il ne souhaitait aucunement partager avec son épouse, une parfaite Terentia Varrone : hautaine, fière et très attachée à son statut. Comme Atticus, il pouvait en ce lieu céder à ses tendances homosexuelles avec discrétion et délice. Mais ces petits plaisirs devraient attendre qu'il eût rencontré Marc Antoine. Le triumvir était censé avoir regagné la cité bien que nul ne l'y eût vu, celui-ci n'étant visiblement pas d'humeur à philosopher.

De fait, lorsque Mécène sortit d'un pas joyeux pour lui présenter ses respects, il ne le trouva pas chez lui. Seule, Octavie le fit asseoir sur une chaise attique qu'il trouva tout sauf jolie.

— Comment expliquer que les Grecs, si brillants en tout, n'aient jamais vraiment apprécié la courbe ? s'interrogea-t-il tout haut en acceptant le vin servi par la maîtresse de maison. S'il est une chose que j'abhorre à Athènes, c'est bien la rigidité mathématique de ses angles droits.

— Oh, les Grecs nourrissent quelque affection pour la courbe, Mécène. Il n'est à mes yeux pas de chapiteau de colonne aussi beau que les chapiteaux ioniques. Ils ressemblent à des manuscrits déroulés dont chaque côté se recourberait. Je sais que les feuilles d'acanthe corinthiennes sont devenues plus populaires, mais je les trouve excessives. Elles traduisent, selon moi, une certaine décadence.

Malgré son sourire, Octavie paraissait rongée par des soucis qui la faisaient paraître plus âgée. Non seulement des taches sombres auréolaient, comme chez son frère, ses yeux aussi lumineux que l'aigue-marine mais, puisque l'on parlait de courbes, sa bouche en accusait une bien plus triste. Son mariage battait-il de l'aile ? Mécène ne pouvait le croire. Même un rustre aussi robuste et exubérant que Marc Antoine ne pouvait trouver le moindre reproche à formuler contre Octavie, en tant qu'épouse ou que femme.

— Où se trouve-t-il ?

Ses yeux se voilèrent.

— Je n'en ai pas la moindre idée, répondit-elle avec un haussement d'épaules. Voilà déjà un *nundinum* qu'il est rentré mais je l'ai à peine vu. Glaphyre est descendue en ville, escortée par ses deux cadets.

— Non, Octavie, il n'oserait pas faire la cour à d'autres sous ton nez !

— C'est ce que je me suis dit. Je crois m'en être convaincue.

Le parfait manipulateur décolla le dos de sa chaise angulaire pour se pencher en avant.

— Allons, ma chère, tu as trop de bon sens pour laisser Glaphyre te soucier. Quel est le problème ?

Elle posa sur lui un regard vide et leva les mains dans un geste de désespoir.

— Je n'en sais rien, Mécène. Tout ce que je peux te dire, c'est que Marc Antoine a changé d'une manière que je ne m'explique pas. Je m'attendais à le voir revenir en pleine santé et assoiffé de divertissement. Il a toujours aimé visiter le théâtre des hostilités, cela le rajeunit. Mais il est revenu… Oh, je ne sais pas… Anéanti serait-il le mot juste ? Ce voyage semble l'avoir vidé d'un ingrédient indispensable pour qu'il nourrisse une bonne opinion de lui. D'autres changements sont intervenus depuis son retour : il s'est brouillé avec Quintus Dellius, à qui il a ordonné de déguerpir, et a refusé de voir Plancus. Il s'est contenté de prendre le tribut que ce dernier apportait d'une province d'Asie avant de le renvoyer à Éphèse. Plancus est hors de lui et je n'arrive à rien tirer de Marc Antoine, hormis le constat désabusé qu'il ne peut se fier à aucun de ses amis et que tous passent leur temps à lui mentir. Pollio souhaitait le retrouver ici pour l'entretenir des problèmes de César Octavien en Italie car il semble qu'il éprouve quelques difficultés à mettre du plomb dans la cervelle de la faction sénatoriale de Marc Antoine, mais il n'a pas obtenu l'autorisation de venir.

— J'ai entendu dire qu'il s'était querellé avec Publius Ventidius.

— Tout Rome doit être au courant, remarqua Octavie avec ironie. Il a commis une grave erreur en pensant que Ventidius s'était laissé soudoyer.

— Peut-être faut-il y voir l'origine du problème...

— Peut-être, acquiesça-t-elle avant de tourner la tête, soudain alertée. Ah, Marcus Antonius !

Le triumvir entra du pas léger et gracieux qui ne laissait pas de surprendre Mécène, dont l'esprit associait toujours les grands hommes musclés à un pas pesant. Le visage au grain de peau parfait était recouvert d'une ombre qui ne pouvait s'expliquer par quelque contrariété éphémère. En l'apercevant, le maître de la maison s'arrêta avec une expression renfrognée.

— Oh toi ! constata-t-il en se laissant tomber dans une chaise sans même jeter un regard à la cruche de vin. J'imagine que je devais m'attendre à te voir débarquer. L'obséquieux qui te mandate aurait-il renoncé à m'écrire ses lettres implorantes ?

— Il a visiblement estimé qu'il était temps d'envoyer un Mécène implorant.

— Je vous laisse, annonça Octavie en se levant, ébouriffant les boucles auburn de son époux au passage. Soyez sages.

Le commentaire arracha un rire à Mécène mais ne dérida pas Marc Antoine.

— Que veut Octavien ?

— Ce qu'il a toujours voulu, Marcus Antonius : des vaisseaux de guerre.

— Je n'en ai pas.

— *Gerræ !* Le Pirée en est rempli !

Posant son gobelet de côté, Mécène joignit le bout de ses doigts.

— Marcus Antonius, tu ne peux continuer à éviter une rencontre avec Cæsar Imperator.

— Tiens donc ! Ce n'est pas moi qui ne me suis pas montré à Brindes.

— Tu n'as même pas annoncé ta venue. En fait, tu as agi avec une telle rapidité que tu as pris Cæsar Imperator au dépourvu. Tu ne lui as même pas laissé le temps de faire le voyage depuis Rome.

— Il n'avait pas la moindre intention de parcourir cette distance, il souhaitait juste me voir accourir à sa demande.

— Cæsar Imperator n'agirait jamais de la sorte.

La discussion continua pendant des heures, à peine

interrompue par un repas de mets délicats qu'aucun des deux hommes n'était d'humeur à savourer. Pendant tout ce temps, Mécène observa sa proie comme un chat lorgne une souris : immobile mais frémissant d'impatience. Octavie se trouvait plus proche de la réalité qu'elle n'en avait conscience, le terme « anéanti » caractérisait à la perfection ce nouveau Marc Antoine.

Au bout d'un moment, le messager claqua les mains sur ses cuisses avec un soupir exaspéré, montrant les premiers signes d'impatience.

— Marcus Antonius, reconnais tout de même que, sans ton aide, Cæsar Imperator ne peut battre Sextus Pompée !

— Cela, je le reconnais volontiers, rétorqua le triumvir, la lèvre supérieure ourlée.

— Ne t'est-il donc pas venu à l'esprit que tout l'argent qui te fait besoin pour mettre de l'ordre en Orient et envahir le royaume des Parthes s'entasse dans les coffres de Sextus ?

— Eh bien... J'y ai songé.

— Dans ce cas, pourquoi n'entreprends-tu pas de redistribuer la richesse comme il convient, à la romaine ? Est-il si gênant que ton beau-frère voie ses problèmes se résoudre si Rome se débarrasse de Sextus ? Comme ceux de Cæsar Imperator, tes soucis, j'entends par là ceux du territoire que tu contrôles, s'évanouiront dès que vous ouvrirez le trésor de Sextus. N'est-ce pas plus important à tes yeux que son destin à Rome ? Si tu reviens de l'Est après y avoir réalisé une campagne brillante, qui pourra rivaliser avec toi ?

— Je ne me fie pas à ton maître, Mécène. Il trouvera un moyen de conserver pour lui seul le trésor du fils de Pompée.

— Tu pourrais craindre ce dénouement si Sextus possédait moins de richesses. Mais je pense que tu peux convenir que Cæsar Imperator est doué pour le calcul et les minuties de la comptabilité.

Le triumvir ne put retenir un rire.

— Il a toujours brillé en arithmétique !

— Laisse-moi te donner matière à réflexion. Qu'il soit cultivé sur ses terres de Sicile ou chapardé aux flottes qui transportent le grain d'Afrique et de Sardaigne, Sextus ne débourse pas un sou pour le blé qu'il vend à Rome ou à tes troupes. Cette situation dure depuis bien avant les batailles de Philippes. Au bas mot, la quantité de grain qu'il a volé au cours des six dernières années atteint approximativement quatre-vingts millions de *modii*. En admettant qu'il subisse la cupidité d'une poignée d'amiraux et quelques frais généraux, Cæsar Imperator et son abaque ont calculé un profit net moyen de vingt sesterces par *modius*. Ce chiffre n'a rien de fantasque sachant qu'il vend aujourd'hui le grain à Rome à quarante sesterces le *modius*, un prix qui n'est jamais descendu au-dessous de la moitié. Les coffres de Sextus doivent donc receler dans les environs de mille huit cents millions de sesterces. Soit, divisé par vingt-cinq mille, la somme ahurissante de soixante-douze mille talents ! Pendant que Cæsar Imperator utilisera la moitié de cette manne financière pour nourrir l'Italie, acheter des terres pour les vétérans et réduire les impôts, tu pourras utiliser ta moitié pour équiper tes légionnaires de tuniques de mailles en argent et orner leur casque de plumes d'autruches ! L'*ærarium* n'a jamais été aussi plein que les coffres de Sextus Pompée le sont aujourd'hui, même après que son père en eut doublé le contenu.

Marc Antoine écoutait, captivé, le cœur plus léger à chaque chiffre prononcé. Tout cancre qu'il avait été en arithmétique dans une enfance occupée à faire l'école buissonnière avec ses frères, il avait suivi avec aisance le raisonnement de Mécène et devinait que ce dernier ne se trompait pas dans l'estimation de la fortune de Sextus. Par Jupiter, quel *cunnus* ! Pourquoi ne s'était-il pas installé devant son abaque pour arriver à la même conclusion ? Octavien avait raison sur toute la ligne : Sextus Pompée avait saigné Rome. L'argent n'avait pas disparu, il était passé dans la bourse de Sextus !

— Je vois où tu veux en venir, lança-t-il sèchement.

— Dans ce cas, viendras-tu discuter avec Cæsar Imperator en personne au printemps ?

— Tant que nous ne nous retrouvons pas à Brindes.

— Très bien. Que penses-tu de Tarente ? La traversée est plus longue, mais s'effectue dans des conditions moins difficiles que celle pour Pouzzoles ou Ostie. En outre, la ville se situe sur la via Appia, ce qui peut se révéler pratique si tu entends rendre une petite visite à Rome.

— Non, la rencontre doit avoir lieu au début du printemps et ne pas s'éterniser. Je ne veux ni chamaillerie ni marchandage. Je dois être en Syrie à l'été pour entreprendre mon invasion.

Mécène le considéra en silence. Rien ne se passerait comme le triumvir l'escomptait. Il avait stimulé son appétit en avançant des sommes auxquelles un glouton dans son genre ne pouvait résister. Lorsqu'il arriverait au rendez-vous, il aurait pris conscience de l'importance de la carcasse à dépecer et réclamerait la plus grosse part. Après tout, Marc Antoine n'était-il pas né au mois de *sextilis*, mois du Lion. Octavien était un enfant de la corne de la lune, doté de la méticulosité de la Vierge et de l'équilibre de la Balance. Si le Mars de Marc Antoine se trouvait dans la constellation du Lion, celui d'Octavien se situait dans celle du Scorpion, bien plus puissante. Quant à son Jupiter, dans la constellation du Capricorne avec son ascendant, il lui promettait richesse et succès. Oui, Mécène avait choisi le bon parti, lui qui possédait la ruse du Scorpion et l'ambivalence du Poisson.

— Cela conviendra-t-il ? insista Marc Antoine.

Tiré de son analyse astrologique, Mécène sursauta puis hocha la tête.

— Parfait. Tarente aux nones d'avril.

Mécène arriva à Rome juste à temps pour la nouvelle année et l'investiture d'Agrippa au poste de premier consul.

— Il a mordu à l'hameçon, annonça-t-il à Octavien, à Livie Drusilla et à Agrippa.

— Je n'en doutais pas, observa le triumvir avec suffisance.

— Depuis combien de temps caches-tu cet appât dans le *sinus* de ta toge, César Divi Filius ? interrogea Agrippa.

— Depuis le début. Avant même de devenir triumvir, j'ai pris le pli d'ajouter chaque année de dépenses en grain aux précédentes.

— Atticus, Opius et les Balbi sont disposés à nous accorder de nouveaux prêts pour acheter la prochaine récolte, indiqua Livie Drusilla avec un sourire venimeux. En ton absence, Mécène, Agrippa les a emmenés visiter Portus Julius. Ils commencent enfin à nous croire capables de vaincre Sextus.

— Eux qui savent additionner les chiffres mieux que Cæsar Imperator doivent savoir que leur argent ne risque rien, remarqua Mécène.

La prise de fonctions d'Agrippa se déroula sans incident. Son taureau d'une blancheur immaculée accepta le coup de maillet et de couteau du *popa* et du *cultrarius* avec un calme tel que les sénateurs assistant à la cérémonie durent réprimer des poussées d'appréhension : une année sous l'autorité de Marcus Vipsanius

Agrippa s'annonçait comme une année de trop. Étant donné que le taureau blanc de Gaius Caninius Gallus se déroba sous le marteau et manqua se sauver avant le coup fatidique, la plupart d'entre eux s'accordèrent à croire que le consul en second ne ferait pas le poids face à son homologue de sang vulgaire.

Toujours en ébullition, Rome vécut un terrible hiver, lors duquel le Tibre gela et la neige refusa de fondre sous le souffle perpétuel d'un vent septentrional glacial. Ces conditions climatiques décourageant le rassemblement de grandes foules dans le forum et sur les places, Octavien put toutefois s'aventurer hors de sa forteresse, qu'Agrippa lui défendit néanmoins de démolir. Grâce aux prêts des ploutocrates à un taux d'intérêt scandaleux, le grain de l'État fut commercialisé à quarante sesterces le *modius*. En outre, l'activité croissante d'Agrippa à Portus Julius offrit du travail à tous les hommes désireux de quitter Rome pour la Campanie. Si elle n'était pas terminée, la crise s'était du moins atténuée. Aussi les agents d'Octavien s'attelèrent-ils bientôt à la tâche pour répandre la nouvelle de la réunion prévue à Tarente aux nones d'avril et annoncer la fin prochaine de Sextus, chantant le retour des beaux jours.

Entendant bien ne pas arriver en retard pour ce rendez-vous, Octavien s'installa avec Livie Drusilla à Tarente bien avant la date prévue, accompagné de Mécène et de son beau-frère, Varro Murena. Pour donner à la rencontre un air de fête, il fit décorer la ville portuaire de couronnes et de guirlandes, engagea tous les mimes, magiciens, acrobates, musiciens, phénomènes de foire et autres artistes d'Italie et érigea un théâtre en bois pour des représentations de mimes et de farces, les programmes favoris des petites gens. Qu'on se le dise : le grand Marcus Antonius venait se divertir avec César Divi Filius ! Tarente eût-elle souffert par le passé par la faute de Marc Antoine, ce qui n'était d'ailleurs pas le cas, elle aurait écarté tout ressentiment en faveur de ce que ses habitants accueillaient comme une fête du printemps et de la prospérité.

À la veille des nones, lorsque le navire de Marc Antoine apparut sur la ligne d'horizon, tout Tarente se rangea sur le front de mer pour acclamer le triumvir avec des cris sauvages, qui s'amplifièrent lorsque la foule s'aperçut qu'il n'était pas venu seul : dans son sillage voguaient les cent vingt bâtiments de guerre de sa flotte athénienne.

— Ne sont-ils pas merveilleux ? lança Octavien à Agrippa, posté avec lui à l'entrée du port, tout en cherchant à repérer le vaisseau de son beau-frère parmi toutes les voiles. Je compte quatre amiraux, mais pas Marc Antoine. Il doit être en train de remuer de la queue en dernière position. Voici l'étendard au sanglier noir d'Ahenobarbus.

— Ils feront l'affaire, répondit Agrippa, plus intéressé par les navires. Ce sont tous des quinquérèmes pontées, avec des éperons de bronze, souvent doubles, et tout l'espace nécessaire pour l'artillerie et les soldats. Oh, que ne donnerais-je pas pour une flotte comme celle-ci !

— Mes informateurs m'assurent qu'il dispose encore de bateaux à Thasos, Ambracie et Lesbos, des bâtiments encore en bonne condition, ce qui ne sera plus le cas dans cinq ans. Ah, voici Marc Antoine !

Il montra du doigt une magnifique galère dont la poupe ménageait assez de hauteur sous pont pour héberger une spacieuse cabine. Sous l'étendard écarlate représentant un lion doré à crinière et queue noires, la gueule ouverte dans un rugissement, le pont était hérissé de catapultes.

— Parfait, murmura Octavien.

Ils se dirigèrent d'un pas confiant et peu pressé vers le débarcadère destiné à accueillir le vaisseau amiral, piloté depuis un canot.

— Il te faudra ton propre étendard, Agrippa, remarqua Octavien en observant la ville qui s'étendait autour du rivage, ses blanches maisons, ses bâtiments publics de couleurs vives et ses places plantées de pins parasols et de peupliers garnis de lanternes et de banderoles.

— J'imagine que oui, convint le consul, décontenancé par cette remarque. Que me suggères-tu, César Divi Filius ?

— Un fond bleu pâle barré du mot « FIDES » en cramoisi.

— Et ton étendard à toi ?

— Je n'en aurai pas. J'arborerai les lettres « S•P•Q•R » tracées dans une couronne de lauriers.

— Et pour les amiraux comme Taurus et Cornificius ?

— Ils se contenteront de mon « S•P•Q•R ». Toi seul bénéficieras de cette marque de distinction, Agrippa. Car toi et toi seul vaincras Sextus en notre nom, j'en suis persuadé au plus profond de moi.

— Au moins les os croisés de ses navires les distingueront-ils des nôtres.

— C'est si caractéristique... Oh, quel misérable a osé ? C'est une honte !

Octavien venait de remarquer avec horreur le tapis rouge que quelque fonctionnaire du *duumviri* de Tarente avait déroulé le long de l'appontement, mais semblait le seul perturbé par ce symbole de royauté dont la couleur rappelait plus l'écarlate d'un général que le pourpre d'un monarque. Sans plus attendre, Marc Antoine sauta du navire sur ce parterre, resplendissant de forme et de santé, comme de coutume. Octavien et Agrippa l'attendirent sous un auvent au bout du ponton, un pas devant le consul en second Caninius, épaulé par pas moins de sept cents sénateurs, tous partisans du triumvir d'Orient. Avec cette foule, les duumvirs et autres hauts fonctionnaires de la ville s'étaient trouvés relégués aux derniers rangs.

Comme toujours, Marc Antoine arborait son armure en or plutôt qu'une toge, conscient que le vêtement romain lui donnait une allure grasse plus que musclée. Curieusement, cette préoccupation n'avait jamais traversé l'esprit d'Agrippa qui, bien que de la même carrure, portait une toge sans se poser plus de questions. Bien qu'il fît figure d'enfant frêle et délicat au milieu de ces deux splendides guerriers, le fils adoptif de César dominait pourtant le petit comité par sa fragilité, sa beauté ou peut-être son épaisse crinière dorée. Dans cette ville du sud de l'Italie où les Grecs s'étaient établis plusieurs siècles avant l'arrivée des premiers Romains sur la péninsule, les cheveux blonds constituaient une caractéristique rare admirée de tous. Le triumvir d'Occident réprimait avec peine un sourire triomphal. Maintenant qu'il avait réussi à attirer son pair en terres italiques, il ne le laisserait pas repartir avant d'avoir obtenu ce qu'il voulait et ce que Rome nécessitait.

La petite troupe défila sous une pluie de pétales printaniers lancés par des fillettes jusqu'à l'ensemble de bâtiments réservés aux prestigieux hôtes, souriant et agitant la main devant une foule en extase.

— Tu as l'après-midi et la nuit pour t'installer, indiqua Octavien à la porte de la résidence qui devait accueillir Marc Antoine. J'ai cru comprendre que tu étais pressé... Préfères-tu que nous nous mettions tout de suite au travail ou acceptes-tu que nous nous rendions agréables aux habitants de Tarente en assistant à la représentation théâtrale demain ? Ils jouent un mime d'Atella.

— Ce n'est pas du Sophocle, mais probablement plus du goût du grand public, remarqua Marc Antoine d'une voix détendue. Oui, pourquoi pas ? Je suis venu avec Octavie et les enfants, elle n'aurait pour rien au monde manqué une occasion de voir son *petit* frère.

— Et moi donc ! D'autant qu'elle n'a pas encore rencontré mon épouse, ici présente. Que dirais-tu alors d'aller au théâtre demain matin et d'organiser un banquet l'après-midi ? Après cela, nous nous attellerons à la tâche.

Lorsqu'il regagna ses quartiers, Octavien trouva un Mécène hilare.

— Tu ne devineras jamais ! réussit à haleter ce dernier en s'essuyant les yeux. Oh, c'est si drôle ! s'exclama-t-il dans un nouvel éclat.

— De quoi parles-tu ? demanda Octavien en se laissant dévêtir de sa toge par un serviteur. Où sont passés les poètes ?

— Justement, César Divi Filius ! Les poètes ! articula Mécène après avoir réussi à reprendre le contrôle de lui-même entre deux déglutitions, des larmes roulant encore sur les joues. Horace, Virgile, son protecteur Plotius Tucca, Varius Rufus et d'autres lumières moins brillantes ont quitté Rome il y a un *nundinum* pour rehausser le niveau intellectuel des festivités de Tarente, mais... s'étrangla-t-il avec un gloussement nerveux, peinant à retrouver son calme, ils ont fait route vers Brindes ! Or la ville, qui entend tenir ses propres célébrations, refuse de les laisser repartir ! finit-il avec un hurlement de rire.

Octavien esquissa un sourire, Agrippa laissa échapper un grondement joyeux, mais aucun d'eux ne sut apprécier l'hilarité de la situation au même titre que Mécène, plus au fait que quiconque de la distraction légendaire des poètes. En revanche, Marc Antoine rugit d'un rire presque aussi sonore que celui de l'homme de lettres en apprenant la nouvelle, après quoi il envoya à Brindes un coursier chargé d'un sac d'or à remettre aux artistes.

Ne s'attendant pas à voir débarquer sa sœur et les enfants, Octavien n'avait pas prévu une maison assez vaste pour loger tout ce petit monde en assurant à Marc Antoine un minimum de tranquillité. Une fois de plus, Livie Drusilla intervint pour sauver la situation, avec une idée pour le moins originale.

— J'ai entendu parler d'un propriétaire du quartier qui ne demande qu'à céder sa demeure pendant la durée de la conférence, commença-t-elle. Pourquoi ne m'y installerais-je pas avec Octavie et les enfants ? Ainsi Marc Antoine ne pourra pas nous reprocher de réserver un moins bon traitement à son épouse.

Octavien lui baisa la main et, avec un sourire, plongea dans ses ravissants yeux rayés.

— Quelle idée brillante, mon amour ! Mets-la à exécution de ce pas.

— En outre, si tu n'y vois pas d'inconvénient, nous n'assisterons pas à la pièce de théâtre demain. Même les épouses de triumvirs ne peuvent s'asseoir à côté de leur mari, et je n'entends jamais rien du rang du fond réservé aux femmes. Sans compter que je ne pense pas qu'Octavie soit plus amatrice de farces que moi.

— Demande donc à Burgundinus une bourse et visitez les boutiques de la ville. Je sais que tu as un faible pour les jolies tenues, peut-être trouveras-tu quelque article à ton goût. Si ma mémoire ne me trompe pas, Octavie aime aussi faire des emplettes.

— Ne te soucie pas pour nous, répondit-elle, ravie. Peut-être ne trouverons-nous rien à nous mettre sur le dos, mais ce sera une formidable occasion de mieux nous connaître.

Octavie, dont la curiosité avait été éveillée par la nouvelle épouse de son frère, accepta la proposition de bon cœur. Comme toute la classe supérieure de Rome, elle avait eu vent de la singulière passion d'Octavien pour la femme d'un autre, enceinte de surcroît, du divorce pour motifs religieux et du profond mystère qui les entourait lui, elle et cette flamme inédite. Tout cela la conduisait à s'interroger sur les sentiments entre ces deux êtres. Existaient-ils réellement et, si oui, étaient-ils partagés ?

La Livie Drusilla qu'elle rencontra n'avait pas grand-chose en commun avec la jeune fille sage et timorée que dépeignaient les divers rapports au moment des noces. Contre toute attente, elle vit se présenter à elle une jeune matrone aux cheveux rassemblés sur le haut du crâne à la dernière mode, portant une tenue élégante et la juste quantité de bijoux d'or, simples mais massifs. Devant ce spectacle, elle crut faire figure de vieille peau couverte d'habits dépassés, ce qui ne la surprenait guère après un aussi long séjour à Athènes, où les femmes ne se mêlaient pas à la société. Certes, les épouses romaines insistaient toujours pour assister aux dîners donnés par des concitoyens, mais elles n'en restaient pas moins exclues des réceptions organisées par les Grecs. Aussi Rome occupait-elle le centre du monde de la mode féminine, un constat qui apparut plus évident que jamais à Octavie lorsqu'elle posa les yeux sur sa belle-sœur.

— Quelle brillante idée de nous installer sous le même toit, se réjouit-elle lorsqu'elles se retrouvèrent assises devant du vin doux coupé à l'eau et des gâteaux de miel tout juste sortis du four en terre, une spécialité de la région.

— Du moins cette solution laisse-t-elle une certaine latitude à nos époux, remarqua Livie Drusilla avec un sourire. J'imagine que Marc Antoine aurait préféré venir sans toi.

— Ton imagination ne te trompe pas, reconnut Octavie, ironique. Mais peu m'importe ! Raconte-moi tout sur toi et...

Elle s'était penchée en avant sur une impulsion chaleureuse mais hésita au moment de laisser échapper le surnom affectueux qu'elle donnait à son frère. Quelque chose l'arrêtait, l'avertissait qu'elle s'apprêtait à commettre une erreur. Quelle que fût sa véritable nature, Livie Drusilla n'était ni sentimentale ni féminine, aucun doute ne subsistait sur la question.

— ... toi et Caius, compléta-t-elle. Les récits idiots ne manquent pas, j'aimerais connaître la véritable version.

— Nous nous sommes croisés sur les ruines de Frégelles et sommes tombés amoureux, relata Livie Drusilla sans trahir la moindre émotion. Ce fut notre seule rencontre avant notre mariage *confarreatio*. J'étais enceinte de huit mois de mon second fils, que Cæsar Imperator a envoyé à son père juste après l'accouchement.

— Oh, ma pauvre amie ! Cela doit t'avoir brisé le cœur.

— Pas le moins du monde, répondit la jeune femme en grignotant un gâteau avec grâce. Je n'aime pas mes enfants, pour la bonne raison que je n'aime pas leur père.

— Est-il possible de ne pas aimer un enfant ?

— Pourquoi pas ? Ils ne deviennent rien de plus ni de moins que les adultes que nous méprisons.

— Les as-tu vus, notamment ton benjamin ? Comment le nommes-tu ?

— Son père a choisi de l'appeler Drusus, mais je n'ai plus jamais posé les yeux sur lui. Il doit avoir treize mois maintenant.

— Comme il doit te manquer !

— Seulement lorsque j'ai des montées de lait.

Octavie balbutia avant de retomber dans un silence gêné. Elle n'ignorait pas les commentaires que suscitait l'insensibilité de Petit Caius, que tout Rome disait froid comme un serpent. Il fallait croire qu'il avait trouvé chaussure à son pied. Elle percevait pourtant que ces deux êtres brûlaient autant qu'elle, à la différence qu'ils ne se laissaient pas embraser par ce qu'elle prisait, elle, plus que tout.

— Es-tu heureuse ? demanda-t-elle, tentant de trouver quelque terrain d'entente.

— Oui, très. Je mène une vie si prenante ces jours-ci. Cæsar Imperator est un génie, la qualité de son esprit me fascine. Quel privilège d'être son épouse ! Et sa guide ! Car il écoute mes conseils, tu sais.

— Vraiment ?

— Tout le temps. Nous attendons avec impatience nos discussions du coucher.

— Vos discussions du coucher ?

— Oui, il garde tous les problèmes de la journée dans un compartiment de son esprit pour en discuter avec moi en privé.

Des images de cette union indéfinissable dansèrent devant ses yeux. Elle s'imaginait deux jeunes gens d'un charme irrésistible se pelotonner ensemble au lit pour… *parler*. Se laissaient-ils jamais aller à… ? Sans doute à la fin de leur conversation, conclut-elle, sortant de sa rêverie avec un sursaut au tintement du rire de sa belle-sœur.

— Dès l'instant où il a résolu ses problèmes, il tombe de sommeil, confia-t-elle d'une voix tendre. Il prétend ne jamais avoir aussi bien dormi de toute sa vie. N'est-ce pas formidable ?

Soudain, elle y vit plus clair : elle se trouvait face à une enfant, un petit poisson pris dans les filets de son frère qui la façonnait en fonction de ses besoins, dont la vie conjugale ne faisait résolument pas partie. Avaient-ils ne serait-ce que consommé leur mariage *confarreatio* ? Livie Drusilla tirait tellement de fierté de cette union, alors que sa forme juridique la rendait à jamais l'obligée de son époux. Et si jamais les liens conjugaux avaient été scellés par les corps, ce n'était apparemment pas non plus ce après quoi se languissait la jeune épouse. Comme il fallait être perspicace pour détecter en une seule rencontre ce qu'elle entrevoyait en cet instant, cette faim de pouvoir égale à celle d'Octavien. Livie Drusilla allait perdre sa puérilité mais ne connaîtrait jamais le véritable bonheur tel qu'Octavie en avait fait et en faisait encore l'expérience. Le premier couple de Rome présentait un visage de fer au monde, combattant côte à côte pour contrôler la moindre personne et le moindre obstacle qu'il rencontrait sur son chemin. Et la jeune mariée avait dupé Agrippa, certainement aussi enchanté par elle que son grand ami.

— Qu'est-il advenu de Scribonia ? s'enquit-elle pour changer de sujet.

— Elle se porte bien mais n'est guère heureuse, soupira Livie Drusilla. Je lui rends visite une fois par semaine maintenant que la cité s'est apaisée. Il n'est pas aisé de sortir lorsque les bandes urbaines se soulèvent. Cæsar Imperator a également placé des gardes devant sa maison.

— Et Julia ?

La question sembla prendre sa belle-sœur au dépourvu, puis son visage s'éclaira.

— Oh, cette Julia ! C'est amusant, je pense toujours à la fille de Divus Julius lorsque j'entends ce nom. Elle est très mignonne.

— À deux ans, elle doit marcher et parler. Est-elle éveillée ?

— Vraiment, je ne saurais le dire, mais Scribonia ne jure que par elle.

Sentant des larmes lui piquer les yeux, Octavie se leva.

— Je suis si lasse, ma chère. Vois-tu quelque inconvénient à ce que je me retire pour une sieste ? Nous avons tout le temps de voir les enfants, nous serons probablement coincées ici pendant des jours.

— Plutôt des *nundina*, corrigea Livie Drusilla, guère enthousiasmée par la perspective d'une rencontre avec une horde de bambins.

Mécène avait vu juste. Après avoir passé tout l'hiver à Athènes à compter la quantité d'argent entassée dans les coffres de Sextus Pompée, Marc Antoine était arrivé à Tarente avec la ferme intention de se tailler la part du lion.

— J'en exige quatre-vingts pour cent, proclama-t-il.

— En échange de quoi ? l'interrogea Octavien, impassible.

— De la flotte que j'ai amenée à Tarente et des services de mes trois amiraux d'expérience : Bibulus, Oppius Capitio et Atratinus. Soixante navires sont commandés par Oppius, soixante autres par Atratinus. Quant à Bibulus, il supervise l'ensemble.

— Et je suis supposé, pour vingt pour cent, fournir au moins trois cents autres bâtiments et une armée de terre pour envahir la Sicile.

— Tout à fait, insista Marc Antoine en examinant ses ongles.

— Cette répartition ne te semble-t-elle pas légèrement disproportionnée ?

La masse menaçante se pencha en avant, les lèvres tordues en un rictus.

— Regarde les choses en face, Octavien : sans moi, tu ne peux pas vaincre Sextus. Par conséquent, *je* dicte les conditions.

— Je comprends que ta position de force t'autorise à négocier, mais je me permets de m'opposer à tes prétentions à deux titres. En premier lieu, nous agissons de concert afin d'ôter une épine du pied à Rome, pas à *toi* ou à *moi*. En second lieu, il me faudra plus de vingt pour cent pour réparer les ravages causés par Sextus et rembourser les dettes de la République.

— Je me fiche comme d'une merde dans un cloaque de ce que tu veux ou de ce dont tu as besoin ! Si je dois m'associer à l'expédition, je veux quatre-vingts pour cent.

— Cela signifie-t-il que tu seras présent à Agrigente lorsque nous partagerons le butin ? intervint Lépide.

Son arrivée avait asséné un coup inattendu à Marc Antoine et à Octavien, convaincus que le troisième triumvir et ses seize légions, à l'écart en Afrique, leur laisseraient le champ libre. Si le premier ignorait comment Lépide avait appris la nouvelle de la conférence à temps pour y participer, le second soupçonnait l'intervention du fils aîné de celui-ci, Marcus, actuellement à Rome pour s'unir à Servilia Vatia, la première épouse que le triumvir de l'Ouest avait laissée intacte. Prévenu par les commérages, Marcus avait dû contacter son père sur-le-champ, car aucun partage de richesses ne pouvait se dérouler sans que les Æmili Lepidi reçoivent la somme qui leur revenait.

— Non, je ne serai pas à Agrigente, rétorqua Marc Antoine d'un ton cassant. Je serai déjà loin, en chemin pour réduire les Parthes.

— Dans ce cas, comment peux-tu espérer que la répartition du contenu des coffres de Sextus se conforme à ta volonté ?

— Parce que si tel n'est pas le cas, *Pontifex Maximus*, tu pourras dire au revoir à ton sacerdoce et à tout le reste ! Crois-tu que tes légions nous intéressent ? Non ! Pas le moins du monde ! Mes légions sont les seules dignes de ce nom et je ne resterai pas en Orient toute ma vie. Quatre-vingts pour cent.

— Cinquante, répéta Octavien, le visage toujours vide, avant de se tourner vers Lépide. Et pour toi, *Pontifex Maximus*, rien. Nous n'aurons pas besoin de tes services.

— Voyons, bien sûr que si, opposa Lépide avec prétention. Cependant, je ne suis pas un rapace. Dix pour cent me conviendront parfaitement. Quant à toi, Marcus Antonius, le peu que tu feras ne justifie pas quarante pour cent, mais je me plierai à ton insatiable cupidité. César Octavien étant celui qui supporte le plus de dettes en raison des activités de Sextus, il devrait obtenir cinquante pour cent.

— Quatre-vingts ou je reconduis ma flotte à Athènes.

— Ose un peu et tu n'auras rien du tout, rétorqua Octavien en s'inclinant d'un air inquiétant, un mouvement qu'il maîtrisait bien mieux que Marc Antoine. Ne te méprends pas sur mes intentions, Marcus Antonius ! Sextus Pompée sombrera l'an prochain, avec ou sans ta flotte. Ma conscience de triumvir et ma loyauté envers Rome me poussent à t'offrir une chance de partager le butin de sa défaite. Entends-moi bien : « T'offrir. » Une partie des richesses de Sextus t'aidera à financer ta guerre en Orient qui, si elle connaît une heureuse issue, profitera à Rome et au Trésor. C'est la seule raison pour laquelle je te consulte. Lépide n'a pas tort : si, après avoir coulé les flottes de Sextus, j'emploie ses légions et celles d'Agrippa pour envahir le territoire vaste et montagneux de Sicile, elle abdiquera plus facilement, ce qui épargnera des vies. En ces circonstances, je suis disposé à céder à notre *Pontifex Maximus* dix pour cent du butin. Il m'en faut cinquante, ce qui en laisse quarante pour toi. Quarante pour cent de soixante-douze mille font vingt-neuf mille. C'est à peu près ce que mon père divin avait mis de côté pour sa campagne contre les Parthes.

Marc Antoine l'écouta sans un mot, son visage trahissant un courroux croissant.

— Le temps d'orchestrer cette guerre totale contre Sextus, il aura cependant amassé vingt mille talents de plus, le prix de la récolte de cette année. Ses coffres pèseront donc quatre-vingt-douze mille talents. Dix pour cent de cette somme équivalent à plus de neuf mille talents. Quant à tes quarante pour cent, Marcus Antonius, ils s'élèveront alors à environ trente-sept mille talents. Tu devrais y réfléchir à deux fois. C'est un immense rendement pour le menu investissement que représente une flotte, quelle que soit sa qualité.

— Quatre-vingts, répéta Marc Antoine d'une voix hésitante.

Mécène suivait attentivement la scène en se demandant quelle somme ce rapace avait en tête à son arrivée. Il devait bien se douter qu'il ne réussirait jamais à extorquer quatre-vingts pour cent du trésor de Sextus à Octavien, mais il était également évident que ses calculs avaient négligé la nouvelle récolte. Tout dépendait de la somme qu'il envisageait de dépenser. Lorsqu'il l'avait quitté, à Athènes, le triumvir était resté sur cinquante pour cent de soixante-douze mille talents, soit trente-six mille talents. Une quantité qu'il dépassait en acceptant dix pour cent de moins que prévu sur la base des nouveaux chiffres.

— N'oubliez pas, reprit Octavien, que tout ce qui vous reviendra à vous, Marcus Antonius et Lépide, vous sera payé au nom de Rome. Aucun de vous ne dépensera sa part pour Rome, alors que la totalité de mon pourcentage ira droit au Trésor. Je sais que le général a droit à dix pour cent du gain, mais je renonce à cet argent. À quoi me servirait-il ? Divus Julius m'a laissé plus de biens qu'il ne m'en faut pour répondre à mes besoins, et j'ai acheté la seule *domus* romaine dont j'aurai jamais l'utilité, une demeure, en outre, déjà meublée. Mes besoins personnels étant inexistants, ma part ira tout entière à Rome.

— Soixante-dix pour cent, tenta Marc Antoine. Je suis le plus impliqué.

— Dans quelle entreprise ? Certainement pas la guerre contre Sextus Pompée. Quarante pour cent, Marcus Antonius. À prendre ou à laisser.

La querelle continua pendant un mois, au terme duquel Marc Antoine aurait déjà dû avoir parcouru une grande partie du chemin pour la Syrie. Seules les richesses de Sextus le retenaient à Tarente, déterminé comme il l'était à sortir des négociations avec la somme nécessaire pour offrir à vingt légions et vingt mille cavaliers le meilleur équipement et financer des centaines de pièces d'artillerie ainsi qu'un énorme train des équipages pour transporter toute la nourriture et le fourrage nécessaires à sa gigantesque armée. Octavien pouvait bien clamer que le maître de l'Est garderait sa part pour lui seul, l'idée ne lui traversait même pas l'esprit car Marc Antoine comptait mettre sur pied l'armée la plus formidable jamais formée par Rome. Il imaginait déjà le butin qu'il rapporterait, des trésors à côté desquels les quelques caisses d'or de Sextus paraîtraient bien ternes.

Les trois hommes finirent enfin par s'accorder sur les pourcentages. Comme Octavien le voulait, cinquante pour cent furent consentis à Rome et lui, quarante pour cent à l'Est et Marc Antoine et dix pour cent à l'Afrique et Lépide.

— Ce n'est pas tout, intervint Octavien. Certaines questions ne peuvent attendre et demandent à être réglées tout de suite.

— Par Jupiter ! ronchonna Marc Antoine. Quoi encore ?

— Le pacte de Pouzzoles a conféré à Sextus l'*imperium* proconsulaire sur les îles et le Péloponnèse, sans oublier qu'il est prévu qu'il prenne les fonctions de consul à la fin de l'an prochain. Nous devons mettre fin à ces résolutions sur-le-champ. Le Sénat doit remettre en vigueur le décret d'*hostis* et interdire à Sextus le feu et l'eau dans un rayon de mille milles de Rome, le dépouiller de ses prétendues provinces et ôter son nom des *fasti*. Il est hors de question qu'il devienne consul !

— J'aimerais savoir comment tu comptes t'y prendre sachant que le Sénat ne se réunit qu'à Rome, objecta Marc Antoine.

— Pas lorsqu'il est question de guerre. Dans ce cas, l'assemblée sénatoriale doit se retrouver à l'extérieur du *pomœrium*. Autant que je sache, Tarente se situe hors des frontières sacrées de la cité. Plus de sept cents de tes dociles sénateurs se trouvent ici, Marcus Antonius, à te poursuivre de leurs assiduités, si occupés à te lécher les bottes qu'ils en ont le nez terreux, rappela Octavien d'une voix caustique. Nous jouissons en outre de la présence du *Pontifex Maximus*, sans oublier que tu es augure et que je suis prêtre et augure. Rien ne nous empêche de régler cette affaire. Rien du tout.

— Le Sénat doit se réunir dans un bâtiment consacré.

— Ce dont, j'imagine, Tarente ne manque pas.

— Tu as oublié un détail, Octavien, avança Lépide.

— Je t'en prie, éclaire-moi.

— Le nom de Sextus Pompée figure déjà sur les *fasti*, c'est ce qui arrive lorsque nous choisissons les consuls des années en avance en nous contentant ensuite de prétendre qu'ils ont été élus. Le rayer serait considéré *nefas*.

— Pourquoi le rayer, Lépide ? gloussa Octavien. Je n'en vois pas la nécessité. Oublierais-tu qu'un Sextus Pompée de la même famille se promène dans les rues de Rome ? Rien ne s'oppose à ce qu'il devienne consul dans deux ans puisqu'il figurait parmi les soixante préteurs l'an dernier.

Tous les visages se fendirent en un large sourire.

— Brillant, Octavien ! s'écria Lépide. Je connais le petit-fils du frère de Pompée Strabo, il mourra d'honneur en apprenant la nouvelle.

— Je ne voudrais tout de même pas avoir une mort sur la conscience, remarqua Octavien en s'étirant avec un bâillement de chat satisfait. Cela signifie-t-il que nous pouvons conclure un pacte de Tarente et regagner Rome pour répandre l'heureuse nouvelle que le triumvirat a été renouvelé pour cinq ans de plus et que les jours de Sextus Pompée sont comptés ? Viens donc avec nous, Marcus Antonius, l'année est déjà trop avancée pour partir en campagne.

— Oh, Marcus Antonius, quelle joie ! s'exclama Octavie lorsqu'il lui annonça leur départ pour Rome. Je vais pouvoir embrasser *mama* et voir de mes propres yeux ce que devient la petite Julia. Livie Drusilla est bien trop indifférente à son sort pour s'employer à convaincre petit… euh… César Octavien de ne pas perdre de vue sa fille. Je crains pour la pauvre enfant.

— Tu es à nouveau enceinte, remarqua-t-il, le visage illuminé.

— Comment as-tu deviné ? Rien n'est encore sûr, je préférais attendre d'en avoir la certitude avant de t'en parler. J'espère que ce sera un garçon.

— Garçon, fille, qu'importe, j'en ai à foison !

— En effet, convint Octavie. Bien plus que tout autre homme d'honneur, surtout si l'on inclut les jumeaux de Cléopâtre.

Il lui lança un sourire.

— Contrariée, ma chère ?

— *Ecastor*, non ! Disons… juste fière de ta virilité, rétorqua-t-elle avec malice. Je dois avouer que je me surprends parfois à m'interroger au sujet de Cléopâtre. Se porte-t-elle bien ? Vit-elle une existence plaisante ? Elle a déserté les pensées de la majorité des Romains, y compris celles de mon frère, un vrai dommage quand on sait qu'elle a eu un fils de Divus Julius en plus de tes jumeaux. Peut-être reviendra-t-elle un jour. J'aimerais tant la revoir.

Marc Antoine lui attrapa la main pour l'embrasser.

— Il y a une chose dont je ne pourrais jamais t'accuser, Octavie, c'est de posséder ne serait-ce qu'une once de jalousie.

Deux missives attendaient Marc Antoine à Rome. Considérant que les nouvelles de Cléopâtre pouvaient attendre, il brisa le sceau de celle d'Hérode.

Mon cher Marcus Antonius,

Me voilà enfin roi des Juifs ! La tâche ne fut guère aisée avec un incompétent comme Caius Sosius pour remplacer Silo. S'il fait un bon gouverneur en temps de paix, il est piètre militaire et ne s'est pas montré à la hauteur pour discipliner les Juifs. Cependant, il m'a rendu un insigne honneur en m'allouant deux excellentes légions de soldats romains et en m'autorisant à les mener en Judée. Antigone a quitté Jérusalem pour me rencontrer à Jéricho, où je l'ai écrasé.

Après qu'il eut regagné Jérusalem ventre à terre, nous avons assiégé la ville et remporté une victoire décisive lorsque Sosius est venu m'épauler avec deux bonnes légions supplémentaires. J'ai réussi à le convaincre de ne pas piller la ville en lui expliquant que ma vision d'une Judée prospère, et non d'un désert mis à sac, bénéficierait à Rome. Il a fini par entendre raison, après quoi nous avons enchaîné Antigone et l'avons envoyé à Antioche. À ton retour en Syrie, tu pourras ainsi décider de ce que tu veux faire de lui, quoique je te conseille vivement de le mettre à mort.

J'ai libéré ma famille et la famille d'Hyrcan de Masada et épousé Mariamne, qui attend déjà notre premier enfant. N'étant pas juif, je ne me suis pas nommé Grand Prêtre, un honneur qui est revenu au Zadokite Ananel, qui se fera un plaisir d'exécuter mes ordres. Comme tout le monde, j'ai des opposants, certains conspirent même pour prendre les armes contre moi, mais tiens-toi assuré qu'ils n'arriveront à rien. Je tiens d'une main de fer les Juifs et ne desserrerai pas le poing avant d'avoir rendu mon dernier souffle.

Je t'en prie, Marcus Antonius, rends-moi une Judée d'un seul bloc au lieu de ces cinq bouts de territoires épars ! J'ai besoin d'un port maritime et m'estimerais heureux d'obtenir Joppa plutôt que Gaza, un peu trop au sud. Je tiens à terminer sur la nouvelle la plus réjouissante : j'ai ravi les pêcheries de bitume à Malchus de Nabatène, qui s'est allié aux Parthes et m'a refusé, à moi, son propre neveu, son secours.

Je finirai en te remerciant avec effusion pour ton soutien. Sois assuré que Rome n'aura jamais à regretter de m'avoir élevé roi des Juifs.

Marc Antoine laissa le manuscrit s'enrouler sur lui-même et, le sourire aux lèvres, s'assit un moment mains derrière la tête pour songer au crapaud sémite, un Mécène à la mode orientale, mais pourvu d'une cruauté et d'une barbarie dont on ne trouvait pas la moindre trace chez l'ami d'Octavien. La question était maintenant de savoir quelle situation profiterait le plus à Rome en Syrie du Sud : un royaume judaïque réuni ou fragmenté ? Sans même étendre ses frontières géographiques d'un mille, Hérode s'était considérablement enrichi en prenant possession des jardins de baume de Jéricho et des pêcheries de bitume du Palus Asphaltites. Le peuple juif, belliqueux, produisait d'excellents soldats. Rome nécessitait-elle une Judée riche dirigée par un homme très intelligent ? Que se passerait-il si elle engloutissait toute la Syrie au sud du fleuve Orontes ? Son roi ne poserait-il pas ensuite le regard sur la Nabatène, qui lui donnerait l'une des deux grandes flottes engagées dans le commerce avec l'Inde et Taprobane, et donc des richesses supplémentaires ! Après cela, il jetterait son dévolu sur l'Égypte, une expédition moins risquée que toute tentative d'expansion vers le nord, dans les provinces romaines.

Coupant court à sa réflexion, il saisit la missive d'Alexandrie, en brisa le sceau et la lut bien plus vite qu'il n'avait déchiffré celle d'Hérode malgré la forte ressemblance des deux courriers en termes d'absence totale de sentimentalité. Dans la litanie d'éloges que sa maîtresse avait rédigée au sujet de Césarion ne transperçait pas la sensiblerie d'une femme, mais le regard fier d'une lionne sur son petit. Ces louanges mises à part, il se tenait devant une lettre de monarque plutôt que d'ancienne amante. Glaphyre aurait bien fait d'en prendre de la graine.

Le petit visage crochu de la reine d'Égypte émergea dans son esprit, illuminé par des yeux dorés qui rutilaient dans les instants de bonheur. Était-elle heureuse ? Difficile à dire avec une lettre si sérieuse, seulement adoucie par son affection pour son aîné. Cependant, il ne pouvait lui reprocher d'être un monarque avant d'être une femme. Au moins avait-elle plus à raconter qu'Octavie, toute à sa grossesse et à sa joie de retrouver Rome, en dépit de ses contacts limités avec sa belle-sœur, qu'elle considérait froide et calculatrice. Bien entendu, elle ne lui en avait pas touché mot. Cette épouse parfaite avait-elle jamais fait preuve de manque de savoir-vivre, même en privé ? Non, Marc Antoine avait deviné l'antipathie d'Octavie à la lumière de son propre sentiment face à cette Claudienne transformée en créature d'Octavien. Que possédait donc son rival pour réussir à attraper dans ses serres d'acier certaines personnes : Agrippa, Mécène puis Livie Drusilla.

Soudain, il fut rempli de dégoût pour Rome, la médiocrité de sa classe dirigeante si soudée, sa cupidité, ses objectifs inexorables, son droit divin à contrôler le monde. Les Sylla, les César… Tous avaient renoncé à leurs désirs personnels au nom de Rome, déposé tous leurs actes en offrande sur les autels de Rome, nourri Rome de leur force, de leurs hauts faits, de l'*animus* qui les portait. Son problème à lui se trouvait-il dans cette abnégation, ou plus justement son absence ? Était-il incapable de ce genre de dévouement à une abstraction ? Alexandre le Grand ne voyait pas la Macédoine avec le regard que César portait sur Rome, il pensait avant tout à lui-même, rêvait de sa propre divinité plutôt que de la puissance de son empire. C'était d'ailleurs pour cette raison que ce dernier s'était effondré au lendemain de sa mort. L'empire romain, en revanche, subsisterait à la mort d'un homme, voire de plusieurs hommes. Un Romain gagnait sa place au soleil mais ne se considérait jamais comme le soleil, à l'inverse d'Alexandre le Grand. Or lui rêvait d'un soleil qui brillât pour lui seul, pas de celui de Rome.

Pourquoi les avait-il laissés ainsi réduire le pourcentage qui lui revenait alors qu'il lui suffisait de prendre le large avec sa flotte. Il y avait renoncé, pensant rester pour assurer la sécurité et le bien-être de ses troupes au moment de l'invasion du royaume des Parthes, se laissant rétribuer par de simples promesses. Octavien lui avait garanti qu'il lui enverrait vingt mille légionnaires bien entraînés, lui avait promis de lui expédier ses quarante pour cent dès l'ouverture des coffres de Sextus, lui avait assuré les fonctions de consul, celles de premier triumvir, s'était engagé à défendre ses intérêts en Occident… Rien que des mensonges !

Il se força à réfléchir, à se concentrer. Avec le soutien de plus de sept cents sénateurs sur mille, rien ne l'empêchait d'en appeler aux électeurs des classes supérieures et de contrôler la législation et les élections. Mais il n'arriverait jamais à l'atteindre lui, César Octavien, notamment parce que ce dernier demeurait à Rome, contrairement à lui. Il ne pouvait même pas profiter de sa présence dans la cité en cet été interminable pour rassembler ses forces dans le but de le détruire. Les sénateurs temporisaient pour voir ce qu'ils pourraient tirer du trésor de Sextus Pompée, du moins ceux qui n'avaient pas disparu dans leur villa du bord de mer pour ne pas étouffer dans la puanteur urbaine. Quant au peuple, il avait depuis longtemps perdu de vue le maître de la cavalerie du grand César. Une absence de deux années avait suffi pour que plus personne ne le reconnût au premier regard dans les rues. Certes, tous haïssaient Octavien, mais sa place dans leur quotidien en faisait également un objet d'amour. Le freluquet était le genre de personnage que tout homme pense devoir aimer pour le détester. Lui, Marc Antoine, n'était désormais plus accueilli comme le sauveur de la République, le peuple avait attendu trop longtemps de le voir s'affirmer. Durant le lustre écoulé depuis les batailles de Philippes, il n'avait pas réalisé ce qu'il avait annoncé en Orient. Les chevaliers exécraient bien plus que le triumvir de Rome cet homme qui leur avait fait perdre des millions, une dette qui faisait de lui leur créature. Bien qu'il ne leur dût pas un sou de sa bourse, ils ne lui pardonneraient jamais son échec à sécuriser l'Est pour qu'ils puissent y mener leurs affaires.

Le mois de *julius* s'était envolé et *sextilis* disparaissait dans la gueule béante du temps. Pourquoi les saisons passaient-elles si vite ? Il lui fallait à tout prix agir dès l'année à venir, au risque de tomber dans l'oubli du passé et de perdre la bataille. Il ne pouvait laisser ce petit étron d'Octavien l'emporter.

Octavie entra dans la pièce puis hésita avec un demi-sourire, attendant d'être rassurée par un geste de son époux.

— Ne fais pas cette mine épouvantée, déclara-t-il d'une voix grave. Je ne vais pas te manger.

— Je ne t'en pense pas capable, mon cher. Je me demandais juste quand nous repartirions pour Athènes.

— Aux calendes de septembre, répondit-il en se raclant la gorge. Tu viendras avec moi, mais pas les enfants. D'ici à la fin de l'année, je m'établirai à Antioche, ce qui t'obligera à rester seule à Athènes. Les enfants seront mieux à Rome, sous la protection de ton frère.

Son visage se brisa et ses yeux s'inondèrent de larmes.

— Quelle épreuve ! Mais ils ont besoin de moi, risqua-t-elle d'une voix étouffée.

— Tu peux demeurer ici si tu veux, rétorqua-t-il sèchement.

— Non, Marcus Antonius, je ne peux pas. Ma place est à ton côté, même si tu ne seras pas souvent à Athènes.

— Comme il te plaira.

14

La place vide laissée par la disgrâce de Quintus Dellius avait été comblée par Caius Fonteius Capito, un grand et élégant sénateur issu d'une vieille famille de l'aristocratie plébéienne qui avait, entre autres faits prestigieux, donné à Rome une vierge vestale une centaine d'années auparavant. Caius Fonteius Capito avait fait irruption dans la vie de Marc Antoine avec la beauté d'un Memmis, l'éducation d'un Mucius Scævola et pas une once de la flagornerie d'un Quintus Dellius. En tant que loyal client du triumvir, il se réjouissait toujours de pouvoir lui rendre service, sans pour autant faire preuve d'une abnégation aveugle. Non seulement cet homme appréciait la compagnie de Marc Antoine, mais ce dernier avait tendance, à son côté, à donner le meilleur de lui-même.

Aussi Marc Antoine invita-t-il Fonteius à le suivre lorsque, au début du mois de septembre, il quitta Rome et embarqua avec Octavie sur son vaisseau amiral à Tarente. Aux cent vingt bâtiments de sa flotte étaient venues s'ajouter vingt quinquérèmes pour lesquelles Octavie avait de bon gré sacrifié une partie de sa fortune personnelle. Les cent quarante navires mouillaient toujours dans la ville portuaire, qui s'employait à construire des hangars afin de les sortir de l'eau avant l'hiver.

À l'approche des grands vents d'équinoxe, le triumvir tenait à partir le plus vite possible afin de naviguer vent arrière jusqu'au cap Matapan, au pied du Péloponnèse, remonter vers Athènes et jeter l'ancre au Pirée. En dépit de ces précautions, une terrible tempête les força, dès le troisième jour de traversée, à trouver refuge à Corfou, une magnifique île du rivage grec juste au sud de l'Épire. Proche de son huitième mois de grossesse et mise à rude épreuve par la mer démontée, Octavie retrouva avec gratitude la terre ferme.

— Je regrette de te voir retardé, avoua-t-elle à son époux,

mais je dois reconnaître que j'apprécierais de rester quelques jours ici. Je dois attendre un soldat, pas un marin.

Trop impatient d'arriver à destination pour se laisser émouvoir par les souffrances de sa femme, Marc Antoine ne daigna pas sourire à cette gentille plaisanterie.

— Nous reprendrons la mer dès que le capitaine nous estimera à l'abri du danger, remarqua-t-il avec rudesse.

— Bien entendu. Je serai prête.

Ce soir-là, elle ne se présenta pas pour le dîner, alléguant des nausées persistantes dues à son supplice maritime. Las des manœuvres de sa suite pour gagner son attention et de l'obligation de feindre une bonhomie qui ne s'accordait pas avec son humeur, Marc Antoine invita donc Fonteius, le seul être dont il recherchait la compagnie, à se joindre à lui pour un repas en tête à tête.

Doté de l'habileté d'un diplomate né et plus soucieux de son patron qu'il ne l'était de lui-même, l'aristocrate accepta de bon gré. Pour lui qui percevait depuis longtemps le mal-être du triumvir, l'occasion se présentait de sonder la blessure et de tenter de mettre le doigt sur la flèche empoisonnée.

La soirée s'annonçait idéale pour les confidences. Les flammes des lampes dansaient, agitées par les tourbillons du vent qui grondait dehors, la pluie sifflait contre les volets et un petit torrent dévalait la colline dans un concert de gargouillements. Du charbon rougeoyait dans plusieurs brasiers pour chasser le froid de la pièce, où les serviteurs se mouvaient entre les ombres comme des lémures.

Que cela soit dû à cette atmosphère intime ou à l'art avec lequel Fonteius savait conduire ses interlocuteurs à la confession, Marc Antoine se retrouva à déverser ses peurs, ses épouvantes, ses dilemmes et ses angoisses, sans logique ni ordre.

— Où est ma place ? demanda-t-il à son nouvel allié. Où me porte ma volonté ? Suis-je un véritable Romain ou quelque événement m'aurait-il rendu moins romain que je ne l'étais ? Rien ne se trouve hors de ma portée, je possède un immense pouvoir, et pourtant, pourtant... J'ai l'impression de n'avoir pas ma place dans ce monde. Oh, je ne sais pas !

— Par « place », peut-être entends-tu « fonction », intervint Fonteius, pratiquant une ouverture avec délicatesse. Tu aimes t'amuser, tu cherches la compagnie des hommes que tu juges fiables et des femmes que tu désires, tu te montres au monde dans toute ta hardiesse, ton effronterie et ta simplicité. Cependant, je détecte sous cette apparence de nombreuses complexités. C'est d'ailleurs ce qui t'a amené à jouer un rôle secondaire dans l'assassinat de Jules César. Non, ne le nie pas ! Je ne te blâme pas toi, Marcus Antonius, mais lui. Lui aussi t'a poignardé en désignant Octavien pour héritier. Je ne peux qu'imaginer la blessure que cette nouvelle t'a infligée à toi, qui avais passé toute ta vie à son service. Un homme de ton tempérament ne pouvait comprendre pourquoi il condamnait certaines de tes actions. Et voilà qu'il a laissé derrière lui un testament ne te mentionnant même pas, un coup cruel qui a suffi à anéantir ta *dignitas*. En apprenant cela, tous les Romains se sont interrogés sur les raisons qui avaient pu pousser le Grand Homme à léguer son nom, ses légions, son argent et son pouvoir à un joli jeune homme plutôt qu'à toi, son cousin, un général dans la force de l'âge. Pour eux, le testament de César traduisait son immense déception face à ta conduite, ce qui n'aurait guère importé s'il n'était pas l'idole du peuple, un futur dieu. Or les divinités ne se trompent pas, si bien que l'on te considéra indigne d'hériter de César. C'est Jules César, et non Octavien, qui t'a empêché de devenir un nouveau César. C'est lui qui t'a dépouillé de ta *dignitas*.

— Bien sûr, articula Marc Antoine, poings serrés. Le vieux m'a craché dessus sur son bûcher funéraire.

— Ta nature ne te porte pas à la réflexion, Marcus Antonius, mais te met en prise avec des faits concrets. Comme Alexandre le Grand, tu as tôt fait de résoudre les problèmes à coups de glaive. Tu ne possèdes pas la capacité d'Octavien pour t'insinuer sous la peau de la société et murmurer à l'oreille du peuple des diffamations qu'il prendra pour argent comptant. La source de ton dilemme se trouve dans la souillure qu'a infligée César à ta réputation. Pourquoi avoir choisi de contrôler l'Est dans le cadre de ce triumvirat ? Tu t'imagines probablement que ton choix s'explique par les richesses que tu pouvais y récolter, les campagnes militaires que tu pouvais y mener, mais selon moi il ne faut pas y voir les principales raisons. Loin de là. Je crois que tu y as vu un moyen de sauver l'honneur tout en fuyant Rome et l'Italie, où tu aurais dû t'afficher devant un peuple au fait du mépris que te portait ton grand cousin. Creuse au fond de toi, Marcus Antonius ! Trouve ta blessure, identifie sa véritable nature !

— C'est la chance ! rétorqua Marc Antoine, sans remarquer l'expression ébranlée de Fonteius. La chance ! hurla-t-il. César jouissait d'une chance mythique, qui a contribué à construire sa légende. Or en me privant de son héritage, il a légué sa chance à Octavien. Comment expliquer autrement la survie du petit asticot ? Moi, en revanche, j'ai perdu les faveurs de Fortuna. Voilà le fond du problème, Fonteius ! La moindre action de ma part est vouée au malheur. Oh, comment vivre avec ce fardeau ? Je m'en sais incapable !

— Mais bien sûr que non, Marcus Antonius, se récria l'aristocrate, tout juste remis de ce développement inattendu. Puisque tu considères la mélancolie qui te ronge comme un manque de chance, tente donc fortune en Orient ! La tâche n'est pas au-dessus de tes capacités. Regagne ta réputation auprès des chevaliers en instaurant un Est aux innombrables opportunités commerciales ! Et entoure-toi d'un conseiller spécialiste des questions orientales, quelqu'un originaire de la région, tourné vers elle, conseilla-t-il avant de marquer une pause pour considérer les atouts de Pythodore de Tralles, lié à Marc Antoine par son mariage avec sa fille. Un conseiller avec du pouvoir, de l'influence, de la fortune. Le pacte de Tarente t'a conforté dans ta position de triumvir pour cinq années de plus. Fais bon usage de ce lustre ! Creuse donc un puits de chance inépuisable !

Des picotements d'euphorie parcoururent le grand corps de Marc Antoine, chassant ses idées noires. Soudain, il y vit clair et sut comment retrouver sa chance.

— Entreprendrais-tu un long voyage en mon nom sur les flots hivernaux ?

— Je ferai tout ce que tu voudras, Marcus Antonius. J'éprouve une inquiétude sincère au sujet de ton avenir, qui risque fort de ne pas s'harmoniser avec la Rome d'Octavien. Voilà qui ne fait qu'ajouter à la mélancolie : la Rome qu'Octavien rêve de bâtir est étrangère aux Romains qui aimaient la cité telle qu'ils la connaissaient. César a commencé à bricoler avec les droits et prérogatives de la première classe et Octavien est déterminé à finir le travail. Une fois que tu auras retrouvé ta chance, tu devrais aspirer à rétablir la Rome qui nous est chère, remarqua Fonteius, levant la tête pour écouter les murmures de la bise et de la pluie, un sourire flottant sur les lèvres. Le vent s'essouffle, où veux-tu qu'il me mène ?

Il avait posé la question par pure rhétorique, certain que son patron l'enverrait frapper à la porte de Pythodore, à Tralles.

— En Égypte. Je veux que tu persuades Cléopâtre de me rejoindre à Antioche avant la fin de l'hiver. Le feras-tu ?

— Avec grand plaisir, Marcus Antonius, accepta-t-il, masquant sa consternation. S'il est à Corfou une embarcation en assez bon état pour naviguer sur l'océan Libyen, j'embarquerai de ce pas. Cependant, ma bourse n'est pas profonde, ajouta-t-il avec une mine contrite. J'aurai besoin d'argent.

— Et de l'argent, tu en auras, Fonteius ! rugit Marc Antoine, le visage transformé par la joie. Oh, Fonteius, merci de m'avoir indiqué la voie à suivre ! Je dois me servir de l'Est pour forcer Rome à rejeter les machinations de César et de son héritier !

Lorsque, sur le chemin de sa chambre, il passa devant la porte d'Octavie, le triumvir pétillait encore d'excitation, pris d'un urgent désir d'atteindre Antioche. Après tout, pourquoi faire escale à Athènes alors qu'il pouvait mettre directement le cap sur la capitale syrienne ? Sa décision prise, il poussa la porte de son épouse, qu'il trouva blottie dans ses draps. S'asseyant sur le bord de sa couche, il balaya une mèche de cheveux de son front avec un sourire.

— Pauvre enfant, j'aurais dû te laisser à Rome, ne pas te soumettre à la mer Ionienne si proche de l'équinoxe ! observa-t-il tendrement.

— Le matin me verra en meilleure forme, Marcus Antonius.

— Peut-être, mais tu resteras ici jusqu'à ce que tu puisses regagner l'Italie, annonça-t-il. Non, ne proteste pas ! Je n'accepterai aucune discussion, Octavie. Rentre à Rome et enfantes-y. Les petits te manquent, ils t'attendent là-bas. Je ne vais pas faire escale à Athènes et Antioche n'est pas un endroit pour toi.

Engloutie par une déferlante de tristesse, elle ancra des yeux noyés de chagrin dans les prunelles fauves de son époux. Bien qu'incapable de justifier la certitude qui l'envahissait, elle savait en son for intérieur qu'elle ne reverrait plus Marc Antoine, son bien-aimé. Comment aurait-elle pu prédire que l'île de Corfou serait témoin de leurs adieux ?

— Je ferai ce que bon te semble, accepta-t-elle en avalant péniblement sa salive.

— Bien.

Il se leva et se pencha pour l'embrasser.

— Je te verrai au matin, n'est-ce pas ?

— Bien sûr que oui. Bien sûr...

Lorsqu'elle entendit la porte se refermer derrière lui, elle se retourna pour ensevelir son visage dans l'oreiller, mais ne versa aucune larme. Elle souffrait d'une agonie trop profonde pour que des pleurs ruissellent de ses yeux déjà taris par la contemplation de sa solitude.

Fonteius mit les voiles le premier. Un marchand syrien qui avait jeté l'ancre dans le port de Corfou en raison de la tempête et se préparait à braver l'océan Libyen ne vit aucun inconvénient à faire relâche à Alexandrie en échange d'une somme rondelette, allant jusqu'à céder sa cabine sous la poupe à l'élégant sénateur et ses sept serviteurs. Les cales du navire étaient remplies de roues de chariot ferrées de Gaule, de pots de cuivre d'Hispanie citérieure, de quelques quartauts de *garum* et, pour combler les espaces, de toile de lin de la terre des Pétrocoriens. Une bonne partie de la coque s'enfonçait dans l'eau sous le poids du chargement, qui offrait toutefois à l'embarcation un équilibre rassurant.

Un Fonteius encore sous le choc salua Marc Antoine de la main depuis le pont. Même dans ses pires cauchemars, il n'aurait jamais imaginé une telle conclusion à la conversation de la veille. Comme il avait été présomptueux de penser qu'il pouvait lire dans les pensées du triumvir, voire les manipuler ! Comment expliquer que cet être fût tant obsédé par la chance, un fantasme, une simple création de l'imagination ? Quoi que les gens puissent raconter sur la chance de Jules César, Fonteius n'y voyait pas une entité indépendante. Mais Marc Antoine, lui, avait survolé l'évidente vérité pour fixer toute son attention sur ce facteur. Sans parler de Cléopâtre ! Grands dieux, que lui prenait-il de la choisir comme conseiller pour l'Orient ? À force de coups de bec et de serpentements, elle aggraverait sa confusion. Le sang du roi Mithridate le Grand coulait dans ses veines, mêlé à celui d'une horde meurtrière et amorale de Ptolémées et de quelques Parthes ! Cette femme s'imposait aux yeux de Fonteius comme le distillat de tout ce que l'Est comptait de pire.

L'aristocrate ne reculerait pas devant une guerre civile s'il fallait en arriver là pour se débarrasser d'Octavien. Or le seul homme capable de vaincre le triumvir de Rome était celui d'Orient, pas le Marc Antoine qu'il avait vu évoluer au cours des dernières années, mais celui de Philippes. Cléopâtre comme conseillère, quel choix malheureux ! Lui qui avait rendu quelques visites amicales à Calpurnia avant qu'elle ne s'ôte la vie avait obtenu de la bouche de la veuve de Jules César un portrait de la reine d'Égypte assez complet pour qu'il ne lui inspire rien de bon.

Le navire atteignit Alexandrie après une traversée d'un mois, interrompue par une tempête qui les contraignit à rester six longs jours à Parétonium. Cet imprévu fit cependant la joie du capitaine, qui y trouva du *laserpicium*, dont il tint à embarquer vingt amphores même si cette quantité l'obligea à jeter par-dessus bord de la toile pour libérer de l'espace.

— Ma richesse est assurée ! jubila-t-il. Avec l'arrivée de Marc Antoine à Antioche, il y aura tant d'excès que je pourrai demander une fortune pour une seule dose de ce remède ! Or chaque amphore en contient plusieurs milliers de cuillerées... Oh, c'est merveilleux !

Bien qu'il découvrît Alexandrie pour la première fois, Fonteius ne fut guère impressionné par l'indéniable beauté de la ville et son agencement de larges rues, dans lequel Mécène n'aurait vu qu'un désert d'angles droits. L'enceinte royale possédait cependant un charme certain en vertu de l'obsession avec laquelle chaque Ptolémée avait voulu ériger un nouveau palais. La propriété comptait ainsi une douzaine de somptueux édifices, sans oublier la salle d'audience.

Dans le flamboiement d'or de cette pièce qui avait subjugué tous les Romains qui s'y étaient présentés, il rencontra les deux « marionnettes », aucun autre mot ne lui venant à l'esprit pour désigner ces êtres rigides et peinturlurés dépourvus de tout naturel, une paire de poupées de Saturnie ou de Florence dont les ficelles étaient tirées par quelque maître invisible. L'audience ne dura qu'un bref instant, le temps pour lui de transmettre les salutations du triumvir Marc Antoine, après quoi personne ne lui demanda d'exposer la raison de sa venue.

— Tu peux disposer, Caius Fonteius Capito, déclara le pantin au visage blanc sur le plus haut trône.

— Nous te remercions de ta visite, ajouta son homologue au visage rouge sur la marche du dessous.

— Un serviteur viendra te chercher pour partager notre dîner cet après-midi.

En arrivant au rendez-vous, Fonteius découvrit que le maquillage et l'attirail royaux cachaient deux êtres miniatures, quoique le garçon ne fût pas destiné à rester petit. Du haut de ses dix ans, il en paraissait treize ou quatorze, même s'il n'était pas encore sorti de l'enfance. Mais ce qui retint le plus l'attention du Romain, ce fut sa ressemblance avec Jules César. La marionnette cachait un acteur de plus dans l'avenir de Rome et une raison, imprévue mais non moins impérieuse, pour que Marc Antoine ne s'associât pas à Cléopâtre. Toute l'affection dont était capable cette femme allait à Césarion, comme le révélait la lueur qui brillait dans ses magnifiques yeux dorés chaque fois qu'elle les posait sur l'enfant. Sans son regard, sa peau exquise et une voix grave et mélodieuse dont elle jouait à merveille, cette reine rachitique et minuscule aurait frisé la laideur. Cependant, Fonteius dut reconnaître que mère et fils s'exprimaient dans un latin parfait.

— Marc Antoine t'a-t-il envoyé nous prévenir de son arrivée prochaine ? s'enquit le garçon, enthousiaste. Il me manque tant !

— Non, Majesté, Marc Antoine ne viendra pas.

La mine joviale se décomposa avec une faible interjection dépitée et le regard d'un bleu pénétrant se fit fuyant.

— Voilà qui est décevant, remarqua Cléopâtre. Dans ce cas, que nous vaut ta visite ?

Désappointé par la fadeur de la crevette d'eau douce qu'il venait d'ingérer, Fonteius entreprit de répondre tout en se demandant pourquoi un monarque dont les marches du palais menaient sur les rives du Mare Nostrum ne remplissait pas ses filets de crevettes marines.

— À l'heure qu'il est, Marc Antoine doit avoir pris résidence à Antioche, où il entend s'établir en permanence pour deux raisons...

— L'une étant la proximité de la Syrie avec les terres des Parthes, l'interrompit le garçon. Il compte opérer depuis Antioche.

Fonteius posa des yeux indignés sur le petit monstre impoli qui osait s'immiscer dans une conversation d'adultes, puis sur sa mère, qui semblait trouver cette attitude non seulement naturelle, mais surtout éblouissante. Très bien, l'heure était venue de prouver au petit impertinent qu'il n'était pas si intelligent qu'il le croyait.

— Quelle est, dans ce cas, la deuxième raison ?

— Antioche se situe réellement à l'Est, ce que l'on ne peut guère dire de la province d'Asie, encore moins de la Grèce ou de la Macédoine. Si Marc Antoine veut diriger l'Orient, il doit se trouver sur place, ce qui fait d'Antioche ou de Damas des bases idéales, expliqua Césarion, nullement décontenancé.

— Pourquoi ne pas avoir choisi Damas alors ?

— Le climat y est meilleur mais la distance jusqu'à la mer trop longue.

— C'est exactement ainsi que le triumvir a raisonné, remarqua Fonteius, trop diplomate pour dévoiler sa contrariété.

— Cela ne nous dit pas ce que tu fais ici, Caius Fonteius, intervint Cléopâtre.

— Je suis venu t'inviter à Antioche, Majesté. Marc Antoine tient beaucoup à te voir. Plus encore, il cherche les bons conseils d'un allié oriental de naissance et de culture. À ses yeux, tu es de loin le meilleur candidat.

— Aurait-il envisagé d'autres possibilités ? demanda-t-elle d'un ton sec, avec un froncement de sourcils mécontent.

— Pas lui, mais moi, répondit le messager avec sang-froid. Je lui ai suggéré plusieurs noms mais, pour lui, un seul sortait du lot : le tien.

Elle se recoucha sur la banquette avec le même sourire que le chat fauve étendu près de son coude. Une main fine se déploya pour caresser le dos de la créature, qui tendit vers elle une mine satisfaite.

— Tu aimes les chats, constata le visiteur.

— Ce sont des animaux sacrés, Caius Fonteius. Un jour, il y a peut-être vingt-cinq ans, le peuple a dépecé un chevalier romain qui avait eu le mauvais goût d'en tuer un à Alexandrie.

— Brrr ! laissa-t-il échapper, sans réprimer un tressaillement. Je connais les chats gris à rayures ou tachetés, mais je n'en ai encore jamais vu de cette couleur.

— Bastella est égyptienne. La nommer Bast aurait constitué un sacrilège, j'ai donc utilisé le diminutif latin, pour lequel j'avais reçu de bons présages.

La reine se détourna de l'animal pour attraper une datte.

— Marc Antoine me commande donc de venir à Antioche.

— Commander ? Non, Majesté ! Il te le demande.

— Mon œil ! glousa Césarion. Il le commande.

— Tu peux lui annoncer que je viendrai.

— Et moi avec ! s'empressa d'ajouter le garçon.

Un drôle de spectacle muet se déroula alors entre mère et fils. Bien que la première mourût d'envie d'exprimer le fond de sa pensée, aucun mot ne fut prononcé lors de ce combat de volontés, à l'issue duquel Fonteius ne fut pas surpris de voir l'enfant l'emporter. Cléopâtre n'étant pas née autocrate, seules les circonstances avaient fait d'elle ce qu'elle était. Or Césarion, à l'instar de son *tata*, savait déjà s'imposer en dictateur dans le ventre de sa mère. Le Romain sentit un frisson de peur courir le long de sa colonne vertébrale et lui dresser les cheveux sur la tête. Il n'osait imaginer quelle force irrépressible posséderait, une fois adulte, un enfant dont les veines mêlaient le sang de Jules César et celui des tyrans orientaux. Or c'était ce destin, qu'elle voyait déjà se tracer sous les pas de son enfant, qui conduisait Cléopâtre à accepter de se plier aux exigences de ce pauvre Marc Antoine, elle qui ne se souciait guère du sort du triumvir, mais rêvait de voir le fils qu'elle avait donné à César prendre le contrôle du monde.

Sous les conseils de ses hôtes, l'émissaire repartit par voie de terre en compagnie d'un garde égyptien que la reine jugeait indispensable pour le protéger des brigands qui pullulaient sur le territoire syrien depuis l'occupation parthe et l'effondrement de plusieurs principautés.

— Je te suivrai dès que possible, l'informa-t-elle, mais ne m'attends pas avant la nouvelle année. Si Césarion insiste pour venir, il me faudra mettre en place un régent et un conseil, même s'il ne restait à Antioche qu'une poignée de jours.

— Sait-il que son séjour sera écourté ? s'enquit Fonteius, narquois.

— Bien sûr, répondit la reine d'une voix sévère.

— Qu'en est-il des enfants de Marc Antoine ?

— S'il veut les voir, il devra se déplacer jusqu'à Alexandrie.

Un mois plus tard, Fonteius débarqua à Antioche pour y trouver le triumvir plongé dans le travail. Assis devant son bureau, il examinait des amoncellements de papier et quelques rouleaux tandis que Lucilius courait en tous sens pour exécuter des ordres qui se succédaient et ne se ressemblaient pas. Marc Antoine ne s'autorisait d'autre loisir que de faire défiler ses troupes, de retour dans leur cantonnement d'hiver après une brève campagne arménienne que Publius Canidius avait menée avec l'efficacité d'un Ventidius. Le successeur du muletier était d'ailleurs resté dans le Nord avec dix légions en attendant le printemps, le reste des troupes, la cavalerie et Marc Antoine. Aux yeux du triumvir, il ne se rendait coupable que d'une seule erreur : l'insistance avec laquelle il l'implorait, dans chacun de ses courriers, de ne pas accorder sa confiance au roi Artavasde d'Arménie, en dépit de ses innombrables déclarations de loyauté envers Rome et d'inimitié envers les Parthes. Le commandant choisit d'ignorer ce conseil, plus préoccupé par les avances tout aussi amicales d'Artavasde de Médie.

— Je constate que la ville se remplit de potentats, attitrés ou prétendants, remarqua Fonteius en se laissant tomber sur une chaise.

— Oui, j'ai fini par mettre de l'ordre dans tout cela. Je les ai convoqués ici pour leur annoncer leur sort, expliqua le triumvir avec un petit sourire. Vient-elle ? ajouta-t-il, l'amusement laissant place à l'angoisse sur son visage.

— Dès qu'elle le pourra. Ce petit impudent de Césarion a insisté pour l'accompagner, ce qui l'oblige à trouver un régent.

— Petit impudent ? répéta Marc Antoine en fronçant les sourcils.

— C'est du moins ainsi que je le considère. Pour tout t'avouer, je le trouve insupportable.

— Disons qu'il participe à la monarchie en tant qu'égal de sa mère. Vois-tu, ils possèdent tous deux le titre de pharaon.

— Pharaon ? s'étonna l'aristocrate.

— Le souverain suprême du fleuve Nilus, véritable royaume d'Égypte. À leurs yeux, Alexandrie n'est pas une cité égyptienne.

— Voilà un point sur lequel je ne peux qu'être d'accord. Je trouve cette ville très grecque dans son apparence.

— Oh, pas dans l'enceinte royale, répondit le triumvir avant de feindre l'indifférence. Quand arrivera-t-elle précisément ?

— Au début de la nouvelle année.

Penaud, Marc Antoine le congédia d'un vague geste de la main.

— Je compte distribuer les largesses de Rome à tous ces potentats demain, dans l'agora, annonça-t-il. La tradition exige que je porte une toge, mais je déteste cet accoutrement, je porterai donc mon armure en or. Disposes-tu d'un équipement ?

Fonteius cligna des yeux.

— Non, Marcus Antonius. Pas même d'une tenue ordinaire.
— Sosius t'en prêtera une.
— L'armure est-elle... euh... légale ?
— Hors de l'Italie, tout ce que le triumvir décide est légal. Je n'aurais jamais imaginé avoir à te l'apprendre, Fonteius.

Marc Antoine siégeait dans toute sa splendeur militaire sur une haute tribune qu'il avait fait ériger dans le plus grand espace ouvert d'Antioche, entouré du gouverneur Sosius et de ses légats, dans des positions moins prestigieuses. Isolé dans un coin de l'estrade, engoncé dans une cuirasse empruntée, le malheureux Fonteius observait la scène d'un œil étonné. Quand donc Marc Antoine s'était-il attaché les services de vingt-quatre licteurs ? Seul jouissait de cet honneur le dictateur, un magistrat dont le triumvir avait lui-même aboli l'existence. Comment expliquer alors qu'il trônait dans l'agora d'Antioche au milieu d'un nombre dictatorial de licteurs, un acte d'arrogance qu'Octavien n'aurait jamais osé commettre à Rome, Divi Filius ou non ?

Le rassemblement n'étant pas ouvert, des gardes bloquaient les nombreux accès à tous ceux qui ne présentaient pas d'invitation formelle, à la fureur des locaux, peu habitués à se voir boutés de leur propre place publique. Sans que les prières fussent prononcées ou les auspices pris, le triumvir se lança dans un discours de sa voix de ténor, celle qui portait le plus.

— Après de nombreuses lunes de profonde réflexion, de considération minutieuse, d'innombrables entretiens et examens de documents, moi, l'*imperator* Marcus Antonius, triumvir, suis parvenu à une décision concernant l'Est.

» Pour commencer, quelles frontières donner à l'Est ? Je ne considère pas que la Macédoine et ses préfectures qui couvrent le territoire de la Grèce, le Péloponnèse, la Cyrénaïque et la Crète, appartiennent à l'Est. Bien qu'elles figurent dans mon triumvirat, ces régions appartiennent au monde du Mare Nostrum. Par le terme « Est », il faut entendre l'Asie, soit tout le territoire au levant de l'Hellespont, du Propontis et du Bosphore thracien.

Ces mots éveillèrent l'intérêt de Fonteius, qui commençait à comprendre la raison qui avait poussé son maître à afficher les forces armées de Rome plutôt que son gouvernement civil.

— L'Est sera divisé en trois provinces romaines, chacune

sous le contrôle direct de Rome par le biais d'un gouverneur. D'une part, la province de Bithynie, qui inclura la Troade et la Mysie et dont la frontière orientale suivra le cours du fleuve Sangarius. D'autre part, la province d'Asie, qui incorporera la Lydie, la Carie et la Lycie. Enfin, la province de Syrie, bordée par le mont Amanus, la rive occidentale de l'Euphrate et les déserts d'Idumée et d'Arabie Pétrée. La Syrie du Sud intégrera également les royaumes, satrapies et principautés sur la rive occidentale de l'Euphrate.

Le petit auditoire s'agita, révélant des visages enthousiastes pour les uns, abattus pour les autres. Fonteius s'interrogea sur l'identité de plusieurs Orientaux enchaînés sous haute protection d'un côté de la place, persuadé qu'il ne tarderait pas à l'apprendre.

— Amyntas, avance ! hurla Marc Antoine.

Un jeune homme en habit grec se détacha du groupe.

— Amyntas, fils de Demetrius d'Ancyre, je te nomme roi de Galatie au nom de Rome ! Ton royaume inclut les quatre tétrarchies galates, la Pisidie, la Lycaonie et toutes les régions s'étendant de la rive sud du fleuve Halys à la côte de la Pamphylie.

La nouvelle coupa le souffle à toute l'assistance. Le triumvir venait d'accorder au jeune Amyntas un plus grand royaume que celui sur lequel ce vieil ambitieux de Deiotarus régnait avant sa mort.

— Polémon, fils de Zénon de Laodicée, au nom de Rome je te nomme roi du Pont et de Petite-Arménie, soit toutes les terres sur la rive nord du fleuve Halys.

Le nouveau roi n'était plus à présenter à l'entourage de Marc Antoine. Lui qui avait fait les quatre volontés du triumvir d'Orient à Athènes recevait enfin une récompense à la hauteur de ses espérances.

— Archélaüs Sisenna, fils de Glaphyre, prêtre-roi de Ma, je te nomme roi de la Cappadoce au nom de Rome. Ton territoire commence à l'est du grand coude du fleuve Halys et intègre toutes les terres au sud de ce point jusqu'à la côte de Tarse et de Cilicie. Ta frontière orientale longe l'Euphrate au-dessus de Samosate. Bien que je puisse être appelé à juger que certaines régions de ton royaume seront mieux dirigées par un autre, elles resteront envers et contre tout en ta possession.

Fonteius considéra Archélaüs, un autre jeune homme comblé, sans parler de sa mère. La rumeur prétendait qu'elle avait obtenu pour son fils les faveurs du triumvir à force d'exercices vaginaux. Soit, mais il devait cependant reconnaître que Marc Antoine faisait preuve d'intelligence en jetant son dévolu sur de jeunes hommes, s'assurant ainsi une clientèle pour de nombreuses années.

Une fois les plus grands territoires distribués, les nominations continuèrent, Tarcondimotus précédant d'autres heureux élus. Puis vint le tour des exécutions : Lysanias de Chalcis, Antigone des Juifs et Ariarathe de Cappadoce. Ne s'étant pas préparé à un tel spectacle, Fonteius vit dans cette boucherie l'occasion de se conforter dans l'idée qu'il ne possédait pas l'âme d'un guerrier. Tandis que le sang empestait l'atmosphère de la place chauffée par le soleil, attirant des essaims sirupeux de mouches poisseuses, le nouveau confident du triumvir s'efforçait de retenir le contenu de son estomac. Son patron, en revanche, assistait au carnage avec la plus grande indifférence, guère ému par l'évanouissement de Sosius. Fonteius, qui s'était juré de ne pas imiter le gouverneur, remercia tous les dieux lorsqu'il put enfin prendre congé. Sans se retourner, il laissa derrière lui Marc Antoine, qui avait organisé un banquet pour les nouveaux rois et leurs hordes de suivants sur l'agora, la résidence n'offrant pas de pièces ou de patios assez spacieux pour accueillir ce petit monde. S'il avait laissé libre cours à son imagination, Fonteius aurait d'ailleurs vu dans le palais du gouverneur d'Antioche un ancien caravansérail immonde et non la demeure de rois comme Antiochus et Tigrane.

Le lendemain, il croisa pour la première fois un Parthe, réfugié de la cour de Phraatès, le nouveau roi. Monæsès portait des frisettes, une barbe postiche tenue par des fils dorés recourbés derrière ses oreilles, une jupe à fanfreluches, une tunique à franges et des talents d'or.

— J'envisage de le nommer roi des Arabes skénites, déclara Marc Antoine, satisfait de ses dispositions, avant de s'étonner de l'expression de son cher compagnon. Quoi ? Pourquoi cet air de désapprobation ? Il est peut-être parthe mais je l'aime bien. Il est le seul à avoir réussi à s'échapper lorsque Phraatès a massacré sa famille.

— Si personne ne l'y a aidé… ajouta Fonteius.

— Et pourquoi l'y aurait-on aidé ?

— Parce que le monde entier sait que tu projettes d'envahir le royaume des Parthes, voilà pourquoi ! Tout obsédé qu'il soit à l'idée de se voir détrôner par la chair de sa chair, un roi serait stupide de ne pas sauver un héritier ! Il ne fait pour moi aucun doute que Monæsès nous espionne pour le compte des Parthes. Sans compter qu'il est extrêmement fier et hautain. Je ne pense pas qu'il sera transporté par la perspective de régner sur une poignée d'Arabes du désert.

— *Gerræ !* s'exclama Marc Antoine, à peine concerné par ces remarques. Monæsès est un homme bon, je suis prêt à le parier. Que dis-tu d'un millier de *denarii* ?

— Affaire conclue !

Cléopâtre ne manquait pas de bonnes raisons de retarder son embarquement pour Antioche. Cela faisait bien longtemps que le régent et le conseil supposés gouverner en l'absence des deux incarnations de Pharaon avaient été instaurés, mais la reine souhaitait se laisser le temps de penser et comptait bien arriver au moment opportun, ni trop tôt ni trop tard. Elle devait en outre songer à ce qu'elle exigerait une fois sur place. Marc Antoine lui avait cette fois fait parvenir sa requête par le biais d'un homme très différent de Quintus Dellius, un aristocrate dévoué qui ne soutenait pas le triumvir pour des raisons pécuniaires. Si la subtilité de Fonteius lui interdisait de dévoiler ses pensées, il ne lui avait pas échappé qu'il se dégageait de lui une aura d'appréhension, presque d'inquiétude. La reine d'Égypte avait eu beau mener une vie sans incident au cours des quatre dernières années, elle n'avait pas relâché sa vigilance d'un iota. Ses agents à l'Est et à l'Ouest lui soumettaient des rapports réguliers de façon à ce qu'elle n'ignore presque rien, et sûrement pas qui espérait quoi du triumvir de l'Est lorsqu'il en viendrait à démembrer l'Orient. À l'instant où Fonteius lui avait annoncé que son amant se trouvait à Antioche, elle avait compris pourquoi il réclamait sa présence de toute urgence : il espérait la voir se tenir au pied de sa tribune, au milieu d'un tas de paysans crasseux, dans l'attente de recevoir de Rome un os à ronger. Mais Marc Antoine ne comptait pas lui en lancer. Il tenait à ce que Pharaon soit présent pour affirmer au monde que l'Égypte aussi vivotait dans l'ombre de Rome.

La fureur la secouait de tremblements, lui coupait le souffle. Par Sérapis, elle ne lui donnerait pas le plaisir d'assister à ses actes souverains ! Qu'il la condamne à mort s'il le voulait, jamais elle ne s'abaisserait à le regarder nommer tel paysan roi, tel autre rustre prince ! Jamais ! Au contraire... Lorsqu'elle daignerait le rejoindre à Antioche, elle exigerait de lui bien plus qu'il ne pourrait lui donner, et il le lui concéderait, qu'il le puisse ou non. L'inquiétude de Fonteius ne pouvait s'expliquer que par le développement d'un point faible chez Marc Antoine, un talon d'Achille assez vulnérable pour que l'émissaire y repère quelque péril.

Lorsque le mois de novembre commença sa course vers décembre, Cléopâtre connaissait toutes les dispositions prises par le triumvir à Antioche. Toutes lui paraissaient logiques, sensées, voire clairvoyantes, hormis le décret par lequel il désignait Monæsès le Parthe roi des Arabes skénites. Quel idiot, ce Marc Antoine ! Peu importait que l'homme eût oui ou non échappé à une décapitation sous la hache de son oncle, placer un Arsacide aryen à la tête d'un peuple arabe constituait la pire des insultes, un affront mortel. Si jamais l'homme officiait comme espion pour le compte de Phraatès, il en éprouverait encore moins de pitié pour l'ennemi romain. Marc Antoine pouvait bien contrôler l'Est, il venait de l'Ouest et n'entendait rien aux Orientaux, à leurs états d'âme et à leurs raisonnements.

Soucieuse d'empêcher à tout prix une guerre contre les Parthes, Cléopâtre se rendrait donc à Antioche, guidée par le seul objectif de trouver un moyen de convaincre son amant d'abandonner ses ambitions. La menace que Rome représentait pour son trône semblait bien douce comparée à ce qui l'attendrait en cas de victoire des Parthes. Quant à Césarion, il connaîtrait le destin de tous les jeunes gens prometteurs : l'exécution. Marc Antoine ignorait qu'il remuait un nid de vipères.

En cette période de l'année, il lui faudrait voyager par voie terrestre, un déplacement rendu compliqué par le devoir d'épater, au nom du royaume d'Égypte, les habitants de toutes les contrées qu'elle traverserait avec son fils. Son cortège compterait des chariots grinçant sous le poids des victuailles et des atours royaux, un millier d'hommes de la garde royale, des chars tirés par des mules, des chevaux caracolant et, pour la reine, la litière soutenue par ses porteurs à la peau d'ébène. Comptant qu'il lui faudrait un mois pour arriver à destination, elle résolut de partir aux nones de décembre, pas un jour plus tôt.

Pendant tout ce temps, jamais Marc Antoine, l'homme ou l'amant, ne traversa l'esprit de la reine Cléopâtre, trop occupée à identifier et planifier ses desseins ainsi que les procédés pour les accomplir. En son for intérieur, elle conservait de vagues souvenirs d'un plaisant divertissement devenu épuisant, mais jamais elle n'avait éprouvé pour lui quelque sentiment qui ressemblât de près ou de loin à l'amour. Marc Antoine n'était qu'un moyen comme un autre d'atteindre ses fins. Elle avait engendré deux enfants, le Nil était sorti de son lit, Césarion pouvait compter sur une sœur pour l'épouser et un frère pour l'épauler. À ce stade, le triumvir d'Orient ne pouvait rien lui offrir d'autre que du pouvoir, un don qui exigerait de lui des sacrifices. La tâche ne s'annonçait pas aisée... même pour Pharaon.

Fin de la première partie.

Glossaire

ædes : édifice divin n'ayant pas été sanctifié par le rite augural lors de sa consécration. Vesta possédait un *ædes* plutôt qu'un temple. De forme ronde, celui-ci se trouvait sur le Forum Romanum.

ærarium : entrepôt où étaient déposés les fonds publics, le Trésor public.

affranchi : esclave émancipé. Les affranchis étaient obligés de porter un bonnet conique, le « bonnet de la liberté ». Si son ancien maître était romain, l'affranchi rejoignait automatiquement sa clientèle, disposant ainsi de peu de marge pour exercer sa liberté. Il pouvait cependant se constituer un pécule pour grimper dans l'échelle sociale.

agmen quadratum : ordre de marche de l'armée en bataillons carrés, le train des équipages au centre.

agora : dans la cité grecque, espace en plein air destiné à recevoir les rassemblements publics. L'agora était généralement entourée de colonnades.

aigle : objet symbolique auquel les soldats vouaient un véritable culte. Lorsque Caius Marius ouvrit les rangs de l'armée aux indigents, il donna à chacune de ses légions une aigle d'argent. Portée par un *aquilifer**, celle-ci donnait à ses troupes sans bien une raison concrète de se battre. Le stratagème fonctionna à merveille.

Anatolie : territoire couvrant plus ou moins la partie asiatique de l'actuelle Turquie.

animus : esprit ou âme, par opposition au corps. L'*animus* forme, avec le corps, l'ensemble de l'individu. Chez les Romains, le terme ne désignait pas l'âme immortelle mais la force vitale à l'origine de la conscience.

apex : casque ivoire porté par les flamines. Ajustée, cette coiffe était surmontée d'une pointe sur laquelle était empalé un disque de laine.

Apollonie : ville à l'extrémité de la via Egnatia sur la côte adriatique de la Macédoine. Apollonie se dressait près de l'embouchure de l'actuelle Vjosa, en Albanie. La via Egnatia partait également de Dyrrachium (Durazzo), plus au nord.

Apulie : région située dans le sud-est de l'Italie, au niveau de l'éperon de la botte, où les Apennins s'aplatissent. Les Apuliens étaient considérés comme des péquenauds illettrés et stupides.

aquilifer, *aquilifri* : soldat chargé de porter l'aigle* de sa légion et de la défendre contre l'ennemi.

Arabes skénites : tribu occupant la région à l'est de l'Euphrate, dans les environs de Zeugma et Nicephorium. Ce peuple nomade du désert n'était guère admiratif des Romains.

armillæ : bracelets d'or ou d'argent accordés comme récompenses aux militaires.

atrium vestæ : maison des vestales*.

atrium : pièce centrale de la maison familiale romaine.

auctoritas : autorité morale, ascendant, considération, crédit d'une personne au sein de la société romaine.

augure : membre du Collège des augures, alors composé de quinze hommes. Son rôle tenait plus de la divination que de la prédiction. Nommé à vie par ses pairs ou élu, il était chargé d'examiner un objet ou des signes pour établir si les dieux donnaient leur approbation à une certaine entreprise, que ce soit une réunion, une proposition de loi ou toute autre affaire publique. Les interprétations étant régies par un protocole, un augure suivait la procédure plutôt que de prétendre posséder des pouvoirs divinatoires. Les augures se reconnaissaient à leur toge rayée rouge et pourpre et leur *lituus**.

aurochs : en latin, *bos primigenia*. Bœuf sauvage d'Europe, dont l'espèce s'est éteinte depuis un millénaire. De couleur noire, il mesurait plus de 1,80 m au garrot et arborait deux cornes impressionnantes recourbées vers l'avant.

Auster : vent du sud.

auxiliaires : troupe servant dans l'armée romaine sans que ses hommes possèdent la citoyenneté romaine. Il s'agissait généralement de troupes montées, parfois de soldats d'infanterie.

baliste : machine de guerre servant à lancer des rochers ou des pierres. Le projectile était placé dans un bras en cuillère tendu au maximum par une corde entortillée. Lorsque ce ressort était relâché, le bras se dressait dans l'air et venait cogner un épais bloc, propulsant le projectile au loin. Cette machine était précise entre les mains expertes d'artilleurs exercés.

basilique : grand édifice accueillant des activités publiques, comme la cour de justice. La basilique était éclairée par des fenêtres à claire-voie latérales positionnées en hauteur.

Belges : redoutable confrérie de tribus occupant le nord-est de la Gaule chevelue, le long du Rhin. Parmi ces tribus de sang germano-gaulois figuraient les Nerviens, qui combattaient à pied, et les Trévires, qui combattaient à cheval.

boni : littéralement « bons ». Après Plaute, le terme désignait les ultraconservateurs du Sénat*, « les hommes bons ».

bulle : petite boule passée au cou de l'enfant le jour où il reçoit son nom. Elle est portée jusqu'à dix-sept ans, âge officiel du passage à l'âge adulte.

cacat ! : équivalent de « merde ! ».

calendes : l'un des trois jours du mois romain désignés par un nom. Les calendes correspondaient au premier jour du mois.

caligæ : sandales de légionnaires, lacées autour des chevilles pour un meilleur maintien. Les *caligæ* se formaient d'une épaisse semelle de cuir cloutée pour éviter de ramasser de douloureux graviers et d'une partie ouverte pour garantir des pieds sains. Par temps de gel ou de neige, les légionnaires portaient d'épaisses chaussettes, des peaux de lapin ou autres accessoires dans leurs *caligæ*.

Campanie : bassin volcanique riche et fertile reposant entre les montagnes du Sannio et la mer de Toscane et s'étendant de Terracine, au nord, jusqu'au sud de la baie de Naples. Les éléments grecs et samnites de sa population en faisaient une région rebelle à Rome et toujours au bord de l'insurrection.

Cannes : de nos jours Canne della Battaglia.

capite censi : Romains trop pauvres pour appartenir à la cinquième classe censitaire. Lors d'un recensement, les censeurs se contentaient de compter leur tête. Les *capite censi*, ou prolétaires*, pouvaient voter et porter la toge.

Capoue : plus grande cité intérieure de la Campanie, Capoue possédait une longue tradition de pactes rompus avec Rome. À l'époque qui nous intéresse, elle était toutefois devenue le centre d'une vaste industrie militaire pourvoyant aux besoins des camps militaires et des écoles de gladiateurs dispersés à ses alentours.

Carrhes : de nos jours Harran, à la frontière syrienne de la Turquie. Cette ville fut le théâtre d'une terrible défaite romaine lorsque les Parthes écrasèrent les sept légions de Marcus Licinius Crassus.

catapulte : machine de guerre sur le même principe que l'arbalète servant à tirer des carreaux de bois ou des rondins aiguisés. Les petites catapultes portaient le nom de scorpions.

cena : repas le plus important de la vie romaine, pris en fin de journée dans le *triclinium**.

censeur : magistrat romain le plus haut placé. Le censeur n'était toutefois pas le plus puissant des magistrats, puisqu'il ne possédait pas d'*imperium**. Seuls les plus éminents des anciens consuls* pouvaient briguer la censure. Élus pour une période de cinq ans, le *lustrum*, deux censeurs étaient chargés d'examiner la liste des citoyens, de décider de leur statut économique, de réguler l'appartenance au Sénat* et d'organiser un recensement de l'ensemble des Romains dans le monde entier. Faute d'entente entre eux, ils démissionnaient souvent avant le terme de leur *lustrum*.

centunculus : habit composé de morceaux de tissu voyants et colorés porté par les « clowns ».

centurion : officier professionnel d'une légion* romaine. Le statut de centurion échappait au mépris social et était accordé aux soldats qui s'illustraient par leurs qualités militaires. La hiérarchie des centurions est si complexe qu'aucun contemporain n'a réussi à mettre au jour le nombre de grades et l'ordre d'avancement. Le centurion ordinaire commandait une centurie (80 soldats et 20 citoyens non combattants).

Le *pilus prior* commandait une cohorte, le *primipilus* (primipile) une légion.

chaise curule : chaise sculptée dans l'ivoire dont les pieds formaient un large X. Cette chaise pliante sans dossier pourvue de deux accoudoirs bas était réservée aux magistrats curules, soit les consuls, les préteurs et éventuellement les édiles curules.

champs Élysées : partie des enfers accueillant les ombres les plus vertueuses. Les Romains ne croyaient pas à la prolongation de la vie de l'individu après la mort, mais à des enfers peuplés de spectres, effigies sans caractère ni esprit, dont les meilleurs, conduits aux champs Élysées, pouvaient jouir d'un bref retour à la vie après s'être repus de sang humain.

char : véhicule romain à deux roues. Il était tiré par des mules, au nombre de une à quatre.

cheval public : cheval autrefois acheté par l'État. Bien que Rome n'alignât plus sa propre cavalerie, les *gentes** attachaient toutes beaucoup d'importance à la possession d'un cheval public.

chevalier : membre de l'ordre équestre (*Ordo Equester*). À la prime jeunesse de Rome, les hommes formant la cavalerie se voyaient offrir leur monture par l'État en raison du prix des chevaux. Cependant, à l'époque qui nous intéresse, un chevalier n'était plus qu'un éminent homme d'affaires membre de la première classe. Il s'agissait donc d'une distinction sociale et économique.

classes : couches sociales au nombre de cinq. L'appartenance à chaque classe se fondait sur des critères économiques et était établie par les censeurs*.

client, clientèle : homme libre ou affranchi*, pas nécessairement citoyen romain, ayant prêté allégeance à un autre. Le client prêtait le serment solennel d'obéir aux souhaits et de servir les intérêts de son patron en échange de diverses faveurs (généralement des dons d'argent, des emplois ou une assistance juridique). Des villes entières pouvaient appartenir à la clientèle d'un seul homme, comme c'était le cas de Bononia (Bologne) et Mutine (Modène) avec Marc Antoine.

clivus : pente, montée.

cognomen : dernier nom des *tria nomina* (trois noms) marquant la citoyenneté romaine. Le *cognomen*, ou surnom, servait à distinguer les multiples branches d'une *gens**.

cohorte : unité tactique de la légion*. La cohorte se compose de six centuries* d'hommes d'armes. Dans des circonstances ordinaires, la légion comptait dix cohortes.

comitium, *comitia* : rassemblement d'hommes jouissant du droit de vote. Un *comitium* législatif votait des lois ou des plébiscites, un *comitium* judiciaire tenait procès, un *comitium* public gérait des affaires telles que l'adoption, un *comitium* électoral élisait les magistrats et un *comitium* religieux s'occupait des affaires religieuses, comme l'élection des prêtres et augures.

compluvium : Dans l'*atrium**, ouverture dans le toit par laquelle pénétraient les eaux de pluie recueillies dans un bassin au centre de la pièce, l'*impluvium**.

confarreatio : forme la plus ancienne et la plus stricte des trois mariages romains. Le mariage *confarreatio* devait son impopularité à deux raisons principales : d'une part, il ne laissait pas la moindre liberté ou indépendance à la femme ; d'autre part, il interdisait presque toute possibilité de divorce.

consul *suffect* : consul nommé par le Sénat*. Cette nomination, autrefois une pratique de dernier recours utilisée seulement en cas de décès d'un consul en exercice ou d'autres circonstances graves, devint une manière de récompenser la loyauté de certains pendant le triumvirat.

consul : plus haut placé des magistrats romains réguliers investis de l'*imperium**. Deux consuls étaient élus chaque année et celui qui obtenait le plus de voix occupait une position supérieure à celle de son collègue. Tous deux prenaient leurs fonctions le 1er janvier. Le plus important conservait les *fasces** pendant le mois de janvier avant de les céder à son collègue, qui les lui rendait le mois suivant et ainsi de suite. Le pouvoir du consul dépassait celui des autres magistrats, hormis celui du dictateur* et, à l'époque qui nous intéresse, celui des hommes investis de l'*imperium maius**.

consulaire : homme ayant exercé la charge de consul.

contubernalis : jeune noble effectuant son année de service militaire obligatoire en tant qu'élève-officier au sein de l'état-major du général. Ce statut engageait dans une carrière politique plutôt que militaire.

corbeau : voir *corvus**.

Cornélie, mère des Gracques : l'une des rares femmes républicaines entrées dans la légende. Fille de Scipion l'Africain et d'Æmilia Paulla, épouse de Tiberius Sempronius Gracchus, Cornélie était vénérée comme une déesse pour avoir donné à son mari douze enfants, dont seuls trois survécurent. Ses deux fils, les célèbres frères Gracques, furent assassiné pour l'un, et conduit au suicide pour l'autre. Sa dernière fille épousa Fulvius et donna naissance à Fulvie, future épouse de Clodius, de Curion puis Marc Antoine. Malgré les nombreuses tragédies qu'elle a vécues, Cornélie ne s'est jamais plainte. Son courage exemplaire lui a valu son statut de déesse et en a fait un modèle de matrone, même si les femmes romaines approchaient rarement de cet idéal.

corvus : ou corbeau. Passerelle d'abordage articulée terminée par un croc en fer et fixée à la proue d'un navire.

coudées de l'abondance : appellation utilisée pour les crues satisfaisantes du Nil, qui donnaient lieu à une belle récolte.

coudées de l'excès : appellation utilisée pour les crues excessives du Nil, lors desquelles le fleuve ne refluait pas à temps pour que les graines soient semées.

coudées de la mort : appellation utilisée pour les crues insuffisantes du

Nil, lorsque le fleuve ne montait pas assez pour inonder les terres et ne permettait donc pas leur culture.

cultrarius : assistant d'un prêtre chargé d'immoler la victime d'un sacrifice en lui coupant la gorge à l'aide d'un couteau, le *culter*.

cunnus, *cunni* : obscénité latine. Équivalent de « con ».

curator annonæ : magistrat en charge de l'approvisionnement en grain.

curies : – divisions du peuple romain.
– lieu de réunion du Sénat*.

denier : *denarius, denarii*. Pièce romaine la plus courante. Le *denarius* équivalait à quatre sesterces*. Six mille deux cent cinquante deniers donnaient un talent*.

diadème : symbole hellénistique de la souveraineté. Le diadème était un ruban blanc de près de trois centimètres de large porté autour de la tête et noué sur l'occiput. Ses deux extrémités, décorées, pendaient sur les épaules.

dictateur : magistrat extraordinaire nommé pour six mois par un consul* lors de circonstances exceptionnelles. Le dictateur disposait de tous les pouvoirs.

dictator : dictateur.

dignitas : mérite de l'individu couvrant le prestige, la réputation et les valeurs morales.

Dionysos : dieu grec d'origine thracienne aux rites orgiaques et sanglants. À l'époque qui nous intéresse, il était devenu un dieu plus modéré, patron de la vigne et des festivités.

dominatrix : maîtresse, souveraine.

domine, *domina* : latin pour « maître », « maîtresse » au cas vocatif.

Domus Publica : résidence officielle du *Pontifex Maximus*, dans le voisinage immédiat de la maison des vestales*.

domus : résidence citadine quand il s'agit d'une maison plutôt que d'un appartement. Le terme désignait aussi le foyer ou la maisonnée dans son ensemble.

duumvir : un des deux magistrats en charge d'une ville romaine ou *municipium**.

ecastor ! : par Castor ! Interjection féminine socialement acceptable exprimant la colère, l'irritation ou la déception.

Ecbatane : de nos jours Hamadan, en Iran.

edepol ! : par Pollux ! Interjection masculine socialement acceptable exprimant la colère, l'irritation ou la déception.

Épire : province de la côte occidentale de la Grèce qui correspond grossièrement à l'actuelle Albanie.

éther : partie supérieure de l'atmosphère pénétrée par les forces divines ou air dans l'entourage immédiat d'un dieu. Ce terme désignait également le ciel diurne.

faisceaux : voir *fasces**.

fasces : fagot cylindrique de verges de bouleau teintes en rouge et solidement assemblées en croisillons par des lanières de cuir rouges porté par un licteur. Le nombre de licteurs accompagnant un magistrat indiquait son degré d'*imperium** : six pour un préteur*, douze pour un consul*. Dans l'enceinte de Rome, les faisceaux n'étaient formés que de verges symbolisant le pouvoir de punition du magistrat. En dehors des murs de la cité, les tiges entouraient une hache à un seul tranchant pour montrer que le magistrat avait le pouvoir de décapiter. Mussolini a repris le terme pour son parti, d'où l'adjectif « fasciste ».

fasti : fastes. Liste de jours, comme dans le calendrier romain, ou liste chronologique des consuls.

feliciter : formule de félicitations ou de bons vœux.

fides : foi, loyauté.

fiscus : littéralement « panier » ou « bourse ». Le terme désignait l'argent de l'État.

flamen : voir flamine.

flamine : prêtre romain attaché au service d'une divinité. Il existait trois flamines majeurs : le *dialis* (Jupiter), le *quirinalis* (Quirinus) et le *martialis* (Mars). Le flamine et son épouse étaient soumis à de nombreux interdits, notamment le *flamen dialis* : il ne devait pas voir la mort, toucher du fer, porter des nœuds ou des boucles et bien d'autres contraintes. Le flamine portait une cape circulaire, la *læna**, et un casque, l'*apex**.

forum : lieu de rassemblement public des Romains. Ce terme désigne également les grands marchés : poisson, viande, fruits, légumes, etc.

Galatie : enclave gauloise située dans les riches régions herbeuses d'Anatolie, entre les fleuves Sangarius et Halys, au IIIe siècle av. J.-C. Sa capitale était Ancyre (de nos jours Ankara).

garum : condiment à base de poisson très apprécié malgré son odeur. Le meilleur *garum* était produit en Hispanie.

Gaule : toute région habitée par des Celtes. Pour les Romains, tous les Celtes étaient des Gaulois.

Gaule chevelue : province couvrant la France et la Belgique actuelles, à l'exception de la vallée du Rhône et de la côte méditerranéenne. Elle devait son nom à la coutume de ses habitants de porter leurs cheveux très longs, signe de leur barbarie. Ses peuples, les Celtes et les Belges, vivaient en tribus.

Gaule cisalpine : la hanche de la botte italienne, soit toute la région située entre les Alpes et les deux fleuves de la frontière de l'Italie, l'Arno et le Rubicon. Cette zone arrosée par le Pô était extrêmement fertile et riche. Cependant, ses produits ne pouvaient pas être exportés vers l'Italie à cause de la chaîne de montagnes des Apennins et de vents contraires en mer.

gens, gentes : groupe de citoyens descendant d'un ancêtre commun dont ils portent le nom.

gerræ : formule exprimant l'incrédulité quant à des propos. « Sottises ! »

gladius : glaive.

glans, glandes : gland. Le terme désignait également les balles de plomb servant de munitions aux frondes.

gorgone : monstre mythologique à la chevelure formée de serpents vivants et au regard pétrifiant. Des trois sœurs gorgones, seule Méduse pétrifiait les hommes du regard.

gueuse : unité de métal fondu. Le fer, le cuivre, l'étain, l'argent et l'or étaient conservés sous forme de gueuses, chacune pesant probablement un talent.

Halys : de nos jours le fleuve Kizil Irmak, en Turquie centrale.

harpax : catapulte projetant un grappin muni d'une chaîne.

harpie : monstre mythologique à tête de femme et corps de vautour.

hasta : hast. Lance utilisée par les légions romaines.

Hellespont : détroit entre l'Europe et l'Asie, reliant la mer de Marmara à la mer Égée. L'Hellespont est aujourd'hui connu sous le nom de détroit des Dardanelles.

hermæ : piédestal orné de l'appareil génital masculin. Les représentations des parties génitales étant considérées obscènes à l'époque chrétienne, toutes ces œuvres ont été dégradées.

Hispanie : nom donné par les Romains à la péninsule Ibérique.

homme nouveau : voir *homo novus*.

homo novus, homines novi : homme qui entre dans la carrière politique sans avoir d'ancêtres appartenant à la noblesse.

hostis : ennemi de l'État romain. Un citoyen déclaré *hostis* était privé de ses biens et de sa citoyenneté, parfois même de sa vie.

hubris : notion de la Grèce antique qui s'apparente à la démesure, l'orgueil, l'outrance dans le comportement.

ides : l'un des trois jours du mois romain désignés par un nom. Les ides tombaient le 13 des mois de janvier, février, avril, juin, *sextilis** (août), septembre, novembre et décembre et le 15 des mois de mars, mai, *julius** (juillet) et octobre.

Illyrie : région s'étendant du nord de la côte orientale de la mer Adriatique jusqu'à l'intérieur des terres. L'Illyrie comprenait l'Istrie, la Liburnie et la Dalmatie.

imperator : à l'origine, général au commandement d'une armée romaine. À l'époque qui nous intéresse, le terme ne désignait plus que les commandants acclamés en tant que tels sur le champ de bataille. Le statut d'*imperator* leur donnait le droit au triomphe*.

imperium : degré d'autorité dont est investi un magistrat curule. Si le magistrat obtenait par la suite une promagistrature, son *imperium* était élargi, bien que pas toujours au même niveau. Le nombre de licteurs* précédant un homme indiquait son *imperium* : six pour un préteur*, douze pour un consul*.

imperium maius : *imperium** illimité. Un homme investi de l'*imperium maius* était supérieur à tous à l'exception du dictateur*, que ce soit à Rome ou dans une province*. Auparavant rarement octroyé, il a été accordé à de nombreux hommes par le Sénat* au cours des dernières décennies de la République.

impluvium : bassin recueillant les eaux de pluies au centre de l'*atrium**.

in absentia : en l'absence.

insula : île ou grand immeuble entouré de ruelles.

irrumator : insulte outrageante. Le terme désignait un homme faisant une fellation à un autre, donc à genoux devant lui.

Italie : jambe et pied de la botte italienne. L'Italie était délimitée, au nord, par l'Arno et le Rubicon.

iugerum, *iugera* : unité de mesure de surface terrestre romaine. Un *iugerum* correspondait à 2 520 m^2, 0,623 acre ou 0,252 hectare.

julius : juillet. L'ancien mois romain de *quinctilis* prit le nom de *julius* à la suite de l'assassinat et de la déification de Jules César.

ka : concept égyptien. Le *ka* peut être assimilé au double de l'homme, bien qu'il possède sa propre personnalité. Il peut être considéré comme un réservoir des forces vitales d'où provient et auquel s'alimente toute vie. À la mort, le *ka* ne disparaît pas mais quitte le corps du défunt, auquel il doit pouvoir revenir à son gré. Ainsi, les Égyptiens emploient l'expression « passer à son *ka* » pour évoquer le décès.

læna : cape circulaire de la forme d'un poncho portée par les flamines*.

Lares et Pénates : dieux du foyer romain ou des champs, des greniers, des garde-manger et de tout ce qui permettait à une famille de vivre dans la sécurité et le confort.

Lares permarins : Lares chargés de protéger les Romains voyageant en mer.

laserpicium : substance extrêmement chère obtenue à partir d'un arbuste d'Afrique du Nord, le *silphium*, utilisée pour soulager les indigestions après des excès.

latifunfium, *latifundia* : vaste parcelle de terre, généralement publique, louée pour la pâture plutôt que pour la culture. Le système des *latifundia*, qui privait les petits fermiers de leurs terres, expliquait en grande partie l'incapacité de l'Italie à satisfaire ses propres besoins en blé. En outre, les *latifundia* réduisaient l'emploi et encourageaient l'exode rural.

lectus medius : lit de table réservé à l'hôte, à la base du U formé par les banquettes, au nombre de trois à quinze.

légat : général ou commandant adjoint au sein d'une armée romaine.

légion : plus petite unité de l'armée romaine apte à mener une guerre. La légion pouvait se suffire à elle-même en termes d'effectifs, d'équipements et de fonctions. Une légion complète se composait de 4 800 soldats divisés en 10 cohortes* de 6 centuries*, auxquels s'ajoutaient 1 200 serviteurs, des citoyens romains qui ne combattaient pas, et 60 centurions*, ainsi que des artisans et des artilleurs. Elle comptait 600 mules de somme et 60 chariots tirés par des bœufs pour le gros ravitaillement.

lémure : spectre, créature des enfers.

lex, leges : loi. Le nom de l'homme ayant promulgué la loi venait généralement en apposition. Ex. : *lex Ogulnia*, *lex Annia*, etc.

lex curiata : ou loi curiate. Loi promulguée par les curies* pour conférer l'*imperium** à un magistrat.

lex Voconia de mulierum hereditatibus : loi promulguée en 169 av. J.-C. limitant sérieusement le droit des femmes à hériter d'une grande fortune. Le Sénat* pouvait cependant passer outre par décret.

liburne : bâtiment rapide et facile à manœuvrer utilisé par les pirates de Liburnie. Si ses dimensions exactes restent hypothétiques, le liburne était certainement de la taille d'une trirème, ponté et susceptible de transporter de nombreux soldats puisque Agrippa en utilisa dans des batailles navales.

licteur : officier public marchant devant les grands magistrats de la République et muni des faisceaux*.

Ligurie : région maritime montagneuse entre la Gaule cisalpine et la Gaule narbonnaise. Cette zone pauvre était célèbre pour sa laine grasse, damée en feutre et ponchos imperméables.

literatus : instruit, lettré, savant.

lituus : bâton court à crosse recourbée porté par les augures*.

locus consularis : place de droite sur le lit de table de l'hôte. Le *locus consularis* était la place la plus prestigieuse.

Macédoine : région longeant la côte orientale de la mer Adriatique sous l'Illyrie* et s'étendant vers l'est à travers les montagnes de Candavie jusqu'au fleuve Strymon. Dans l'Antiquité, la Macédoine occupait une superficie bien plus importante qu'aujourd'hui, avec pour artère principale la via Egnatia*.

maiestas : trahison sans gravité. Une trahison grave (*perduellio*) entraînait une mort particulièrement cruelle. L'auteur d'une *maiestas* était simplement condamné à l'exil et à la saisie de tous ses biens.

mama : terme latin pour « maman ».

manipule : autrefois unité tactique d'une légion*. Le manipule se composait de deux centuries*. En établissant la suprématie de la cohorte*, Caius Marius a relégué le manipule au terrain de manœuvres.

Mare Nostrum : de nos jours la Méditerranée dans son ensemble.

mater : terme latin pour « mère ».

medicus : jeu de mots entre le terme *medius* (milieu) et *medicus* (médecin). Le majeur, le doigt utilisé pour les touchers rectaux, était appelé *medicus* lorsqu'il était utilisé pour les gestes obscènes.

mentula, mentulæ : obscénité latine désignant le pénis.

mentulam caco : expression particulièrement obscène, qui pourrait se traduire par : « Je défèque sur ton pénis. »

meretrix : catin.

meum mel : terme affectueux qui pourrait se traduire par : « Mon amour. »

Miles gloriosus : *Le Soldat fanfaron*. Plus longue comédie de Plaute.

modius, modii : mesure traditionnelle pour le grain. Un *modius*, soit

5,9 kg, permettait de confectionner une grosse miche de pain quotidienne pendant six jours. La distribution de grain gratuit autorisait au bénéficiaire cinq *modii* par mois. La mesure grecque, le *medimnus*, équivalait à cinq *modii*.

mos maiorum : terme sans équivalent dans notre culture. Le *mos maiorum* désignait l'ordre établi des choses : la façon dont les choses avaient toujours été et seraient toujours. Ce concept s'approchait d'une Constitution non écrite.

municipe : ville ne jouissant pas de son entière autonomie aux yeux des Romains.

navire de transport : navire conçu pour l'acheminement des troupes. Lorsqu'il était vide, son équipage ramait. Lorsqu'il transportait des légionnaires, ces derniers prenaient la relève. Les généraux voyaient là un moyen d'occuper les soldats, qui tenaient généralement la mer en horreur.

nefas : impie, sacrilège.

nemes : coiffure égyptienne. Le *nemes* était un bout de tissu couvrant le front et attaché sur la nuque qui formait, derrière les oreilles, deux larges rabats.

nones : l'un des trois jours du mois romain désignés par un nom. Si les ides tombaient le 13 du mois, les nones tombaient le 5. Si les ides tombaient le 15 du mois, les nones tombaient le 7.

numen, *numina* : les divinités romaines ne possédaient ni visage ni sexe et s'approchaient plus de forces que d'entités. Elles gouvernaient tout, de l'ouverture et la fermeture d'une porte à la pluie et au vent, en passant par la guerre et la prospérité publique. Ces forces n'étaient associées à aucune mythologie mais s'exprimaient à travers une relation d'équilibre entre l'univers des hommes et celui des dieux, d'où l'habitude romaine de passer des contrats avec les dieux.

nundinum, *nundina* : semaine romaine. Un *nundinum* se composait de huit jours, chaque huitième jour étant un jour de marché. Un calendrier figurait sur les rostres* du Forum Romanum.

odium : haine, aversion.

oppidum : forteresse gauloise considérée d'une laideur extrême par les Romains.

paludamentum : manteau porté par les généraux sous la République romaine. Il était retenu à l'épaule par une fibule de taille et de forme variables.

Palus Asphaltites : de nos jours la mer Morte. Cette mer était ainsi nommée car elle rejetait des morceaux de bitume, une matière première de grande valeur, qui pouvaient y être récoltés.

papier fannien : papier d'apparence similaire aux modèles les plus chers produit à base de feuille de papyrus de qualité médiocre. Cette méthode de transformation économique a fait la fortune d'un homme d'affaires romain du nom de Fannius.

Parétonium : de nos jours Mersa Matruh, en Égypte occidentale.

Parthe : ennemi oriental de Rome. La Parthie étant une région à l'est de la mer Caspienne, l'ennemi des Romains était plus « les Parthes » que le pays en lui-même. Le royaume des Parthes, gigantesque, s'étendait du fleuve Indus (Sind) à l'Euphrate et se composait, pour la plupart, de terres inhospitalières.

pedarii : ou *senatores pedarii*. Sénateurs de rang inférieur n'ayant jamais exercé de magistrature curule. Ils se bornaient à voter en passant à droite ou à gauche de la curie.

pères conscrits : titre de courtoisie donné aux sénateurs. Il trouve son origine à l'époque des rois de Rome, qui nommaient leurs conseillers « pères ». La liste des sénateurs étant établie par les censeurs*, ils étaient considérés comme des conscrits, d'où l'expression « pères conscrits ».

Petite-Arménie : *Armenia Parva*. Région d'altitude montagneuse inhospitalière à l'ouest de l'Arménie, où l'Euphrate prend sa source.

phaleræ : disques ciselés d'argent ou d'or de 7 à 10 cm de diamètre qui venaient récompenser le courage militaire. Les *phaleræ* étaient arrangés en trois rangs de trois sur un beau harnais et portés par-dessus la cotte de mailles ou la cuirasse.

Pharsale : ville de la Thessalie grecque où Jules César vainquit Pompée le Grand.

Phraaspa : ville dans les environs de Zanjan, en Iran.

Picenum : région située au niveau du mollet de la botte italienne. Picenum était célèbre pour ses figures politiques perturbatrices. Pour les Romains, ses habitants étaient aussi méprisables que des Gaulois, un sujet sensible avec le Picentin Pompée.

pilum, *pila* : lance de légionnaire inventée par Caius Marius. Le *pilum* se terminait par une petite pointe pyramidale acérée prolongée par une fine barre de fer sur la moitié de la longueur de sa hampe. Celle-ci était reliée au manche en bois par une cheville fragile qui se brisait lorsque la pointe se logeait dans l'ennemi, ce qui empêchait ce dernier de réutiliser l'arme contre les Romains.

pinasse : petit vaisseau léger et ouvert avec huit rameurs.

plèbe : second ordre du peuple romain, dépourvu des privilèges du patriciat. La grande majorité des citoyens romains se composait de plébéiens. Les patriciens étaient rares à l'époque qui nous intéresse.

plethron : unité de mesure de surface grecque.

podex, *podici* : terme romain désignant le derrière.

pomœrium : frontière sacrée de la cité de Rome marquée par des pierres, les cippes. À différencier de la muraille servienne, le *pomœrium* n'englobait ni l'Aventin ni le Capitole. D'un point de vue religieux, Rome n'existait que dans ses limites, tout le reste étant « territoire romain ».

Pont-Euxin : de nos jours la mer Noire.

pontifex, *pontifices* : prêtre romain investi au collège pontifical. Le collège était présidé par le *Pontifex Maximus* (grand pontife), qui partageait la résidence de fonction de la Domus Publica* avec les vierges vestales*. Les pontifes portaient une toge rayée rouge et violet.

popa : assistant d'un prêtre chargé d'immoler la victime d'un sacrifice en l'abattant d'un coup de hache ou de maillet.

pourpre tyrienne : teinture pourpre la plus coûteuse et recherchée. La pourpre tyrienne était tirée du coquillage *murex*, que l'on trouvait dans les environs de la ville de Tyr, en Syrie. Presque noire, la couleur qui en résultait était parsemée de subtils éclats de pourpre profond.

præfectus fabrum : civil chargé d'acheter l'équipement des légions romaines, des piquets de tente aux mules, en passant par les tuniques de mailles, la nourriture et les vêtements. Le *præfectus fabrum* était souvent banquier de profession.

préteur : deuxième plus haut magistrat romain investi de l'*imperium**. Le préteur occupait ses fonctions au sein des cours de justice et lors des procès et conservait son titre pendant un an. Il était accompagné de six licteurs*.

préteur urbain : préteur chargé des conflits entre les citoyens.

princeps senatus : premier sénateur. Ce titre désignant le premier inscrit sur la liste du Sénat*, et donc le premier à donner son avis, était attribué par les censeurs*.

princeps : à l'origine, le premier, le chef.

pro- : proconsul, propréteur, proquesteur, promagistrat. Ancien magistrat conservant son *imperium**. Le proconsul et le propréteur gouvernaient souvent des provinces*.

prolétaires : voir *proletarius*.

proletarius, *proletarii* : citoyens pauvres qui n'avaient rien à offrir à Rome en dehors de leur descendance. Cette définition n'était plus tout à fait exacte après Caius Marius, qui permit aux prolétaires de servir en tant que soldats.

pronuba : matrone chargée d'accompagner et d'assister la future mariée lors de ses noces.

proscription : confiscation de tous les biens d'un homme, souvent de sa citoyenneté, voire de sa vie. La proscription touchait généralement les perdants d'une guerre civile. Une liste des concernés était affichée sur les rostres* au Forum Romanum.

province : région appartenant à Rome et directement gouvernée par Rome.

pschent : nom donné à la double couronne des Pharaons symbolisant la souveraineté sur la Haute et la Basse-Égypte.

pteruges : franges de cuir attachées à une tenue militaire au niveau des bras et des cuisses.

questeur : magistrat au rang le plus bas ne jouissant pas de l'*imperium**. La questure autorisait son possesseur à intégrer le Sénat*. Le questeur s'occupait des finances publiques, que ce soit celles d'un gouverneur, d'une institution ou du Trésor public.

quindécemvir : du latin *quindecimviri*. Chacun des quinze magistrats préposés à la garde des livres sibyllins et à l'organisation de certains sacrifices et jeux.

quinquérème : galère de guerre très populaire. Malgré sa capacité à transporter des charges énormes ainsi que l'artillerie et les soldats, la quinquérème deviendra trop lente et incommode. Elle était manœuvrée par cinq hommes par aviron ou cinq hommes répartis entre trois avirons superposés. Le rang supérieur était situé sur une plate-forme surplombant la mer. Les avirons du rang du milieu pointaient au-dessus du bord du navire et les avirons du rang inférieur faisaient saillie à travers une valve de cuir tout près de la ligne de flottaison. Toujours pontée, l'embarcation pouvait recevoir 120 soldats d'infanterie navale et comptait près de 270 rameurs professionnels, le galérien étant apparu à l'ère chrétienne. Sa voile étant gigantesque, elle transportait également 30 marins pour le gréement.

Rex Sacrorum : plus haute autorité religieuse à l'époque des rois de Rome. À la naissance de la République, ses dirigeants inventèrent le titre de *Pontifex* Maximus*, supérieur au *Rex Sacrorum*, une solution typiquement romaine.

rex : roi, souverain, monarque.

roi client : roi qui met sa nation entre les mains de Rome ou d'un Romain.

rostre : du latin *rostrum*. Saillie en bois de chêne ou bronze placée à la proue d'un navire, juste sous la ligne de flottaison, pour transpercer ou endommager un vaisseau ennemi lors de l'« éperonnage ».

rostres : du latin *rostra*. Tribune du forum* utilisée par les orateurs ou pour diriger de grands rassemblements. Leur nom s'inspire des éperons de navire ornant une colonne adjacente.

Rubicon : frontière nord-orientale de l'Italie. Les experts contemporains divergent sur l'identité de ce cours d'eau en raison de plans de drainage extensifs réalisés autour de Ravenne plus tard.

sagum : cape courte de laine d'origine germanique qui sert également de couverture de couchage.

saltatrix tonsa : littéralement, danseuse à barbe. Homme habillé en femme vendant son corps dans des lieux publics. Une loi, la *lex Scantinia*, faisait de cette pratique un crime capital.

satrapie : territoire appartenant à un suzerain ou dirigeant mais administré comme une entité distincte au nom du suzerain. La satrapie était gouvernée par un satrape. Il s'agit de la forme parthe ou orientale du royaume client.

scriptorium : un *scriptor* étant un secrétaire, écrivain public, scribe ou copiste, le mot *scriptorium* désigne un endroit dédié aux travaux d'écriture ou de copie.

Séleucie de Piérie : port d'Antioche dans l'Antiquité.

senaculum : lieu affecté aux réunions du Sénat*.

Sénat : Chambre haute. À l'époque, le Sénat réunissait mille hommes élus en tant que questeurs ou nommés par les censeurs* ou les triumvirs*. Le Sénat pouvait ordonner par décret le vote d'une loi, mais jamais la voter. Le pouvoir de légiférer appartenait aux Assemblées, une pratique presque révolue à l'époque qui nous intéresse puisque les triumvirs* se chargeaient de légiférer, ne manifestant qu'un intérêt de pure forme pour les Assemblées.

senatus consultum : décret du Sénat* ne faisant pas autorité de loi.

Sérapis : dieu hybride inventé pour les citoyens d'Alexandrie par le premier Ptolémée et Manetho, plus tard grand prêtre de Ptah. L'idée était de réunir les concepts religieux grecs et égyptiens pour offrir à Alexandrie un dieu local de nature grecque. Le temple de Sérapis se trouvait dans Rhakotis, le quartier le plus pauvre de la ville, ce qui prouve que ce dieu était destiné aux classes populaires.

sesterce : minuscule pièce d'argent. Le sesterce était l'unité officielle de la comptabilité romaine. Quatre sesterces équivalaient à un denier*, vingt-cinq mille sesterces à un talent*.

sextilis : mois d'août.

Sinus Arabicus : de nos jours la mer Rouge.

sinus : – dans le sens géographique, golfe.
– pan plissé de la toge sur la hanche droite d'un homme. Le *sinus* était utilisé comme poche pour contenir des papiers et un mouchoir. La bourse, elle, était fermement attachée à une ceinture à la taille de la tunique.

sirène : dans la mythologie, femme de belle allure vivant dans les récifs et écueils dangereux. La sirène ensorcelait les marins par la beauté de ses chansons, les conduisant à s'échouer.

sociétés de publicains : sociétés engagées par le Trésor public pour percevoir les impôts et tributs d'une province*. Les publicains collectant toujours plus d'argent que ne le prescrivait le Trésor, la perception était une activité très profitable.

socius : homme libre ou affranchi* résidant sur le territoire romain mais ne possédant pas la citoyenneté.

Sol Indiges, Tellus et Liber Pater : trio de dieux romains gouvernant les serments. S'ils étaient invoqués, même le plus cynique des Romains tenait promesse, quel qu'en fût le coût.

Spes : déesse de l'espoir dans la mythologie romaine.

subarmalis : tunique sans manche portée sous l'armure à laquelle étaient cousus les *pteruges**, au niveau des épaules et de la taille.

Subure : déclivité entre les monts Viminal et Esquilin de Rome. La Subure abritait les habitants les plus pauvres de la cité. Selon Suétone, Jules César y aurait vécu dans son enfance.

sui iuris : contrôle de ses propres affaires et de son destin. Le terme était utilisé pour les femmes qui gardaient autorité sur leur argent et leurs biens.

tablinum : cœur de la maison, à l'origine réservé au père et à la mère de famille, qui contient l'autel des ancêtres. Il sert ensuite de pièce dans laquelle le père de famille reçoit chaque jour sa clientèle*.

tabularium : édifice du Forum Romanum qui abritait les archives publiques de la Rome antique.

tace, quin taces, tacete : équivalent de « Tais-toi ! » ou « Taisez-vous ! »

tactique fabienne : tactique militaire visant à éviter la confrontation qui tire son nom de Fabius Maximus Cunctator. Ce dernier pourchassa l'armée d'Hannibal à travers l'Italie pendant dix-sept ans sans jamais lui donner l'occasion d'une véritable bataille.

talent : poids qu'un homme pouvait porter sur le dos, soit environ 25 kg.

Taprobane : de nos jours le Sri Lanka.

tata : terme latin pour « papa ».

Thrace : longue bande de terre entre le Strymon et la région de l'Hellespont* et du Bosphore thracien. La Thrace s'enfonçait à l'intérieur des terres et était, en dehors de sa côte méditerranéenne, peuplée de barbares.

toge prétexte : toge blanche à bande pourpre portée par les garçons de moins de dix-sept ans pour signaler leur qualité d'enfant de citoyen romain ainsi que par les magistrats curules. Lorsqu'ils atteignaient l'âge de dix-sept ans, les jeunes hommes revêtaient la toge virile, sans bande pourpre.

tribun de la plèbe : magistrat élu ne représentant pas l'ensemble du peuple romain mais uniquement la plèbe*. Les tribuns de la plèbe ne disposaient ni du droit de prendre les auspices ni de l'*imperium**. Ils étaient toutefois intouchables et sacro-saints dans leurs fonctions et possédaient une arme politique redoutable avec le veto, qu'ils pouvaient exercer contre une loi, un engagement ou un magistrat. Les tribuns de la plèbe étaient célèbres pour leur activité législative même si, à l'époque qui nous intéresse, ils promulguaient très peu de lois.

triclinium : salle à manger de la *domus** romaine.

triomphe : grande parade présentant les hauts faits et le butin d'un général romain à la foule. Le triomphe était, après requête auprès du Sénat*, accordé à un général romain acclamé *imperator** sur le champ de bataille par ses troupes. Certains triomphes étaient spectaculaires, d'autres plus ordinaires.

triumvir : magistrat romain exerçant le pouvoir avec deux pairs.

triumvirat : association de trois personnes exerçant le pouvoir. Le premier triumvirat désigne la période de partage du pouvoir entre Jules César, Pompée le Grand et Crassus. Le deuxième, celle entre Octavien, Marcus Lépide et Marc Antoine.

uræus : représentation du cobra dressé emblématique des pharaons.

vents étésiens : vents du nord qui soufflent en Méditerranée orientale.

verpa : obscénité latine faisant référence au pénis et au prépuce.

vestales : prêtresses de la déesse Vesta, gardiennes de la chance de Rome.

vexillaire : porte-étendard dans une armée romaine.

vexille : étendard des armées romaines.

via Egnatia : longue route orientale débutant en deux branches, à Dyrrachium (Durazzo) et Apollonie sur la côte Adriatique, puis se prolongeant pendant près de 1 600 km à travers la Macédoine* et la côte thracienne vers Byzance, au nord, et Hellespont*, au sud. La via Egnatia a été construite par les Romains aux environs de 146 av. J.-C. pour faciliter le déplacement des troupes.

via : voie. Route majeure, comme la via Latina ou la via Sacra.

vicus : rue urbaine ou route moins importante qu'une *via**. Une rue de ville ascendante était dénommé *clivus*.

villa : propriété de campagne composée d'une vaste résidence et d'un jardin à péristyle.

virgo intacta : terme latin pour « vierge ».

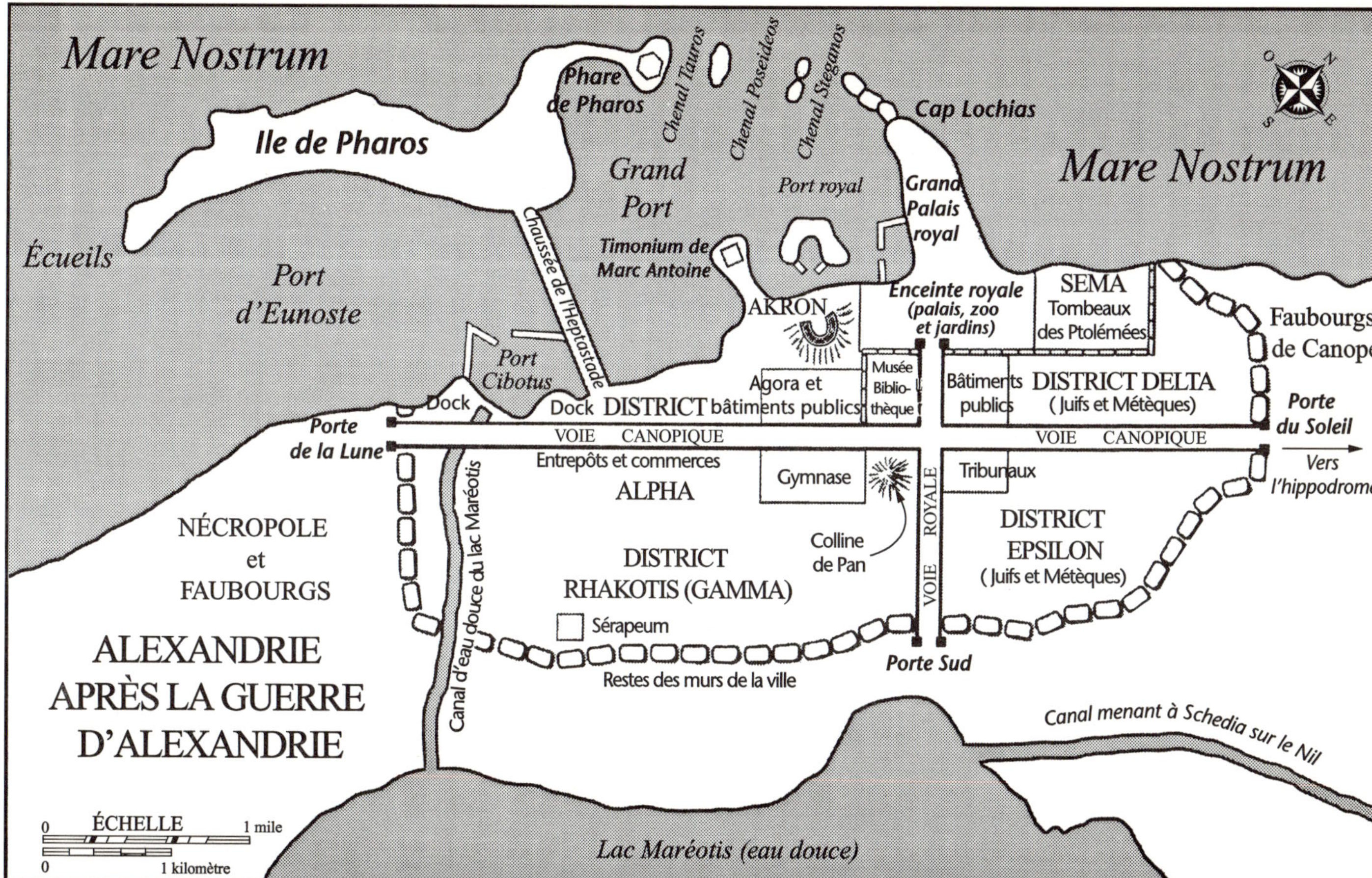

ALEXANDRIE APRÈS LA GUERRE D'ALEXANDRIE

L'EST DE MARC ANTOINE
BARBARES
ILLYRIE
25° EST
Drina
MACÉDOINE
THRACE
Via Egnatia
Via Egnatia
Brindes (Brindisi)
Apollonie
Tarentum (Tarente)
Thessalonique
Hellespont
Byzance
ITALIE
ÉPIRE
GRÈCE
Actium
Patras
Corinthe
Athènes
Troie
MYSIE
Lesbos
Chios
Éphèse
Samos
PROVINCE D'ASIE
Pergame
Rhodes
Le Ténare (cap Matapan)
Mare Nostrum
35° NORD
CRÈTE
Mare Nostrum (Mer Méditerranée)
CYRÉNAÏQUE
PSYLLES
Parétonium
LIBYE
Alexandrie
ÉGYPTE
Memphis
Nil
Péluse
ÉCHELLE
0
400 miles
0
400 kilomètres
Pont-Euxin
Pont-Euxin (Mer Noire)
Sinope
PAPHLAGONIE
Nicomédie
BITHYNIE
PHRYGIE
GALATIE
Ancyre
Halys
Amaseia
LE PONT
Zéla
LE PONT
PETITE-ARMÉNIE
Carana
Euphrate
ANATOLIE
PISIDIE
Iconium (Konia)
LYCAONIE
CAPPADOCE
Eusebeia
Comane
Portes de Cilicie
CILICIE
Tarse
Mont Amanus
LYCIE
CILICIE TRACHÉE
PAMPHYLIE
CHYPRE
Samosate
Zeugma
Antioche
Le territoire à l'est de l'Euphrate appartient au royaume des Parthes
Euphrate
SYRIE
Le territoire à l'ouest de l'Euphrate appartient à Rome
Sidon
Tyr
Damas
SYRIE
Jérusalem
Palus Asphaltites
Pétra
NABATÈNE
N
O
E
S
25°
35°
40°
45°
30°
35°
40°
45°
30°

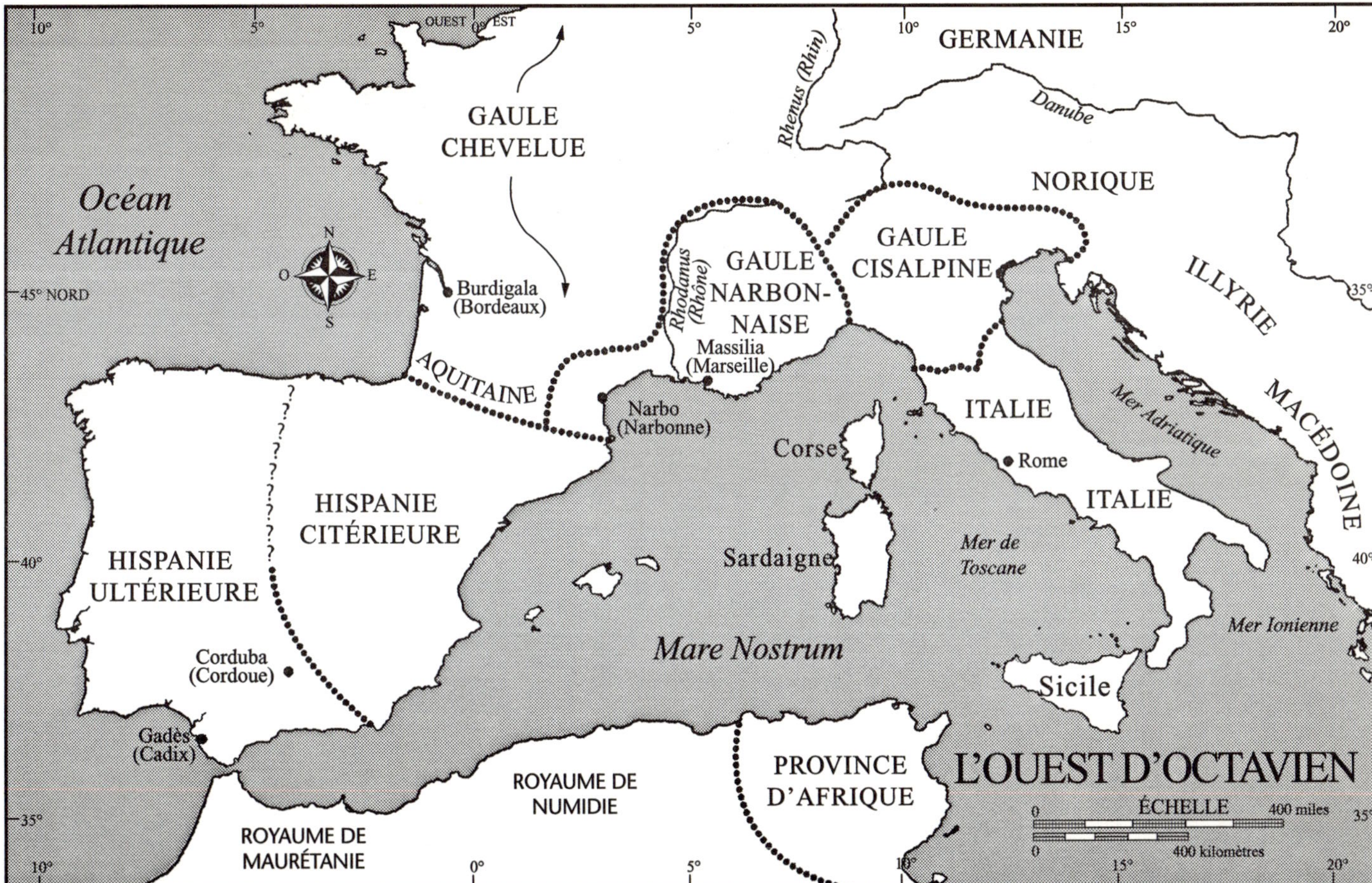
L'OUEST D'OCTAVIEN
GERMANIE
Danube
NORIQUE
ILLYRIE
MACÉDOINE
Rhenus (Rhin)
GAULE CHEVELUE
GAULE CISALPINE
GAULE NARBONNAISE
Rhodamus (Rhône)
Massilia (Marseille)
Narbo (Narbonne)
Burdigala (Bordeaux)
AQUITAINE
Océan Atlantique
HISPANIE CITÉRIEURE
HISPANIE ULTÉRIEURE
Corduba (Cordoue)
Gadès (Cadix)
ITALIE
Rome
Mer Adriatique
Mer de Toscane
Mer Ionienne
Corse
Sardaigne
Sicile
Mare Nostrum
PROVINCE D'AFRIQUE
ROYAUME DE NUMIDIE
ROYAUME DE MAURÉTANIE
ÉCHELLE
400 miles
400 kilomètres
45° NORD
OUEST 0° EST

MARCHE
DE MARC ANTOINE
VERS PHRAASPA
Pont-Euxin
(Mer Noire)
Mer
Caspienne
Mare Nostrum
(Mer Méditerranée)
Mer des Perses
ANATOLIE
Lac Tatta
Euphrate
PETITE-ARMÉNIE
ARMÉNIE
Cyrus
Artaxate
Araxe
MÉDIE
ATROPATÈNE
Carana
Lac
Thospitis
Lac Matiane
Tigre
Samosate
Tarsus
(Tarse)
Issus
Antioche
Carrhes
Nicephorium
MÉDIE
PARTHE
Phraaspa
CHYPRE
Leuco
Come
Euphrate
MÉSOPOTAMIE
Gyndès
Ecbatane
Sidon
Tyr
Damas
PERSE PARTHE
SYRIE
Séleucie du Tigre
Babylone
PARTHE
Tigre
Jaffa
Suse
ÉLYMAIS
PARTHE
Alexandrie
Palus Asphaltites*
Euphrate
Péluse
Memphis
Persépolis
ÉGYPTE
Nil
NABATÈNE
ÉCHELLE
0
400 miles
0
400 kilomètres
N
O
E
S
30° EST
40° NORD
35°
30°
40°
45°
50°
55°

L'ITALIE ET LES PROVINCES VOISINES
8° EST
10°
12°
14°
16°
18°
46° NORD
44°
42°
40°
38°
36°
GAULE
CISALPINE
ILLYRIE
Aquilée
Tergeste (Trieste)
ISTRIE
LIBURNIE
DALMATIE
Mutine
(Modène)
Bononia
(Bologne)
Genua (Gênes)
LIGURIE
Rubicon
Ariminium
(Rimini)
Fano
Arnus (Arno)
Pise
Ancona
(Ancône)
Ile d'Ilva
(Elbe)
ITALIE
Asculum Picenum
(Ascoli Piceno)
Cosa
Reate
(Rieti)
Corse
Mer Adriatique
Ostie
Rome
Frégelles
Beneventum
(Bénévent)
Circeii
(Monte Circello)
Barium
Teanum Sidicinum
(Teano)
Neapolis
(Naples)
Brindes
(Brindisi)
Cuma
Tarentum
(Tarente)
Puteoli
(Pouzzoles)
Sardaigne
Mer de Toscane
Mer
Ionienne
Messine
Rhegium
Lilybée
(Marsala)
Etna
Sicile
Tauromenium
(Taormina)
Utique
Agrigente
Syracuse
Carthage
PROVINCE
D'AFRIQUE
ÉCHELLE
0
200 miles
200 kilomètres
N
O
E
S

Ile de Corcyre
(Corfou)
21° EST
22°
23°
N
O
E
S
THESSALIE
Mer Égée
ÉPIRE
Fleuve Louros
Mer
Adriatique
39°
Golfe Maliaque
Golfe d'Ambracie
Actium
Ile de
Leucade
Itinéraire d'approvisionnement par le Pinde
L'Eubée
GRÈCE
ATTIQUE
Golfe de Corinthe
Céphalonie
Athènes
Patras
38° NORD
38°
Corinthe
PÉLOPONNÈSE
Égine
Zakynthos
Mer Ionienne
0
ÉCHELLE
50 miles
37°
0
80 kilomètres
GOULET D'AMBRACIE
Méthone
Golfe
d'Ambracie
Mer Égée
L'Acritas
Octavien
Cap Malée
Le Ténare
(cap Matapan)
Actium
Cythère
Marc Antoine
LA CAMPAGNE D'ACTIUM
36°

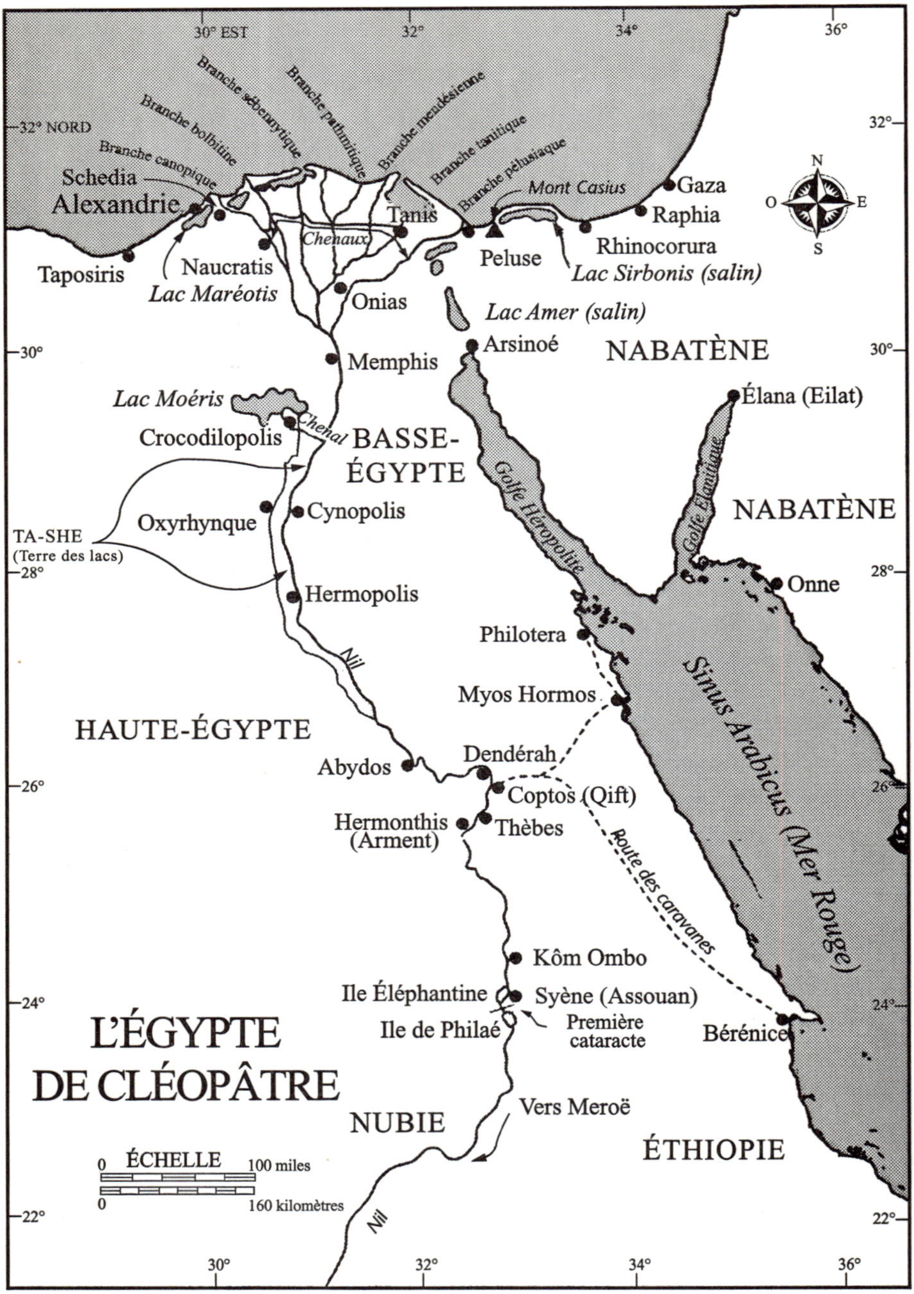

L'ÉGYPTE
DE CLÉOPÂTRE
30° EST
32°
34°
36°
32° NORD
30°
28°
26°
24°
22°
Branche canopique
Branche bolbitine
Branche sébennytique
Branche pathmitique
Branche mendésienne
Branche tanitique
Branche pélusiaque
Mont Casius
Gaza
Raphia
Rhinocorura
Lac Sirbonis (salin)
Schedia
Alexandrie
Tanis
Chenaux
Peluse
Taposiris
Naucratis
Lac Maréotis
Onias
Lac Amer (salin)
Arsinoé
NABATÈNE
Memphis
Lac Moéris
Crocodilopolis
Chenal
BASSE-
ÉGYPTE
Élana (Eilat)
Golfe Héropolite
Golfe Élanitique
NABATÈNE
Oxyrhynque
Cynopolis
TA-SHE
(Terre des lacs)
Hermopolis
Onne
Philotera
Nil
Myos Hormos
Sinus Arabicus (Mer Rouge)
HAUTE-ÉGYPTE
Dendérah
Abydos
Coptos (Qift)
Hermonthis
(Arment)
Thèbes
Route des caravanes
Kôm Ombo
Ile Éléphantine
Syène (Assouan)
Ile de Philaé
Première
cataracte
Bérénice
Vers Meroë
NUBIE
ÉTHIOPIE
0 ÉCHELLE 100 miles
0 160 kilomètres
Nil
N
O
E
S

Table

Cet ouvrage a été composé et mis en pages
par Facompo
à Lisieux (Calvados)

Impression réalisée par

CPI
Brodard & Taupin

La Flèche (Sarthe)

en mai 2009

Édition exclusivement réservée aux adhérents du Club

Imprimé en France
N° d'impression : 53025
Dépôt légal : juin 2009